从声音到文字，分享人类智慧

《金瓶梅》清内府彩绘绢本插图《清宫珍宝皕美图》（一）

《金瓶梅》清内府彩绘绢本插图《清宫珍宝皕美图》(二)

《金瓶梅》清内府彩绘绢本插图《清宫珍宝皕美图》(三)

《金瓶梅》清内府彩绘绢本插图《清宫珍宝皕美图》（四）

《金瓶梅》清内府彩绘绢本插图《清宫珍宝皕美图》(五)

《金瓶梅》清内府彩绘绢本插图《清宫珍宝皕美图》(六)

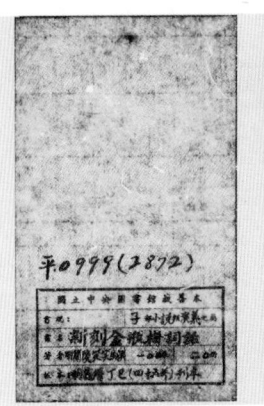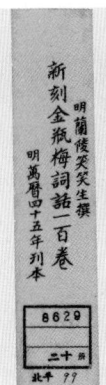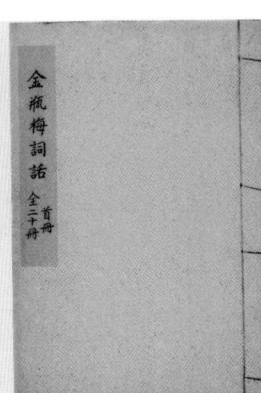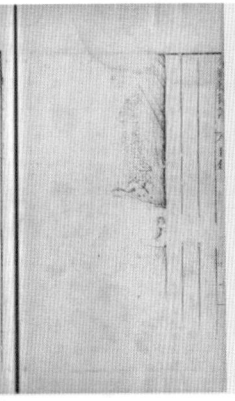

《新刻金瓶梅词话》介休本

《新刻金瓶梅词话》日光轮王寺慈眼堂藏本

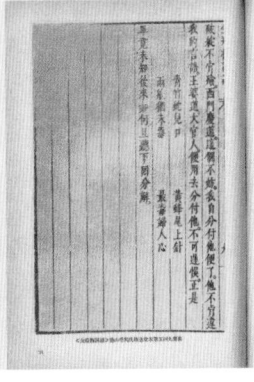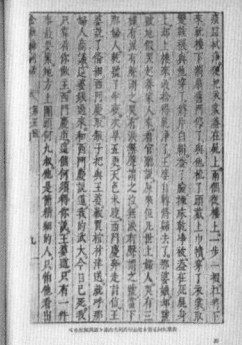

《新刻金瓶梅词话》德山毛利家栖息堂藏本

《第一奇书金瓶梅》本衙藏版翻刻必究本，张青松藏甲本

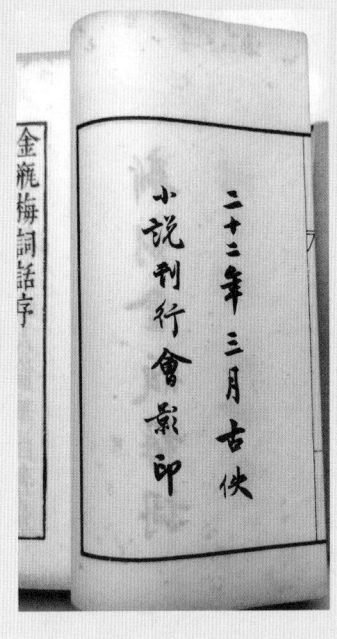

《新刻金瓶梅词话》
古佚小说刊行会97号

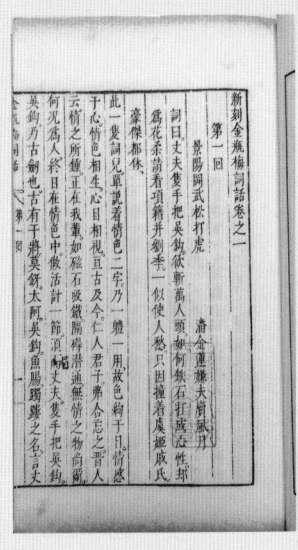
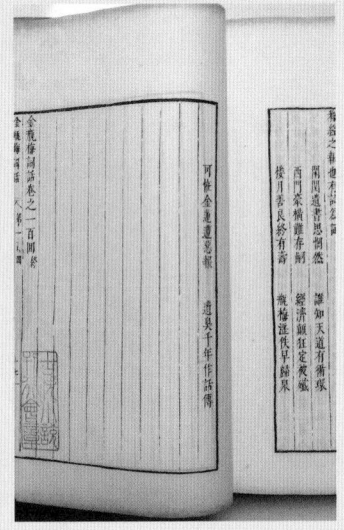

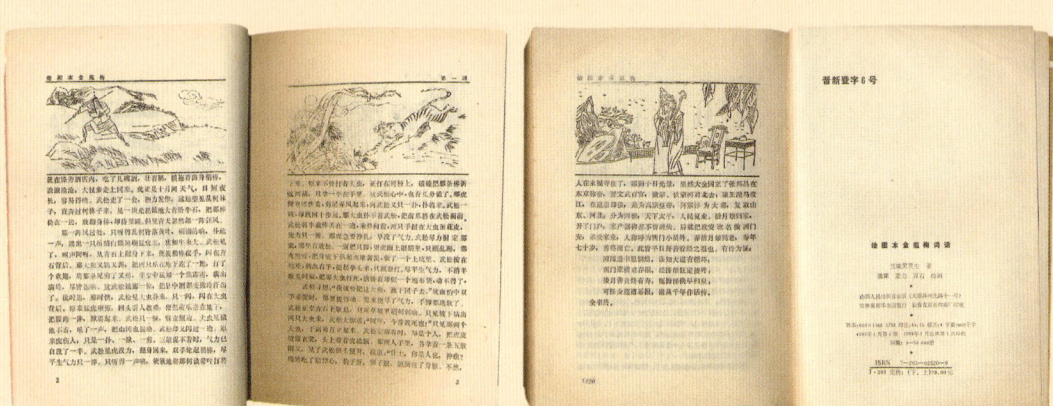

《绘图本金瓶梅词话》山西人民出版社1993年1月版

《中国的唐璜:金瓶梅中的一段虐恋》英文版,塞缪尔·巴克译,关山美绘

《金瓶梅》英文1939年版,一卷精装带护封,阿瑟·威利译

《金瓶梅》德文1987年版，5+1全套，有函套，3209页，祁拔兄弟译

《金瓶梅》法文2004年七星文库版，两卷平装，雷威安译

《金瓶梅》俄文1994年版，三卷精装本，马努辛等译，版画插图

《金瓶梅》日文人物往来社1967年版，全四卷平装，32开本，上田学而译，清水昆画

刘心武评点

全本金瓶梅词话

第一册（全五册）

《刘心武评点全本金瓶梅词话》台湾学生书局2014年8月版

旧日豪华事已空,银屏金屋梦魂中。
黄芦晚日空残垒,碧草寒烟锁故宫。
隧道鱼灯油欲尽,妆台鸾镜匣长封。
凭谁话尽兴亡事,一衲闲云两袖风。

——《金瓶梅》崇祯本第一百回

奇书与世相 — 刘心武—著

# 刘心武细说金瓶梅

天地出版社
TIANDI PRESS

# 序

这本书,是根据我的系列讲座音频文字记录稿整理而成的。

为什么要讲《金瓶梅》?

就我自己而言,研读《金瓶梅》,和研读《红楼梦》一样,都是为了写好自己的小说,从母语传统小说文本中汲取营养。

在研读《金瓶梅》《红楼梦》的过程中,我一边写小说,一边也写些研读心得发表。关于《红楼梦》,我早有系列电视讲座和系列论著面世,反响不小,引起争议,但对于《红楼梦》能不能阅读研究,基本上不再有反对的声音。《金瓶梅》呢?直到目前,社会上一般人士,对于这部书,存大误会的仍然不少。大众就会有这样的质疑——《金瓶梅》不是黄书吗?黄书,也就是色情书,淫书,属于扫荡的对象,你自己阅读研究已属不正经,还拿来讲,这像话吗?

所以,需要对社会上存大误会的人士,来为《金瓶梅》摘掉"黄帽""淫帽"。不错,一百回的《金瓶梅》,全书一百多万字,里面的确有色情文字,但占全书的比例,不过百分之一的样子。不能因为有这一小部分色情文字,就把全书否定掉,简单粗暴地贴上"黄书"的标签,扣上"淫书"的帽子。

因此,也就需要跟社会上一般人士解释一下什么是色情文字,需要厘清"色情"与"情色"的界限。

当然,社会上一般人士也有听到过这样说法的,就是《金瓶梅》是一部非常精彩的文学作品,它在世界上其他国家、民族里的影响,到目前为止,是超过《红楼梦》的。它被翻译成汉语以外的文字,种数也是超过《红楼梦》的。世界上不少文学评论家对《金瓶梅》的评价很高,甚至称其是伟大的作品。有的社会上的一般人士,听到有的他很佩服的当代作家说,就文学性而言,《金瓶梅》超过

了《红楼梦》，感到惊讶。过去把小说叫作"说部"，"说部"在明代达到兴盛，大家熟知的《三国演义》《水浒传》《西游记》就是明代产生的，还有其他一些"说部"，那么这些"说部"，水平最高的是哪部呢？有一个人说了，《金瓶梅》"同时说部，无以上之"，说这个话的是谁呀？就是鲁迅先生，鲁迅先生能瞎说吗？能把一部"黄书""淫书"如此高抬吗？

于是，就需要为社会上一般人士解疑，满足他们合理的好奇心，给他们讲：

——《金瓶梅》这书名怎么解释？

——《金瓶梅》里有哪些人物？

——《金瓶梅》里有些什么故事？

——《金瓶梅》里还有哪些看点？

——《金瓶梅》为什么在世界上有那么大影响？

一位理工男，有次听我说"《金瓶梅》是《红楼梦》的祖宗，没有《金瓶梅》就没有《红楼梦》"，很不以为然，责问我："你怎么这么说话？"这位理工男读《红楼梦》吃力，但是他知道《红楼梦》已经获得中国传统文化中最稳定的正面评价，不过他一点也不知道《金瓶梅》是怎么回事，只是模模糊糊听说《金瓶梅》是本"黄书"，因此他担心我那样说话会犯错误。其实，我那样说，不过是鹦鹉学舌。像那位理工男一样的人士应该还不少，因此，也就需要跟他们讲：

——为什么说《金瓶梅》是《红楼梦》的祖宗，没有《金瓶梅》就没有《红楼梦》？

——作为一个中国人，一生应该至少通读一遍《红楼梦》；可以一生也不通读《金瓶梅》，但应该知道《金瓶梅》究竟是本怎样的书。

这套音频讲座，这部据之整理而成的图书（包括纸质书和电子书），就是这样产生的。一书在手，从无到有，就是可以让不少人脱离对《金瓶梅》无知、误解、糊涂、避忌的状态，从而对《金瓶梅》有知、理解、心明、眼亮。

在音频讲座中，每讲开头，我都会念顺口溜：

天，有春夏秋冬；人，有悲欢离合；

书，可借树开花；听，可从零起头。

头两句，是从《金瓶梅》的古序言里引来的，意思是，《金瓶梅》的故事，好比一面镜子，映出了世道人心。后两句，"借树开花"怎么回事？您一听一看就明白了。您说您之前对《金瓶梅》，除了一个书名，一无所知，那么，好，这个讲座，这本书，就是为您这样的人士竭诚服务的，咱们从零起头！

刘心武

庚子年春节

# 目 录

## 第一辑　独一无二的《金瓶梅》

第 1 讲　不靠谱的传说:《金瓶梅》的创作源起 //003

第 2 讲　情色与色情的纠缠:《金瓶梅》的性爱描写 //008

第 3 讲　借来的主角:《金瓶梅》的"借树开花" //014

第 4 讲　流传与演变:《金瓶梅》的版本区别 //020

第 5 讲　世情小说鼻祖:《金瓶梅》的特殊价值 //025

## 第二辑　西门庆的征服

第 6 讲　金钱势力的崛起: 西门庆迎娶孟玉楼 //033

第 7 讲　官帽更能保平安: 西门庆的高价官帽 //038

第 8 讲　穷奢极欲耍淫威: 西门庆的日常生活 //043

第 9 讲　沈腰潘貌的俗套: 西门庆的相貌描写 //048

第 10 讲　被转卖被霸占: 潘金莲的悲惨身世 //054

第 11 讲　支配身体的自由: 潘金莲的性解放 //060

第 12 讲　霸拦西门庆: 潘金莲的后院争夺战 //066

第 13 讲　欲望催生恶之花: 潘金莲的恶与善 //071

第14讲　图利还是成人之美：王婆与红娘的区别 //077

第15讲　逃离恐惧：李瓶儿的来历 //084

第16讲　忍耐青春守活寡：李瓶儿的苦闷 //089

第17讲　谋嫁如谋城：李瓶儿的出嫁准备 //094

第18讲　无所依与不可测：李瓶儿招赘蒋竹山 //100

第19讲　弱者的绝情：李瓶儿泼水休夫 //105

第20讲　女性的卑微：西门庆怒娶李瓶儿 //111

第21讲　退让与包容：李瓶儿的自我净化 //117

第22讲　厄运终不可逃：李瓶儿之死 //123

第23讲　身为下贱心不甘：宋惠莲的野心 //129

第24讲　心比天高遭人怨：宋惠莲的自我膨胀 //134

第25讲　被压迫下的反抗：来旺儿醉骂西门庆 //138

第26讲　天性中的良知：黑暗王国的一道闪电 //143

第27讲　被嘲弄被利用：王六儿与韩道国 //149

第28讲　没什么不能出卖：一对无耻的夫妻 //154

第29讲　一条路上的风俗画：玳安寻访文嫂 //158

第30讲　官宦世家的堂皇气派：林太太的真面目 //163

## 第三辑　西门府的衰落

第31讲　泼天富贵一朝休：西门庆的遗嘱 //171

第32讲　账本上的世道人心：西门庆临终算账 //176

第33讲　独力难支的正妻：吴月娘的坚守 //181

第34讲　祸不单行的打击：吴月娘的劫难 //186

第35讲　以院为家人皆可夫：李娇儿盗银归院 //191

第36讲　逢场作戏以假乱真：李桂姐进出西门府 //196

第37讲　剥除理想色彩：冷静还原的妓女群像 //201

第38讲　少刚多柔自有定见：孟玉楼的处世之道 //206

第39讲　自寻出路遂心愿：孟玉楼的自我解放 //212

第40讲　劫波历尽终是福：孟玉楼遭劫北上 //217

第41讲　西门一死乱象生：孙雪娥唆打陈经济 //222

第42讲　逃出虎口又入狼窝：孙雪娥来旺儿私奔 //227

第43讲　屈辱绝望苦无边：孙雪娥自尽 //232

第44讲　恃宠爱狐假虎威：庞春梅府内立威 //237

第45讲　心气高又得新宠：庞春梅罄身出府 //242

第46讲　讲情义不分男女：庞春梅的双性恋 //246

第47讲　报旧仇不动声色：庞春梅游旧家池馆 //252

第48讲　爱无着落只剩空虚：庞春梅纵欲而亡 //258

第49讲　失去约束恶性暴发：陈经济祸害后院 //263

第50讲　不成器的败家子：陈经济气母打妻 //268

第51讲　富贵只如黄粱梦：陈经济的沦落 //273

第52讲　社会万象光怪陆离：陈经济的八次奇遇 //278

## 第四辑　西门府外的大社会

第53讲　依附性生存：西门庆的把兄弟们 //287

第54讲　有钱便是哥：应伯爵的生存之道 //293

第55讲　贫贱夫妻的辛酸泪：常时节得银傲妻 //299

第56讲　死皮赖脸混口饭：白来创硬闯西门府 //304

第57讲　乌合之众无悌可言：水秀才讥讽众混混 //308

第58讲　机灵鬼有晚来福：玳安成了西门安 //314

第59讲　恩怨纠缠理不清：汤来保的精明 //320

第60讲　被压迫者的呐喊：一丈青骂声响彻西门府 //325

第61讲　忍辱含垢终有尽：书童挂帆远遁 //330

第 62 讲　命运悲惨的丫头们：夏花儿偷金受刑 //335

第 63 讲　对奸臣昏君旁敲侧击：《金瓶梅》里的高官与皇帝 //341

第 64 讲　贪赃枉法的黑暗官场：苗天秀谋杀案 //347

第 65 讲　见不得人的官场交易：西门庆贿赂御史 //353

第 66 讲　令人啼笑皆非的清官：狄斯彬与陈文昭 //358

第 67 讲　独特的丑态：书中的宦官形象 //363

第 68 讲　假信仰与真忽悠：三姑六婆之三姑 //368

第 69 讲　市井社会的女性填充物：三姑六婆之六婆 //374

第 70 讲　江湖行骗的男人们：僧道巫卜 //380

第 71 讲　各有其命：西门府上下的幸福指数 //385

第 72 讲　乱世中的小人物：逃难的韩道国一家 //392

第 73 讲　礼崩乐坏的怪现象：韩爱姐为陈经济守节 //397

第 74 讲　国破家亡的卑微生存：韩道国一家的结局 //401

第 75 讲　魂归何处：普静法师荐拔亡灵 //406

第 76 讲　善之信念的幻灭：吴月娘之梦 //412

第 77 讲　一言难尽的人物形象：末回的两首诗 //417

## 第五辑　深刻影响《红楼梦》

第 78 讲　阶级矛盾暂息的共享繁华：西门府过节 //427

第 79 讲　一餐一饮见世道兴衰：舌尖上的《金瓶梅》//434

第 80 讲　先声独创后继有人：《金瓶梅》影响了《红楼梦》//440

第 81 讲　酷毒冷峻的叙述：《金瓶梅》的文本特色 //448

第 82 讲　不该被忽略的书：《金瓶梅》获得的评价 //454

第一辑

## 独一无二的《金瓶梅》

# 第1讲 不靠谱的传说
## 《金瓶梅》的创作源起

【导读】

很多人听说过《金瓶梅》，但不清楚《金瓶梅》究竟是怎么一回事。它真的算是一部淫书吗？它的创作初衷是什么？它的作者是谁？它描写的究竟是哪个朝代的故事？那个流传了很久的关于《金瓶梅》的传说靠谱吗？这个传说能传递给我们哪些有用信息？本讲将回答这些问题。

在中国历史上，明朝是一个存在时间相当长的封建王朝。从朱元璋当开国皇帝起，到李自成农民起义军打进北京，崇祯皇帝跑到紫禁城后面的景山，在树上吊死为止。后来在南京还有一个南明的政权，当然最后南明也被清朝灭了。明朝后期有个嘉靖皇帝，一开头处理政务还比较积极有为，后来他重用了一对父子，父亲叫严嵩，儿子叫严世蕃，这两个人逐渐把持了朝政，闹得民怨沸腾，民不聊生，众多官员也都愤愤不平。到了嘉靖皇帝晚年，经过许多官员的一再举报，他也终于发现严嵩、严世蕃父子不像话，后来他就惩治了这一对奸臣父子。

在这之前，官场上就有不少人用各种办法来对抗严嵩、严世蕃父子。严嵩后来年纪大了，权力基本上就落在了儿子严世蕃的手里。严世蕃在京城住着一个很大的豪宅，外人是很难进入这个豪宅的，更不要说见到严世蕃了，看门的把守得非常严实。有一个传说，有一天有一个人提了一个包袱，来求见严世蕃，被看门的挡住了。这个人说："我献宝来了。"然后他就把包袱打开，原来他献的是一部书。

古时候的书很多都是线装书，线装书用宣纸做成书页，一张是一对折，正反面都有字，构成了一页，相当于现在的两个页码。很多这样的纸张装订在一起加上封皮，就构成了一册。一部篇幅很长的书，一册是装不下的，就得做成很多册，因此每五六册就会再用一个活动的匣子把它们装起来。这个人就带来一部手写的书，他说这是宝贝，要献给严世蕃。看门的当然不以为然了，觉得这算什么宝贝。那时候要进这种大官僚的府第，得先贿赂这些看门的人，而且看门的不仅有小跟班，还有小头目。这个人就用银子开路，对他们说："我也知道，我见不着严大人，我的地位太卑微了。但是，我现在有个宝贝，你们拿进去献给他，相信他会喜欢。他喜欢的话，你们不是有好处吗？会赏赐你们的。"这些人一看包袱里也就是一部书，觉得行，收了他的银子后，并没放他进去，但是最后还是把这部书呈上去了。

严世蕃作恶多端，但他是喜欢阅读的人。这部书呈上去很多天了他都没在意，有一天退朝以后，他又听到府里的管事跟他说："这部书保证您喜欢，在劳累之余翻一翻，就能够解闷，就能够开颜，不妨试一试。"严世蕃就开始翻这部书。

严世蕃读书有个很坏的习惯，他老爱用右手食指蘸着唾沫翻篇。我知道今天还有一些读书人，也有这个不良习惯。这个习惯既不雅观，更不卫生，据说那时候严世蕃一贯这么看书。这部书一开头的故事就很精彩，严世蕃就继续往下看，看着看着就出现了他喜欢的色情文字，他就很高兴。他不断地用手指头蘸着唾沫翻篇，翻过去再翻回来，一方面浏览故事，一方面寻找色情描写，又找到不少，他就觉得这部书果然是个宝贝。

严世蕃喜欢的这部书就是《金瓶梅》，一共一百回。他从第一回开始看，每天拿手指头蘸着唾沫翻篇，不光是一律地往后翻，有时候他也往前翻，再往后翻，这样他终于把这部书翻完了，有些段落他还一再地翻出来重看。这部书读完以后，据说严世蕃就中毒而亡了。传说这部书每一页的宣纸都先用毒药浸泡过，然后晾干，再书写文字，最后把它装在一起，呈献给了严世蕃。虽然每一页的毒素可能不是那么强烈，但是你来回地拿手指头蘸着唾沫翻篇，次数多了，毒量积累到一定程度，就从慢性中毒变成最后的毒性发作，人就死掉了。

这个传说，你现在一听，会觉得荒诞不经，但它在明朝末年就广泛流传，从官场流传到民间，说得头头是道。据说是一个叫王世贞的人做的这件事，他也是明朝一个官吏，他的父亲被严嵩、严世蕃父子陷害而死，所以他恨严嵩、严世蕃。他知道严世蕃好读色情文字，也知道严世蕃有读书用手指头蘸着唾沫翻篇的习惯，所以他就投其所好，炮制了一部《金瓶梅》，让人呈献给严世蕃。后来严世蕃被毒死，他大仇已报，当然是拍手称快。

从明朝开始流传的这个传说，到了清代康熙朝的时候不但继续流传，还被一个叫宋起凤的文人记载在他的著作里面。我所讲的这些，根据就是宋起凤公开发行的著作。有了宋起凤的著作，这个民间传说就被更广泛地推广开了，现在说到《金瓶梅》，好多人都爱提起这段传说。

《金瓶梅》的作者，署名是兰陵笑笑生，兰陵显然是一个地名，笑笑生是作者的化名。

后来就有人根据上面这个传说，认定这部书的作者是王世贞。你不能说它完全没有道理，因为最早刊行的《金瓶梅词话》，应该是在嘉靖朝之后出现的。嘉靖朝之后有一个短暂在位的隆庆皇帝，他只当政六年，然后就是万历皇帝，嘉靖皇帝当政有四十五年，万历皇帝当政有四十八年，他们是明朝两个当皇帝当得最久的人。《金瓶梅词话》这部书最早就出现在嘉靖朝之后，有人说在隆庆朝就有了，但是多数的人经过研究，认为这部书还是在万历朝才正式面世。在《金瓶梅词话》最早的版本前面，有一些附属文字，比如序言，里面有这样的句子："天有春夏秋冬，人有悲欢离合。"作序的人也用了一个笔名，叫欣欣子。我们知道一本书可以有序，还可以有跋，序是放在前头的，跋是放在最后的。最早的《金瓶梅词话》，书后的跋很短，有署名，叫作廿公，跋里面说："《金瓶梅传》为世庙时一巨公寓言。盖有所刺也。"跋里面的"世庙"指嘉靖皇帝，

"巨公"就是地位很高的官员，就说书的作者是嘉靖朝的一个巨公，他写这部书是有用意的，是"有所刺"的。因为《金瓶梅词话》跋里有这样的句子，所以就越发令有些人觉得王世贞很可能就是这部书的原作者，兰陵笑笑生是他的化名。而且你翻一翻历史资料，会发现王世贞的文笔是很不错的，他传下的一些文章、诗，都比一般人高明。

当然，根据一个传说来认定一本书的作者，是不靠谱的，但是这个传说对我们还是具有参考价值的。

第一，它告诉我们，《金瓶梅》这部书里面确实有色情文字。不管设计毒死严世蕃的这个人是不是王世贞，通过这个传说我们可以知道，明朝从皇帝到民间，整个社会都很喜好色情，色情已经公开化了。这样，严世蕃好色情文字，有人投其所好，写了这部书献给他，这样的传说才有了某种合理性。这就告诉我们，《金瓶梅》这部书确实跟别的书不太一样，除了讲故事、描写社会生活以外，还写到男欢女爱，它有些文字是色情的。所以，这部书一直以来争议很大，我们总听说这是一部淫书、黄书、糟糕的书，这都并不是完全冤枉了它。

我一再跟读者推广《红楼梦》，向青少年推广，甚至还向儿童推广，写了一部《刘心武爷爷讲〈红楼梦〉》，还录了相关的音频。因为《红楼梦》是可以推荐给大家去阅读的，而《金瓶梅》因为它确实有色情文字，所以少儿不宜，甚至可以说是青年不宜，一些心理上、素养上有欠缺的成年人，如果只热衷于其中的色情文字，那么读它的话确实也有副作用。这是我们要坦率承认的，也是我要坦诚告诉大家的。

第二，《金瓶梅》绝不是一部从头到尾都是色情文字的色情著作。《金瓶梅》全书一百回，每回大约一万字，真正可以确定为色情文字的字数，全书充其量不过一万字，也就是说，色情文字的比例大约是百分之一。除去这些色情文字，它的故事，它描绘的人物，它讲述的社会生活场景，文学性很强，具有很高的认识价值。刚才那个传说也反映了这一点，严世蕃也发现，书里面不完全是色情文字，他拿手指蘸口水把书页翻来翻去，才能看到那些让他着迷的色情文字。

其他的篇幅他也看，因为严世蕃确实还是一个能够读故事书的人，而且《金瓶梅》的故事很生动，细节很真实，文采很好，足够吸引人。所以，就严世蕃而言，他所看到的也不全是色情文字。这个传说也说明，此书虽然有色情文字，但是它大部分篇幅不是色情的。

第三，传说也传递给我们一个信息，**著书人有他的著书目的**。像刚才我引用最早出现的《金瓶梅词话》，后面廿公的跋就说"盖有所刺也"。作者写这些人物，特别写官场，写一些官商勾结的故事，写人性，它是有目的的。当然传说当中把这个目的浓缩为用这部书去毒死严世蕃，就比较搞笑。尽管如此，广大读者认为这部书是在抨击官场黑暗，抨击奸臣，抨击贪腐的社会，在这点上还是有共识的。所以，我们不能够简单地认为，这是一本黄书、淫书，不能看。我们只要把它梳理清楚，哪些是色情文字，哪些是非常好的文学描写，这样来看待这部书，就比较能够接近真相了。

根据史书的正式记载，严世蕃并不是被这部书毒死的，而是被皇帝惩治了。嘉靖皇帝被严嵩、严世蕃父子蒙蔽多年，宠幸他们多年，最后发现他们做的坏事，就把他们都治罪了。传说虽说不可信，但传说有参考价值。

# 第2讲　情色与色情的纠缠
## 《金瓶梅》的性爱描写

【导读】

上一讲我们通过分析一个在明朝晚期流行，在清代康熙朝被一位叫宋起凤的文人用文字记录下来，并流传到今天的传说，知道《金瓶梅》这部书：第一，它里面确实有一些色情文字；第二，它的篇幅浩荡，有一百回之多，而真正属于色情文字的字数不超过百分之一，绝大部分篇幅都是非常好的文学描写；第三，我们引入了一个相关的概念，除了色情描写以外，文学作品当中往往还会有情色描写。本讲我将会告诉大家情色描写和色情描写的区别。

我们都知道，文学作品是写社会生活的，写人的生存，写人的喜怒哀乐、悲欢离合。人要有精神层面，这毋庸置疑。但是，人确实有七情六欲，人与人之间，特别是男女之间，会有情爱。人类的活动之一，就是相爱者之间的肢体接触，进一步就会有性行为。文学作品不能仅仅表现性这个东西，但文学作品不可避免地会涉及社会生活当中、人类生存当中的这个部分，会有一些相关的描写。经过人类文学发展和文学理论研究的一步步推进，到20世纪后半叶，在文学界、文学理论界大体上形成了一个共识，认为文学作品里面涉及性爱的描写有两种文字：一种是情色描写，一种是色情描写。那么它们之间的区别在哪里呢？

其中一个最明显的、最重要的区别就是**情色描写**，它写两情相悦，不会直接写到生殖器官，它会比较含蓄，甚至会用一些很优美的叙述词语来加以表现；它唤起的不是人的低级动物本能，而是人作为人在爱情和两情相悦当中的那种愉悦。

这种美感可以举一些具体的例子来说明。在明代，不仅小说创作很繁荣，戏剧创作也很繁荣，出现了很多大戏剧家和影响深远的戏曲剧本。比如明代伟大的戏剧家汤显祖，他生活的历史时期，放在人类文学发展的经纬线上来衡量的话，接近英国的莎士比亚年代。我到英国游览时还专门去了莎士比亚故居。在莎士比亚故居的庭院里面，现在陈列着两个人的雕像，一个是英国伟大的戏剧家莎士比亚，另一个就是中国伟大的戏剧家汤显祖。雕塑是他们两个人超越时空，聚在一起，面对面交流的一个情景。

汤显祖主要的四部戏剧作品叫作"临川四梦"。其中最重要的、最出色的、传播最广的一个剧本就是《牡丹亭》。中国台湾的文学家白先勇把古本的、传统演出的《牡丹亭》重新适当编排，形成了一个青春版的《牡丹亭》。青春版的《牡丹亭》首先在中国台湾赢得了广大青年人及一些成年人的喜爱。后来，他又把青春版的《牡丹亭》推广到大陆，在北京等城市进行了演出，也大受欢迎。

《牡丹亭》讲述的是一个爱情故事。一个官宦的女儿叫杜丽娘，她进入了青春期，身心发育成熟开始思春，这是人的一种很正常的生理状态。她到一座荒废的花园里面游览，回来就做了梦——她在花园里面见到了一位叫柳梦梅的公子，和他一见钟情，两情相悦。最后，他们发展到肢体亲热，在牡丹亭边做爱了。

《牡丹亭》的剧本中这一段是怎么写的？当时那种戏剧剧本是有唱词的，唱词是："这一霎天留人便，草藉花眠……见了你紧相偎，慢厮连，恨不得肉儿般团成片也……"这就很直露地写出了他们两个是紧紧拥抱在做爱。可是词句很优美，加上在舞台上演出的时候，演员的表演既含蓄，又非常生动，就形成了这出戏当中一个流传久远、令人难忘的片段。

像《牡丹亭》这种对男欢女爱的描写和表现，就属于情色文字、情色表现。

如果超越这个表现程度，**文字上直接写到生殖器官，就属于色情文字**。《金瓶梅》里面写男欢女爱，其实在很多情况下，并不是直接写到生殖器官，并不是进行具体的、详细的描写，而是和《牡丹亭》写杜丽娘和柳梦梅一样含蓄，当然它也并非含蓄到让你不明白的地步，它传递的信息还是告诉你他们在做爱。所以，《金瓶梅》里面有很多文字被误认为是色情文字，其实它是情色文字。当然，《金瓶梅》里面也有色情文字，书中有不少段落在写男女做爱时写到了生殖器官，而且有时候写得还挺详细的。**情色文字和色情文字的一个根本性的界限就是，是否直接写到了生殖器官。**

人成年以后，应该知晓自己生殖器官的全部情况，具备生殖系统的有关知识。成年人在两情相悦的情况下，在私密空间里，有肢体的亲热，有做爱的行为，在现在这样一个文明社会当中，都应该被视为正常的、可以理解的、可以容纳的。如果你要较真说，虽然你现在划定了情色文字和色情文字之间的界限，但是究竟更具体的界限在哪里？我可以很坦率地告诉你，这是无法像数学、物理那样，非常精确地来界定的。

人类对于文学艺术当中的这种描写和表现，认知和容纳的态度也是不断地变化、推进的。在外国就有这样的例子。比如20世纪英国作家劳伦斯的著名小说《查泰莱夫人的情人》，这部小说书写的是第一次世界大战时，一个英国贵妇的故事。她的丈夫在战场上受伤，丧失了性能力。丈夫从战场上回来以后，贵妇精心地照顾丈夫，但是她内心苦闷。后来她在家里的园林中偶遇了一个园丁，他是一个劳动人民，一个粗犷的汉子。接下来她就和这个园丁产生了爱情，发生了关系。

劳伦斯在描写时就不仅有情色文字，还有色情文字，他写到了生殖器官。这部书在英国引起了很大的争议，一度遭到教会、行政机构、社会团体禁止，因为他们觉得这是一部不健康、很糟糕的书。

但是，随着时间的推移，人们逐步认识到这部书是有价值的。书中写了一个贵族妇女不甘心守活寡，她和一个原来是矿工，现在是园丁的劳动人民，产生了爱情,而且超越了他们的阶级地位,互相以感情为纽带,发生了关系。从这个层面而言,这部书还是有一定的社会意义的,而且全书是同情劳动人民的。所以,逐渐地,各方都开始对它解禁。现在《查泰莱夫人的情人》在英国被认为是一本很正常的书,而且它也被翻译成了中文,介绍到了中国。这就说明,对于文学作品中表现的性爱,并非要一概地加以排斥和否定,表现得好,一开始不能被人容纳的,最后会被多数人所容纳。

再举个例子,20世纪还有一个俄裔美籍作家纳博科夫,他写了部很有名的小说《洛丽塔》。小说描写了一个老头和一个未成年的少女之间发生的不伦之恋。这部书出版以后,一开始在美国也被列为禁书。这部书引起的争议比《查泰莱夫人的情人》更多,因为书里写的是一个老头和一个未成年少女之间的性爱,无论如何都不太合适。可是由于作者的文笔非常优美,后来就有越来越多的评论家给予这部书很高的评价,还把它拍成电影,这部电影的名字中国港台地区翻译作《一树梨花压海棠》,听起来还挺优美。到目前为止,我个人对这部书还不完全认同。我觉得虽然男女之间只要互相自愿,产生爱情,进而做爱,而且他们是在私密空间做爱,不影响他人和社会,就是合理的,可是书里面的洛丽塔毕竟是一个未成年少女,所以,对这部书至今我仍保留一定的看法,认为不宜把它当作一部世界名著向一般的读者推广。当然,这只是我个人的态度,实际上在中国,很多人接纳了这样的著作,接纳了这样的描写。

我觉得在文学艺术里面,表现人的情欲、性爱是可以的,不是每一部文学作品都一定要去表现这些,而且大多数作品的重点绝不在于表现这些,有一部分作品表现了也无妨。但是,应该划一条界线,直接写到生殖器,就属于色情了。色情文字或色情影视、色情画面是不妥的。像《牡丹亭》表现的性爱就属于情色表现。情色表现很优美,它唤起的不是人的低级感官刺激,而是对一个健康人、正常人的情绪的一种正当的表达,对正当的情爱的一种优美的表现、肯定和歌颂。这个要加以区分。

当然话说起来容易,具体到写作和阅读一些作品,就不是那么容易把握了。

可是这个问题又不能回避，特别是我讲《金瓶梅》时不能回避。我上一讲说了，《金瓶梅》有一百回，真正算得上色情文字的充其量也就万把字。其实这还是比较严格的、苛刻的算法。这万把字里面，包括有的地方并没有真正写到生殖器官，还不能算作纯粹的色情文字。为了照顾到多数人的阅读心理，把它算得宽一点，说是万把字。要更严格地区分的话，它写到生殖器官，属于色情文字的也就三四千字。而且每个人对这样一种文学艺术现象，对文字描写的把握尺度也是不一样的。我知道国内一位有名的研究《金瓶梅》的专家、大学教授、博士生导师，他对《金瓶梅》，包括里面写到生殖器官的一些色情文字也予以肯定。他认为色情跟色情还有区别。有的文字很拙劣，有的文字算作优美，可以作为一个审美对象来阅读。他的看法也可以参考。

总之，在下面的讲述当中，我不会引用书中直接写到生殖器官的色情文字，哪怕有的专家认为它也是好的，我不会引导大家专门在这方面做更多的了解。2012年由漓江出版社出版的《刘心武评点〈金瓶梅〉》，这是一个删节本，其中删掉了全部色情文字，也连带删掉了一部分可能被认为是色情的情色文字。我在网上看到有的读者表示愤慨说："为什么删？许你看不许我看，是不是这个意思？"

20世纪鲁迅先生的杂文集《而已集》里面有一篇文章叫作《小杂感》，其中有这么一段话："一见短袖子，立刻想到白臂膊，立刻想到全裸体，立刻想到生殖器，立刻想到性交，立刻想到杂交，立刻想到私生子。中国人的想象惟在这一层能如此跃进。"当然最后一句话，我觉得有点过，不是所有的中国人都是这个样子。

我们每个人面对情爱，生活当中的这种事情，以及文字阅读当中所见到的东西，要能自我控制、自我驾驭。不能听说这部书里有色情文字，就专门要看色情文字，如果把色情文字都删了，就不答应。如果你是一个心性成熟的成年人，你去读没有删节的《金瓶梅》，我当然不会反对。但如果你是一个心性不够成熟的人，哪怕你是成年人，专好那一口，不成了严世蕃了吗？最早的《金瓶梅词话》前面有序，除了欣欣子的序以外，还有一个署名叫作东吴弄珠客的序，他说:"读《金瓶梅》而生怜悯心者,菩萨也;生畏惧心者,君子也;生欢喜心者,小人也;生效法心者,乃禽兽耳。"他就告诉你,读《金瓶梅》,你不能错钻到色情描写中去。

我们国家电影没有分级,文字印刷品也没有分级,出版物一旦出版就是面对全社会,影响广泛又深远。《金瓶梅》是一部既有色情描写,又有大量的非色情描写的古典白话长篇小说,其中大部分内容是非常具有文学价值的。所以,我个人认为,我们了解《金瓶梅》,主要还是该从色情文字和情色文字以外的很浩荡的一些篇幅当中去认识它的价值,了解它的内容。

## 第3讲　借来的主角
### 《金瓶梅》的"借树开花"

【导读】

通过上一讲，我们清楚了《金瓶梅》是一部产生在明朝的白话长篇小说，其中确实有情色文字和色情文字，但色情文字比例并不大，如果除去这一小部分色情文字，其他篇幅当中故事是非常生动的，人物形象是非常鲜明的，对于读者来说，有着很高的认识价值和审美价值。所以，应该把《金瓶梅》当中那些好的部分，也就是绝大部分文字所表达的故事、人物和情节介绍给你。前面我提到了，这部书是"借树开花"，本讲我将告诉你它是如何"借树开花"的。

《金瓶梅》这部书究竟讲的是个什么故事呢？我告诉你，《金瓶梅》开篇就讲武松打虎。讲的是宋朝的时候有一个勇士叫武松，在家里排行第二，又叫武二，他人高马大，非常强壮，非常阳刚，武艺非常好。他从一个县到另外一个县去，路过一座山冈，叫景阳冈。上山之前，他在小酒馆喝酒，有人告诉他，山上有老虎，老虎已经吃了不少人了，他应该白天跟别人结伴过山，他现在喝了很多酒，"三碗不过冈"，不适宜翻过山去。可是武松是一条勇猛的汉子，不在乎这些劝诫，他执意要上山，要越过景阳冈。果然他就遇见了老虎，只见一只白额吊睛斑斓大猛虎从树丛里面跳了出来。武松拿起随身带的哨棒（一根比较长，稍微粗一点，而且木质又很坚实的木棒）打老虎，可没打几下哨棒就被老虎的硬身子给震折了。武松只能徒手跟老虎搏斗，他一手按住老虎的头，用拳头不断地擂老虎的头，最后居然把老虎打死了。

可能有的读者会有疑惑，我应该给你讲《金瓶梅》，可现在怎么讲的是《水浒传》里武松打虎的情节？《水浒传》第二十二回到第三十一回，有十回写的都是武松的故事，头几回也是从武松打虎写起的。《金瓶梅》这部书第一回讲的也是武松打虎。下面的情节你应该都比较熟悉了，因为《水浒传》里都有，你即使没看过《水浒传》这部书，你也看过连环画，看过电视连续剧，从中知道武松的故事。武松打死了老虎，翻过景阳冈，在那边的县城引起轰动，人们把他称为打虎英雄。县令也很高兴，因为这只老虎吃人，民怨沸腾，县里也发了很多布告，希望有人能去杀虎，但都没成功。现在外地来了这么一个勇士，把这只吃人的老虎给打死了。所以，县里就给了武松奖赏，而且把他留下来，给他一个职务，在县衙里面当差，给他一些工钱，就等于把武松雇为县衙的一个公务员了。

一天，武松在大街上和他的哥哥武植，也就是武大郎，不期而遇。武松是一个威风凛凛的强壮汉子，充满阳刚之气，大帅哥。他的哥哥跟他是一母所生，可是武大郎却矮小丑陋，叫作"三寸丁榖树皮"，"三寸丁"形容他作为一个男子，特别矮小，"榖树皮"形容他的皮肤非常粗糙。兄弟见面很亲热，武大郎就邀请武松到家里去住。武松被县令雇了以后，本来住在公家宿舍，见到亲哥哥了，就搬到哥哥武大郎家去了。武大郎的妻子，就是武松的嫂子，年轻又漂亮，这个嫂子就是潘金莲。武大郎靠卖炊饼谋生，每天一大早就做出很多炊饼，然后挑着担子到街上叫卖，卖完了才回家，一去就是大半天。潘金莲，一个年轻美貌的女子，却嫁给了矮小丑陋的武大郎，而她的小叔子武松阳刚、英勇，就住在她家中，潘金莲就爱上了武松。在《水浒传》里面也好，在《金瓶梅》里面也好，读到这儿的时候，读者应该对潘金莲还是理解的，"自古嫦娥爱少年"嘛。但是她后来春心发动，忍不住在武大郎不在家的时候去撩拨挑逗武松。武松不好色，不仅对潘金莲没兴趣，对所有的女性都没有兴趣，而且武松觉得潘金莲作为嫂子，不应该轻薄他，这不成体统，于是他就离开了哥哥武大郎的家。

下面的情节你能猜出来，武松离开武大郎的家以后，潘金莲就格外失落，格外寂寞，格外苦闷。有一天武大郎出去卖炊饼了，潘金莲就用叉竿把他们家的帘子放下来，可是没拿稳，叉竿打中了一个人的头，这个人就是西门庆，清河县的一个有钱人。当时西门庆开生药铺，住着一个大宅院，他有正妻还有小老婆，可他好色，见了美丽的女子就想占有。潘金莲和西门庆一对眼就擦出火花，两个人一见钟情。旁边有个茶馆，茶馆的老板娘是寡妇王婆，她专门做拉纤的事。她设下计策，让潘金莲和西门庆在她家勾搭上了。有一天，两个人在王婆家里通奸，有人就把这个消息报告给武大郎了。武大郎虽然矮小丑陋，但他毕竟是一个男子汉，气不忿儿，就跑过去捉奸，没想到西门庆往外逃跑的时候，一脚踹在武大郎的心窝上，武大郎就吐血了。

武大郎是一个善良而懦弱的人，吐了血，身体很虚弱，躺在家里的床上跟潘金莲说：“你只要找药把我治好了，怎么着都行。”没想到王婆教唆潘金莲，借着灌药的机会下毒，把武大郎给毒死了。无论是《水浒传》，还是《金瓶梅》，都有这样一个细节：潘金莲非常狠毒，武大郎被灌毒以后没有马上死，还在垂死挣扎，她就拿被子把武大郎捂起来，看武大郎还在被子底下动弹，就跳上床骑在被子上头，把被子角捂死，武大郎继中毒后又窒息，一命呜呼了。

你还别着急，说这还是《水浒传》，有没有新鲜的？有的。我讲的是《金瓶梅》，不是《水浒传》，《金瓶梅》的开头，情节也是这样流动的。武松被县衙安排出差去了，他回来发现他的哥哥不明不白地死掉了，就做了一些调查，最后查出来，他哥哥的死跟三个人有关系：一个是他嫂子潘金莲，一个是跟他嫂子通奸的西门庆，还有一个是在两个男女之间穿针引线的王婆。

再往下面，我先说《水浒传》怎么写的。《水浒传》写武松要给他哥哥报仇，先把王婆和潘金莲给杀了，割下人头来祭他的哥哥，然后再去找西门庆算账。听说西门庆正在县里面的狮子街大酒楼，武松就冲到二楼，果然看见西门庆在那儿跟狐朋狗友寻欢作乐。西门庆也是一个高大、强壮的男子，稍微会一点儿拳脚，两人就对打起来。武松在景阳冈连老虎都打死了，当然最后西门庆就被武松给打败了。武松把他提起来,从酒馆二楼的窗户扔出去,西门庆被扔到街上摔死了。这是《水浒传》的情节。

可是《金瓶梅》写武松出差回来后,就跟《水浒传》有区别了,故事叙述就和《水浒传》分道扬镳了。《金瓶梅》是这么继续往下讲故事的:武松回来以后,他当然要找王婆和他嫂子潘金莲算账,这两个女的好对付,不着急动手,他先去找西门庆算账——这在逻辑上是说得通的,男子汉报仇雪恨,先找罪恶最大、最难对付的人,把他干掉,其他的就好办了。所以,《金瓶梅》写的就是,武松没有马上去找潘金莲和王婆,他先去找西门庆,也是冲上狮子街大酒楼的二楼。下面就是《金瓶梅》独特的叙述文本了,它说西门庆在酒楼上正跟一个衙门里的李皂隶(衙门里地位比较低的差役)喝酒取乐。当时西门庆在社会上鬼混,也没有一下子跟地位很高的人混在一起,就和衙门里这些爪牙混在一起。恰恰在武松冲上楼之前,西门庆出去方便了,武松冲上楼一看西门庆不在,可他上楼之前听说西门庆跟李皂隶在一起,就冲过去揪着李皂隶的领子问西门庆在哪儿,李皂隶吓得说不出话来。武松是个暴性子,迁怒于李皂隶,把他从楼上的窗户扔到大街上,李皂隶当场就摔死了。

西门庆听见前面动静不对,就从酒楼的后窗户往下跳,跳到一个院子里面,还惊动了当时在厕所里蹲着方便的一个大胖丫头。然后院子主人就迎上了他。因为西门庆在清河县里面算个财主,所以很多人还是巴结他的。这院子的主人跟西门庆说:"你别慌,我去给你打听前面怎么样了。"后来传来消息,武松趁着怒气把一个跟他哥哥死亡无关的人,就是李皂隶,给摔死了。看自己把李皂隶摔死了,武松稍微冷静一下,觉得他报仇不应该拿不相干的人来出气,就去县衙自首了。

《金瓶梅》的写法,就是在狮子街大酒楼这场打斗当中,西门庆幸存了,死的是另外一个人。武松打死了李皂隶,当然就是犯罪了。后来县里面也给他治罪了,将他发配,武松就离开清河县了。这样,西门庆没死,王婆和潘金莲也没死,《金瓶梅》的故事就从这儿往下写,这种写法就叫作"借树开花"。因为在《金瓶梅》出现之前,《水浒传》已经非常流行,《水浒传》是写梁山泊英雄聚义的故事，《金瓶梅》就借《水浒传》这棵"树"，从《水浒传》第二十二回、二十三回、二十四回这几回当中，把这个枝杈作为砧木，然后嫁接上自己的树枝，形成一棵新树。《金瓶梅》借了《水浒传》武松这段故事，开出了奇特的花朵，结出了奇特的果实，形成了一百回的《金瓶梅》这棵大树。

《金瓶梅》头几回和《水浒传》几乎是一样的，这是一个很有趣的文本现象，也说明当时的著书人很聪明。虽然当时小说创作很发达，但是写小说在那时候不是什么光彩的事，人们写了小说以后，一般都不愿意用真名，都是化名，《金瓶梅》的作者兰陵笑笑生也是一个化名。笑笑生写这部书的时候，很多人也在写小说，怎么使自己的小说拥有更广大的读者群，有什么特殊的办法呢？笑笑生的办法就是"借树开花"。你不是对《水浒传》挺熟悉的吗？你没看过《水浒传》的书，难道没看过关于《水浒传》的戏曲演出吗？没在茶馆、酒馆听过说书人讲武松打虎、潘金莲和西门庆偷情的故事吗？没听过武大郎的悲惨遭遇吗？都知道。那么好，我就从这里讲起，而且假如讲西门庆没被打死，王婆和潘金莲也没有一下子死掉，你会大吃一惊，下面就展开了以西门庆为中心的市井生活的详细描绘。所以，《金瓶梅》的文本非常有趣，它"借树开花"，借《水浒传》武松打虎开始这段武松、潘金莲和西门庆的故事，往下演绎。

在此我要提醒你，不要以为《金瓶梅》的作者是照抄《水浒传》。即便是前面这些你觉得跟《水浒传》非常相似的情节，《金瓶梅》的作者在写的时候，也是有变化的。《水浒传》里面，武松的行动轨迹是从清河县到阳谷县去，可是在《金瓶梅》里面，笑笑生故意写成了武松是从阳谷县翻过景阳冈，到清河县去。这种细微的叙述差别，对有的人来说有一定的吸引力，读者会说你写错了吧，你怎么这么写，《水浒传》不是这样的。实际上这是在提醒读者，这是《金瓶梅》，不是《水浒传》，和《水浒传》还是有区别的。

还有非常重要的一笔，《金瓶梅》是超越《水浒传》的。在《水浒传》里面，武大郎娶了潘金莲，武大郎没有生育，是没有子女的。可是在《金瓶梅》的故事叙述当中，它就明明白白告诉你，武大郎原来是有妻子的，他的前妻死了,他和前妻生下了一个女儿,这个女儿在《金瓶梅》故事开始的时候已经是一个女童了,叫作迎儿,有的版本里面写作蝇儿,让人一看这个字眼就鼻子发酸,这是一个非常卑微的,像苍蝇一样,被一些人厌弃、忽略、侮辱的小生命。《金瓶梅》的作者创造出了一个新的角色,就是迎儿,是武大郎和前妻的女儿。——这笔很要紧,这就说明武大郎虽然相貌丑陋,身材矮小,但他是有性能力和生育能力的。因为过去读《水浒传》,不少读者对潘金莲非常同情,认为潘金莲嫁了一个丈夫武大郎,身材矮小、相貌丑陋不说,可能根本就没有性能力,潘金莲多悲苦。当然,一个美丽的女子嫁给一个矮小丑陋的男子,是一个悲剧。但是,《金瓶梅》加上这一笔,告诉你武大郎是有性能力和生育能力的,就使得人们的同情心不至于完全朝潘金莲倾斜。而且潘金莲和迎儿之间也是有戏的,这是《水浒传》里面没有的一笔,它写潘金莲把丈夫武大郎害死以后,迎儿还活着,潘金莲不能把迎儿也干掉。当然,她很厌弃迎儿,因为迎儿是一个累赘。有一天潘金莲让迎儿蒸饺子,蒸完以后让迎儿端过来,她一数少一个,就问迎儿是不是吃了一个饺子。迎儿是这个家庭的正式成员,在潘金莲走进这个家庭之前,她就存在,就算迎儿吃了一个蒸饺又怎么了?这说明潘金莲的性格当中存在非常邪恶的一面。潘金莲追究,迎儿不承认,她就打迎儿,掐迎儿的脸。

不要以为《金瓶梅》里面都是情色描写和色情描写。你找一本原著翻开,阅读时就奔那个去,我也阻止不了你。如果你是一个心性正常、心理很健康的人,你把这些文字一块儿读下来也无妨,但是如果你心存误会,以为《金瓶梅》里面没有其他内容,没有值得回味的好内容,那你就错了。它写出了人间的惨象,写了潘金莲的人性,写了她对迎儿的迫害!迎儿作为一个被侮辱、被损害的小生命呈现在读者面前,那是当时社会当中,人与人之间的关系当中最黑暗的一种关系——人压迫人,人欺凌人,作者如实地写出来了。这些描写对我们认识那个社会是有参考价值的。

# 第4讲  流传与演变
## 《金瓶梅》的版本区别

【导读】

通过上一讲我们知道了，在《金瓶梅》出现之前，《水浒传》已经相当流行，《金瓶梅》的作者"借树开花"，借大家熟悉的《水浒传》这棵"树"当中武松的故事去生出新的枝丫，开出奇特的花朵，结出奇特的果实，而且它是超越《水浒传》的。本讲我将告诉你，《金瓶梅》在流传当中有哪些不同的版本，不同版本之间有什么区别。

有的读者对《金瓶梅》的版本问题可能不是很感兴趣，认为自己不是《金瓶梅》方面的研究者，没必要去了解。但我觉得大家还是有必要了解一下的，因为我一开头就说了，作为中国人，《红楼梦》不可不读，《金瓶梅》不可不知。对《金瓶梅》的认知，也包括了解它在流传过程中有哪些不同的版本，这也是一种常识，知道对你是有好处的。

最早的《金瓶梅》版本叫作《金瓶梅词话》，因为它里面有大量的唱词。它一边往下讲故事，一边穿插很多的唱词，因为明朝的一般老百姓喜欢在茶馆、酒馆里面听人说书，说书人在说书的时候，不能光是在那儿讲故事，有时候刚上场人没来齐，他得暖场，就会讲几个小段子，当中唱上一段，等人聚集多了，再正式开讲相关的故事，讲述当中有时还要穿插一段弹唱。《金瓶梅》的文本作者模拟说书人说书，最早是这么一个版本。他这么写下来，你读《金瓶梅》的词话本,仿佛是拿着一个说书人讲述演唱的底本,这是一种叙述的方略。这个版本出现得最早,有人说在隆庆朝就有了。但是多数人认为还是在隆庆朝之后,在万历朝出现了《金瓶梅词话》这样一个词话本。现在如果你到网络上搜索,可以找到词话本,它的书名就叫作《金瓶梅词话》。

这部书后来不断地流传,不但民间的普通人感兴趣,一些文人雅士也感兴趣。当时有个有名的文人袁宏道看了一段,觉得不得了,云霞满纸,好看、精彩。这时就有了文人的介入。

崇祯时期有文人雅士把原来万历时期的词话本加以改造、修饰,就形成了一个新的《金瓶梅》版本,就是崇祯时期的《新刻绣像批评金瓶梅》。崇祯本整理者觉得一些唱词累赘、多余,删去了词话中的许多词曲。另外,词话本的回目字数参差不齐,崇祯本将回目整齐划一,要么是前后半回各八个字,要么前后半回各七个字。二者最大的区别在哪呢?崇祯本整理者认为,第一回虽然也有西门庆出现,可没有体现西门庆是全书的主角,不合适,就把第一回做了改造。所以,词话本一开头是从武松打虎写起,而崇祯本第一回回目的第一句叫作"西门庆热结十弟兄",写清河县的财主西门庆在当地鬼混,跟另外九个人结拜成兄弟,形成了一个团伙,这样就使得读者一开始就知道,这本书是写西门庆的故事。

对词话本和绣像本之间区别的看法,学术界是有争议的。究竟第一回怎么处理比较好?我个人认为还是万历时期出现的词话本比较好,因为词话本保持着原创的原汁原味,而且它"借树开花"的做法非常明显,也非常有趣。当然我也不否定,崇祯时期的绣像本从"西门庆热结十弟兄"写起,也是一个能够提醒读者注意谁是主角的叙述方略。

到了崇祯时期,绣像本非常流行。什么叫"绣像"?古代小说附有木刻的插图,画工把画细致地勾描出来,像绣花一样,然后再刻在木头上,印刷出来就叫作绣像。崇祯本每一回都有两幅绣像,每个回目有上下两句,上半回一个绣像,下半回一个绣像,一共二百幅,一直流传到今天。现在有人印词话本,也把绣像印上，因为虽然崇祯本对词话本做了一些改动，但是大体的框架、叙述内容，还是相同的多，所以这些绣像也很贴切。只不过第一回"西门庆热结十弟兄"的绣像搁在词话本的第一回有点不合适，因为词话本的第一回没有讲西门庆跟另外几个人结拜弟兄的事情。万历时期的词话本《金瓶梅》是没有批语的。崇祯时期的绣像本《金瓶梅》有批语，它的特点可简单概况为：第一，它是新刻的；第二，它有绣像；第三，它有批语。所以把它叫作《新刻绣像批评金瓶梅》。

《金瓶梅》在明朝就非常流行了，到了清朝继续流行。在流行的过程当中，因为有色情文字，官方和社会上的某些人士对它一直是否定的、禁止的，可是它屡禁不止，还是广为流传。清代康熙朝有一个文人叫张竹坡，他在科举考试当中不得志，屡试不中，就立志要成就一番事业，他就来评点《金瓶梅》。他把自己住的地方叫作皋鹤堂，"皋"就是小山坡、山岗，也可以理解成沼泽地，那个地方会有野禽，会有鹤。中国认为白鹤是一种很优美的水禽，过去古人有"梅妻鹤子"一说，就是过一种非常高雅的生活，梅花就是他的妻子，美丽的白鹤就是他的儿子。张竹坡就在自己的皋鹤堂坐下来，潜心研究《金瓶梅》。他在崇祯本的基础之上，重新整理这个本子，加了很多独特的批语，构成一个皋鹤堂的版本，张竹坡的评点本，即《皋鹤堂批评第一奇书金瓶梅》。

虽然张竹坡的评点本后来影响也很大，有些评点也很有意思，有参考价值，但是它所依据的底本是崇祯时期的《新刻绣像批评金瓶梅》。所以，笼统而言，《金瓶梅》还是只有两个版本体系，一个是早期的万历时期的词话本，一个是后期的崇祯时期的绣像本，张竹坡的评点本和绣像本可以合并在一起，算作是一个版本体系。这两种版本都流传到了今天。有一点要提醒大家，前面所提到的词话本发现得很晚，直到20世纪初才被人发现，先是1931年冬在山西介休发现了一部，后来又在日本发现了两部半，这三部半的词话本虽然都有缺页，但通过互补，可以形成足本，后来就被排印出来，开始流传。

我个人认为，词话本比后来的绣像本和张竹坡的评点本更具有原创性，是

## 第4讲 流传与演变：《金瓶梅》的版本区别

原汁原味的《金瓶梅》。我下面讲《金瓶梅》，多数情况下是根据词话本来讲，但是有的地方我也会讲到词话本里没有，绣像本里面有的一些内容，它们之间是有些差异的。比如写西门庆在清河当地鬼混，和另外九个人结拜兄弟，除了他以外，那九人究竟都是谁？这两个版本里面的写法不完全一样，有的是前者有，后者没有；有的是后者有，前者没有；还有的是两个版本都有。有的具体名字的写法也有区别，比如书里面有一个很重要的角色是西门庆的女婿，有写陈经济的，有写陈敬济的，我在讲述当中就采取了陈经济这样一个名字。

有的读者可能会有疑问，说你讲了半天，而且连版本都讲了，但是我还是有点不明白，你说兰陵笑笑生从《水浒传》"借树开花"讲了西门庆的故事，这本书为什么不叫《西门庆传》呢？为什么叫《金瓶梅》呢？书名是什么意思？这是我必须要给你解释的。"金瓶梅"三个字，从字面上的意思来看，是在金色的瓶子里面插着梅花，这个金瓶可能是镏金的，也可能是纯金制作的，里面插着盛开的梅花，这当然是一个象征。金意味着财富，梅花意味着女色。过去一些人活在世界上，追逐酒气财色，要喝美酒，要变得很有气势、很有势力，要有财富，另外还要拥有很多的美色。《金瓶梅》书名的第一种理解就是它有象征意义，一个金色的花瓶里面插着美丽的梅花。但实际上之所以这样命名，更扎实的一个解释，是兰陵笑笑生用书中三个主要的女性角色的名字，各取一个字构成书名，这个解释应该更贴切了。前面不是说了有个角色叫潘金莲吗，这个角色在《水浒传》里面就有，而且《水浒传》里对她的描写也相当生动。在《金瓶梅》这本书里面，有关她的故事更丰富了，她的人物形象更鲜活了，具有更多的特色，有更多值得探讨的地方。所以，《金瓶梅》的金就是潘金莲，从她的名字里面取一个"金"字。书里面另外一个非常重要的角色叫李瓶儿，这是《水浒传》里没有的角色，如果说潘金莲还是"借树开花"生出的一个角色的话，那么李瓶儿绝对是兰陵笑笑生原创的艺术形象。李瓶儿的故事也很多，后面我会慢慢讲给你听，她的形象塑造得非常丰满。从李瓶儿的名字中取出一个"瓶"字。书里面还有一个非常重要的女性角色，叫作庞春梅。这个角色大家看了会吓一跳，难得兰陵笑笑生写出这么一个很怪异的女性，在中国古典文学的人物画廊里面独树一帜，个性非常鲜明，是一个会给读者留下非常深刻印象的角色。从庞春梅的名字里面取出一个"梅"。这三个女性的名字当中各取一个字，合在一起，就是书名《金瓶梅》。所以，这部书既是写以西门庆为中心的家族故事，也是写了众多女性的一部长篇小说。

## 第5讲　世情小说鼻祖
### 《金瓶梅》的特殊价值

【导读】

上一讲告诉你,最早的《金瓶梅》出现在明朝的万历时期,叫作《金瓶梅词话》。到了明代的崇祯时期,出现了一个新的版本,叫作《新刻绣像批评金瓶梅》。到了清代的乾隆时期,一个叫张竹坡的人在绣像本的基础上又整理出一个本子,叫作《皋鹤堂批评第一奇书金瓶梅》。笼统而言,《金瓶梅》还是只有两个版本体系,一个是早期的万历词话本,另一个就是后期的崇祯绣像本,张竹坡的评点本和绣像本可以合并在一起,算作是一个版本体系。《金瓶梅》的文本正式和《水浒传》分手,叙述方略上产生巨大变化是在它的第六回,第六回的下半回叫作"王婆打酒遇大雨",怎么回事?请看本讲内容。

词话本和绣像本的最大区别在于,词话本的开头除了一些暖场的小故事,是从武松打虎讲起的,第二回才出现了西门庆。但是绣像本的整理者认为,西门庆是这部书的第一大主角,他出场不宜太晚,所以就把第一回前面改写了,全书一开始就写"西门庆热结十弟兄"。我引用回目的时候,有时候引的是词话本,有时候引的是绣像本,还有的时候用的是张竹坡的版本。张竹坡的评点本虽然基本上用的是绣像本,但对文字也做了一些改动,有的还改得很细,比如第一回,绣像本是"西门庆热结十弟兄",张竹坡把它改成了"西门庆热结十兄弟"。因为他最后认定《金瓶梅》这部书的主题是劝善、劝孝、劝悌。什么叫"悌"？儒家有一种理论，就是晚辈要孝顺长辈，儿女要孝顺父母，兄弟姐妹之间要互相关怀，其中弟弟服从哥哥叫作悌。所以张竹坡觉得，虽然绣像本第一回让西门庆出场了，但是这个回目"西门庆热结十弟兄"，"弟"放在"兄"前面是不妥的，他很细致地把它改成了"西门庆热结十兄弟"。张竹坡狂热地喜欢《金瓶梅》这部书，认为它是第一奇书。在明代有"四大奇书"的说法，四大奇书是《水浒传》《三国演义》《西游记》《金瓶梅》。一般"四大奇书"的排列顺序，不一定会把《金瓶梅》放在第一位，可是张竹坡认为《金瓶梅》应该稳坐第一把交椅，是"第一奇书"。

在《金瓶梅》的各个版本中，不管是词话本，还是绣像本，还是张竹坡的评点本，到了第六回下半回都有一段描写，叫作王婆遇雨。前面已经说了，书中写到王婆教唆潘金莲害死了武大郎，当然西门庆是总后台，他是一个关键人物，没有他的出现，也就不会有后面武大郎惨死的事情发生。王婆教唆潘金莲毒死了武大郎后，潘金莲就可以和西门庆恣意地寻欢作乐了，西门庆干脆跑到潘金莲家去鬼混。一开始武大郎的尸体虽然装殓了，但还没有下葬，他们就在武大郎的灵柩旁边胡作非为。第六回下半回叫作"王婆打酒遇大雨"，如果你看惯了《水浒传》那些文本，看到王婆遇雨这个回目，一定以为会发生什么不得了的事情，否则怎么会专门把她这样一个遭遇上了回目。其实它写的是西门庆和潘金莲在死去的武大郎的住宅里面寻欢作乐，王婆帮闲，为他们到外面去买酒和下酒菜。王婆买了酒和下酒菜以后，在回来的路上忽然风云突变，下起了大雨，她就在屋檐底下躲雨，躲了一会儿雨就停了，王婆也没发生什么事，就带着酒和下酒菜回到了潘金莲家。

这个文本，现在你看了可能觉得无所谓，不稀奇。但是我要告诉你，王婆遇雨这个情节的处理是兰陵笑笑生的一个重要的笔墨转折。从这以后，《金瓶梅》就脱离了《水浒传》那种宏大叙事的文风，开始具体、细致地写普通人的生活及清河县市井的种种情况。

明代的"四大奇书",论文学审美价值,《金瓶梅》不一定要排在最后,其实它是最具特色的。那么它的写作特色是什么呢?

请注意,《水浒传》是写英雄豪杰的故事。《水浒传》里面充满了宏大叙事,情节很紧张。这些英雄人物要立下功业,就会出现很多凶险的情况,非常人的一种状态。《水浒传》是一个英雄诗篇,仔细推敲的话,它基本上只承认英雄豪杰的生命价值,只承认梁山泊一百零八个英雄好汉的价值。其他的人要么具有反面价值,作为梁山泊好汉的敌人,应该被消灭;要么是普通老百姓,芸芸众生,在作者笔下没什么价值。比如写李逵和其他一些梁山好汉去法场解救被官府逮捕的同伴,李逵一手拿一把板斧,一路砍过去,当然他砍了官兵,可是很多围观的无辜老百姓也被他砍了,但是作者行文毫无所谓,他不认为误伤一些老百姓算个什么事。甚至《水浒传》里边还有这样的情节,张青、孙二娘在梁山泊的外围开黑店,你进店吃东西,比如吃包子,他们卖给你的是人肉包子,他们觉得你身上的肉可以用来做包子馅,就把你用蒙汗药麻翻、杀死,然后拿你的肉做包子。作者写这些情况的时候完全无所谓。只有什么情况下才会例外?就是某一个人被抓住了,然后一打听姓名,发现对方也是江湖上有名的英雄豪杰,那么黑店主人就不杀他了,他们就成了一伙。所以,在《水浒传》里面只确定了英雄豪杰的生命价值,对其他的普通人没有太多怜惜,怜悯有时候有一点,但不多。

《三国演义》的价值坐标就是帝王将相。书里面主要写这些历史上有记载的帝王将相,写他们的故事,里面有时候写一点老百姓,但就是写群像,个人的面目不清。在《三国演义》的作者笔下,也只确定了帝王将相的生命价值,普通人的市井生活,偶尔也写一点,但不是重点。也就是说,《三国演义》对普通人的生命价值也是冷落的。

《西游记》所确定的是神佛妖魔的价值,它写神佛妖魔的故事。唐僧师徒当然都具有正面价值,其中出现的一些神佛具有正面价值,甚至妖魔也具有一定的正面价值,因为他们老想吃唐僧肉,阻挠唐僧西天取经,结果等于是为唐僧积累了经历磨难的人格资本。《西游记》也很少写到普通人的生活、展示普通人的生活场景。

这种传统直到《金瓶梅》才被打破，《金瓶梅》的头五回似乎是重复《水浒传》的文本，以宏大叙事写英雄武松的遭遇。但是到了王婆遇雨这段情节之后，等于告诉你，天下大多数的故事都是平常的事，大多数的生命都是普通人，从这以后就开始放手写西门庆的故事，以西门庆为轴心，展示清河县广阔的市井生活。一部长篇小说，摆脱了只肯定英雄豪杰、帝王将相、神佛妖魔价值的框架，而能够把笔触放到表现历史上没有记载的普通人的喜怒哀乐、悲欢离合、生死歌哭，是很了不起的。

这个传统到了清代曹雪芹写《红楼梦》时被加以继承。《红楼梦》写的贾府是一个贵族家庭，《金瓶梅》所写的西门庆，他虽然后来是个大富翁，也当了官，但他是在一个小地方，在清河县，他的社会地位、生活的奢侈程度，比《红楼梦》里面的贾府要差一些。《红楼梦》写京城大贵族家庭的生活，它也摆脱了只肯定英雄豪杰、帝王将相、神佛妖魔价值的框架，它写的是史书上没有记载的普通人，普通的生命。从这点来说，《金瓶梅》是《红楼梦》的祖宗。在文学发展的流变当中，一个作者最后能够把他的笔触突破对英雄豪杰、帝王将相、神佛妖魔的那种宏大叙事，细致、生动地描写史书上没有记载的芸芸众生的生活，这是一个巨大的变革。

根据前面的那些回目，你会发现，这些回目所概括的都是一些绷紧弦的故事，那么以此类推，《金瓶梅》当中突然出现了王婆打酒遇雨的一段情节，就以为王婆遇到雨了怎么着了啊，结果没怎么着，雨停了，王婆回来了——就故意写市井小人物似乎没有意义的小遭遇，由此开始写普通人的生存状态。当然，《金瓶梅》后面还继续写了一些潘金莲和西门庆的故事。前面已经说了，《水浒传》里面写武大郎，没有说武大郎有性能力，能生育，他是没有儿女的。但是，这个角色从《水浒传》转化到《金瓶梅》里面以后，作者做了新的设置，写他曾经娶过妻子，有性能力，有生育能力，有一个小女儿迎儿。这也说明《金瓶梅》作者的笔触开始对人间普通人的生命状态进行细化开掘，而且在王婆打酒遇雨的情节前后，就出现了潘金莲的母亲这样一个角色，这个角色在后面还要出现。《水浒传》里面潘金莲很快就被武松杀掉了，潘金莲的母亲是谁，是什么样的，潘金莲和她母亲之间有没有来往，《水浒传》没有交代。

《水浒传》是宏大叙事，对这些普通人、小生命的具体情况没有多说，但《金瓶梅》把武大郎细化了，表现在他有女儿迎儿，把潘金莲也细化了，表现在她有母亲潘妈妈。迎儿和潘妈妈虽然是书里面的小配角，但也是贯穿全书的，后面还会写到，我也会讲到。《金瓶梅》开始写普通的市井生活，普通的小人物，他们的命运轨迹，他们的故事。**《金瓶梅》的第七回就是独创性的内容了，到后面这种独创性的内容越来越多，就距《水浒传》越来越远了。**

《金瓶梅》对西门庆这个角色的刻画是全方位的，也很准确。西门庆虽然勾搭上了潘金莲，和潘金莲一块鬼混，觉得很愉快，可是他并没有真的把潘金莲完全放在心上，他有他自己的生活。

西门庆的父亲原来是一个游商（流动做生意的买卖人），后来他的财富积累到一定程度以后，就定居在清河县，开了一个很大的生药铺。在一个人流聚集的区域卖粮食，生意会很好，因为粮食是人们生活的必需品。但药材也很重要，因为人们除了正常生活以外，还有生老病死的问题，免不了得病，就要去求医问药，所以西门庆父亲的生药铺生意很好。后来西门庆的父亲去世了，西门庆的母亲也很早就不在了，西门庆就继承了他父亲的居所，还加以扩建，将它变成一个有好几进院子的大宅子。

有人说《金瓶梅》就是一部西门庆的性爱史，这么概括是不准确的。不要以为《金瓶梅》只是一味写西门庆好色，一天到晚总是跟女人做爱，实际上它全方位地塑造了一个市井人物。西门庆继承了他父亲的生药铺以后，很会做生意，书中有不少篇幅和细节写他打理生意，比如写他在生药铺的账房里面和他雇的管事（相当于现在的经理）傅铭一起算账。西门庆在理财上是很精明的，很多事他都亲自过问。后来西门庆不仅开生药铺，还开了很多其他的铺子，比如在他宅子的外头开了一个典当铺。

西门庆的生意越做越大，光是做生意赚钱，在地面上他混得还不是很好。虽然西门庆热结了十弟兄，可其他弟兄里面好多都是社会混混，能给他开心、解闷，在一些小事情上有所帮助，但并不能完全满足他向前发展的内心欲望。所以，西门庆就开始勾结官场。《金瓶梅》前面写到西门庆和一些低级人物（社会上的混混）来往，一开始够不着官场，他只适合和一些像李皂隶这样的衙门里的低级差役，寻欢作乐，互相勾结。

后来西门庆的财富多了，就用银子来行贿，叫作租借权力。他给官吏放贷，利息可能很低，或者有时候不要利息，表面上看来，他在银子上头可能有些亏损，但实际上他获得了和这些官员的良好关系，西门庆有什么事，县里面的一些官吏都能帮他摆平。再往后西门庆的胃口就更大，就去巴结上层，后面还要详细地讲到，现在简单交代一下。西门庆派人到京城，见到了朝廷里面炙手可热的大官僚，而且他通过不惜血本的贿赂，最后一本万利，通过大官僚的任命，在清河县当官了。具体来说，当时他所获得的这个任命叫作金吾卫副千户，委差在清河县提刑所理刑，这个职位相当于现在的公安局副局长。所以《金瓶梅》是全方位来写西门庆的，他在那个时代，是一个在社会上、在清河县地面上很能混的人，很有办法的人。

第二辑
## 西门庆的征服

# 第6讲　金钱势力的崛起
## 西门庆迎娶孟玉楼

【导读】

　　上一讲告诉你,《金瓶梅》作为长篇小说,是非常了不起的,是我们民族长篇小说发展过程中一个巨大的里程碑。长篇小说不再只奉献给帝王将相、英雄豪杰、神佛妖魔,长篇小说开始关注历史、宗教所确定的价值之外的最普通的生命,写他们的存在状态。尤其是第六回下半回写了王婆打酒遇雨,从这开始,《金瓶梅》自己的文本特点就显现出来了,那就是从容不迫地叙述市井人物的日常生活——他们作为个体,生命往往是处在无聊的生存状态中;他们作为群体,又是集体无意识的,生者自生,死者自死。那么有的读者会问了,西门庆是不是应该把潘金莲娶回家去呢?有趣的是,第七回作者突然又写到了另外一个人物,展开了另外一些有趣的场面。请看本讲内容。

　　《金瓶梅》的前六回基本跟《水浒传》的情节相近,西门庆迎娶孟玉楼是《金瓶梅》第七回的故事,这一回完全是兰陵笑笑生的独创,故事内容非常精彩。很多读者可能觉得,第七回应该写西门庆迎娶潘金莲,或者是写潘金莲怎么想办法嫁给西门庆。但是这部书是全方位地写西门庆的,他是一个以自我为中心的人物。自从那次潘金莲失手用叉竿打到他的头,他和潘金莲一见钟情以后就密切来往,甚至西门庆还起到了推动作用,使得潘金莲在王婆的教唆下害死武大郎，他其实是间接有人命案的一个人。当时也不是说他不想娶潘金莲，可能需求不迫切，他有自己的思维和生活方式。

书里写到，这个时候，清河县有一个卖布的商人，也发了财，有很大的宅院，娶了一个很美丽的女子做正妻，但这个商人死掉了，这个女子就守寡了，这个女子就是孟玉楼。孟玉楼在书里面的形象是很有特点的。这部书里写了很多女性，每一个女性的相貌、身材、性格和做派都不一样。孟玉楼的特点，从身材上说，是一个高挑的妇人，大长腿。另外，她脸上有一些浅浅的麻点，这些浅麻点不但没有使她的容貌逊色，反而正好像在美丽的湖面上增加了一些浮萍，显得她更妩媚了。这个女子死了丈夫以后就想改嫁。

这很有意思，因为在中国传统封建礼教的有关训诫规则里面，要求女子从一而终，你嫁了一个男人，男人死了，你就要守寡守到底，改嫁被认为是可耻的。在中国长期的封建社会里面，也确实有一些女子在死了丈夫以后就守寡，当时朝廷对于这些死了丈夫、青春守寡的女子还给予表扬，有的地方给她们立贞节牌坊。可这部书写的是明代后期嘉靖朝的社会生活……可能有的读者会有疑惑，这部书开始讲的武松打虎不是宋朝的故事吗？实际上这部书假托是宋朝，有很多的专家、学者都会告诉你，它写的是明朝，而且是明代嘉靖朝的故事。一个最明显的例子就是，书里面写到一对奸臣父子，它托言宋朝，当时宋徽宗时期的一对奸臣父子是蔡京、蔡攸，而明代嘉靖朝的一对奸臣父子是严嵩、严世蕃。嘉靖皇帝开头宠幸严嵩、严世蕃，后来发现不对头了，先惩治了儿子严世蕃，再流放了父亲严嵩，据说最后在流放的地方没有人同情严嵩，他就被饿死了。《金瓶梅》托言宋朝，写蔡京、蔡攸本应该根据宋朝的情况来写，就是宋徽宗后来处理蔡京、蔡攸，历史记载是先解决了父亲的问题，然后再来惩治儿子。但是《金瓶梅》后面写蔡京、蔡攸的结局，却是皇帝先处理了儿子蔡攸，再去处理父亲蔡京。兰陵笑笑生是故意这样写的，明代读者一读就明白，他就是用所谓宋朝的故事来影射明代嘉靖朝的情况，这是一个最明显的证据。还有其他证据，我不在这里一一列举了。就是说，你把《金瓶梅》后来的故事当作晚明社会生活的一幅《清明上河图》来看的话，是一点都不会错的。

到了明朝晚期，儒家的封建礼教已经崩坏，寡妇改嫁司空见惯。所以，孟玉楼的丈夫死了，她思嫁就不足为奇了。虽然一直到清朝，还有一些妇女恪守封建礼教，守寡到底，去争取一个贞节牌坊，像《红楼梦》写的李纨就是这种情况，但是人心在不断变化，所以《金瓶梅》第七回就写一个寡妇孟玉楼思嫁。她的丈夫死了，但是她丈夫的弟弟，她的小叔子还没有成年，还在宅子里面生活，孟玉楼就面临一个人生抉择——是坚持守寡，把小叔子带大，还是去寻求自己的个人幸福？孟玉楼毅然决然地选择了后一条道路。孟玉楼的公婆已经去世了，这对她改嫁是很有利的，约束就少了。但她改嫁还有障碍，她的丈夫还有个舅舅，姓张，书里面把他叫作张四舅，他成为孟玉楼改嫁的一个很大的障碍。张四舅并不是根据封建礼教来遏制孟玉楼，反对她改嫁，而是需要孟玉楼听从他的安排，嫁给他推荐的人。因为如果孟玉楼改嫁给他推荐的人，他是可以拿到银子的，是有利可图的。所以，张四舅是一个想要主宰孟玉楼命运的人。

书里就写，在那个时候，社会是很丰富多彩的，各种人都有。有一些中老年妇女，她们的职业都是奇奇怪怪的，合起来叫作三姑六婆。这个概念在讲后面故事的时候，我再给你细化，现在只说其中的一种。一个姓薛的妇女，书里把她叫作薛嫂，也可以叫作薛姑，还可以叫作薛婆，她每天就提着一个花箱，里面装的不是鲜花，而是女子头上戴的镶珠嵌玉的花翠装饰品，走街串巷去卖花箱里面的花翠。当然薛嫂不会去穷人家，她都是去一些富人和官员家里。西门庆在清河县发财了，成为数一数二的财主了，她自然也要串到西门庆家里去。但西门庆家不是那么容易进去的，这部书后面写薛嫂经常出入西门庆的宅院，但这个时候她还是通过西门庆的小厮，在西门庆所开的生药铺的账房找到了西门庆。西门庆不会买她的花翠，薛嫂让他去娶寡妇孟玉楼。所以，薛嫂提着一个花箱走街串巷，兜售箱子里面的头面装饰品，只是她的身份之一，她还有一个重要的身份就是说媒拉纤，属于三姑六婆中的一婆——"媒婆"。

薛嫂跟西门庆介绍孟玉楼的语言很生动，她说："是南门外贩布杨家的正头娘子。手里有一分好钱,南京拔步床也有两张,四季衣服,插不下手去,也有四五只厢子,金镯银钏不消说,手里现银子也有上千两,好三梭布也有三二百筒。"薛嫂说孟玉楼"好三梭布也有三二百筒",因为孟玉楼是布贩的寡妇,所以她家里面当然有很多布匹的存货。这里面薛嫂特别提到,孟玉楼光是南京的拔步床就有两张。拔步床,在这部书后面的情节里面还会出现,是当时妇女使用的一种最贵重的床。简单来说,拔步床搁在屋里面,本身就像一个小房子,有底,有墙,有窗,前头等于是一个廊子,廊子的一边是梳妆台,另一边是一个马桶,当然这个马桶是很讲究的,不雅的味道是不会随意飘散出来的。拔步床的制作材料一般都是很高级的红木,而且打造的样式非常美丽、精致,比如它的侧面会有多宝格,会有可以拆卸的板壁。更不消说,布置起来会有高级的床帐,挂着吉祥物的香包等。当时拔步床是很昂贵的一种家庭用具,尤其是南京所产的拔步床。《金瓶梅》的故事发生在清河县,不在南京,但是杨家的寡妇孟玉楼就拥有两张南京拔步床,薛嫂用这些话来打动西门庆。西门庆当然是既贪色,也贪财,娶进这么一个女人,等于同时还发一笔财,他是愿意的。可是《金瓶梅》写西门庆也是立体的写法,不是一个简单的标签式写法,说他爱财,倒不是一听说孟玉楼有这么多的值钱东西,就想连人带财一块儿弄过来了。西门庆还是挑剔的,女子必须漂亮,最好还要有才艺。书里写潘金莲不光很美丽,她还有才艺,会弹琵琶,会唱小曲,还会作诗、填曲。潘金莲怎么有这些本事,下面展开讲潘金莲的时候我再给你解释。薛嫂知道西门庆喜欢有才艺的女子,所以她就特别告诉西门庆,孟玉楼会弹月琴。西门庆一听,"便可在他心上"。这是最后促使西门庆迎娶孟玉楼的一个重要因素。所以,书里把西门庆写得很生动,他不是一个你想象的只贪财贪色的简单生命,他还是一个有点情趣的人,喜欢女子能弹琵琶或月琴。

这样西门庆就把潘金莲撂在一边了。潘金莲发现西门庆很多天都不去找她了,就很苦闷,心想:西门庆都在忙活什么呢?西门庆正忙着迎娶孟玉楼。薛嫂先给西门庆打预防针,实话实说,娶孟玉楼还有一个障碍张四舅,他是孟玉楼死去的婆婆的兄弟,她丈夫的舅舅,这个人现在把持了杨家,特别是他有一张王牌,就是孟玉楼的小叔子、杨家布贩未成年的弟弟,因此张四舅可能会出面阻挠孟玉楼改嫁。前面我们提到,张四舅其实不是一个封建礼教的遵守者和维护者,并不反对孟玉楼改嫁,张四舅打的主意是,孟玉楼要改嫁的话,得听他的,他当时想安排孟玉楼嫁给一个地位不低的官员的儿子。这种情况下,薛嫂就给西门庆出主意,说咱们也有一张王牌,就是杨家的姑妈,她是孟玉楼公公的姐姐,孟玉楼丈夫的姑妈,书里把她叫作杨姑娘。在明代和清代,"姑娘"这个词是多义的。它的第一个含义,就是称呼姑妈叫姑娘。第二个含义就是小姐,把未成年的女子叫姑娘。第三,有时候把小老婆叫姑娘。书里面所说的杨姑娘,是杨家布贩的一个姑妈。

书里这段写得很有意思,最后杨姑娘就和张四舅短兵相接了。因为通过薛嫂的策划,西门庆先去贿赂了杨姑娘,杨姑娘得了好处,当然就精神抖擞,一定要为西门庆迎娶孟玉楼保驾护航。但是张四舅也不是好惹的。在已经定下来要把孟玉楼娶走那天,孟玉楼要搬到西门庆家里去的那些箱笼都已经准备好了,包括那两张南京拔步床。搬东西的人也都来了,准备把孟玉楼这些东西搬走。当然西门庆还准备了轿子,要把孟玉楼接走。在这样一个关键时刻,张四舅出面阻拦,说打开箱子让他看看,里面的东西是不是有应该属于孟玉楼小叔子的,属于杨家后代的。这时候隐藏在大堂屏风后头的杨姑娘就走出来了,和张四舅唇枪舌剑,这段文字精彩极了,两个人的对话非常生动,有些语言非常粗鄙,可以说是如闻其声。历来都有一些专家就这段描写做出评论,说这么生猛、鲜活的语言,不是一般的写作者能够全部模拟出来的,可见兰陵笑笑生对市井生活世俗语言非常熟悉。

当时有很多围观的人,都站在杨姑娘那一边,张四舅失利了。因为那个时候虽然封建礼教已经崩坏,可是有些固有的观念还是深入人心。一般认为这是杨家的事,姓杨的姑妈发话比较有权威,张四舅虽然口口声声说是维护杨家的一个后代,但是他姓张。这也是到目前为止,很多中国人固守的一个心理界限,还得本家人说话才算数。由于杨姑娘出来阻拦了张四舅,击退了张四舅,最后西门庆就把孟玉楼娶到了他的大宅院里面。

## 第7讲　官帽更能保平安
### 西门庆的高价官帽

## 【导读】

上一讲讲了薛嫂说媒并设下计策，西门庆提前收买了杨姑娘，克服了张四舅这个障碍，顺利迎娶了寡妇孟玉楼。这一段情节集中在《金瓶梅》的第七回，这一回没有色情文字，连情色文字都没有。兰陵笑笑生把出场的人物全都写活了，体现出《金瓶梅》的最大特色，就是写市井当中普通人的生活。有一段时间西门庆宅院的大门老是紧紧地关闭着，谁都找不着他了，原来是朝廷里面出大事牵连到他了。虽然故事里面的清河从前后描写看，应该是大运河畔一个大的居民区，离故事当中的朝廷所在地还比较远，可是朝廷当中的一些动荡，也会波及远处像西门庆这样人的命运。他如何摆脱这个政治危机，又如何开始了官帽之路？请看本讲内容。

西门庆已故原配是陈氏，生下一个女儿，书里面就叫作西门大姐。后来西门庆把西门大姐许配给了东京八十万禁军杨提督的亲家陈洪的儿子陈经济。按说西门庆的女儿嫁得不错，可是没想到朝廷里面出事了，杨提督杨戬被其他官员弹劾了，皇帝觉得其他官员对杨戬的弹劾有道理，就采纳了，治了杨戬的罪。光治罪杨戬还不解气，皇帝要把所有跟杨戬有关系的亲友，特别是亲戚都一网打尽。西门庆的女儿嫁给了杨戬亲家的儿子，属于一网打尽当中必须要涉及的人。所以，西门庆的名字就列入黑名单了。当然黑名单上的人很多，朝廷先要解决黑名单上在东京那边的人，西门庆离得比较远，而且说实话，把他牵扯进去也比较牵强，他只不过是杨戬亲家的另一门亲家。但是不管怎么说，真照着黑名单往下抓捕的话，西门庆就是其中的一员。

消息传来以后，西门庆吓坏了，哪还敢出来招摇，当然大门紧闭，不敢见人。但是，西门庆觉得不能坐以待毙，等着东京来人把自己抓走，他奉行一个很粗鄙的道理，叫作"火到猪头烂，钱到公事办"，他有钱，就拿钱来买命。西门庆赶紧派仆人来保和来旺到东京蔡京府第打点，我前面提到宋徽宗时期有一对权臣父子，父亲蔡京，儿子就是蔡攸。当然普通人很难见到蔡攸了，书里面写得很详细，就是西门庆派去的人想尽了办法，终于见到了蔡攸，他们递给蔡攸的礼单是白米五百担。蔡攸觉得这个人虽然原来根本没听说过，但现在一送礼就给白米五百担，就说行，问他有什么事。来保就报告蔡攸，希望能够从治罪的名单里面把西门庆的名字划掉。蔡攸就让他们再找朝廷里面具体管事的右相李邦彦。来保和来旺拿着蔡攸的介绍信，到李邦彦那儿奉上五百两银子。李邦彦问找他办什么事，来保说希望能把西门庆的名字从治罪名单里面划掉。名单上的人数都有一个准确的计算，不能随便划掉一个，但是李邦彦收了银子以后，就把西门庆的名字给改成了贾廉，整个黑名单的人数没减少，但是西门庆的名字不见了，出现了一个找不着的贾廉。这样西门庆就渡过了一个很大的政治危机。

西门庆派出的来保和来旺成功地贿赂了蔡攸和李邦彦，帮他化解了政治危机，但是他心里还不是很踏实。他想，光是这么被动地去消灾是不行的，还得主动结识权贵。西门庆当时是一个白衣人，白衣人就是没当官的人，不管你穿什么颜色的衣服，没穿官服的话就叫作白衣人。《金瓶梅》的故事一开始，把西门庆说成是清河县的一个"破落户"，这个"破落"不是说他穷，而是说他虽然开了生药铺，有钱，可是他没有权势，而且他不在官场，因此还是属于"破落户"。这个时候机会来了，朝廷里面的权臣蔡京过生日，各地的官员、富人纷纷给他送礼。虽然西门庆所在的清河县不是什么大地方，他本身也是一个无名小卒，但他听到这个消息以后，也赶紧派人去送寿礼。当然，头一次送寿礼的人很难进入蔡京府第，最后西门庆派去的来保用银子开路，买通了蔡京府第的大管家翟谦，终于把礼物献到了蔡京的眼前。礼物有"金壶玉盏"，就是黄金打造的酒壶，白玉琢磨出来的酒杯。这还不算什么，还有四个银子打造的仙人，传说当中的四个神仙人物，都打制得有一尺来高，你想这得使用多少两银子？当然还有很多其他东西，比如还有一些非常华贵的衣服、绸缎，还有汤羊美酒，异果时新。西门庆奉献寿礼的质量和数量可能超过了一些地方官吏的奉献，蔡京看了就很高兴，这才开口问献礼的是什么人。来保回答，献礼的是西门庆，白衣人。蔡京立刻拿出空白的委任状，当时叫作"空名告身札付"。蔡京说，那好，别再白衣了，给个官职，就给西门庆在委任状上填了提刑所理刑，头衔叫作金吾卫副千户，具体的职务就是在清河县提刑所理刑。蔡京不但给西门庆填了一张空白的委任状，还给西门庆派来送礼的来保和吴典恩也填了委任状。来保得到的委任状上填的是郓王府校尉，吴典恩的就填了清河县的驿丞。

这样他们成功地为蔡京奉献了寿礼，回来的时候还带了三张委任状，给西门庆的这一张最值钱。西门庆就摆脱了白衣的状态，成为一个戴官帽的地方官员了。所以，西门庆如愿以偿了。他原来虽然有钱，跟县衙里面的李皂隶混，地面上又热结了十弟兄，可是毕竟还只是一个白衣。书里写他第一次出场就是潘金莲拿叉竿去放帘子，叉竿没拿稳，打到他的头上了。那个时候书里对西门庆的穿戴有很具体的描写，他有钱，也很风流，穿得也很华丽，可还是白衣状态，没有官场的符码在他身上出现。当时西门庆头上戴着缨子帽儿、金玲珑簪儿、金井玉栏杆圈儿，身穿绿罗褶儿，脚下细结底陈桥鞋儿、清水布袜儿，腿上勒着两扇玄色挑丝护膝儿，手里摇着洒金川扇儿。这是西门庆第一次出场的服饰，充分说明他当时只是一个市井里面富有的闲散人物，身上的装饰可能五颜六色，但是在俗世的眼光里面依然算是白衣。

后来西门庆通过派人到京城给蔡京献寿礼，获得了委任状，当官了就不一样了。书里又写了西门庆做了官员以后的状态：他每日骑大白马，头戴乌纱帽，身穿五彩洒线揉头狮子补子圆领，四指大宽萌金茄楠香带，粉底皂靴，排军喝道，张打着大黑伞，前呼后拥，何止十数人跟随，在街上摇摆。

西门庆前后服饰的改变和对比，意味着他的身份已经从白衣人变成了官帽人，这是一个很重要的身份转换。当时社会上的人对有钱人固然有所尊重，但是对官场的官员更加看重。

现在西门庆不仅有钱，而且有权，他以这样一种身份出现在清河县，就让人刮目相看了。他自己也深深地陷入这种不要当白衣，一定要戴官帽子的价值观念里面。后来他娶了一个小老婆李瓶儿，李瓶儿给他生下了一个儿子，他自然非常高兴。西门庆觉得有了财富还不够，得当官，他的儿子今后也要当官，所以就取名叫官哥儿。官哥儿出生以后，四邻八舍的人都来庆贺。西门庆家街对面的乔大户很富有，家里有很大的院落，但乔大户当时还只是一个白衣。有人来跟西门庆的大老婆吴月娘说亲，说乔大户家正好生了一个闺女，和官哥儿不是天生的一对吗，隔一条街，这边你们是一个儿子，那边是一个姑娘，两家都很富有，都有大宅院，基本上是门当户对了。吴月娘当时的想法还没有西门庆那么清晰，觉得人家那么热情地来说媒拉纤，而且乔家的小姑娘很可爱，就同意和乔大户攀亲了。

西门庆听说这件事以后很不高兴，就跟吴月娘说："乔家虽有这个家事，他只是个县中大户白衣人。你我如今见居着这官，又在衙门中管着事，到明日会亲酒席间，他戴着小帽，与俺这官户怎生相处？甚不雅相。"原来西门庆没有官帽，也是个白衣人时，他跟别人坐在宴席上，还没有强烈地感觉到没有官帽低人一等。现在西门庆戴上官帽了，他那种不能当白衣，得戴官帽的价值观，就强化了。他认为乔家虽然有钱，宅院也大，但是如果真成了亲家，大家在一块儿吃酒，结果乔家没有官帽，就戴了一个小帽，而西门庆戴着官帽，在席上这么一坐，看着很不般配。西门庆觉得自己家和乔家并不是门当户对。后来西门庆知道乔家也不能小看，乔家有一门皇亲，有一个乔五太太是进宫的，西门庆就觉得两家能拉平一点。再后来乔大户也意识到他虽然有钱，可他是白衣，还是让人看不起，于是也拿钱捐了官，这样两家好像才比较门当户对了。

所以，不要以为《金瓶梅》里面全是一些色情文字和情色文字，只写男欢女爱。它很生动地写出了当时的社会风俗，写出了社会里面一些普遍存在的观念。当然，它写得很冷静，很客观，它勾勒出了西门庆这样一个清河县的人如何从一个白衣人最后演化为一个戴官帽的地方官僚，写他的人生道路。

## 第8讲  穷奢极欲耍淫威
### 西门庆的日常生活

【导读】

西门庆原来是一个白衣人，后来当官了，就成为一个既是富商又是官员的地方上有权有势的人物了。那么西门庆的居家生活是什么样子呢？书里写得很详细。请看本讲内容。

书里写西门庆的生活是全方位的。西门庆在清河县有一个大宅院，门面七间，到底五进。过去宅院的门，如果只有一扇，还不够气派，当中一扇门，两边各再有一扇门，那就比较气派了。西门庆家的门比这还气派，它门面是七间，往里走有五进院落，后来西门庆又把隔壁花子虚的宅院并过来了，花园也夺过来了，这样他就不仅占有五进的大院落，还有很大的花园，盖了个山子卷棚，最后在花园的后面还盖了三间房，叫作玩花楼。书里面写西门庆的原配老婆死了以后，续娶的正妻是吴月娘。吴月娘带着几个小老婆，还有西门大姐去游赏这个新造好的大花园，就列举了一大串景观，有燕游堂、临溪馆、叠翠楼、藏春阁、平野桥、卧云亭、芍药圃、海棠轩、蔷薇架、木香棚、松墙竹径、曲水方池……这段描写让我们不由得联想起《红楼梦》。为了准备迎接元妃省亲，宁国府和荣国府联合起来造了一个大观园，造好以后贾政就带着贾宝玉，还有一群清客相公，去检阅大观园，里面的文字是这样写的："转过山坡，穿花度柳，抚石依泉。过了荼蘼架，入木香棚，越牡丹亭，度芍药圃，到蔷薇院，傍芭蕉坞里，盘旋曲折，忽闻水声潺潺，出于石洞。上则萝薜倒垂，下则落花浮荡。"

两段文字很相似，这就说明《金瓶梅》是《红楼梦》的祖宗这句话一点都不错，《红楼梦》深受《金瓶梅》影响。在《水浒传》《三国演义》《西游记》里面也有一些景物描写，但是篇幅都比较短小，概括性的用词比较多，细致描写的比较少。从《金瓶梅》开始，小说摆脱了古典小说的宏大叙事手法，开始描写普通人家的日常生活，对普通人的衣食住行都有了相当详细的描绘，包括他们的居住空间，所享受的建筑物，比如花园景象。《红楼梦》就继承了《金瓶梅》这样一个优良的传统。吉林大学研究《金瓶梅》的专家王汝梅主张，如果你是一个心性成熟的人，你可以读《金瓶梅》，也可以把《金瓶梅》和《红楼梦》合璧阅读。就是把这两块美玉合起来，对照着阅读，这样的话，你会乐趣无穷。仅仅是把《金瓶梅》对西门庆居所的描写和《红楼梦》关于荣国府大观园的描写对照起来看，就会觉得非常有趣。《金瓶梅》把中国古典建筑、古典民居，即贵族豪宅的古典建筑特色很精细地描绘出来，有很高的认识价值和审美价值。

西门庆就住在这样一个五进的大院子里面。这个大宅院的第四进院子应该是正房，由西门庆的正妻吴月娘居住。按说这也算西门庆的居所，但西门庆作为那个宅子的男主人，只是偶尔会在吴月娘那儿住，更多的时候，西门庆会找他的小老婆，乃至在自己的书房里面住。

西门庆娶了多少个小老婆呢？正妻叫作头房，或者叫正房，是吴月娘。他的二房就是他的第一位小老婆，排在正妻之后，这个小老婆原来是一个妓女，叫作李娇儿。那个时代，像西门庆这样的有钱人，是不满足于光在家里享受性快乐的，他还要逛妓院。那个时候妓院公开地设置，也很兴盛。西门庆逛妓院，喜欢上哪个妓女了，就干脆把她娶到家里面做小老婆，李娇儿就是这样来的。但从故事开始时候的描写来看，李娇儿的身材已经变形了，当年西门庆喜欢她的时候，可能身段还优美一些。最古怪的是她的相貌，你说身体原来苗条的可以发胖，但相貌不可能原来很漂亮，一下子变成了额尖鼻小，这说明李娇儿原来的相貌可能就不太美丽，但是西门庆当时就好这一口，把她娶进来做自己的小老婆。

西门庆曾经娶过另外一个妓女叫卓丢儿，根据书里前五回描写，卓丢儿在故事开始不久就得病死掉了。后来西门庆又娶了一个小老婆孟玉楼，她来了就排在李娇儿之后，就是三房，作为小老婆是第二个。孟玉楼是个大美人，高挑身材，大长腿，脸上有一点浅浅的白麻子，这些浅白麻子不但无损她的容颜，反倒增添了她的娇媚。

有人分析西门庆总是通过娶老婆获取财富，这个观点我不是很赞同。其实不能够这样简单地给西门庆贴上一个恶的标签。从娶李娇儿和卓丢儿来看，西门庆是一个很随性的人，他喜欢这个女子，就把她娶了当小老婆。李娇儿也好，卓丢儿也好，从妓院娶进西门府，不可能给他带来很多的陪送，他不可能从她们身上得到很多的财富。当然，娶孟玉楼，西门庆是人财两得。孟玉楼带过来很多值钱的东西，书里交代得很清楚。但西门庆娶孟玉楼不完全是看中孟玉楼的身外之财，他喜欢孟玉楼的身段和相貌，而且听说孟玉楼会弹月琴，"便可在他心上"。

李娇儿和孟玉楼都被安排住在这个院落某一进的厢房里面。娶进孟玉楼以后，西门庆又给自己添了一个小老婆。西门庆最早的原配是陈氏，陈氏有个陪嫁丫头叫作孙雪娥。西门庆在收了孟玉楼之后就来了兴致，把孙雪娥正式地收为他的第四房。戴假发盘成的髭髻是收房的标志，只有正式收房了才允许戴髭髻，丫头是不允许这样装扮的，孙雪娥最后被允许戴髭髻，成了西门庆的一个正式的小老婆，排在孟玉楼之后。其实她最主要的能耐是会烧饭，所以经常待在厨房里面主持厨务，给西门庆制作美食。从后面的描写可以知道，在西门庆的妻妾当中，虽然孙雪娥排在第四位，但是她的地位低下。在妻妾们和西门庆聚集一堂的时候，吴月娘和其他几个小老婆都可以坐着享受，只有孙雪娥是跪着接酒。后来西门庆终于把潘金莲娶进来了，有了第五房。潘金莲作为小老婆，排在李娇儿、孟玉楼、孙雪娥之后。故事到后面，西门庆又娶了一个小老婆李瓶儿作为他的第六房，也就是他的第五个小老婆。

其实在那个时代，跟其他的富商或者当官的相比，西门庆远不是娶小老婆最多的人，但是数量已经很可观了。即便这样，西门庆还要招惹别的妇女，还要到妓院去鬼混，有时候他干脆住在妓院，不回家了，甚至很多天都不回家，这是很荒唐的。他后来刮剌上一个妓女李桂姐，李桂姐跟李娇儿出自同一个妓院，论辈分的话，李桂姐相当于李娇儿的侄女。有的读者看了会觉得太荒唐了，这不是乱伦吗？西门庆先跟李娇儿，又跟李桂姐发生关系，多丑呀！但是，书里面写李娇儿听说西门庆到她出身的丽春院勾搭上了李桂姐，还很高兴，觉得自己原来所在的这个妓院生意兴隆，是好事，而且李桂姐不但经常出入西门庆的宅院，还能够活动到吴月娘所在的正房，甚至直接住在西门府。只是碍于当时封建礼教的规范，西门庆不便把她也收来做小老婆，毕竟姑姑和侄女同时成为西门庆的小老婆的话，就太不伦不类了。但是，李桂姐经常住在这个五进的大宅院里面，其身份和西门庆的小老婆也没多大区别，这是一种很怪异的状态。

西门庆吃喝玩乐，极尽享受，书里有许多描写。他的日常生活是什么样呢？有句话叫作"窥一斑而知全豹"，现在仅举一例，你就能知道西门庆的日常生活了。《金瓶梅》的第五十二回，特别具有典型意义，描写了西门庆一天的日常生活。

《金瓶梅》这部书开启了中国文学描写普通人、普通生活的先河。西门庆他一早要到衙门去理事。五十二回就讲这天西门庆从衙门回到家中，家里有两位工部主事派来的公差来送请书，请西门庆去管砖厂的刘太监庄上赴筵席。西门庆打发来人之后，到吴月娘的上房吃了粥。孙雪娥管厨房，就住在厨房旁边的房子里面，她会制作非常美味的早餐，包括给西门庆熬出非常好喝的粥。吃完粥以后，他走出厅来，就从上房的居住空间到了会客的活动空间，现在把它叫作起居室。一出来就看见篦头的小周儿趴到地上磕头，家里其他管事的早就把小周儿叫来了，小周儿就在厅里面迎候西门庆。小周儿的地位很卑微，是被叫过来伺候西门庆的小人物。接受了小周儿的磕头以后，西门庆就走到翡翠轩，这个翡翠轩还有一个卷棚，是西门庆个人休息的地方。西门庆就坐在一张凉椅上，把包头的巾帻摘了，头发也打开了。明代男人留的是胎发，满头都是长发，平时是盘起来的。西门庆的发型和《红楼梦》里所写的男人的发型应该是有区别的，但是《红楼梦》回避了清代男子留大辫子的描写。贾宝玉作为一个例外，写了他的辫子，但贾宝玉的辫子也不是清代男子的那种辫子。显然《红楼梦》不写头，是有苦衷的，但是在《金瓶梅》里面，作者在写男子的发型上没有什么顾忌，就写得很清楚。西门庆开始享受小周儿的全套服务：篦头栉发，取耳，再掐捏身上，行导引之术……小周儿就把西门庆弄得浑身通泰。然后西门庆就在翡翠轩倒床酣睡。后来他的三个小老婆和妓女李桂姐，还有西门大姐来到翡翠轩，就把西门庆惊醒了。

西门庆的日常生活就是这个样子。后面还写到西门庆的书房附庸风雅，布置得很阔气，环境也很清幽，绿窗半掩，窗外芭蕉低映，空气中还弥漫着很贵重的龙涎香的香味。西门庆醒来以后，美女围绕，又看见李桂姐抱着官哥儿，不免逗引一回。紧接着他的狐朋狗友相继到来，西门庆就让厨房把同僚送来的香猪卸开烹制，同时还把奉承者送来的四个礼盒都打开来享受，一盒鲜乌菱，一盒鲜荸荠，四尾冰湃的大鲫鱼，一盒枇杷果。佳肴烹制好后，西门庆和亲友就在卷棚内放下八仙桌，大吃大喝。李桂姐弹琵琶，唱曲助兴。饱暖思淫欲，西门庆趁别人不注意，找到离席掐花戴的李桂姐，把她拉到藏春坞的山洞里面肆意做爱，这里当然就有一些情色描写和色情描写了。

这一回写西门庆的日常生活，就说明西门庆几乎把那个时代的所有好处都占全了——官位权力、官场风光、按摩享受、华屋绣榻、甜美睡眠、美妾环绕、逗弄子嗣、狐朋狗友、红粉筝琶、大吃大喝、送礼不绝、听歌赏曲、随性纵欲……所有这些能享受的好处他全享受了。比西门庆地位低的人囊中羞涩，不可能像他那样风流潇洒。真正属于贵族、有文化的人士，不可能在家里面公然地容纳社会混混和妓女，而且还用一大堆粗鄙、下流的言行来增添欢悦。所以，西门庆实际上创造出了一种社会发展进程当中怪异的生活形态。这是《金瓶梅》文本给我们的一个巨大贡献，不仅从文学角度提供了丰富的审美元素，也为历史学、社会学、经济学、政治学、伦理学、心理学、性学提供了多方面的个案素材。

## 第9讲　沈腰潘貌的俗套
### 西门庆的相貌描写

【导读】

关于西门庆前面讲了不少，你应该大概了解他是怎么回事，他怎么从一个白衣人最后戴上了官帽，有了官位。上一讲讲了他住在一个什么样的大宅院里面，他的正妻是谁，小老婆都是谁，并以第五十二回为例，介绍了他一天的日常生活。可是现在你可能还形不成一个西门庆的具体形象，他究竟长什么样子，是怎么样的一个相貌？本节内容还需要讲一讲这件事。

中国古典长篇小说对男性相貌的描写往往是非常简略和概括的，有的当然会突出他的一些特点，但多数写得就比较模糊。《金瓶梅》的作者从《水浒传》"借树开花"，写到武松和他哥哥武大郎的外貌时，描写还比较具体。

《水浒传》也好，《金瓶梅》也好，出现了一个对男子身体描写的很值得探究的规律。书里凡是写威风凛凛的强壮男子，无非是两种类型：一种就像武松这样一表人才，从外貌描写和行为描写上看都很有阳刚之气，毕竟他都能在景阳冈把老虎打死，可是这种男子多半是不近女色、不好女色的，似乎没有什么情欲，对女子没有感觉。过去有所谓坐怀不乱一说，说有的男子很有修养，美女在他的怀抱里面了，他都没有反应，因为他们能控制自己，不让自己因此产生情欲。像武松这种形象，美女坐不坐在怀里他都无所谓，他根本就没有对女子的情欲。《水浒传》里面这种英雄好汉还挺多的，构成了中国古典长篇小说里面的一种男子。另一种男子从描写上看也是蛮强壮的，可是写出他们来是否定性的，把他们当坏蛋写，像《金瓶梅》里面，后来出现了一个叫杨二风的市井流氓，说他"是个刁徒泼皮，耍钱捣子，胳膊上紫肉横生，胸前上黄毛乱长，是一条直率光棍"。书里写到他男性的一些特征，还是蛮强壮的，却是一个刁徒泼皮。另外像《金瓶梅》后面还出现一个人物叫作侯林儿，对他的描写也还比较具体，"生的阿兜眼，扫帚眉，料绰口，三须胡子，面上紫肉横生，手腕横筋竟起"，这是一个充满了男性特点的生命，可他也是一个很糟糕的人。

这就值得我们探究了：在中国古典文学上，为什么有一些男子气的男子，要么就不近女色，要么就是坏蛋？所写到的一些好色的，或者是女子也喜欢他的，愿意跟他做爱的这种男子就落入了一个公式。什么公式？就比如《金瓶梅》，写潘金莲拿叉竿去放帘子，没拿稳，被打到头的这个人就是西门庆。《金瓶梅词话》第二回写西门庆的面貌是："也有二十五六年纪，生得十分博浪……张生般庞儿，潘安的貌儿……"《金瓶梅》是从《水浒传》"借树开花"，关于西门庆的相貌，也是从《水浒传》里面挪过来的。但是，兰陵笑笑生显然在这一点上不够仔细，因为他后来丰富了西门庆这个角色，也丰富了潘金莲这个角色。他丰富了西门庆这个角色，就说西门庆有前妻，跟他生了一个女儿，女儿都出嫁了。一天，西门庆在街上游荡，走到武大郎的屋前，当时他不可能是一个二十五六岁的男子，怎么也得三十五六岁了。这倒不是一个很严重的问题，特别值得探究的是，书里说西门庆是"张生般庞儿，潘安的貌儿"。

张生是中国元代戏剧家王实甫的戏剧著作《西厢记》里面的男主角，张生和崔莺莺自由恋爱，成为一个令无数人喜爱的男子形象，他的舞台形象延续至今，比如京剧《红娘》或者《西厢记》，里面出现的张生都是面貌姣好的，一般都是用小生来扮演张生，用小嗓演唱。这种美男子实际上阳气不足，阴气很盛，他的身形做派，类似美女。今天如果说"这个男子真是像张生一样"，意思就是这个男子是个小白脸，是柔弱型。

潘安也是经常拿来形容男子的一个符码，他是西晋时的一个美男子。关于他的相貌有很多文字记载，现在电子技术、数码技术很发达，有人就根据相关的资料复原他的相貌，在网络上你可以查到，复原出来的样子也是小白脸，阴柔形象，女子一般的美丽。

所以，这就有点让人扫兴，因为根据前面的种种叙述，西门庆的所作所为，他怎么能是一个小白脸，一个瘦弱的、阴气很盛的，像女子一样娇美的男子？可是没办法，在古代，一直到中国历史发展到明朝时期，就形成这样一种审美趣味，多情女子喜欢的男子多半都属于这种类型。后来这种文风传到了清代，清初有一个作家李渔，他有一部长篇小说《肉蒲团》，里面有很多色情描写，主人公是一个美男子，叫作未央生，他的外貌描写也走这个路子："神如秋水，态若春云，貌似潘安，腰同沈约，面不傅粉而白皙有如妇人，唇未涂脂而红艳宛同处女，眉长能过目，体弱不胜衣……面庞如冠玉……轻移脚步似凌云。"这段文字中又提到一个叫作沈约的古人，沈约是南北朝时的一个男子，他相貌上的最大特点是腰细，甚至比女子的腰还要细。

我们不往前后看，光是明代小说当中这种男子的形象就一再出现。有的研究者专门研究这个问题，就发现这些明代小说里面最引人注意的一部著作叫作《如意君传》，《金瓶梅》深受《如意君传》的影响，甚至有人发现《金瓶梅》里面有一段文字，完全是从《如意君传》里面转录过来的。那个时代写长篇小说不是什么光彩的事，算不上什么业绩。所以，也没有著作权的说法。而且写手一般还很害怕泄露自己的真实姓名，都用化名或者干脆不署名。像《金瓶梅》，挪用《水浒传》里面武松、潘金莲和西门庆的情节，完全是很自如地使用，不用担心《水浒传》的作者找个律师给他发律师函，告他侵权，要他赔偿。所以，那个时代，作者在书里面引用别人书里面一些情节和人物，是无所谓的，甚至把别人书里面的整段文字摘下来，使用在自己的书里面，也不算个事。《金瓶梅》的作者兰陵笑笑生不但"借树开花"使用了《水浒传》里面很大一段情节，用来引出他的故事，而且他还抄录了《如意君传》里面的一些描写。

《如意君传》写的是武则天的故事。过去皇帝玩弄女子是司空见惯的事，武则天当皇帝以后，她玩弄男子。《如意君传》就写武则天宠信一个叫薛敖曹的男子。书中对薛敖曹的形象也有一些描写："年十八，长七尺余，白皙美容颜，眉目秀朗，有膂力，趫捷过人。"大体而言，薛敖曹白皙美容颜，个子很高，也挺有力气，从相貌来说，还是像女子一样的娇媚。武则天因为宠幸薛敖曹就疏远了她原来的两个男宠张昌宗和张易之，可是有一天她临朝的时候，忽然又看到了这两个原来的男宠，见他们"两颊如桃花，巧笑美盼"，武则天就不觉动情了。张昌宗还故意露出自己的手腕，武则天发现他的手腕"与玉同色"，就用手指甲去掐，表示欣赏。

在明代小说家的笔下，像武则天看中的男性也是跟女子相近的姿色。通过这些资料的引用，《金瓶梅》一开始把西门庆这个角色的面貌说成是"张生般庞儿，潘安的貌儿"就不稀奇了。那个时代对男子的审美观，美男子的面貌跟女子相近，阴柔娇美，这样的相貌才是男子当中的上品。换句话说，就是欣赏小白脸、小鲜肉，当时是那么一种风气。其实从《金瓶梅》全书来看，就可以发现，虽然对西门庆的外貌用词很少，可是你随着全书情节的发展，零星搜集的话，还是可以复原出西门庆的真实面貌的。

而且《水浒传》也好，《金瓶梅》也好，都有一个创造性的笔触，就是通过潘金莲欣赏武松，表达出一种和上面所说的那种女性爱慕男性的偏向不同的审美取向。所以，潘金莲既然看中了武松，喜欢武松，那么从潘金莲用叉竿放帘子，叉竿打中一个人，两人一对眼，一见钟情，可见这个人应该是跟武松类似的男子，应该是一个阳刚的、强壮的男子。你仔细阅读《金瓶梅》文本的话，就会发现西门庆实际上应该并不是"张生般庞儿，潘安的貌儿"，再加上沈约的腰，那样一种阴柔型的男子。书里面后来写有一个说媒拉纤的文嫂，她完成一个任务，就是帮西门庆勾搭一个贵族妇女林太太。文嫂就跟林太太推荐西门庆，说："今老爹不上三十四五年纪，正是当年汉子，大身材，一表人物……"所以，西门庆的身材应该不是张生、潘安、沈约那种类型，而是强壮的男子。郑爱月儿形容西门庆的外貌，说"你老人家……偌大身量"，只是短短几个字就说明，在别人眼中，西门庆是高大、魁梧的。甚至有一次他的十兄弟之一应伯爵就说"你这胖大身子"，说明西门庆不仅强壮，而且他不是那种精瘦的强壮，他偏胖，身体魁伟。在六十七回又说西门庆因为一个事"笑的两眼没缝儿"，能笑得两眼没缝，说明他的面部肌肉非常丰富，不是张生、潘安那种小白脸的清俊相貌。

虽然我们说《金瓶梅》是一部出色的小说，描写市井生活非常生动、细腻，写人物、刻画性格也入木三分，写女性的形象、面貌也非常生动，使我们如闻如见，但是对西门庆这样一个男子的外貌、身体的描写还是有欠缺的。这就引出了一个学术问题，我们不做深入探讨，只做简单的描述。在中国历史的发展过程当中，男性身体是尤其不能够公开的。所以，中国寺庙里面的那些塑像，四大天王也好，哼哈二将也好，十八罗汉也好，罗汉堂的五百罗汉也好，其他的神佛雕像也好，都是写意的。那些塑像的肌肉、骨骼都不符合生理解剖的实际情况，有的走写意路线还比较有美感，有的就完全失去了正当的比例，显得不好看。而在西方，早在古希腊就出现了非常有名的一个雕塑，开始是青铜的，后来有大理石的复制品，叫作《掷铁饼者》，这个雕像就把人体的肌肉、骨骼还原得非常准确。这个作品体现出一个男子的阳刚之美，是完全符合生理解剖学的。到后来欧洲文艺复兴运动的历史阶段，相当于中国明代的嘉靖朝，也就是《金瓶梅》这部书产生的那个时期（可能《金瓶梅》还略晚一点），伟大的画家和雕塑家米开朗琪罗有一些作品，现在人们到海外旅游都要去看，比如佛罗伦萨的《大卫》雕像，也把男子的阳刚之气展现得非常充分，完全符合生理解剖的实际情况。

为什么在中国的古典文学艺术里面，倾向于认为小白脸、有阴柔之气、接近女性的男子才是美好的？值得推敲。这种风气甚至延续到今天，有人喜欢这种接近女性相貌的男子，喜欢小白脸、小鲜肉，喜欢介乎男女之间的中性状态的身体。这里不做更多的探讨，简单概括一下，原因可能是以下三种：第一，中国古代一直以裸体，尤其是男性裸体为大耻，形成一种长期垄断人们意识的观念。第二，中国古代人体解剖学的缺失。在中国医学的发展过程当中，虽然中医、中药发展得不错，但是临床医学、人体解剖学始终没有发展起来，人们不是很清楚人的肌肉、骨骼的状态。你看庙里面那些天王、金刚的塑像就会有种感觉，它们的形象不符合真实人体上的肱二头肌、肱三头肌、三角肌、斜方肌、腹肌，不符合男体的实际情况，这方面不科学。第三，因为中国历史上长期只有祖宗崇拜，对男女之间的事情重点落在传宗接代上，所以就导致了生殖器崇拜。在明代众多的长篇小说当中，像《金瓶梅》这种小说，对男性的生殖器官倒是描写得很具体、很细致，而且也符合生理解剖学，但对其他部分就含混了。为什么只重传宗接代？原因恐怕是因为整个社会长期都是阴盛阳衰，在很多领域，还不光是我们现在探讨的这个领域，都是以阴柔美取胜。说到这儿我们也不要灰心，不是说中国的文学艺术里面对男欢女爱的表现落后于西方。2015年故宫里面展览了一个汉代的石雕，一男一女互相拥抱着亲吻。有人戏称为"天下第一吻"，这个石雕就非常生动。那么它和西方的雕塑，比如米开朗琪罗的雕塑区别在哪里？中国一向注重写意，艺术上多取写意的路子，点到为止，激发起你相关的想象就达到目的了。西方的文学艺术崇尚写实，绘画、雕塑要根据人体解剖学这方面的成果来精细地表达、刻画人体。

  这一讲我们稍微说得远一点，讲到了西门庆的相貌。现在你就可以想象，西门庆应该不是一个像张生、潘安、沈约的男子，而是一个跟武松其实不相上下的男子。但是，武松太冷感，对女性没感觉，而西门庆对潘金莲来说是一个暖男，是一个高大、微胖和强壮的男子。

## 第10讲　被转卖被霸占
### 潘金莲的悲惨身世

【导读】

上一讲介绍了西门庆的相貌,《金瓶梅》开篇对西门庆形象的交代使用了明代小说中的惯用符码"张生般庞儿,潘安的貌儿",但对《金瓶梅》进行文本细读,随着情节推进,可知西门庆其实相当阳刚,非张生、潘安那种阴柔的清俊相貌,只有雄气洋溢的面庞才配得上他壮硕的身躯。可惜作者在描写西门庆的威武面貌和魁伟身躯方面,实在吝于词汇。潘金莲迷恋西门庆,也是因为他如武松般阳刚雄壮。用今天的话语形容,西门庆是荷尔蒙爆棚。书里首先写到的就是他与潘金莲的男欢女爱,潘金莲是书中最重要的一个女性角色,那么,西门庆喜爱的潘金莲,她的身世和情爱之路是怎样的呢?请看本讲内容。

潘金莲这个形象在《水浒传》里面其实已经勾勒得相当精彩了,自此以后,潘金莲成了一个符号,说一个女子"真是个潘金莲",意思就是她是一个荡妇。甚至有的反过来说,说"我不是潘金莲",就是说你不可以污蔑我,给我贴上荡妇的标签。在《水浒传》里面,潘金莲的那段故事引起了争议,包括根据《水浒传》所拍摄的电视连续剧播出之后,观众里面有争议,有一些人比较同情潘金莲,所以潘金莲在《水浒传》里应该是一个塑造得相当精彩的角色了。

到了《金瓶梅》里面,兰陵笑笑生就把这个形象塑造得更加丰富多彩了,对潘金莲人性的揭示更全面、更深刻。《金瓶梅》"借树开花"，不是说刻板地从人家树上去接一个树枝，草草了事，兰陵笑笑生很精心地把《水浒传》的故事嫁接过来，或者说把自己的故事嫁接到《水浒传》上，它开出的花可以说是奇葩。潘金莲这个形象在《金瓶梅》里面就变得比在《水浒传》里面更难以琢磨。

《金瓶梅》为潘金莲列出了一个时间表：

**九岁**的时候，潘金莲的父亲就得病死了。她父亲是清河县南门外的一个裁缝，简称潘裁。她的母亲在《金瓶梅》里面多次出现，前面我也讲到了，武大郎死后，她就出现在潘金莲他们家，书里面有时候把她叫作潘姥姥，从晚一辈的角度来称呼，有时候就称为潘妈妈，潘姥姥、潘妈妈在书里面代表同一个人。潘裁死了，潘妈妈拉扯着潘金莲把她养大挺不容易的，可再往下养，就没有经济来源了，潘妈妈在无奈之下就把她卖到了王招宣（招宣是一个很高的官位）的府里。因为潘金莲排行第六，所以被称作六姐（转化为六儿），这个称呼一直延续到她成为西门庆的小老婆，但是书里没有交代她另外五个兄弟姐妹是谁，只是说她排行第六，想必是潘裁挣不了太多的钱，其他孩子都没养大，就养大潘金莲一个。潘妈妈把潘金莲卖到招宣府可能有两个目的：第一，招宣府是一个地位很高的府第，可能买丫头给的银子会比较多；第二，都知道招宣府买进去的女孩子不一定都当粗使丫头，招宣府里面的王招宣以及他的家人寻欢作乐，要成立家庭乐队，会让一部分侍女学点文化，能陪着小姐作诗。所以，把潘金莲卖到王招宣府里面，可能她能学点文化，这样她妈妈就把她卖了。

果然到了王招宣府里面以后，潘金莲得到了培训，她一边学弹琵琶，一边学唱曲儿。另外，招宣府还教她读书识字。当然招宣府培训这些女孩子并不是什么真诚的善举，只是因为他们要过一种非常享受的、荣华富贵的生活，需要有一批女孩子不只是一般性地伺候他们，还要能够为他们提供带有一定文化性的娱乐。所以，《金瓶梅》所写的潘金莲后来会写情书、作诗、填曲，还会弹琵琶、唱曲，这是《水浒传》里没有的内容，是兰陵笑笑生对潘金莲这个角色的一个总体设计，这些细节增添得很好，把这个角色的身世来历更细化了。

潘金莲在王招宣府里面一待就是好几年，到**十二三岁**的时候，她就会描眉画眼，傅粉施朱，梳一个缠髻儿，着一件扣身衫子。她会打扮自己，当然王招宣府培养出这种有才艺的，能给他们弹琵琶、唱曲儿的侍女并不稀奇。有意思的是潘金莲十二三岁就会做张做致，乔模乔样，这个时候她的自我性别认知就形成了，知道自己是一个女孩子，得讨男人喜欢。为了引起男人注意，表情和肢体动作就经常做得很夸张，会撒娇发嗲。这种做派当时就被认为是天生轻浮。那个时代，一个女子一般到了十二三岁有性意识的自我觉醒是很正常的，毕竟那个时候一般女孩子到了十四五岁就要谈婚论嫁了。

潘金莲到了**十五岁**的时候，王招宣就去世了，招宣府发落了一部分女孩子，让家属把她们领走。王招宣府怎么好端端地就让家属把这些女孩子领走呢？其实书里写到后面是有所透露的，就说王招宣去世以后，他的夫人林太太当然就见不得这些女孩子，因为王招宣可能染指过这些女孩子，林太太因此守过活寡，所以她收留这些女孩子干什么，就把她们遣散了。

潘妈妈到王招宣府把潘金莲领出来后，还得把她卖了，只有通过转卖，潘妈妈才能够获得银子，维持自己的生活。这次潘金莲被卖给了张大户，潘妈妈获得了三十两银子。清河县里面有很多有钱人还是白衣，并没有官帽，就叫大户。原来西门庆也只是大户。前面说过，西门府街对面住了一个姓乔的人家，叫乔大户，一开头也是没有官位。这个张大户一直没有官位，虽然很有钱，但是没有招宣府那么有文化、有品位。张大户就是一个很粗鄙的老头。

潘金莲十五岁从招宣府出来，被卖给张大户，在张大户家转眼就长到了**十八岁**，她在生理上、心理上完全成熟了，出落得脸衬桃花，眉弯新月，张大户当然想把她收为小老婆了。在那个时代，富人收小老婆本来是一件很平常的事，但是张大户的正室余氏厉害，她容不得丈夫娶小老婆。虽然余氏不答应，但是张大户也会找机会下手。有一天，余氏到邻居家赴宴，张大户把潘金莲叫到屋里面，就把她占有了。当然这个事情败露了，主家婆余氏就对潘金莲一顿苦打，张大户也没办法，因为他怕老婆。张大户一赌气，下了狠招，其实对他来说也是个妙招。张大户家的房子里住着一个卖炊饼的武大郎,武大郎那个时候已经失去了他的前妻,成了鳏夫。张大户大发善心,把潘金莲嫁给了武大郎,表面上是白白地让潘金莲给武大郎当老婆,实际上他不安好心。第一,这是对潘金莲进行性虐待。一个男人对女人最恶毒的虐待,不是骂她、打她,而是让她受罪。武大郎是"三寸丁穀树皮",矮小,丑陋,猥琐,而潘金莲年轻,美丽,花样的生命,张大户偏要把一朵鲜花插到牛粪上,那就等于对潘金莲进行一种性虐待。第二,张大户把潘金莲嫁到武大郎家,方便自己在武大郎挑着担子去卖炊饼后,溜过去继续占有潘金莲。

所以,潘金莲在青春期是非常可怜的,她的生命到了这一步,我们必须对她给予全部的同情和悲悯。多悲苦的一个生命!十二三岁就懂得打扮自己,意识到自己是个女子,想要引起男人的注意,想要自由支配自己的身体;但她没有这个权利,她的身体支配权一直在别人手里,开始是王招宣,后来王招宣死了,王招宣老婆把她发落了,她妈妈把她转卖了;张大户占有她,她也没办法,很难反抗,张大户的老婆余氏报复她,她还是没有办法,最后张大户赌气似的把她白送给了武大郎。

后来,张大户患阴寒病症死了,余氏了解到张大户之前的所作所为,生气地命令下人将武大郎和潘金莲赶走,武大郎只好带着潘金莲搬到一个叫作紫石街的地方去居住。武大郎每天挑着担子卖炊饼,攒不了什么钱,就变卖潘金莲的首饰,在县门前典了一个宅子。这个宅子还是很不错的,它是上下两层的一个小楼房,上下有四间房子,而且附带两个院子,居住情况在清河县应该不是最贫困的。潘金莲后来就和武大郎居住在这样一个宅子里面。当然别忘了,前面已经说到了,武大郎的前妻还生下了一个女儿叫迎儿,迎儿这个时候已经十来岁了,跟他们一起生活在这里。武松所借住的哥哥、嫂子那个家,以及后来西门庆、潘金莲调情所在的住宅,都是这个宅子。

所以,二十五岁以前的潘金莲,她的生命是悲惨的,她是一个被侮辱、被损害的女性。对她这一段生命历程,我们应该予以同情和怜悯。《水浒传》也好,

《金瓶梅》也好，故事开始的时候，潘金莲已经嫁给了武大郎，已经二十五岁了。从她的生活历程来看，她生命存在的最大问题就是性苦闷。她是一个生理上、心理上发育得很到位的女子，她知道自己是美丽的，自己的面庞是可爱的，身体也是可爱的，她希望能够把自己的这份美丽奉献给自己所向往的、爱慕的男子。但是，从她之前的人生历程来看，她始终没有这个机会。

有一个年轻的读者跟我讨论《金瓶梅》，他说：潘金莲为什么非得守着武大郎生活？她可以跟武大郎提出离婚呀！或者她可以找到自己心仪的男人，两人一起私奔呀！这是他不理解那个时代。那是一个皇权社会、男权社会，女性被压在最底层，特别是像潘金莲这样的下层女性，她不能把握自己的命运，对自己的身体没有支配权，她的情欲不可能得到一种正常的发泄渠道。所以，潘金莲就是一个在性苦闷当中煎熬的生命。

在这种情况下，她忽然遇到了小叔子武松，她万万没想到，她的丈夫还有这样一个高大、强壮、威风凛凛、充满阳刚之气的弟弟，她就爱上他了。对武松和潘金莲，不少读者以及看过《水浒传》电视连续剧的观众都产生同情，说这俩人多般配，一个那么阳刚，一个那么美丽，一个是力的象征，一个是美的象征，力与美结合在一起，这不是人世间最瑰丽的情景吗？所以，那个年轻的读者跟我争论的时候，甚至提出这样的设想，他说作者为什么不写潘金莲终于打动了武松，他们最后有一夜情，潘金莲享受到了她所钟情的男子的身体，这个男子也得到了一朵鲜花。当然，因为潘金莲的身份是武松的嫂子，小叔子跟嫂子通奸，这是一种罪恶，不仅被封建礼教不容，就是在今天，也同样有悖基本伦常。这个年轻读者说，他明白这一点，可是潘金莲太可怜了，他们可以让武大郎好好的，作者就写一夜情，后来武松觉得不合适再卷铺盖离开。在当时的时代，武松是不可以这样做的，搁到现在也不可以这样做。但是，兰陵笑笑生把武松写得那么冷酷无情，是个冷面君子，硬生生地拒绝了潘金莲，这就让潘金莲的苦闷更加升级。

正是在这种极大的苦闷当中，在春天的那一刻，潘金莲不慎失手，叉竿打在了一个男人头上。她往外看,男子往里看,一对眼,男子发现一个天仙般的美女,女子发现一个不亚于武松的充满阳刚之气的男人味很足的男子,两人一见钟情了。

年轻人后来跟我议论,他说要不作者就这么写,潘金莲把武大郎害死后,她跟西门庆私奔。他还是不了解,在那个时代,一个女子是不可能那么自主地把握自己的命运的。

# 第11讲　支配身体的自由
## 潘金莲的性解放

## 【导读】

上一讲交代了潘金莲的身世,她的父亲是一个裁缝,她的母亲潘妈妈因为家里贫困,多次变卖她。她第一次被卖到王招宣府,在那儿学习弹唱、作诗、填曲。后被卖给张大户,并被张大户占有,后来张大户把她嫁给武大郎。她十二三岁就知道打扮自己,做张做致,乔模乔样。她一直想主宰自己的身体却不可得,二十五岁以前的潘金莲是一个被侮辱、被损害的生命。那么问题就来了,不仅是和我讨论的年轻人,后来还有一些人,他们有一个观点,他们觉得无论如何,潘金莲应该是一个有一些正面意义的形象,就是她追求个性解放。那么潘金莲究竟算不算是一个追求个性解放的女子形象呢?请看本讲内容。

中国的古代社会发展到明朝的时候,因为商品经济比较发达,社会流通性增大,所以,社会生活也比较丰富多彩,整个社会的风气可以说是礼崩乐坏。在明代,尤其到了《金瓶梅》这部书产生的时期,皇帝开始崇尚"房中术",追求性爱,公开向社会征求春药。不用提达官贵人,就是一般的小康家庭,乃至市井人物,对于性享受都越来越公开,越来越开放。我们今天回过头去看,就发现这样一种不是很雅观的景象。比如书里把清河这个地区描写成一个非常富裕的居民聚居区,靠近大运河,运河边上有一个属于清河县管辖的大码头——

临清大码头。码头上船只云集,各种运载货物的船只或者装货出发,或者停泊卸货,当然还有载客的船、私人的船和官家的船。码头非常繁荣,就有很多的客店,也带动了色情消费。书里就说,临清这个地方有三十二条花柳巷,七十二座管弦楼,可见社会风气已经糜烂到令人瞠目结舌的地步。应该怎么评价明代后期社会发展的这种状态?有一种观点认为,这种色情风气从上到下,布满社会,当然不好。可是从侧面来说,它意味着传统礼教的崩坏,可以视作社会进步时的泥沙俱下。

潘金莲的艺术形象就产生在这样一种人文环境当中。从前面我们讲的就可以知道,潘金莲自我意识觉醒得比较早,十二三岁就意识到自己是一个女子,很美丽,对男子有吸引力,便精心地描眉画眼,穿能够显细腰的衣服,充分展示自己的身体曲线,而且她做张做致,乔模乔样,就开始有了撩拨、引诱男人的苗头。她不仅自我意识觉醒得比较早,而且对自己的性定位也比较准确,她认为自己是一个美丽的女子,应该受男子喜欢,她也应该获得一个自己喜欢的男子。后来,她就努力地去争取自我身体的支配权,历经波折,甚至还犯了罪,最后,潘金莲终于如愿以偿地嫁给了西门庆。这里再次说明西门庆娶女人不完全是图财,毕竟潘金莲没有什么财富,西门庆也不可能把潘金莲的一栋房子带走,从当时社会的法律和风俗来说,西门庆也没有道理去霸占武大郎遗留下的房子,何况西门庆家是大宅院,潘金莲的房子对他来说微不足道。更别忘了,武大郎死了,还有一个女儿迎儿。故事交代这个房子最后就空着,让王婆代管,迎儿成了王婆的一个粗使丫头。迎儿的命运很凄惨,潘金莲为了自己寻欢作乐,哪里管她,况且迎儿不是她亲生的,就更不管了。

西门庆把潘金莲娶进西门府以后,就安排她在花园里面的三间屋子居住,对她的供给是相当充分的,潘金莲过得相当舒服,没日没夜地跟西门庆颠鸾倒凤。虽然西门庆喜欢潘金莲,他们俩可以说是最佳的性伴侣,但西门庆作为那个时代的男人,很难专一地去爱一个女人,他还要跟很多其他的女人发生关系,一度住到妓院不回家了。书里就有段故事,写潘金莲寂寞难耐,她让小厮给西门庆送情书。潘金莲会写字，而且她的情书还不是一般的白话文，她会用词曲的形式来书写，西门庆收到情书也没回来，她在性苦闷当中就和一个看门的小厮发生了关系。由此可见，潘金莲就是一个性欲旺盛的女子。

有人认为潘金莲是一个个性解放的先锋人物这样一种艺术形象。什么叫个性解放？像外国中世纪，有皇帝，有教会，有王权，更有神权，对人的七情六欲进行桎梏，认为人的七情六欲不能够随意地发泄，应该通过法律和公序良俗加以制约与规范。作为一个人，不能等同禽兽，应该对自己的七情六欲有所调节，有所把持。可是因为王权和神权对人的合理欲望也进行压抑，所以，从中世纪开始就出现了反抗心理。后来历史进步，发展到差不多相当于中国的明朝时期，在意大利首先开始了文艺复兴运动，后来又有了法国的启蒙运动，在艺术上一波一波地出现了追求个性解放的浪潮。到了19世纪上叶，出现了一些追求个性解放的文学作品，比如英国的小说《简·爱》写了简·爱如何冲破重重束缚去完成自我追求，实现个人幸福。西方这些历史发展在时间上和中国是平行的，但当时并没有传入中国。

中国明朝，随着商品经济的发展，社会流通的增加，中外文化的交流，也有本土的思想家做了一些启蒙。比如明朝晚期的李贽，他提出了和同时期西方思想家相呼应的一些观点，他认为人都有私心，人自私是必然的，人的七情六欲是合理的。过去儒家的道德观发展到宋朝，就出现了儒家理论的一个很重大的新的阶段，叫作理学，有一些理学家提出了"存天理，灭人欲"的观点，认为人应该压抑一切欲望去服从天理。妇女尤其不能自由支配自己的身体和欲望。那个时代强调男尊女卑，一个女子在家从父，出嫁从夫，夫死从子，妇女永远要为男人牺牲自己，家里男人死了要守寡，做一个节烈妇人，去争取一个贞节牌坊。这一套理论其实是反人性的，是不对的。所以，到了20世纪五四运动前后，鲁迅先生就写了《我之节烈观》，强烈地抨击对妇女合理情绪的压抑。从李贽所提倡的破除理学"存天理，灭人欲"的思想来看，潘金莲好像确实值得肯定。李贽后来进一步提出，"穿衣吃饭，即是人伦物理"，他对人的温饱等

## 第11讲　支配身体的自由：潘金莲的性解放

最基本的需求，健康的、正常的情绪的需求，予以充分肯定，认为这是不能压抑的。

潘金莲这个形象存在了好几百年，历来就有很多人探索怎么评价这个形象。1962年，我二十岁的时候，北京人民艺术剧院演出了一出话剧《武松与潘金莲》，作者是欧阳予倩，这出话剧就是把我们所熟知的武松、潘金莲和西门庆这段故事演绎出来。它怎么处理这个故事？舞台演出是这么让观众去理解潘金莲的：首先潘金莲被张大户霸占，是一个被侮辱、被损害的女子；后来张大户因为老婆大闹，赌气把她赏给了武大郎，她又是一个受到性虐待的女子；接着出现了武松，潘金莲大胆地追求武松，体现了她冲破封建礼教的反抗精神；然后潘金莲错爱了西门庆，又在王婆的教唆下误杀了武大郎；最后，出现了这出戏的高潮，当武松出差回来，得知他哥哥死了，知道实情以后，就拿了匕首来杀潘金莲，潘金莲在这个时候撕开自己胸前的衣服，露出胸膛，很坦然地跟武松说："这颗心是红的、热的、跳的、烫的，你就拿去吧！你杀了我，我还是爱你！"话剧作家和话剧演出企图通过这样的叙述方式和场景安排，博得观众对潘金莲的同情，可这个戏没演几场就停演了。

无论是《金瓶梅》也好，《水浒传》也好，关于潘金莲的故事绕不过去的一段，就是杀害武大郎。虽然杀害武大郎是西门庆做后台，有王婆的教唆，但是整个杀害过程是潘金莲亲手实施的。从这点来说，她是一个刑事犯罪分子。你追求你的爱情，怎么能够去杀人？何况武大郎是一个非常善良的、无辜的、老实巴交的生命。这个行为太残暴了！因此这个戏后来停演了，今天我回过头来看，是理解的。

那么怎么看待潘金莲？这个时代也在呼唤个性解放的女性出现。像李贽的这些理论就相当极端、相当激烈了。大家想想，在一个儒家观念深入多年，由官方非常严厉地往下灌输的情况下，还出现李贽这样的思想家，他勇敢地站出来，向儒家的固有观念挑战，向封建礼教挑战，他号召人们保护自己合理的私欲，维护自己合理的七情六欲，告诉大家，别听冠冕堂皇的大道理，"穿衣吃饭，即是人伦物理"，很了不起。我个人认为，**潘金莲是一个很独特的形象，在当时的妇女当中她是很独特的，但不能说她是一个追求个性解放的女子，请把"个"字去掉，她是一个追求性解放的女子。**

　　**个性解放，必须要有精神层面的爱，但潘金莲只有形而下的情欲层面的爱。**她看一个男子高大威猛、强壮阳刚，就按捺不住了，想跟他做爱，这种情绪、心理是合理的、可以理解的，可是层次不高，还属于比较低级的一种欲望。潘金莲和武松之间，没有精神上的交流与沟通，她也没有从这方面去尝试，只是欣赏武松雄壮的身体。后来她对西门庆的心态也是这样，叉竿打头，两人一对眼，"正撞着五百年前风流业冤"。这是《西厢记》里面的一句唱词，就好像有前缘似的，两人就互相吸引了。但这种吸引是性吸引，是一个美丽女子吸引了一个社会上浮浪的青年，是社会上一个肥壮的富商男子对一个年轻、美貌的女子产生了占有欲。两个人在当时那个阶段的情欲，到后来杀人之前，应该说都还是合理的。甚至在明媚的春日，叉竿打头，两人这么一对眼，还是一幅很美丽的画面，可这是浅层次的，没有什么精神层面的表现。通读《金瓶梅》全书，你会发现兰陵笑笑生对潘金莲形象的刻画，既没有去通过她表现个性解放的动机，也没有达到这样的客观效果。

　　真正在文学作品里面塑造出个性解放的女子形象的是《红楼梦》。到了清代，《红楼梦》里面出现了一个了不起的女子形象，就是林黛玉。林黛玉和贾宝玉之间当然有外貌的吸引，也有男女两情相悦的因素，但是林黛玉和贾宝玉之间是有精神层面交流的。林黛玉和贾宝玉的反抗性，体现在他们共读《西厢记》这样一些场景当中，而且在曹雪芹的笔下，林黛玉说出"我为的是我的心"这样的话，她跟宝玉之间的情爱关系超越了异性之间外形的吸引，达到心心相印，她的终极追求是"我为的是我的心"，我要以我内心的一些情愫换取你内心的一些与我共鸣的东西。所以，**到了清代小说《红楼梦》，中国文学艺术的女性形象当中，才真正有了体现出个性解放的一个形象——林黛玉，**而无论是《水浒传》里面也好，《金瓶梅》里面也好，潘金莲都够不上一个个性解放的形象。

李贽认为，人不应该压抑自己的七情六欲，要做一个像儿童那样率真的人，要保持一颗童心，要有一种"绝假还真"的生存状态。如果按照李贽的观点来评价的话，潘金莲还够格，她一心就想跟自己中意的男子做爱，是一种性解放。有人说潘金莲那么淫荡，为什么不到妓院当妓女？且不说妓女的地位低下，她们还被鸨母控制，鸨母让她们接什么客，她们就得接什么客，她们是没有自主选择权的。潘金莲就是要自己决定，她美丽的身体给谁，她要有阳刚之气的、强壮的男子，不仅看了顺眼，而且做爱的时候很舒服，很愉快。这都体现出潘金莲在性方面的这种自觉意识，达到一种了不起的状态。

不过，性解放跟个性解放比较起来的话就差得多了，**性解放只是自我的身体解放，个性解放是自我的精神解放**，潘金莲没有达到林黛玉那样的高度。但是话说回来，在那样一个时代，那样一个社会，潘金莲作为一个女子，能够在性意识方面达到这样一种自己支配自己性欲的地步，应该算是一种值得肯定的人格倾向。糟糕的地方就在于，潘金莲杀害了武大郎，她种下了恶果，最后自作自受。

## 第12讲　霸拦西门庆
### 潘金莲的后院争夺战

【导读】

　　上一讲告诉你个性解放必须要有精神层面的爱，而潘金莲并不是一个追求爱情的女子，她的生命存在就是性欲存在。尽管对比那个社会中被封建礼教禁锢压抑的许多女性，她自己解放自己，蔑"天理"，纵人欲，有其勇敢的一面。但是，对她做评价，"个性解放"并不恰当，要去掉"个"字，说她是"性解放"的先锋恐怕更适宜一些。潘金莲嫁入西门府以后，要想保持自己独占西门庆的性快乐，是很难的，因为光是西门府里，就还有好几房妻妾。那么，她怎么在西门府里面争取自己这方面的利益呢？请看本讲内容。

　　潘金莲很早就有要自由支配自己的身体，自由为自己的情欲做主的想法。后来她付诸行动，经过一番跌宕曲折，终于如愿以偿，嫁到了西门庆家里，成为西门庆的一个小老婆。西门庆正是她理想中的男子，高大威猛，有男人气概。但是，潘金莲嫁到西门庆家里以后，她面临一个新的生活危机，西门庆并不是只娶了她一个老婆，他还有正妻吴月娘、二房李娇儿、三房孟玉楼、四房孙雪娥，潘金莲是五房了，后来西门庆又娶了一个六房李瓶儿。在这种情况下，潘金莲必须争宠，她希望西门庆能成为她专享的男子，她不能容忍别的女子或者其他人去跟西门庆做爱。她嫉妒，她气不忿，她要从中破坏。所以，她进入西门府以后，一天到晚就沉浸在要用一张网把西门庆网住的状态。

在那个时代，男子在性事上是很放纵的。西门庆不但可以随时去找那几房妻妾做爱，甚至还会跑到妓院去跟妓女厮混，而且他也和一些地位不等的女子发生关系。所以，潘金莲面对这么一个情况，其实还是有失落感的。她不能够随心所欲、随时随地地享受她所喜欢的这个男子，不能享受这个男子跟她之间的性爱。享受得到时当然就疯狂地享受，享受不到时就非常苦闷。当然，社会上其他乱七八糟的人一下子难以对付，但在西门府里面，在这一群妻妾当中拔尖还是可行的，她要把西门庆给拢住。潘金莲是这么一个心态，她也是这么去做的。

潘金莲的第一个对手就是吴月娘，但吴月娘是正妻，在那个时代，男子的妻妾里面，正妻的地位是其他小老婆不可逾越的。这种情况到了清代的长篇小说《红楼梦》里面也是这么表现的。《红楼梦》里荣国府的府主是贾政，贾政的正妻是王夫人，可通读全书，几乎没有文字写到贾政和王夫人在他们的正房里面过夫妻生活，贾政有时候会到正房荣禧堂处理一些事务，但是不管多晚都不在那儿留宿。当然《红楼梦》里贾政的小老婆只有两个，一个是周姨娘，另一个是赵姨娘。书里面写贾政喜欢赵姨娘，在自己的书房里面过夜，他让赵姨娘来伺候，周姨娘好像和他没有什么太大的关系。他虽然娶了这个姓周的小老婆，但是在《红楼梦》的故事开始以后，二人就没有过亲密的举动。

回过头来再说《金瓶梅》，西门庆娶了正妻吴月娘，西门庆娶她的时候，吴月娘的年纪已经不小了，西门庆叫她姐姐。在那个时代，吴月娘算年纪不小的妇女了，本身的性欲要求已经不强烈了，西门庆很少光顾正房，很少跟她做爱，这在西门府里算是一种很正常的现象。所以，就这方面来说，吴月娘不构成潘金莲想独占西门庆享受性快乐的挑战者。但是，吴月娘地位尊贵，经常让潘金莲嫉妒，但她还是压抑情绪，尽量避免与吴月娘产生冲突。

二房李娇儿，书里一开始就写她的身子已经沉重了，人发胖了，在色相方面应该跟潘金莲没法比。所以，她在以色笼络西门庆、享受西门庆身体方面，实际上对潘金莲不构成很大的威胁。可潘金莲对她还是气不忿，因为她在小老婆当中排在最前面。所以，潘金莲逮着机会就揭她老底儿，说她是西门庆从妓院里买来的小老婆，出身不雅。有一段时间，西门庆沉迷于妓院里的荒唐生活，不回家了，潘金莲逮着机会就在屋子里面大骂："十个九个院中淫妇，和你有甚情实！常言说的好，船载的金银，填不满烟花寨！"在西门府里潘金莲这么骂，妓院的人根本听不见，所以这些话其实是骂给李娇儿听的。她时不时地揭李娇儿的老底儿，要把李娇儿居二房的气势压下去。

对于三房孟玉楼，潘金莲还是比较有心计的。孟玉楼很漂亮，身材比潘金莲还要好，脸上有点浅白麻子，不但没有让人觉得她丑陋，反倒增添了她的妩媚，西门庆挺喜欢她的。后来潘金莲发现孟玉楼从不主动勾引男人，她不主动希望西门庆回家以后到她房里过夜，而是摆出一种无所谓的姿态，于是潘金莲对孟玉楼就比较满意。实际上书里面对孟玉楼的刻画也是全方位的，早在薛嫂跟西门庆说媒让他娶孟玉楼的时候，张四舅阻拦这门亲事，跟孟玉楼说："他家见有正头娘子，乃是吴千户家女儿，你过去做大是，做小是？况他房里又有三四个老婆，除没上头的丫头不算。你到他家，人多口多，还有的惹气哩！"那个时候孟玉楼就一番表白，她说："自古船多不碍路，若他家有大娘子，我情愿让他做姐姐。虽然房里人多，只要丈夫作主，若是丈夫喜欢，多亦何妨？丈夫若不喜欢，便只奴一个也难过日子。况且富贵人家，那家没有四五个？你老人家不消多虑，奴过去自有道理，料不妨事。"孟玉楼不光嘴里这么说，她也是这么做的。西门庆把她娶过去以后，她就摆出很大度的姿态，男主人你爱到哪房去，就到哪房去。这个故事发生在运河边，所以，兰陵笑笑生就让人物嘴里面说出这种运河边的俚语"自古船多不碍路"，三妻四妾，孟玉楼不怕，也无所谓。潘金莲看到了孟玉楼这样一种态度和作为，就决定合纵连横。西门府的这些妻妾，有的潘金莲得主动出击，去消耗她的锐气；有的潘金莲就要跟她搞统一战线，暂时跟她和好。潘金莲把孟玉楼选择为一个可以休战的对象。书里写她们俩挺好的，经常手拉着手走来走去。

四房孙雪娥是西门庆的第三个小老婆,潘金莲认为必须要把她灭掉。孙雪娥虽然身材不太好,可是床上功夫不错,所以西门庆也收了她,偶尔也会到她那儿随性一下,潘金莲就看不下去了。当时西门庆把潘金莲娶过来之后,就从吴月娘的房里拨了一个叫春梅的丫头来伺候潘金莲。春梅也是一个很美丽的女子,潘金莲觉得要团结春梅,毕竟春梅是她的丫头,不可能跟她在西门庆面前争宠。在潘金莲同意的情况下,春梅可以参与她与西门庆的房事活动,春梅就属于通房大丫头。后来在《红楼梦》里面也写到通房大丫头,比如贾琏、王熙凤夫妇的通房大丫头就是平儿。在《金瓶梅》里面,后来潘金莲就和春梅结成了死党,想方设法把西门庆拢在她们居住的空间,使其他妻妾得不到接近西门庆的机会。而且每当西门庆和潘金莲狂热地享受性爱的时候,春梅总是很知趣地回避,对此潘金莲也很满意。

于是,潘金莲发动春梅一起灭掉孙雪娥。有一天,西门庆在潘金莲房中,早点要吃荷花饼和银丝鲊汤。这对掌厨的孙雪娥来说都不是问题,因为她就是一个特别会上灶做饭的小老婆。实际上在西门府里,她就住在厨房边上,当然孙雪娥要把早点做好以后再送过来。可是左等不来,右等不来,潘金莲就派春梅去催问。孙雪娥早就觉得潘金莲和春梅"霸拦"着西门庆不放,很可恶。所以,她见春梅来问,就没好气儿。何况春梅毕竟只是一个丫头,她孙雪娥再怎么说也是个带了鬏髻的正式妾室,两人就戗了起来。春梅回来一学舌,潘金莲就觉得受委屈了,埋怨了几句。西门庆刚跟潘金莲做爱不久,确实很喜欢她,听了这些话就很生气,立马冲到厨房打孙雪娥,孙雪娥只好忍气吞声,毕竟男主人爱打谁就打谁。但是,孙雪娥大意了,她没等西门庆走远,就在厨房里面抱怨,意思就是说潘金莲和春梅她们这样"霸拦"男人,今后不得好死,她要洗好眼睛,等着看潘金莲和春梅怎么死。总之,说了一些很恶毒的话。西门庆没走远,听到这些话便折回去,又把她打了一顿,这样西门庆彻底厌恶孙雪娥了。后来孙雪娥由于苦闷,和一个叫来旺儿的下人偷情,被揭发后西门庆就摘了她的鬏髻,等于是宣告她不再是小老婆了,彻底把她当作一个粗使丫头来对待了。用春秋战国做比喻的话,这样潘金莲的"金国"就把孙雪娥的"孙国"给灭掉了。

潘金莲万万没有想到，前面几个女子其实都还不是她真正的竞争者，对她构成最大威胁的是西门庆后来娶进门的李瓶儿。从吴月娘往下算，潘金莲是第五房，这个李瓶儿就是第六房，从小老婆的排序来说的话，就是李娇儿、孟玉楼、孙雪娥、潘金莲，然后才是李瓶儿。李瓶儿也非常美丽，非常性感，床上功夫非常好，深得西门庆的喜欢。有了李瓶儿以后，西门庆就经常冷落潘金莲。更可怕的是，这些老婆都没有生育，可是李瓶儿嫁过来以后很快就怀孕了，还生了一个儿子。西门庆有个女儿西门大姐，嫁给了陈经济，住在东京。后来因为东京有政治风波，为了避风，两口子回到了清河，住进了西门府。但这个女儿是过世的原配生的，不是现在的这几房妻妾生的。故事开始以后到我现在说到的这个地方为止，吴月娘没生育，李娇儿没生育，孟玉楼没生育，孙雪娥没生育，潘金莲更多的兴趣是做爱，对于生育也不太重视，所以也还没怀上。在那个时代，作为妻子也好，作为小老婆也好，你首先是一个传宗接代的工具，你要为家庭生育，而且你要生男孩，生男孩以后你的地位就无比崇高。李瓶儿生下儿子的时候，正赶上西门庆渡过了政治危机，还得到了官位，他高兴得不得了，就给儿子取名为官哥儿，对他视若珍宝。吴月娘也很高兴，因为从当时的社会法理上来说，她是正妻，虽然自己没有生育，但小老婆给丈夫生的男孩也算她的儿子，这个男孩不但以后是她丈夫的一个依靠，更是她今后的一个依靠。

但是李瓶儿一生育，李娇儿不高兴；孙雪娥虽然被贬斥了，也不高兴；孟玉楼虽然嫉妒心不强，也觉得是个遗憾；潘金莲就慌了。所以书里面后来就写潘金莲有所觉醒，她跟西门庆光是鱼水情，光是做爱快活，还不能够真正巩固她在府里面的地位，她得给西门庆生孩子。潘金莲听说有一种办法，就是把道士或者那种算命人画在纸上的符烧成灰，兑在水里喝了就有可能怀孕，她打探到吴月娘其实私下也在这么做，于是她也开始喝符水。潘金莲想为西门庆生孩子，可是迟迟不见肚子有动静，眼睁睁看着李瓶儿生了儿子，得到西门庆越来越多的宠爱，她就开始使坏了。此后作者塑造潘金莲这个形象就更多地去揭示她的人性恶了。

## 第13讲　欲望催生恶之花
### 潘金莲的恶与善

【导读】

上一讲告诉你潘金莲对西门庆的性爱索求是强烈的,她想"霸拦"西门庆,她首先要面对的争宠对象是西门庆的另外几房妻妾。正妻吴月娘,潘金莲虽然嫉妒但只能压抑情绪,尽量避免冲突。二房李娇儿和四房孙雪娥在众小老婆中是竞争力最差的,但毕竟西门庆偶尔也会到她们房里解闷,潘金莲于是寻隙灭掉她们。三房孟玉楼态度温和,不争宠,潘金莲和她保持友好关系。最大的敌人是六房李瓶儿,美丽多金,擅风月,还给西门庆生了一个儿子。潘金莲将如何对付李瓶儿,对她释放最多的人性恶?作者在这部书里面,还有哪些对人性恶的揭示呢?请看本讲内容。

《金瓶梅》这部书有一个很大的特点,作者兰陵笑笑生是冷叙述,他认为天下本无事,一切都无所谓,用冷静的口气、冷漠的态度来刻画人物,来写事,写人性。实际上他冷峻的笔法,把人性恶揭示得入木三分,让人看了以后脊背发凉。他后来就用了很多笔墨来揭示潘金莲人性当中的阴暗面,写她的人性恶。他不仅刻画潘金莲,对书中的一些小角色的处理也具有这种特色。

我们知道在《水浒传》里面有一个小角色何九,是一个仵作,就是衙门里头的验尸官,潘金莲把武大郎给毒死了,需要经过仵作验尸,证明是正常死亡才能够安葬。《水浒传》里写的何九还是有良知的,他的人性还没有黑暗到令人发指的地步。西门庆有钱，又占了官府的权势，在这种情况下，何九开始只好昧了一部分良心做出了武大郎确实是自己病死的这样一个验尸结论，掩盖了潘金莲毒杀亲夫的事实。但是他在处理武大郎火化以后的尸骨的时候，偷偷地留下一块骨头，以证明武大郎不是正常死亡，而是中毒加窒息而死，因为人中毒而死的骨头和正常死亡的骨头是不一样的。《水浒传》写何九还留有余地，他虽然也贪赃枉法，有昧良心的一些作为，最后总算保存了一份良知和良心。但是《金瓶梅》里面的何九完全是一个势利小人，一点良知都没有。他去验尸的时候，因为收了西门庆的银子，明明一眼就看出来武大郎是非正常死亡的，但他偏偏做出了正常死亡的结论，潘金莲说武大郎是心痛而死，他的验尸报告就说武大郎是自己心痛而亡，完全丧尽天良地去帮凶，替西门庆、潘金莲和王婆掩饰罪行。这一段情节就显示出兰陵笑笑生刻画人物，特别善于把这个人物的人性揭示出来。

潘金莲进了西门府以后，兰陵笑笑生对潘金莲的人性恶的描写就一再地加以展现。西门庆后来又娶了李瓶儿，李瓶儿成为西门庆的新宠，这倒也罢了，李瓶儿后来还为西门庆生了一个男孩，取名官哥儿。书里就写潘金莲出于嫉妒，有一些非常阴险恶毒的做法。一次是她趁李瓶儿不在屋里，擅自把官哥儿抱出屋子，奶娘如意儿怎么劝怎么阻止也没用，她高举起官哥儿，这样官哥儿就第一次受到了惊吓。把一个婴儿高高举起，也可以解释成是对他的喜爱，所以潘金莲这次侵犯问题还不是很大。往下发展，李瓶儿被娶进西门府以后就住在潘金莲隔壁，她们都住在花园里面。那个时代建筑的房子不可能非常隔音，更何况就算墙壁隔音，窗户还是挡不住声音的。潘金莲就故意要进一步惊吓官哥儿。除了春梅以外，西门庆还用银子给潘金莲买了一个粗使丫头秋菊，她和春梅两个人都不把秋菊当人对待。官哥儿出生之前，她们就经常虐待秋菊，一件事没做好，就罚跪。光罚跪还不行，罚跪的时候还要她举着大石头。有时候潘金莲生气，不但打秋菊，还掐秋菊的脸。自从李瓶儿生了官哥儿之后，潘金莲越发地找碴儿来打秋菊，虐待秋菊，秋菊就发出杀猪般的惨叫，惊得官哥儿没法安睡。潘金莲养了宠物狗和猫，有时候她故意打狗让狗发出惨叫，官哥儿就更睡不着觉了。最后潘金莲就进一步，驱使她所养的大猫雪狮子去扑官哥儿，这就把官哥儿彻底地弄得惊厥了，后来官哥儿不治而亡。兰陵笑笑生就这样来写潘金莲的人性恶。她在之前害死过她的亲夫武大郎，现在由于嫉妒心重，为了灭掉李瓶儿，又下毒手把西门庆好不容易得到的一个儿子官哥儿给惊吓而死。

兰陵笑笑生一路写下来，潘金莲为了自身利益，阴险毒辣，不择手段，她对西门庆好像越发地要把他拿绳子给捆住，拴在自己的身边一样，她巴不得西门庆一天到晚都跟她做爱，她要垄断西门庆。那么这部书的故事发展到最后，西门庆基本就是死在她的床上。因为那个时候西门庆很荒唐，刚跟别的女人做完爱，回家后很困乏，潘金莲还要对西门庆进行疯狂的性索取，导致西门庆开头是水银狂泻般失精，后来就溢出了血水，最后往外出冷气，几天后西门庆就一命呜呼了。潘金莲成了西门庆的索命鬼。

兰陵笑笑生写潘金莲的种种人性恶的表现，不是单一地来写，而是交叉来写的，他把潘金莲人性当中的其他一些因素也时不时地点染出来。不是写得让我们觉得潘金莲的人性恶好像不可理喻，而是让我们相信当时就有这么一个女子，她就这样，她的各个方面的表现都出自她的本性，所以兰陵笑笑生刻画人物没有一个既定的前提，他不贴标签，他就告诉我们，那个时代的宅院里面有这么一个女子，她就是这个样子。

不过他有一笔写到了潘金莲的人性当中还有善良的光点。那个时代还没有玻璃镜子，妇女用的是铜镜，当然铜镜的效果比现在的玻璃镜子差远了，不过在当时那就是一种很好的镜子。但是铜镜有一个问题，容易生锈，所以时不时地需要有人来磨镜。那天西门府门口来了一个磨镜的老头，孟玉楼和潘金莲都去了，老头一边磨镜子，一边眼泪汪汪地哭诉，说自己很可怜，他的老婆病在床上起不来了，想吃口东西他都没钱给她买，他们的命好苦。孟玉楼是一个有善心的人，她也比较有钱，就立刻让自己的丫头去拿些东西给这个磨镜的老头。潘金莲是最没钱的，但是兰陵笑笑生有一笔就写到潘金莲的灵魂里面多少还存有一点善的因素，她的阴险歹毒是针对那些在利益上跟她有冲突的人，磨镜老头跟她毫无利益冲突，她的善心就落在了磨镜老头的身上。潘金莲就发善心了，也让她的丫头去拿小米和腌黄瓜送给这个磨镜老头。小米和腌黄瓜是潘妈妈看望她的时候给她带过来的。前面我一再讲潘金莲的父亲是个裁缝，潘裁死后潘金莲的母亲还一直活着，书里有时候叫潘妈妈，有时候叫潘姥姥。潘金莲嫁给西门庆以后，潘妈妈有时候也会来串门，给她带点东西过来。潘妈妈穷，带不了什么好东西，无非就是带点小米、腌黄瓜这些日常吃的东西。潘金莲决定分出一部分给这个磨镜的老头，这一笔描写是有益的，不是说作者一味地写这个人物人性当中的恶，她人性当中有善的地方，他也如实地写出来，而且更有趣。老头把镜子给她们磨好以后就走了，这时府里有一个小厮知道这个老头的底细，就跟她们说这个老头撒谎，说他老伴病倒在床，东西都吃不了了那是胡扯，他老婆是一个说媒拉纤、走街串巷的妇人，昨天还从街上走过。虽然小厮揭了磨镜老头的老底儿，孟玉楼听了以后无所谓，潘金莲听了以后也没有觉得自己资助他一些小米和腌黄瓜是吃亏上当。作者写出，在和自己没有直接利益冲突的情况下，人们有一些与人为善的行为，哪怕是接受他们善意的那一方被揭穿是撒谎，他们也还都能够承受。

　　作者是这样全方位、立体地写潘金莲，当然有一笔值得注意，就是潘金莲对她的母亲其实没有什么感情。有一年，潘金莲要过生日了，西门庆就给她安排了庆寿，潘妈妈当然也来了。潘妈妈是坐轿子来的，下了轿子以后，轿夫就问潘妈妈要轿钱，可是潘妈妈没钱给。当时轿钱也不是很多，可是潘金莲就不愿意出轿钱，当着很多人的面数落了她妈妈，意思是没钱就别来，来了就自己付钱，这个钱她不管。潘金莲当众表现出她对自己的母亲无情无义，完全不讲孝道，她人性当中的阴暗面显露无遗。当然读者根据前面的交代，对潘金莲多少有些理解，虽然潘妈妈是她的亲生母亲，但是她把潘金莲卖来卖去，先卖到王招宣府，后来又卖给张大户，她从小没有得到多少母爱，她已经没有什么反哺、孝顺之心。但是为了这么点轿钱，又在她过生日的时候，当场让自己的母亲这么没面子，下不来台，也说明潘金莲的人性是够阴冷的。最后还是孟玉楼看不过去，拿了银子给了轿夫，收拾了这个局面。

作者把社会生活写得很细，通过无数的细节，通过日常生活的流动，刻画人物复杂的人性。潘金莲是所有妻妾里面唯一敢跟西门庆顶撞的人，书里有这样的描写。因为西门庆特别宠官哥儿，一次他就把金镯子拿给官哥儿，给他当玩具，没想到后来就丢了一个。金子失窃在西门府是一件大事，西门庆在上房就发怒，跟吴月娘说这个事，他主张让小厮去买狼筋——狼身上有一根很长的筋，把它解剖出来以后晾干了，可以当鞭子打人，用它打人的话，这个人不但会非常疼，而且会有内伤。西门庆就说买来狼筋以后，他把这些丫头们都叫过来一个个审问，看到底是谁把金子偷了。吴月娘觉得追问是应该追问，但是西门庆没必要这么暴躁，马上买狼筋抽丫头，未免有点过分。在上房里面，西门庆和吴月娘讨论如何追查丢失的金子。

那个时代，在大宅院里面，他们一个是府主，一个是府主婆，他们之间说话，别人是不可以乱插嘴的。当时潘金莲正好在上房，她就偏插嘴，因为她觉得西门庆对官哥儿太宠爱了，实际上是对李瓶儿太宠爱了，本来就不该把金子拿去给孩子玩，西门庆买狼筋抽丫头会让人耻笑。潘金莲表达意思的时候用了很粗鄙的语言，一下子就激怒了西门庆，他把潘金莲摁倒在炕上，挥起拳头就要揍她。眼看潘金莲就要陷入当年孙雪娥的处境了，府主想打谁就能打谁，他有这个权力。可是潘金莲勇于反抗，她说如果西门庆打死她的话，潘妈妈饶不了他，会到衙门去告他；他别以为自己当了一个破官，戴了顶破乌纱帽，觉得自己有钱，就了不起了，其实他是个债壳子（欠别人很多钱的人）。当时潘金莲被按倒在炕上，西门庆吼声连连，而且连拳头都举起来了，但潘金莲敢于反抗。兰陵笑笑生一支生花妙笔写得非常合理，西门庆一下子扑哧就乐了，拳头没砸下去就把她放开了。没有女人敢于这么跟他对抗的，可是这个女子就居然说出这样的话来。下面就写西门庆的性格当中也有童真的一面，他说："我是破纱帽穷官？教丫头取我的纱帽来，我这纱帽那块儿破？这清河县问声，我少谁家银子？你说我是债壳子！"而且西门庆要打潘金莲的时候，叫她"小搋剌骨"，缠足实际上是摧残人的天足，但是缠成三寸金莲在那个时代被认为是一种正常的做法。如果骨头长得不正，反而缠不成三寸金莲，叫长了歪剌骨。潘金莲当然不是歪剌骨，她就翘起自己的一只脚质问西门庆："你看老娘这脚，那些儿放着歪？你怎骂我是搋剌骨？"搞得一旁的吴月娘也哭笑不得，只好说他们两个是"铜盆撞了铁刷帚"。由此可见，虽然西门庆充分地看到了潘金莲的人性恶，她的尖酸刻薄、嫉妒心，但是他还是很喜欢潘金莲那种倔强的性格，那种火辣的语言做派。因此，兰陵笑笑生把潘金莲的性格塑造得非常丰满，把她人性当中各个方面都充分地展示了出来。

# 第14讲　图利还是成人之美
## 王婆与红娘的区别

## 【导读】

　　上一讲告诉你兰陵笑笑生在《金瓶梅》这部书里面刻画潘金莲，是在《水浒传》的基础之上把潘金莲的形象深化了，丰富了，既写了她的人性恶，也交叉写了她人性当中为数不多的善良的光点。潘金莲对西门庆进行疯狂的性索取，夸张一点说，实际上西门庆等于死在了潘金莲的床上。这就再一次坚定了我自己对潘金莲的形象认知，她确实不是一个个性解放的艺术形象，而是一个性解放的艺术形象。从后来这些描写来看，连性解放的标签放在她的身上都不合适了，应该说她有一些性欲亢进，她的人格已经相当变态了。本讲将告诉你潘金莲最后很悲惨的结局。

　　书里写西门庆死后，潘金莲还不安生，她和她的丫头春梅都和西门庆的女婿陈经济乱来。陈经济也很放肆，一个人占有潘金莲和春梅两个美女。这个事情最后败露了，吴月娘大怒。实际上吴月娘一直对潘金莲不满意，有一次在正房吴月娘和潘金莲就摊过牌，月娘质问潘金莲："汉子顶天立地，吃辛受苦，犯了甚么罪来，你拿猪毛绳子套他？"意思就是，西门庆是一个顶天立地的男子汉，潘金莲凭什么好像拿着绳子把他拴着一样？潘金莲巧为辩护，顶撞吴月娘。但是有一点潘金莲怎么也胜不过吴月娘，用吴月娘的话说："随你怎的说，我当初是女儿填房嫁他，不是趁来的老婆。那没廉耻趁汉精便浪，俺每真材实料，不浪。"意思就是，吴月娘不是那些被汉子趁过来的女人，不是先奸后娶的那种女人，她是正牌货。吴月娘强调自己是真材实料，是西门庆正经八百、明媒正娶过来的正妻，他们没有婚前性关系，婚前她也没有跟其他的男子有任何关系，她是以清白之身嫁给西门庆续弦，成为正妻的，所谓身正不怕影子斜。

西门庆其他的小老婆都是趁来的，都是先奸后娶的。李娇儿是妓院的妓女；孟玉楼是嫁过人的寡妇，虽然孟玉楼入门之前没跟西门庆发生过关系，但是她也是破身的寡妇；孙雪娥老早就被西门庆占有了，后来西门庆一时兴起才追认她为小老婆；潘金莲不消说了，前面的故事你都很熟悉了，她也是先奸后娶的；李瓶儿也是这样。里边的故事以后要一环一环地讲给你听，她们都不是真材实料，都是一些浪荡女人。吴月娘有张王牌，就是她不是趁来的老婆，她不浪，她是真材实料。

西门庆没死的时候吴月娘就厌烦潘金莲，西门庆死了以后，她就更厌烦、更难以容纳潘金莲了。但是没有合适的理由，吴月娘不能轻易地把她打发掉。后来她终于发现潘金莲和春梅竟然跟西门庆女儿的丈夫，也就是她的女婿有染。虽然西门大姐不是吴月娘亲生的，但是从伦理秩序上说，她就是西门大姐的母亲，陈经济是她家女婿。丈夫刚死，她就发现丈夫的小老婆潘金莲，连同她的贴身丫头春梅居然跟女婿乱来，这就彻底超出她的容忍线了，必须把潘金莲打发掉。吴月娘先把春梅打发掉了，然后来打发潘金莲。潘金莲当时是从王婆那儿娶来的，因为她把自己的丈夫毒死了，西门庆贿赂了验尸官何仵作，做出对潘金莲、西门庆和王婆都有利的结论，就是根据尸体检验，武大郎是自己得心疼病死掉的。这样武大郎之死就没有构成一个刑事案件进行追究。在这期间潘金莲就认了王婆做干妈。所以，西门庆迎娶潘金莲，名义上是从潘金莲的干妈那儿把她的干女儿聘进来当小老婆的。因此，吴月娘顺着这个逻辑把王婆找来了，其实吴月娘很清楚王婆是一个不干好事、保媒拉纤、拉皮条的市井混混，但是既然潘金莲是从她那儿迎娶过来的，就还是把她找来了。

吴月娘跟王婆交代，现在把潘金莲还给她，不管潘金莲今后嫁谁，只要对方出银子，王婆到时候把收到的银子交到西门府就行。王婆一听吴月娘的意思，主要是要打发人，就近把潘金莲改嫁了，收多少银子并不在乎。于是王婆就把潘金莲带回自己家了，开头一段就让她跟自己一块儿住。书里写的潘金莲确实是一个色情狂，只要她活着，就要寻求性快乐。没有了最理想的男子，可以退而求其次。王婆有个儿子，叫王潮，王潮在故事的开头还是个少年，等到潘金莲被王婆从西门府领出来的时候，王潮已经是一个成年男子，长成了一条大汉。晚上表面上潘金莲是和王婆在一个炕上睡，王潮在外屋的床上睡，潘金莲晚一点了就去外屋找王潮，王潮也接受，两人就做爱。书里的一些描写让我们清楚地知道潘金莲的生命存在就是一种性存在。写到这个地步，我想多数读者对潘金莲的同情心都会大大地减弱，意识到她是一个很怪诞的生命。

作者又放开来写王婆的人性恶。从前面的诸多描写可以知道，王婆是一个人性很黑暗的生命存在。在故事发展到我讲述的这个时间段的时候，王婆的贪欲进一步地被刻画出来了。前面我讲有个年轻人经常和我一起讨论《金瓶梅》，有一次他跟我论，说他觉得有点奇怪，说王婆拉皮条促成了潘金莲和西门庆的苟合，无论是《水浒传》也好，《金瓶梅》也好，这些情节都引起了历代读者的愤慨与厌恶。但《西厢记》里面写张生和崔莺莺，两个青年男女，他们之间也有一个人给他们做媒，就是红娘，导致他们两个发生关系。可是历代的人对红娘都特别肯定，特别赞赏，在戏曲舞台上，红娘被刻画成一个可爱的、值得肯定和尊重的人物形象，她是一个促成了别人的爱情和婚姻的正面的存在。这是为什么呢？红娘和王婆做的事有多大区别呢？

有人可能会说，王婆拉皮条，让潘金莲和西门庆苟合，她不对，因为潘金莲是一个有夫之妇。回过头来想，《西厢记》里说得很明白，崔莺莺当时已经许配了人家。那个时代，一个女子定了亲，和她嫁了人，没有多重大的区别，都是有夫之妇。为什么人们就那么否定王婆，那么肯定红娘呢？

后来我跟那个年轻人通过分析找到了答案。在《西厢记》里面，红娘促成崔小姐和张生的爱情，故事的结局是一个喜剧，有情人终成眷属，并且红娘做这些事完全是无私的，她并不想从中得到任何好处，没有牟利的性质。所以，人们对这种不带任何利益追求，不把自己所做的事当作牟利的事来做，这种促成别人爱情、婚姻圆满的行为，都是予以肯定的，甚至红娘成为一个恒定的符码，说"你真是个红娘"，这一定是表扬的意思。而王婆从头到尾都是图银子，从一开始促成潘金莲和西门庆的苟合，她就是图银子，到故事发展到吴月娘把潘金莲打发出去，潘金莲先到王婆家住，王婆把她再卖出去，还是图银子。吴月娘说潘金莲嫁人，银子不拘多少，王婆把这事做了就行。潘金莲那个时候三十二岁，不算太大，仍然美貌，应该是一个风流多情的女子，更何况潘金莲还有才艺，所以王婆就把潘金莲当作一件可以待价而沽的商品。

而且王婆非常贪婪。那个时候有人出五十两银子要买下潘金莲，王婆拒绝。后来有人出到了八十两银子，她还拒绝。陈经济因为和丈人的小老婆潘金莲乱搞的事情被丈母娘吴月娘知道，被从西门府里轰出来了。陈经济就来找王婆，说他确实喜欢潘金莲，下决心要娶潘金莲。王婆就是贪利，按说这桩生意是不能谈的，这两个人按封建礼教的伦理说的话，一个是小妈，一个是女婿，怎么能够结合？但王婆头脑里没这个约束，即使她嘴里有两句觉得这事不妥的话也是假的。王婆就是贪利，她跟陈经济讨价还价，让陈经济拿一百两银子来，除此以外，还要给她做媒的银子，这样她才考虑把潘金莲放出去。

当时陈经济手里哪有这么多银子，陈经济跟王婆说，他去筹银子。书里前面交代了，陈经济是从东京逃到清河县的。书里的东京，就是北宋当时的首都开封，又叫汴梁。当时朝廷里面发生一些政事动荡，陈经济带着他的媳妇西门大姐到清河投奔他的丈人、丈母娘，现在他要回东京找他的父亲和亲戚筹银子。

没想到在这个时候武松突然出现了。不是说武松在狮子街大酒楼误杀了李皂隶，最后被发配了吗？其实后来武松的故事还很多，《金瓶梅》就不细讲了，但是在《水浒传》里面写得很详细。武松这时候出现在清河县，《金瓶梅》里是这样交代的，说武松杀了李皂隶，后来还杀过一些其他的人，被多次流放，但是在故事发展到我说的这个阶段的时候，朝廷实行大赦，就把他给赦免了，他回到清河县继续在衙门当差。当年武松在景阳冈打虎以后,衙门让他当差,给他的头衔是都头,现在他又当上了都头。

武松找上门来,王婆和潘金莲就都糊涂了。潘金莲一看,小叔子又回来了,还是那么高大英俊,说了老半天,最后她的姻缘还是在武松身上,如果武松愿意把她娶走的话,她愿意。潘金莲就不想想,武松能一直蒙在鼓里吗?潘金莲糊涂,王婆更糊涂。王婆不想一想,武松是好惹的吗?她居然跟武松讨价还价,说武松可以把潘金莲娶走,但是少于一百两银子不成,此外还要给她一笔做媒的银子。

其实在那之前有一个情况,就是春梅被吴月娘逐出西门府以后,很幸运地嫁给了周守备,守备是个武官,地位挺高的,他家也挺富有的。周守备原来有个正妻,后来正妻死了,他就把春梅扶正了,春梅很受宠爱。春梅听说潘金莲也被打发出西门府了,就要求守备一定要把潘金莲娶回来,她和潘金莲还要聚在一起。周守备就派人去跟王婆谈,守备这边的人开头开价八十两银子,王婆不答应,要一百两。办事的人回来以后就跟周守备汇报,春梅哭哭啼啼要求周守备无论如何也得把潘金莲娶到守备府来。因为周守备喜欢春梅,守备说一百两就一百两。办事的人又去跟王婆谈,说守备大人答应出一百两银子。王婆又说,一百两不行,她做媒不容易,还得给她五两媒人钱。其实再加五两银子,对守备来说不算个事,可办事的人觉得这王婆太贪、太讨厌了,就说王婆你非要这么刁的话,"且丢他两日",此事回头再说。

所以,这个故事写得也很有意思,充满了很多的偶然性。潘金莲和西门庆的第一次见面,就是一个偶然的情况:潘金莲当时放帘子,如果叉竿没打到西门庆的头,那么西门庆就走过去了;如果当时她忙着放帘子,那么可能就没看见走过去的这个男人;偏偏叉竿打着一个人的头,这人一抬头,两个人一对眼,一见钟情,这是一个偶然。故事发展到现在,虽说一百零五两银子守备是可以出的,但给守备办事的人自作主张,觉得自己不要那么积极,过两天再去。偏偏就在这一两天当中,武松获得大赦回到清河县了,还没等守备手下的人再来,王婆就把武松和潘金莲的事定了。

　　武松听到王婆的报价满口答应，说一百零五两银子可以，第二天就在王婆家摆出一桌子白花花的银子，王婆当时高兴坏了。这里写人性的贪婪。王婆和潘金莲不想想，你们合谋害死武松的亲哥，能够瞒他一辈子吗？但是见了银子，王婆就什么都不顾了，眉开眼笑，当天晚上就给潘金莲解了孝——因为西门庆死了，潘金莲要为西门庆戴孝。潘金莲出西门府以后，一开始是穿着孝服的，现在王婆说她可以嫁给小叔子了，就让潘金莲脱了孝服，换上鲜丽的衣裳。潘金莲居然很高兴。这两个妇女就糊涂到这种地步。

　　王婆拿着二十两银子去见吴月娘，她说按照吴月娘的交代，已经落实了潘金莲改嫁的人家，对方出了二十两银子。吴月娘对银子的多少并不深究，就收了二十两银子。实际上王婆从中净赚了八十五两银子，她是很贪心的。吴月娘问王婆，潘金莲改嫁给谁了。王婆回答，是武都头。吴月娘一听，倒吸一口冷气。旁观者清，潘金莲嫁到张三家、李四家都无所谓，怎么能嫁给武松？但是吴月娘不多管了，由她们去。

　　晚上，王婆就把盛装打扮的潘金莲送到武大郎的住宅，又准备了一桌酒菜，意思就是让武松和潘金莲成婚。没想到王婆和潘金莲进屋以后，武松就跟她们翻脸了，拿出刀戳在桌上，让她们老老实实交代是怎么害死武大郎的。开头两个人当然都狡辩、否认。但武松不是好惹的，后来潘金莲供出了实情，王婆还指责潘金莲怎么什么都说了。这时候她们想逃也来不及了，前后门都被关死了，武松就在武大郎的灵牌前面把潘金莲和王婆都杀了，并把两颗人头搁在武大郎的灵牌前，算是祭奠了他哥哥。别忘了武家还有一个人，就是迎儿，在潘金莲被西门庆娶走以后，她被王婆当作粗使丫头，后来王婆又把她交付给邻居姚二郎看管。这个时候迎儿已经长大了，武松回家，从姚二郎家把她领回她死去的父亲的那幢小楼里面的时候她很高兴，可是没过半天，她就目睹了她叔叔杀死王婆和潘金莲的情景，吓得不敢出声，迎儿多可怜呀！后来武松听说王婆还有一个儿子王潮，就想再把王潮杀了。王潮听见隔壁动静不对，逃跑报案去了。

武松为了躲避抓捕就逃走了。在《水浒传》里面武松后来有很多故事，《金瓶梅》就不再描写武松了。

书中写了潘金莲和王婆终于还是逃不脱武松的报仇雪恨，这一段文字写得很血腥，很暴力。在这里稍微再说两句，我们现在很重视"扫黄"，一说到有色情的东西，神经就很敏感，就觉得必须禁止。我个人对这一点大体上也是赞同的。确实，色情的东西首先是少儿不宜，对心性不成熟的成年人也没有好处。可是我们光是注重"扫黄"，不注重"扫暴"也是有所欠缺的。其实文学书当中有一些血淋淋的暴力描写，包括影视作品当中有一些血淋淋的场面，也是少儿不宜的，对心性成熟的成年人也没有好处，可是我们好像从来不进行"扫暴"。《金瓶梅》里面写武松杀潘金莲和王婆，是很具体、很详细的暴力文字。可是很奇怪，我们出版《金瓶梅》的删节本，不但删去了色情文字，连很多情色文字也删了，可是没有任何一本把武松报仇杀人的那段血淋淋的描写文字加以压缩与删节。所以，在这一讲的最后，我呼吁，我们不但要重视"扫黄"，还应该重视"扫暴"。

## 第15讲  逃离恐惧
### 李瓶儿的来历

# 【导读】

　　上一讲我们讲了西门庆死后,潘金莲和女婿陈经济私通的事情被吴月娘知道了,她就被吴月娘打发了,交给王婆发卖,结果阴差阳错地被要为哥哥报仇雪恨的武松买走并残忍杀害,结束了她三十二岁的生命。在前面我提过,《金瓶梅》这部书书名的字面意思是金色的花瓶里插着梅花,实际上书名是从书里面三个女性角色的姓名里面各取一个字构成的。第一个女性角色就是潘金莲,书名取其姓名中的"金"字;第二个女性角色是李瓶儿,书名取其姓名中的"瓶"字;第三个女性角色是庞春梅,书名取其姓名中的"梅"字。潘金莲是《金瓶梅》的作者兰陵笑笑生"借树开花",从《水浒传》里面借用过来的一个现成的角色,而李瓶儿完全是作者的原创。本讲我将告诉你她的来历。

　　潘金莲是兰陵笑笑生从《水浒传》里借来的一个角色,在《水浒传》里面,潘金莲还没嫁入西门府成为西门庆的小老婆,就被武松给杀了。但是,《金瓶梅》进行了很大篇幅的改写,先写西门庆把潘金莲娶进西门府,做了他的第五房妻妾,成了他的小老婆,然后写潘金莲在西门府如何争宠,最后写到她的死亡。《金瓶梅》加以变化、丰富,塑造出了一个远比《水浒传》里面的潘金莲更让人印象深刻的艺术形象。但不管怎么说,这不是兰陵笑笑生的独创。

## 第15讲 逃离恐惧：李瓶儿的来历

李瓶儿这个角色是《水浒传》里面根本没有的，也是其他的书里面没有过的，完全是兰陵笑笑生的独创。所以，我们要特别重视李瓶儿这个角色。那么书里边李瓶儿是什么来历呢？书里交代她一开始的命运和潘金莲一样，也是很不幸的。潘金莲自小被卖到了王招宣这样一个官员的府第里面做丫头，后来招宣府培养她弹琵琶、唱曲儿，还教给她一些文化知识，她能够写诗写曲。

李瓶儿打小被卖到了高官梁中书的府第做侍妾。这两个女性一开始的命运差不太多，相对比的话，李瓶儿比潘金莲还要悲苦。因为潘金莲起码知道自己是谁的女儿，她是清河县南门外一个裁缝的女儿。故事开始以后，潘金莲的父亲死了，她的母亲还活着。虽然潘金莲和她母亲的关系不好，她对母亲也不够孝顺，但毕竟她还有母亲，她知道自己的来历。李瓶儿最早的来历就不清楚了，书里没有交代。李瓶儿的父亲和母亲是谁就更不清楚了。她一懂事就已经在梁中书的府第里面了。梁中书是一个高官，他是权臣蔡京的女婿。前面多次提到了《金瓶梅》的故事，它托言发生在宋朝，宋朝有一对奸臣父子蔡京和蔡攸。根据《金瓶梅》作者的叙述，蔡京有个女儿，他为女儿招了女婿，这个女婿就是梁中书（姓梁，中书是一个官名）。蔡京是朝廷的重臣，当时住在京城东京，也就是现在的开封。梁中书把蔡京的女儿娶走以后，不住在东京，住在大名府。大名府应该在开封北边，相当于当今邯郸一带，当时是一个非常有名的北方重镇，梁中书的大宅院在那个地方。梁中书也好色，除了他的正妻，他不但有小老婆，还有很多随时可以找来陪他过夜的侍妾，其中就有李瓶儿。书里交代了李瓶儿名字的来历。虽然不知道李瓶儿的父母是谁，但是知道这个女孩子是正月十五出生的，当时有人送给他们家一对鱼形的花瓶。过去花瓶可以成对地制作和摆设，乃至当作礼物。花瓶各种形状都有，有一种是鱼的形状。因为家里生她的时候得到了一对鱼形的花瓶，所以给她取名为瓶儿，姓李，就是李瓶儿。

前面写潘金莲到了王招宣府，倒没说她在王招宣府里面过得多么悲惨，只是写王招宣死了之后，潘金莲被夫人发落了，夫人把她还给她的母亲。李瓶儿在梁中书府里面的状况就比潘金莲在王招宣府里面要恐怖得多。蔡京的女儿是一个非常凶残的女性，嫉妒心强，她不愿意她的丈夫和别的女子发生关系，可是她的丈夫梁中书偏偏好色，不但和小老婆发生关系，还和府中大大小小的丫头乱来。梁中书夫人就嫉妒、仇恨，甚至如果有哪个丫头被梁中书看中了，发生关系了，事过之后，她就派人把那个丫头抓来乱棍打死。在那个时代，乱棍把人打死是犯法的。前面我们讲过，潘金莲毒死了她的丈夫武大郎，武大郎的尸体是不能随便埋葬的，还要过一道手续，让县里面何仵作验尸以后说明死者是怎么死亡的，属于正常死亡才可以掩埋。但是梁中书的夫人是权臣蔡京的女儿，她才不在乎，打死丫头以后，她也不找官府的验尸官来验尸，直接就把尸体埋在花园里面了。

乱棍打死丫头时，丫头会发出凄厉的惨叫，蔡京的女儿派人挖坑，掩埋这些女子的事情也不可能完全掩人耳目。当时李瓶儿也是一个随时可能被梁中书蹂躏的女子，每天听说谁又被打死了，埋在后花园了，该多恐怖！李瓶儿的少女时代就是在这种恐怖的气氛当中度过的。但是好在她有养娘。当时这种大富大贵的家庭，除了有丫头、侍女，以及供自己驱使的一些女孩子，还会养一些年纪稍大一点的妇人，做年轻女子的养娘，管理她们。

像《红楼梦》写为了元妃省亲，贾府从南方买来十二个女孩子。姑苏地方的女孩子漂亮，又会唱戏，这十二个女孩子最后都取了艺名，每一个名字的最后都是个"官"字，合起来叫作"红楼十二官"。她们集中居住和学习的地方叫梨香院，在那儿有个年纪大一点的妇人柳嫂子照管她们，柳嫂子就是女孩子们的养娘。

《金瓶梅》所写的故事托言宋代，讲的是明朝的故事，李瓶儿在这个贵族府第里面也有养娘。和养娘处得好的，最后关系很融洽，可以在一起长期生活；处得不好的，就会结成仇家。李瓶儿和她的养娘冯妈妈处得好，可能也是冯妈妈在关键时刻不断地维护李瓶儿，所以她没有落入梁中书夫人的手中，没有成为乱棍打死的冤魂。从这点来说，她是幸运的。《金瓶梅》里面说梁中书这家后来被梁山好汉全部杀死了，这是兰陵笑笑生"借树开花"的又一做法。其实无论是真实历史上梁中书这个角色的原型，还是在《水浒传》这部小说里面写到的梁中书，都不曾被梁山好汉攻进大名府，冲进翠云楼杀掉。但是兰陵笑笑生下笔从容自如，让读者阅读这段情节时觉得就是发生过这样的事，模模糊糊觉得《水浒传》里面就是这么写的——李逵在大名府的翠云楼把梁中书全家都杀了。这样一种叙述具有合理性。

李瓶儿在这种情况下该怎么办？整个梁中书府都乱了，农民起义军去杀人，当然首先要杀蔡京的女儿，杀他的女婿梁中书，要杀一些与主子阶层相关的人，最后才会波及其他人。李瓶儿在府里面的地位不高，一下子杀不到她那儿。所以，李瓶儿和她的养娘冯妈妈，两个人相依为命，一起逃跑。她们在惊恐当中还挺有心眼。因为梁中书聚敛了大量的财富，她们随手拿了一部分非常值钱的东西，并且这些很值钱的东西因为体积不会太大，很好携带，其中包括一百颗西洋大珠。明代虽然有一些中外的经济交流，但是西洋大珠是很难得的，梁中书非常贪婪腐败，肯定搜集了很多无价的西洋大珍珠。另外，她们还带走了一对二两重的鸦青宝石。宝石是否值钱，要看它的质量和大小，她们所拿的这对鸦青宝石是一种非常名贵的近乎黑色的宝石，而且每一个都有二两重，是很值钱的。

李瓶儿和冯妈妈从大名府逃到东京，藏匿起来了。李瓶儿那时候年龄也不小了，到了适嫁的年龄，冯妈妈就设法把李瓶儿嫁出去，一方面可以得一笔银子，另一方面她此后也有所依靠。通过说媒拉纤，李瓶儿嫁给了花太监的侄子花子虚。那个时代太监也是很有权势的，在社会上也是横行霸道的。李瓶儿嫁给了花子虚，冯妈妈就跟过去了。花太监在京城里面很有权势，后来朝廷还把他派到广南当一个外官，李瓶儿和花子虚就跟着去了。至于李瓶儿怎么后来又出现在清河县，成为这部书里面的一个重要人物，兰陵笑笑生是这样交代的：花太监后来年纪大了，要告老还乡，他的故乡刚好就是清河县，所以花太监就带着他的侄子花子虚和他的侄儿媳妇李瓶儿落户在了清河县。而且书里写得很有趣，说他们恰恰在西门庆隔壁的大宅院里面安了家，成了西门庆的邻居。花太监后来年纪大了，得病死掉了。此后，大宅子住的就是花子虚夫妇。

前面说过西门庆在清河县鬼混，热结十弟兄，其中就有花子虚。其实这一群把兄弟里面有的人相当破落，是很糟糕的社会混混。花子虚是花太监的侄子，花太监给他留下一个大宅院，还有很多财宝，按说花子虚在这群把兄弟里面，在财富上是仅次于西门庆的。当然花子虚不像西门庆能花也能挣，他是坐吃山空的人，光知道花钱，不懂得挣钱，即便如此，"百足之虫，死而不僵"，花子虚仍然很富有。而且他所娶的妻子李瓶儿也不是一无所有的女子，她从大名府逃到东京的时候，和她的养娘冯妈妈就从梁中书家带出了一百颗西洋大珠和一对二两重的鸦青宝石，应该还有一些其他的财宝，都是她的私房钱。所以，西门府隔壁的花家在经济上也是富足的。

## 第16讲　忍耐青春守活寡
### 李瓶儿的苦闷

【导读】

　　上一讲讲了李瓶儿的来历，她的少女时期还是挺不幸的，被梁中书收用成为一个侍妾。而且梁中书的妻子，权臣蔡京的女儿，是一个妒妇，经常一发怒就把和她丈夫发生关系的侍女乱棍打死，然后胡乱地埋在花园里面。所以，那个时段李瓶儿应该是生活在一种恐怖气氛之中。后来梁山泊的英雄冲进梁府，梁家人都被杀了，李瓶儿和她的养娘冯妈妈趁机逃跑了，而且顺手牵羊拿走了梁中书府里的一些宝贝。后来李瓶儿就进入生命史上的第二段生活，她们逃到了东京，李瓶儿嫁给了花太监的侄子花子虚。李瓶儿自己有钱，所嫁的花家也有钱，可以过上相当奢侈、相当精致的生活。但是，李瓶儿还是非常苦闷，为什么呢？请看本讲内容。

　　李瓶儿嫁给了花太监的侄子花子虚。现在一些年轻的读者可能不太理解，太监不是不能结婚吗，也没有必要跟一对夫妇住在一起啊？其实历代的太监，不仅会和自己的侄子、侄儿媳妇住在一起，有的干脆还会从兄弟那边过继一个儿子或者从社会上找来一个男子做自己的儿子，正式地和自己所谓的儿子、儿媳妇一起生活。花太监实际上把花子虚当作他的儿子，就和花子虚及儿媳李瓶儿组成一个家庭住在一起。后来花太监死了，花子虚和李瓶儿继承了一个宅院以及花太监留下来的大量财产。可是李瓶儿还是非常苦闷，因为她的丈夫花子虚一天到晚不着家，她虽然年轻、美丽，但是她的丈夫不想待在家里。

在当时那个时代，对花子虚这种男人诱惑力最大的地方是妓院。虽然花子虚家里有美丽的妻子，也有很不错的房舍，但是缺少妓院所提供的那种奢靡的玩乐。在妓院，嫖客不光能跟妓女发生身体关系，还可以和妓女以及其他嫖客一起参与各种形式的赌博。往往有钱的嫖客身边总是有一群小人围着他，这些人叫作帮嫖的。嫖客撒钱，帮嫖的就跟着一块儿胡闹，一块儿起哄，跟他一块儿赌博。妓院还有各种各样的游戏，比如当时妓院里面都有一些专门踢球娱乐的人，叫作圆社，他们在妓院比较大的院落里面踢球给嫖客看，也可以把嫖客拉进来一块儿踢，有的妓女也参与这种踢球的活动。更何况，妓院是一个社会低级趣味大集合的地方，涉及各种低级趣味——弹奏、唱曲、讲荤段子，胡乱地开玩笑、自我作践，一天到晚不停。所以，像花子虚这种男人，就喜欢那个地方，回家觉得太安静、太寂寞、太没意思，闷得慌。有时候花子虚也在家里面设一个饭局，请一些狐朋狗友在家里面闹一闹，但他总觉得不如在妓院里面舒坦，妓院里面狐朋狗友更多，而且妓院里面很多娱乐的花样是普通家庭不具备的。

李瓶儿嫁了花子虚，没想到丈夫三天两头在妓院鬼混，很少回家，她就处于一种守活寡的状态了。李瓶儿正值青春年少，怎么能够忍耐这种生活呢？她陷入极大的苦闷之中。

西门庆和花子虚是结拜兄弟，一些围着花子虚到妓院胡闹鬼混、帮嫖的人，也是他们的结拜兄弟。所以，西门庆当然有机会进入花宅，见到李瓶儿。西门庆一见李瓶儿就惊艳了，因为他好色，李瓶儿很有美色。虽然她的身材不如孟玉楼，她不是高挑个儿，而是五短身材，但是她的面容非常好，瓜子脸，两弯细细长长的眉毛，而且李瓶儿最大的特点是皮肤特别白皙。这样西门庆就对李瓶儿产生了兴趣。西门庆到花宅以后，就有了勾搭李瓶儿的心思。一来二去的，他们两个就勾搭上了。李瓶儿有两个丫头，一个叫作绣春，一个叫作迎春，都很漂亮，也都聪明伶俐。不像潘金莲的两个丫头，春梅是既貌美又聪慧，但秋菊就很愚笨，长得也不好看，只能作为一个粗使丫头来使唤。

西门庆后来趁着花子虚腻在妓院里面，就到花家和李瓶儿苟合。这两家的住宅是挨着的，只隔一堵墙，当然这堵墙不在西门府的正院，而是在西门府的花园边上，如果西门庆翻墙过去，吴月娘她们就都不会发觉，也避免了从正门进出引起街上人的注意。于是西门庆跟李瓶儿商量好，利用这堵墙来约会，西门府花园这边搭了桌子，爬上去，李瓶儿那边准备好梯子，西门庆顺着梯子走下去，就可以隐蔽地和李瓶儿约会。

但这件事情瞒不过潘金莲，因为她就住在花园里面楼下的三间房子里头。潘金莲是一个老想独占西门庆的女子，发现西门庆在她的眼皮底下翻墙去和隔壁的一个女子幽会，开始也是气不忿的，不能接受。但她知道西门庆闲不住，他总会去找别的女子做爱。与其西门庆跟一些潘金莲看也看不见、猜也猜不出来的女子去做这种事，不如在眼皮子底下，她倒可以知道是怎么回事。潘金莲要求西门庆每次翻墙过去以后，回来跟她汇报。西门庆跟潘金莲讲李瓶儿长得如何漂亮，身体如何白皙，并且很坦率地说，他喜欢李瓶儿一身的白肉。潘金莲听了以后当然妒火中烧，但是她和西门庆之间形成一种特殊关系，他们既是一对性伴侣，又类似于哥们。潘金莲觉得西门庆还真是不错，跟别人都会掩饰说假话，跟她却说实话。所以，潘金莲既嫉妒，又得到了某种心理上的满足。

因为李瓶儿嫁的是太监家，花太监以前在宫里面做过事，所以就会拥有一些一般民间人士拥有不了的东西，比如花太监留下了一些淫秽的画册，过去叫作春宫画，春宫画画的就是男女交欢。有的读者看到这儿以后可能会有好奇心，那我就告诉你，不要有太强烈的好奇心，这种淫秽图画，其实绝大多数没有什么艺术性，没什么好看的，是一种精神鸦片。过去把这种画册叫作防火图，或者避火图。根据中国古代的说法，女性属阴，这种春宫画画了各种女子奇奇怪怪的姿势，阴气特别重。所以，把这种图画挂在屋梁上，就有避火的作用。因为火是阳性的，阴克阳就不容易起火。这当然完全是胡说八道，没有科学根据。可那个时代这种东西就出现了，花太监所掌握的还是宫里面的春宫画。李瓶儿和西门庆在帐子里做爱，他们就让丫头摆上酒菜，一边吃喝，一边看这种淫秽图画，照画上面的姿势来取乐。西门庆后来爬墙又翻回西门府，把从李瓶儿那边带过来的一册春宫画给潘金莲看。潘金莲看了以后就不让西门庆还回去了，她说如果西门庆非要还，就把它撕了。潘金莲和西门庆也照着春宫画上的姿势来做爱。所以，李瓶儿后来就成了一个很怪异的生命存在了，忍耐力强，她和潘金莲共享一个男子。

那么这种情况下，按说李瓶儿就应该不那么苦闷了，因为虽然花子虚很荒唐，不回家，可是有另外一个比花子虚还要帅的大帅哥经常翻墙跟她约会，这是一种很好的补偿。可是万万没想到，新的打击又来了。有一天西门庆没有主动到李瓶儿那儿去，李瓶儿后来就让丫头非把西门庆请过去不可。去了以后，西门庆就发现李瓶儿完全是慌了，神色也不对了。原来花太监不止花子虚一个侄子，他还有别的侄子，那些侄子在花太监死了以后也分了一些浮财，比如一些好的家具和细软，可后来他们不满足，提出花太监剩下的所有遗产都有他们的份儿，不光是西门庆隔壁这一所宅子，县城里还有另外一所宅子，农村里还有庄田。他们买通了官府，告花子虚独占了花太监的遗产。官府后来就把花子虚拘走了，所以李瓶儿慌了，就找西门庆商量对策。

西门庆表示可以帮李瓶儿的忙。其实西门庆哪里会真心帮李瓶儿。古话说得好，"朋友妻，不可欺"，花子虚是西门庆的结拜兄弟，可西门庆瞒着花子虚和他的妻子私通很久了。现在李瓶儿在西门庆面前哭哭啼啼，要西门庆帮忙解决问题。表面上西门庆说得好听，他托人给花子虚说情解脱，但是最后的官司是花太监的另外几个侄子胜诉了，花子虚不得不把花太监留下的那些财产，比如县城里另外的一个大宅院，现在住的西门庆隔壁这个院落，还有县城外的庄田都变卖了，然后把变卖的银子赔付给人家。

李瓶儿跟西门庆说，在不得不瓜分财产之前，她得把一部分财产转移到西门庆家。这种情况下，不但潘金莲积极参与，吴月娘为了自家的利益也参与，他们就让丫头、小厮在西门府花园这边搭上桌子，李瓶儿那边搭上梯子，然后丫头把一些银子、箱笼和其他东西从花宅转移到西门宅。后来要出售花太监留下的这个花宅，李瓶儿告诉西门庆，这所住宅他一定要买下来，西门庆不愿意花自己的银子，李瓶儿就跟西门庆说，她不是转移了六十锭银子，合计三千两到西门庆家里吗，让西门庆从这里面拿出一封银子，把这个院子买下来。这样西门庆出面，就把隔壁花家院子买下来了。

花子虚官司输成这个样子，只好再拿一点银子在狮子街那边买了一个较小的院落安顿下来。其实按书里的描写，这个宅子也还不错，门面四间，到底三层，临街是楼，比起一般的人家可以说是"百足之虫，死而不僵"，还过得去。但是花子虚因为他的兄弟跟他争夺花太监的遗产，官司输了，心里一直窝着气，就得病了，后来就死在了狮子街的宅子里面。所以，李瓶儿的苦闷导致了她自己的淫乱，也导致了她丈夫官司输了以后被气死。

## 第17讲　谋嫁如谋城
### 李瓶儿的出嫁准备

【导读】

上一讲讲了李瓶儿因为丈夫花子虚老逛妓院，不着家，非常苦闷，勾搭上了西门庆。后来花子虚的堂兄弟告他侵占了花太监留下的全部财产，要求官府追究他的"侵占罪"，想平分花太监留下的房产、庄田和其他财产。这个官司花子虚打输了，他完全破败了，原来的大主宅、县城里面的另外一个豪宅、县城外的那些庄田全都输进去了，只好和李瓶儿搬到了狮子街一个比较小的宅子去居住。最后，花子虚因为这个官司越想越气，得病而亡。花子虚死了以后，李瓶儿唯一的出路应该是嫁给西门庆。李瓶儿的这个愿望能不能实现呢？请看本讲内容。

花子虚死了以后，李瓶儿实际上获得了人身自由。原来碍于有花子虚这么一个丈夫，她只能跟西门庆偷情，不可能嫁给西门庆，现在花子虚死掉了，障碍没有了，她就可以嫁给西门庆了。她的丈夫花子虚一点都不爱她，而且也不爱家庭生活，所以，花子虚只娶了李瓶儿一个正妻，没有小老婆。李瓶儿知道西门庆是有一群妻妾的，西门庆喜欢她就可以娶她，就算那些妻妾从中作梗也不成，因为在那个时代，像西门庆这种男人，他爱娶谁就娶谁，谁也拦不住。不过就算西门庆喜欢李瓶儿，把她娶进家门，如果那些妻妾老跟她作对，她也没有好日子过。所以，李瓶儿在嫁给西门庆之前就有一个想法，就是先笼络好

## 第17讲 谋嫁如谋城：李瓶儿的出嫁准备

西门庆的妻妾。

李瓶儿是一个比较有心机的人，作者写她和潘金莲就完全不一样。潘金莲是一个以自己为中心、不管不顾的人，潘金莲嫁到西门府以后，她跟每一个人几乎都是来硬的，唯独觉得孟玉楼对她的威胁不大，她才比较友好。潘金莲连正妻吴月娘都敢顶撞。李娇儿不消说了，潘金莲老揭她的老底儿，你哪来的，妓院来的。孙雪娥更不在话下，潘金莲联合春梅，唆使西门庆打了孙雪娥，后来干脆废了孙雪娥。潘金莲是强硬的，用吴月娘的话说就是一个铁扫把一样性格的女子。李瓶儿不一样，她是一个比较柔弱、圆滑的性格，**她就打定主意，在正式嫁入西门府之前，就得想办法笼络好西门庆的妻妾。**因为正好有个时间差，花子虚死了，李瓶儿得戴孝。在丈夫死后的一段时间里面，李瓶儿得做出一个遵守封建礼教规范的样子，不能说还没脱孝服就去嫁人。李瓶儿很有心机，觉得得先去笼络西门庆的妻妾，把吴月娘，乃至李娇儿、孟玉楼、潘金莲，都笼络住，这样她进西门府以后才能不吃亏。

一天，潘金莲过生日，因为大家都认识，相互来往，李瓶儿就去给潘金莲送寿礼，参与生日宴请活动。这样李瓶儿就去西门庆宅院祝寿去了，潘金莲也接待了她，吴月娘、李娇儿、孟玉楼都接待了她。李瓶儿早就很清楚，吴月娘是正妻、大房，李娇儿是二房，孟玉楼是三房，潘金莲是最后一房，可是在潘金莲的寿宴上又出现另外一个女子，她一看这位头上插戴的首饰比较少，不像那几房妻妾，衣服也没有那几位华丽。李瓶儿当时对西门庆府里的情况有所了解，但还没到了若指掌的程度，如果估高了，不合适，会惹下麻烦。她很有心计，起身问道："此位是何人？奴不知，不曾请见得。"吴月娘告诉她说："此是他姑娘哩。""姑娘"在这里就是小老婆的意思。李瓶儿这才知道原来孙雪娥也是一房小老婆，排在潘金莲前头。李瓶儿马上满脸赔笑，亲热地叫姐姐。这就说明她很圆滑，谁都不愿意得罪，说话什么的她都不着急，尺度把握得很准，不像潘金莲是个急性子，说话很急，声调很高，语速很快，说话也不怕伤人。弄明白了孙雪娥也是西门庆的一房妻妾，还排在潘金莲前头，于是李瓶儿就放下身段招呼，毕竟她嫁进西门府以后只能是最后一房了，这些妻妾，不管年龄大小，都得叫"姐姐"，这样总是没有错的。所以，你看李瓶儿她是一个很有手段、心思很细密的女子。她要嫁给西门庆，不是一般地嫁过去，她未雨绸缪，还没嫁过去，就把关系都搞好，先从吴月娘开始，把前面的五房都笼络好。

在吃席的时候，吴月娘发现潘金莲头上插了一根金簪子。西门庆家很富有，有金簪子本来不稀奇，但是这根金簪子很特别，上面刻着一个"寿"字。这根簪子是李瓶儿送给潘金莲的寿礼之一，吴月娘就说这簪子样子好，回头让人也照着样子打一对。李瓶儿说，这簪子是他过世的公公花太监从宫里拿出来的，是宫里面那些妃嫔的用品，宫外是没有的。李瓶儿看出吴月娘很喜欢这个寿字簪，就立刻吩咐冯妈妈到她狮子街的住宅再取四对寿字金簪送到西门府来。冯妈妈在李瓶儿搬到狮子街以后，一度没跟李瓶儿夫妇住在一起，但是还是经常来往，帮李瓶儿办事。花子虚死了以后，李瓶儿就让冯妈妈再来陪她住。后来冯妈妈就又取来了四对寿字金簪，李瓶儿就给了吴月娘一对，李娇儿一对，孟玉楼一对，也给了孙雪娥一对。孙雪娥心里得多高兴，她从来都是低人一等，好多事都没有她的份，虽然她也算一房小妾，但有时候敬酒，她都在那儿跪着接酒，低人一头的。李瓶儿就这样连孙雪娥都笼络了。

潘金莲过生日，西门庆忙着自己的事，白天并不在场。西门庆是府主，小老婆过生日，当然他可以有些嘱咐和安排，但是没有道理要求他整天陪着小老婆过生日。西门庆是一个男人，自有他的事业。其实他有时候并不是办公事，而是在外头鬼混，但他有自由。潘金莲生日那天，西门庆白天时间都不在，晚上才回来。这几位妇女就在一起饮酒、食餐，给潘金莲祝寿。在这当中，李瓶儿的表现就频频得分，大家对她的印象都很好，李瓶儿心中也暗喜，这样她被西门庆娶进来以后跟这些妻妾相处就都不难了。

夜深了，这几个妇女就开始挽留她，让她别回狮子街了，晚上就在西门府留宿。李瓶儿开头还表示推辞，说不合适，狮子街家里无人，她不放心。后来这几个妇女再三挽留，加上她喝得很醉，就答应留下来。她被安排到潘金莲的房里面休息，这时候她就见到了春梅。李瓶儿是很有心计的，不像孙雪娥。孙雪娥知道春梅的来历，她是拿银子买来的，原来在大房里伺候吴月娘的丫头，孙雪娥看不上春梅，觉得她没什么了不起的。前面也讲过，孙雪娥不但嫉妒潘金莲，而且她特别看不起春梅，两人之间发生过激烈的冲突，后来导致孙雪娥挨打。李瓶儿不像孙雪娥那么蠢，就算喝醉了，她还是能够慧眼识人，看出来春梅和一般的丫头不一样，不但是潘金莲的左膀右臂，看起来也受西门庆的喜欢，她非常敏感地意识到得好好笼络春梅。所以，见了春梅以后，李瓶儿就特别热情，立刻拿出金三事儿（三样金首饰）给春梅。金三事儿不一定是皇宫里面打造的，不是花太监从宫里拿出来传给李瓶儿的，可能就是她从一般市面上买的，但也很贵重。春梅接了金三事儿以后很高兴，因为按身份的话，她不过是潘金莲的丫头，李瓶儿还没有娶进西门府，是一个来给潘金莲祝寿的女眷，见了春梅以后就这么大方，对她这么好，因此春梅就对李瓶儿礼让几分，李瓶儿就把春梅也笼络住了。

后来到了灯节了，李瓶儿是正月十五出生的，那天是她的生日。潘金莲过生日，李瓶儿到西门府去祝寿，现在李瓶儿过生日，吴月娘就让孙雪娥看家，她带着李娇儿、孟玉楼和潘金莲，四人乘轿子，到了狮子街李瓶儿的住处给她祝寿。狮子街的住宅比原来的住宅小，但是也还不错，门面是四间，往里走是三进，而且沿街这一面是两层楼。李瓶儿在院子里面和楼上都准备了很多迎客的排场，包括整桌的酒席等，还引她们到楼上观灯。因为过灯节，狮子街上会挂很多的灯笼，而且在街上会有很多民间的娱乐活动，在楼上不仅可以看灯笼，还可以看楼下的活动，比如一些装扮成各种各样的人物的游行。潘金莲、孟玉楼特别高兴，她们就倚着二楼的窗台，打开窗户往下看，欣赏满街的灯笼，欣赏街上的人头攒动，来来往往彩色的人流。两人说说笑笑，一边嗑瓜子，一边把瓜子皮吐到街上，这也引着街上的人仰头往上看。当然吴月娘是不会这样做的，吴月娘招呼她们过来吃酒。在席间，李瓶儿拿一个大杯斟了酒，递给李娇儿说，她知道吴月娘是不善吃酒的，只敢给她倒一小杯，但把这一大杯酒献给李娇儿了。李娇儿是二房，也就是小老婆当中排第一位的，实际上没人看得上她，潘金莲经常揭她老底，说她出身不雅，算老几。更何况那个时候李娇儿人老色衰，是一个被冷落的人。可是李瓶儿会来事，说这大杯的酒本来应该献给吴月娘，她知道大娘子没有酒量，用大杯可能喝不了，一会儿另外用小杯敬她酒，这大杯干脆让李娇儿喝了。这特别给李娇儿面子。李娇儿本是妓院妓女出身，根本不把喝酒当回事，咕噜咕噜就都喝了。你看李瓶儿连李娇儿都能笼络成这样子，她把人际关系铺垫得多好。后来吴月娘和李娇儿就先坐轿子回去了，孟玉楼和潘金莲又继续玩了一阵子。

　　李瓶儿通过这些表现，还没进西门府就先把大房到潘金莲这一房的毛全给捋顺了。这样李瓶儿嫁进西门府以后，就没有敌人了，全都是朋友了，全都叫姐姐了。李瓶儿就是这么一个女人。

　　当时西门庆用李瓶儿给他的银子把花子虚的宅子买下来了，接着就要对宅子进行改造，两边打通，在花园里面给李瓶儿再盖一个楼房，底下的三间让她住。那个时候陈经济带着西门大姐投奔到西门府，西门庆就让陈经济当监工，监督改造花园的工程。现在，只等李瓶儿孝期满了脱了孝，西门庆就把她迎娶过去。

　　西门庆也确实觉得该把李瓶儿娶进来了。这个时候西门庆就找吴月娘商量，毕竟吴月娘是他的正妻，他有时候也煞有介事地把一些所谓的大事跟大老婆商议一下。吴月娘早知道西门庆有这个心思，也知道李瓶儿老早就私交西门庆。但是，吴月娘觉得你既然问到我，我作为大老婆得尽责任，就跟他实话实说。第一，李瓶儿孝期不满。第二，你想想合适不合适，李瓶儿可是你结拜兄弟的老婆，虽然花子虚死了，但她毕竟是你朋友的妻子。第三，你别忘了，你买了他的房子，当时李瓶儿还存放了不少东西在咱们家，这些财宝、这些东西怎么算？你可想清楚了这一笔烂账。第四，你别忘了，花子虚虽然死了，但他那些堂兄弟都不是好惹的，他们能够为了财产的事情把花子虚活活地搞死，现在虽然花子虚死了，他们要说还有一些花家的财产在李瓶儿手里，他们闹，你怎么办？那可都是一些刁泼的人物。当然，吴月娘跟西门庆说话时很懂得自己的身

## 第17讲 谋嫁如谋城：李瓶儿的出嫁准备

份，因为那是一个男尊女卑的社会。西门庆郑重其事地来征求大老婆的意见了，大老婆可以提一些建议，但是到头来，男人是天，妻子是地。吴月娘很会说话，最后她说："奴说的是好话。赵钱孙李，你依不依随你！"听了吴月娘的几句话，西门庆就犹豫了。

西门庆后来又去找潘金莲商量，这就说明西门庆和潘金莲也有点哥们关系，要不然这种事情他没必要去找最后一房小老婆商量。潘金莲当时听了，心里其实很不高兴，李瓶儿虽然对她不错，可是娶进来又是一房，而且李瓶儿很讨西门庆的喜欢，西门庆多次很坦率地在潘金莲面前夸李瓶儿那一身白肉。潘金莲为了和李瓶儿夺爱，后来想出一个办法，就用茉莉花的花蕊拌上酥油，然后抹满全身，抹得是又白又香，就为了跟李瓶儿有得一拼。所以，李瓶儿实际上是潘金莲的一个情敌，西门庆现在要把她娶进来又是一房，而且李瓶儿会挨着潘金莲住，这个处境就不如以前了。潘金莲想出一个缓兵之计，就跟西门庆说，现在李瓶儿来了住不下，她不能"荤不荤，素不素，挤在一处什么样子"。

西门庆的府第虽然是一个很大的宅子，前后五进，但他府里面人多。首先吴月娘要占一大进，李娇儿要占一进，孟玉楼要占一进，后面一进算是厨房，孙雪娥住在那儿，再加上后来西门庆的女婿陈经济又带着西门大姐从东京来投奔了，也得住一进，另外，西门庆还得留下一定的房舍给自己活动。所以，虽然西门庆的院子好像很大，房舍很多，但如果西门庆把李瓶儿娶来当一房小老婆，原来这些房舍就不太够。当然后来他在花园里面又盖了很大的卷棚、书房等，这是后话。

潘金莲就说，还是把花园里面那座楼底下的三间房都布置好了，再把李瓶儿娶进来。西门庆想想潘金莲的话也有道理，就去跟李瓶儿说了。李瓶儿听西门庆说要把给她住的新房修好了再把她接进去，开始觉得非常无奈，仔细想想也确实是这个道理，就让西门庆快点把给她住的房子修好了，赶紧把她娶过去。西门庆答应了。李瓶儿没日没夜地盼着西门庆娶她，自己好早点搬到西门宅院去。

## 第18讲　无所依与不可测

### 李瓶儿招赘蒋竹山

【导读】

上一讲讲到李瓶儿想方设法笼络西门庆的几房妻妾，甚至包括丫头春梅，为她嫁入西门府后与她们友好相处做铺垫。西门庆和吴月娘商量娶李瓶儿的事情，吴月娘淡淡地劝他，后来西门庆又找潘金莲商量，潘金莲出了缓兵之计，让他去跟李瓶儿说，给李瓶儿新修的房子还未完成，现在过来挤着住不是个事，还是等房子修好再过来为宜。西门庆就跟在狮子街盼嫁的李瓶儿说，等房子竣工，装修完成，一定来迎娶她。李瓶儿只能耐心等待。可是故事往下发展的情节出人意料。李瓶儿没有嫁给西门庆，倒嫁给了另外一个人。怎么回事？请看本讲内容。

都说西门庆娶小老婆往往是为了图财。这个说法我在前面为他做了点辩护，他娶小老婆不都是为了图财，比如西门庆娶潘金莲，潘金莲没有财产，他是贪图她的美貌，和她做爱能达到极度的快乐。但是，西门庆想娶李瓶儿确实是有图财的目的。李瓶儿从梁中书府逃出来的时候，顺手牵羊拿了梁家的珠宝。李瓶儿嫁给花子虚以后又充实了自己的私房钱，因为花子虚是一个只知道一味花钱、吃喝玩乐、不着家、不理财的人。所以，花太监的财富十之八九都掌握在李瓶儿手里。李瓶儿从花太监那儿还得到四箱柜蟒衣玉带、帽顶绦环，这些是宫里面的服饰。另外，李瓶儿居然还拥有三四十斤沉香、两百斤白蜡、两罐子水银、八十斤胡椒。沉香、水银、胡椒在那个时代都属于稀有物品，用处也很多。《金瓶梅》里面出现这些物品，就证明那个历史阶段商品经济的繁荣，流通的畅达，以及当时社会需求的多样性。这些情况西门庆早就打探清楚了，他除了图李瓶儿的人，还图财，包括这样一些很特别的财富。

可是西门庆当时遇到很大的政治危机，没能及时地迎娶李瓶儿。当时他的女婿陈经济和他的女儿西门大姐从东京跑到清河来投奔他，不是衣锦荣归，而是东京朝廷出现了一场政治风波，权贵杨提督被皇帝问罪，而西门大姐嫁给了杨提督的亲家陈洪的儿子陈经济。西门大姐嫁的陈家，从本来"背靠大树好乘凉"的状况，变成了"树倒猢狲散"的局面了，所以陈经济带着西门大姐回清河是避难的。这件事情还得保密，西门庆对外就说他的女婿陈经济因为要帮自己监督花园工程才回来的，确实后来陈经济也担任一段时间的花园监工。紧跟着更恐怖的消息传来了。皇帝大怒，要把跟杨提督有关系的人都列在黑名单上，分期分批地予以抓捕。西门庆因为是杨提督的亲家陈洪的儿子陈经济的岳父，也受到了牵连，上了黑名单。为避免节外生枝，那段时间西门庆闭门谢客，花园工程也暂停了，每天龟缩在他的府第里面。而且整个府里面的其他人，除了急需，比如得出去买日用品，可以出入以外，一律不许随便乱走乱动，"西门庆只在房里走来走去，忧上加忧，闷上添闷，如热地蜒蚰一般"，他就把迎娶李瓶儿的事情抛到九霄云外去了。的确跟性命相比，婚事都不算事了。现在大祸临头，先得避祸。后来西门庆想出了办法，用银子开路从这场政治灾难当中脱身。这个具体情节前面我跟大家讲过了，在这儿就不重复了。

从西门庆面临政治危机到摆脱政治危机，中间有很长的一段时间。这段时间里，李瓶儿就很纳闷了：本来说好要把她迎娶进西门府，怎么没有动静了？这太古怪了。李瓶儿就派冯妈妈去打听消息。冯妈妈去了几次都不得要领，大门紧闭，没有人出入。好容易有一次冯妈妈终于在院子外头遇见了西门庆的贴身小厮玳安。玳安牵着马出来饮马，因为马总得喝水，老关在院子里头也不是个事，一般饮马要到院子外头的水井边上。冯妈妈看见玳安，赶紧迎上去，说：

"怎么回事，西门大官人怎么连人都见不着了？"那个时候西门庆还没有当官，但是近邻街坊对他客气，称他为大官人。玳安就说："俺爹连日有些事儿，不得闲。你老人家还拿头面去，等我饮马回来，对俺爹说就是了。"再多话也不说。冯妈妈就很纳闷：不是说好了要迎娶李瓶儿吗？你看现在我连头面都拿来了。根据当时习俗，在定好了迎娶日期之前，女方要把一些头面送到男方家里。冯妈妈每次来找西门庆的时候都带着头面来，开头连人影都见不着，现在总算见到玳安了，就要把头面给玳安，但是玳安不接。玳安是书中非常重要的一个角色，后面还专门讲了他，他是西门庆贴身的最信得过的一个小厮，经常帮西门庆做一些很机密的事。冯妈妈就求玳安，不管怎么着，这头面先给拿进去，要不拿进去，她跟李瓶儿也没法交代。这样玳安才勉强收下了。玳安进去以后，西门府的大门还是紧闭，过了半天，玳安出来了，就跟冯妈妈说，头面先收下，婚事以后再说，转身又进院把门给关了。

冯妈妈回来跟李瓶儿一说，李瓶儿万分震惊，悲痛欲绝。原来不是好好的吗，她在西门庆面前面后也没有什么过失，而且她连西门庆的几房妻妾都笼络好了，怎么到今天就变卦了呢？李瓶儿思念西门庆，茶饭不思，精神恍惚了。她晚上睡觉，就觉得有妖魔鬼怪来魇她。前面我已经讲过，西门庆宅院的街对面有一个乔大户，乔大户有很大一个宅院。乔大户原来没有什么官位，还一度被后来得到官位的西门庆看不起，但再过一段时间，他们就了解到乔家是有皇亲的，乔五太太是进了宫的。乔五太太他们家的花园正好在狮子街李瓶儿住宅的背后，花园很荒凉，所以李瓶儿觉得每天晚上有妖魔鬼怪，特别是狐狸精，跑到她的卧房来魇她。魇人就是通过诅咒来陷害某人，最后让他陷于昏迷，甚至导致死亡。《红楼梦》里面也有魇人的故事。赵姨娘通过一个马道婆设计魇了王熙凤和贾宝玉，那次几乎造成了王熙凤和贾宝玉的死亡。在《金瓶梅》里面，李瓶儿晚上被魇了，她病得很重，冯妈妈很着急，就到大街口请了一个叫蒋竹山的医生。蒋竹山，五短身材，可是外表飘逸，就是有些轻浮，有些自作多情的样子。后来事实证明他果然是一个轻浮狂诈的男子，作风不正派，会撒谎。

## 第18讲　无所依与不可测：李瓶儿招赘蒋竹山

蒋竹山从此走进了李瓶儿的生活。

蒋竹山给李瓶儿号过脉，开了药方，李瓶儿吃了几剂药以后，她的病居然慢慢好了。李瓶儿很感激蒋竹山，要宴请蒋竹山以表示答谢。李瓶儿在苦闷当中，就在宴席上跟蒋竹山道出了她的心事，就说原来西门大官人答应娶她的，可不知道为什么现在他在家闭门不出，她让冯妈妈去打听消息也不得要领，头面送进去以后也没有回音。蒋竹山告诉李瓶儿，听说西门庆有大祸了，官府把他列在拘捕的名单里了，指不定哪天官府就派人把西门庆给拘走了。修了一半的花园也停工了，等东京下文书到府县抓人，这宅子也多半会被查抄没收。总之，西门庆是大祸临头了。

李瓶儿一听才明白原来是这么回事，西门庆是遭大祸了，吉凶难测。在这期间，蒋竹山一直讨好李瓶儿，李瓶儿在这种情况下就被蒋竹山迷惑了。在蒋竹山的追求下，李瓶儿居然做出决定，她嫁不了西门庆的话，嫁给蒋竹山这么一个男子也可以。所以，没有等蒋竹山公开跟她求婚，她倒主动地表示可以招赘蒋竹山。李瓶儿果然把蒋竹山招赘到她狮子街的住宅了。她打开居所的门面，也开了一个生药铺，还买了一头驴让蒋竹山骑着出诊，在街上往来。李瓶儿思嫁西门庆，没有嫁成这倒也罢了，但她却嫁了另外一个人，而且她还是主动招赘清河县大街上破落的医生蒋竹山。蒋竹山自己没什么钱财，就倒插门，李瓶儿比较富有，出资给他开了诊所，买了出诊用的驴，相当于现在一个出诊医生有自己的小轿车一样，可神气了。

当然，读者有疑惑了，说李瓶儿是怎么回事？既然看中了西门庆，西门庆也看中了她，听到这个消息以后，她不再去详细打听打听？再说，西门庆是一个强悍的男子，不可能坐以待毙，李瓶儿就不设想一下，西门庆能够摆脱困境的话，到头还能不把她娶走？李瓶儿怎么就等不下去，非要嫁给蒋竹山？

在这里我们就要分析一下，李瓶儿和潘金莲还不太一样。潘金莲是一个性解放的先驱，她生命的意义就是要寻求快乐。李瓶儿有这方面的问题，她原来的丈夫花子虚一天到晚泡在妓院，不着家，她等于守活寡。李瓶儿遇上西门庆以后，两个人在苟合当中，她获得了性快乐。嫁给西门庆，这也是她所图的一个方面。但是整体来说，李瓶儿追求的还不是性快乐，而是一种安全感。作为一个女性，李瓶儿在社会生活当中要获得一种安全感，这种安全感还不只是不被人抢，不被人偷，不被人强暴这么简单，而是有依靠以后的一种踏实感。李瓶儿嫁给花子虚以后，花子虚不着家，虽然李瓶儿住在一个大宅院里，有丫头，什么用品都有，吃喝都不愁，而且可以吃上品的东西，但是这不像个家，她还是有一种漂泊的感觉。李瓶儿想要有一个真真切切的丈夫，要过一种踏踏实实的生活，要一个实实在在的家，这样的话，她才会有安全感。西门庆出事，使得她不能够再见到西门庆了。这个时候出现了蒋竹山，李瓶儿招赘他进门，花钱让他开生药铺，买驴让他出诊。李瓶儿觉得她的生活总算有了着落，有一个招赘来的丈夫，有一个实实在在的家庭，她心里就踏实了。

# 第19讲　弱者的绝情
## 李瓶儿泼水休夫

## 【导读】

上一讲讲到李瓶儿原来一心一意想嫁给西门庆，没想到出现一个奇怪的现象：接近预定的接亲日子，西门府大门紧闭，西门庆也不露面了。后来她的养娘冯妈妈好不容易找到了西门庆的贴身小厮玳安，托玳安把准备好的头面送了进去，但冯妈妈得到的回复是头面先收了，以后再说别的事。西门庆等于把李瓶儿给遗弃了，说好娶她，最后竟然不来娶。在这种情况下，李瓶儿生病了。冯妈妈找来一个叫蒋竹山的医生给李瓶儿治病，李瓶儿病愈以后居然嫁给了蒋竹山，实际上是招赘蒋竹山，因为蒋竹山一无所有。应该如何解释李瓶儿招赘蒋竹山？李瓶儿和蒋竹山能够就这么过下去吗？后来又怎么样？请看本讲内容。

李瓶儿思嫁西门庆不成，就招赘了蒋竹山，把她狮子街宅院楼下的两间门面打开，开了生药铺，还给蒋竹山买了一头驴。蒋竹山就公然跟西门庆"戗行"。西门庆是开生药铺的，他也开个生药铺，他比西门庆的生药铺还厉害，西门庆的生药铺没有坐诊或者出诊的医生，他那儿有，他自己就可以骑着驴去给人看病。

兰陵笑笑生写出了李瓶儿这种人的人性弱点，李瓶儿作为一个女子，老想寻求男人的保护。在她的生命历程中，到目前为止，没求着，好容易觉得西门庆可以保护她，想嫁给他做小老婆，过踏实日子，没想到不知缘由，西门庆就把她给冷落了，甚至可以理解成拒绝了。她不得已求其次，招赘了蒋竹山。

英国有一个大文豪莎士比亚，莎士比亚创作戏剧的历史时段和兰陵笑笑生创作《金瓶梅》的历史时段很接近，那边在创作比如《哈姆雷特》这样的戏剧，这边在写作《金瓶梅》这样的小说。莎士比亚在他的戏剧《哈姆雷特》里面就有一句有名的台词："弱者，你的名字是女人。"莎士比亚在那个时候，在英国那个地方，他就有所醒悟，就觉得在社会当中，男性和女性相比的话，女性是弱的一方，女性往往没有办法维护自己的利益，保护自己。所以，他说"弱者，你的名字是女人"，把女性和弱者画上等号了。在兰陵笑笑生的《金瓶梅》里面，李瓶儿的这一段生命经历，也可以套用莎士比亚这句话，"弱者，你的名字是女人"。李瓶儿是一个社会的弱者，有点钱，可是丈夫死了以后，思嫁大财主西门庆又不得，被西门庆遗弃了。她在命运浪潮当中抓住的一根稻草就是蒋竹山，她希望蒋竹山能够满足她的安全感、稳定感。可没有想到蒋竹山越来越暴露出他的很多问题。

有一个问题，本来是李瓶儿难于启齿的，李瓶儿后来跟他闹翻，就把话挑明了。她跟蒋竹山一起过日子以后，才发现蒋竹山作为一个男子，在做爱的时候根本不能够给她带来满足。因为李瓶儿曾经享受过西门庆这样男子的性爱，西门庆是何等威武强壮，而且在做爱的时候可以让女性达到快乐的极致。蒋竹山自己是个医生，也知道自己这方面有欠缺，就给自己配了一些药，还使用一些工具。现在有成人用品商店，里面会出售一些官方允许出售的情趣用品。在明朝，当时社会上也流行这种今天我们叫作情趣用品的工具，当时就干脆叫作淫器。西门庆跟李瓶儿做爱的时候就带着淫器包，里面有各种助兴的工具。蒋竹山自己本身能力不行，就想依靠这些工具来强化自己这方面的能力，可还是根本满足不了李瓶儿，李瓶儿很失望。

后来西门庆为了渡过政治风波，就派自己手下的人到东京去，走了门路，见到了高官，通过银子开路，最后就把他从黑名单里面替掉了。解脱以后，西门庆发现李瓶儿居然没等他，在他遇到很大的政治危机时就耐不住寂寞，嫁人了。如果嫁给别人倒也罢了，结果是招赘了一个丈夫，一个矮个子的男人，西门庆把蒋竹山叫作王八。关键是李瓶儿招赘蒋竹山以后，居然跟西门庆"戗行"，也开了生药铺，蒋竹山还骑着一头毛驴满大街走。这个时候，西门庆就决定要好好教训教训蒋竹山和李瓶儿。

西门庆摆脱了政治风波后也就更大胆地和官府交往，更何况后来他自己也成了一名官员。这个时候西门庆还没当官，他买通了衙门里面的关键人物，还利用地方社会上的黑恶势力，一起收拾蒋竹山。这些黑恶势力，宋代叫捣子，到了明代又被叫作光棍，一般来说，他们在社会上专门替人去打人、讹人、骇人。西门庆把上面的官员打点好了，下面他又撒钱给这些捣子。往上贿赂，当然付出的代价会比较大，要花比较多的银子。往下雇用这些捣子，其实他花不了太大的价钱，给一点银子，这些人就能够去作恶。当时清河地面上的两个捣子就都被西门庆收买了，一个是草里蛇鲁华，另一个是过街鼠张胜。其中过街鼠张胜是一个贯穿全书的人物，后面还会讲到他。

张胜和鲁华在西门庆的支持下闯进蒋竹山开的生药铺，坐下来就说要买药材。蒋竹山问他们买什么，答曰狗黄。蒋竹山就说药材里没有狗黄，只有牛黄。又说要买冰灰。蒋竹山说，药材里没有冰灰，只有冰片。他们就要冰灰，就无理取闹。蒋竹山发慌了。张胜又说蒋竹山欠了鲁华三十两银子，现在就得还钱。蒋竹山说这是哪儿的事，原来都不认识，怎么会欠钱。他们认定蒋竹山就是欠钱，就得还。几句话不合，他们就开始打蒋竹山，砸铺子，把他的生药铺整个给掀了，还把药材都丢在街上。有人就趁火打劫，把上好的药材捡走了，闹得是沸反盈天。最后保甲过来把这三个人都拘走了。

这种情况下，李瓶儿当然慌得不得了。嫁了这么一个矮王八，房事上不能满意快乐，她最近骂过蒋竹山，说他"原来是个中看不中吃，蜡枪头"。李瓶儿尝过西门庆的好处，已经嫌弃蒋竹山了。现在居然还有这种事发生，蒋竹山是怎么回事，怎么跟人借钱不还？是真的还是假的？就算是人家来讹诈，他一个男子汉也应该能对付,他怎么没办法?

　　三个人被拘到提刑所,官员已经被西门庆贿赂过,于是就一顿乱判,说蒋竹山就是欠人银子,就得还,他不还的话就有罪。上面有贪官污吏,下面有社会黑恶势力,上下一结合,蒋竹山就完全没有了办法。他当然很冤枉,想要辩解,可有什么用呢?官员下令把他一顿拷打,打得皮开肉绽,还判他有罪,要他还钱。公差就牵着蒋竹山回到狮子街,李瓶儿看见他的可怜相,居然失去怜悯心。兰陵笑笑生写人性是全面的,他最擅长的就是刻画人性。人性里面本来有很多因素:有友善的因素,比如与人为善,尽量去跟别人好好交际,建立良好的社会关系;也有恶的因素。现在作者就开始写李瓶儿的人性恶了。如果说她当时贸然决定嫁给蒋竹山,是为了寻求一种稳定感和安全感的话,还只不过是人性的弱点,还可以说她依据的是"弱者,你的名字是女人"。现在她对蒋竹山一点怜悯心都没有,蒋竹山问李瓶儿要点银子化解灾难,李瓶儿都不动心。这就写出了李瓶儿人性当中的恶。她对蒋竹山完全是机会主义地加以利用,在走投无路的情况下,不得已而求其次,把他暂时当作一个次一等的西门庆来收容,结果发现他是一个"银样蜡枪头",而且又发现面临捣子的讹诈与威胁时,他一点办法都没有。这个时候李瓶儿就意识到,之所以发生这种情况就是因为背后有西门庆做文章。李瓶儿也听说西门庆前一阵子的危机已经解除了,现在府门大开,一切都恢复如初了。而李瓶儿没有等到西门庆渡过难关,随便嫁了这么个人,西门庆报复她也是在所难免。后来蒋竹山苦苦哀求,李瓶儿才拿出三十两银子,算是了结了这段官司。

　　蒋竹山终于被放出来了,一身的棒疮。这种情况下,李瓶儿不但不容蒋竹山留在她的住宅里面养伤,谋求下一步的生计,还让蒋竹山带着他自己的那些东西赶紧走人。蒋竹山束手无策,只能灰溜溜地离开了狮子街的住宅。蒋竹山走的时候,李瓶儿将人性的恶发挥到极致。她让冯妈妈舀了一盆水,蒋竹山前头走,冯妈妈后头赶紧跑过去泼。李瓶儿居然做出了泼水休夫的事。冯妈妈把那水往踉踉跄跄往前走的蒋竹山脚底下泼去,后头还说这样的话,她说:"喜得冤家离眼睛！"

作者就把李瓶儿的人性恶刻画出来了。作者没对任何一个人物贴上标签，试图告诉读者他是好人，他是坏人。兰陵笑笑生就写一个生命，在他的生命历程当中，如何由着他人性当中的不同因素支配，有各种不同的言行表现。李瓶儿最后对蒋竹山就凶狠到了这种地步。

当然有的读者跟我讨论，当时社会是男权社会，男尊女卑，女子应该是"嫁鸡随鸡，嫁狗随狗"，可为什么李瓶儿嫁给蒋竹山以后，蒋竹山没有休她，她却把丈夫蒋竹山给休了？当然，从社会的法律角度来说，根据当时社会的封建伦理道德，李瓶儿这个做法确实是很出格了。只有丈夫休妻子的，哪有妻子休丈夫的？如果蒋竹山找到一个官府去告，李瓶儿是会败诉的，那个社会的法律是不承认妻子可以休夫的。而且从公序良俗的道德角度来说，你嫁人了却泼水休夫，实在是一种悍妇的行为。可为什么李瓶儿这样做就成功了，最后蒋竹山越走越远，不敢回头了呢？当时社会发展到那个阶段，虽然还是一个男权社会，男尊女卑，但是社会经济繁荣了，渐渐地，经济、金钱在社会当中所起到的作用就超过了法律和道德，往往法律和道德约束不了金钱的力量。当初潘金莲跟西门庆勾搭，潘金莲是否能够泼水休夫把武大郎给轰走？武大郎挑着担子去卖炊饼，潘金莲拿一盆水舀了往他脚跟一泼，就眼不见为净了？潘金莲不能这么做，因为在武大郎和潘金莲组成的家庭里面，潘金莲自己没有经济来源，她没有经济支配权，而武大郎通过卖炊饼来养家，武大郎有经济支配权。谁有经济支配权，谁就掌握了话语权，谁就占了上风。所以，就当时家庭经济结构来说，潘金莲可以嫌弃武大郎，但她却没有办法把武大郎休了，她没有经济上的支配权，就没有这方面的话语权。最后，潘金莲实在没有办法，只好把武大郎毒死了。

李瓶儿可以把蒋竹山休了，原因之一是在他们的婚姻当中，蒋竹山原来可以说是一文不名，是一个穷医生，李瓶儿是一个富婆，她招赘了一个穷鬼，李瓶儿掌握了家庭全部的经济支配权，所以她就有绝对的话语权。李瓶儿养着蒋竹山，药铺的本钱是她出的，那头驴是她给蒋竹山买的，蒋竹山只有药铺医生的这个身份，这种生活是李瓶儿给的。蒋竹山在性生活中不能满足李瓶儿，现在还惹了事，李瓶儿不要他了，就可以把他轰走。

另一个原因就是蒋竹山虽然知道李瓶儿的做法既不合法律，也不合道德，但是他到哪里去寻求法律支持呢？现在的官府都被西门庆买通了，他去告李瓶儿，人家会理他吗？搞不好，一顿棒子打下来，更得安个什么罪名把他判罪了，他如果去找官府就死定了。他无可奈何。虽然左右四邻可能有的人会对李瓶儿的做法有所腹诽，肚子里头可能说她一些不好的话，但面上，人们都是尽量地不得罪富人，宁愿跟着去踩那些相对穷的人。所以，不会有人站出来为蒋竹山伸张正义。后来书里就没详细交代蒋竹山了，他就不知所终了，他是很惨的一个人。李瓶儿后来也知道，一切的发生就是因为她得罪了西门庆，这是西门庆导演的一出闹剧。

# 第20讲　女性的卑微
## 西门庆怒娶李瓶儿

【导读】

上一讲讲了西门庆渡过政治风波之后，知晓李瓶儿招赘了蒋竹山，很着恼；更生气的是，李瓶儿花钱给蒋竹山开了一家生药铺，公然和自己"戗行"。西门庆认为这是对他的背叛，于是就指使鲁华、张胜这一对捣子打砸了蒋竹山的生药铺。官府那边他也早就打了招呼，把蒋竹山屈打成招，打得皮开肉绽。最后李瓶儿泼水休夫，把蒋竹山赶走了。这种情况下，李瓶儿静下来一想，她唯一的出路还是去哀求西门庆，让西门庆按照原来的约定娶她进门。最后西门庆是不是娶了她呢？请看本讲内容。

西门庆设计陷害了蒋竹山，出了口恶气，但是他并没有仔细打听后来怎么样了，他不清楚李瓶儿泼水休夫的事情，一直以为蒋竹山还住在李瓶儿狮子街那所宅子里面养伤，而且他从政治风波所带来的阴影当中解脱以后，要理顺的事情也很多，所以就没有对李瓶儿再实施毒计。前面说了，李瓶儿除了一般人所拥有的一些金银珠宝，还有一些很不一般的财富，有水银、沉香、胡椒、白蜡，在那个时代，这些都是非常稀罕的东西。如果李瓶儿没有花太监家世背景的话，不可能占有这些在当时社会上比较稀有的、特殊的东西。西门庆垂涎李瓶儿的财富，通过娶她来进一步发财的想法不会消失。可是这一壶现在他觉得还不开，他不提，先忙别的事。

对李瓶儿而言，她觉得把蒋竹山休了、轰走了，西门庆应该知道。李瓶儿想来想去，她还是得嫁给西门庆。她原来为了嫁给西门庆，做了很多事情。她笼络了吴月娘、李娇儿、孟玉楼、孙雪娥、潘金莲等人，甚至潘金莲的丫头春梅，她都下了本钱，加以笼络。她自己的两个丫头绣春、迎春也早就让西门庆占有了，这样丫头带过去以后大家就更方便。同时她还在西门庆的小厮身上下功夫。李瓶儿也看出来，西门庆有很多小厮，但是跟西门庆跟得最紧的、最贴身的小厮是玳安。

书里故事一开始就经常写到玳安，那个时候西门庆没当官，还是白衣人，在街上行走有时候怕人认出来他是个富翁，另外他有些生意很机密，也不愿意在做每一桩生意的时候都让人看出来，所以他的帽子上经常有眼纱。眼纱是书里写到的一种明代人所使用的物品，就是男性的帽子前头可以下垂的一圈薄薄的纱，一般是深色，比如黑色或者灰色的。戴眼纱的人往外看能看清周围，可是周围的人看不清楚他的面貌，那个东西就类似于当今社会的墨镜。书里一开始就多次写西门庆在街上走，他有时候不招摇，可能去放高利贷，或者去收债，或者是谈一笔不想让外人注意和知道的生意，他在街上走的时候会戴眼纱。那么紧跟在他旁边的就一定是玳安，拿着一个毡包，装着西门庆日常要用的一些东西。所以，玳安是西门庆最得力、最可靠，也最贴心的一个小厮。

李瓶儿很早就看准这一点了，也老早就对玳安好。现在西门府一切恢复正常了，玳安也经常在街上来回地为西门庆奔走。正好那天西门府的吴月娘过生日，李瓶儿就备了寿礼让冯妈妈送过去。李瓶儿暂时还不方便露面。因为她知道，西门庆既然这么恨她，府里面的其他人也都会知道，她现在是一个不受西门府欢迎的人，可她还是坚持给吴月娘送寿礼。西门庆当时忙自己的事，对大老婆吴月娘的生日不太放在心上。等西门庆忙完他的事，在休息的间隙，玳安就出现在了他的身边，跟他说，狮子街的花二娘派冯妈妈给吴月娘送了寿礼。其实西门庆根本无所谓，你爱送不送，这算个什么事。西门庆本来不想搭理玳安，但西门庆偶然一偏头就发现玳安的脸红红的，像是吃了酒。西门庆就问他在哪儿吃的酒,因为他要么是在府里面给吴月娘庆寿的时候吃了酒,要么就是在外头吃了酒。可西门庆一想,玳安被他派出去办事了,应该不是在西门府里面吃酒,这个酒应该是在外头吃的。西门庆就追问玳安在哪儿吃的酒。玳安说实话,说是在狮子街吃的,说李瓶儿看到他从她门口路过,让冯妈妈出去叫他,把他请进去,非常热情地招待他,请他吃了酒。所以,李瓶儿确实一直很有心机,她曲线救国,知道要打破她和西门庆之间的僵局,玳安是一把钥匙,她就有意识地等玳安一个人从她门口路过的时候派人把他请进来。玳安被李瓶儿好吃好喝一顿招待以后也就愿意为她传话。

所以,玳安见了西门庆就传话了,就说李瓶儿现在后悔得不得了。她知道自己做错了,蒋竹山已经被她给休了,赶跑了,现在她是一个人了,希望西门庆能原谅她,她会死心塌地地嫁给西门庆、伺候西门庆。玳安把李瓶儿这番话传达给西门庆,西门庆当时根本听不进去,说李瓶儿嫁谁不行,嫁了个矮王八,而且还像他一样开生药铺。西门庆还不能原谅李瓶儿。但不管怎么说,玳安完成了一个任务,把李瓶儿想跟西门庆说的话都传达了。

在玳安所传达的这些话语当中,最重要的一点就是告诉西门庆,蒋竹山已经不存在了,也就是说李瓶儿嫁到西门府来的障碍没有了。现在只要西门庆开口,李瓶儿随时可以嫁过来。对于李瓶儿,一开头西门庆当然是图她这个人,他觉得她一身白肉很可爱,但他确实也图李瓶儿的财。所以,他虽然记恨李瓶儿后来的表现,但把李瓶儿娶进来,毕竟是他曾规划过的事情。

经过玳安的传话,西门庆表示可以再考虑娶李瓶儿。什么时候娶?怎么娶?西门庆撂下的话是这样的:"既是如此,我也不得闲去。你对他说,甚么下茶下礼,拣个好日子,抬了那淫妇来罢。"西门庆要求先把李瓶儿的那些东西搬过来。有几天西门府第的大门就老开着,不断有人往里搬东西,从狮子街搬到西门府。具体搬了些什么东西,书里故意不细写了。前面已经交代了很多,大家想一想,肯定会有沉香、白蜡、水银、胡椒,像拔步床什么的就更不消说了。李瓶儿值钱的东西蛮多的,都搬到西门府哪儿呢?当时由陈经济监督修造花园,把西门家的花园和原来花宅的花园合在一起，成了一个很大的花园。花园里面原来就有一座两层楼，楼下三间房是潘金莲住着，后来又盖了一座两层楼，两座楼紧挨着，有三间房是为李瓶儿准备的。李瓶儿自己的东西很多，搬过来一布置的话，房间的堂皇富丽应该不亚于潘金莲那边。东西搬完了以后，两个丫头迎春和绣春先过来。

正日子到了，一顶轿子就把李瓶儿抬过来了。一个女人出嫁，轿子到了府第的门口，没人迎接，而府主当时在家，故意不动声色，不理这茬，这算怎么回事？这时候西门庆几个妻妾里面，人性当中善的成分最多的孟玉楼看不下去了，就跟吴月娘说，府主现在没有出去接媳妇，主家婆是不是出去接一下？吴月娘在孟玉楼的说服下才勉勉强强地出去迎了一下。这样李瓶儿抱着出嫁的宝瓶，自己走到花园里面给她预备的三间房子里面。当时女子出嫁是要抱宝瓶的，这是一个风俗。新娘子进了新房，绣春、迎春两个丫头早在房中铺陈停当，可是新郎西门庆一连三天都不理李瓶儿，根本不到她的新房去。

孟玉楼就劝西门庆说，不管怎么着，他得去李瓶儿房里，她自己嫁给西门庆的时候就特别在乎嫁过来后的第一夜。现在西门庆一撂李瓶儿就是三天，是不是有点太过分了？孟玉楼好心相劝，西门庆听不进去，就说，看看李瓶儿做的什么事，他碰到点小事，关几天门，她就另嫁他人了，做出那些无耻的事情来。先不理她。正在这个时候，有人砰砰敲门。原来是春梅来报告，说不得了了，李瓶儿上吊自杀了。

孟玉楼一听就慌了，西门庆还不动声色。李瓶儿嫁到西门府以后，左盼右盼西门庆都没来，李瓶儿心知自己做错了，千不该万不该招赘了蒋竹山，把西门庆给得罪了。后来虽然泼水休夫轰走蒋竹山，嫁入了西门府，但是西门庆不见她，一冷就是三天，后面的日子该怎么过，怎么活？李瓶儿想不开，晚上就上吊了。绣春和迎春小睡一觉，醒来发现女主子直愣愣地吊在那儿，她们赶紧到隔壁去叫春梅。

潘金莲虽然对李瓶儿很不以为然，就算没有这段曲折，李瓶儿很顺利地嫁

## 第20讲 女性的卑微：西门庆怒娶李瓶儿

到了西门庆家，她也是潘金莲一个天然的情敌。但是潘金莲一听说李瓶儿上吊了，她的良心里面没有泯灭的那种光点还是闪动了——得先救人。潘金莲就跟春梅赶到隔壁，把李瓶儿上吊的绳子剪断了。她上吊用的还不是一般的绳索，用的是裹脚布。一开始李瓶儿跟死了一样，后来终于从喉咙里面涌出了一口清涎，才出了气儿，活了过来。

潘金莲让春梅赶紧通知西门庆、吴月娘他们。得到消息以后，吴月娘就赶紧过来了。李娇儿原来跟其他的妻妾关系是最不好的，连她也赶过来了，这当然是因为李瓶儿之前笼络过她。大家来了以后就都问潘金莲，有没有给李瓶儿灌姜汤。潘金莲回答："我救下来时，就灌了些了。"后来李瓶儿活过来，就哭出声来。

西门庆得到李瓶儿上吊消息后的表现，就是那个时代，男权主义下的大男子主义的最强烈的表现。他说怎么上吊了？还敢到他家来上吊？终于西门庆来到了李瓶儿的新房，把别人都轰走。其他人就都退了，在外头战战兢兢地听着里面的动静。西门庆让李瓶儿跪下，李瓶儿跪下了。西门庆拿根绳子往李瓶儿身边一丢，让她再上个吊看看。西门庆就把当时男权社会的这种优势发挥到极致。李瓶儿完全就被他强大的男权威严压垮了，不知道该怎么办了。见李瓶儿没上吊，西门庆就让她把衣服脱了，然后他一边拿鞭子抽李瓶儿，一边质问她，为什么做出这样的事情来。李瓶儿就连连认错，苦苦哀求。西门庆又问："我比蒋太医那厮谁强？"李瓶儿就回答了："他拿甚么来比你！你是个天，他是块砖；你在三十三天之上，他在九十九地之下。休说你这等为人上之人，只你每日吃用稀奇之物，他在世几百年还没曾看见哩！他拿甚么来比你！莫要说他，就是花子虚在日，若是比得上你时，奴也不恁般贪你了。你就是医奴的药一般，一经你手，教奴没日没夜只是想你。"

西门庆看到一个妇人脱了衣服跪在自己面前，白嫩的身体上抽出了鞭痕，他的心理得到了满足，而且李瓶儿也承认是一时糊涂才招赘了蒋竹山那个矮王八。李瓶儿在西门庆这样高大、威猛的男子面前屈服了。这样一来，西门庆就把气出透了，一扔鞭子，把李瓶儿拉起来了，穿上衣服，搂在怀里。西门庆对李瓶儿说："我的儿，你说的是。果然这厮他见甚么碟儿大来大！"意思是，李瓶儿说的对，蒋竹山那个家伙见过什么世面？随即西门庆就大声叫春梅："快放桌儿，后边取酒菜儿来！"西门庆就跟李瓶儿和好了。李瓶儿这才算真正嫁给了西门庆。为什么叫作西门庆怒娶李瓶儿呢？刚才这段情节就说明，他是在怒火中烧的情况下把李瓶儿娶过来的。后来西门庆的怒火终于熄灭，还是接纳了李瓶儿。

# 第21讲　退让与包容
## 李瓶儿的自我净化

【导读】

　　上一讲交代西门庆在怒气当中娶了李瓶儿,而且冷落她,轿子到了门口他不去接,最后吴月娘勉勉强强出来把她接进去,李瓶儿抱着宝瓶进了新房,西门庆三天都不光顾她那里。李瓶儿在备受羞辱的情况下上吊自尽,不过后来还是被救过来了。西门庆让她跪下来,脱去衣服,鞭打她,斥责她,但是李瓶儿最后一番真情倾诉,又挽回了西门庆的心,西门庆把她搂在怀里,两个人又和好了。这样李瓶儿终于嫁进西门府,成为西门庆排名最后的一房小老婆。李瓶儿嫁入西门府后又是一个什么情况呢?请看本讲内容。

　　从书里的描写来看,李瓶儿嫁给西门庆后就走上了一条自我灵魂净化的道路,她确实痛改前非了。原来李瓶儿的问题还是比较多的。她和花子虚一起生活的时候,花子虚不爱李瓶儿,不顾家庭,虽然他们住的是一个大宅院,但没有家的样子,花子虚成天带着群狐朋狗友在妓院里面鬼混。这种情况下,李瓶儿就逮着机会和西门庆勾搭上了,西门庆翻墙过来偷情。所以,是花子虚不好,让李瓶儿守了活寡。但她毕竟是一个有夫之妇,西门庆又是一个有妻妾的人,他们偷情,从道德上来说,是有问题的,很不光彩的。但对她这个表现的评价,不必太严苛,李瓶儿还是有可以理解的苦闷,她和西门庆的偷情也多少有一些能够理解和谅解的因素，但总归是不好。李瓶儿不能够把控旺盛的欲望，最后突破了道德底线。

到了西门庆府以后，当然情况就不一样了，李瓶儿是一房小老婆，她和西门庆做爱就属于非常正常的一种行为了。可是妻妾之间会争宠，李瓶儿就收敛了自己性欲上争强的心思，变得非常随和，非常能够退让。她把她在前一阶段性格当中的毛病加以抑制，处理得很好。

李瓶儿和潘金莲住在花园里面，潘金莲住一座两层楼下面的三间房，李瓶儿住另外一座两层楼下面的三间房，这两个楼还是挨着的，她们是邻居。从书里面的描写来看，西门庆很多时候去找潘金莲，李瓶儿并不嫉妒潘金莲。她觉得一个男主人他爱找谁就找谁，他有这种权利，自己守本分就好，你来我就接待，你不来我也不争。这是李瓶儿第一个方面的表现，她就把那种性欲高扬，不惜突破很多底线、规范的人格缺点消除了，也就是净化了自己的心灵。

李瓶儿前面有一段把她人性当中的弱点和人性当中的恶暴露得很充分，就是她和蒋竹山生活那段。西门庆遇到情况了，不露面了，李瓶儿有所疑惑，难以理解，这都好说，但是她又不能忍耐，而是机会主义地、饥不择食地招赘了蒋竹山。当西门庆使手段陷害了蒋竹山之后，李瓶儿不但不帮着蒋竹山摆脱困境，而且泼水休夫，把蒋竹山置于无路可走的可悲境地。蒋竹山后来怎么样，书里就没交代了。估计他在社会上很难生存，恐怕得离开清河县，另外想办法重新起步，度过他的余生了。

嫁入西门府以后，李瓶儿当然知道自己这一段做错了，西门庆忽视她，鞭打她，她认同。因此，在李瓶儿以后的故事发展当中，她那种机会主义的表现，饥不择食、降低自己身段、贬损自己人格的事情就都没有了。也就是说，李瓶儿人性当中那部分恶基本上被压制了，没有再爆发，她变成一个很谦和、很温柔、很仁义、很能忍让的小老婆，和吴月娘、李娇儿、孟玉楼、孙雪娥、潘金莲，包括大丫头春梅，都能够相安无事。从李瓶儿的角度来说，她对那些人没有任何的侵略性和威胁性，她不跟她们争宠，她安安静静地做最后一房小老婆。

## 第21讲 退让与包容：李瓶儿的自我净化

李瓶儿原来人性当中的弱点和人性当中的恶之所以能够暴露无遗，是她一直寻求一种安稳的、平安的、安全的生活而不得时，慌乱当中造成的。现在李瓶儿有了西门庆这样一个在县城里面有钱有势的男子汉做丈夫，她就一心一意过日子了，满足于眼前安全、安稳和富裕的生活。李瓶儿在西门府里面简直就变了一个人，原来身上的毛病全没了，她把自己净化了，有很多细节表现出来。比如书里写西门庆后来把花园盖得很好，花园里面有卷棚，这是西门庆经常活动的一个空间，两边有细竹片制成的大大宽宽的帘子，夏天两边都垂这种帘子，外面花木丛生，非常美丽，也非常舒适。这个地方西门庆给它取了一个很雅的名字叫作翡翠轩。有一天西门庆就把头发打开，等丫头、小厮来伺候他洗脸梳头。西门庆发现帘子外头盛开着一种很香、很美丽的瑞香花，他就命令仆人、丫头去给他摘一点进来。这个时候潘金莲和李瓶儿来了，两个人手拉着手。潘金莲拉着李瓶儿的手，她是有心机的，她其实嫉妒李瓶儿，恨死了李瓶儿，因为自从李瓶儿到了西门府，西门庆很大一部分精力转移到了李瓶儿的身上。但是潘金莲会来事。李瓶儿拉着潘金莲的手，她是真心的，她非常愿意跟潘金莲成为朋友。在西门庆对谁好，到谁的房里多的事情上，她很愿意退让，不跟潘金莲争。

潘金莲到了翡翠轩，看见瑞香花就要拿手掐花往头上戴。西门庆就让潘金莲别忙着掐，他屋里的瓷盆里面已经掐了好多朵了，她拿一朵去戴就是了。西门庆知道潘金莲的性格，什么事都要拔尖，抢在前头。李瓶儿就完全没有一定要戴花，一定要第一个戴，一定要戴最好的那朵的心思，她非常温柔，非常礼让，非常随和。西门庆递了朵花给李瓶儿，并说也给吴月娘、李娇儿她们送花，还让孟玉楼过来弹月琴。潘金莲让春梅给吴月娘和李娇儿送花，她给孟玉楼送花，顺便把孟玉楼叫过来。这样翡翠轩里面，其他人暂时都退出了，只剩下了西门庆和李瓶儿。西门庆一下被李瓶儿的美色打动，兴致来了，搂着李瓶儿就在翡翠轩的凉椅上做爱。

潘金莲其实并没有真正离开，走到花园角门首，她把花递给了春梅，然后就走回翡翠轩。潘金莲隔帘窃听,听到西门庆和李瓶儿在交欢,这倒也罢了,她还听见李瓶儿跟西门庆说私房话,说她现在的身子有变化,让西门庆轻点、慢点,她就明白李瓶儿怀孕了,潘金莲妒火中烧。本来西门庆喜欢李瓶儿,李瓶儿嫁入西门府以后西门庆经常在李瓶儿的屋子里面安歇,潘金莲就已经很不高兴了,更何况现在李瓶儿怀孕了。要知道潘金莲也一心想怀孕,没想到喝了符水(把算命的人画的符烧成灰以后兑水喝,据说喝了符水就能促使女子怀孕)肚子还是没动静。

李瓶儿跟西门庆说她怀孕了,西门庆当时就很高兴。西门庆和李瓶儿做完爱以后又恢复常态,其他人陆续都到了翡翠轩,大家就围在一起吃饭。这个时候潘金莲就有一些令人大惑不解的言辞和举动,比如她偏要坐很凉的那种瓷凳。瓷凳过去叫凉墩,如果放上一个褥子还暖和一点,但是她就是要坐冰凉的东西。孟玉楼说:"五姐,你过这椅儿上坐,那凉墩儿只怕冷。"潘金莲就说怪话:"不妨事,我老人家不怕冰了胎,怕什么?"意思就是她肚子里没什么怕凉的物件,她不在乎。然后席上潘金莲又不断地呷冰水或吃生果子。孟玉楼又问潘金莲:"五姐,你今日怎的只吃生冷?"潘金莲说:"我老人家肚里没闲事,怕什么冷糕么?"

这些话潘金莲都是说给李瓶儿听的,当然西门庆也听出这个味儿了。西门庆作为男子汉,对自己这些大小老婆争风吃醋的言行习以为常了,不是很在乎。可是对李瓶儿来说,这些讥讽的话就是一种心理战。现在潘金莲最强大的对手就是李瓶儿这一房,潘金莲先用一些闲言碎语来敲打李瓶儿。李瓶儿确实已经怀孕了,潘金莲又在府里面叽叽喳喳,包括跟孟玉楼私下窃语,说这个月份不对吧,李瓶儿是八月娶进来的,有那么快怀孕吗?意思就是搞不好这孩子不是西门庆的,指不定是谁的。这种谣言如果传到李瓶儿耳朵里,那是非常扎心的。

潘金莲对李瓶儿实行了大量的心理战,让李瓶儿很不舒服。一日三伏天气,西门庆全家都在花园里面聚着看荷花。吃酒的时候,李瓶儿忽然肚子疼起来了,

## 第21讲 退让与包容：李瓶儿的自我净化

就回屋休息。这样把气氛闹得挺紧张的，吴月娘也挺着急，说是不是要临盆了。李瓶儿生孩子，吴月娘还是高兴的，当然吴月娘自己来生最好，但如果吴月娘自己没生，其他小老婆生，也算是西门庆跟她的后代，对家庭来说，也是有好处的。所以，吴月娘对李瓶儿要生孩子这件事情，不但不嫉妒，她还很在意地保护这孩子。

发现李瓶儿确实要临盆了，西门庆就急如星火地派小厮去请产婆，产婆来了，所有人都围在李瓶儿屋子的周围。这个时候潘金莲又跟孟玉楼说闲话，说这哪是生孩子，这不是下象胆吗？过去把大象生产叫作下象胆，认为生下的是祥瑞之物。现在李瓶儿生一个孩子，就是这种局面了，又不是什么稀罕事。还说就李瓶儿尊贵是吧，她们是买来的母鸡不下蛋。潘金莲这样一些尖刻的话语孟玉楼听了以后就不吱声了。其实孟玉楼的心里头应该也是不平静的，她也恨自己不能为西门庆生下孩子，可是她生不了，现在李瓶儿先生了，她不能说一点都不嫉妒，但是像潘金莲这样尖酸刻薄，说出一些有失体面的话，她说不出来，也听不下去，她就不作声了。

后来产婆报告，李瓶儿生下了一个小子，西门庆高兴得不得了。西门庆原来和已亡的正妻陈氏有一个女儿西门大姐，西门大姐已经出嫁了，后来女婿、女儿都回到清河，现在住在一块儿。但是那个时代，儒家礼教有一个讲究叫作"不孝有三，无后为大"。这句话最早出自《孟子》，后来经过一些儒家人士的发挥，有的学者指出这句话的原意不是现在人们理解的这个意思。我们在这儿不做学术探讨，我就直截了当告诉大家，后来"不孝有三，无后为大"成为家族伦理道德当中很重要的一个信条。就是一个男子汉，你对父母不孝顺可能有很多种表现，最严重的就是你不给父母生育后代，而且这个后代指的是男孩。你不为父母生下男孩，不为他们生孙子，你就是大不孝。

中国的汉族几千年来没有形成真正有效的能够使整个民族凝聚起来的宗教信仰。虽然汉人进了道观拜道观里面的神像，进了佛寺拜佛寺里面的神像，进了风俗神庙就拜风俗神庙里面的神像，甚至于拜树精，拜一块石头，但是这都不是坚实的宗教信仰，都算是实用主义的，是想通过这一拜保佑自己或者解决自己一些很具体的问题。直到当代社会，有人进了道观磕头，进了佛寺也磕头，他是通过烧香拜佛解决一些很具体的问题，比如能不能考上大学、能不能升职、能不能加薪、能不能找到对象、能不能生出孩子等。所以，中国的汉族在源远流长的历史当中重视传宗接代，重视一代一代地生男孩，把自己的宗族延续下去。所以，西门庆对这个男孩的诞生非常重视，也非常兴奋，后来雇了奶妈如意儿来喂养他。

西门庆还搞了各种名堂，包括请法师来给这个儿子祈福。在这个过程当中，潘金莲始终站在李瓶儿的对立面，搞一些破坏活动。一次，道士送来经疏，就是一种给孩子祈福的经文，上面抬头有文字，就说这个经疏是给哪个孩子来祈福的。潘金莲识字，她不像有的小老婆，比如李娇儿、孙雪娥，可能都不识字。潘金莲一看经疏抬头的名字她就觉得不对头，立刻找到孟玉楼，因为她总是把孟玉楼当成自己的同盟军，毕竟一个人上阵作战，气势总归还不够。潘金莲拉着孟玉楼说，这写的像话吗？上面只写李瓶儿的名字，她们的名字都没有，李瓶儿是西门庆的老婆，她们就都不算吗？孟玉楼没有完全上潘金莲的当，潘金莲多次拉着孟玉楼一块儿冲锋陷阵，孟玉楼都能够比较冷静地临阵避让。孟玉楼问："有大姐姐没有？"潘金莲才补充说有吴月娘的名字。李瓶儿就是一个小老婆，单写她不合适，但是如果把吴月娘写上了，再写李瓶儿，孟玉楼觉得说得过去，不算大问题，就不跟着潘金莲捣乱了。

# 第22讲 厄运终不可逃
## 李瓶儿之死

【导读】

上一讲告诉你面对潘金莲的挑衅,现在的李瓶儿都是忍让,她自我净化了。说老实话,李瓶儿狠起来不在潘金莲之下,当年潘金莲百无聊赖,把亲夫武大郎给毒死了,而李瓶儿泼水休夫,也很厉害。但是,自从嫁入西门府后,她再也不让她灵魂当中的一些急躁的东西、机会主义冒头了,她以仁义的胸怀,面对一切。李瓶儿这样处处隐忍就能使潘金莲休战吗?她又是因何香消玉殒的呢?请看本讲内容。

按说通过给西门庆生下一个宝贝儿子,李瓶儿的人生达到了巅峰状态,处在一个最幸福的状态当中。西门庆本来就喜欢她,现在她又为西门庆生下了儿子,西门庆当然就更把她视若珍宝了。那个时候西门庆通过给京城的蔡太师蔡京送寿礼,得到了非常丰厚的回报,蔡京给他填了一张空白的委任状,他就成了清河县提刑所的副提刑了。所以,真是好上加好、锦上添花的一个局面。

但是李瓶儿再仁义,再自我净化,再忍让,潘金莲的"金国"还是要灭掉李瓶儿的"李国"的。潘金莲使出了浑身招数,甚至有一天干脆在吴月娘的面前造谣,说:"我听李瓶儿说了,这孩子长大以后有恩报恩,有仇报仇!"这孩子报谁的恩,报谁的仇,潘金莲不继续说,只概括一句话,就是"俺们都是饿死的数儿",意思是除了李瓶儿那房以外,其他各房,当然也包括吴月娘这一房，都得饿死。不过这个谣言就太离奇了。

当时吴家大妗子在场。什么叫大妗子？现在有的地方还有这种称呼，就是一个男子妻子的兄弟的妻子，也就是大舅子的妻子叫作大妗子。吴月娘的娘家经常有人到西门府来串门，吴大妗子经常出现。当时吴大妗子听了潘金莲的话觉得不像话，高声地说："我的奶奶，哪里有此话说？"意思是怎么可能有这种话说出来？吴月娘明知是潘金莲造谣，可是这种谣言还是很有杀伤力的。这谣言听了基本觉得是不可信的，但也是戳心窝的。潘金莲就想挑拨"吴国"和"李国"的关系，从中取利。

潘金莲是很恶毒的，看到谣言起不到什么大的作用，她就直截了当地把斗争的对象指向了李瓶儿生下的孩子。因为这孩子生了不久，西门庆就封官了，所以这孩子就取名为官哥儿，西门庆希望他今后也当官。有一天，潘金莲趁李瓶儿临时出去的时候，跑到李瓶儿的屋子里面，不顾奶妈如意儿的反对，强行把孩子抱出来，一直抱到仪门（就是好几进大院子当中隔开每一进的门，特别是最外面那一进的门），到那儿举高高，把官哥儿吓得哭个不停。

后来潘金莲又通过打狗、打她的粗使丫头秋菊，搞得狗叫个不停，秋菊也杀猪般地惨叫，使得官哥儿没法睡觉。李瓶儿几次让丫头过去求她们，说能不能别打狗了，能不能别打秋菊了，现在官哥儿睡不安稳，甚至有时候发抖、抽搐。潘金莲当然还巧加辩护，意思就是她的狗不听话，秋菊坏事，该打。李瓶儿只好忍气吞声。西门庆来了，李瓶儿也不向西门庆告发潘金莲这种恶劣的行为。见到了吴月娘，李瓶儿还是隐忍，也不说。

直到后来，事态发展到最严重的状态。潘金莲养了一只雪狮子猫，在李瓶儿和如意儿疏忽的时候，跑到李瓶儿屋里，扑到官哥儿的身上，彻底把官哥儿吓得惊厥了。这只雪狮子猫在词话本里面出现得很突兀，绣像本我前面给它提出过一些意见，认为有的删改并不合适，但在雪狮子猫的描写上，绣像本的增改是合适的，词话本前面没有铺垫，绣像本前面就有伏笔。潘金莲见西门庆、李瓶儿他们宠着官哥儿，老给他穿一身鲜红的衣服，潘金莲就经常在她屋里拿鲜红的绸缎包着肉，让雪狮子猫去扑。这个做法就好像春秋时期晋国一个奸臣司寇叫屠岸贾，陷害丞相赵盾的手段。屠岸贾为了害赵盾，他养神獒，就是那种大狼狗。他经常扎一个稻草人，让稻草人穿的衣服跟赵盾一样，训练獒去扑咬，最后，果然把赵盾给害死了。潘金莲的做法就跟这个一样。

雪狮子猫后来跑到李瓶儿屋里面一看，床上是穿着红绫袄的孩子，它平时扑包着红绸缎的肉块扑惯了，就往官哥儿身上扑过去了。官哥儿被吓得惊厥，西门庆当然急得要命，立刻跑到潘金莲屋里把雪狮子猫抓起来，狠狠地摔到地上，把雪狮子猫摔死了，然后急如星火地寻医问药，想要治好官哥儿。但是，官哥儿医治无效，只活了一年零两个月就结束了他短暂的人生之旅。

李瓶儿一看孩子死了，就抓耳挠腮，一头撞在地下，哭得昏过去，半日方醒过来，搂着死去的儿子大放悲声。官哥儿之死其实就等于是"李国"的灭亡，"金国"大获全胜。西门庆对官哥儿之死当然痛心疾首，可是跟李瓶儿表现的不完全一样。西门庆看李瓶儿把脸都抓破了，滚得宝髻蓬松，乌云散乱，根本活不下去了，西门庆也很悲痛，可是他这样劝李瓶儿，他说："你看蛮的！他既然不是你我的儿女，干养活他一场，他短命死了，哭两声丢开罢了，如何只顾哭了去！又哭不活他。你的身子也要紧……"西门庆的逻辑就是：孩子死了就证明了命中注定他不是你我能养大的一个孩子，现在这个谜底揭晓了，他到世上来并不真是讨好咱们俩来的，他就去了；现在你哭，他也活不了；应该把这事丢开，保养自己身子要紧。

西门庆和李瓶儿对于官哥儿的死亡反应有差异。当时男权社会，像西门庆这样一个男子，传宗接代的任务是一定要完成的，可是他不看重孩子由谁来生。李瓶儿给他生了一个儿子，死了当然可惜，可他还有别的老婆，她们还会给他生，更何况他可以再娶小老婆。所以，作为一个男权社会的男性，西门庆对这件事情就没有像李瓶儿那样悲痛，有天塌下来那种感觉。

李瓶儿完全垮掉了，官哥儿死了以后她基本上犹如行尸走肉了，而且她得了血山崩的绝症。这个病就是经血淅淅沥沥流个不停，有时候就大出血，不但整个人很快地瘦得跟黄叶似的，连炕都起不来了，只能在床上铺很多的草纸，不断给她换。这批草纸被血淋湿了，拿走，再换一批。本来李瓶儿是一个干干净净、全身喷香的美女，现在不成样子了，成了一个不但变了形，而且全身发出恶臭的生命。

　　这个地方兰陵笑笑生就写得出乎读者的意料。西门庆这个时候居然不嫌弃已经变了形的李瓶儿，对眼前这个已经完全失去了美貌的女子，西门庆万分怜惜，他还喜欢她。明明李瓶儿的两只胳膊都瘦得像银条似的了，西门庆不但不嫌弃，还经常到她屋里守在她的身边，在她身边落泪，跟李瓶儿说话："我的姐姐，你有甚话，只顾说。"在这又出现了让读者惊诧，到头来又能令读者理解的一幕。兰陵笑笑生的一支笔，顺着生活的逻辑往下写，顺着人物内心的发展往下写，他写西门庆和李瓶儿居然产生了超出肉欲的精神层面的爱情了。前面他写西门庆翻墙去跟李瓶儿私通，写李瓶儿居然没有耐心等到西门庆摆脱头上的政治阴影就招赘了蒋竹山，写李瓶儿下狠心泼水休夫，写李瓶儿终于被娶进西门府，西门庆当时主要是图李瓶儿的财，对她的人很嫌弃。迎娶当日轿子到门口不接，新房三天不去，去了以后扔了一根绳子给李瓶儿让她上吊给自己看看，还让李瓶儿脱了衣服，拿鞭子抽她。但是，在这些事情都过去之后，故事发展到现在这个阶段，西门庆对着一个脱了形的李瓶儿，他流泪，他心疼，他爱这个脱了形的女子，他安慰她，他知道留不住她以后，两人就生人作死别。所以，《金瓶梅》是非常了不起的文学作品，它写人性，写人的命运，写人在命运当中的浮沉，以及在这个过程当中，人性各种因素的自我调整，写人与人之间，最后能够冲破肉欲、情欲达到精神层面的互相肯定，这是很了不起的。

　　最后，兰陵笑笑生写出了西门庆对李瓶儿的爱情，到这地步确实就可以称之为爱情了。因为面前这个女子，西门庆既不要跟她做爱，也不是要欣赏她的一身白肉，原来这个女子身上经常发出麝兰的那种香气，现在只发出血山崩的恶臭，西门庆都无所谓，他还心疼他，还喜欢她，那不是爱情，是什么呢？不要以为《金瓶梅》就是一本淫书，黄书，就写男女做爱。兰陵笑笑生写来写去，水到渠成，他也写到了男女之间有可能产生一种超出肉体的灵魂之爱。

李瓶儿和西门庆的爱最后达到了这个境界。李瓶儿病得这么重，怎么也治不好，就死掉了。西门庆听到报告说李瓶儿咽气了，就两步并作一步地奔到李瓶儿的住处。西门庆一看李瓶儿的面容还没有改，身体还没有发僵、发硬，还是温暖的，所以他就不顾李瓶儿身子底下有大片的血渍，就两只手捧着李瓶儿的香腮不住地亲，他口口声声叫："我的没救的姐姐，有仁义、好性儿的姐姐！你怎的闪了我去了？宁可教我西门庆死了罢！我也不久活于世了，平白活着做甚么！"他在房中跳得离地有三尺高，放声号哭。作者写李瓶儿死了以后，西门庆的反应和表现，可能出乎读者的意料。但是，他的表现好像影视的表现一样，放映在你面前，你信服吗？你可能相信。在彼时彼刻，西门庆这样的表现又是很自然的、合乎情理的。他是一个率直的汉子，有真性情的人，虽然他有荒唐、淫荡的一面，但是他在李瓶儿身上不但获得了性爱，而且获得了真正的超出肉体的情爱。

西门庆这样的表现让其他妻妾目瞪口呆，更不要说旁边那些丫头、婆子、小厮什么的了。吴月娘要趁着李瓶儿的身体还软，给她穿寿衣，可这时西门庆还伏在李瓶儿身上，捧着她的脸哭，而且还大声叫："天杀了我西门庆了！姐姐，你在我家三年光景，一日好日子没过，都是我坑陷了你了！"西门庆的言辞不是事先准备好的，都是在现场从心窝子里头蹦出来的，你听一听，这是一个财主在哭一个死去的小老婆吗？这确确实实超越了生者与死者的身份，是男女之间真正大爱的心声。我这个评价你能同意吗？

当然西门庆这样的一种表现和这样一种话语是很出格的。所以，吴月娘都听不下去了。书里写吴月娘的反应写得也是非常到位的。吴月娘就说："他没过好日子，谁过好日子来？"意思是你说的什么话，她怎么到这儿三年没过过好日子，是谁没让她过上好日子？吴月娘就敲打西门庆，不过是死了一个六房小老婆，怎么这么说话呢？

西门庆强调他所爱的这个女子的特点不是什么一身白肉，也不是她长长的、弯弯的眉毛，或者其他肉体方面的优点，西门庆强调的是好性儿、仁义。书里大量的描写证明，李瓶儿进入西门府以后确实通过自我净化，成为一个对任何人都没有威胁性、竞争性，能够谦让的生命。她做到了仁义，对所有人都很仁爱，都很讲义气，展现出灵魂当中美好的一面。

书里还用了很多篇幅来写西门庆对李瓶儿的一往情深。后来西门庆请一个韩画师为李瓶儿画了像。像画好以后，西门庆经常挂出来，一看这个画像，就好像又看到了李瓶儿本人。西门庆在李瓶儿的头七宴请人看戏，唱戏的就唱出这样的唱词"今生难会面，因此上寄丹青"，西门庆就忍不住从袖子里取出手帕擦眼泪。西门庆经常怀念李瓶儿，她能做一种据说出自西域的特殊的美食酥油鲍螺，这种东西的制作方式叫作"拣"，这种美食西门府里其他人都不会，连精通厨艺的孙雪娥也不会。李瓶儿每次做这东西，西门庆吃了以后都非常高兴，觉得非常可口。现在李瓶儿走了，西门庆怀念这样一种特殊的美食。虽然西门庆还在继续生活，但是他对李瓶儿的怀念还时不时在书中被写上一笔，比如写到李瓶儿在梦中跟西门庆诉幽情，还写到李瓶儿给西门庆托梦。

李瓶儿是兰陵笑笑生塑造的一个非常成功的女性形象，她的一生也可以说是跌宕起伏。她人性当中的各个方面展现得也是相当立体化。她人性当中的善被兰陵笑笑生勾勒得很细，她人性当中的恶也被兰陵笑笑生毫不留情地揭示出来。看《金瓶梅》，我们能感受到那个时代、那个社会就真有一个这样的女子，在清河县活过，死去。所以，李瓶儿的形象构成了本书当中三个最重要女性角色中的一个，是完全够格的。

# 第23讲　身为下贱心不甘
## 宋惠莲的野心

【导读】

上一讲交代了潘金莲处心积虑要灭掉李瓶儿，除了平时造谣生事之外，她还故意把丫头秋菊、狗打得大叫，扰得李瓶儿的儿子官哥儿没法睡觉。一天，她养的猫扑到官哥儿身上，把官哥儿吓得惊厥了，最终医治无效而亡。李瓶儿在儿子死后伤心欲绝，得了血山崩的绝症，不久也离世了。至此，李瓶儿这个角色的故事讲完了。其实《金瓶梅》塑造了一系列的女性形象，不仅仅是构成书名的三个女性值得注意，书里其他几个女性，也特别值得关注。从这一讲开始，我们就要讲一个叫作宋惠莲的女性。宋惠莲是怎么回事呢？请看本讲内容。

且说有一天宋惠莲在厅堂里面给西门庆的大小老婆们斟酒端茶，西门庆隔着帘子看见她了。只见她穿着红绸对襟袄，底下穿了一条紫色的绢裙，西门庆当时就说了，红袄怎么能配一条紫色的裙子，"怪模怪样"。所以，你不要认为《金瓶梅》好像只是简单地写了西门庆的情欲，其实它全方位地塑造了西门庆这个角色，它告诉你西门庆虽然没什么文化，可是他的审美眼光并不低下，他对颜色搭配有他自己的品位。

颜色搭配自古以来是人们审美当中一个很重要的课题。像大家熟悉的《红楼梦》，贾宝玉与薛宝钗的丫头莺儿有一段对话就是谈颜色搭配，说大红色配黑色比较好，红与黑是颜色搭配当中永恒的组合，黑色可以把红色压住，配起来好看。在贾宝玉和莺儿的对话当中还提到，葱绿色要配柳黄色，配起来显得雅致。《金瓶梅》所写的西门庆并不是一个贵族，也没有进行早期的诗书教育和审美训练，但是他在自己的生活当中，也归纳出了一些审美的原则，形成了一些审美的趣味。他就看得出来，女子上身穿一个大红袄，底下配一条紫色裙子，颜色搭配上显得怪模怪样。

宋惠莲是西门府里面一个男仆来旺儿的媳妇。在嫁给来旺儿之前，她有一段不堪回首的经历。她是穷人家的孩子，父亲是开棺材铺的，自己做棺材，自己卖棺材，是小本生意，赚不了什么大钱。也是因为家境贫寒，所以家里在她很小的时候就把她卖了。回顾一下前面讲的女性潘金莲，她小时候就是因为家里穷被卖到了招宣府，李瓶儿也是因为家里穷，被卖给了梁中书，宋惠莲被卖给了蔡通判。这三个女子早期的遭遇差不多，都是因为家里穷，她们就被卖了。在蔡通判家，宋惠莲嫁过一个丈夫，是蔡通判家的一个厨子，叫蒋聪。蒋聪后来跟人斗殴，被打死了，打死他的那个人逃走了。宋惠莲觉得自己的丈夫不能这么白死，要为丈夫讨个公道。她想出了什么办法呢？那个时候西门府跟蔡通判家是互相来往的，因为蔡通判家厨子做菜做得特别好，有时候西门庆也派自己的仆人去请蒋聪过来帮厨，当时派的就是来旺儿。宋惠莲知道来旺儿是西门庆的仆人，也知道西门庆在清河县是一个吃得开的人，就求来旺儿，让他跟西门庆说一声，让官府把杀死她丈夫蒋聪的凶手捉拿归案，为她的丈夫讨个公道。来旺儿回到西门府就跟西门庆说了，西门庆果然就把这事办了，官府把杀害蒋聪的人逮着，而且处决了。

宋惠莲嫁给蒋聪，并不是因为她爱蒋聪，而是当时蔡通判坏了事，整个府第瓦解了，迫于无奈她才嫁给蒋聪。虽然她不爱蒋聪，对他没什么感情，但是她却在蒋聪被人打死以后，想方设法为丈夫申冤报仇，这一笔就把宋惠莲的人性底色交代出来了。后来因为来旺儿正好死了媳妇要续弦，来旺儿求吴月娘，吴月娘就答应了，把到西门府做女仆的宋惠莲嫁给他了，他们结成一对夫妻。

## 第23讲 身为下贱心不甘：宋惠莲的野心

宋惠莲有两个特点。一个就是她嫁过厨子，所以她有些厨艺，特别是有一招绝活，能够用一根柴火烧熟一个猪头，烧得皮酥脆，肉松软，而且一边烧，一边添加佐料，烧得猪头喷香喷香的。另一个特点是她的小脚长得特别好。那个时代的男人养成了一种畸形的审美趣味，欣赏女人的三寸金莲，汉族妇女实行缠足。书里多次写西门庆和女人做爱的时候有一个环节，就是欣赏女人的三寸金莲。潘金莲的脚小小的，缠得很好，西门庆对她的三寸金莲就很欣赏，但是宋惠莲的小脚缠得更好，好到什么程度呢？那个时候按照畸形的审美标准，脚缠得越小越好，她的脚就缠得特别小，穿上自己的绣鞋以后，还能套进潘金莲的绣鞋，你说她的脚该有多小？这个女子其实原来也叫金莲，叫宋金莲，到了西门府以后，吴月娘觉得不能这么叫，就给她改名叫作惠莲，所以她在西门府叫宋惠莲。

她也有身体和相貌的自觉意识，觉得自己挺美的，就经常把自己的发髻垫得高高的。所谓把发髻垫得高高的，并不是说西门庆收她当小老婆，给她正式戴髲髻了，她是故意把自己的天然发髻弄得高高的，造成好像已经戴上髲髻的视觉假象。这说明她心里有想成为西门庆的一个小老婆的潜意识。当然希望很渺茫，但是从她摆弄自己的头发上显示出她有这种潜意识。她还会把自己的水鬓描得长长的，又把头发弄得蓬蓬松松的。总之，她就是希望引人注意，尤其希望引起西门庆注意。

西门庆果然注意到她了，发现她的裙子颜色穿得不对，他就问吴月娘的丫头玉箫："那个是新娶的来旺儿的媳妇子惠莲？怎的红袄配着紫裙子，怪模怪样？到明日对你娘说，另与他一条别的颜色裙子配着穿。"玉箫说："这紫裙子，还是问我借的。"西门庆决定占有宋惠莲，他把宋惠莲的丈夫来旺儿外派了，让他上杭州给蔡京制作祝寿的锦绣蟒衣和家中穿的四季衣服。当时从清河到杭州来回得半年，西门庆就有机会占有宋惠莲。

有一天，西门庆往里走，她往外走，撞个满怀，西门庆就把她搂住了。这个时候书里写宋惠莲的反应是这样的：她把西门庆的手推开，走回自己住的房间。她和来旺儿在府里面当然也分到了住房，是下人住的群房里面的一间。跟西门庆撞个满怀的经历让她知道主子看上她了。

西门庆拿出一匹翠蓝色的缎子，给玉箫说："你给宋惠莲送去，用翠蓝色的这种绸缎做成裙子配她的红袄才好看。"这匹翠蓝绸缎不是一般绸缎，上面有一些暗花，远看看不出来，近看有很多花卉组合在一起，是一种很高级、很漂亮的绸缎。宋惠莲收了这匹绸缎以后进一步懂得，主子是喜欢她的。

后来玉箫就根据西门庆的指示，把宋惠莲带到花园的一个山洞里面。那时候已经入冬了，山洞里很冷，就生了一个火盆，这样宋惠莲就让西门庆在山洞里面占有了。这个事当时就被潘金莲发现了。书里写西门庆跟潘金莲的关系确实不一般，他们既是性伴侣，也类似哥们，西门庆有的事绝不跟吴月娘说，也不跟其他小老婆说，但是他肯跟潘金莲说。潘金莲一追问，西门庆开头想岔开，想撒点谎。潘金莲多聪明的人，说："你骗得过我？你就把来旺儿那媳妇勾搭上了。"这样的话，西门庆干脆就跟潘金莲挑明说："山洞里面太冷不方便，干脆以后就在你这个屋子跟她干事。"潘金莲居然答应了。潘金莲当然有她的盘算，她是制止不了西门庆的，与其让西门庆继续瞒着自己在别处做这件事，不如干脆让他在自己的眼皮底下做这件事，这样还好控制西门庆，也比较好控制宋惠莲。所以宋惠莲后来就成了西门庆的情妇了。

这样一个女子在她的人生道路上到了这一步：西门庆玩弄她，但是收她为另一房小老婆的可能性很小，因为她的出身实在太低微了。潘金莲虽然出身低微，先卖到王招宣府，后来又卖到张大户家，最后嫁给了武大郎。她到西门府之前的最后一站是武大郎的妻子，再怎么说，社会地位也比一个富人家里面的仆人的地位高一点。前面说了，武大郎后来跟潘金莲住的是楼上楼下四间房，还有小院子的宅院，而且武大郎是卖炊饼的，自产自销，算是一个小业主。当然武大郎后来被潘金莲害死了，但名义上是正常死亡。潘金莲等于是一个正常的寡妇嫁到西门庆家，还勉强说得过去。李瓶儿开头是梁中书府第的一个侍妾，后来嫁给了花太监的侄子花子虚，就住在西门府隔壁的一个大宅院，也算是一个富人的妻子，但花子虚不爱她，爱逛妓院，后来花子虚吃了官司，气病了死掉了。李瓶儿从出身背景到最后这一站也不算太低微，她是自己有财产的一个妇女。可是宋惠莲就太低微了，她就是府里面的一个女仆，只不过主家婆让她嫁了一个男仆，两人组成一个仆人家庭而已。

西门庆如果让家里的女仆做一个小老婆，会被清河县的人嘲笑的。所以西门庆想包养她，但是真把她正经八百地娶为小老婆，他没这个打算。当然，如果最后他真做了这个打算，任谁也拦不住，可是他犯不上。对宋惠莲而言，第一，她是喜欢西门庆的，跟西门庆做爱她也很愉快；第二，她潜意识里面有成为西门庆小老婆的欲望，虽然现在没有资格戴䯼髻，她还是把发髻弄得高高的，好像戴上了䯼髻，这样的小动作说明她有这个欲望。

宋惠莲的故事说到这儿好像没什么新鲜的，因为一个主子在发泄自己的性欲方面，不管对方的来历，这种情况挺多的。比如《红楼梦》里面的贾琏，他的祖母贾母就说他："成日家偷鸡摸狗，腥的臭的都拉了你屋里去。"贾琏就和两个仆妇有那种不正当的关系，也是见不得人的，一旦闹出来也是丢人的。那么在早于《红楼梦》那个时代的《金瓶梅》时代，一个主子，他和仆人发生关系，这也不算什么，但是最好也不要让别人都知道，也不要闹出来，毕竟这种事是上不了台面的。

## 第24讲　心比天高遭人怨
### 宋惠莲的自我膨胀

【导读】

　　上一讲告诉你西门庆看上了府里一个上穿红袄、下穿紫色裙子的仆妇宋惠莲，他派玉箫给她送了一匹翠蓝色的缎子，后来他们之间保持着这种主子时不时会侵犯这个女子，这个女子时不时会满足这个主子的性欲的一种丑陋的关系。故事到这里好像真没什么新鲜的，可是别着急，你继续往下看。宋惠莲和西门庆的这种关系，开头是被潘金莲发现的，当然中间有一个牵线的玉箫，但玉箫的嘴很严，她不能让吴月娘知道，也不能让其他人知道，她忠实地为西门庆服务。可是宋惠莲在这种情况下，她自己怎么样呢？她是否保密？请看本讲内容。

　　宋惠莲开头只是在厨房里面帮忙，是一个女厨子。后来西门庆看上了她，就跟吴月娘说不让她参与一般厨房的那些劳务，让她专门为上房端茶倒水，她也很乐意。得到西门庆的宠爱以后，她就经常问西门庆要东西，要银子，西门庆陆陆续续给了她一些，她就很得意，很享受。她就有一系列自我膨胀的表现。她进一步把自己打扮得花枝招展的，在西门府里面到处招摇。西门庆在府第的门外开了当铺，最早还有生药铺，她跑到大门外头，拿着银子让铺里头的掌柜给她招呼那些小商小贩，让她好买东西，就好像她跟西门庆小老婆差不多了。那些人也看出来主子对她另眼看待，便将就她。后来，因为西门庆说动了潘金莲，她能够在潘金莲的屋子里面跟西门庆苟合，她就觉得自己好像潘金莲的丫头春梅，甚至和潘金莲的地位差不多了。当潘金莲和孟玉楼等人一块儿打牌、聚餐的时候，她大模大样地混在其中，好像她跟她们可以平起平坐了。

有一次，吴月娘、潘金莲、孟玉楼在一块儿掷骰子，她在旁边大声指点，搞得孟玉楼莫名其妙。因为孟玉楼并不清楚宋惠莲跟西门庆已经有关系了，只知道她是府里的一个仆妇，在厨房里面干活的，就算吴月娘大房提拔她专门给主子、主家婆炖汤、炖茶，也不至于这么张狂，连好脾气的孟玉楼都忍不住说："插嘴插舌，有你什么说处。"

后来又发生了几件事。有一天，有一个官员来拜望西门庆，西门庆当然就要给他奉茶。西门庆在客厅里接待来拜访的官员。当时西门庆还没有当官，但是作为当地的一个富商，他必须和各种各样的官员搞好关系。那个时代，商人在不直接掌权的时候，用手中的银子来租用权力，通过贿赂等手段让官员替他办事，这是很重要的。所以西门庆很重视这个官员的来访。由于最早送去的茶快凉了，西门庆就让小厮通知后面厨房赶紧再炖了茶送过来。小厮就传话给宋惠莲，但宋惠莲不以为然，她觉得自己现在不一般了，就让小厮到厨房去要茶，厨房有专门在灶上炖茶的人。厨房里面有一个妇女叫惠祥，她是男仆来保的妻子，惠祥早就对宋惠莲心怀不满了，因为原来她们一块儿在厨房干活，后来宋惠莲好像身份就特殊了，但也没人宣布她的身份特殊，她自己就拿出那个劲儿了，好多事都不做。这小厮说不动宋惠莲，只好跑到厨房去找惠祥，说西门庆在前头等着茶，快点炖茶给客人送过去。惠祥说，这活应该找宋惠莲，自己手头上有别的事，忙不开。究竟该谁去炖茶，再送到前面去，就闹不清了。这小厮就没招儿了。宋惠莲还是坚决不做这件事，惠祥忙完别的事以后才做这件事，结果前面的客人跟西门庆说完话准备告辞了，西门庆赶紧请人家喝茶，一摸茶杯，茶凉了。在那个时代，请客人喝凉茶是大不敬的，西门庆大怒，他让吴月娘查一查是谁当的班，为什么热茶炖不出来，送不过去，坏了他的大事。吴月娘一查，那天是惠祥炖的茶，送晚了，就把惠祥叫来跪着，责备一番。惠祥辩解说，大妗子来了，要吃素茶，她忙着做素茶了，腾不出手，所以慢了一步。前面讲过大妗子，大妗子是很多地方对妻子兄弟的媳妇的一种称呼。吴月娘还有兄弟，兄弟都娶了妻子，她哥哥娶的媳妇西门庆就应该叫大妗子。吴大妗子在书里面经常出现，经常到西门府来，在月娘屋里坐一坐，有时候参与一些对话。因为吴大妗子信佛，不吃荤，惠祥单给她做素茶也是事实。月娘一听惠祥的辩解，不无道理，也就没有让人去打她，责备几句就算了。惠祥虽然没挨打，只挨了一顿责骂，但对宋惠莲已经记恨在心了。一天，宋惠莲下班回到自己仆人居住区域的房间，惠祥就找过来大骂：你算什么东西？你以为你是小老婆了，告诉你，你就真是小老婆，我也不怕你。所以，宋惠莲自我膨胀以后，千不该万不该——用今天的话来说，得罪自己的阶级姐妹，她跟惠祥是一个阶级的，得罪谁也别得罪她，可是宋惠莲就不懂事，把惠祥给得罪了。

宋惠莲还得罪过小厮，进一步扩大她的对立面。正月十六，主子聚在厅堂里面宴饮。她本来是个仆妇，应该在主人们宴饮的时候端茶送水，服侍他们。现在因为她和西门庆有一腿，这些事情她也不做了，但她又没有资格到厅堂里面去参与主子阶层的活动，她就拉把椅子坐在厅堂外面嗑瓜子。她得了一些西门庆给她的碎银子，有时候就到大街上去买瓜子，一买好几升。她坐在主人们聚餐、娱乐的厅堂外面的椅子上，嗑了一地的瓜子壳。小厮跟她说，地上干干净净的，她却嗑了一地瓜子壳，府主看到了又要骂。宋惠莲就很傲慢："什么打紧，便当你不扫，丢着，另教个小厮扫！"

当天夜里，陈经济骑着高头大马，领着西门府的一群妇女去"走百病"，就是到县城里面转一圈，走一走，借此把身上的病痛都消除掉，其实这是古代的一种体育锻炼活动。当时吴月娘没去，因为她是一个比较恪守封建规范的主家婆，觉得这类活动不端庄、不雅。李娇儿说自己身子沉重，腿脚不便，也没去。按说有资格参与这个活动的，应该是潘金莲她们这些被正式收为小老婆，以及她们点名跟随的贴身大丫头，结果宋惠莲也去了。宋惠莲的地位其实还在春梅之下，春梅毕竟是潘金莲房里一个正式的大丫头，她只是厨房的一个仆妇。讲到后面就知道，西门府里面的仆妇还有很多，宋惠莲不过是男仆来旺儿的媳妇，可是她自我膨胀，不但觉得和丫头可以平起平坐，和春梅有得一比，她甚至觉得自己和潘金莲也差不多。那天"走百病"的过程中宋惠莲非常高调，她干脆穿上了潘金莲的绣鞋，还故意把她小脚从潘金莲的绣鞋里面褪出来，以显示她的小脚缠得比潘金莲的还要小。

那一晚"走百病"是一个很壮观的场面，她们这一群西门府的女眷，排着队一路走，众人围观，挺风光的。她们还走到了李瓶儿原来在狮子街的住宅，再从那儿走回来。这个宅子是李瓶儿的养娘冯妈妈看管的。除了看房子，冯妈妈还买卖妇女，当时屋子里有两个小姑娘，是人家搁在那儿寄售的，谁家要买，砍好价，交了银子，就可以把小姑娘领走。

宋惠莲得了西门庆的宠爱以后就很张扬，就自我膨胀。当然她也做了一些让潘金莲她们高兴的事。潘金莲她们知道宋惠莲会用一根柴火烧熟一只猪头，就让她露一手。她果然给她们烧了一个猪头，孟玉楼、潘金莲和李瓶儿品尝了，觉得非常好吃，后来又让丫头给吴月娘也送了一些烹饪好的猪头肉去。

前面我说的这些活动当中都没有孙雪娥。孙雪娥虽然是一房小老婆，但实际上在西门府里面的地位很低，她当时也想去街上"走百病"，但吴月娘把她留下来看房子了。吴月娘是自己不愿意去，李娇儿说自己身子沉重不去，孙雪娥是迫于无奈，大老婆说了不让她去，她就只能留下来看房子。所以，孙雪娥作为一个戴了䯼髻的正式小老婆，对这个并没有明媒正娶，没有明确身份，却又非常张扬的宋惠莲，她心里能舒服吗？心里容得下吗？

所以，兰陵笑笑生就一环一环来写宋惠莲的故事。写到这儿，说老实话，读者可能也不觉得有多精彩。因为历来小人得志的事情就很多，小说里面写到的也不少，兰陵笑笑生把宋惠莲写到这个地步，不算稀奇。但是故事往下发展，就起波澜了。怎么回事？被西门庆派去杭州出差的来旺儿回来了，宋惠莲见到丈夫回来，她还挺高兴，并不嫌弃。宋惠莲给来旺儿洗脸掸尘，还打量来旺儿说："贼黑囚，几时没见，便吃得这等肥肥的。"她还关注到她丈夫的身材。然后她帮来旺儿换衣裳，安排饭食，再陪她丈夫一起睡到日西时分，她和来旺儿之间还是有性生活的。

# 第25讲 被压迫下的反抗
## 来旺儿醉骂西门庆

# 【导读】

上一讲讲到宋惠莲得到西门庆的宠爱之后，就自我膨胀了，把自己当主子看待，不仅打扮得花枝招展四处招摇，在大门外买东买西，还不做本职工作，得罪同阶层的姐妹。"走百病"的那个晚上，她还故意在自己的鞋外面再套上潘金莲的鞋，非常高调地显示自己的脚小。她出差的丈夫来旺儿回来后，她热情地招呼来旺儿，但来旺儿回来以后是不是对宋惠莲有"一日不见，如隔三秋"之感，就对等地也喜欢宋惠莲呢？来旺儿很快就偷偷地跑到院子深处去了。来旺儿找谁去了？干吗去了？请看本讲内容。

宋惠莲的丈夫来旺儿从杭州回来了，他跟宋惠莲睡完觉以后，就趁人不注意，往宅院的深处找孙雪娥去了。他从杭州给她带了两方丝绸的汗巾、两双装花膝裤、四匣杭州粉、二十个胭脂。他和孙雪娥其实老早就是一对情侣，他并不爱宋惠莲，他爱的是西门庆的小老婆孙雪娥。孙雪娥见了来旺儿以后也很高兴，何况来旺儿又送她这么多东西。两个人情意绵绵，说私房话。孙雪娥就把西门庆霸占宋惠莲，宋惠莲也主动地投怀送抱的事告诉来旺儿了，说大概是玉箫牵的线，西门庆送给宋惠莲一匹翠蓝色的缎子，而且后来潘金莲还从中提供方便，让宋惠莲跟西门庆在她那儿私会。孙雪娥还说，她所说的情况都是真的。来旺儿听了以后半信半疑。回到住处以后他就翻箱子，果然翻出了一匹翠蓝色的绸缎,他就质问宋惠莲:"哪儿来的?"宋惠莲就狡辩:"是大娘赏给我的。"来旺儿又从箱子里翻出了一些首饰什么的,又问:"这哪儿来的?"宋惠莲说:"是从姨妈那儿借来的。"这种辩护没有太强的说服力。来旺儿一想起孙雪娥的话,就觉得宋惠莲在撒谎,她肯定和西门庆不干不净了。

有一天,来旺儿和府里其他的一些男仆、小厮在一块儿喝酒,喝醉了,他就不管不顾了,就跟大家说:"我不在家时候,西门庆让丫头玉箫拿了一匹缎子就把我媳妇给哄走了,后来潘金莲就成了窝主。开始这事我都不知道,现在我全知道了。"然后就趁着酒劲说出一些极恐怖的话:"只休要撞到我手里,我教他白刀子进去,红刀子出来,好不好,把潘家那淫妇也杀了,也只是个死!"这话说出来,想必有一些男仆和小厮就会拉住他,因为这话太惊人了,如果让府主知道了可不得了。来旺儿底下又公开宣告:"我的仇恨,与他结的有天来大。"他指的就是西门庆。下面的话就更吓人:"常言道,一不做,二不休。到跟前再说话。破着一命剐,便把皇帝打!"在《金瓶梅》这部书里面,来旺儿醉骂的语言是那个社会、那个时代底层劳动者的最强音。别以为你西门庆在清河县勾结官府,后来当了官,仗着有银子,横行霸道的,拿一匹绸缎就把人家的媳妇给占有了。别以为你做这些事情,谁都不敢吭一声,来旺儿我今天喝醉了,就大声宣告"我的仇恨,与他结的有天来大",我会"一不做,二不休,到跟前再说话",你了不起,有皇帝那么厉害吗?我告诉你了:"破着一命剐,便把皇帝打。"

兰陵笑笑生客观来写,他不加任何的评议。但是我想读者读到这儿会觉得写得很精彩,读起来很痛快。所谓强人,也不是完全没有对手的。被你压迫的、被你侮辱和损害的这些底层的人,他的心声一旦吼出来,也是够你抖三抖的。

后来我们读《红楼梦》,发现王熙凤大闹宁国府的时候,有"舍得一身剐,敢把皇帝拉下马"这样的话,读者觉得了不起,说曹雪芹怎么敢这么写。其实这句话的根源就是《金瓶梅》里面的来旺儿醉骂西门庆,不过是来旺儿"破着一命剐,便把皇帝打"的一个变化的句式。事实上《红楼梦》里面很多语言的发源地都是《金瓶梅》，像"天下没有不散的宴席"，出自《红楼梦》里面一个角色，叫小红，你会觉得很了不起，其实这句话也是《金瓶梅》里面的，原话叫"自古千里长棚，没个不散的筵席"。甚至《红楼梦》里面写贾府里面来了几个新的美女，有薛宝琴、邢岫烟、李纹和李绮，怡红院的晴雯就先跑过去看，回来以后向怡红院的人报告，说这四个美女真好比"一把子四根水葱儿"，你会觉得这个形容多好，把美丽的青春女性形容成水葱。其实在《金瓶梅》里面老早就把四个女子形容成了四根水葱。总之就是，《金瓶梅》里的语言非常好，很多精彩词语后来都被清代《红楼梦》的作者所继承。

来旺儿醉骂西门庆事关重大，那是不是很快就有人把这个言论报告上去呢？很少有人这么做，因为一般的人都懂得，你要把杀主子这样的话向主子报告，他都可能先不问是谁说的，你转述这样恶毒的语言，他就先拿你出气，先把你办了。所以一般的人都不敢。而且不必往上报告，你往上报告对自己有什么好处？但是有一个人他就一定要去报告。这人是谁？就是府里面的另外一个小厮来兴儿。一开头府里面派人出差、给人送礼、采买，都是交给来兴儿的，他相当于府里面的一个买办。可是西门庆为了方便占有宋惠莲，就把买办这个差事交给来旺儿了。这种公差油水是很大的，主子会给你一笔银子，让你当盘缠，当活动经费，你实际上可以从中给自己扣一部分，更何况在整个办事的过程当中，对方可能还会贿赂你。来兴儿失去这份差事以后就对来旺儿愤愤不平，所以听到来旺儿醉骂西门庆的事以后，别人不会去报告，但是来兴儿一定是要去报告的。他没有直接去找西门庆报告，因为确实风险比较大，西门庆是个暴脾气，当面学舌，他听了以后可能在去找来旺儿算账之前，就先把自己给办了。

来兴儿想来想去，就去找了潘金莲，他知道西门庆和潘金莲的关系不一般，西门庆对潘金莲应该是言听计从的。他就跟潘金莲说了，潘金莲随后就告诉西门庆了。西门庆就把宋惠莲找来问："你是不是跟来旺儿说了些什么，他居然说要杀我。"那么故事到这儿，底下的情节会让读者大吃一惊。按说宋惠莲想继续获得西门庆的宠爱，甚至幻想自己有一天也能成为他的一房小老婆，那么来旺儿是一个障碍。就像当年潘金莲觉得武大郎是一个障碍一样，要想长久地跟西门庆，最好嫁到西门庆府第里面去，武大郎不能存在，得把他除了才行。那么对于宋惠莲来说，来旺儿也是一个横在她和西门庆当中的障碍。

可是兰陵笑笑生居然写宋惠莲不假思索地立刻为来旺儿辩护，说："没有这个话，你别听别人胡乱跟你告状。"意思就是说她能向西门庆担保，来旺儿没这个心，也没说过这个话。西门庆听了宋惠莲为来旺儿的辩护，就糊涂了。仆人之间会有矛盾，来兴儿跟潘金莲告状，会不会是来兴儿心生嫉妒造谣呢？不过来旺儿这个样子也确实让人不放心。宋惠莲在这种情况下就跟西门庆说："干脆你再让来旺儿出外差，走远点。这样的话咱俩就方便了。"西门庆一想，有道理，就去跟潘金莲说了。潘金莲一听，就说："你这个想法和做法都不对，常言道：剪草不除根，萌芽依旧生；剪草若除根，萌芽再不生。你把他外放，你以为他就没有杀你的心了吗？你就太平了吗？你还是得把他收拾了。"西门庆就接受了潘金莲的劝告，改主意了。本来要派来旺儿再出远差，来旺儿都已经做好准备了，西门庆又跟来旺儿说不让他去了。

这样来旺儿就又喝醉了，回到家里面，当着宋惠莲的面说他要杀西门庆。如果说宋惠莲原来替来旺儿辩护，是因为没有亲耳听见，是那些小厮、仆人在传，还有来兴儿揭发报告，那么现在来旺儿就在他们住的屋里，在宋惠莲耳边说了同样的话，宋惠莲会怎么应对呢？按我前面的逻辑，宋惠莲应该大怒，心里应该暗想：这个人太危险了，干脆我去跟西门庆说把他结果了算了，结果了以后，我跟西门庆今后怎么着都没有顾虑了。但是书里是这么写的，宋惠莲听到来旺儿又吃醉酒乱说话了，她又本能地维护来旺儿，说："你咬人的狗儿不露齿，是言不是语，墙有缝，壁有耳。"她维护来旺儿，意思是有这话你别说出来，咬人的狗不要露齿，而且你这么说话很危险，因为我们住在仆人居住的群房，隔墙有耳。

那么宋惠莲下一步怎么做呢？按说她应该去找西门庆，把来旺儿有杀西门庆之心这个事情坐实了，让西门庆采取措施。当然她不会要求西门庆把来旺儿真的办掉，但是可以想个办法把来旺儿永远排除掉，她也可以另外再想别的办法来维护她和来旺儿的现状。可她没有这么做，她找到西门庆以后说："你干净是个毬子心肠——滚上滚下，灯草拐棒儿——原拄不定把。"就是说西门庆的心思像球一样飘忽不定，又好像是一个用灯草做的拐杖，靠不上，原来答应派来旺儿去出远差，怎么临时又换人了？宋惠莲觉得西门庆给来旺儿安排一个出远门、时间长的肥差，她可以从容地和西门庆保持亲密关系，同时她认为对西门庆来说，这是最省事的一个办法。但是西门庆就骗她，说这个差事他改派别人了，是因为他想在大门外头开一个酒铺，让来旺儿当掌柜的。宋惠莲一听还挺高兴。她当时一心一意维护来旺儿，她就不想想，把来旺儿留下来在门口当酒铺掌柜，她跟西门庆来往还方便吗？但是兰陵笑笑生写这个宋惠莲内心的第一反应，就是她得保住来旺儿，能开个酒店也不错，她就又高兴起来了。然后西门庆果然把来旺儿叫去，给了他六包银子，一共是三百两，说这是开酒铺的本钱，来旺儿可以到街上去招伙计。来旺儿一下子高兴起来了，又喝得酩酊大醉，回了家倒头便睡。

# 第26讲　天性中的良知
## 黑暗王国的一道闪电

## 【导读】

　　上一讲讲了来旺儿知道他的妻子宋惠莲和西门庆私通以后非常愤怒，醉骂西门庆。来兴儿因为来旺儿占了他的采买差事，忌恨在心，就到潘金莲那里告密，潘金莲就告诉了西门庆，西门庆质问宋惠莲，她袒护来旺儿，说没这个事。本来西门庆想继续外派来旺儿，在潘金莲的教唆下，他放弃了这个念头。宋惠莲问西门庆怎么又改主意了，西门庆说是因为他想让来旺儿当大门外头准备新开张的酒铺的掌柜，并给了来旺儿六包银子，一共三百两做本钱，宋惠莲和来旺儿都很高兴。银子拿回去以后，宋惠莲就把它收在箱子里了。来旺儿后来帮西门庆在门外开酒铺了吗？请看本讲内容。

　　半夜忽然来旺儿听见远处有人在嚷嚷"抓贼"，他一下子惊醒了，宋惠莲当然也惊醒了，来旺儿就抄起一根哨棍，冲出去。这时候他就愿意为西门庆效劳了，他觉得西门庆安排他当酒铺的掌柜，而且预先给了他三百两银子，觉得自己应该冲锋在前去抓贼。听这声音是从花园里边传来的，他就往花园那边跑，没想到跑着跑着，突然就被绊倒了。慌张当中，小厮举着火把一照，一把刀子落在来旺儿身前，那人就说"抓住了，抓住了"，就把来旺儿给抓了。

　　来旺儿就很奇怪，不是抓贼吗，为什么把他给抓了？就对小厮说："你抓我干什么？"小厮说："抓你干什么？你带着刀子，你是要杀主人。"来旺儿说：

"刀子不是我的。"小厮又说:"不是你的,怎么从你身上掉下来?"就把来旺儿扭送到前面的大厅。只见大厅上蜡烛点得火亮,西门庆正坐在椅子上。小厮就把来旺儿按倒在西门庆面前,让他跪下。西门庆大怒,说:"你要杀我。"来旺儿就辩解:"没有这事。"这个时候就有人揭发了,说:"你原来就说过,你要杀主子。"西门庆说:"你怎么这么忘恩负义,我给了你六包银子让你去开酒铺,让你上街去找伙计,你怎么还拿把刀子来杀我?银子在哪儿呢?"来旺儿说:"银子都让我媳妇给收起来了。"西门庆说:"把银子还给我。"一些仆人就到来旺儿房中把六包银子取过来了,宋惠莲也跟着过来了。大家知道金属的价值排列顺序一般是金银铜铁锡,金子最值钱,其次是银子,再不济也得是铜的,结果六包银子里面只有一包是银子,其余五包都是用锡和其他贱金属铸的假银锭子。当然这个时候来旺儿也傻了。

宋惠莲一看这情况就跪在西门庆面前说:"爹,此是你干的营生!他好好进来寻我,怎把他当贼拿了?你的六包银子,我收着,原封儿不动,平白怎的抵换了?怎活埋人,也要天理!他为甚么,你只因他甚么,打与他一顿?如今拉着送他那里去?"

当时西门庆已经让一些小厮对来旺儿动了刑,而且西门庆发话要把来旺儿送官。对于指控来旺儿说了杀主的话,宋惠莲为来旺儿辩护说:"都说他说了杀主的话,他虽然爱吃酒,可是酒后并没有这样的话。"西门庆对宋惠莲比较客气,就让小厮们把她拉扯起来,赶紧把她送回去,然后把来旺儿送到官府里去了。兰陵笑笑生写宋惠莲写到这个地步,历来就有读者觉得诧异。在西门庆和来旺儿之间,宋惠莲选的应该是西门庆,怎么会是来旺儿呢?而且来旺儿和孙雪娥私通的事情,宋惠莲并不是不知道,她也知道来旺儿爱的不是自己,他爱的是厨房里面的孙雪娥。可是兰陵笑笑生就继续往下写。我们读来一边诧异,一边又觉得他的描写很自然。如果说来旺儿醉酒胡说,一开始她并没听见,她还可以说是别人诬陷来旺儿,后来来旺儿喝醉酒回屋以后也这么说,她明明听见了,还为来旺儿辩护。宋惠莲如此表现,是因为有一种内在的本能力量,推动她说这些话，做这些事。

西门庆把来旺儿送到官府去了，那个时候西门庆虽然还没有当上官，可是官府老早被他买通了，当然向着他，他交办的事，官府都照办不误，把来旺儿打得是皮开肉绽，最终屈打成招。宋惠莲自从来旺儿被拘走以后，就闭门哭泣，茶饭不吃。西门庆派玉箫，还有一些其他的仆妇去哄劝她，说西门庆是一时生气，想给来旺儿一个教训，来旺儿在监狱里没有挨打，过几天就能放回来。结果宋惠莲就开始淡扫蛾眉，薄施脂粉，出来走跳。西门庆路过她住的屋子，她就把西门庆叫进去，搂着西门庆的脖子说话，大意就是让西门庆一定要把来旺儿放出来，他可以另外给来旺儿娶个老婆，这样她长远就是西门庆的人了。因为西门庆答应过她，说街对面的乔大户搬走了，院子被自己买下来了，在那儿安排三间屋子给她住，他们可以长远地交往下去。这当然不是允诺要把她娶了当小老婆。前面我讲了，西门庆不会娶宋惠莲当小老婆，因为她的身份实在太低微。当然，要娶也行，但是西门庆能不娶就不娶，长期包养她也是一个办法。西门庆在这个时候继续哄骗她，说："行，你放心，来旺儿没什么，过几天就回来了，你好好跟着我。"这样宋惠莲就又献身给西门庆。

可是实际情况是来旺儿不但在里面受饿挨打，后来干脆判了罪，被流放到徐州。来旺儿就很惨了，等于从清河县扫地出门了，连清河县的户籍都没有了。发配徐州前，来旺儿哭哭啼啼地跟押送他的两个公差说："把我打成这样，我走也走不动，你们发发善心，把我押到西门府的门口去，你们去跟里头说，让我媳妇拿点衣服、盘缠给我。"所以当时在西门府门口就出现一大景观：一个原来被派外差的仆人来旺儿，衣衫褴褛，身上都是棒疮，哭哭啼啼地向府里讨点衣服和盘缠。街坊四邻里面有两个善人看不下去，就出来帮忙，结果西门府的仆人秉承西门庆的意志，把这两个善人轰走了，而且把来旺儿在西门府门口哭诉的事情都瞒过去，尤其是对宋惠莲，把她"瞒的铁桶相似"。来旺儿进不去西门府，自己的衣服都取不出来，最后只好求公差："我不能就这么着，能不能把我先押到我岳父那儿去？"公差把来旺儿押到了他岳父的棺材铺，他岳父给了他一两银子，给两个公差一人一吊铜钱，这样公差在路上就会对他稍微好一点，还给了一斗米和一点盘缠。来旺儿的岳父还算是不错，对这样一个落难的女婿总算伸出了援手。然后来旺儿就被公差押着一步一步走出了清河地面，往徐州去了。

宋惠莲被瞒着，她不知道来旺儿已经被发配徐州了。西门庆又哄着她，继续占有她。她就幻想着来旺儿能保住命，还能回来，大不了和他解除婚姻，西门庆另给来旺儿找个媳妇，她就住进西门庆所安排的对过的三间屋子里去，长期被西门庆包养着，继续过这种准小老婆的生活。等她的心情稍微恢复点以后，她又很张扬，在府里面更加招人讨厌。没有不漏风的墙，一天她终于得到准确的信息，来旺儿回不来了，已经被发配徐州了。那么读者读到这儿又会做出设想了：宋惠莲并不爱来旺儿，来旺儿也不爱她，来旺儿爱的是孙雪娥，来旺儿被发配徐州了，这不是大好事吗？因为来旺儿被发配徐州就意味着他在清河县连户籍都没有了，他们的婚姻就自动解除了。当年潘金莲为了摆脱她嫁给西门庆的障碍武大郎，费了多大劲儿，最后不惜毒死亲夫。现在等于西门庆、官府帮她的忙了，不用她自己做什么事，就把来旺儿这个障碍给挪走了，她应该高兴还来不及。就算她对来旺儿还有几分情意，有些怜悯心，那么叹息几声也就够了。

可是书里写宋惠莲的表现确实出乎人们的意料。她一听说西门庆下毒手，把来旺儿弄成这个样子，而且被发配徐州了，她就关闭了房门，放声大哭，说："我的人嚛！你在他家干坏了甚么事来？被人纸棺材暗算计了你！你做奴才一场，好衣服没曾挣下一件在屋里。今日只当把你远离他乡，弄的去了，坑得奴好苦也！你在路上死活未知。我就如合在缸底下一般，怎的晓得？"她竟然完全站在来旺儿一边，跟来旺儿一个立场，觉得西门庆不应该这么做。宋惠莲哭完以后就悬梁自尽，当然很快就被听见声音的人冲进来解救了。西门庆听到消息后来看她，她就当众控诉西门庆："爹，你好人儿，你瞒着我干的好勾当儿！……你原来就是个弄人的刽子手，把人活埋惯了，害死人还看出殡的！……你也要合凭个天理！……你就打发，两个人都打发了，如何留下我做甚么？"

宋惠莲这种表现，这些语言，我作为读者阅读的时候，也觉得大出意料。宋惠莲为什么会是这样的反应，说出这样的话？当着一屋子人，她对西门庆血泪控诉，说西门庆原来"就是个弄人的刽子手，把人活埋惯了，害死人还看出殡的"，来旺儿再怎么说，也是一条命，一个人对待另一个人的生命怎么可以下这种毒手，西门庆就是一个刽子手。

潘金莲听说这事以后，觉得一定不能让宋惠莲继续活着，她调唆孙雪娥跑到宋惠莲屋里去大闹一场。当时两个人对骂，孙雪娥骂宋惠莲是"养汉淫妇"，宋惠莲反唇相讥："我是奴才淫妇，你是奴才小妇！我养汉养主子，强如你养奴才！你倒背地偷我的汉子，你还来倒自家掀腾。"宋惠莲这几句话把孙雪娥深深地刺痛了。按这话逻辑来说，其实是这样，宋惠莲养汉子，西门庆是主子，孙雪娥养汉子，来旺儿是奴才。于是孙雪娥打了宋惠莲一巴掌，两个人就揪扭起来了。孙雪娥闹完以后，宋惠莲一直在屋里哭，当时西门府里面的主子们还在宴饮，就没人在意她。最后她再次上吊自杀，这次就自杀身亡了，死的时候才二十五岁。

我们就要讨论一下宋惠莲的故事，尤其后面最精彩的部分，看她到底是怎么回事，作者为什么这么写。兰陵笑笑生在写人性，写宋惠莲的人性里面还有一种闪光的东西，叫作良知。宋惠莲人性当中不好的东西很多，她贪财，得到主子的宠爱就小人得志，很张扬，自我膨胀，这是她灵魂当中丑恶的一面。可是她的灵魂当中有一个亮点，是她越不过的，就是良知。她知道来旺儿跟孙雪娥有一腿，也清楚来旺儿并不爱他，排除、打发掉来旺儿，她也是愿意的。但她觉得无论来旺儿如何不好，西门庆都不可以这样对待人，不能把来旺儿往死里整，不把他当人。她的良知告诉他，这是不可以的，不需要来旺儿爱她，也不需要讨论来旺儿和孙雪娥的关系究竟怎么样，西门庆不可以这样来对付来旺儿，迫害来旺儿。无论如何，她的内心越不过这道坎，越不过她的良知。

这样我们就能明白，为什么宋惠莲的故事会这样写。一开始兰陵笑笑生有一个交代：她第一个丈夫蒋聪与人斗殴被杀死了，她虽然不爱蒋聪，但是她想尽办法托关系找到了西门庆，让官府把凶手捉拿归案，为蒋聪报了仇。这说明这个女子尽管灵魂深处有很多不好的东西，可是她心目当中有一处耀眼的光明，叫作良知。她第一次上吊没死成，当着众人，她控诉西门庆"你就是刽子手，你害死的人，你还去看出殡"，这就比来旺儿醉骂西门庆的语言还要犀利，还要深刻。

在西门府的黑暗王国里面，宋惠莲的控诉是一道耀眼的闪电。兰陵笑笑生写得真好，他写出了这样一个女子，她的一生没有什么太光彩的地方，但是她守住了自己心里的底线。人不可以那样对待人，她对西门庆发出了大声的控诉。西门庆在宋惠莲死以后简单地把她发送了，就说了一句"他恁个拙妇，原来没福"。没想到宋惠莲的父亲，卖棺材的宋仁知道这事以后就不答应，跑到官府去，不允许官府草草火化尸首。西门庆进一步地买通官府，最后反倒把宋仁抓了起来，说他讹诈官府，把他害死了。

《金瓶梅》一共一百回，其中有五回是写宋惠莲的故事，这几回里面几乎没有色情文字，情色文字也很少。这进一步说明《金瓶梅》绝不是一部淫书，不可以简单地用"淫书"两字概括它，像它里面的宋惠莲这个角色，就是一个非常难得的、独有的妇女形象，值得我们一再回味。

# 第27讲　被嘲弄被利用
## 王六儿与韩道国

【导读】

　　上一讲讲了西门庆设下局陷害来旺儿，将他送官，来旺儿被拷打并流放徐州。宋惠莲被瞒着，以为来旺儿还能回来，当她得知来旺儿被流放后，控诉西门庆是弄死人的刽子手，然后悬梁自尽，这次被救下。后在潘金莲的挑拨下，孙雪娥找到宋惠莲大闹一场，事后宋惠莲再次悬梁自尽，这次自杀身亡。《金瓶梅》这部书虽然是借《水浒传》这棵大"树"另开的花，有些角色，像潘金莲是《水浒传》里面就有的，在《金瓶梅》里面加以丰富，还有一系列人物是你在《水浒传》和其他小说里面看不到的，像前面讲的李瓶儿、宋惠莲就都是《金瓶梅》的作者兰陵笑笑生独创的人物。所以这部书的独创性是非常强的，内容非常丰富。下面再讲一个王六儿，她有什么故事呢？请看本讲内容。

　　书里交代王六儿的母亲叫王母猪，不要以为"母猪"是别人骂她母亲而取的绰号，实际上她的母亲就叫这个名字，家里人、左邻右舍也都这么叫她。可见王六儿出生在一个非常粗鄙的家庭，社会地位是很低微的。她的哥哥是一个屠夫，她的其他兄弟姐妹书里没有详细交代，但是交代她排行第六，所以被叫作王六儿。

　　王六儿的丈夫叫韩道国，其实我要讲的既可以说是王六儿一家，也可以说成是韩道国一家，按说更应该叫作韩道国一家，因为那是一个男权社会，女性是依附男性存在的。但是听到后面就明白了，这家人里面王六儿最厉害，她的丈夫不但无力控制她，最后等于彻底靠吃软饭才能够活下去。那么这韩道国怎么回事呢？韩道国也是小商小贩出身，他的性格特点是特别会吹牛，见人就夸夸其谈。他的话水分特别大，他自己还扬扬得意，经常穿着奇装异服在街上掇着肩膀就摇摆起来，所以人们给他取了一个绰号叫作"韩一摇"。

韩道国还有点运气。西门庆后来娶了李瓶儿，李瓶儿在狮子街有一所住宅，是当街的两层楼房子，李瓶儿死了以后这个宅子自然就归了西门庆。宅子开始闲着，让李瓶儿的养娘冯妈妈看着。宅子白搁着也是浪费，西门庆后来从南方获得了很多的丝绒，就在狮子街原来李瓶儿的住宅打开两个门面，开了一个卖绒线的铺子。绒线铺当然要聘请掌柜了，后来就聘了韩道国。韩道国当绒线铺子的掌柜以后，在买卖方面还过得去，西门庆就一直让他经营绒线铺。他虽然是西门庆雇的一个绒线铺的掌柜，好比今天的经理，但是他并没有很多的机会真正接近西门庆本人，他真要进入西门府，也很困难。西门庆有时候会找他算账，但是他并没有资格随时到西门府参与西门庆的家庭活动。

韩道国一天到晚在铺子里忙事，忙完以后就在街上掇着肩膀走，有人招呼他，他就坐下来喝茶、神侃。这天他又坐着跟一个人吹牛皮，说：西门庆吃饭的时候，如果他不在场，西门庆就吃不香；有时候晚上他还陪西门庆说话，一块儿吃果子，很晚了他才回家；他和西门庆熟极了，不是一般关系。正吹着牛就有人来找他，说他们家出事了，要他赶快想办法。原来韩道国有个兄弟，人称韩二，趁他不在家，到他家跟他媳妇王六儿私通，被邻居发现了，就把这一对奸夫淫妇抓住捆起来了，要押送到官府去。

那个时候无论从道德角度，还是从法律角度，私通既是不道德的，又是犯法的。所以，王六儿跟他的小叔子韩二私通被捉奸押送官府，就有一街的人看热闹。《金瓶梅》这部书写得很尖刻，它不但写一些角色，不遗余力地挖掘人性恶，写到让人脊背发冷的地步，并且它写群体之恶也很厉害。有一种群体恶，就是喜欢别人出事，喜欢围观，他们看热闹的动机，既不是维护道德——指责犯事的人不道德，并通过这个事提醒自己按道德行事，也不是维护正义——让法律制裁犯事的人。他们就是围观过瘾。一方面，他们知道别人的隐私了，别人偷偷摸摸做事被发现了，所以他们围观的是隐私。另一方面，犯事的人被抓后要送官，多倒霉啊！他们喜欢看人倒霉。《金瓶梅》写出了社会上群体性的人性恶，喜欢窥探别人的隐私，巴不得别人倒霉，自己看着觉得痛快。

所以，当时街上就乱了，闹哄哄的。有好心人来给韩道国报信，发现他不在绒线铺，后来见他在街上一家铺面外头神侃西门庆如何离不开他。这人跟韩道国说："你还不回家，你媳妇跟你兄弟私通，人要押送官府了。"韩道国这才慌了。有人提醒韩道国："你既然跟西门庆那么熟，你去跟他说一声，这问题不就化解了吗？"韩道国这才露了馅儿，他哪里够得着西门庆，他虽然被西门庆聘为一个店铺的经理，可他并没有机会接近西门庆。真出这个事，凭他自己的力量是找不到西门庆的，他得另外托关系才能请西门庆帮忙。

后来他找到了西门庆的结拜兄弟应伯爵。这是一个很重要的角色，后面会讲很多他的事。这个人倒是常到西门府去，随时可以进西门家的宅院，而且西门庆在绝大多数情况下也都会接待他。韩道国就去找应伯爵，请他转求西门庆。应伯爵就在西门庆面前替韩道国求情。韩道国毕竟是西门庆雇的一个店铺经理，那个时候西门庆已经有官职了，西门庆就派人和保甲打过招呼，王六儿当场就放了，韩二后来也被放了。

所以，王六儿的故事一出场就很不雅，很滑稽。她丈夫爱吹牛，说跟西门庆的关系如何铁，事到临头根本够不着，还得另外托人求西门庆，才化解了难题。韩道国并没有因为这件事就嫌弃王六儿，他们俩还是一块儿过。

虽然西门庆发话解救了王六儿和韩道国，但是西门庆在那个时候并没有见过王六儿，直到出了下面这件事，西门庆才见到了王六儿。一天，西门庆收到了东京权贵蔡京管家翟谦的一封信，信中翟谦很含蓄地提醒西门庆，别忘了答应过他的事。原来翟谦虽然有正妻，但不能生育，他希望西门庆从清河县给他物色一个女子当小老婆。西门庆当时已经当了官，而且在清河县特别吃得开，他又联系上了其他一些权贵，答应过翟谦的事，他早忘在脑后了。翟谦的信虽然用词很含蓄，可是意思很明确，要求西门庆给他落实这件事情。

西门庆一下子就着急了，这事他居然给忘了。翟谦在帮他脱罪、获得蔡京青睐方面起过关键作用，是他通天的一个重要桥梁，他的要求得满足。于是西门庆就跟吴月娘商量，说东京的翟管家来信了，得给他找个女子，可眼下哪里去物色一个女子，干脆把李瓶儿的丫头绣春送去充数。吴月娘作为一个清河县强人的正妻，她确实起到了正妻应起的作用，她充分体现了所谓贤妻的特点，她把丈夫和家族的利益考虑得比较仔细。她说西门庆把绣春拿去充数不妥，因为绣春已经被西门庆收用过了。实际上李瓶儿的两个丫头，绣春和迎春都已经让西门庆给收用过了。也就是说绣春不是处女了，破了身的，而且是被西门庆破身的，西门庆拿她去充数，绣春到翟谦府上说漏了嘴，对西门庆不利。更何况翟谦如果知道绣春不是个处女，嫌弃不说，还会认为西门庆随便拿个女子敷衍自己。

眼前没有合适的女子，西门庆非常着急。这时候吴月娘就给他出主意，让送信人带封信给翟谦，就说这事西门庆一直放在心上，女子已经找好了，只是现在嫁妆还没有准备齐全，一旦嫁妆准备齐全以后，立刻给翟谦送过去。翟谦看到回信以后就很高兴：第一，西门庆并没有忘记这件事情；第二，这封信透露出翟谦不但能得到一个女子，而且还能得到一笔财富，西门庆还会陪送嫁妆。这样的缓兵之计就非常高明。西门庆非常感激他的正妻吴月娘，关键时刻帮自己出主意。但是这毕竟是个谎话，现在得赶紧托人找合适的女子，并准备嫁妆。

前面说了，冯妈妈除了做李瓶儿的养娘，还买卖妇女。所以西门庆就找了冯妈妈，让她找一个合适的女子，而且得快点找，西门庆得把她送给翟谦。冯妈妈过些天就来跟西门庆回话，说人找到了，不是外人，就是绒线铺掌柜韩道国的女儿，叫韩爱姐。西门庆说，没想到踏破铁鞋无觅处，得来全不费工夫，原来自己的掌柜家就有一个现成的年龄合适的女孩。而且冯妈妈反映韩爱姐是个处女。翟谦是不但要处女也要美女的，所以，西门庆就决定亲自到韩道国家看一下这个韩爱姐是不是拿得出手。到了韩道国家，韩道国就让他媳妇跟他女儿都出来跟西门庆见面，但更吸引西门庆目光的还不是韩爱姐，而是王六儿。王六儿身材高挑，跟孟玉楼有一比，瓜子脸，脸形也挺好看，跟潘金莲的脸形接近。但是王六儿有一个跟别人都不一样的地方，她脸上的肤色很奇怪，是紫膛色，就有点像茄子皮的颜色，按说很难看，也许西门庆看过的皮肤白皙的女子太多了，他现在产生一种特殊的癖好，觉得王六儿紫膛色的面皮别有风味，就看中了王六儿。

# 第28讲 没什么不能出卖
## 一对无耻的夫妻

【导读】

上一讲讲到，西门庆绒线铺的掌柜韩道国的妻子王六儿和小叔子韩二通奸，被人发现并扭送官府，韩道国通过应伯爵找到西门庆，摆平了这件事。后来西门庆要为东京蔡京府上的管家翟谦找个年轻的女子当小老婆，西门庆通过冯妈妈找到的这个女子不是别人，正是韩道国的女儿韩爱姐。西门庆去看韩爱姐的时候，一眼相中了韩爱姐的母亲王六儿，一个紫膛色面皮的女人，一门心思就想占有她。西门庆和王六儿之间又发生哪些故事呢？请看本讲内容。

西门庆为京城的翟谦找了韩爱姐当小老婆。她年龄相当，又是个处女，模样也还端正，所以是理想人选。西门庆就派韩道国把他的闺女送到东京去了，当然他也确实准备了一些陪嫁让韩道国一路送去。这样翟谦人财两得，就很满意。在韩道国送女儿去东京期间，西门庆乘虚而入占有了王六儿，王六儿也很愿意献身。

对一个紫膛色面皮的女子，西门庆产生兴趣，显然是一种旁门左道的兴趣，跟他对潘金莲、李瓶儿这些人的兴趣不同，甚至和他对宋惠莲的兴趣都不一样。西门庆就是要从王六儿身上获取性虐待的快感。王六儿不但承受了这一切，好像还挺享受。王六儿得到了西门庆的这种特殊的宠爱以后就张扬起来了，当然西门庆要不断地给她银子，她也不断地向西门庆索要银子，西门庆都满足了她。

有一天，王六儿的小叔子韩二，趁他哥哥带着他侄女去东京，嫂子一个人在家的空档又来找王六儿了。找到王六儿以后，他从袖子里面掏出一条小肠。因为那个时候他们都还属于社会底层，一块儿吃酒有根小肠就觉得很不错了。两人本来是情人，曾经还被人捉奸，那根小肠当作一个给情人的礼物，韩二想跟她共享，重续前情。但韩二并不知道，这个时候西门庆已经勾搭上他嫂子了，他以为掏出一条小肠就能成功引诱王六儿，殊不知他嫂子已经满足于跟西门庆发生性关系了，何况从西门庆身上还可以得到很多的银子，王六儿哪里还把小叔子放在眼里。于是王六儿抄起个棒槌，挥打着，把韩二给赶跑了。棒槌是那个时候家家户户必备的一种生活用具，是用来洗衣服的。

按说西门庆这样蹂躏王六儿，王六儿多少应该有些羞耻感，但王六儿一点羞耻感都没有。后来韩道国把他的女儿韩爱姐送到东京翟谦家，给翟谦做了小老婆，他就从东京回来了。到家后，王六儿非常高兴地给他洗尘，而且王六儿把西门庆跟她发生关系的事情都告诉了韩道国。韩道国什么反应呢？也很无耻。按说你送闺女出嫁，这期间你的老板西门庆把你的媳妇占有了，而且还做出那样一些事情，你应该感到愤慨。但我们就发现兰陵笑笑生是对比着在写。他写宋惠莲的故事时，他就写宋惠莲也好，来旺儿也好，虽然他们人性当中都有一些黑暗的东西，但是他们还保留一些羞耻感。像宋惠莲第一次和西门庆的身体接触，是两个人迎头撞上了，西门庆就把她搂住了，这叫求欢。当时宋惠莲还本能地推开西门庆的手，虽然心里还是愿意被西门庆占有，可是她还有羞耻感，觉得这件事可耻。她觉得，事情可以做，但得等她把羞耻感克服掉才行。可王六儿不一样，她一开始就很高兴，西门庆怎么摆弄她都接受。她的丈夫回来以后还说给丈夫听，毫无羞耻感。宋惠莲的丈夫来旺儿，虽然他不爱宋惠莲，他爱的是孙雪娥，但听说主子西门庆趁他不在家占有了他媳妇，就气不打一处来，甚至借着酒劲醉骂主人，也是因为他的人性当中还有羞耻感，觉得无论如何老婆被人占有是丢脸的，可耻的！自己不能当王八，不能白戴绿帽子！所以，他就表示要和西门庆拼命。

兰陵笑笑生就对比着写。韩道国听了以后不觉得羞耻，他不但不生西门庆的气，甚至还挺高兴，因为他听说通过这个办法他们得到了更多的银子。王六儿说："他到明日，一定与咱多添几两银子，看所好房儿。也是我输了身一场，且落他些好供给穿戴。"当时韩道国发现家里多了一个叫作锦儿的小丫头，他也不是很惊讶，心中也有数。王六儿说，这是西门庆买来送给她的，韩道国听了以后就很高兴。你看韩道国跟来旺儿的反应完全是不一样的，他竟然还说："明日往铺子里去了，他若来时，你只推我不知道，休要怠慢了他，凡事奉承他些儿。如今好容易赚钱，怎么赶的这个道路！"意思就是明天我又到铺子里睡去，我不在家，把家里空出来，西门庆来的时候你就推说我在铺子里忙业务，你就从从容容地接待西门庆，不要怠慢了他，凡事多奉承他。如今挣钱不容易，没想到咱们家有这个办法来挣钱了。夫妻两个人议论西门庆霸占王六儿的事，就完全把它当作一桩生意来谈论。

韩道国居然无耻到这种地步，说没想到还可以通过这个办法来挣钱。王六儿就笑着骂他，说："贼强人，倒路死的！你倒会吃自在饭儿，你还不知老娘怎样受苦哩！"确实，王六儿被西门庆虐待，确实付出了身体的代价。但是，这两个人居然如此无耻，一点羞耻心都没有。韩道国回家以后，两人吃完饭、喝完酒以后就歇下了，而且两个人继续过性生活，欢愉无度。书里就写出了这种人间的怪象，韩道国、王六儿夫妇就是如此无耻。

兰陵笑笑生写他们的故事，客观上揭示出中国社会发展到那个阶段，传统儒家的那一套主流意识形态开始土崩瓦解。儒家的伦理道德当中最强调礼义廉耻，就是做事要符合古代的礼仪，人与人之间要讲义气，为官要廉洁，生活要节俭，同时仍要保持羞耻心。但是到了明代晚期，随着经济的繁荣，社会流通性的增加，就出现了西门庆这种新兴人物。

我们都知道在中国的古代社会，很长时间之内，下层的人苦读圣贤书，争取通过科举考试获得官位，从一个普通的白衣变成戴官帽的官场人物。直到明代，科举考试还是社会上很主流的一种由下向上流动的渠道，很多人顺着这种渠道往上走。直到清代，我们在《红楼梦》里面还看到荣国府的府主贾政一再要求贾宝玉好好读圣贤书，今后通过科举考试获得官位，延长贾家的荣华富贵。

## 第28讲 没什么不能出卖：一对无耻的夫妻

虽然主流意识形态和主要的社会人员流动与升迁的渠道一直存在，可是《金瓶梅》的故事里面就写出了另外一种力量的崛起。

《金瓶梅》中，科举考试的这种上升渠道，传统的所谓"忠厚传家久，诗书继世长"的主流观念已经遭到无情的瓦解。在整部《金瓶梅》里面，塑造了西门庆这么一个形象：书里面没有一句话写西门庆对科举考试的热衷，没有一句话写西门庆打算"学成文武艺，货与帝王家"，没有一句话写他打算通过修身提高道德修养去谋取社会地位。他就是在那个时代新出现的一种人物。商品经济发展到一定程度，他这种商人就形成了他的世界观、人生观和价值观：**他的世界观就是弱肉强食**，谁强大谁就可以支配那些比自己弱势的人；**他的人生观就是享乐至上**，他就是把性享受放在一个很重要的位置，他和各种各样的女人发生关系，从不同角度获得他的人生快乐；**他的价值观是一切都可以用银子搞定**，什么礼义廉耻，别跟我说那一套，什么通过十年寒窗参加科举考试去谋取功名，他理都不理。蔡京过生日他送厚礼，有金壶玉盏、白银仙人、锦绣莽衣、南京纻缎，还有汤羊美酒、异果时新，蔡京就给他填了空白的任命状。所以，读什么圣贤书，参加什么科举考试，少跟他说那一套，他就完全相信银子的力量，金钱的力量，财富的力量。所以明朝晚期就出现了这么一种社会强人，他不受传统儒家主流意识形态的支配，而且他创造出一种自己的生活。西门庆宅院的生活状态是很古怪的，后面我还要详细地分析。

西门庆霸占王六儿是很丑恶的行为，没想到王六儿为了获取银子，坦然接受西门庆的占有。她的丈夫韩道国面对这样的情况，不但没有像宋惠莲的丈夫来旺儿那样拍案而起，他还乐得吃软饭，认为这倒是一个很好的赚钱的机会，夫妻两个人如此无耻。《金瓶梅》写人性，写人性深处的黑暗，写无耻写到这种地步，在客观上也让我们对当时社会的人和人性有了进一步的了解。所以，《金瓶梅》是一部了不起的文学作品。韩道国一家——韩道国、王六儿和韩爱姐，后面还有故事，他们一家三口甚至成为全书结尾时候的关键人物，我在后面还会讲到。王六儿的故事，前半段就是这样。

## 第29讲　一条路上的风俗画
### 玳安寻访文嫂

【导读】

　　上一讲讲了西门庆趁韩道国送女儿韩爱姐到东京的时候占有了王六儿，王六儿也乐意和西门庆做交易，用身体换取银子，并且等韩道国回到清河，她把自己和西门庆的事情一五一十地告诉了韩道国。出人意料的是，韩道国不以为耻，反以为荣，觉得这是一个很好的赚钱的机会，还鼓励王六儿好好招待金主西门庆，并主动给王六儿和西门庆偷情创造机会。西门庆不满足于王六儿，还在继续寻找新的性享受的对象，他又找到了什么样的女子呢？请看本讲内容。

　　西门庆到处猎艳，他喜欢皮肤白皙的女子，后来居然喜欢上紫膛色面皮的王六儿。他在这方面的经验可以说是相当丰富了，但是也有欠缺，因为他所勾搭的女子大都是比他地位低的，他的正室吴月娘的出身跟他还比较相当，其他小老婆以及他勾搭的女子，社会地位就不高，有的还很低下。所以，他对有权有势的贵族妇女，心里面是有一种潜在的欲望的。前面说了，他也经常到妓院鬼混，清河县的妓院挺多的，他不是只去一家，而是经常两三家轮换着去。有一次他去的妓院有个妓女叫作郑爱月儿，很漂亮，很聪明伶俐。在和郑爱月儿聊天过程当中，他知道了一个贵族妇女的信息，他就对这个贵妇感兴趣了。

　　郑爱月儿告诉西门庆清河县有一个林太太。林太太是个什么人呢？在清河县有一个招宣府。招宣是兰陵笑笑生虚拟的一个官名,从字面意思看很受皇帝重用。招宣姓王,王招宣家是一个世代为官的官僚家庭。但是故事发展到这个阶段,王招宣已经死了,他的正妻是从林家嫁到王家来的,人们称她为林太太。

据郑爱月儿介绍,林太太虽然快四十岁了,但是还打扮得像狐狸精似的,就是说还很有风情。林太太的隐私郑爱月儿都知道。她经常通过文嫂去寻觅性伴侣,所以她表面过着一种守节的寡妇生活,实际上她经常通过文嫂和一些男子秘密地发生关系。于是郑爱月儿就煽动西门庆,让他想办法会会林太太。另外,王招宣和林太太还有一个儿子叫作王三官,他娶了媳妇,媳妇才十九岁,郑爱月儿就出馊主意,让西门庆同时把婆媳两个人都搞定。王三官一天到晚在街上的另外一家妓院里面鬼混,不着家,他娶的十九岁的妻子,虽然是一个很美丽的女子,可是等于守了活寡。前面我们讲到的李瓶儿就是这样的情况。李瓶儿很美丽,又很懂风月,但是她的丈夫不爱他,一天到晚跟一群狐朋狗友到妓院鬼混。这种情况西门庆见多了,所以他明白王三官是怎么回事。这种男子喜欢逛妓院,还不完全是为了和妓女发生关系,主要是有一群帮嫖的混混跟他在一起,他们在妓院里面可以恣意地赌博、玩游戏、调笑胡来,所以王三官就不着家。

郑爱月儿的谈话中还提到一个很重要的蜂媒。什么叫蜂媒?这种媒婆并不是真正去通过做媒成就一对夫妻,而是拉皮条,通过她的秘密牵线,使得一男一女成为情夫、情妇。郑爱月儿就提到文嫂专做这种事,她已经为林太太拉了好几次皮条了。所以西门庆要想跟林太太见面,找到文嫂,问题就能解决了。郑爱月儿的话勾起了西门庆的兴致。林太太,作为招宣夫人的地位是很高的,而且家里很富有,虽然岁数大了,可是徐娘半老,风韵犹存,也很懂风月,西门庆就有了兴致。

西门庆回到西门府以后,就把他最亲信的小厮玳安叫过来了。前面提到过,玳安是西门庆的首席小厮,最受西门庆信赖。西门庆当官以前,人们看到西门庆在街上走,他戴了眼纱,总有一个小厮跟着他随时听从他的召唤,要么手里拿着一个毡包，要么胳肢窝里头夹着一个毡包，毡包里放着西门庆随时要用的一些东西。这个小厮就是玳安。西门庆有些机密的事情都是交给玳安去完成的。

西门庆让玳安把文嫂找来。玳安对西门庆的命令一贯都是忠实执行的，但怎么才能找到文嫂呢？西门庆的女婿陈经济提供了线索，因为当年西门大姐和他的婚事就是文嫂做的媒，所以陈经济对文嫂的行踪比较了解。他就告诉玳安："你出了东大街，一直往南去，过了同仁桥的牌坊，穿过去以后就往东，然后就有一个王家巷，打王家巷进去以后，半中腰有个发放巡捕的厅，对门有个石桥，转过石桥，紧靠着是个姑姑庵，旁边有个小胡同，进小胡同你再往西走，第三家豆腐铺隔壁，你上坡，然后能看见一双红对门，就是她家了。"

陈经济的这段路径交代得非常有趣，玳安根据他提供的线索，按图索骥去寻访文嫂。他走着，果然看见有半截红墙的大悲庵，往西是个小胡同，上坡有个豆腐铺挑着豆腐牌，门口有一个妈妈在晒马粪，玳安就跟晒马粪的妈妈打听："这是不是住了一个文嫂？"妈妈说："隔壁对门就是。"

这段描写仿佛是一个风俗画卷，把那个时代的社会性和地面的人文环境，很细致地凸显出来了。其中提到一个地点叫作发放巡捕的厅，这是什么意思呢？西门庆是提刑所理刑，他手下有很多巡捕。这些人每天要找个地方集合，然后由长官给他们分派任务，分配完了以后，他们再从那儿出发，前往各个需要他们执行任务的地点，这个地方就是发放巡捕的厅。所以在不大的空间里面，有政府机构，比如发放巡捕的厅，有宗教场所，比如姑姑庵，有小桥流水，有坡上坡下，有小胡同、小店铺，还有一个妈妈在晒马粪。马粪本来是一种废弃物，但是社会生活是光怪陆离的，就有这种老婆子把马粪捡来以后摊开，搁到太阳底下晒干，晒干后可以做燃料，可能还有其他的用途。可见在社会里面，这样很薄利的事情也得有人去耐心地经营，人们到处生活，各种营生都有。

读了这些文字就感觉到这就是人间，这就是生活。《金瓶梅》的这些描写，体现出了兰陵笑笑生描写市井生活的功力。你可能听人说过，特别有的作家会

## 第29讲 一条路上的风俗画：玳安寻访文嫂

有这样的观点，觉得从文学水平来说，《金瓶梅》甚至还高过《红楼梦》。《红楼梦》写贵族家庭的生活，偶尔也会写一些发生在市井空间的场景、故事，比如它里面写到过一个市井泼皮醉金刚和贾氏宗族的一个穷亲戚贾芸之间发生的一些故事。一天醉金刚在街上走，跟贾芸撞个满怀，但这段文字里面对市井环境并没有什么细致的描写。所以在《红楼梦》里面，我们看不到《金瓶梅》这样的文字，就是对于一个城市里面的一个居民聚居区的很细致的描绘。而在早于《红楼梦》二百年的《金瓶梅》里面却有这样生动的文字描写。

玳安根据陈经济的指示去寻找文嫂，终于找到了。玳安敲门，门开了，接待他的是文嫂的儿子，就问他干吗，玳安就说他要找人，找文妈。文嫂、文妈都是明代时期对妇女的称呼，年纪大点的人称她为文嫂，像玳安年纪小，就称她为文妈。文嫂的儿子就说文嫂不在家，她有事出去了。玳安心想他不能白来一趟，就说："怎么你们院子里还停着一头驴，出去不应该骑驴吗？"驴在说明人就在，玳安就往屋里闯，闯进里间，就看见一群妇女在那儿聚集。这个时候文嫂就不得不站起来应付了。她就跟玳安解释说："我这会儿在会茶。"会茶是那个时候民间妇女的一种娱乐活动，她们会聚在一起喝茶聊天，有时也会小赌一下。文嫂就说："你找我什么事？"玳安说："西门大官人想请你去一趟，有话跟你说。"文嫂就埋怨了，说："这个真是冷锅中豆儿爆，这么多年了，你们都不用我了。你们有了薛嫂，有了冯妈妈，你们就不用我了，冷落我了，现在怎么忽然又想起我来了？"玳安说："具体是什么事我也不知道。你反正去见了我们老爷，就明白了。赶紧跟我走。"玳安自己骑马来的，就说："我骑马在前头，你骑驴在后头。"文嫂说："我哪有驴？"玳安说："你这院里不正有头驴？"文嫂说："嗨，那是邻居家的，临时把它牵到我们这儿了。"文嫂就跟他诉苦，前两年因为保媒拉纤出了个事，一个女孩子在家里上吊自杀了，就追究到她，她就得赔付，这样把原来的院子都卖了，才搬到现在这个小屋子来住，哪里还有钱买驴？

这些描写都是很生活化的。《金瓶梅》写市井人物，都不是平面的、符号化的，它写出了活生生的生命存在。每一个人都有他的前史，包括在此刻以前，他是什么样的生存，什么样的遭遇，什么样的心理。这样，每一个人物从现在出场起往后，那些独特的行为逻辑，就都好理解了。

玳安终于找到了文嫂，把她带到了西门府，带到了西门庆面前。西门庆见文嫂来了，就招呼她，并让闲杂人等回避。那些小厮就退出了屋子，玳安就隔着窗户听里面的对话。

# 第30讲　官宦世家的堂皇气派
## 林太太的真面目

## 【导读】

  西门庆是情场老手，他交往的女人很多，但他有个遗憾，就是一直没有和比他地位高的女人交往过。妓女郑爱月儿给他透露了一个信息，大官王招宣的遗孀林太太有风情，表面上守寡，实际上暗地寻觅情人，通过蜂媒文嫂就能联系上林太太。西门庆很感兴趣，就派小厮玳安去找文嫂。玳安通过陈经济指路，顺利找到了文嫂并把她带到西门庆面前。西门庆跟文嫂说希望她能帮忙牵线搭桥，和林太太会一会，文嫂答应了西门庆的请求吗？请看本讲内容。

  "听说你跟林太太挺熟的，想办法让我见到林太太。"西门庆说着就拿出一大锭银子，正好是五两，给了文嫂，"这你先拿着，事情办成以后，我还有酬谢。"文嫂得了银子，就愿意为西门庆做蜂媒。

  文嫂跟西门庆说完话，出了屋，往外走，玳安就追过去说："我听见你得了五两银子，你得分我一两，哪有你这样独吃的？"文嫂不以为然，把玳安骂了几句，说："我是拿了银子，但这事能不能办成还不知道，就好比隔着墙扔一个筛箕，筛箕到了墙里边，是仰的还是合着的还都没定数。"说完就扬长而去了。

  文嫂很快找到了林太太，就跟她吹嘘西门庆："如今见在提刑院做掌刑千户，家中放官吏债，开四五处铺面：段子铺、生药铺、绸绢铺、绒线铺，外边江湖又走标船。"标船就是得到官方的特许，运送盐、铜等由官方控制的物资的船只。因为故事发生在清河，就书中描写应该是大运河旁边的一个很繁华的县城，所以文嫂跟林太太介绍西门庆，说他不仅在地面开着铺子，运河里还走着他的标船，得到官方特许，可以买卖很重要的物资。"扬州兴贩盐引"，盐也是被官方控制的，是西门庆的经营范围，可见西门庆手眼通天，还参与盐的贩运。"东平府上纳香蜡"，就说西门庆结交权贵，林太太不要以为她是招宣夫人，就了不起了，西门庆也是手眼通天的。说他"伙计主管约有数十，东京蔡太师是他干爷，朱太尉是他卫主，翟管家是他亲家"。当时西门庆把韩道国、王六儿的女儿韩爱姐以干女儿的身份送到翟谦那儿去，这样的话他好像就是翟管家的老丈人了。"巡抚巡案多与他相交，知府知县是不消说。家中田连阡陌，米烂成仓；赤的是金，白的是银，圆的是珠，光的是宝。身边除了大娘子——乃是清河左卫吴千户之女，填房与他为继室——只成房头、穿袍儿的，也有五六个。以下歌儿舞女，得宠侍妾，不下数十。端的是朝朝寒食，夜夜元宵。"文嫂首先把西门庆如何有钱有势跟林太太夸赞了一番。但这些话估计对林太太的吸引力不大，她是招宣的遗孀，家里也很富有。文嫂知道林太太的隐蔽心思，就跟她进一步介绍，说西门庆"不上三十一二年纪，正是当年汉子，大身材，一表人物。也曾吃药养龟，惯调风情；双陆象棋，无所不通；蹴踘打毬，无所不晓"。但是底下有些就夸张了，说他"诸子百家，拆白道字，眼见就会"。其实西门庆的文化水平是很低的，这就是文嫂堆砌性地夸赞，说他"端的击玉敲金，百伶百俐"。这段话当中其实最打动林太太的内容是，西门庆现在三十出头，正是一个男子汉最成熟的阶段，而且身体很强壮。她是招宣夫人，丈夫死后青春守寡，她的性苦闷是难以启齿的，她需要寻觅让她能够获得性满足的男子汉。所以文嫂说了一大堆，最后这几句才算说到她的心窝里了。

她想见西门庆这么一个男子汉，但是用一个什么由头让他来呢？西门庆以祝寿的由头来跟她见面，可是光这么一条理由好像还很突兀，因为两家平素并无来往，一个寡妇过生日，西门庆一个大小老婆有好几个的商人去给她祝寿，多少有点滑稽。后来文嫂就找到了一个更冠冕堂皇、更合理的会面理由，就是林太太的儿子王三官一天到晚在妓院里鬼混不着家，林太太作为一个母亲很着急，她就请求地方官府的相关官员来给她解决问题。正好西门庆就是提刑所的副提刑，他就可以到妓院把那些围绕着王三官的社会混混给拘了，把王三官想办法弄回家。这样的话就等于一个母亲要请一个地方上管相关事务的官员见个面，来解决她家儿子的问题，这样就顺理成章了，见面就很合理了。这样，文嫂通过设计，创造了西门庆和林太太见面的机会。

西门庆原来猎艳，找女人，很有男人的霸气，都是女方期盼他的到来，他想早就早，想晚就晚，到了以后就是急吼吼地直奔主题，直接蹂躏女方，让女方满足他。但是见林太太对西门庆来说是崭新的人生经验。那天西门庆表面上是和一些朋友一起吃晚饭，但是他趁那些人在那儿嘻嘻哈哈、互相劝酒就离席了。早有玳安和琴童牵着马在外面迎候，他出去以后就骑上马。虽然已经是傍晚了，他还是怕别人认出他来，还像以前那样戴了眼纱，然后从大街上抹过（不引人注意地这么溜过去），最后就到了扁食巷。书里写了很多地名，都很有趣，像前面提到的紫石街、狮子街、臭水巷、牛皮巷，那么现在有了一个扁食巷。扁食巷在王招宣府的后门。那时候天已经黑了，家家开始上灯了，扁食巷里面人迹稀少，非常安静。西门庆离后门还有一段距离就把马勒住了。事先文嫂就都嘱咐好他们了，他们就按照文嫂的嘱咐来办事。西门庆下了马，玳安就用手指头弹一扇小门，门一下就开了，是文嫂亲自来开的门。是招宣府吗？并不是。门里面住了一个段妈妈。西门庆除去眼纱进了屋，玳安跟着进去了，琴童牵着马在对门人家的屋檐底下等候。文嫂把西门庆、玳安引进小门里头以后，就把后门关了。文嫂就让玳安别再走了，就在段妈妈的屋子里等着，只领了西门庆穿过段妈妈住的房舍到了一个夹道，再往前走。夹道的那边才是林太太的住所，也就是招宣府正式的房舍。招宣府是很大的一个宅院，有一片群房，一般是给下人居住的。从夹道进去以后又转过一层群房，再往前，是林太太自己住的五间正房，旁边有一个便门，关得紧紧的，文嫂轻敲门环，这门才打开。

一个丫头开了门，文嫂这才引西门庆来到林太太所住的五间大正房的后堂，一掀开帘栊，只见里面灯烛荧煌。是不是林太太迎出来了呢？里面空空荡荡的，除了西门庆、文嫂，没有别的人。只见墙上挂着王家祖上的画像，他们祖上就封了郡王了。一抬头有朱红的大匾，写的是"节义堂"，两边的对联写的是"传家节操同松竹，报国功勋并斗山"。西门庆当时就被这种景象给镇住了，他虽然有钱，还给自己买了很大的宅院，也盖了很大的卷棚，布置了很华丽的翡翠轩，可是他不是簪缨世家的后代。

西门庆不是官二代，他的父亲无非是一个卖布匹的游商，一个暴发户，所以他有再多的银子，盖再漂亮的房舍，他的房舍里面也不可能挂这样的匾，挂这样的对联。西门庆正观察厅堂的景象，就听见门帘上有铃儿响，是不是林太太迎出来了？也还不是。是文嫂从帘子后头端出一杯茶来，请他喝。西门庆想见林太太，跟他想见李瓶儿、宋惠莲大不一样，她们像王六儿一样手到擒来。而林太太好神秘，还不出现。其实这个时候林太太已经走到这个空间，她隔着房门，透过帘子观察西门庆。她一看烛光底下西门庆身材凛凛，一表人材，是一个她想要的强壮的有阳刚之气的男子汉，便满心欢喜。这才发话，让文嫂把西门庆请到她平时居住的房间里面去，这样西门庆终于进到了林太太的内室。"只见帘幕垂红，毡毹铺地，麝兰香霭，气暖如春。绣榻则斗帐云横，锦屏则轩辕月映"，一派贵族气象。和西门庆自己大宅里面的一些景象一比，你就会感觉到西门庆的宅院，比如卷棚、翡翠轩等，都是暴发气有余，富贵相不足。什么是贵族，什么是贵族家庭，什么是贵族家庭的居室景象，现在西门庆到了林太太的居室，才恍然大悟。他虽在清河县地面混得不错了，但他还是第一次进入这样的一个贵族妇女的内室，这对他来说充满了新鲜感。

对于西门庆而言，他听说林太太挺漂亮，而且懂风月，就奔着猎艳来的。但是进到内室以后，林太太一派贵族妇女的气象，就把他给镇住了，他居然给林太太行了大礼，倒身磕下头去，拜了两拜。这是他对别的妇女从来没有过的。他无论是对潘金莲也好，李瓶儿也好，宋惠莲也好，王六儿也好，李桂姐也好，

## 第30讲　官宦世家的堂皇气派：林太太的真面目

他情绪来了以后，直奔主题，搂着就亲，拉过来就做。但是林太太却一副凛然不可侵犯的样子，他才明白这是贵族妇女。但是林太太越是做出一副端庄、贤淑的贵族妇女的样子，他心里就越痒痒，他就耐着性子来应付林太太。

林太太先假模假样地跟西门庆说她儿子的事。原来说好请西门庆来是为了解决她儿子的问题。西门庆是管清河县地面的，社会混混把她儿子蒙骗了，她儿子在妓院里大把地撒银子，多少天不回家，西门庆得帮她管一管。表面上两个人是讨论这个问题，一个好像是正儿八经的贵族寡妇，为了儿子的事焦虑，求助于一个地方官员，西门庆一开始也假模假式，好像林太太请他来就是解决这个问题的，他细心聆听。"这事不难办，我一定帮你解决。"西门庆说完这话以后，林太太就表示了感谢。然后两人就喝酒，渐渐地酒盖住了脸，他们从喝交杯酒到身体接触，最后林太太就彻底卸下了她那贵妇的面纱，表露出她对西门庆身体的强烈渴求，西门庆这才开始放胆去享受林太太的身体。以往都是其他女子拼命地迎合西门庆，可这次西门庆却扮演了一个伺候对方的角色，叫作"当下竭平生本事，将妇人尽力盘桓了一场"。所以跟林太太的交欢，使西门庆获得了一种难得的、在别的女子身上得不到的人生体验，他占有了一个贵族妇女，在心理上也得到了很大的满足。

事情完了之后，西门庆又在文嫂引领下，回到那个段妈妈的房间，玳安还在那儿等候。然后他们再从段妈妈的小门出去，到了街上。这个时候已经是深夜了，守候在对面屋檐底下的小厮把马牵过来，西门庆上马，在"一天霜气，万籁无声"的夜晚，回到自己的住宅。

后来西门庆再次和林太太交欢。由此可见，兰陵笑笑生在书里面刻画了女性的群像，有最底层的女性，也有这种贵族妇女，都写得很到位，很有意思。

第三辑
# 西门府的衰落

# 第31讲　泼天富贵一朝休
## 西门庆的遗嘱

【导读】

　　上一讲讲到文嫂在林太太面前夸赞西门庆，不仅夸他有钱有势，更强调他正值壮年，身材凛凛，性能力好，由此打动了林太太，西门庆就获得了与林太太见面的机会。一天晚上和朋友聚会时，西门庆早早离席，带着两个小厮到了王招宣府的后门，经过重重关卡，进到林太太的内室，围绕怎么解决他儿子王三官流连妓院的问题，他们装模作样地聊了半天，最后才切入正题。在王招宣府，西门庆见识了官宦世家的威严气派，也获得了和林太太这个贵族妇女做爱的新鲜体验。西门庆不断追求新的性爱对象和极致的性爱体验，导致他很快纵欲而亡。本讲将告诉你他的遗嘱内容。

　　前面讲了西门庆和林太太的一段关系，实际上有人统计过，西门庆一生当中和二十来个人发生过性关系，不仅有妇女，还有男宠。他在府里把奶妈如意儿也占有了。在府外，除了前面提到的这些人，他把一个贲四娘子也占有了。西门庆其实是一个色鬼，一个性欲极其强烈的男子，他死亡的根本原因是纵欲过度，最后的几天生命时光是在潘金莲屋子的床上度过的。

　　因为西门庆总想让自己的性快乐达到极致，所以到处访求春药，后来就遇到了一个胡僧。胡是中国古代对北边或西域民族的称呼。胡僧就是来自那边的一个和尚，书里写胡僧的相貌极其古怪："生的豹头凹眼，色若紫肝……颏下髭须乱拃,头上有一熘光檐……""头上有一熘光檐"就是他的头上有一圈头发,当中是秃的。这些形容都还没有古怪到底,请看下面的形容,说胡僧在禅床上"垂着头,把脖子缩到腔子里",他的头和乌龟头一样能伸能缩,居然最后把脖子缩得都没有了,有多古怪。西门庆向他求春药,胡僧就给了他两种春药,一种是内服的丸药,一种是涂抹的膏药。书里就写西门庆最后连续地跟人做爱,跑到潘金莲的住所以后还要跟她做爱,可是已经不行了,已经昏迷了,昏沉沉的。潘金莲知道西门庆身上有胡僧送的春药,就找出几粒趁西门庆昏睡的时候用烧酒灌到他嘴里,这样就把西门庆给害了。最后就出现了一个很不堪的局面。完事以后,西门庆一站起来就晕倒了,于是他就在潘金莲的床上养病。吴月娘她们急得要死,求医问卜,想尽各种办法挽救他的生命,但还是不行。

西门庆活着的时候不管不顾。有一次在他向寺庙里面募捐的长老捐了银子以后,吴月娘就先夸赞他有善心,做了善事,今后会有好报,后面捎带脚地对他提出一些劝告,就说既然这样,以后他就多做这种积德的事情,少去养一些没正经的婆娘。吴月娘就劝他戒色,不要纵欲。西门庆立刻反驳回去:"你的醋话儿又来了。却不道天地尚有阴阳,男女自然配合。今生偷情的、苟合的,都是前生分定,姻缘簿上注名,今生了还,难道是生剌剌胡搊乱扯歪厮缠做的?"这当然就是狡辩了。你劝我不要老是养婆娘,到处去刮剌,动不动跟别的女子做爱。你别劝了,这是自然的事情。他讲的歪理,这倒也罢了。然后西门庆说了一些财大气粗的话:"咱闻那佛祖西天,也止不过要黄金铺地,阴司十殿,也要些楮镪营求。"就是说西天也要黄金铺地,过去认为西天是极乐世界,相当于天堂了。阴司十殿,说的是地狱。地狱里面其实也要银子来填塞。所以"咱只消尽这些家私广为善事",就什么也不怕,就是说银子不但可以买通官府,买通人间的一切事务,还可以买通天堂、地狱。他募捐,做善事,就为了——底下的话就很惊心动魄:"就使强奸了姮娥,和奸了织女,拐了许飞琼,盗了西王母的女儿,也不减我泼天富贵!"姮娥就是嫦娥,许飞琼是古代传说里面天上王母娘娘的侍女。

西门庆非常自信，他有银子，不但可以买断人间，还可以买通天堂，买通地狱。这样，西门庆不仅是人间强人，简直是宇宙强人了，到哪儿他都无所谓。他就算把嫦娥强奸了，把织女强奸了，把王母娘娘身边的侍女拐跑了，别人也不能把他怎么样，甚至把王母娘娘的女儿拐跑了，你也拦不住他。西门庆以为他这种所谓的泼天富贵可以长久地持续下去。吴月娘听了他这番话以后就目瞪口呆，又不能反驳他，因为他是一府之主，只能勉强笑道，说："狗吃热屎，原道是个香甜的，生血吊在牙儿内，怎生改得！"意思是西门庆狗改不了吃屎，拿他真是没办法。

西门庆以为他可以长久这么荒唐下去，没想到他拿银子可以买通一切，最后却没能保住自己的命。而且死得很惨，很难看。夜里头他就不行了，"声若牛吼一般，喘息了半夜"，到天亮时就呜呼哀哉了，活了三十三岁。

在西门庆毙命之前的下午，他留下了遗嘱。西门庆首先跟吴月娘有所交代，因为吴月娘是他的正妻。他就跟吴月娘留下这样的话："我死后，你若生下一男半女，你姊妹好好待着，一处居住，休要失散了，惹人家笑话。"就在西门庆这么荒唐无度死去之前，有一次他和吴月娘发生了关系，吴月娘怀孕了。在他生命垂危的时候，吴月娘的临盆期也即将到来，所以他就有了这样的遗言，就是说不管你生下是儿子还是闺女，咱们有后代了，西门府别散了。你和李娇儿、孟玉楼，乃至孙雪娥，当然还有潘金莲，你们就好好一处居住，不要流散了，别让别人看笑话。这个时候他还有面子上的考虑。

原来西门庆仗着自己手里有银子，觉得天下没有不能用银子搞定的事情，因此他对封建儒家礼教的那一套不怎么在乎。他找女人，主要是寻求性快乐，传宗接代对他来说不是最主要的事情，捎带脚能够留下种，这些女子给他生下孩子也好，生不出来也无所谓。像李瓶儿给他生了官哥儿，没活多久就死了，他虽然也很遗憾，可是他想得开，他就说老天本来就没有让这孩子做他们的后代，所以必定会走。他原来对自己的家庭也不是很在乎，他和花子虚、王三官也不过是五十步和百步的差距，这两个人经常到妓院以后就完全不着家，荒唐到底。西门庆有时候也到妓院一待好多天，不着家。只不过跟这两个人比，他不是完全不喜欢家庭，完全不想家里的女人。他还是喜欢家里面有些女人的，他在家的时间还是比较多的。但是总体而言，西门庆没有儒家礼教所倡导的那种正统的家庭观念，他一直是无所谓的一种态度。但是临死之际，回过头来，他对子嗣和家庭，才产生了略带悔恨的言论。他死后这么多的家产谁来继承？西门大姐已经嫁出去了，不是西门家的人了，是陈家的人。所以，这个时候西门庆才醒悟到，还是应该有后代。所以他就跟吴月娘说，她若生下一男半女要守住。另外，这个时候他才意识到，这个家对他还是重要的，最起码给他撑了脸面。人们一说西门府里面是一大家子人，有正妻和小老婆，虽然缺乏后代，子嗣不够旺盛，但是妻妾成群也是一个人丁兴旺的标志。所以，这个时候西门庆才意识到，他死之后，如果成群的妻妾一个个都流失了会遭人笑话。他到临死的时候才有这样的意识，才跟吴月娘留下了要把家守住，妻妾作为姊妹不要流散到各处的遗嘱。

我讲《金瓶梅》，大多数情况下都是依据最早的版本，就是一般认为是产生在万历朝的词话本。词话本的特点就是除了叙述文字，还有大量的唱词。有时候是因为书里面出现的人物要唱，有的时候是作者本身作为叙述者要来一段唱词。它的写法是模拟说书人在茶楼酒肆给人说书的一种风格。词话本在写西门庆给吴月娘留遗嘱的时候就有唱词，体现出了《金瓶梅》的文本特色。

西门庆留遗嘱的时候吴月娘在场，其他几个小老婆也都在场。因为潘金莲在潘家排行第六，所以西门庆把她叫作六儿，这是一种昵称。这个时候西门庆预感到吴月娘是难以容下潘金莲的，所以就特别为潘金莲留下一句遗嘱："六儿他从前的事，你担待他罢！"担待就是原谅的意思。这个地方词话本就体现它的文本特点了。西门庆的遗嘱用白话说完以后还有段唱词，词牌叫作《驻马听》。这种写法是很别致的，真实生活当中不可能是这样的，可是词话本写人物的时候经常会以唱曲的方式表达心声，这种写法那个时代的读者读来不会觉得突兀，反而会觉得很自然、很有趣。底下就是西门庆的《驻马听》：

贤妻休悲，我有衷情告你知。妻你腹中是男是女，养下来看大成人，守我的家私。三贤九烈要贞心，一妻四妾，携带着住。彼此光辉光辉！我死在九泉之下，口眼皆闭！

这个唱词和西门庆口述的遗嘱是一个意思，就是要把他的家私留给他的后代，吴月娘她们要姊妹相待，守住这个家，不要散，这样他死了以后可以瞑目。词话本的写法就是这种用词话来推进情节发展的特色。吴月娘听了以后回唱了一曲，她是这么回答的：

多谢儿夫，遗后良言教道奴。夫，我本女流之辈，四德三从，与你那样夫妻，平生作事不模糊。守贞肯把夫名污？生死同途，一鞍一马，不须分付！

这种写法到了崇祯本，经过文人的整理，删了好多词话本里的唱词，包括第七十九回里面西门庆和吴月娘夫妻各有的一段唱词。我个人认为崇祯本经过整理以后，损失了很多早期词话本非常生动、有趣、鲜活、接地气的文本特色，是很可惜的。当然，崇祯本也派生出来一些优点。

# 第32讲　账本上的世道人心
## 西门庆临终算账

# 【导读】

上一讲讲到西门庆留的遗嘱分两大部分。第一部分是留给吴月娘的，如果吴月娘生下一男半女，由他来继承西门府的家产。吴月娘和另外四个小老婆，姊妹相待，好生相守，不要离散了，遭外人耻笑。他特别指着潘金莲跟吴月娘交代，说潘金莲以前的事，吴月娘多担待着点。因为潘金莲曾经深深地得罪过吴月娘，所以西门庆就希望他死以后，吴月娘能够原谅潘金莲，容纳潘金莲。第二部分是西门庆对他财产的具体处置，他有方案。那么这个部分他是跟谁说的，怎么说的？请看本讲内容。

西门庆嘱咐完吴月娘以后，就让人把他的女婿陈经济叫到了跟前，把他死后生意上的事情，非常细致地交代给陈经济，他算细账，这是第二部分的遗嘱。这段描写非常重要，它不但写出了西门庆色鬼以外的特点，而且也反映出明代社会经济运作的一些情况。本来这方面的嘱咐应该是西门庆向自己成年的儿子来说的，他没有儿子，只好把女婿当作儿子来说。吴月娘虽然是府主婆，但是那个时代，女主内，男主外，吴月娘不直接参与丈夫生意上的事情，经济大权都在府主西门庆手里。但是陈经济自从带了媳妇从东京回到清河，投靠他的岳父以后，在他们家一直参与理财，像两个花园的合并工程就是交给陈经济去监工的，后来一些生意上的事情也都让他经手。所以，西门庆临死的时候，就让人把陈经济叫到了跟前，他这么说的："姐夫，我养儿靠儿，无儿靠婿；姐夫就是我的亲儿一般。我若有些山高水低，你发送了我入土，好歹一家一计，帮扶着你娘儿们过日子，休要教人笑话！"因为他的女儿西门大姐嫁给了陈经济，府里面的人都把陈经济叫姐夫。

西门庆又把对吴月娘的一些嘱托跟陈经济提醒了一遍。然后西门庆就算细账，跟陈经济一笔一笔地交代，这个交代是很有意思的。原来西门庆和街对面的乔大户在一些人的撮合下结为亲家，当时李瓶儿给西门庆生的儿子官哥儿跟乔大户的女儿结了娃娃亲。所以，西门家和乔家就算是亲家了。虽然这个婚事后来没成，而且后来乔大户也搬走了，但是西门家和乔家有生意上的合作。当时两家合开了一个缎子铺，缎子铺一共是五万银子的本钱，本钱很高，说明是一个很大的缎子铺。这时候西门庆就跟陈经济交代："我死后，段子铺是五万银子本钱，有你乔亲家爹那边多少本利，都找与他。"意思是跟乔家合开的缎子铺要有一个了结，这一笔账陈经济要了解，算一算本钱里面乔亲家投了多少，事到如今，获得的收益、利息是多少，算清楚了，连本带利还给人家。西门庆又交代："教傅伙计把货卖一宗，交一宗，休要开了。"傅伙计是生药铺的掌柜，多年来为西门庆服务，生药铺是最早的店铺，生意一直不错。现在西门庆觉得自己要死了，他就嘱咐让傅伙计把生药铺剩下的药材能卖多少卖多少，然后就收盘，结账，不要开了。

然后西门庆又说："贲四绒线铺，本银六千五百两，吴二舅绸绒铺是五千两，都卖尽了货物，收了来家。"绒线铺本来是韩道国当掌柜的，后来韩道国又另派了别的事，现在是一个叫贲四的当掌柜。贲四的媳妇贲四娘子和西门庆最信任的小厮玳安之间有关系，后来西门庆看上贲四娘子，也和她发生了关系。现在贲四当绒线铺的掌柜，吴月娘的弟弟当绸绒铺的掌柜，一个本银是六千五百两，一个是五千两，就把剩余物资都卖光了，不进货了，然后把银子都拿家来。

接着西门庆说："又李三讨了批来，也不消做了，教你应二叔拿了别人家做去罢。李三、黄四身上还欠五百两本钱、一百五十两利钱未算,讨来发送我。"西门庆除了自己开铺子挣钱以外,他还经常利用自己跟官府勾结的关系,从官府讨来批文从事一些官方特许买办的商业活动。他派李三他们取批文去了,当时还没回来,所以他就跟陈经济交代,批文讨来了,咱们家也别做了,叫应二叔拿了给别人家去做。应二叔说的就是应伯爵,西门庆的结拜兄弟之一,后面还要专门讲到这个人。批文是很重要的东西,批文本身其实等于大笔的银子,说明那个时代的商人是可以利用自己手中的银子去买通官府,最后成为官方买办的,拿到批文就有很多的方便。西门庆表示他死后,批文来了也别做这事了,让别人去做,这是一个交代。而且在讨批文的这项活动当中,银子的来往他也算计得很清楚,因为要批文也得先下本,先贿赂官方,拿到批文以后再挣大钱,成本也就挣回来了。但现在因为批文还没到,所以还有一些银子垫着,西门庆要求把这些银子找回来,作为他死后发丧的费用。

西门庆又跟陈经济说:"你只和傅伙计,守着家门这两个铺子罢。段子铺占用银二万两,生药铺五千两。"就是说家门口的这两个铺子,一个缎子铺,一个生药铺继续开。这两个铺子的本金,一个是两万两,一个是五千两。

西门庆又提到:"韩伙计、来保松江船上四千两,开了河,你早起身往下边接船去,接了来家,卖了银子交进来,你娘儿们盘缠。"韩伙计,就是前面说到的韩道国,绰号韩一摇,他当时和西门庆的家仆来保到松江去做事去了,他们是雇了船去做生意,当时本钱是四千两。前面提到文嫂去见林太太,吹嘘西门庆的情况,就说他还走标船。什么叫走标船?就是西门庆通过和官吏勾结,能获得一些原来由官方垄断的物资的贩卖资格。这些船只在运河上行走时,可以竖起特殊的旗帜,相当于经官府特批的一种商船,各个管码头的人会善待走标船。韩道国和来保就是走标船去了,当时带了四千两本钱。西门庆就嘱咐陈经济"开了河,你早起身往下边接船去,接了来家,卖了银子交进来,你娘儿们盘缠"。走标船会挣到一些钱,这些钱让陈经济收着。什么叫"卖了银子"?就是他们主要还是去运货,像盐、铜、布匹等,这些物资都可以从官方那儿得到有关的指标，然后进行运输专卖。西门庆说这些卖货所获得银子要交进来，作为府里面吴月娘以及其他小老婆的生活费用。

西门庆对陈经济嘱咐的事情，他算细账算得很细，提到的银两数量多的达到五万两，有的是两万两，或者几千两，但小数额的也心中有数。他又说了"前边刘学官还少我二百两，华主簿少我五十两"。刘学官和华主簿不都是清河县的官吏。前面文嫂给林太太介绍西门庆时就说西门庆是一个放官吏债的人。什么叫放官吏债？就是西门庆借钱给官吏，以很低的利息，或者不要利息。官吏从他那儿得到无息的或者低息的银子以后可以拿去消费，也可以拿去做一些经营。西门庆通过放官吏债，给官吏好处，就可以增加自己的人脉。关键时刻，他提出要求，这些官吏就可以为他办事。所以，书中的这些地方不要随便读过去，要懂得当时世道已经到了这种地步。

银子数量都不多，像华主簿只欠他五十两银子，他也放在心上。五万两银子在心上，五十两银子也在心上，充分说明西门庆是一个非常精明的商人，有经营头脑。别看他一天到晚追求性享受，他不完全是一个被性欲所控制的生命，确实还是一个非常精明的商人，头脑里有本账，临死了，算细账，说还有人欠他钱。"门外徐四铺内还欠我本利三百四十两"。另外一家店铺是徐四开的，西门庆也给他放了债，这个是要收利息的，而且利息起码不低于市面上一般的利息，现在连本带利欠他三百四十两。西门庆嘱咐陈经济："都有合同见在，上紧使人催去。"那个时候已逐步地进入一种契约社会，民间经济交往还是有合同的。那些官员问西门庆借钱，有时候可能连合同都不要，因为性质不一样。但是民间互相借贷，就都要白纸黑字地签下合同。徐四跟他签了合同，西门庆就告诉陈经济查合同。

下面西门庆的嘱咐牵涉到不动产，他说："到日后，对门并狮子街两处房子都卖了罢，只怕你娘儿们顾揽不过来。"对门乔亲家后来搬到别处去了，所住的房子就卖给西门庆了。狮子街的房子是李瓶儿留下的，因为他觉得吴月娘也好，其他几个小老婆也好，把西门府的宅子守住就不错了，那两处的房子是顾不过来的,西门庆就让陈经济都发卖了。

说完这句话以后,他就哽咽地哭了。陈经济表态,说爹的嘱咐儿子都知道了。其实这个陈经济是非常坏的,后面还要专门讲他,西门庆算是白托付了。但当时西门庆很认真地托付,陈经济也假惺惺地表态。这样过了一夜,西门庆就一命呜呼了。

西门庆这个人暴发过,快活过,残暴过,洒脱过,贪婪过,享受过,恶毒过,蛮横过,糊涂过,精明过,埋怨过,宽容过,下流过,攀附过,无耻过,温情过,变态过,纯情过,放纵过,痛苦过……他不是一个简单的我们拿标签贴上就能概括的人物。兰陵笑笑生写出了一个活生生的生命存在。他写了这么一个男人,他三十三年的生命跋涉的过程。西门庆的死是书中很重要的一段。但是他死了以后,活着的还继续活下去。《金瓶梅》这部书的特点就是写死者自死,活者自活。西门庆死后,那些活着的人又有些什么样的生命轨迹和最终结局?后面我会陆续告诉大家。

# 第33讲　独力难支的正妻
## 吴月娘的坚守

【导读】

上一讲讲到西门庆遗嘱的第二部分，是西门庆跟他的女婿陈经济说的。这部分遗嘱是关于经济事务的，总体是个收缩的规划，但是精明周到，说明西门庆虽然花天酒地，纵欲无度，但的确是一个有经济头脑的商人，所提及的种种投资额度、股份数量、大小债务、预期收入，大到五万两银子，小到五十两银子，全凭记忆，一丝不乱，令人服气。本讲将介绍西门庆的正妻吴月娘。

吴月娘是西门庆的正妻。西门庆原来娶过正妻，姓陈，生下一个女儿，书里面叫她西门大姐，后来嫁给了陈经济。但这个正妻死了以后，西门庆不能够让正妻缺位，就得续弦，续弦的就是吴月娘。吴月娘当时是清河县一个官员的女儿，她父亲是清河县的左卫吴千户。故事开始以后，西门庆和吴月娘的父母都已经去世了，吴月娘嫁给西门庆的时候，她的出身应该还高于西门庆。西门庆的父亲西门达只不过是一个卖布的游商，而吴月娘的父亲却是一个县里面的官员。这门婚事大体也算是门当户对，因为很显然，吴月娘的父亲看中了西门庆。西门庆当时已经发财了，有钱了，虽然当时还是一个白衣，但是以后用银子开路，也可以戴上官帽。这样吴月娘就嫁到西门府了。吴月娘在婚前没有性行为，婚后一马一鞍，死心塌地地跟西门庆过，没有和其他男人发生过关系，而且她恪守封建礼教，一般男子接近她的身体都是不可能的。不要以为兰陵笑笑生笔下塑造的都是一些荡妇的形象，他也塑造吴月娘这种恪守封建礼教的妇女形象，而且塑造得很成功，使我们相信在那个时代，也确实还有一些女性是能够恪守封建礼教规范，约束自己，度过自己一生的，吴月娘就是这样一个女性。

吴月娘的外貌还是很好的。潘金莲被娶进西门府以后，第一次和吴月娘见面，小说通过潘金莲的观察，就写出了吴月娘的形象，说她"约三九年纪，生的面如银盆，眼如杏子，举止温柔，持重寡言"。看到这个描述你会有联想吧？在《红楼梦》里有一个女子，她也恪守封建礼教规范，就是薛宝钗。有意思的是，《红楼梦》里面薛宝钗的形象也是"面若银盆"。为什么作家笔下恪守封建礼教的女性形象都是这样的面庞？这又是一个很有趣的话题。是不是这样的女子才比较符合人们心目当中恪守封建礼教规范的样子？另外，《金瓶梅》里面的吴月娘和《红楼梦》里面的薛宝钗的做派举止也是一样的，"举止温柔，持重寡言"。潘金莲嫁到西门府以后，人性当中的阴暗面就暴露无遗。她和她的大丫头春梅"霸拦"西门庆，恨不得每天晚上西门庆都在她们那儿过夜，这样当然就引起了其他小老婆的不满，也让吴月娘很不高兴。

后来潘金莲公然顶撞吴月娘，说了很尖刻的话。有一次在两人的冲突当中，吴月娘就忍不住说出这样的话："我当初是女儿填房嫁他，不是趁来的老婆。那没廉耻趁汉精便浪，俺每真材实料，不浪。"吴月娘所发出的这种强音，是出自她内心的，她随时随地提醒自己，她跟其他小老婆可不一样，她是正妻，而且她是"真材实料"，她不是西门庆先奸后娶的，是一个女儿身，明媒正娶嫁进西门府。而且她对丈夫也"不浪"，从来不引诱丈夫，不霸拦丈夫，不跟丈夫犯骚，是一个正经女子。虽然那个时代，前面讲过，儒家正统的种种规范、观念都受到冲击，被商品经济发展无情地解构了，可是仍然有一部分女子选择了恪守封建礼教的人生道路。吴月娘就是这样的，她遵从三从四德。三从四德是封建社会对女性的一个规范和要求。什么叫"三从"？在家从父，嫁出去以后从夫，夫如果死了从子。男权社会要求女性一生当中都要服从男性，辅助男性。

## 第33讲 独力难支的正妻：吴月娘的坚守

除了"三从"以外，还讲究"四德"。就是要求妇女有道德，有好的言辞，有好的容貌，同时要有好的针线活，有操持家务的能力。这里面所说的容貌并非指长得美丽，而是说女子要在父亲、丈夫和儿子的面前衣着整齐，容颜整洁。吴月娘就按照三从四德这种规范来约束自己，指导自己的日常语言和行为。

吴月娘的处境还是很不容易的，后来西门庆娶的小老婆，哪一个是好缠的？孟玉楼相对平和一点，其他几个对她来说都比较难办。当然李瓶儿娶进西门府以后，性格有一个很大的变化，变得非常温顺了。可是像潘金莲就总是那么尖酸刻薄，无事生非。有时候小老婆还当着她的面唇枪舌剑。吴月娘在西门府里面尽量地隐忍，遇到争吵的情况，她先采取劝阻，劝阻不行以后她就不言语了。她以端庄、严肃来震慑其他几个小老婆，其他人不能够突破她内心的底线。吴月娘内心的底线就是其他人不能够用语言和行为侵犯她作为正妻、作为主家婆应有的尊严。前面她反击潘金莲的那段话，是她在忍无可忍的情况下说出来的。因为当时潘金莲突破了她的心理底线，侵犯了她作为正妻、作为一个恪守封建礼教规范的正经女子的尊严，潘金莲伤害了她的尊严，她不答应。

吴月娘对西门庆应当是三从四德，三从四德当中的出嫁从夫，她也确实基本上做到了。但是，如果她的丈夫有时候事情做得过分，突破了她的心理底线，她也会发出抗议的声音。比如李瓶儿死了以后，西门庆冲过去捧着李瓶儿的脸亲个没完，还说"你在我家三年，一日好日子没过"，这话就突破了吴月娘的心理底线。一个小老婆死了，西门庆表示悲痛是可以的，但是人都死了还捧着脸亲个没完，超过了一个丈夫对小老婆死亡应有的礼仪规格。她是正妻，看不过去。而且西门庆还说李瓶儿到了西门府以后，简直就没过过一天好日子。吴月娘就发话了，意思就是说，西门庆这样去亲吻李瓶儿，会染上晦气，不好，让他别这么做。吴月娘说这个话的前提还是维护西门庆的，因为他的身体健康重要。另外，西门庆说李瓶儿在西门府没过过一天好日子，那怎么算呢？谁在府里过好日子？所以冲击到她心理底线的时候，她就不隐忍了，她还是要发出声音的。只要是没超过这个底线，她都可以忍。

还有一次，二房李娇儿的丫头偷了金锭子，西门庆对她施了刑罚，还决定把她卖掉。当时有一个妓女李桂姐住在西门府，就去跟西门庆求情，说留下这个丫头，别卖了。西门庆就答应了李桂姐的请求。这件事对吴月娘是一个心理刺激。不是说她不主张留下这个丫头，但是丫头的去留应该由她来跟西门庆说，怎么能由一个妓女来插嘴，还把事办成了，这突破了她心理底线。她不好直接跟西门庆计较，也不好去和妓女一般见识，只能通过西门庆的贴身小厮玳安来发泄她的不满。

这就是吴月娘在西门府里面的坚守，坚守自己的清白之身，坚守自己作为正妻的尊严，坚守自己奉行三从四德的楷模作用。吴月娘不光呈现出作为正妻的端庄、严肃的一面，为了使家庭变得和谐，她也做了很多努力。比如她组织潘金莲、西门大姐，还有府里的其他青春女性一起跳绳。后来她在府里面还让人安置了秋千，带着孟玉楼、李瓶儿、潘金莲荡秋千。有时候趁着节气或者谁过生日，大家聚餐，饮酒，她也刻意地营造一些和谐、欢乐的气氛，使得西门府里面各种明争暗斗的乌云下面有时候也有几缕阳光的照射。

《金瓶梅》里写到由于潘金莲的挑拨，吴月娘一度为了维护自己的尊严都不跟西门庆说话，夫妻两人互相不搭理了。西门庆和吴月娘见面，双方都不说话。西门庆去哪房，吴月娘也不管。西门庆来了，吃饭有丫头伺候，西门庆就吃他的，吃完了他就走，由丫头收拾。西门庆走，她也不言语。西门庆到正房取东西，他说取什么东西，吴月娘就让丫头给他拿，拿完了，西门庆就走。两人就处于一种很紧张的冷战状态。孟玉楼也曾经劝过吴月娘，说这样不好。吴月娘说，她就全当守寡了，无所谓，她就这样了。

一个雪夜，西门庆从外头回来，发现仪门那边庭院里面的雪都扫干净了，丫头侍奉着吴月娘摆了香案，对天祈祷，西门庆在粉壁那边偷听，就听见吴月娘是这样祈祷的："妾身吴氏，作配西门。奈因夫主留恋烟花，中年无子。妾等妻妾六人，俱无所出，缺少坟前拜扫之人。妾夙夜忧心，恐无所托。是以发心，每夜于星月之下，祝赞三光，要祈佑儿夫，早早回心。弃却繁华，齐心家事。不拘妾等六人之中，早见嗣息，以为终身之计，乃妾之素愿也。"意思是说现在西门府没有后代,她为这个家族没有后代而焦虑。她不是祈祷让自己给西门庆生一个孩子,因为她那时候跟西门庆都不说话了,怎么可能给他生孩子呢?但是,她不愿意西门庆绝后,她就希望其他的小老婆里面,不管是哪一个,只要能为西门家族生下一个男孩,那么都是好事,求上天能够成全这件好事。吴月娘很虔诚地对天祈祷。西门庆听明白以后就非常感动,立刻就从粉壁那儿冲过去,一下子搂住月娘,说:"我的姐姐!我西门庆死也不晓的,你一片好心,都是为我的。一向错见了,丢冷了你的心,到今悔之晚矣。"西门庆被感动了。虽然他们俩之间冷战了一段时间,吴月娘对他好像冷若冰霜,但实际上在表面的冰冷之下,在吴月娘的躯体之内还有一颗热腾腾的心,是为丈夫考虑,为家庭考虑,为家族考虑。

吴月娘没想到西门庆偷听了她的祈祷词,他一下子冲过来把她吓了一跳,她推开西门庆,西门庆就继续搂吴月娘。后来两个人回到了正房,西门庆就给吴月娘跪下了,因为吴月娘的所作所为感动了他。西门庆是一个很荒唐的人,是一个只追求性快乐,不太重视传宗接代的人,可是吴月娘这种恪守封建道德规范的行为,给他上了一课,给他敲起了警钟,告诉他,这个家庭、这个家族需要往下延续,传宗接代是一个很迫切的、需要解决的问题,他不可以再这样荒唐下去。西门庆就跟吴月娘认错,而且向她求欢。吴月娘因为下定决心,干脆守活寡了,就把西门庆往外轰,西门庆坚决不走,继续求欢。后来吴月娘禁不住西门庆的一再纠缠,而且她毕竟还是一个青春女性,也有潜在的性欲望,两人最后就行房了。

这次行房后她就怀孕了,但最后出了意外。当时对街的乔家迁走了,乔家的房子被西门庆买下来了。有一天,另外几个小老婆就招呼她到那边去看看房子,吴月娘就去了。在看房子时,她大意了,在下楼梯的时候崴了一下,回来以后就小产出来一个男婴。这当然是一件很可惜的事情,当时西门庆没注意到她怀孕,吴月娘就没有告诉西门庆小产的事情。吴月娘继续期盼能够有女子为西门庆生下一个男孩,后来李瓶儿果然生下了一个男孩,取名官哥儿。没想到官哥儿没活多久就死掉了,西门庆最后也死掉了。

## 第34讲　祸不单行的打击
### 吴月娘的劫难

## 【导读】

上一讲介绍了西门庆的正妻吴月娘,她"面如银盆,眼如杏子,举止温柔,持重寡言",是一个恪守封建礼教的女性,非常珍视自己是以完整女儿身嫁到西门庆家的。一些事情她能做到隐忍,当侵犯到她主家婆地位的时候,她还是会发出声音。虽然西门府内妻妾争宠,明争暗斗,风波迭起,麻烦不断,吴月娘在其中大体能够做到收放自如,保持平衡,并组织了一些活动,营造家庭和谐同乐的氛围。西门庆死后,吴月娘该怎么往下生活呢?她是不是做到了遵照西门庆的遗嘱把家庭维系住?请看本讲内容。

西门庆之死还是比较突然的,他的死亡应该是一个突发事件,西门庆事先并没有意识到自己会死掉,家里其他人也没意识到,所以没有给他准备好棺材。过去这种家庭一般都会提前准备好棺材以备死亡时候使用,即便没有准备好现成的棺材,起码要先储备制作棺材的上好木料。西门庆死的时候只有三十三岁,之前他的身体还很强壮,他这样突然去世,宅子里就乱作一团。首先要给他选木料做棺材。这个事本来应该由吴月娘主持,但是就在西门庆要咽气的时候,她忽然肚子剧痛,回到上房炕上就满炕打滚,孟玉楼她们就围过去,这才知道她有身孕很久了,显然现在要临盆,所以当时西门府里就更乱作一团。

西门庆的第一个男孩是李瓶儿生的,取名为官哥儿,这体现的一种价值观就是官本位。当时社会上的男子，最好是当官。在西门庆就要咽下最后一口气的时候，吴月娘那边一个婴儿呱呱坠地。此时西门府的情况大不一样，这个孩子不一定有当官的灿烂前景，只要求他能够孝顺，今后能够给吴月娘养老送终就行了，于是取名孝哥儿。这体现了另一种价值观。另外，当时的接生婆是蔡老娘，她嫌吴月娘给的银子少，她说当年李瓶儿生的官哥儿也是她接生的，当时给的银子很多。吴月娘就跟蔡老娘说，现在跟那时候不能比了，只能这么多，等孝哥儿洗三的时候她再来，吴月娘再给她一套衣服就是了。这就说明随着西门庆的死亡，整个西门府瞬息衰落，没有了西门庆，也就没有了大量的银子进账，今后就要坐吃山空了。吴月娘不得不采取紧缩政策，从丈夫死的那一刻起，就开始压缩开支。后来一顿忙乱之后，西门庆总算是有了棺材，顺利发送了。

西门庆死了，吴月娘就开始了后西门庆时代的生活。她不是不愿意按照西门庆的遗嘱做事，但是客观事实让她越来越意识到，她没有办法严格按照西门庆的遗嘱处理西门府的事务，她后来的人生充满了劫难。

**第一个打击**，她发现女婿陈经济没有遵照西门庆的遗嘱好好理财，而是一个极其糟糕的男人。**陈经济在西门庆死后公然和潘金莲以及丫头春梅乱来。** 按辈分的话，潘金莲是陈经济的岳母，陈经济是西门府的女婿。这样的一男一女发生关系，那是乱伦。恪守封建礼教的吴月娘开头听到这样的举报还不相信，因为这太令人震惊了。但是后来她亲眼所见，不得不信。陈经济的背叛，对她是非常严重的打击。其实也谈不到背叛，陈经济早在西门庆活着的时候，就跟潘金莲不干不净的，只是吴月娘不知道。此外，**陈经济公然欺负吴月娘，在府里面造谣**。他当着一些下人的面竟然说这样的话："这孩子倒相我养的，依我说话，教他休哭，他就不哭了。"陈经济暗示孝哥儿实际上是他和吴月娘的儿子，这当然就太荒唐了，这个谣言就太可怕了。所以，当有人把这个话传给吴月娘的时候，吴月娘正在梳妆，一下子人就直挺挺地昏倒在地上了。

开头吴月娘对陈经济的印象是很好的。他带着西门大姐投奔到媳妇娘家来，后来西门庆让他监管花园的改造。陈经济当时表现得很勤快，很谨慎，好像是一个很稳妥的小伙子。当时为了表扬和犒劳陈经济，吴月娘还专门在花园准备好酒水，请陈经济吃饭、喝酒。没想到西门庆死了以后，他就暴露出这么严重的问题，而且直接伤害到她，这对吴月娘当然是一个很大的打击。这样一个女婿还能留在家里吗？显然不能。吴月娘就把陈经济轰走了。

西门庆的遗嘱中要求吴月娘和他另外娶的几个小老婆大家姊妹相待，特别交代了让她担待潘金莲。吴月娘发现潘金莲居然和女婿陈经济做那种事情之后，就再也不能容忍潘金莲了，同时也不能让潘金莲的贴身大丫头春梅待在西门府里，她就先把春梅发卖了。因为潘金莲出嫁时名义上是一个寡妇，王婆是她干妈，西门庆是从王婆那儿把潘金莲娶过来的，吴月娘后来就把潘金莲交还给王婆，让潘金莲再转嫁。西门庆要吴月娘担待潘金莲这一点就做不到了，她也没必要执行这一条遗嘱了。

还剩下三个小老婆。二房李娇儿在西门庆死后不久就离开了西门府，回归她原来出身的妓院丽春院。妓女守什么节？她本身就没有守节的意愿，吴月娘也没有多大的权力能够拘束人家。四房孙雪娥一开始表现得还不错，像听了陈经济造的谣，吴月娘一头栽倒在地，晕死过去，孙雪娥就忙着来抢救，掐她人中，灌姜汤，让她缓过劲儿来。后来把陈经济赶出西门府，孙雪娥起了关键作用。孙雪娥表面上好像还行，但是实际上早有异心，最后孙雪娥和她的情人来旺儿私奔了。三房孟玉楼从前面我所讲的情况，可以感觉到这是一个相对来说性格比较平和的人。西门庆死了以后，一开始她好像也还能作为吴月娘的一个姐妹，两个人互相慰藉，共度时光。后来孟玉楼终于按捺不住自己还依然残留的芳心，看中了一个男子，男方后来让媒婆来求婚，吴月娘也不好阻拦，孟玉楼就再嫁了。这样整个西门府就剩下吴月娘一个了，西门庆所期盼的吴月娘和其他四个小老婆姊妹相守、维护府第的面子的遗愿就完全落空了。

孟玉楼再嫁，当时面子上也得让人过得去，所以吴月娘出席了婚宴。吴月娘从婚宴上回来，"因见席上花攒锦簇，归到家中，进入后边院落，见静悄悄无个人接应，想起当初，有西门庆在日，姊妹们那样热闹，往人家赴席来家，都

## 第34讲 祸不单行的打击：吴月娘的劫难

来相见说话，一条板凳姊妹们都坐不了，如今并无一个儿了。一面扑着西门庆灵床儿，不觉一阵伤心，放声大哭"。这一刻像潘金莲的刻薄狠毒，李娇儿的婊子心肠，孙雪娥的颟顸无耻，都可以忘怀，毕竟她们当年也曾在一起荡秋千、玩骰子、饮酒听曲、赏雪观灯。兰陵笑笑生写得非常好，他写出人在深深的孤独当中，就连昔日对头想起来也是亲切的。兰陵笑笑生写出了吴月娘人性深处的这种东西，人生真是很无奈。**其他几个小老婆流散，也是吴月娘在后西门庆时代的劫难**，后面她还有更大的劫难。

前面多次讲到玳安是西门庆最亲近的一个小厮，西门庆死后留下来很多事情要靠玳安应付，因为玳安最了解情况，玳安本身也是一个聪明伶俐的小伙子。后来吴月娘就把丫头小玉给了玳安做老婆，这样就有一对在府里服务时间很久的年轻夫妻来照应她今后的生活。可是吴月娘把小玉给了玳安，刺激了和玳安原来平级的小厮平安，平安就不服。后来他就偷了府里当铺的金子打造了一些东西，最后被官府捉拿。**平安记恨吴月娘，就在官府胡说八道，说吴月娘和玳安有奸情，这样吴月娘就面临着灭顶之灾**。所以，吴月娘在西门庆死后真是一个劫难接着一个劫难，但后来这件事情终于还是化解了。

吴月娘在西门庆得重病，求医问药都治不好的时候发下一个誓愿，她要去泰山的碧霞宫进香。碧霞宫里面供的是碧霞宫娘娘，又叫作碧霞宫奶奶，是道教神仙系列当中的一位。西门庆后来很快就死了，当然吴月娘在那期间没有去还愿。一切事情料理完后，吴月娘决定去泰山的碧霞宫还愿，为的是祈求今后她能够把孝哥儿顺利带大，继承西门庆的家业，使西门府得以复兴。书里写吴月娘由她的哥哥吴大舅陪同，带着两个小厮去泰山碧霞宫。因为登泰山拜碧霞宫娘娘是很劳累的事情，而且路途也比较遥远，所以当天必须要在道观附近留宿。没想到就在留宿的夜里，钻进来**恶霸殷天锡向吴月娘求欢**。这样一个恪守封建道德的妇女，没想到她还有如此险恶的劫难，几乎破了身。因为她拼力反抗，后来跟吴大舅和两个小厮总算是逃脱了。他们在慌乱当中到了雪涧洞，遇到了一个特殊的和尚普静法师，他庇护了他们。吴月娘表示要答谢普静法师，普静法师表示他不受谢礼。他得知吴月娘有一个儿子孝哥儿，便让孝哥儿十五年后来做他的徒弟。当时吴月娘一是得到法师解救，二是觉得十五年是很久以后的事情了，就含糊地答应下来。这样他们就在普静法师的庇护和点化下逃离了劫难。

这个地方早期的万历本和后来的崇祯本写的还有所不同。在早期的万历词话本里面，写吴月娘和吴大舅他们离开了雪涧洞以后又遇到了一难，就是被占山为王的三个梁山好汉给劫掠了。最后是因为宋江宋公明当时在场，知道吴月娘的具体情况以后，让三个兄弟放过吴月娘，吴月娘这才离开泰山，终于回到家中。这词话本还有一段宋公明义释吴月娘的故事，崇祯本整理者因为觉得多余，把它删除了。其实我个人觉得不多余，因为前面说了，这部书是"借树开花"，它借《水浒传》这棵大树来写一个明朝的故事，前面有武松出现，后面有宋江出现，这样前后混一下也挺好的。

所以我现在讲吴月娘上泰山的遭遇，还是根据词话本，宋江解救了吴月娘这段，我觉得还是有意思的。吴月娘终于从泰山回到了西门府，这个时候西门府已经相当衰落了。但是这还不是整个故事和吴月娘的大结局，我们在后面还要讲大结局。

# 第35讲　以院为家人皆可夫
## 李娇儿盗银归院

【导读】

　　上一讲讲了西门庆死后吴月娘遇到的重重劫难：第一，吴月娘发现陈经济在西门庆死后公然和潘金莲以及丫头春梅乱来，陈经济还在府里面造谣说孝哥儿是他的儿子；第二，西门庆临死的时候留下遗嘱让妻妾好好待着，一处居住，休要失散了，惹人笑话，但李娇儿、孙雪娥、孟玉楼都流散了；第三，平安记恨吴月娘，在官府造谣说吴月娘和玳安有奸情；第四，吴月娘去泰山碧霞宫还愿，恶霸殷天锡向吴月娘求欢，吴月娘差点儿失身。那么西门庆死后的后西门庆时代，李娇儿的人生轨迹和最终结局是什么样的呢？请看本讲内容。

　　在西门庆咽气的时候，吴月娘就临盆了。当时府中大乱，吴月娘回到她的上房，在炕上肚子疼得不行，人们就去请接生婆蔡老娘。玉箫打开箱子取吴月娘为生孩子准备的一些东西，当时很忙乱，箱子的盖儿打开后就没盖上。这时候李娇儿就趁屋里没人注意，从打开的箱子里面顺走了五个大元宝，拿到她自己的屋子里去了。孟玉楼转身回来觉得有点不对头，就问她怎么回事，李娇儿说她是拿草纸去了。因为那个时候生孩子要准备一些草纸，孟玉楼也就没有发现她的马脚。其实李娇儿趁着箱子盖打开就盗银了，她开始盗窃主家婆，实际上也就是西门庆的财产了。那个时候西门庆连棺材都还没备好，遗嘱的话音落了没多久。

后来吴月娘生下了孝哥儿，她坐月子行动不便，孟玉楼她们就张罗西门庆的丧事，府里面很混乱。在这种情况下，李娇儿不仅偷了正房箱子里的元宝，她还把自己屋子里的一些细软以及她顺手能够拿到的一些细软，偷偷通过她丽春院的兄弟李铭，一次一次地转移到丽春院去。有一次让春梅看见了，春梅就跟吴月娘报告。李娇儿在西门庆刚一死就决定离开西门府。所以，西门庆立的遗嘱好像完全没有效果，除了吴月娘，谁听他的？

在办丧事的过程中，丽春院的妓女李桂姐（李娇儿的侄女），悄悄地跟李娇儿传递了李三妈的嘱咐。李三妈是丽春院的鸨母，应该是跟李娇儿同辈的一个女子，年龄可能比李娇儿大一些，已经偏瘫了。李三妈让李桂姐给李娇儿带的话是，让她快打主意，她们的营生就是"弃旧迎新为本，趋炎附势为强"。意思就是她们这种做皮肉生意的，喜新厌旧是职业的根本，趋炎附势是一种让生意能够越做越好的办法。总之，就是让李娇儿及早想办法离府归院。

为了早日归院，李娇儿就要找机会闹一闹。有一天，吴月娘的亲戚吴大妗子又来了，吴月娘请了孟玉楼一起招待吴大妗子，因为剩下几个小妾里面就孟玉楼比较随和，品性也比较端正，吴月娘凡事都愿意把她请上，没请李娇儿。李娇儿就抓着这个事情到吴月娘那儿大吵大闹，又跑到西门庆的灵桌前头，拍着桌子大哭大叫，意思就是府主一死，主家婆就这么对待她，这么冷落她，她在这没法过了，她不想活了，她要上吊，闹得沸反盈天。吴月娘无奈，李娇儿离开西门府似乎就是顺理成章的事情了。其实李娇儿不光是人离府，她还带走了好多的财宝回到丽春院。

小说里面对妓院有一些很详细的描写。妓院是一种色情行业，是旧时代的社会毒瘤。但是阅读《金瓶梅》这样的小说，对这种地方有所了解也是必要的。因为我们的先人就是从这个社会生活过来的，我们今天社会的进化也是在当时那样的基础上加以努力改造所形成的。所以，阅读《金瓶梅》，其中关于妓院的描写对我们还是有认识价值的。

## 第35讲　以院为家人皆可夫：李娇儿盗银归院

　　根据书里的描写，清河县的妓院有一个特点，基本都是家族式的。像李娇儿她出来又回去的丽春院就是李家的，这家妓院的鸨母，也就是女老板，是李三妈。李娇儿当然是其中的一个名妓，当年可能名气还挺大的。她还有两个侄女儿，一个是李桂卿，一个是李桂姐，在李娇儿离开丽春院以后也都是丽春院的台柱子。李娇儿有个兄弟叫李铭，是乐工。妓院里面的女性都是要接客的，男性一般都是弹着乐器助兴的。小说里面写到另外的几个妓院，其中有一家主人姓吴，主要的台柱子是吴银儿。吴家妓院的妓女基本上都姓吴，有一个男性叫吴惠，是乐工。还有一家妓院叫乐星堂，首席妓女叫郑爱香儿，她的妹妹叫郑爱月儿。这家妓院有一个男的叫郑奉，也是乐工。这就说明当时妓院是家族式经营，整个妓院这些男女都是一个姓氏，当然不一定都有血缘关系。有的妓院把穷人家的小女孩买进来，也给她改姓，跟着自己姓，这样来经营她们的皮肉生意。

　　前面说过了，妓院吸引嫖客，它希望你不光自己来，最好还带一帮哥们、社会混混来，他们叫作帮嫖的，这样消费额就大，你就会大把地撒银子。所以妓院里面经常充满这种帮嫖的人，他们自己并不花钱，但是依附于某一个大的嫖客，在妓院里面吃喝玩乐、胡闹。妓院特别欢迎这种帮嫖的人，有他们起哄，妓院里面就有人气。

　　还有一些依附于妓院的人叫作架儿。这架儿就是社会上最糟糕的一些人，一般都衣衫褴褛，连帮嫖的资格都没有。当西门庆跟那些狐朋狗友调笑一番，坐那儿的时候，他们就抱着一些装着瓜子的器具疯跑过来，一般都带好几升的瓜子，希望赚点小钱。像西门庆这种嫖客，把瓜子留下，给他们小钱，他们高兴得很，然后就知趣地赶快跑开。他们身上有难闻的气息，就像阴湿的墙缝里面那些土鳖虫一样。

　　书里写到，还有叫作圆社的人，他们专门在妓院里面表演踢球以及陪着客人和妓女踢球。当时的球类似现在的气球，一般是用牛等动物的膀胱充上气做成的。这类人就稍微体面一点，穿得稍微像样一点。因为他们从妓院分到的钱，可能比那些架儿要多一点。书里写到西门庆在丽春院和圆社一块儿踢球，当时妓女李桂姐也上场，而且她能钩踢拐打，十分灵活。

李娇儿回到了丽春院后不久又嫁给了清河县的张二官。张二官长得奇丑，满脸黑麻子，两只眼睛小得要命，眯成两条缝，书里说他砢碜得很。张二官发了财，到东京去活动，把西门庆死后空下来的官位买了，就等于他也当上清河提刑所的头了。而且他很快花银子把李娇儿娶回家做了他的二房。可能有的读者不明白，根据书里的交代，李娇儿那个时候已经人老色衰，身体沉重，而且她已经嫁过西门庆了。现在张二官娶谁不行，怎么非要娶这个李娇儿呢？

张二官娶李娇儿可能不图色，当然也不可能是图财，他还得破财。张二官图的就是满足他的虚荣心。原来张二官地位低微，得仰视西门庆。现在他不但占据了西门庆空出的官位，还故意把西门庆原来的首席小老婆，二房李娇儿，弄到自己家里头，显示自己地位提升了，大大地满足了他的虚荣心。当然妓院也很高兴，这个女子可以二次转卖，又得到一笔银子。李娇儿去了以后能跟这么一个丑陋的张二官过得很好吗？搞不好以后也会盗银归院。

在后西门庆时代，西门庆对这些妻妾的嘱咐很难落实，除了吴月娘能够坚守，其他的都做不到。李娇儿在西门庆尸骨未寒时，就从上房的箱子里面盗元宝了。所以，兰陵笑笑生写出社会生活的阴暗面，人性当中黑暗的一面，他写得很冷静，可是又非常真实。李娇儿出身不雅，从妓院嫁到西门府，做了西门庆的第一个小老婆。潘金莲曾经揭过她这个底儿，刺激过她。但是那个时代，整个社会形成一种很糟糕的风气，就是笑贫不笑娼。你虽然是个妓女，可是有富人娶你、包养你，你过得很好，你收好多银子，社会上就有人羡慕。对那种守身如玉、纯洁的女性，如果你贫穷，人们就完全看不起你。像书里写的武大郎的女儿迎儿，原来父亲在世的时候，虽然后妈对她很不好，但还不能算是穷人的女儿。后来潘金莲把她的父亲害死，自己又嫁到西门府以后，迎儿就过得非常凄惨，先是给王婆去做粗使丫头，后来又给姚家继续做粗使丫头，社会上的人不仅看不起她，简直就不把她当作一个值得尊重的生命。有的版本里面把迎儿写成蝇儿，她成为一个最卑微的存在了。

所以，那个时代是一个黑暗的时代，那个社会是一个堕落的社会。这本书告诉我们，那样的时代应该结束，那样的社会应该改造，那样一些价值观念应该被抛弃。虽然作者不一定有这样的主观意识，但是我们从阅读当中却能得到一些这样的教益。

## 第36讲　逢场作戏以假乱真
### 李桂姐进出西门府

【导读】

　　上一讲讲了西门庆死后，李娇儿趁吴月娘生产，上房的箱子盖忘记关，偷了几锭元宝，后来还通过她的兄弟李铭往丽春院转移细软。妓院的李三妈托她的侄女李桂姐给李娇儿带话，说妓女的营生是"弃旧迎新为本，趋炎附势为强"，让她趁早归院，果然她很快地找碴回了丽春院，并在回丽春院不久嫁给了清河县的富户张二官。西门庆的遗嘱——妻妾相守，不要失散——只能落空。李娇儿和李桂姐都是丽春院的妓女，从辈分来说，一个是姑妈，一个是侄女，但书里前面写西门庆梳笼李桂姐的时候，李娇儿还挺高兴。什么叫作梳笼？李桂姐究竟又是一个什么样的女性？请看本讲内容。

　　李桂姐是书中一个很重要的角色，她是个妓女，为什么搁在这儿讲？本来讲完李娇儿盗银归院，应该接着讲其他几个小老婆的失散，但是因为她和李娇儿有关系，而且后来她在西门府的地位跟西门庆的小老婆不相上下。所以讲完李娇儿接着再讲一讲李桂姐。

　　李桂姐是丽春院的一个名妓，当时她年纪比较轻，还没有完全被嫖客占有，叫作雏妓。如果有一个嫖客看中她了，要包养她，就叫作梳笼。梳笼是那个时代一种很畸形的社会现象。嫖客要安排得很排场，要举行很隆重的仪式，跟婚礼仪式差不多，请很多客人，然后当众宣布梳笼某妓女。西门庆看中了李桂姐，要梳

## 第36讲 逢场作戏以假乱真：李桂姐进出西门府

笼她。这个消息传到西门府以后，按说从吴月娘到其他的小老婆都应该不愉快。西门庆跑到妓院鬼混还不说，还要梳笼一个雏妓李桂姐，这不是进一步会把家里的妻妾都冷落了吗？可是在西门庆的妻妾当中，有一个人的反应出人意料，这个人就是李娇儿。李桂姐是李娇儿的侄女儿，一个男人占有一个姑妈身份的女子，同时占有一个侄女身份的女子，不伦不类。可是李娇儿感到高兴。李娇儿是一个非常吝啬的女子，这次她居然很大方地献出一锭大元宝给丽春院，说是给她的侄女儿李桂姐打头面、做衣服、定桌席。当时西门庆梳笼李桂姐拿出了五十两银子，李娇儿献出的那锭大元宝怎么也得五两，相当于西门庆出资的十分之一了，为什么？那个时候像李娇儿这些妓女，她们形成了一个思维定式，就是她们认为自己不管后来是怎么一个状况，都是丽春院里的人，她们都希望妓院的生意红火。李娇儿虽然已经嫁到西门庆家了，可是她觉得李桂姐被西门庆梳笼，仍意味着她的出身地丽春院又能做一笔大买卖，会兴旺起来。

实际上李娇儿一直是人在曹营心在汉。那个时候，她在潜意识里就觉得她今后是要归院的。西门庆的富贵跟自己有关系，但也不是什么不得了的永恒的关系。而丽春院生意兴隆，才跟自己切身相关。李娇儿跟李桂姐之间有一个共识，她们早晚还是院里的人。兰陵笑笑生写得很尖刻，他把当时妓院里面妓女的这种很糟糕的思维定式毫不留情地揭示出来了。

李桂姐被西门庆梳笼以后，按照当时的一个约定俗成的社会游戏规则，她是妓院里面的一个名妓，她被一个富人，不管是一个白衣，还是一个戴官帽的梳笼了、占有了，就等于是嫁给他了，不能再去接别的客人了。她可以在妓院里面弹唱，可是不能跟别的嫖客上床了。西门庆以后每个月不管去不去，都要给丽春院二十两银子，等于把李桂姐包下来了。

有一天，西门庆带着他的狐朋狗友去了丽春院，李桂姐没有出来迎接，西门庆就问李三妈是怎么回事，李三妈撒谎说临时有人请李桂姐去弹唱，不在家。后来西门庆发现李桂姐在妓院后面的屋子里和一个杭州来的绸缎商在饮酒作乐，就是说李三妈她们违背了约定俗成的游戏规则，她们每年拿着西门庆二百四十两银子，却让李桂姐另外去接别的嫖客。所以，西门庆就跟他那些狐朋狗友大闹丽春院，又打又砸，把窗户、壁床、帐都给打烂了。李桂姐和杭州来的嫖客在后院听见了声响，嫖客吓得要命，躲到床底下去了。李桂姐非常淡定，她告诉嫖客，少见多怪，这是丽春院中常有的，不妨事。这就说明当时不止一家妓院这么做，也不止李三妈一个鸨母这么做，也不是李桂姐一个妓女这么做。她们都是做皮肉生意，得的银子越多越好，实际上并不遵守当时社会上约定俗成的那种游戏规则。

李桂姐是一个非常典型的妓女，她形成一大套妓女的世界观、人生观和她惯有的生活方式。有人在妓院里面大闹、打砸，她都无所谓，见多了，习惯了。最后李三妈去收拾残局，李桂姐该怎么着还怎么着，西门庆生气了，她使出绕指柔的功夫去赔罪。西门庆喜欢她年轻漂亮，又会弹唱，事情也就过去了。

但是，整个丽春院还是害怕失去西门庆这么一个进财的宝贝来路，毕竟西门庆一来丽春院就可以源源不断地进银子。不光是每个月李桂姐的包养费，每次西门庆还会带一群帮嫖的来丽春院，会大把地撒钱。所以，丽春院就觉得一定要把这样一个豪客拴住。李桂姐就想出了一招，有一天她就准备好一些礼物跑到西门府，直接到了后院上房见了吴月娘。李桂姐的嘴甜得要命，她把精心准备的礼物献给吴月娘，然后说要拜吴月娘为干妈。禁不住李桂姐的甜言蜜语，而且说实在的，吴月娘平时也很寂寞，她当时心就软了，居然同意了。

吴月娘刚一同意，李桂姐立刻就以女儿的身份开始活动。那天其实西门府还约了另外几个妓女一块儿弹唱，她们是不同妓院的妓女，经常被同时约到某一个富人家上门服务，彼此都很熟。那几个妓女去了西门府，进了吴月娘正房以后目瞪口呆，李桂姐已然摆出吴月娘女儿的架势，在吴月娘的炕上帮着做事，而且让吴月娘的丫头伺候她，给她倒茶、端水，还口口声声喊吴月娘"娘"，一下子就拉开了她和另外几个妓女之间的差距。本来大家地位一样，但现在她们是叫来上门服务的人，而李桂姐成了这家的一个主人了。李桂姐后来不但能在西门府随便进出，穿堂入室，直达正房，充当半个主子，而且有时候她都不回丽春院了。前面讲了，有的嫖客到妓院以后就不着家了，像花子虚、王三官都是这方面的代表人物。西门庆在梳笼李桂姐之后一度也住在妓院，半个月都不着家。现在李桂姐又开创一个外卖方式，她跑到西门府里面一住就是很长时间，而且和吴月娘、西门庆的其他几个小老婆，还有西门大姐平起平坐地在西门府里面享受，一块儿吃喝，一块儿玩乐，包括在翡翠轩里面胡闹，在花园荡秋千等。

兰陵笑笑生除了刻画李娇儿这样一个嫁到西门庆家做二房的妓女，还塑造了另外一些妓女形象，特别是李桂姐。李桂姐一方面没有廉耻感，另一方面又百伶百俐，非常有心眼。有一次李娇儿这房的一个丫头偷了金锭子，西门庆就进行拷打，最后决定把这个丫头发卖掉。李桂姐就找西门庆说情，说打也打了，罚也罚了，还是别卖了，把丫头留下来继续服侍她的姑妈李娇儿。西门庆就言听计从，他对待李桂姐就跟对待其他小老婆一样了。西门庆忘记了李桂姐的身份。实际上她并不是府里的人，不是他的小老婆，更不是他的正妻，处置丫头这种事务，李桂姐没有发言权。但是西门庆当时一听，就答应了。这个事情还引起了吴月娘极大的不满。前面交代过，吴月娘别的都能忍，但她有一个底线，就是不要侵犯到她作为正妻的尊严和权威。这件事发生以后，吴月娘得发出声音，她又不好直接去跟西门庆论理，最后就把传话的玳安臭骂一顿，发泄心中的怨气。

西门庆死后，虽然李桂姐也来奔丧，但她对西门庆没有丝毫的感情。实际上直接动员李娇儿归院的就是李桂姐，她把李三妈的意思完整地传达给了李娇儿。后来李娇儿果然借一个碴儿大闹，达到了归院的目的，李桂姐也觉得自己维护了丽春院的利益。李娇儿第二次出嫁，嫁给了张二官，李桂姐若无其事地继续去接别的嫖客。兰陵笑笑生把当时社会上妓院这种色情行业的生态，以及一些妓女的生存状态，非常真实地描写了出来。

除了写丽春院，书里还写到了其他妓女，其中一个叫郑爱月儿。前面提到过这个人。西门庆后来去勾搭林太太，提供线索的就是郑爱月儿。郑爱月儿之所以要向西门庆提供这个线索，是因为林太太儿子王三官当时在丽春院鬼混。那个时候丽春院的生意超过了郑爱月儿所在的郑家妓院的生意，郑家妓院嫉妒李家妓院，所以郑爱月儿就出面鼓动西门庆勾搭林太太，帮助林太太到丽春院去抓那些在王三官身边帮嫖的人，起到打击丽春院的作用。丽春院遭到打击，那么郑家妓院的生意就会兴旺起来。兰陵笑笑生写妓院之间的竞争关系，为争夺嫖客也会设计毁掉对方。郑爱月儿作为一个艺术形象，塑造得还是挺有趣的。兰陵笑笑生写郑爱月儿，给她设计了一个招牌式的肢体语言，她每次出现都用一把洒金扇遮住自己的半边粉脸，显得特别楚楚动人。

　　兰陵笑笑生笔下的这些妓女，在自我感觉上并不比那些富人家的小老婆低下，甚至她们有时候还很傲气，对男性的占有欲也很强烈。像李桂姐被西门庆梳笼以后还有这么一段故事，李桂姐问西门庆，他府里面有好几房小老婆，干吗非喜欢她。又问，听说他的小老婆里面有一个潘金莲，又漂亮又会来事，他能不能制服潘金莲。西门庆就夸口，他的小老婆，他想打就打；他生起气来，想剪她们的头发就剪！李桂姐就给西门庆出题目了，让他把潘金莲的头发剪一绺送过来。西门庆说那容易。西门庆回府以后，果然就逼迫潘金莲散开头发，然后他剪了一绺，很得意地把这绺头发给李桂姐送来了。李桂姐就把这绺头发絮在她的鞋底，每天踩踏。所以，这些妓女为西门庆争风吃醋，不仅在妓女之间，还扩大到和他的小老婆之间了。

　　这就再一次证明当时社会价值观的混乱，这些妓女本身也好，社会上的一些人士也好，都是"笑贫不笑娼"，他们不以为娼卖笑为耻，只觉得那些贫穷的，没有办法过富贵豪华生活的人是没有价值的，是让人看不起的。因此，再一次说明《金瓶梅》对我们来说，有很好的参考价值，它没有从正面告诉我们社会应该怎么样，人们该如何生活，但是从反面告诉我们，社会不应该怎么样，人们不应该如何生活。

# 第37讲　剥除理想色彩
## 冷静还原的妓女群像

# 【导读】

上一讲重点介绍了妓女李桂姐，她是西门庆二房李娇儿的侄女，非常有心眼。被西门庆梳笼后，按理她不应该再接别的客人，可她趁机还是偷偷接客，被西门庆发现后，嫖客吓得够呛，而她见多不怪，一脸镇定。为了长久地拴住西门庆，她还认了吴月娘当干妈，经常在西门府久住。她还挑衅西门庆剪了潘金莲一绺头发，絮在鞋底踩踏。古今中外的文艺作品当中，很多都写到了妓女，但是我们考察一下，会有一个令人惊讶的发现，构成了一个值得探讨的问题，什么发现？什么问题呢？请看本讲内容。

前面两讲讲到了《金瓶梅》这部书里面所写到的妓女形象。妓女是过去那个时代所存在的一种生命形态，现在在有些地域、有些制度下仍然有妓女存在。所以，古今中外的文学作品当中出现妓女形象是很自然的，因为文学艺术是反映社会生活的。当然文学艺术是多种多样的，有不同的表现内容和不同的表现手法，也有一种文学作品是脱离现实进行想象的，那不在我们的讨论范畴之内。大多数文学作品还是反映社会生活的，社会生活当中存在妓女或者说存在过妓女，那么文学作品表现妓女，就是一件很自然的事。有一个年轻人前面我经常提到他，到书房跟我讨论文学艺术方面的问题，我们讨论《金瓶梅》，也讨论《红楼梦》。他有一个阅读发现，就是在阅读《金瓶梅》之前，他接触到的文学作品，当中的妓女形象绝大多数都是正面的，古今中外很多的文学艺术家，在他们的作品里面塑造的妓女都是正面形象。我本来有些同感，不过没有聚焦到这个问题上。他这么一提，我们倒确实可以探讨一下这个问题。

中国唐代有一个作家叫白行简，他写了一个故事叫《李娃传》，一直流传到今天。李娃就是个妓女，作者对她是作为正面形象处理的，把她塑造成一个争取恋爱自由的正面形象。元代大戏剧家关汉卿的剧本《救风尘》，那里面的妓女也是个正面形象。明朝冯梦龙的短篇小说有的流传很广，深入人心，比如《杜十娘怒沉百宝箱》《卖油郎独占花魁》。像这样的故事，后来都被搬上戏曲舞台，到现代社会又被拍成电影。杜十娘、花魁都是妓女，在这些故事里面都是作为正面形象来表现的。明朝灭亡之后，清朝初年有一个叫孔尚任的戏剧家写了著名的剧本《桃花扇》，讲的是明末南京秦淮八艳中的李香君的故事，孔尚任把她塑造成一个深明大义的女性，她的那种正气甚至超越了男子。还有秦淮八艳中的柳如是，也是一个名妓，现代学者陈寅恪花了很大力气写了《柳如是别传》，这部书既是学术著作，也是文学作品，陈寅恪对柳如是给予了正面评价，甚至是把她奉为一代人杰。

这样一梳理，就能看到在**中国的文学传统当中，妓女往往都是以正面形象出现的**。作家、艺术家提到她们的时候，不但会同情，甚至会歌颂。有没有把妓女当作反面角色表现的作品？不可能没有，但是不多。《水浒传》里面有一个阎婆惜，在书里面被写得很坏。她是一个妓女，后来被宋江包养，但她不满足，因为宋江跟其他的水浒英雄一样，不好色，不能够给女性带来性快乐，所以阎婆惜就爱上了别的人。后来宋江又到她那儿去，她发现宋江的招文袋里面有一封造反的人写给他的密信，她觉得应该还有银子，就问宋江要银子，宋江拿不出来，她就截获了密信作为要挟，宋江就急了，大怒，就把她杀了。

再想找出作为反面形象的妓女就困难了，而且越想，正面的、进取的形象越多。比如有一出京剧唱了很久了，现在还在舞台上演出，就是《玉堂春》，讲的就是一个妓女和嫖客的爱情故事。"苏三离了洪洞县，将身来在大街前"，好多人都会唱《苏三起解》当中的这个唱段,《三堂会审》作为折子戏,至今在戏曲舞台上久演不衰,全本《玉堂春》现在也经常演出。20世纪以来的新文学运动出现了一些作品,比如老舍小说《月牙儿》里面的妓女就是作为正面人物出现的,引出读者许多的同情和爱怜。老舍后来又创作了一个话剧《茶馆》,这里面有一个妓女小丁宝,也是作为正面和被肯定的形象出现的。20世纪剧作家曹禺创作的话剧《日出》,主人公陈白露就是一个高级妓女,所谓交际花,对比其他剧中人物,也是相当正面。《日出》里面还出现了一个三等妓院的下等妓女翠喜,更是以敢于控诉、敢于反抗的正面形象呈现在观众面前。历史延续到改革开放以后,有一部电影叫作《知音》,演的是反对袁世凯称帝的蔡锷和北京城的妓女小凤仙的故事,由女演员张瑜所饰演的小凤仙在影片里面也是一个正面角色。

**不光是中国,作为正面形象的妓女在外国文学艺术家的作品当中也层出不穷。**比如法国小说家小仲马的小说《茶花女》,后来被意大利的作曲家威尔第谱写成了歌剧,演遍全球。中华人民共和国成立以后,《茶花女》出现在中国的舞台上,威尔第的歌剧20世纪50年代就在北京天桥剧场上演过,那时候还是少年的我就看过。近几年,《茶花女》这个剧目仍然在北京的舞台上上演。《茶花女》表现的是妓女和嫖客之间的爱情故事,歌颂一个高级妓女玛格丽特对爱情的忠贞。法国小说家莫泊桑有一部著名的小说叫作《羊脂球》,这部小说出现了很多人物,除了一个妓女是正面形象以外,其他身份高贵的人士几乎全是反面人物。雨果创作的《悲惨世界》里面的妓女就完全是令人同情的,而且体现出人类的很多高尚品格。到了19世纪末20世纪初,俄国作家列夫·托尔斯泰的著名作品《复活》,就是一部以妓女为主人公的小说,作品对妓女玛丝洛娃不但表示同情,而且对她身上所体现出来的一些品质给予了高度评价。另一位俄国作家陀思妥耶夫斯基在他的小说《罪与罚》《白痴》当中更进一步写到,把男主人公从一种罪恶的堕落境遇当中解脱出来的,居然是妓女。他作品当中的妓女不仅是值得同情的角色,更成了女神般圣洁的人物了。

上面我列举了一部改革开放以后的电影《知音》。其实就中国电影而言,对妓女的肯定也是源远流长。早在无声片时期，阮玲玉就主演了一部表现妓女悲惨境遇的电影——《神女》。后来的《马路天使》，其中的站街女也被塑造成一个正面的、有良知和反抗精神的艺术形象。

为什么妓女多是以正面形象出现在文学艺术作品之中？我大体上梳理出了这样一个原因：过去这些时代的妓女，她们之所以成为妓女，绝大多数都是迫于无奈，很多都是贫苦家庭的女子，由于家里没吃没喝，活不下去，才被卖到妓院，或者由于生活困苦自己沦为妓女，被男性玩弄。所以，**妓女本身往往是无辜的，她们是被侮辱与被损害的。**文学艺术家写作品，绝大多数作者是站在弱者的一边，站在被侮辱、被损害的生命一边，这就造成了这样一种文学艺术景观，就塑造出了大量的引人同情、引人怜惜，甚至散发出美好人性光辉的妓女形象。

我们再回过头来讨论《金瓶梅》，就会很惊讶地发现，产生在四百年前的这部长篇小说，**它对妓女的描写独树一帜，它没有落入因为妓女本身有被侮辱、被损害的一面，就给予无限同情，乃至正面肯定这样的窠臼。**兰陵笑笑生**客观地、冷静地、如实地、细致地写出了这些生命的存在状态。**作者笔下的李娇儿也好，李桂姐也好，郑爱月儿也好，这些妓女形象，除了李娇儿多少有些否定的意思，可是也不那么强烈，基本是中性的，笔触无是无非。《金瓶梅》的作者不负责对他笔下的生命形象做认真、严肃的评价，他就告诉你这个人就这样，就这么活，就这么死。他为什么要这么活？他该不该这么死？他不跟读者共同探讨这个问题，他就写生命现象。从这个角度，我们就觉得《金瓶梅》在写社会，写人生，写人性，写生命的个体存在形态，写生与死，不说他高明，最起码写法独特。在中国文学史和世界文学史的发展历程当中，乃至扩大到艺术领域，就是整个古今中外的文学艺术发展过程当中，他的这种写法既独树一帜，又令人深思，构成了一个非常独特的文学艺术表达形态。这是我们读《金瓶梅》必须要注意的一点。

《金瓶梅》通过李桂姐说的一些话，把妓女的价值观、人生追求写透了。她说妓女是"弃旧迎新为本，趋炎附势为强"，这就是所谓的婊子心态。好像我们很少看到古今中外的其他一些作品里面有这么尖锐地、深入地揭示妓女内心的描写。而作者这样写从行为上也好，从对角色身份描述的处理上也好，并没有表达出很多的谴责和批判色彩。作者就是告诉你，这些人就这么想，就这么活。所以，我们讨论《金瓶梅》里面的妓女形象，不要在一个狭隘的框架里面来讨论这些妓女是好人还是坏人，是正面还是负面，兰陵笑笑生一支笔就厉害到这个程度，**超越了是非判断，超越了标签化，达到了真实还原生活、真实还原生命、真实还原心理**的文学艺术的至高境界，客观上对我们来说有参考价值。

现在我们社会当中没有妓院，没有妓女，但是有些生命却还残留着"弃旧迎新为本，趋炎附势为强"的婊子心态，这是很可怕的。所以历来就有评论家，比如康熙朝的张竹坡坚决反对把《金瓶梅》概括为一部淫书、坏书，他认为《金瓶梅》实际上有警钟的作用，它警醒我们不应该成为什么样的人，不应该怎么样生活，不应该有什么样的心态。

## 第38讲　少刚多柔自有定见

### 孟玉楼的处世之道

【导读】

上一讲以大量案例告诉你，古今中外的文学艺术作品中，妓女通常是被当作正面形象来写的，因为文学艺术创作者认为这些妓女大都是被迫为娼的，她们都是被侮辱、被损害的生命，于是对她们给予了无限同情与怜惜。而《金瓶梅》中的妓女形象不落窠臼，她们奉行的价值观是"弃旧迎新为本，趋炎附势为强"，这是非常现实，甚至可怕的婊子心态。讲完李娇儿以及其他一些妓女形象之后，我们继续探讨后西门庆时代西门府里面的变化。二房李娇儿盗银归院，已经流散了一个，排在李娇儿后面的三房孟玉楼流散了没有，她又有哪些故事？请看本讲内容。

西门庆死了以后，剩下的这几个妻妾，吴月娘当然是要坚守的，她会为西门庆守节到底。但是其他几个小老婆的情况就各不一样了，最后都流散了。上面讲了李娇儿盗银归院了，那么孟玉楼怎么样呢？孟玉楼是自愿嫁给西门庆的，前面讲孟玉楼嫁给西门庆的经过时就告诉大家了。当时薛嫂给他们做媒，孟玉楼觉得不能光听媒婆介绍他如何富有，如何厉害，坚持要见西门庆一面，然后再做决定。后来薛嫂安排他们见了面，孟玉楼见了西门庆，很满意，这样她就做出改嫁的决定，从杨家嫁到西门家，做了西门庆的三房。

孟玉楼嫁到了西门府以后，有她自己的处世之道，其实她的处世之道在她出嫁之前就已经宣布过了，当然她是被迫宣布的。孟玉楼的丈夫姓杨，是一个布贩，丈夫的母亲姓张，他母亲有个兄弟就是张四舅，当时张四舅出面阻拦孟玉楼，不让她嫁给西门庆。张四舅并不是根据封建礼教的教义或者当时社会的主流意识形态的规范来阻拦孟玉楼改嫁，而是打算把孟玉楼嫁给另外一个他选中的人去续弦。虽然孟玉楼出嫁会带走一些杨家的属于她自己的那部分财产，但是娶她那家也一定会给银子，如果是张四舅主持这桩婚事的话，张四舅就能够得到那笔银子。所以，张四舅是出于私心阻拦孟玉楼嫁给西门庆的。当时张四舅就拿出四条理由来阻拦孟玉楼。

**第一条理由**，张四舅说孟玉楼嫁过去不是给人续弦做正妻，而是做小老婆，做小老婆和做正妻的区别是很大的。孟玉楼当时就跟张四舅说："自古船多不碍路。若他家有大娘子，我情愿让他做姐姐。虽然房里人多，只要丈夫作主，若是丈夫喜欢，多亦何妨？丈夫若不喜欢，便只奴一个也难过日子。况且富贵人家，那家没有四五个？"孟玉楼还是很有主见的，她对正妻和小老婆的名分并不是十分在乎，她在乎的是嫁的这个男人究竟怎么样。

当时张四舅就是想把孟玉楼嫁给另外的人，这个人孟玉楼没见过。孟玉楼想，就算是把她嫁到那家去续弦做一个填房正妻，那个人要是她不喜欢的话，她留在他身边也没意思。而孟玉楼见了西门庆以后很满意，所以，孟玉楼就告诉张四舅，她不求名分，她只求这个人好，西门庆家如果有大娘子的话，她情愿叫她姐姐。排在后面孟玉楼无所谓，她想得开。所有这些有钱人家都是妻妾成群，填房做了正妻，说老实话，可能取得一个名分，但这个男人不一定跟你好。说白了，在你房里过夜的次数可能很少，主要还是跟那些小老婆过夜。所以，孟玉楼首先宣布她不在乎名分。后来在西门府里的表现，也确实体现出这一点。孟玉楼没有因为自己排在吴月娘之后，就对吴月娘内心不忿。孟玉楼不像潘金莲，经常冲撞吴月娘。孟玉楼就是守住了运河边的那句俗话，叫作"自古船多不碍路"。你看运河好像也不是很宽，但是船很多，好像会堵船，船就走不了了，其实不是这样的，运河里面大小船只最后都能够找到自己的航向，都能够驶向自己所选定的方向。这就是张四舅第一个吓唬孟玉楼的理由和孟玉楼的应答。

然后张四舅就说出**第二条理由**吓唬孟玉楼，说西门庆"最惯打妇煞妻"，意思是西门庆对他的妻妾非常专制，动不动会打妻妾，嫁给这么一个人，孟玉楼愿意吗？这条也没把孟玉楼吓走。孟玉楼就说了："男子汉虽利害，不打那勤谨省事之妻。我到他家，把得家定，里言不出，外言不入，他敢怎的奴？"意思就是这些妻妾挨打都是自己惹的，总是因为妻妾有冲撞男主子的语言和行为，才会遭到男子的打骂，她去了以后会把持自己，里言不出，外言不入，她不犯错，她不冲撞西门庆，西门庆怎么会打她？

后来孟玉楼到了西门府以后也果然如此。西门庆跟吴月娘冷战过，但他不会去打吴月娘，因为吴月娘毕竟是个正妻，而且吴月娘也没有任何让西门庆实行家暴的理由，吴月娘是一个很贤惠的妇人。从书里的描写来看，李娇儿在故事开始时已经完全失宠了，西门庆根本不把她当回事。对于孙雪娥，西门庆只有一次偶然地到她房里过夜。西门庆后来又娶了潘金莲，他虽然喜欢潘金莲，但是他也因为一些事情打过潘金莲。后来潘金莲、春梅跟孙雪娥闹矛盾，把他的火惹起来以后，他痛打过孙雪娥。但是孟玉楼嫁过去以后，她和西门庆之间的关系就是一种非常正常的丈夫和小老婆的关系，她从来没有惹过西门庆生气，西门庆从来没有骂过她，打过她。虽然西门庆到她房里的次数不是很多，因为后来又娶了李瓶儿，西门庆主要是去潘金莲和李瓶儿房里，但孟玉楼就是这样一个态度，就是里言不出，外言不入，安安分分地过日子。总体来说，西门庆对她是满意的，他们俩之间的关系是和谐的。

张四舅一看第二个威胁也不起作用，就开始说**第三条理由**，就说西门庆家里面还有没有出嫁的女儿，"三窝两块惹气怎了"？其实那个时候，西门庆和亡妻的女儿西门大姐已经出嫁了，张四舅故意这么说，说孟玉楼不仅要面对西门庆的大老婆，还要面对他的女儿。一般做后娘的，虽然不是正妻，只是做小老婆，但是底下有孩子闹腾的话，也够呛。孟玉楼与其这样，不如去给一个没有孩子的男子做正妻,哪怕是续弦填房,省得一去以后就有一个别人生的已经长大的孩子给孟玉楼闹气。这个吓唬当然就有点损人,但张四舅当时也是没办法了,总得想办法劝阻,这也算一条。

结果孟玉楼听了就更不在意了,说:"大是大,小是小,待得孩儿们好,不怕男子汉不欢喜,不怕女儿们不孝顺。休说一个,便是十个也不妨事。"意思是西门庆有一个女儿怕什么,就算他有十个子女,也不妨事!事实证明孟玉楼嫁到西门府以后,她和从东京来避祸、逃到清河西门府的西门大姐及其丈夫陈经济,相处都平安无事,没有什么纠纷。第三条也吓不到孟玉楼。

张四舅就抛出**最后一条理由**,说西门庆是县城里有名的行止欠端的人,专在外眠花宿柳。这就揭示出西门庆的一个大毛病,喜欢到妓院鬼混,有时候待在妓院都不回家,这是那个时代那种居民聚居区里面的一些富有男子常有的毛病。

没想到孟玉楼对这个威胁,也是接招解招。她就爽性地跟张四舅说:"他少年人,就外边做些风流勾当,也是常事。奴妇人家,那里管得许多?"孟玉楼表现出一种宽大的态度,说西门庆一个少年人,年轻力壮,他有这些事很自然,作为一个小老婆,哪管得了那么多,管他干什么?后来孟玉楼嫁到西门府以后,也证明她确实是对西门庆这些行为无所谓。比如西门庆和丽春院的妓女来往,甚至后来丽春院的妓女李桂姐跑到西门府来,不但登堂入室,最后干脆拜吴月娘为干妈,住在西门府,跟她们一起活动,她都接受。

所以,孟玉楼有她的处世之道,她在进入西门府以后,确实做到了不卑不亢、不争不让、见好就收、少刚多柔。中国儒家的伦理道德观强调中庸之道,凡事不要走极端,采取一个折中的办法来处事是最好的。其实书里写的孟玉楼,应该算是一个行中庸之道比较成功的艺术形象。西门府里面后来发生了很多事,府里面凡是有一些争斗和矛盾冲突的,孟玉楼从来都不是中心人物,但是她力所能及地起到劝和的作用,起到润滑剂的作用。

比如潘金莲娶进西门府不久,西门庆很不像话,到丽春院去瞎闹,一群帮嫖的尾随,丽春院里李三妈这样的鸨母也很恶劣,把他的衣服藏起来了,这样西门庆在丽春院一住半个月，不着家。别人倒也罢了，潘金莲熬不住。后来潘金莲就和看花园的一个小厮琴童苟合了。这个小厮恰恰是孟玉楼嫁到西门府带过来的。西门庆从丽春院回府后，就有人向西门庆告密说潘金莲跟小厮琴童私通。西门庆就把琴童叫来跪在他面前，审问琴童，甚至进行拷打，最后从琴童身上搜出了一样潘金莲的东西。琴童就否认，说这个东西是在花园里捡的。西门庆也不跟他多说，把他打得皮开肉绽，撵出去，再不许他进门。

这个事情发生以后，按说孟玉楼应该非常不愉快，因为这个小厮是她带过来的，居然被撵走了，这既是西门府的损失，更是她的损失。西门府损失一个小厮无所谓，可是这个小厮是孟玉楼带过来的，最起码让她脸上无光。而且孟玉楼首先应记恨潘金莲，潘金莲作为小老婆，应该守住自己，主子到她房里来，就好好接待，主子没来，就应该老老实实地待着，静静地等待。潘金莲怎么能和小厮私通呢？更何况小厮是孟玉楼嫁过来的时候带过来的。但孟玉楼并不记恨潘金莲，在潘金莲被西门庆打了以后，孟玉楼悄悄去看望潘金莲，安慰潘金莲。西门庆后来问孟玉楼的时候，她又为潘金莲辩护，说没有这个事，西门庆冤枉他们了。

孟玉楼为什么要这样来处理这件事？兰陵笑笑生写出这样一个女性，就是她惯于息事宁人。因为西门庆把小厮撵走了以后，孟玉楼作为一个小老婆，一个女流之辈，她不可能把这个小厮再要回来、找回来，这个可能性等于零。为这个事去和府主西门庆发生冲突，孟玉楼肯定是不可能获胜的。所以，不如忍气吞声，就把这个小厮牺牲掉。另外，孟玉楼也看出潘金莲是西门庆最强悍的一个小老婆，如果和潘金莲发生冲突，今后不会有安静的日子过，不如和潘金莲先搞好关系，这样的话今后在府里面就没有对立面了。潘金莲发现不管西门庆怎么喜欢她，怎么隔三岔五地找她过夜，孟玉楼都无所谓。所以，潘金莲觉得孟玉楼不是她的竞争对手，干脆跟孟玉楼结盟。因此，潘金莲和孟玉楼经常手牵手地在府里面走来走去，还经常说一些私房话。有时候她们对同一件事情都表示不满，比如后来西门庆娶了李瓶儿，对李瓶儿十分宠爱，潘金莲和孟玉楼私下里都有不满的话语，但是孟玉楼绝不把她和潘金莲之间的私房话，特别是潘金莲所说的那些出格的、刻薄的话泄露出去，孟玉楼绝不告密。另外，潘金莲有时候嘴无遮拦，有些话说得特别出格，特别不像话，孟玉楼就不出声，不附和。当然，她也不反驳。比如议论到官哥儿，两个人私下都觉得官哥儿算日子的话，生得有点早，潘金莲很快得出结论，意思是官哥儿指不定是谁的种。这话就有点过分了，孟玉楼就不附和，不反驳，不吱声。这是孟玉楼的处世之道。

后来由于潘金莲的挑拨，吴月娘和西门庆一度都不说话了，夫妻之间有很长一段时间是冷战状态。孟玉楼当面劝过吴月娘，大意就是说大房你这样，那我们就更不好处了，最好你们别这样子。一个下雪天西门庆从外头回来，发现吴月娘在庭院里面对天祈祷，希望不管是哪房，能为西门家生下一个能够接续香火、继承遗产的男孩就好。虽然吴月娘和西门庆冷战，但是吴月娘所想的还是家庭和家族的利益，西门庆被感动了，就跟吴月娘和好了。和好了之后，孟玉楼就非常高兴，她主动地发动其他几个小老婆凑份子，每人出五钱银子去买吃的，这样来一个家族大团圆，庆贺府主和府主婆言归于好，最后就形成了一个书里面难得一见的西门府里的大团圆、大和好、大欢乐的局面。这个局面的促成者就是孟玉楼。

我们在《红楼梦》里面会发现一个情节，叫作"闲取乐偶攒金庆寿"，就是贾母召集府里各种人给王熙凤过生日。怎么一个过法呢？凑份子。每个人出点钱，收全了以后，来举办生日活动。当时把差事交给了宁国府贾珍的妻子尤氏。很显然，《红楼梦》里大家凑份子给王熙凤过生日这段情节，是受到了《金瓶梅》的影响，《金瓶梅》里就有孟玉楼发动其他小老婆凑份子来庆祝府主和府主婆和好的欢乐宴会。无论是《金瓶梅》里面的西门府，还是《红楼梦》里面的贾府，由这个府里面的总账房出银子，举办这样一次家族的团圆活动、庆生活动都不难。但是凑份子这样一种形式，能够拉近府里面人们之间的关系，摆脱了官办形式的刻板，变成了众人共同参与的极度友好、欢乐的事。

## 第39讲　自寻出路遂心愿
### 孟玉楼的自我解放

【导读】

上一讲讲孟玉楼婚前冲破张四舅阻拦，终于如愿嫁入了西门府。婚后与府主和其他妻妾相处的过程中，坚持不卑不亢、不争不让、见好就收、少刚多柔的处世态度，与周围的人关系都非常融洽，包括最刁钻的潘金莲，孟玉楼也能和她成为好姐妹，两个人经常手拉手在西门府里走来走去。书里刻画的孟玉楼的形象，和吴月娘有区别，和潘金莲、李瓶儿、李娇儿、孙雪娥也都有区别。更重要的是，孟玉楼这个角色体现出一种自我解放的精神。怎么回事呢？请看本讲内容。

孟玉楼这个角色的塑造还是很有特色的，她和吴月娘有某些共同点，比如她们对封建礼教当中一些基本规范，对当时社会上的公序良俗，都是能够守住的，孟玉楼不和别的男性乱来。她是西门庆明媒正娶的小老婆，对其他男性是防范的。但是，吴月娘和孟玉楼有很重大的区别。吴月娘坚守封建礼教的核心价值，比如女子要三从四德，婚姻上要"嫁鸡随鸡，嫁狗随狗，嫁个棒槌抱着走"，所谓一鞍一马，从一而终。所以西门庆死后，吴月娘就坚持为他守节，好好把儿子孝哥儿带大。孝哥儿出生的时候，恰是西门庆咽气的时候，这种儿子一般叫作墓生子或者叫遗腹子。吴月娘很明确她今后的人生就是要守着这个家，守着孝哥儿，为西门庆守节到底。孟玉楼不一样，她的第一个丈夫是姓杨的布商，丈夫死了以后，她就决定解放自己，主动谋求改嫁。当时还遇到了阻力，张四舅出来阻拦，可是孟玉楼要自己掌握自己的命运。那个时候薛嫂是媒婆，孟玉楼就要求薛嫂安排西门庆过来一趟，两人见见面，当然西门庆也很愿意去看看孟玉楼长什么样，当时就是一种双向选择。这个描写很重要，因为那个时候的妇女不管是初嫁也好，改嫁也好，往往是由父母、家长或者媒婆包办，女子最后嫁了一个什么样的丈夫，要进了洞房，对方把盖头掀开才能知道。可书里孟玉楼一出场，就让我们感觉到这个女子在寻觅配偶上有自主性，她要求先过目，满意了，再往下进行。

孟玉楼和西门庆见面以后，彼此都很满意，所以，她就义无反顾地嫁给了西门庆。张四舅想方设法阻拦，列出四条理由吓唬她，都被她一一驳回。孟玉楼如愿以偿地嫁给了西门庆，但没有想到几年以后西门庆就死掉了，她又守寡了。一开始她和吴月娘一同为西门庆守节。

20世纪鲁迅先生写过一篇文章叫作《我之节烈观》。过去封建礼教要求妇女节烈，青春女性死了丈夫以后就要守寡到底，而她们在生理上、心理上都会有性与爱的渴求，这种制度、这种礼教要求她们压抑，甚至消灭自己内心合理的欲望，是惨无人道的。所以，贞节牌坊表面上是表彰那些为死去的丈夫守节的贞洁烈妇，实际上每一座贞节牌坊都标志着一个青春女性健康的、合理的对爱和性的欲望被惨痛地压抑下去所形成的一个悲剧结局。所以，要求女子不能改嫁是一种反人道的道德规范。

到了明代，到了《金瓶梅》所描述的人文环境里面，就出现了一些像孟玉楼这样的女子，她们并不完全颠覆封建礼教，但是她们死了丈夫以后，是守节到底，还是改嫁前进？她们选择了后者。那个时候随着商品经济的繁荣，社会生活的多样化，社会流通性的增加，以及很多冲击封建礼教的新的思想的滋生，社会妇女改嫁成了一桩比较常见的事情。不像更早的时候，一个妇女不守寡，不守节，去改嫁，会被认为大逆不道，被人耻笑。到了《金瓶梅》所描写的历史时期，女子改嫁会有争议，社会上会有不同的议论声音，但是随着社会的发展，这种现象越来越多。孟玉楼就是在明代晚期出现的这样一个懂得把握自己命运、自己解放自己的女性。

如果不自己解放自己，就被封建礼教禁锢住了。西门庆死了，孟玉楼该怎么办？跟着吴月娘为他守节到底，做一个节妇？当时孟玉楼三十七岁，还是一个生理上、心理上都有着健康的正当的需求的青年女性，所以，她就勇于在关键时刻选择自己的生活道路。西门庆死后一年多，到了清明节，吴月娘和孟玉楼、吴大舅、小玉、奶妈抱着孝哥儿，还有几个小厮到郊外给西门庆扫墓。清明扫墓是我们中华民族一个很重要的民俗，这一天人们不但会到郊外去扫墓，同时因为清明时节正值春天，地上的庄稼都长出来了，树上的叶子都绿油油的了，所以清明的扫墓活动实际上也形成一种踏青、春游的活动，这一天城郊很多地方就会呈现出人来人往、很繁华、很热闹的场面。这段文字中就有很多那个时代清明节民俗风光的描绘，"三月桃花店，五里杏花村，只见那随路上坟游玩的王孙士女，花红柳绿，闹闹喧喧，不知有多少"。当时算是风和日暖，人们寻芳问景，非常热闹。

吴月娘他们给西门庆上坟，烧纸，扫完墓回程的时候路过永福寺，在寺庙发生的一些事情后面会详细讲，又往十里长堤杏花村酒楼去，到了一个高阜，小厮已经在那儿设好桌席等候。他们就坐在那儿休息，饮酒，吃东西。这个时候就看见"楼下香车绣毂往来，人烟喧杂"，车马洪雷，笙歌鼎沸，还有人在那儿表演马术和杂技。那种节日，那种场合，很多茶楼、酒肆经常人满为患，而且还会有很多临时摊位，密密麻麻，更会有很多戏曲表演，说书的、唱曲儿的以及玩杂耍的。

有那种专门靠表演杂技谋生的杂技班子的人，也有一些业余表演的人。业余表演的人在那儿表演并不是图钱，他本身可能还挺有钱的，只是喜欢借这个机会展示自己的某种才能，其中就有知县儿子李衙内，名叫李拱璧，三十出头，是一个读书人，准备参加科举考试，谋求官职。实际上他"懒习诗书，专好鹰犬走马，打球蹴鞠"，人家把他叫作"李棍子"。李衙内当天的穿戴非常引人注目，"一弄儿轻罗软滑衣裳，头戴金顶缠棕小帽，脚踏乾黄靴"。他在杏花村大酒楼底下先和众人围观那些职业杂技演员的种种表演，然后他自己也露一手。在那样一个清明扫墓、踏青游春的日子，在高阜上享用酒馔的孟玉楼就注意到了青年男子李拱璧，并对他有了好感，因为李拱璧也属于西门庆那种有阳刚之气的强壮男子。李拱璧也注意到了高阜上天空下席面上坐着的两个穿着白孝衣的妇女，其中一个长挑身材，瓜子面皮。虽然当时两个人隔得比较远，可是四目相对，都给对方留下了很深刻的印象。

扫墓踏青回到家里以后，有一天官媒陶妈妈出现在西门府。当时社会上有两种媒婆，一种是官媒婆，一种是民间的媒婆。官媒婆是官方县衙门里面养着的一些妇女，专门为官员的子弟来说媒。民间的媒婆数量更多，民间媒婆说媒，只要是有主顾雇她说媒，任跟谁她都会去说。

那天官媒陶妈妈来到西门府，门上的小厮不让她进去，说府里面没人要出嫁，但是陶妈妈还是想方设法进到了府里面，而且见到了吴月娘。吴月娘很惊讶，陶妈妈怎么到西门府来？西门府里没有要出嫁的妇女。陶妈妈干脆说出实情，那天清明节在郊外，知县的儿子李衙内看上了西门家的妇人孟玉楼，所以现在就派她来做媒求婚。吴月娘说孟玉楼跟她在一起，这一年多都安安静静的，没听说她有嫁人的意思。不过吴月娘觉得还是找孟玉楼本人问一问比较好，于是把孟玉楼请来，问她，现在有个陶妈妈来给她做媒来了，李知县的儿子李衙内在清明节那天看见她了，知道她现在守寡，想把她娶走，这事问她怎么想。吴月娘当然希望孟玉楼断然拒绝，孟玉楼确实嘴上也说改嫁是不可能的事，她没有那个想法，但是这个时候孟玉楼脸红了，一直红到耳根。吴月娘也是个聪明人，就知道孟玉楼是"腊月里萝卜——动人心"。

经过一番思考以后，孟玉楼决定解放自己，因为她自己不解放自己的话就走不出去。她有几条理由。第一，她正当青春年华，虽然她比西门庆还大一点，但那个时候她无论在生理上、心理上都是一个很健康的、有性与爱的需求的女性，她觉得没有必要压抑自己，把青春岁月消耗在这么一个宅子里头，去为一个死去的西门庆守节。第二，她没有为西门庆生育，无儿无女。吴月娘倒是为西门庆生了一个孝哥儿，从理论上来说，孝哥儿是她们共同的儿子，但实际上，孝哥儿有亲生母亲吴月娘，孟玉楼只是一个小老婆，孝哥儿长大以后对他亲生母亲吴月娘肯定会很好，但未必能对孟玉楼好。第三，她痴痴地守在西门府干吗？碍于封建礼教的约束，碍于脸面吗？完全没有必要。她要勇敢地向吴月娘挑明自己的态度，争取自己下一段人生的幸福。

后来在跟吴月娘交谈的时候，孟玉楼表明了自己的想法，就是她打算改嫁。吴月娘自己是一个恪守封建礼教规范的人，她发誓要为西门庆守节到底。但是吴月娘也还是一个善良的、圆通的人，她知道孟玉楼动了芳心了，而且她也知道那天清明扫墓，孟玉楼在坡上享用酒馔时往下看，和李衙内四目相对，心里对李衙内是满意的。如果要阻拦孟玉楼改嫁，她恐怕阻拦不住，即使勉强阻拦住了，今后她们在一起生活的话，肯定不愉快。最后，吴月娘就做出决定，同意孟玉楼改嫁。

当然吴月娘也说了："孟三姐，你好狠也！你去了，撇的奴孤另另独自一个，和谁做伴儿？"那个时候李娇儿已经回到丽春院，孙雪娥已经跟人私奔了，潘金莲也被吴月娘打发走，而且已经被武松杀死了。到孟玉楼要改嫁的时候，当时西门府守着的妻妾，只有吴月娘和孟玉楼两个人了。所以，吴月娘跟孟玉楼说这句话是出自真心。当然孟玉楼心里也酸酸的，两个人就拉着手哭了一回。

后来孟玉楼嫁给了李衙内，书里有一段写得很有意思，满街的人看见孟玉楼坐着轿子从西门府出来嫁给知县的儿子李衙内，就有议论了："此是西门大官人第三娘子，嫁了知县相公儿衙内，今日吉日良时娶过门。"那么有说好的，有说歹的。说好的人说："当初西门大官人怎的为人做人，今日死了，止是他大娘子守寡正大，有儿子，房中揽不过这许多人来，都交各人前进，甚有张主。"你看这说好的，就说吴月娘这么做可以理解。那么说歹的，街谈巷议，指戳说道："西门庆家小老婆，如今也嫁人了。当初这厮在日，专一违天害理，贪财好色，奸骗人家妻女。今日死了，老婆带的东西，嫁人的嫁人，拐带的拐带，养汉的养汉，做贼的做贼，都野鸡毛儿零抬了。常言三十年远报，而今眼下就报了。""这厮"就是指西门庆了，持这种意见的人对西门庆很不客气。这就说明当时一个寡妇改嫁，舆论不一致了。在更早时期，对于寡妇改嫁，舆论基本趋于一致，都是不该的、不对的，都会一律予以谴责。但是，到了书里所写的明代社会，舆论就分岔了，有说好的，也有说歹的，有理解的，也有不理解的。

# 第40讲　劫波历尽终是福
## 孟玉楼遭劫北上

【导读】

　　上一讲讲孟玉楼解放自己，把握自己的命运，她第三次出嫁了。第一次她嫁给一个姓杨的布贩子，第二次嫁给了西门庆，现在西门庆死了，她就改嫁给了县令的儿子李衙内。虽然她出嫁的时候惹得大家议论，但是说句老实话，事情过了以后，围观的人、议论的人一哄而散，到头来各人过各人的。孟玉楼嫁给李衙内，郎才女貌，两个人有点自由恋爱的性质，所以他们的结合应该是一件很理想的事情。那是不是孟玉楼就此过上了幸福的生活呢？也不是。后来起了一个很大的波澜。请看本讲内容。

　　李衙内的父亲后来升官了，他原来只是清河县的县令，后来升为浙江严州府的通判。任何一个时代的官场，这种情况都是明升暗降。可能对官员来说，他获得的新官位的级别比原来高，听起来也不错，但是手中的权力变小了。他在做县令的时候，那是一县之长，全县人都得听他的，但他当严州府通判，虽然严州府比县要大，但他不是做一把手，只做了一个通判，充其量相当于严州府的地方官二把手，手里的实权就没有原来大了。但是毕竟是升官，所以他们全家就都搬去浙江严州府了，当然也包括李衙内和孟玉楼，这样孟玉楼就要离开她的故乡清河县。头两次她都是嫁在本地，第三次嫁人好像也嫁到本地了，可是出现这么一个情况，她就跟着丈夫南迁到浙江严州府了。

到那儿以后，生活过得不错，两人也很恩爱。可是平静的生活却被一个突如其来的事件打破了。有一天，他们的仆人突然进来报告，说来了一个男子，说是夫人的兄弟，要来拜见夫人。李衙内听了以后一头雾水，因为孟玉楼嫁给他的时候没提过有什么兄弟，而且他们举行婚礼的时候也没有孟玉楼的兄弟到场祝贺。孟玉楼倒是有兄弟，可她的兄弟是游商，在不同地区做生意。孟玉楼也很纳闷，因为这个兄弟很久没有联系过，他们也没有长期在一起生活过，没什么感情，怎么忽然她的兄弟大老远地到浙江严州府找自己来了？虽然有些疑惑，但又有点高兴，如果真是兄弟大老远地跑来见面也是件好事。孟玉楼就请他进来。仆人就把这个男子引到客厅里坐下，然后给他递茶水。孟玉楼就从她的居室走出来，先远远地观望。

孟玉楼大吃一惊，这个人哪里是她的兄弟，但也不是一个陌生人，他是西门庆的女婿陈经济。陈经济还记得吧，前面多次讲到他，以后还会专门讲他的事。他是西门庆的女婿，西门庆把和前妻生下的女儿西门大姐嫁给了他。本来西门大姐嫁到东京去了，但东京出现了政治风波，陈经济又带着媳妇投奔清河县的岳父岳母，也就是投奔到西门府来了。好几年时间，他和西门大姐就在西门府里面生活。当然他和吴月娘以及其他几房小老婆都很熟悉。孟玉楼跟他之间不消说，互为熟人。论起来，陈经济既然是西门庆的女婿，辈分当然就比西门庆以及他的各房夫人小，所以他既是吴月娘的女婿，也是其他几房小老婆的晚辈。孟玉楼心里想，陈经济不知为何跑到这儿来了。但毕竟是熟人，而且是从故乡来的，孟玉楼一开始没有很多的戒备，也不是很厌恶，就走过去相见。

刚好李衙内当时有事，不在跟前，他们两个人就面对面地交谈起来了。孟玉楼称呼陈经济"姐夫"，她是跟着西门府其他人一般的叫法。孟玉楼就问他怎么回事，怎么跑到这儿来了。真实的情况是陈经济被吴月娘赶出了西门府，这件事情孟玉楼也知道。吴月娘后来发现陈经济很不像话，西门庆死了，潘金莲还留在府里的时候，陈经济不但和潘金莲乱来，还和春梅乱来。事情败露以后，陈经济被吴月娘赶出了西门府，他就回自己家的旧宅了。陈经济的经历很复杂，很曲折，后面我还会讲。只是他这次怎么会出现在浙江严州府孟玉楼家里呢？当时陈经济跟人合伙贩卖丝绵绸绢，雇了船，从清河的临清码头出发，然后沿着运河到其他的码头去贩卖。他们的船一度停靠在南方的湖州，这个地方离浙江严州府不远。停船以后他忽然心生一计。那个时候他已经把家产挥霍得差不多了，几次做生意都没有什么太大的赚头，这一次丝绵绸绢的生意也不好做。他想起来，之前听说孟玉楼嫁给李衙内以后，全家都到了严州府，他觉得可以去讹诈孟玉楼。所以在湖州码头他就让合作者先把船在这儿停一停，等等他，他到严州府有些事要做。这样陈经济就大胆地来到了严州府，找到了李衙内家。

既然陈经济大老远来了，孟玉楼就让底下的丫头、仆妇准备一些酒菜招待他。但是万万没想到，陈经济趁李衙内不在跟前，开始调戏孟玉楼。孟玉楼当然拒绝了他。后来陈经济就拿出撒手锏，他拿出了一根孟玉楼原来经常插的簪子。这根簪子很漂亮，整体是银子打造的，头上包的是金子，而且金子上刻有孟玉楼的名字，一看就是孟玉楼专门为自己打造的。孟玉楼说："对了，我这根簪子丢了很久了，怎么在你这儿？"陈经济说："什么丢了很久了，你跟我通奸，这就是证据。你趁早明白点，凭这根簪子，我就能把你告着，让李衙内和他的父母明白，你是一个荡妇，你跟我根本就有关系。"那个时代，如果一个男子拿出这种证据，那么这个女子通奸的行为是可以治罪的。孟玉楼就慌了，说："你怎么这样？你污蔑我，你这不是讹我吗？"然后陈经济就说："你也别嚷，你也别跳，你老实答应我两个条件，我想人财两得。你带上你的细软，咱们俩私奔，以后去过快活的日子！"

孟玉楼毕竟是一个女子，突然面对这么一个无赖，她很难办，这个时候她当然就慌了。那么我们来想一想，面对这种情况，她怎么办才好？第一个办法就是大声嚷嚷，让府里的那些男仆冲上来把陈经济制服。但是这样做，会让李衙内莫名其妙，而且陈经济一定会一口咬死他和孟玉楼之间有苟且的关系。这样做不是上策。还有一个办法，就是孟玉楼假意答应，但这样做的风险也很大，如果陈经济强行马上把她带走，那可怎么好，那就还得叫嚷起来，又回到第一个办法去了。孟玉楼冷静下来以后，就选择了第三个办法。她先表示同意，话音刚落，陈经济就趁旁边无人，把孟玉楼抱住，跟她亲吻。这就写出那个时代一个女性的无奈。为了稳住陈经济，孟玉楼假意地回应他，然后孟玉楼跟陈经济说："你看现在咱俩都很不方便，你既然为我而来，我现在也愿意跟你走，要不然晚上你再来，你在我们宅院的墙外头等着。我先从墙里面把一包银子给你丢出来，你先收着，然后我再想办法从墙里头爬到墙外头来。这样咱们俩就可以带着银子私奔了。我知道你是坐船来的，上船以后你就带着我去过逍遥自在的生活。"陈经济一听很高兴，没想到他这次真没白来，能够人财两得。然后他就离开了，去做准备。

晚上他来到李衙内住宅的墙外，果然有一包银子在他们约定的时间从墙里面扔出来了，而且这包银子很大，很重，估计有数百两。陈经济很高兴，继续等着墙里边的美人爬出墙头，顺着绳索滑下来。当陈经济正在想象这种情况出现的时候，忽然火把亮了起来，一圈人围住了他，把他抓住，然后押到严州府的大牢。显然，孟玉楼等陈经济走了之后，跟李衙内把情况说明了："他哪里是我的兄弟，他原来是西门庆的女婿，居然胆大包天，跑到咱们的府第调戏我，要我带着银子跟他私奔。"李衙内当然气坏了，就想出这么一个对策来对付陈经济。那么故事到这儿，一般读者以为孟玉楼已经化险为夷了，是吧？因为陈经济如此猖狂来讹诈孟玉楼，都被抓了。可是底下的情节让我们颇为吃惊。陈经济被抓了，天亮以后就被审问。主审的官员是当时严州府的一把手，这人姓徐，李衙内的父亲作为通判只是一个副审。

陈经济被押上来后，主审官就问他："你怎么回事？"陈经济就狡辩，说李衙内的老婆孟玉楼，原来是他丈人的第三房小老婆，可是她是一个浪荡女子，跟他有私情，与他私通，他有证据，然后他把那根金子包头的刻着孟玉楼字样的发簪拿出来了，说这根簪子是孟玉楼送给他的。在一个男权社会，一个男子跟一个女子私通不算什么罪恶，一个女子居然背着丈夫和男子私通，就会被认为是很大的罪恶。而且千不该万不该，李衙内当时做错一件事，他为了蒙骗陈经济，从墙里头往外丢出了一包银子，他舍不得用自己私人的银子来做诱饵，他用的是官银。因为他父亲是通判，所以他很容易搞到官银。姓徐的官员问到银子，让人打开一看都是官银。他问陈经济银子是哪儿来的，陈经济说是从李衙内他们府第的墙里头扔出来的。这个姓徐的官就做出了判断，认为陈经济是无辜的。他喜欢他丈人原来的小老婆，他跑到这儿来，要孟玉楼跟他一起私奔，这个行为是不对，不允许的。但是李衙内和孟玉楼为了抓住他，居然拿官银来做幌子，这怎么行！于是当庭就把陈经济无罪释放了。

　　陈经济得意扬扬地大松一口气，他离开了官衙，回到湖州那边的码头寻找他们运丝绒绸绢的船去了。李衙内和他的父亲李通判回到家中，李通判不但大骂了李衙内一通，还让仆人打他。我们在《红楼梦》里面也看到过父亲发怒打儿子的这种情节，贾政发怒把贾宝玉痛打一顿，打得他皮开肉绽。李通判就觉得自己很惨，大大地丢了面子，调到这个地方来当一个通判，不是一把手，而且一把手审理案件居然把那个讹诈的人无罪释放了，问题就在于自己家居然动用了官银，儿子给自己丢脸丢大发了。这对孟玉楼来说当然是很大一个劫难了。她原来跟李衙内挺恩爱的，过得挺好的，突然半路杀出一个陈经济，把她美好的生活给搅乱了，她的丈夫被她公公痛打成这个样子，她的婆婆也站她公公一边，骂儿子没出息，不像话。所以，孟玉楼嫁给李衙内之后，并不是一帆风顺地过上了夫妻和谐的幸福生活，而是出现了这样一个突发事件。后来孟玉楼的婆婆就跟丈夫说，别对自己的儿子和媳妇这么苛刻，现在既然在这儿丢了脸面，就安排他们回老家（他们是北方人，是河北真定府枣强县人），等着这里的人把他们忘了。他们想让李衙内在老家好好读书，参加科举考试，争取金榜题名。就这样，孟玉楼的生命轨迹又由南向北移动，从浙江的严州府到了河北真定府枣强县。根据书里面一个算命先生透露，孟玉楼最终的结局还是好的，她到四十一岁的时候会生下一个儿子，她的丈夫会取得功名，最后他们会夫妻偕老，寿终。虽然孟玉楼有这么一个平地风波，一个劫难，生命轨迹由南转向北，可是最终的结局还是不错的。

## 第41讲　西门一死乱象生

### 孙雪娥唆打陈经济

【导读】

上一讲讲到孟玉楼嫁给李衙内以后遇到一个劫难。李衙内的父亲到浙江严州府任通判，李衙内、孟玉楼随去，陈经济借当年在西门府花园拾到的孟玉楼的一根簪子讹诈她。孟玉楼设计使陈经济入狱，但审判官员听信陈经济的谎言，将其释放，李通判难堪，回家打骂李衙内，夫人做主，让李衙内带孟玉楼回原籍真定府枣强县。西门庆的几房妻妾，吴月娘坚守到底，李娇儿盗银归院，孟玉楼改嫁前进，李瓶儿早就死了，潘金莲在故事发生到这里的时候，早就被吴月娘撵出去，而且后来被武松杀死了。我前面讲孟玉楼的故事，没怎么提到四房孙雪娥，其实她流散出西门府的时间比孟玉楼还要略早一点。那么孙雪娥后来又有些什么故事呢？请看本讲内容。

西门庆死了以后，吴月娘就面临一个局面，她当然是决心为西门庆守节到底的，那么其他小老婆怎么样呢？她一开头也不知道究竟该怎么办。吴月娘当然希望她们最后都按照西门庆的遗嘱，不要流散了，把家守住，跟她一起为西门庆守节。但是前面讲了，就在西门庆过世以后，孝哥儿出生，那个时候李娇儿顺手牵羊，从正房的箱子里面偷盗银子，后来她很快回到她原来的妓院丽春院。剩下的几个小老婆，在一开始的时候显得相对比较稳定的是孟玉楼和孙雪娥。但是西门庆死了不久，府里面就乱了套，西门庆和吴月娘的女婿陈经济原来就和潘金莲不干不净的,西门庆死了以后两人就更公开、频繁地通奸,而且潘金莲的贴身大丫头春梅也参与其中,越来越无所顾忌。虽然这种情况一度被潘金莲的粗使丫头秋菊看到并跟吴月娘举报,但因为秋菊从来都不被人待见,吴月娘并不相信。有一天陈经济和春梅又在一起乱来,秋菊跑去跟吴月娘报告,说要是她不信的话,就过去看看。吴月娘跟着秋菊到了花园,确实看到陈经济跟春梅乱来。春梅虽然是个丫头,但陈经济跟她乱来,也惹吴月娘生气。对这个女婿吴月娘已经灰了心了,可是还没有到下决心把他赶走的地步。其实在这过程当中,潘金莲也跟陈经济苟合,她跟陈经济在一起并不寻求怀孕生孩子。可是说来也怪,西门庆在的时候,潘金莲一心一意想给西门庆生孩子,想怀孕,还找来写了符文的纸,把符纸烧了以后冲水喝,可一点用都没有。但是西门庆死后,潘金莲和陈经济乱来,她就怀孕了。后来潘金莲的肚子越来越大,她就想办法把这个孩子小产下来,是一个男婴。当时她就把这个孩子扔到了厕所里面,让挑粪的挑走了。这个事态就很严重了。一个女婿和府里的丫头乱来,固然是不对,但是问题还不是非常严重。然而现在他跟岳父的小老婆乱来,还让人家怀了孕,打下一个胎儿,这就让吴月娘实在无法忍受了。

那个时候吴月娘对陈经济已经采取了一些措施,让西门大姐跟他分居,而且吩咐前头那些小厮不让他轻易到后院来。后来又断炊,不给陈经济预备吃的,希望他自觉离开西门府。可陈经济不走,还是寻找机会和潘金莲乱来。吴月娘先采取一个措施,就是把春梅处理了。春梅毕竟是个丫头,跟小老婆还不一样,处理起来比较容易。吴月娘把薛嫂叫来,让她把春梅领走。吴月娘说当年春梅是十六两银子买来的,现在还以十六两银子卖出去。即便这样了,陈经济还是想方设法留在西门府和潘金莲勾搭。

过了一段时间,事态升级了。西门庆临终遗嘱前一半是说给吴月娘和其他小老婆听的,后一半是跟陈经济说的。当时西门庆想得很简单,就是"我养儿靠儿,无儿靠婿",他让陈经济接过他的全部生意,该停的停,该收的收,继续开的店铺,当然交给他来管理。那天陈经济在店铺发泄对吴月娘的不满,奶妈如意儿抱着孝哥儿到店铺里来了，孝哥儿哭个不停，陈经济上去哄了几下，这孩子就不哭了。这个时候陈经济就对着店铺里的一群人，居然说出这样的话："这孩子倒相我养的，依我说话，教他休哭，他就不哭了。"这些话就非常不对头了，等于当众宣布他与吴月娘有染，这个孩子根本就不是吴月娘和西门庆生的，是他跟吴月娘生的。当时奶妈如意儿就本能地做出反应，斥责陈经济胡说。如意儿是个奶妈，他根本不在乎，干脆直接动粗，拿脚去踹如意儿。如意儿只好抱着孝哥儿回到院子里头，回到最后一进的正房里，向吴月娘学舌。当时吴月娘正在梳妆台前梳头，一听这话，半天说不出话来，往前一撞，就晕倒在地，不省人事。对吴月娘这样一个恪守封建礼教的妇女来说，这种话对她是致命的打击，她的清白，她对西门庆的忠诚，以及西门庆死后她坚持守节，这些对她来说比她的性命还重要。

这个时候最积极地去救治吴月娘的，还不是孟玉楼，而是孙雪娥。当时吴月娘被抬上炕后还昏迷着，孙雪娥就跳上炕，掐吴月娘的人中，而且让人立刻熬了姜汤，舀了灌吴月娘，过了半日吴月娘才苏醒过来。西门庆死了以后，一开头似乎能跟吴月娘一起给西门庆守节的就是孙雪娥，她不像孟玉楼高挑身材，面庞俊俏，而且有私房钱。前面已经说过了，孟玉楼嫁给西门庆不是光身子来的，她带了好多从杨家搬过来的东西，包括上千两银子，两张很值钱的南京拔步床等。孟玉楼虽然一开始安安静静地在西门府里待着，好像也打算为西门庆守节，可是她离府的可能性是比较大的。只要孟玉楼自己的心眼活动了，她要改嫁，要前进一步，谁也拦不住她。孙雪娥是西门庆的第一任大老婆陈氏带过来的一个丫头，出身很低微，可能是跟西门庆的年头多了，西门庆对她有几分喜欢。所以，西门庆在娶孟玉楼之后，也把孙雪娥收房了，排在第四房。西门庆死后孙雪娥实际上是没有地方可去的，所以现在讲到吴月娘听了陈经济胡说八道的话晕过去以后，孙雪娥积极地救治，让人觉得这个女子有可能和吴月娘做伴，坚持为西门庆守节。

吴月娘醒来以后觉得她毕竟是一个妇道人家，对这样一个女婿也想不出更好的办法。怎么对付他呢？把他轰走。怎么轰呢？这个时候孙雪娥就给吴月娘献计，说咱们该怎么怎么办。要是搁在以前，吴月娘不一定会采纳孙雪娥的方案，可是在这个时间点上，吴月娘感受到孙雪娥对自己的忠诚，就信任她了，而且她也觉得这个方案可行。在确定了驱赶陈经济的方案以后，吴月娘还接受了孙雪娥的另一个建议，就是立刻把潘金莲赶走，潘金莲如果不走，就是个大祸害。吴月娘这时回想起来，当年李瓶儿临死的时候，单独留下吴月娘诉衷情，说的是大娘你别像我一样，吃了一个人的亏，你以后千万要注意。李瓶儿没点潘金莲的名字，但是吴月娘心领神会。李瓶儿心里很明白，她活不下去是被人害的，这个人不是别人，就是潘金莲。潘金莲会害她，那么一定会害别人。所以李瓶儿跟吴月娘留下这样的遗言。吴月娘一想，确是如此，那还让潘金莲留在西门府干什么，于是就决定先把陈经济撵走，然后立刻打发潘金莲。

第二天，吴月娘让小厮把陈经济传唤进来。陈经济已经多天不到西门府的后院，不到吴月娘的正房了，而且连西门大姐都已经安排住在另外的厢房，跟他分居了。但是毕竟名义上他还在替去世的岳父管理一些店铺，所以吴月娘找他就去了。到正房以后，吴月娘让他跪下，问："你知罪吗？"陈经济哪里吃这一套，不但不跪，还仰着脸，满不在乎，说他没什么问题。这个时候，吴月娘一声召唤，孙雪娥所制订的方案就开始实施。从屋子的屏风后头，侧门后面涌出一群女仆、丫头，当然孙雪娥是急先锋，她们每个人的手里都拿着东西，有的拿着棍棒，有的拿着棒槌，照着陈经济就一顿乱砸。虽然她们是女流之辈，每个人单独对付陈经济力量不足，不可能取胜，但是作为一个群体，一起动手，一顿乱棒打去，陈经济就吃不消了。本来陈经济可以跟她们对抗，比如抢过棍棒，跟她们对打，可是陈经济一看势头不对，对方人太多，就想出一个最无赖的办法，他脱掉裤子，露出他底下那东西，这些仆妇、丫头就一哄而散了。陈经济知道在西门府待不下去了，提着裤子径直走出了西门府，逃到他的舅舅张团练那儿去了，他舅舅此时正住着他们家的旧房子。这样吴月娘就把陈经济彻底地赶出了西门府。

参与棒打陈经济的这些仆妇、丫头们为什么那么积极呢？因为陈经济后来在西门府人见人厌。他劣迹斑斑，这些仆妇、丫头都对他不满。所以有人挑头说咱们把他棒打一顿，每个人就都积极参与。这个场面动静很大，西门大姐听见了，但她跟陈经济已经完全没有感情了，她也知道陈经济和潘金莲、春梅的那些丑事，所以看见了也不说什么，更没有去制止。

孙雪娥在想方设法帮助吴月娘把陈经济彻底轰走这方面算是立了一个大功。之后吴月娘又听从孙雪娥的建议，实际上也是吴月娘自己心中早有算计的，打发潘金莲。吴月娘把王婆叫来，把潘金莲还给王婆去发卖，潘金莲的结局就很凄惨。所以，书里写孙雪娥是一个活生生的生命存在，她有她自身的生存逻辑。

# 第42讲　逃出虎口又入狼窝

## 孙雪娥来旺儿私奔

【导读】

　　上一讲告诉你西门庆死后，陈经济肆无忌惮地与潘金莲和春梅乱搞，潘金莲甚至还打掉一个胎儿，被吴月娘发现，她非常气愤。陈经济还造谣孝哥儿是他的儿子，把吴月娘气晕过去。孙雪娥积极救助吴月娘，掐人中，灌姜汤，吴月娘才苏醒过来。这时候孙雪娥给吴月娘出了一个把陈经济赶走的主意。一天吴月娘把陈经济叫过来，让他跪下，这时候冲出来一群仆妇和丫头，把陈经济打了一顿，陈经济落荒而逃，回到自己的陈家旧宅。西门庆死后，李娇儿回到丽春院了，潘金莲被吴月娘打发了，留下孙雪娥和孟玉楼陪伴着吴月娘，她们似乎和吴月娘能够长久地待在一起，为西门庆守节。可是没有想到孙雪娥此后又遭遇几个重大转折。怎么回事？请看本讲内容。

　　在驱赶了陈经济，遣散了潘金莲之后，孙雪娥似乎就能够比较安静地伴随吴月娘和孟玉楼守住西门府，生活沿着惯常的轨迹向前延伸。可是有一天，西门府外面传来了惊闺的声音。过去把妇女居住的房屋叫作闺房，街上一些小商小贩为了吸引妇女走出院门来买东西，就会使用各种各样的叫卖手段，有一种办法就是甩动一种叫作惊闺的响器。惊闺一般的形态是一串铁片，每块铁片上都有一个孔洞，然后用绳子把它们连在一起，甩动的时候铁片互相敲击，发出清脆的声音。直到今天，无论在城市还是乡镇，都还有一些游动的小贩或者是手艺人使用这种惊闺，比如我所居住的区域有时候还有一个磨刀的师傅在小区的门外甩动惊闺，发出一串响声。《金瓶梅》的故事里面也出现了这个东西。当时妇女出门一般买什么东西呢？一种是瓜子等休闲食品，还有一种是装饰品，比如插在头上的绢花、簪子等。当然，甩动惊闺的人所卖的一般不是很贵重的装饰品，不可能是镶着真的珍珠、宝石的花翠，但这些代用品制作出来，跟真的宝石、珍珠好像差别也不大，而且卖得不是很贵，所以，当时有些妇女听到惊闺声以后，就愿意从院子里出来买这些东西。

清脆的惊闺声吸引了西门大姐和孙雪娥，她们看见一个汉子在那儿甩动惊闺，背着一个箱子，就问他卖的是什么。原来他卖的是一些用银子打造的小装饰品，看上去挺不错的。孙雪娥发现这个汉子总盯着她看，觉得有点蹊跷，就问他："你怎么老盯着我看呢？"这汉子就说："你不认得我了？"孙雪娥仔细端详，然后说："你是谁？我们原来认识？"那人就说："雪姑娘，你再仔细看看。"孙雪娥这下认出来了，说："你不是来旺儿吗？你怎么变得这么胖了？几年不见，我都认不得你了。你怎么回到清河了？你不是给发配到徐州去了吗？"来旺儿告诉孙雪娥，当时他吃了亏，确实被发配原籍徐州老家了，在老家过得也不好。后来遇到一个机会，有一个人当官了，要到京城去报到，需要有男仆陪着，就聘用了他，他跟着这个人往京城去，没想到半道这个人病了，就没去成。后来他想了想，也别回家了，于是找辙溜回了清河县，在城外一个银子作坊拜了师傅，学了手艺，打造一些银子首饰什么的。现在他到西门府的大门外，试试有没有人出来买他的东西，能不能认出他来，没想到就碰见了孙雪娥。

前面讲宋惠莲的故事时讲到，当时来旺儿是府里西门庆的一个男仆，他的媳妇是宋惠莲。他虽然娶了宋惠莲，但是他并不爱宋惠莲，他喜欢的是西门庆的小老婆孙雪娥，孙雪娥也喜欢他。所以那个时候他被西门庆派到杭州去做事，回来的时候还特别给孙雪娥带回来一些礼物。正是孙雪娥把西门庆和宋惠莲的事情报告给他，才惹出后来一连串的故事。最后来旺儿很惨，前面讲过了，不

## 第42讲　逃出虎口又入狼窝：孙雪娥来旺儿私奔

多重复。一句话，西门庆买通官府，把他递解原籍徐州去了。宋惠莲在他发配徐州不久就上吊自杀了，后来西门庆也死掉了，现在府里面只剩下吴月娘、孟玉楼和孙雪娥三房妻妾。所以两人见面以后就感慨万千，旧情复燃，就想办法继续私通。后来孙雪娥想出办法让来旺儿混进西门府，跟她重享鱼水之欢。孙雪娥的命运转折不是她自己设计出来的，是她听见惊闺声想出门买东西，一个偶然的重逢，她又重新获得了来旺儿，来旺儿也重新得到了她，最后他们俩决定一起私奔。

我们替孙雪娥想一想，好像我们也不必对她有过多的谴责，甚至完全可以不必谴责，她的自我生命逻辑还是合理的。难道她就真的跟吴月娘一起去为一个爱她爱得最少，甚至可以说不爱她，还暴打过她的西门庆守节到底吗？难道那样的人生对她就更有意义吗？实际上没有意义。不如她自己去争取自己的幸福。既然她喜欢的男人来旺儿又出现了，那么这是一个难得的机会，他们应该比翼齐飞，逃脱西门府，去过自己的日子。但他们逃出去的困难比较大。虽然西门庆死了以后，西门府的门禁不那么森严了，但是孙雪娥毕竟也算一房小老婆，随便地走出府门，跟一个男人私奔，也不是个事。两人就商量该怎么办。正好当时吴月娘派一对仆人夫妇来看门，男仆人叫来昭，他妻子的绰号是一丈青。听到这个称呼，可能有读者就会说《水浒传》一百零八将里面的女将扈三娘的绰号也是一丈青。当然，《金瓶梅》里面这个妇女不是扈三娘。这个小细节也说明这部书确实是借《水浒传》另开奇葩，这里就是借用了《水浒传》里面一个女将的绰号。后来孙雪娥把他们两个买通了，在他们两个面前不加隐瞒，来旺儿也就现身了。最后孙雪娥干脆把他们的秘密向把门的两口子公开了。而且孙雪娥说了，她既然打算从府里离开，也不能光着身子走，她得一步一步地把她多年来积累的细软拿完再走。说白了，孙雪娥还要顺手牵羊，把府里一些值钱的东西，比如一些银的酒壶、玉的碗，诸如此类收集一些让来旺儿拿走，这样他们两个私奔以后就有一定的经济基础了。来昭、一丈青夫妇也不客气，说可以放他们一马，但他们两个往外倒腾这些财物的时候，要分给自己一些油水。于是他们达成这种交易，这两口子也确实得了孙雪娥和来旺儿的好处。

终于孙雪娥和来旺儿把该倒腾的东西倒腾得差不多了，决定私奔了。怎么私奔？两口子打开门让他们从大门出去的风险很大，因为即便府里的人没有看见，街上也会有人看见，最后总是个事。后来来旺儿说从墙头翻出去，两口子说也不妥，因为到头来会说是他们两个放走的，他们俩的嫌疑还是挺大的。来昭干脆想了一个法子："你们俩从屋顶上踩着瓦，上了墙头再出去。这样人家问起来的话，我们有话说了，因为如果有人在屋顶踩着瓦这么跑动的话，就跟强盗差不多了。我们负起看门那么大的责任，我们也不可能到屋顶去抓人。"后来就采取了这个方案。果然在预定好的时间，来旺儿和孙雪娥先爬到屋顶上，踩着瓦，而且还故意抽出几片瓦扔下来，让它跌碎，最后再到了墙头，来旺儿先下去，然后在墙外头接应孙雪娥，孙雪娥往下跳，来旺儿把她抱住。两个人就这样逃离了西门府。当天他们身上带了一些细软，慌慌张张地在大街上走，碰到了查夜的巡捕，问："大晚上，你们一男一女，这是干什么？"来旺儿还有一点点应变能力，就说："我们是要去城外的庙里进香的，起得早了，所以这时候在街上走。"他这么一解释居然就混过去了。两个人就继续往前逃。那么逃到什么地方呢？城外有一个细米巷，里面有一个屈姥姥，来旺儿认识这个妇女，他们就去那儿安顿下来。可万万没有想到，这个屈姥姥有一个儿子叫屈镗，是一个浪荡子弟，游手好闲，一天到晚到处偷摸拐骗。他一看家里来了两个外人，而且带着包袱，便趁来旺儿他们晚上睡觉的时候偷偷地把包袱打开了，一看里头有银子、财宝，就把这些都偷了，立刻到县里面的赌场组局赌博，最后输得一塌糊涂，而且赌博的黑窝点也被官方的巡捕发现并围捕了，屈镗也在其中。李知县发现这些银子和财宝很可疑，就审问屈镗，让他交代，他就把他们家来了一对男女交代出来了。

当时官府就找到孙雪娥和来旺儿，并把他们抓起来了。抓起来以后很快就确认了他们的身份。天亮了，他们两个被拴着拉到官府去，非常狼狈。孙雪娥这个时候带上眼纱，她怕人家认出她来，手上的戒指都退下来打发给了公差。

## 第42讲 逃出虎口又入狼窝：孙雪娥来旺儿私奔

满街的人就议论，西门府又出事了，这个娘儿们就是西门府的第四房小老婆，跟人私通，现在给抓了。前面讲过西门庆的一个伙计韩道国的媳妇王六儿跟小叔子韩二私通，有好事的邻居捉奸，把两人都抓了，牵到了街上，也是众人围观。市井小民很喜欢别人出事，幸灾乐祸，落井下石，拍手称快。现在孙雪娥和来旺儿被抓了，也是被围观和尾随，众人一直跟到官府，议论纷纷。

正好这个时候西门府也传出消息，说四房小老婆孙雪娥不见了。吴月娘就把来昭和一丈青找来追查这个事情。他们就说大门关得紧紧的，倒是晚上听见屋顶上的瓦响，他们也不知道怎么回事。后来一查看，果然如此。如果孙雪娥跟来旺儿私奔没从大门出去的话，就是从屋顶逃走的，吴月娘只能责骂来昭和一丈青，却不能深究他们的责任。

到了官府，来旺儿比较惨，不但被拷打，还被治了罪。官府也对孙雪娥动了刑，最后的处理方式是让吴月娘把她领回去。孙雪娥私奔的事情使得吴月娘再一次蒙羞。西门庆死了以后，李娇儿是盗银归院，但她盗银的事毕竟没有外传，最后归院也不算太大的丑事。潘金莲被吴月娘遣散、让王婆领走这个事一般人不清楚，也不会让人听了以后恶心。但是，孙雪娥公然和府里原来的男仆私通并且私奔，就是大丑闻。所以吴月娘就回应官府，不要孙雪娥了。当时有一个规定，就是在这种情况下，孙雪娥可以由官府来发卖，叫官卖。官府就出告示发通知，现有一个妇人孙雪娥，她原来的府第不收留她了，现在谁愿意把她买走，把银子交给官府，就可以把她领走。孙雪娥的命运又出现了一个变化，在她和来旺儿旧情重燃，获得大欢乐以后，转向被官卖的悲惨命运。

## 第43讲　屈辱绝望苦无边
### 孙雪娥自尽

【导读】

　　上一讲我们讲到，孙雪娥听见院外有惊闹的响声，就出去买东西，意外地和原来的旧情人来旺儿相逢。后来他们设计私奔，买通了看门的来昭和一丈青夫妇，携带细软逃出西门府，躲到细米巷的屈姥姥家，屈姥姥的儿子屈镗偷了他们包袱里的财物去赌博，被官府捉拿。官府觉得财物可疑，审问屈镗，问出了来旺儿和孙雪娥，后来他们也被官府捉拿归案。来旺儿受刑后又被流放，孙雪娥被判退回西门府，但吴月娘拒绝接收，于是孙雪娥就要被官卖。那么有没有人把孙雪娥买走？是谁把她买走了呢？请看本讲内容。

　　孙雪娥丢了西门府的脸，同时自己也是颜面扫地，原来不管怎么说她也是西门大官人的一房小老婆，现在沦落到被官卖的地步。有一天来了个人，只出了八两银子就把她买走了，这个人来自守备府。在清河县有一个很大的府第，住着周守备。守备是一个很高的武官职位，高过原来西门庆的提刑，但守备不管地方上的事，他镇守一方，皇帝需要的时候就派他出征，保卫边疆，剿灭反派。守备府的规模比西门府大多了，所以能够被守备府买去，似乎也是一个挺不错的前途。

　　孙雪娥就跟着守备府来的人进了守备府，然后去见守备夫人。只见华丽的房屋里面，床上坐了一个妇人，仔细一看，这个妇人不是别人，正是春梅。原来在这之前春梅已经被守备府买去了。当时周守备有正妻，可是正妻有一只眼睛已经瞎了，每天就是烧香拜佛，顶着一个正妻的虚名，在府里也不管事，周守备对她当然也没有什么兴趣了。还有一个二房，姓孙，为守备生了一个女儿，遗憾的是没有生儿子。春梅到了守备府以后，极受周守备的宠爱。后来周守备的正妻死掉了，她就被扶正了，而且她给周守备生下一个儿子，那就更得宠了，此是后话。孙雪娥被买进守备府的时候，周守备的正妻和二房都还在，但是都被冷落了，得宠的是春梅。

实际上是春梅知道孙雪娥犯了事，被官卖，她就让守备把她买来，让她伺候自己。当然孙雪娥开头不知道，被领到守备府以后，到了华丽的房屋里面，见到床上坐着的春梅，才知道大事不妙。前面讲过，春梅和孙雪娥在西门府结下了私仇。有一次早饭，西门庆点了荷花饼和银丝鲊汤，让春梅通知在厨房操持的孙雪娥给他做。这两样的制作都比较麻烦，孙雪娥迟慢了一点，潘金莲就让春梅到厨房去催孙雪娥。孙雪娥本来就对潘金莲和春梅霸拦着西门庆心中不忿。西门庆有正妻，还有另外几房小老婆，但是作为五房的潘金莲和她的贴身大丫头春梅等于把西门庆给垄断了。孙雪娥尤其看不惯，气不忿，所以春梅催促的时候，她就说了一些不好听的话，春梅回到潘金莲那儿跟她鹦鹉学舌，潘金莲就大怒。当时潘金莲深得西门庆的宠爱，西门庆听了以后，就亲自到厨房过问这件事，而且打了孙雪娥，孙雪娥只能忍气吞声。西门庆走后她又说了一些辱骂潘金莲和春梅的话，虽然明面上骂的是潘金莲和春梅，实际上连带着把西门庆也骂了。当时西门庆还没走远，听见了孙雪娥的话就折回去，抓着她的头发暴打一顿。所以孙雪娥就和春梅结下私仇，潘金莲特别痛恨她，她也特别不待见潘金莲。

后来西门庆死了，春梅之所以很快被吴月娘叫来薛嫂发卖掉，就是孙雪娥在吴月娘跟前出了主意。后来她又进一步地唆使吴月娘把潘金莲也遣散了，王婆领走了潘金莲，收了武松的银子后把她嫁给武松，最后武松又杀了潘金莲和王婆为他哥哥报仇雪恨。这件事情传到了春梅的耳朵里,她跟潘金莲感情特别深,非常悲痛。所以春梅对孙雪娥恨入骨髓。现在她很幸运地到了守备府并得到了守备的宠爱,那么她就要复仇。

孙雪娥到了春梅跟前,才发现自己身陷火坑,遇见仇人了。果然春梅立刻对她进行了报复。先把她的鬏髻给撮去了。前面讲过,妇女戴鬏髻是主人把她收为小老婆的一种标志。鬏髻一般是用金银制作的,是一种套在脑后发髻上的高级装饰品。孙雪娥在西门庆活着的时候,和仆人来旺儿之间偷情的事情被告发过,西门庆一怒之下让人撮去她的鬏髻,剥了身上的华丽衣服,把她彻底地打入厨房做厨娘。但是后来毕竟她也没有更多让西门庆发怒的行为,情况有所缓解。西门庆死了以后,她的小老婆身份还是存在的,所以她当然要戴鬏髻,官卖的时候还穿着艳丽的衣服。现在她被带到了春梅眼前,春梅毫不客气,把她的鬏髻给撮了,把艳丽的衣服给剥了,然后将她拖到厨房里,最苦最累的活都让她干。本来孙雪娥在西门府顶着小老婆的名,实际上也经常在厨房做饭,所以这件事对她来说并不是太可怕。可怕的是守备那么宠爱春梅,春梅时时可以拿她出气,这就比在西门府的境遇差太多了。

后来春梅让人找到跟她有奸情的陈经济,以她兄弟的名义,带到府里来。春梅等于把陈经济豢养起来了,对外名义上是她一个失散的兄弟,实际上是作为情夫窝藏在守备府。为了掩人耳目,她还给陈经济娶了一个媳妇,后面我还要讲到。且说孙雪娥被守备府买了,春梅大大地出一口恶气。当时她不过让孙雪娥给西门庆做早饭,孙雪娥就大吵大闹,现在可好,落在她手里了,她随时可以消遣孙雪娥。前面讲了春梅想把陈经济长期地留在守备府里面,孙雪娥当时不但认识陈经济而且知道陈经济的底细,虽然她只是在厨房做一个厨娘,但逮着机会,她还是可以向守备反映陈经济并不是春梅的兄弟,他原本是西门府西门庆的女婿。春梅怕陈经济来了以后,孙雪娥戳破他的真实身份,因此觉得要赶紧把孙雪娥打发掉。

有一天,她故意让丫头去通知孙雪娥给她做一碗鸡尖汤。做鸡尖汤首先要

## 第43讲 屈辱绝望苦无边：孙雪娥自尽

把雏鸡的鸡翅膀摘下来，把翅膀尖上那点肉切下来，一只鸡可能还不够，毕竟翅膀尖上的肉很少，起码得宰两只鸡，四个翅膀才够，然后把翅膀尖上的肉细细地切成小丝儿，炖汤，再加上各种佐料。这对孙雪娥来说本来不是一件困难的事，因为她长期在西门府上灶，她会做。现在孙雪娥人在屋檐下，不得不低头，赶紧把手洗干净了，把指甲剔干净了，宰了两只小鸡，很认真地来做鸡尖汤。孙雪娥的厨艺是很不错的，这碗鸡尖汤应该是很香、很好喝的。但是春梅别有用心，所以丫头把汤端过去以后，她喝了一口立刻说难喝，这么寡淡，一点味儿都没有。丫头只好再到厨房告诉孙雪娥："夫人说这汤清汤寡水的，一点味儿都没有，不行，得重做。"孙雪娥只能忍气吞声地重做，重做的时候，当然就多加了佐料，加重了味道。丫头又端去，春梅只尝一口，就把汤泼在地上了，说："齁死我了，那么咸，难喝。"春梅故意找孙雪娥的茬，说孙雪娥成心要害她。守备当时对春梅宠得不得了，百依百顺，所以赶紧把孙雪娥打发出去卖了。

前面多次提到薛嫂，她是一个走街串巷的民间媒婆，春梅把她叫来，让她把孙雪娥卖掉。薛嫂还没吱声，春梅就吩咐她要把孙雪娥卖到妓院里去当妓女，不许把她卖给良人家庭。春梅就这样来报复孙雪娥。孙雪娥哭哭啼啼地跟着薛嫂走了。薛嫂暂时安顿她几天，还假心假意地安慰孙雪娥，说："春梅要把你卖到妓院当妓女，我怎么能做这种事？现在有一个做生意的商人姓潘，叫潘五，他要买一个女子为妻，我打算把你卖给他。"孙雪娥一听，也有点高兴，这总比卖给妓院做妓女要好，也比留在守备府让春梅继续蹂躏要好。果然来了一个商人，就是潘五，把她买走了。开头孙雪娥以为真是嫁了一个商人，潘五将她带到临清码头，她也不觉得稀奇，因为商人总是要雇船运货，在运河上下走动来挣钱。没想到潘五把她带到了一间屋子里头，孙雪娥进去一看，就知道其实她被卖为娼妓了。因为这屋子里的炕上就坐着练习弹琵琶的女子，还有一个老太婆在那儿管理几个年轻的妇人。孙雪娥的命运非常凄惨，坠入苦海了，这苦海又是无边的。孙雪娥一开头还不愿意学弹唱，管理她的坐地虎叫刘二，她不服就打她。被打过几次，孙雪娥也就服了，只好学习弹唱，后来就接客，成为临清码头的一个娼妓。

刘二跟守备府还有某种关系。守备手下有两个得力的男仆，一个是张胜，一个是李安。张胜这个角色老早就出现过，当年李瓶儿招赘蒋竹山，西门庆设计陷害蒋竹山就雇了两个社会上的混混，一个是草里蛇鲁华，一个是过街鼠张胜。后来张胜成为守备府里面的男仆。春梅进了守备府地位越升越高，守备的正妻去世以后春梅就被扶正了，成了守备夫人，而且给守备生下了儿子。张胜可能觉得守备府的待遇不错，也就安心地在守备府为他们服务，到街上把流浪的陈经济找着了并带回守备府。张胜和临清码头妓院的刘二是亲戚，张胜是刘二的姐夫，刘二生性猛烈如虎，绰号坐地虎。张胜每次到临清码头为守备办事，在逗留时候总要到刘二管理的茶楼酒肆消遣。

这天张胜又到了酒楼，刘二就让几个女子给他弹唱，供他消遣。当时张胜就发现有一个女子特别面熟，那个女子就是孙雪娥。张胜是守备家的男仆，孙雪娥被守备府买去当厨娘的时候，两人打过照面，应该算是旧相识。张胜当时就看中了孙雪娥。刘二是他的亲戚，这些妓女随便他选，他就选了孙雪娥陪他，两人就好起来了，她就成了张胜的情妇。后来张胜在守备府把陈经济杀了，他也被乱棒打死了。这段事情在下面讲别的人物的命运时，我会再细说。张胜在守备府犯事了，而且被乱棍打死了，这样就连累到了刘二。守备府的人追究到刘二，刘二在临清也被乱棍打死了。孙雪娥在绝望中就上吊自尽了。由此可见，孙雪娥的一生是很悲惨的。兰陵笑笑生对她的写法和对其他女性的写法又不一样，他用一支笔写出了各种女性不同的命运。

# 第44讲 恃宠爱狐假虎威
## 庞春梅府内立威

【导读】

上一讲讲了嫁入守备府的春梅点名让守备买了孙雪娥。春梅和孙雪娥在西门府的时候就水火不容,她买孙雪娥就是为了报复。一进守备府,春梅就令下人撮去了孙雪娥的髽髻,脱了她的艳服,把她打入厨房做厨娘。为了豢养陈经济,春梅以孙雪娥做的鸡尖汤非淡即咸为理由,将孙雪娥再次发卖,这次孙雪娥被卖入娼门。守备府的亲随张胜包养了孙雪娥,张胜后来因为杀陈经济而被打死,他的妻弟刘二也被打死,孙雪娥在恐惧中上吊身亡。前面我说了《金瓶梅》这部书的书名是由三个女性角色的名字当中各取一字构成的,潘金莲、李瓶儿的故事已经讲过了,春梅前前后后多次讲到,但还没有完整地交代她的来龙去脉。春梅的具体故事,请看本讲内容。

现在我们就要开始讲春梅的故事了。前面我们多次提到她,但是都是讲别的事情时牵扯到她,现在我们要把庞春梅的来历从头到尾梳理一遍,把她的人生轨迹和最终结局讲给你听。春梅姓庞,这是兰陵笑笑生写到后面交代出来的。兰陵笑笑生这种写法是很独特的,比如前面讲的一个男仆来旺儿究竟姓什么呢?直到后来来旺儿摇着惊闺来到西门府外把孙雪娥引出来了,这个时候才交代来旺儿姓郑,叫郑旺儿。现在我讲春梅就告诉你,她姓庞,叫庞春梅。春梅的来历,其实在书的第七回写薛嫂把孟玉楼介绍给西门庆时,就有提及:"你老人家去年买春梅,许我几匹大布,还没与我,到明日不管一总谢罢了!"这就说明春梅是西门府买进去的一个丫头。开头买她是为了让她服侍吴月娘。一般西门庆每房都要配两个丫头,吴月娘那房有时候还多配一点,后来西门庆又娶了潘金莲,潘金莲因为自己穷,带不来丫头,西门庆从吴月娘那儿拨了一个春梅,然后又买了一个秋菊。书里说了:"春梅比秋菊不同,性聪慧,喜谑浪,善应对,生的有几分颜色,西门庆甚是宠他。秋菊为人浊蠢,不谙事体,妇人常常打的是他。"这两个丫头在潘金莲房里面的处境、待遇完全不同。

书里写西门庆不但喜欢潘金莲,也喜欢春梅,而且有的时候让你觉得他甚至更喜欢春梅。书里潘金莲多次冲撞西门庆,而且潘金莲做过对不起西门庆的事,比如西门庆多日不归家,她就和看门的小厮私通。所以西门庆有时候会对潘金莲发怒。但是西门庆在世的时候没对春梅动过一个手指头,对她是无比爱怜。书里写潘金莲和小厮私通的事情被人告发以后西门庆大怒,就让潘金莲褪了衣服,拿鞭子抽潘金莲,这个时候西门庆就故意把春梅搂在怀里头。春梅很会来事,一方面接受西门庆对她的这种爱,另一方面她又极力为潘金莲辩解,说别人议论潘金莲跟小厮有那样的事是出于嫉妒,实际上没这个事,她可以证明。后来西门庆就信了春梅的话,把小厮撵走,继续喜欢潘金莲。

在西门府里面,潘金莲这一房最大的优势就是有两个美人,西门庆都喜欢。所以西门庆经常在这一房过夜,当然就引起了其他各房的不满,尤其遭到孙雪娥这一房的忌恨。潘金莲性格直率,应对时往往走极端,做事急急躁躁,说话口无遮拦,所以,她的战斗力好像很强,可是战斗的成果却并不怎么丰硕,有时候损人三千,自损一千。春梅不一样,可谓"静如处子,动如脱兔",就是她不出兵的时候,安安静静的,你会忽略她的存在,一旦她出来战斗,就跟突然跳起来跑动的兔子一样,非常迅速,使对方猝不及防陷入被动。她们两个共同战斗,首先是把"孙国"给灭掉了。后来西门庆娶李瓶儿,西门庆的宠爱又更多地朝李瓶儿那一方倾斜,特别是李瓶儿后来又为西门庆生了男孩。这样潘金莲、春梅又开始向"李国"进攻。最后潘金莲亲自出动,害死了李瓶儿的儿子官哥儿。李瓶儿自官哥儿死了以后，痛苦不堪，得了血山崩的绝症，不久也死掉了。所以潘金莲和春梅她们两个是结盟，不是一个人在战斗。她们往往是轮流出击，或者是共同发起进攻，在府里面把西门庆霸拦住，一起享受西门庆的宠爱。

不管怎么说，春梅毕竟只是一个丫头，她和几房妻妾是不能平起平坐的。可春梅却在西门府里面通过两件事为自己立了威风。

第一件事，她通过痛骂李铭来立威风。怎么回事呢？西门庆喜欢听女子给他弹唱。前面不是说了吗？薛嫂给她介绍孟玉楼，说孟玉楼如何富有，这些当然西门庆也愿意听，但是薛嫂介绍孟玉楼会弹月琴，这一下就让西门庆动心了。西门庆喜欢女子弹奏，所以他就从丽春院请来乐工李铭，李铭是李娇儿的兄弟，都是李三妈的妓院丽春院里面的人。李铭经常到西门府来弹唱，后来西门庆交给他一个任务，让他教府里面的四个丫头分别学会一种乐器，学好以后既可以独奏，也可以合奏。当时安排潘金莲那房的春梅学弹琵琶，吴月娘那房的玉箫学弹古筝，李瓶儿那房的迎春学弦子，孟玉楼那房的学胡琴。

有一天开头是四个人一块在学，后来其他三个都跑去玩了，只剩下春梅。那个时候春梅穿的衣服的袖口比较宽大，弹琵琶的时候琵琶被袖口兜住了。这种情况下，李铭就伸手帮她解决问题，就是把袖口掀开，把她的手解放出来。南方人把男子借机接触女人身体叫作"吃豆腐"，李铭当时可能是有这种想法，而且他在行为上也确实达到了"吃豆腐"的程度。本不是太大的事情，可是春梅就借这个事不依不饶，大声斥骂李铭，骂声响彻全府，而且骂得非常难听。潘金莲说话虽然尖刻，有时候用词也很粗鄙，但是比起春梅来，还稍微斯文一点。这春梅骂起人来满口脏话，她骂李铭"贼忘八"，而且大声宣布"你还不知道我是谁哩"！春梅这么一嚷，不等府里其他人过来，李铭就知道不得了了，留在这儿的话有太多的是非，赶紧拿起衣服乖乖地出府了。

这样春梅给自己立下了威风，让整个府第都知道她是不好惹的。春梅维护自身尊严，我们还是可以理解的。可是她小题大做，吵得全府皆知，这就说明她不仅是维护自身的尊严，实际上是想在府中搏一个和吴月娘以及其他几房小老婆不相上下的地位。她知道西门庆宠她，她这么闹没有关系，她就借这个机会在府里面大立个人威风。果然，春梅大闹以后，府里面都知道她不好惹，就都对她敬几分，让几分。

第二件事，也是通过大吵大闹来立威风。那个时候，府里面经常请一些外面的人来弹唱，除了请妓院的乐工，还会请一些瞎眼的女艺人，这种人就叫作"仙儿"。我们后来看《红楼梦》，里面写贾府过年有各种娱乐项目，除了小戏子演戏以外，也请吕仙儿来弹唱，来说书。所谓"仙儿"就是瞎儿的快读。这种盲艺人在明代就有，而且很流行。经常到西门府来弹唱的有一个叫作郁大姐，大家对她都很熟，老听她的弹唱，觉得疲了，于是有一天就请来了一个叫作申二姐的，这是一个原来没在西门府弹唱过的女盲人。那天吴月娘和潘金莲都去外面赴宴了，申二姐就在吴月娘正房给吴大妗子和其他一些人弹唱。这个时候春梅在自己屋里头，听说申二姐有的曲牌弹得特别好，唱得特别好，于是就让小厮到上房去召唤申二姐，让她到五房潘金莲这里弹唱一番。可申二姐不吃这一套，请她不动。小厮回来跟春梅报告说："我说了，她不来。"春梅说："她怎么不来？你告诉她是我叫她。"春梅因为在府里立了威，觉得任何人一听是春梅就该认为她跟吴月娘其他几房的身份没什么区别，甚至她的身份还超过了李娇儿这样的人。

她那次大骂李铭，其实也是骂给李娇儿听，因为李铭是李娇儿的兄弟，是从丽春院来的。她说"贼忘八""你们都是忘八"，也是灭李娇儿的威风。当然那次她很成功了，不光李铭听了以后给镇住了，其他人听了以后也觉得春梅真不好惹，以后都让着她点。春梅觉得有上次那事情铺垫，这个申二姐一听就应该知道不是别人在叫她，是府里春梅在叫她。

春梅让小厮再去。小厮说："前边大姑娘叫你呢！""姑娘"在明代和清代有很多含义，其中一个含义就有妻子的意思，多数情况下它是小老婆的意思，有时候说大姑娘，就是大房的意思。当然它还有青春女性、姑妈一类的意思。

这个时候申二姐说:"我这就是在大姑娘屋里。"大姑娘在这儿就是正房大太太的意思。因为申二姐是一个对西门府不熟悉的人,她并不知道春梅在府里立了威,她只知道春梅是五房的一个丫头,凭什么春梅要她去唱她就得去唱,而且说自己是大姑娘,她算什么大姑娘?当时小厮很无奈,回去再跟春梅说,于是春梅就自己冲到上房。当时上房有吴大妗子,还有一些别的人,春梅就指着申二姐大骂:"你无非只是个走千家门、万家户、贼狗攮的瞎淫妇,你来俺家才走了多少时儿,就敢怎量视人家?"申二姐哪见过这种阵仗,哭哭啼啼地赶紧拎着包,灰溜溜地离开了西门府。

后来吴月娘和潘金莲赴宴都回府了。吴月娘回到屋里以后发现申二姐不在了。本来她还想听申二姐给她弹唱,给她说书,回来申二姐却没影了,吴月娘就问怎么回事,吴大妗子她们跟她解释了是怎么回事。吴月娘当时对春梅就意见很大,说她怎么能这么霸道呢。而且她确实不是大姑娘,却让小厮说"是大姑娘叫你"。那个小厮把春梅称作大姑娘也是当时一种习俗。"姑娘"在小厮的语境里面是小老婆的意思,"大姑娘"不是说她排第一位,是说她这个位置很高,很尊贵,是府里面一个有地位的小老婆。虽然春梅没有被西门庆正式地戴鬏髻收为小老婆,但是府里都知道西门庆对她宠得不得了,而且她自己又在府里通过大骂李铭立过自己的威风。因此,小厮就那么去说,结果申二姐不服,闹出这么一场风波。

这件事情过后,府里人就都知道,春梅不好惹。春梅通过这样一些行为,在西门府里面不光是维护了自己的尊严,而且树立了自己的威风。她仗着西门庆对她另眼看待,就非常张扬,非常猖狂。兰陵笑笑生就写出这么一个性格很独特的女性。

## 第45讲　心气高又得新宠

### 庞春梅罄身出府

【导读】

　　上一讲讲了春梅是潘金莲房里的丫头，但因为西门庆喜欢她，收了她，潘金莲抬举她，她自我感觉跟主子一样，最恨谁小看了她，把她当一般丫头看待。通过大骂李铭、申二姐这两件事，她借题发挥，闹得阖府皆知，树立了威风。但是西门庆死了，在后西门庆时代，春梅的处境就有一个很大的变化。原来她是身靠大树好乘凉，现在这棵树倒了，荫凉没有了，她能有好果子吃吗？更何况她和潘金莲同西门庆、吴月娘的女婿陈经济乱来，后来事情败露了，吴月娘岂能再容她？那么春梅究竟是怎么被吴月娘遣送出府的呢？请看本讲内容。

　　西门庆死了以后，没有人宠着庞春梅了，潘金莲跟她虽然还是非常亲密，但是潘金莲自身难保，又怎么能够真正地把她维系在府里？实际上西门庆死后，吴月娘就下决心要把庞春梅、潘金莲和陈经济都轰走。最容易打发的就是庞春梅，因为她只是个丫头，是拿银子买来的，不像潘金莲还有小老婆的身份，陈经济毕竟是一个女婿，把他们轰走操作起来稍微麻烦一点。

　　一天，吴月娘就把薛嫂叫来了，跟她说，春梅这丫头西门府不要了，当年她是用十六两银子买来的，现在薛嫂把她领走，还卖十六两银子，回头卖出去薛嫂把银子交过来。吴月娘的意思就是春梅只值十六两银子，薛嫂只能卖十六两银子，提高春梅的身价是不行的。当然吴月娘还会给薛嫂一定的银子当中介费，但是这个银子不能加在春梅的售价上。吴月娘这种做法本身也体现出对春梅的蔑视，她当然不会忘记春梅怒骂申二姐的事件，虽然她当时不在场，但别人说给她听，很刺激她的心。申二姐不去，春梅那样斥责，对吗？什么叫作"大姑娘叫"？春梅不像话，越了位。但是当时西门庆还在世，吴月娘只能隐忍。现在西门庆死了，对不起了，吴月娘就告诉春梅，她就是一个买来的丫头，现在让薛嫂把她发落了，她的身价不能超过十六两，她就值这么点钱。而且吴月娘又发话了，让薛嫂立刻把她领走，除了她身上穿的衣服，其余的衣服、首饰一概不许带，更不要说被褥什么的了。这就叫作罄身出府，"罄"是净的意思，当代有一个词语叫作净身出门，和罄身出府是同一个意思。

听到这个消息，潘金莲就傻了，被吴月娘正房的威势给吓住了。潘金莲本来是一个很强悍的女子，但是现在失去了西门庆的庇护，何况她和春梅都有把柄在吴月娘手里，她们和陈经济乱来，吴月娘也掌握了全部情况，她就没能站出来替春梅求情，只是在那儿落泪。春梅一滴眼泪都没有，一副无所谓的样子，而且春梅说了，"自古好男不吃分时饭，好女不穿嫁时衣"，她就是不在乎。潘金莲还建议春梅去跟孟玉楼等人告别一下，春梅觉得好笑，心想不就是想打发她出去吗，她走就是了。春梅罄身出府，义无反顾，没有眼泪，没有哀求，没有回头，就只身走出了西门府。她走的时候，倒是吴月娘房里的丫头小玉悄悄递给她一些东西，她不愿意要，小玉强塞给她了。

春梅罄身出府的描写，也是书里面很精彩的一段。书里写出这样一个个性带棱带角的女子的形象。后来潘金莲不是也被打发了吗？吴月娘把王婆请来了，让王婆把潘金莲领走，但对潘金莲没有对春梅那么狠。吴月娘让薛嫂带走春梅，她说不许薛嫂拿她多卖钱，十六两银子买来的，就卖十六两银子。但是把潘金莲交付给王婆的时候，吴月娘倒没有设置这样一个门槛，就说王婆把她领走，爱卖多少卖多少。潘金莲当时居然还哭着跟吴月娘告别，还跑去跟孟玉楼告别，潘金莲不像春梅，她对西门府还很留恋。这两个女子平时在一起的时候好像都很厉害，但是她们离府的情景并不一样。比较起来的话，春梅更硬气。

薛嫂把春梅领出去以后就找大主顾，后来找到了周守备，他曾经到过西门府，见过春梅。前面讲过西门庆让李铭训练四个丫头各学会弹奏一种乐器，在宴请客人时，她们都上场表演过，那个时候周守备就注意到了弹琵琶的春梅，觉得她挺漂亮、很可爱，很感兴趣。现在听说春梅被西门府打发出来了，搁在薛嫂那儿代卖，就决定买下她。当时他就给了薛嫂一大锭银子，五十两。薛嫂这种三姑六婆当中的媒婆，谎话连篇，而且从来手脚都不干净，她后来跟吴月娘报告，说春梅不好卖，没人愿意花十六两银子来买春梅，最后好不容易找到了守备府，只出了十三两银子。薛嫂把十三两银子给了吴月娘，吴月娘就信以为真了，其实薛嫂从中赚大钱了。

春梅就这样被转卖到了守备府。没想到去了以后周守备很喜欢她，很宠爱她。当时周守备的大老婆已经一目失明，每天吃斋念佛，就顶着一个大老婆的名分，周守备对她完全没有感情了，当然更谈不上有什么夫妻生活。有个二房叫孙二娘，只给周守备生了一个闺女，周守备对她的兴趣也越来越淡。可是买进的春梅非常美丽、性感，前面说了春梅很会应变，该立自己威风时候她撒泼、满嘴粗话都干得出来，在讨男人喜欢的时候，她又非常娇媚，非常可人。当年西门庆在世的时候，她就很会笼络西门庆，很会来事儿。西门庆拷问潘金莲，坐在床上把春梅搂着，让潘金莲脱了衣服，跪在地上，春梅就很会在西门庆怀里面撒娇，讨他喜欢。到了守备府，她当然把这种特长充分发挥出来，很快就让周守备觉得买下她真是明智的决定，对她百般喜爱。后来春梅为周守备生下一个男孩，取名金哥儿。在这儿插一句，书里面写李瓶儿为西门庆生下了一个儿子，取名官哥儿。西门庆临死的时候，吴月娘为他生下了一个儿子，取名孝哥儿。三个小男孩的命名充分体现出那个时代的价值观。官哥儿在价值体系里面是官本位，认为当官最好，当了官就有了权，有了权就可以有钱。孝哥儿体现了传统封建主义道德里面那种传宗接代的价值观念，认为一个家族血脉的延续是最重要的事情，要生下男孩，继承家业，孝顺父母；也体现了当时坚守封建道德核心价值的孝本位，或者叫作宗族本位、血缘本位。金哥儿就是金本位，要财富，要金银财宝。春梅生下男孩，就进一步在守备府里面站稳了脚跟。

后来周守备的正妻得病死了，春梅就顺理成章地被扶正，成为周守备的正妻，也就成了守备府正儿八经的守备夫人了，她就过上了非常奢侈、富贵的生活。虽然春梅尽量去满足周守备，去讨他喜欢，可是春梅真正爱的并不是周守备，和她感情最深的是潘金莲和陈经济。后来她听说潘金莲让王婆领走了，就央求周守备一定要把潘金莲买到守备府里来。前面我提到守备府最重要的男仆张胜、李安，这两人经常为周守备和春梅做事。那个时候周守备就派张胜、李安出面办这个事。他们原来的预算是八十两银子，已经是很高的一个数额了，王婆却狮子大开口，要一百两银子。张胜、李安回来跟主子一汇报，周守备当时对春梅宠爱得不得了，言听计从，就说一百两就一百两，要把潘金莲买过来。没想到王婆贪财，说除了一百两银子以外，还得另给她五两媒人钱。其实他们如果回去汇报的话，这五两银子周守备应该也是可以出的，但他们觉得这老太婆太可恶了，先别理她。于是他们就没有及时跟周守备汇报这个情况。如果周守备真把潘金莲买到了，那么武松回到清河县，他就是想杀潘金莲，那也很困难了。因为守备府是一个很威严的府第，守备是一个地位很高的武官，潘金莲如果得到了守备府的庇护，武松就很难下手。偏偏王婆贪财，导致潘金莲没有及时地被守备府买走，结果在这几天武松就回来，把潘金莲和王婆都杀了。

## 第46讲　讲情义不分男女
### 庞春梅的双性恋

【导读】

上一讲讲了吴月娘打发春梅,当年是薛嫂经手用十六两银子买来的,吴月娘找来薛嫂,让她还是卖十六两银子。吴月娘故意不涨春梅身价,这当然是一种轻蔑,也是一种侮辱,而且叫春梅赤身出府,衣服都不让带。春梅头也不回,扬长决裂出大门去了。春梅被周守备买走,备受宠爱,还为守备生了一个儿子,后被扶正。当春梅得知潘金莲被吴月娘打发出府搁在王婆那儿发卖时,就再三要求周守备把潘金莲买进府。春梅这么做的原因是什么?春梅和陈经济能否再续前缘?请看本讲内容。

为什么当时春梅听说潘金莲卖一百两银子,也要让守备花这些钱去把她买回来?要知道春梅当时买进守备府的身价五十两银子已经不低了,现在价钱翻倍地要把潘金莲买回去,而且潘金莲又非常美丽,床上功夫也很好,她到守备府以后,可能会跟春梅争宠,最后潘金莲可能会成为胜利者,成为周守备最宠爱的一个女子。万一潘金莲再怀上孕,也生一个男孩,按照平常人的思维逻辑,这么做对春梅并无好处。她要挽救潘金莲,可以采取别的方案,把潘金莲也买进守备府,岂不是自找麻烦吗?

其实如果你仔细阅读《金瓶梅》,就会发现潘金莲和春梅的关系很不一般,她们还不是一般意义上的情同姊妹。春梅到了潘金莲房里头以后,潘金莲开头

## 第46讲 讲情义不分男女：庞春梅的双性恋

叫她春梅，那时候主子叫丫头，这是一种比较常见的叫法，并不算稀奇。到后来她们俩关系特别好，潘金莲就叫她"小肉儿"，这个叫法就比较出格了。一般府里面府主的正妻也好，小老婆也好，喜欢自己的丫头，叫什么昵称的都有，但是"小肉儿"这个叫法就比较奇特，说明这两个人不仅在感情上好，身体上也有亲密接触。春梅有一次干脆跟西门庆说："我和娘唇不离腮。"这个说法很奇特。一般说两个人亲密，使用的词汇叫作耳鬓厮磨，表示跟人的关系很密切，无论是同性也好，异性也好，两个人的头靠得很近。那个时代无论男女都有鬓发，就是在耳朵周边，好多前头都会有一些发丝，两个人很亲密，说悄悄话，或者是头靠头一块儿看书，一块儿欣赏什么东西叫作耳鬓厮磨，这就已经很亲密了。但是春梅就很坦率地说，她跟潘金莲还不是耳鬓厮磨，而是唇不离腮，就是互相亲吻。这些文字都值得注意。

而且后来书里又说，连吴月娘都感觉到不对头，比如西门庆不在家，或者是不到潘金莲她们那一房去了，潘金莲就和春梅同床休息。书里交代得很清楚，当时在花园里面盖两层楼，下面是三间屋子，春梅和秋菊两个丫头应该另外有屋子睡觉，但是春梅却和潘金莲同床休息。吴月娘听说这情况以后就很不以为然，她说："一个使的丫头，和他猫鼠同眠，惯的有些摺儿？"吴月娘就觉得潘金莲和春梅不像样子，潘金莲跟自己的丫头关系好也不应该到这个地步。根据书里面诸多的蛛丝马迹，我们可以推演出一个比较靠谱的结论，实际上在西门府里面，潘金莲和春梅她们是一对女同性恋者，她们的关系超出了一般的人与人之间那种朴素的关系，或者是一般的亲密关系。春梅对潘金莲的感情不是一般地深，她离不开潘金莲，她希望经常和潘金莲在一起，继续过着唇不离腮的生活。她虽然到了守备府，深得周守备的宠爱，最后升为正妻。但说实话，她并不爱周守备。从书里描写知道周守备那个时候年龄很大了，后来就成了半老头子了，性欲也不断地衰减，给不了春梅很多的性享受。这样就解释了为什么春梅千方百计地希望潘金莲来到她身边，她想在和周守备过夫妻生活之余，还能够享受潘金莲的一份情爱。

这样你再回过头来看书里面一段情节，叫作"潘金莲大闹葡萄架"。有一天，西门庆在花园的葡萄架底下跟潘金莲游龙戏凤。春梅作为一个通房大丫头，她本来是不用回避的，而且西门庆当时也主动要求春梅留下来一起快活，但春梅却冷冷地走远了，不参与。这就说明她和潘金莲之间的关系到了这个地步：面对同一个男人，她不跟潘金莲争夺，而且她觉得潘金莲能得到那样的快乐，应该成全她，于是主动避让。

书里面有没有出现过潘金莲和春梅闹矛盾的任何情节？

潘金莲和无数人都发生过冲突，比如她和如意儿。如意儿在那儿洗衣服，拿着棒槌敲打衣服。当时潘金莲这一房也要洗衣服，潘金莲就让春梅去借棒槌，如意儿不借。后来春梅和潘金莲就主动出击，去找如意儿，甚至打如意儿，还故意抠如意儿的肚子。为什么要抠肚子？因为那个时候她们发现西门庆已经占有了如意儿，潘金莲特别怕如意儿也怀孕了。虽然那个时候李瓶儿已经死掉了，官哥儿也死掉了，可是万一如意儿生下一个男孩，那可不得了。

潘金莲四面出击，跟谁都闹矛盾，但是唯独跟春梅相安无事。两个人非常亲密，一直到最后也很亲密。春梅被吴月娘叫去，命令她罄身出府，潘金莲的眼泪就不住地往下流，她们俩是一种很奇特的关系。

潘金莲没进到守备府就被杀死了。听到这个消息以后，春梅痛不欲生，哭了三天三夜不吃饭，把周守备急得要命。当时武松杀了潘金莲和王婆以后，没有人正经埋葬她们，随便在路边刨个坑，把她们俩草草掩埋了。那个时候王婆的儿子王潮已经逃走了，潘金莲有一个继女迎儿，但当时还未成年，而且早被姚家要去当粗使丫头了。春梅哭哭啼啼的，要求周守备一定要想办法把潘金莲的尸体刨出来正经安葬。周守备不理解春梅到底是怎么回事，开头非要他拿银子去买她，现在人死了，还非得厚葬。这个时候春梅就撒了一个大谎，说潘金莲是她的嫡亲姐姐，这就说明春梅对潘金莲确实是情深意长。后来周守备就答应了。王婆他们当然不管，只是把潘金莲的尸体刨出来重新装殓，隆重地、正式地安葬在郊外永福寺的一棵空心白杨树底下。永福寺是守备府的一个香火庙，庙宇里面的僧人每年的用度都由守备府支付，守备府有什么有关的佛事都在寺庙里面进行。后来春梅还大张旗鼓地到永福寺去哭坟，去祭奠，说明春梅和潘金莲之间的感情确实很值得探究。

中国古典小说里面写男性之间的恋爱故事不稀奇，但是写女性之间有这种隐秘的感情的不多见。兰陵笑笑生在他的《金瓶梅》文本里面居然写了这么一对女性恋人。

前面说了，潘金莲是一个性解放的先锋，她和春梅都跟陈经济发生了关系。后来因为陈经济被吴月娘加以管束，不太容易得手了。而且潘金莲自己多少有些罪恶感，因为从辈分上说，陈经济是吴月娘的女婿，也是她们这些小老婆的女婿。有一天，春梅跟潘金莲在一起，正好台阶底下有一对狗在那儿交欢。春梅很坦率地跟潘金莲说："娘，你老人家也少要忧心，是非有无，随人说去，大娘……他也难管你我暗地的事。你把心放开，料天塌了，还有撑天大汉哩。人生在世，且风流了一日是一日。"随后指着交欢的狗说："畜生尚有如此之乐，何况人而反不如此乎？"这就说明春梅在性意识方面比潘金莲还开放。潘金莲在行动上是一个性解放的先锋，但是潘金莲不能把它抽象化，把它概括为一种道理。而春梅居然说出这样一番道理，虽然是歪理，可是她说出来了，她就要这么去做。

从书里的描写可以看得出来，潘金莲是人皆可夫，所以后来到了王婆家连王婆的儿子王潮她都接纳，而且还是她主动去求欢。潘金莲和陈经济的关系也类似她和王潮的关系，因为西门庆不在府里面，其他男子也都不如他，陈经济作为一个小帅哥，他喜欢她，她就去和陈经济乱来，潘金莲不过把他当作一个性伴侣：遇上了，就快活一下；离开了，她可以另外去求欢。

但是，春梅看来是真爱上了陈经济，想把他当作自己长期的一个性伴侣。后来陈经济也被吴月娘赶出了西门府，他有好多离奇的遭遇，后面还要专门讲，这里说跟春梅有关的这一段。前期他荒唐到底，搞得家破人亡，孤身一人在社会上鬼混。后来他在临清码头跟守备府的守备亲随张胜的亲戚刘二发生冲突被拘到守备府，这个案子由周守备审问。当时张胜很忠心地为守备和守备夫人庞春梅服务，他各种事都做，包括哄庞春梅为守备生的儿子金哥儿。那天他就抱着金哥儿去看热闹，看周守备审问陈经济。这时发生一件怪事，金哥儿哇哇大哭，伸出小手好像要陈经济抱他。张胜赶紧把孩子抱走，还给庞春梅的时候就说，好奇怪，这孩子见到那个小伙子就非要人家抱他。春梅觉得蹊跷，就跑出去偷看，看见跪着被审的那个人是陈经济。她赶紧要求守备停止审问，守备问春梅是怎么回事。春梅说被审的那个人是她的一个兄弟，让守备别追究他了。守备说怎么原来没听春梅提过，而且他已经动刑了，打了一阵了。春梅说那就别再打他了，把他放了。这样周守备就把陈经济给放了。陈经济被放走以后春梅就思念他，觉得还是应该想办法把陈经济弄到守备府里由她养起来。后来春梅就给张胜派任务，让他到清河县的大街小巷转悠，务必把陈经济找来。后来张胜还真找到了当时穷困潦倒的陈经济，把他带到了守备府，让他洗澡、洗头、梳头盘发，换上干净的衣服，再和春梅见面。庞春梅见到陈经济以后就高兴得不得了，然后小声地嘱咐他，说她把陈经济认作兄弟，这样他可以住在守备府，今后他们得便就能偷情，过快活日子。同时庞春梅跟周守备说，她这个兄弟已经被张胜找回来了，她得对他负责，让他留在守备府里面生活。守备说好，既然是春梅的兄弟，那还有什么好说的，就留下来吧。为了掩人耳目，春梅还给陈经济娶了葛员外的女儿葛翠屏当媳妇，为他们正儿八经地举行了婚礼，这样就相当于她的弟弟和弟媳妇跟他们一起住在守备府里面了。

由此可见，庞春梅是一个很奇怪的妇人，她恨起人来，就露出毒牙，趁人不备咬上一口。但如果是情人的话，她不惜代价，连撒谎带投资，她对陈经济就是这样，等于是把他豢养起来了。从大面上看，说得过去，她亲兄弟找回来了，她不帮他谁帮他，周守备作为姐夫，有责任庇护他。他年纪轻轻的没媳妇，他们出资给他娶媳妇，住在一起。因为守备府很大，陈经济完全可以有自己的一个院落来居住。守备当时经常被皇帝派出去保卫边疆，剿灭反派，那么庞春梅和陈经济就得到很多在一起苟合的机会。府里的人们，第一，是不太容易发

## 第46讲　讲情义不分男女：庞春梅的双性恋

觉的，因为守备府很大，而且庞春梅有办法让侍奉她的人不发现她的秘密；第二，即便有人看出一些蛛丝马迹，都知道守备对庞春梅视若珍宝，她又为守备生了儿子金哥儿，都不敢言语，或者觉得多一事不如少一事，管这干什么。但是，没有想到的是，陈经济和庞春梅之间的感情并不对等。他不爱为掩人耳目而娶的媳妇葛翠屏，这倒不稀奇，但春梅真爱他，他却不是真爱春梅。后来他在临清码头做生意的时候，又和另外的女子发生了关系。

## 第47讲　报旧仇不动声色
### 庞春梅游旧家池馆

【导读】

上一讲讲了春梅千方百计要求周守备把潘金莲买进府来，是因为她和潘金莲之间有特殊关系，她们是一对女同性恋者。但阴差阳错，潘金莲被武松先买走并杀害了，草草埋在街边。春梅又哭哭啼啼要求守备把潘金莲重新安葬在永福寺，她还去祭奠潘金莲。后来春梅让张胜找到了陈经济，并谎称他是自己的兄弟，将他养在守备府。为掩人耳目，还给陈经济娶了一个妻子，实际上他们得便就偷情。春梅为自己营造了一种很怪诞的生活状态，那么她后来和西门府还有没有交集，有没有交往呢？请看本讲内容。

庞春梅嫁给了周守备，后来成为周守备的正室夫人，过上了超越当年西门府的更豪华的生活。这个事情吴月娘应该是听说了，可是她没放在心上，因为她当时要处理的事情很多。清明节，吴月娘、孟玉楼、吴大舅、奶妈如意儿抱着孝哥儿，还有几个小厮一起给西门庆扫墓，同时踏青、游春。半路上他们路过一座寺庙，吴月娘也是一个信佛的人，就说这么好的寺庙，不妨进去休息一下。他们就进去了。这座寺庙是永福寺，是周守备府的香火庙，也就是说这座寺庙实际上全部的经济来源都是由守备府供给，是守备府的家庙。寺里的住持出来迎接，可是很巧的是，他们发现寺庙里面已经有排场很大的贵妇在那儿活动了。仔细一看，那个贵妇不是别人，正是庞春梅。因为她最心爱的伴侣潘金莲移葬在永福寺后院的一棵空心白杨树底下，清明节春梅来上坟拜祭，她很真诚地在那儿祭奠当年唇不离腮的潘金莲。这样的话，吴月娘和庞春梅就不期而遇了，双方谁都没有预料到会在那个地方形成一次人生的交集。那个时候庞春梅被吴月娘罄身驱逐出府应该有近一年的时间了，结果这一天两人不期而遇。庞春梅表面上很大度，很谦恭，还像当年在西门府做丫头似的称呼吴月娘，跟她行礼。吴月娘虽然模糊听说她过得很好，但是眼见为实，庞春梅已然成贵夫人了，气派超过自己了，不是一个提刑所的提刑官的夫人所能比的了，吴月娘也只好放下身段，以礼相待。因为这次相逢，她们后来又来往上了。

吴月娘当时下狠心让庞春梅罄身出府，除了因为她发现别人举报潘金莲和春梅都和她的女婿陈经济勾搭成奸是真的，实在难以容忍，另外她还有一个心病。当年有个吴神仙，专门在达官贵人府邸间走动，替人算命，当时西门庆就把他请到自己家里来给自己还有家里的几个女眷算命。其实书里写得很有趣，吴神仙是守备府向西门庆推荐的，西门庆听说吴神仙在守备府算命算得挺准的，就把他也请到自己家来算命。大家注意，清代的《红楼梦》也受到《金瓶梅》文本的影响，它写太虚幻境、警幻仙姑，书里警幻仙姑不是直接给大家算命，可是她指导贾宝玉在太虚幻境观看了一些柜子里面的册页，册页上就预测了书中众多女性今后的生命轨迹和最终结局。显然《红楼梦》里面写警幻仙姑，写贾宝玉偷看册页，这里面透露书中女子命运的这些构思和写法都受到了《金瓶梅》里面吴神仙算命这段情节的影响。当时吴神仙就给吴月娘、李娇儿、孟玉楼、孙雪娥、潘金莲、李瓶儿都算了命。因为当时西门庆很喜欢春梅，他也让吴神仙给春梅算一算，结果吴神仙说："此位小姐五官端正，骨骼清奇。发细眉浓，禀性要强；神急眼圆，为人急燥。山根不断，必得贵夫而生子；两额朝拱，主早年必戴珠冠……"当时西门庆并不在意。虽然西门庆跟道士、和尚，还有算命的人来往，对他们进行施舍，也请他们做法事，预测人的吉凶、前途，可是西门庆并不真信。别人也都嘻嘻哈哈，不在意，像潘金莲，特别不愿意人家给她算命。可是吴月娘心里就过不去了，她很在乎，她说春梅的命怎么那么好，她还会生贵子，还会戴珠冠（就是丈夫升了高官，正妻按照朝廷的规格带一种高级官员夫人的头饰）。吴月娘当时心里头不高兴，也没怎么跟人去议论这个事，她把这件事情存在心里，窝在心里了。所以西门庆死后，她又想起吴神仙算命的事，她不相信春梅今后会有那么好的命运，就算有那么好的命，她也要从现在起就给春梅阻拦掉。所以吴月娘对庞春梅就毫不留情，让她罄身出府。万万没有想到，庞春梅后来到了守备府以后，果然就生儿子了，而且被扶正当了正妻。守备夫人按照官方的标准装扮，就比吴月娘这样一个提刑官夫人华美多了、高级多了。吴神仙的那些话真的应验了。

后来吴月娘还遇到了一个劫难，前面讲了，家里有个小厮诬告她，闹到官府去，几乎成了灭顶之灾。因为在永福寺偶遇了春梅，春梅当时说了，有什么事可以找她帮忙。事态到了这种地步，吴月娘也只好试着请春梅帮忙。春梅跟守备一说，周守备果然就帮了忙，当然吴月娘就被无罪释放，完全解脱了。吴月娘既高兴，又尴尬。她高兴的是自己终于摆脱了一个劫难；尴尬的是，到头来帮自己的是被自己严令罄身出府的女子。

后来书里就有一段有名的情节叫作"春梅姐游旧家池馆"。吴月娘为了感激庞春梅，也为了求得进一步的保护，表示愿意和庞春梅保持密切来往，就邀请她回到西门府来做客。庞春梅怎么来的呢？她坐着四抬大轿。书里前面写吴月娘坐轿子，她的规格无非是两台，就是前头一个轿夫，后面一个轿夫。但现在春梅作为守备夫人，她坐的轿子就是四抬的大轿子，前头两个轿夫，后头两个轿夫。从轿子的规格来说，就非常气派。她当时什么打扮呢？"戴着满头珠翠金凤头面钗梳，胡珠环子，身穿大红通袖四兽朝麒麟袍儿，翠蓝十样锦百花裙，玉玎珰禁步，束着金带"。这个服饰我就不细加解释了，总之就是吴月娘一辈子没有这么穿戴过的。吴月娘原来出去做客，坐一个两人抬的轿子，当然就已经很富贵、很风光了，满头金银首饰，也是很体面了。现在春梅大大超越了当年吴月娘的打扮。其中有一个细节叫作"玉玎珰禁步"，这是一种镶着玉石的金子做的身上的佩戴物。而且她用金子做的腰带，好气派。当年吴月娘出去活动，

## 第47讲　报旧仇不动声色：庞春梅游旧家池馆

顶多是两个小厮、两个丫头跟着轿子走，再排场一点，四个丫头，排场就到头了。现在庞春梅是"军牢执藤棍喝道，家人伴当跟随"，一大群人跟着轿子，而且因为她是守备夫人，守备是武官，所以轿子前还有军人拿藤棍喝道。喝道就是在轿前打前站，大声吆喝"守备夫人来啦，肃静回避"，街上的人就纷纷地往两边散开，让路。当年吴月娘在街上走，虽然有前后两个轿夫抬着轿子，有仆人、丫头尾随，但哪有这种气派？当时西门庆的官没做到这个地步，没这个待遇，没这个规格，但是现在庞春梅就达到这种规格了。不是几个小厮、几个丫头尾随，而是一大群人，前头是军人开路，后面是男仆、女仆一大堆，就这样来到了她当年居住过的西门府。

当年吴月娘让春梅罄身出府，衣服不许带，铺盖不许带，首饰都不许拿，现在有了为难的事，还是求了春梅，为了以后有个保护，又请她来做客。春梅锦衣华服、浩浩荡荡地回来了。这段描写我觉得把庞春梅刻画成了一个复仇女神，并且她对不同的复仇对象采用不同的手段。在西门府里面，她和孙雪娥是死对头，大吵过，后来孙雪娥和仆人私奔被官府捉拿了，官府让西门府把她领回去，因吴月娘拒绝，她被官卖了。春梅报复她的手段就是把她买回来，让她跪下，把髻摘了，把华丽的衣服脱了，滚到厨房去，老老实实给春梅做厨娘。让她做一碗鸡尖汤，寡淡无味，重做；重做咸了，打一顿再发卖。春梅对孙雪娥的复仇手段就是肉体摧残，最后干脆把她卖入娼门。孙雪娥当时被薛嫂领走以后卖给一个叫潘五的人，他自称商人，实际上是个水客（一种专为妓院提供妓女的人贩子）。后来孙雪娥很悲惨地死去了。

春梅对吴月娘的复仇是另外一种办法。她满脸带笑，还给吴月娘帮忙，吴月娘请她来做客，她还真来，来了以后左一声"奴"，右一声"奴"，见了吴月娘故意插烛似的去拜。过去把蜡烛插在蜡台上，插烛似的去拜是整个头都砸在地上了。这种复仇方式，用现代语言叫作用"橡皮钢丝鞭"抽打你。鞭子的外面包着一圈橡皮，看着很柔软，但抽在身上的话，隔着衣服，鞭鞭见血痕，对吴月娘的自尊心是极大的打击。庞春梅是一个杰出的复仇女神，她对吴月娘的报复手段特别高明，特别具有杀伤力，让吴月娘有苦说不出。吴月娘除了表示热烈欢迎，除了表示尊重，没有别的应付办法。

进入西门府，春梅就在花园里面做了一次游览。西门庆死后，西门府的经济来源越来越枯竭，吴月娘不得不紧缩开支。当时潘金莲和李瓶儿住过的花园已经完全破败了，一片颓败的景象。春梅故意要在那儿游览，当然除了报复月娘之外，她确实还有怀旧之情。这个时候书里有一笔写得很细，春梅就问吴月娘，家里的拔步床哪儿去了，尤其是潘金莲那张和李瓶儿当年的螺钿拔步床。把一些贝壳打磨以后镶嵌在木头里面，作为一种高级装饰，叫螺钿。螺钿拔步床就是用高级木料再镶嵌上贝壳制品所做成的拔步床。前面我几次提到拔步床。拔步床四处有顶，前面有廊子，廊子的一侧是一个梳妆台，另一侧是一个能够不让晦气飘散出来的马桶，侧面不是密封的，可以有多宝格，有可以开合的单格，拔步床其实就很像一个独立的屋子。什么叫拔步？有两个解释，一个是说它前面有个廊子，因此也有一个门槛，你走进去，要把脚抬起来，要拔步；另外还有一种说法是说拔步床很大，前头你走一走要走八步，侧面你走一走还要走八步。

当时妇女最盼望自己能拥有一张拔步床。根据书里描写，吴月娘的正房用的是炕。在《金瓶梅》里面，关于住房的描写和后来《红楼梦》里面对住房的描写有一致之处，是一种南北睡具的混合使用状态，有炕也有床。吴月娘的正房应该很大，炕上面的被褥装饰品应该很豪华、美丽，但是吴月娘没有用拔步床。李娇儿从妓院嫁过来，她也没有拔步床。书里明确写到孟玉楼有两张南京出产的拔步床，潘金莲嫁过来的时候没有拔步床。李瓶儿嫁给西门庆时，把她第二个丈夫花子虚遗留下来的财产能挪的，都挪到了西门府，其中就有拔步床。潘金莲和春梅因为自己没有拔步床就觉得很不爽，就跟西门庆开口要，后来西门庆果然就花大笔银子给她们买了拔步床。

现在庞春梅游旧家池馆，一看拔步床不见了，就问吴月娘，吴月娘就不得不说实话。孟玉楼改嫁，吴月娘很大度，愿意她改嫁过新生活，而且两人之前相处得很好，就让孟玉楼把潘金莲屋里的拔步床带走了。孟玉楼打算将两个丫头留一个给月娘，吴月娘也都让她带走了。李瓶儿的螺钿拔步床和后来西门大姐死后抬回来的原来孟玉楼嫁过来时带的拔步床，因为家道中落，后来都变卖了，补贴家用。

　　当年西门府里面的吴月娘何等尊贵，春梅虽然靠自己立了威风，也得到了主子的喜爱，但她的地位始终只是一个丫头。她是罄身出府的，现在她回到西门府，充分展示了自己目前的富贵尊严，后来又风风光光地离开了西门府。我们想一想，吴月娘在送走了庞春梅之后，是什么心情？

## 第48讲　爱无着落只剩空虚

### 庞春梅纵欲而亡

【导读】

　　上一讲我告诉你吴月娘和庞春梅清明节在永福寺重逢，春梅以礼相待。后来吴月娘遭小厮诬陷求助于春梅，春梅通过周守备帮吴月娘化解了这个劫难。吴月娘为了感谢春梅，邀请她来西门府赴宴。当年春梅是罄身出府的，现在她满头珠翠金凤，身穿锦衣华服，坐着四抬大轿，军牢喝道，家人伴当跟随，风光无限地回到了西门府，满脸带笑，不断地称自己为"奴"，实际上就是用"橡皮钢丝鞭"抽打吴月娘，鞭鞭见血痕。那么，庞春梅后来命运的轨迹和最终结局是怎样的？请看本讲内容。

　　这一讲开头我再把两个人先讲一讲，就是张胜和李安。张胜这个角色出现得很早，当年西门庆对付蒋竹山时，出面的是两个捣子，就是市井流氓，一个是草里蛇鲁华，一个是过街鼠张胜。西门庆给他们一点银子，让他们去蒋竹山的药铺讹诈。所以，张胜出场的时候形象很不雅，是一个伙同鲁华去讹诈人的地痞流氓。后来书里就没怎么写鲁华的事了，张胜却不断地被写到，他被守备府聘用，成为周守备的亲随。亲随不是一般的仆人，而是最信任的高级仆人。还有一个跟张胜地位平等的亲随李安。两人都是武艺很好的男子。前面我讲到，张胜抱着金哥儿去看热闹，看周守备审犯人，发现了陈经济，金哥儿当时就伸出小胳膊非要陈经济抱他，张胜当然觉得很奇怪，回来以后就告诉了庞春梅。春梅也觉得奇怪，出来偷看，发现被审问的是陈经济，是她的情人。春梅当时隐瞒了陈经济的真实身份，她跟周守备说，这个人是她的一个亲戚，得把他放了。当时周守备对庞春梅是百依百顺，就把陈经济放走了。其实庞春梅当时恨不得马上就把陈经济留在守备府，可是春梅当时想不出一个正当的理由。一个亲戚她让丈夫放了，这是可以的，但把他留下来住在府里算怎么回事？春梅一下子编造不出更多的理由，加上当时孙雪娥还在守备府上，她知道陈经济的底细，没把她打发走之前还是不适合让陈经济进守备府的，所以春梅当时就由着陈经济走掉了。陈经济走了以后春梅就后悔了，于是她就把张胜找来，嘱咐他去寻找陈经济。张胜抱金哥儿的时候看见过陈经济，能认出陈经济，比较好找。所以春梅就把任务单交给了张胜，让他去寻找那天开始被老爷打，后来被老爷释放的那个人。张胜就答应了。

从书里的描写来看，张胜到了守备府以后好像变了一个人，不像当年伙同鲁华在狮子街讹诈蒋竹山，砸人家生药铺的时候那样凶恶、面目可憎了。他到了守备府以后，全方位地为守备和守备夫人服务，还帮忙抱孩子、哄孩子，说明他和主子的关系已经非常和谐了。如果不信任这个人的话，怎么会把孩子交给他抱着？所以周守备和庞春梅都很信任张胜，张胜也就非常努力地去为他们服务。

清河县虽然只是个县城，但按书里描写，三街六巷，居住的人很多，很繁华，找陈经济这个任务是很难完成的，张胜就非常认真、努力地去完成这个任务。一天张胜被庞春梅派去做一件很美、很雅的事，让他到城外的花圃买芍药花。张胜就骑着马，托着一个筐子，到了郊外的花田，买了满满一筐芍药花。这是一个很美丽的画面，一个壮汉骑了一匹马，一手抓着马缰，一手托着一个大花筐，筐里面全是刚刚剪下来的美丽的芍药花。张胜一边骑着马，一边还在四处张望，因为他还有另外一个长期的任务，就是找陈经济。当时阳光灿烂，在一处墙根底下，有些做苦力的人正在歇工、晒太阳，其中有一个人有点面熟，引起了张胜的注意。张胜停下马，仔细一看，就是那天在守备府先被拷打，后被释放的那个人，应该就是陈经济。于是张胜跳下马，走过去，跟他打招呼。陈经济那个时候已经落魄到饭都吃不饱的程度了，只能做苦力。张胜朝陈经济走过来，陈经济开头还挺害怕的。张胜问他："你是不是姓陈，叫陈经济？"陈经济点头称是，张胜便抱拳给陈经济行礼，说："可找着你了。你姐姐急死了。快跟我走。"于是在春天阳光灿烂的一天，一匹很健壮的马，上面不仅坐了一个壮汉张胜，而且张胜还让陈经济上了马，坐在他身后，抱着他的腰。张胜一手操纵着马缰，一手还托着装满了芍药花的大花篮，不紧不慢地朝守备府走去。

你们想想这个画面：一个春天芍药花盛开的画面，一个人辛苦寻找另一个人，找到了，他很高兴；被寻找到的人已经走投无路，都快要饭了，忽然有人来解救他，也应该是很高兴的。这样一匹马驮着两个人就到了守备府，张胜就出色地完成了庞春梅交代的任务。

为什么要特别提到张胜呢？从书里我上面所讲的情节来看，张胜应该是守备府仆人当中最好的一个。他不但忠心耿耿地为周守备服务，更为庞春梅分担各种事情，从抱孩子到买芍药花，乃至帮找到她所谓的亲兄弟陈经济，他都很出色地完成了任务。陈经济被庞春梅豢养以后，为了掩人耳目，春梅还给他张罗了一桩婚事，娶了葛翠屏为妻。这样陈经济堂而皇之地在守备府里面，以小舅子的身份生活起来了。庞春梅爱陈经济，但陈经济并不专一，心思并不都在庞春梅的身上。陈经济在守备府住了一段时间以后就觉得浑身发痒，不舒服，后来就提出来让姐姐、姐夫出资，他继续在清河县运河边的临清码头做生意。这样陈经济就拿着周守备给他的银子到临清去了。他哪里是做生意，他在那儿又吃喝嫖赌。他原来就在那儿包养过妓女，这次他在那儿又包养了一个暗娼。这种生活方式难免要和当地的地痞流氓产生矛盾，陈经济又和当地的大地痞刘二发生了矛盾，产生了纠纷，甚至发生了激烈的冲突。刘二跟张胜有姻亲关系，张胜是刘二的姐夫，刘二是张胜的小舅子。张胜一方面为守备府服务，一方面他有自己的私生活，他也经常到临清码头寻欢作乐。在那儿他发现了一个卖唱女子，他很喜欢。这个卖唱女子不是别人，是西门庆之前的第四房小老婆孙雪娥。当时孙雪娥在娼妓头子的逼迫下改名字了，但张胜认得这个女子，因为她曾经被守备府买到府里做过厨娘，两人可能没说过话，但是互相脸熟。张胜当时就看上了孙雪娥，就跟刘二说，让这个女子陪他。在这个过程当中，两人动了真情，好上了。这样张胜去临清码头不找别的女人了，就找孙雪娥，两人形成一种特殊关系，张胜成了孙雪娥的嫖客。

有一天，周守备被皇帝调出去出征了，不在守备府。陈经济就从临清码头回到了守备府。他并不跟他名义上的妻子葛翠屏在一起，而是和庞春梅聚在一起谈情说爱。陈经济跟庞春梅说，他在临清码头被一个叫刘二的人欺负了。本来春梅听着也没太在意，后来陈经济再往下说就让庞春梅心里不平静了。陈经济说，刘二是守备府里张胜的小舅子，刘二太可气了，张胜也不是东西，他到了临清码头，找的娼妓就是孙雪娥。庞春梅是最恨孙雪娥的，她没想到孙雪娥被她轰出去以后，居然跟府里的张胜好上了。庞春梅当即就跟陈经济表态，等守备一回来，她立刻跟守备说把张胜除掉，刘二就更好办了。万万没有想到，所谓"墙有缝，壁有耳"，他们的对话被窗外的张胜听到了。张胜为什么有机会听到？因为他太受庞春梅信任了，他可以帮她抱孩子，帮她到城外花田去买芍药花，陈经济也是他帮忙找回来的，所以，别人不可以在守备府里面随便走动，张胜是可以的，他有这种特权，他偏偏走到窗外听到了这段对话。这时候张胜的本性就爆发出来了。他是好惹的吗？他是过街鼠，他当年也是清河县地面上有名的地痞，也是一霸。他为庞春梅做了那么多的事情，可庞春梅不念他的功劳，还说等守备一回来就把他害死，这还得了。听完这话以后，张胜就立刻回到住处取刀。正好这个时候丫头过来找庞春梅，说孩子现在闹呢，好像是病了，庞春梅就急匆匆地回到住处看孩子。等张胜拿了刀，冲进书房，庞春梅已经不在了，但是陈经济在，张胜就拿刀把陈经济给杀了。

兰陵笑笑生写的这一幕也真够惊心动魄的。按道理，张胜对庞春梅和陈经济是有恩的，没有他忠心耿耿地去为庞春梅服务，没有他辛苦地寻找陈经济，庞春梅和陈经济就没有现在的生活。可是兰陵笑笑生就写出了人性的阴冷。这两个男女对张胜视若草芥，根本不去想一想张胜为他们做了什么，对他是不是应该手下留情。他们居然冷酷无情地商量，等守备一回来，立刻找个理由把张胜杀掉。张胜本来想把庞春梅和陈经济一块杀掉，但因为庞春梅的孩子不舒服，她临时抽身，躲过一劫，陈经济就被杀了。

陈经济被杀的时候，当然会大喊大叫，府里其他人很快就被惊动了，他们循着喊叫声来看是怎么回事，就发现张胜提了一把滴着血的刀。另外一个周守备的亲随李安一看，是张胜杀了人，就和张胜对打起来。最后李安又找来其他的人，拿了棍棒，一起追打张胜。张胜虽然武艺不错，但是寡不敌众，最后就被乱棍打死了。周守备回来以后，当然就要处置刘二。在官兵到达临清以后，刘二试图反抗，结果也被乱棍打死了。孙雪娥在绝望当中就上吊自杀了。庞春梅侥幸活了下来，在守备面前她当然不说实情，守备就以为是张胜要劫财，杀死了陈经济，于是继续宠爱庞春梅。

后来周守备升官了，升为统制，庞春梅又成了统制夫人，就更神气了。庞春梅见李安是一条好汉，在张胜事件当中挺身而出，最后制服并打死了张胜，就很欣赏他。那个时候周统制年纪已经很大了，根本不能满足庞春梅的性要求，庞春梅就要求李安献身。李安在这种情况下明白了，自己和张胜都是贵族人物的工具，人家今天可以使用你，明天就可以抛弃你，他不想再去为这些人服务了，于是他就离开了统制府，投奔他的叔叔李贵去了。

庞春梅后来在周统制再次出征的时候，欲壑难填，和一个老仆人周忠的儿子周义私通了。周义才十九岁，比庞春梅小十岁，眉目清秀。最后庞春梅纵欲过度，死在了周义的身上。

兰陵笑笑生塑造出庞春梅这个形象，引起无数读者诧异。有读者跟我讨论《金瓶梅》，问了我这样的问题，说兰陵笑笑生为什么写这么一个女性呢？他要肯定她什么？否定她什么？想告诉读者什么呢？我的回答是：兰陵笑笑生写人物不设前提，他不给任何人物贴标签，他就写一个生命，就写她这么活，这么过，这么爱，这么恨，这么说，这么做，这么死；他只是负责告诉我们，这个人是怎么个来历，是什么样的生活轨迹，最终结局是什么。至于他对不对，错不错，如何评价，兰陵笑笑生不负责下判断。这种写法是非常独特的，我们在后面还要专门分析。

## 第49讲　失去约束恶性暴发

### 陈经济祸害后院

【导读】

　　上一讲讲到春梅让张胜找到了陈经济，春梅让陈经济以她兄弟的身份生活在守备府，还帮他娶妻，实际上他们常常偷情。后来陈经济被张胜所杀，春梅又看上了守备亲随李安，但李安不受诱惑，离府投奔他的叔叔山东夜叉李贵去了。春梅不得已求其次，勾搭上老仆人周忠十九岁的次子周义，春梅欲壑难填，常留周义在香阁中，最终纵欲无度而亡。前面我讲了不少关于陈经济的故事，上一讲还讲到陈经济被杀死了，可这个人的来龙去脉还不是很清楚，他的生命轨迹如何？请看本讲内容。

　　《金瓶梅》这本书里面塑造了两个角色，都让人读了以后很吃惊，一个是前面讲过的庞春梅，一个就是现在要给你细讲的陈经济，作者把这两个人的人性展示得淋漓尽致。陈经济在书里面的戏份很多，如果说书里面西门庆是男一号，那么陈经济就可以叫作男二号。

　　书里开始就说西门庆和前妻生的女儿西门大姐嫁给了东京陈洪的儿子陈经济，书前面交代陈洪的身份很含混，直到后面才交代出来，陈经济的父亲陈洪是个卖松槁的商人。有一种松树会长得很直，把它砍伐放枯了以后叫作槁木，可以当作建筑材料，在那个时代很流行在红白喜事场合用来扎棚子。此外，据说陈洪是朝廷一个重臣杨戬的亲家。有的人熟悉《封神演义》，会说杨戬不是二郎神吗？在宋徽宗时期，有一个奸臣叫杨戬，那个时候民间还没有把二郎神的名字说成是杨戬。杨戬实际上是太监出身，陈洪是他亲家，很可能就是陈洪有一个女儿嫁给了杨戬的养子或者是侄子。当然也可能是更宽泛的关系，像西门庆后来巴结朝中的权贵蔡京，最后就和蔡京的管家翟谦拉上了关系。翟谦给西门庆写信要美女，西门庆就把他的伙计韩道国的女儿韩爱姐认为义女，并派人把她送到京城，做了翟谦的小老婆，这样翟谦和西门庆之间也有了姻亲关系。陈洪也可能是这个情况，不一定是自己的亲女儿嫁给了杨戬的养子或者侄子，有可能是一个下面的人。但是不管怎么说，陈洪和杨戬攀上了关系。

没想到后来皇帝对杨戬大怒，将他治罪，牵连到陈洪。因为陈洪的儿子陈经济是西门庆的女婿，所以西门庆也受到牵连。陈经济带着西门大姐从东京逃到清河县，投奔西门府，后来就一直住在西门府里面，和西门庆以及他的几房妻妾共同生活。

陈经济初到西门府的时候，西门庆和吴月娘就安排他和西门大姐住前院。西门大姐是一个女性，所以她可以随便到后院去，因为后院住的都是女眷，几房妻妾都住在二进以后的院子里面。而陈经济作为一个男子，是不能够进入后院的，他就始终在前院活动。西门大姐可以到后院吃饭，而陈经济的饭食是后边做好以后，让人给他送过来。

陈经济一开始的表现还挺勤谨的，西门庆让他参与店铺经营，他就很认真地帮着算账。后来西门庆要改造花园，把购买的花子虚那边的花园和他自己的花园连通起来，陈经济作为花园改造工程的监工，也比较认真。这样陈经济就给吴月娘留下了很好的印象，认为他是一个至诚的女婿，所以，有一天吴月娘主动提出来"人家的孩儿在你家，每日起早睡晚，辛辛苦苦，替你家打勤劳儿"，应该慰劳慰劳他。吴月娘是站在第三者的立场来说话，"你家"就是她自己家了，就是说陈经济本来并不是他们的儿子，只不过是一个女婿，可是现在起的作用跟儿子差不多，让他管生意他很积极，做花园改造的监工也很认真。所以，吴月娘说置办一桌酒席，款待陈经济一下。孟玉楼马上就附和说很好，应该这样做。于是吴月娘就在某一天安排了一桌酒席，把陈经济从前院请到了后院，这样陈经济的活动空间就大大地拓展了。原来他只能在前院活动，在院子外头的店铺里活动，后来就可以进入二进、三进、四进。

陈经济进后院以后，开头也表现得很恭顺，从和大家一起吃饭喝酒发展到一起打牌，喝酒的时候可能陈经济比较拘束，但一打牌他就放开了。书里说陈经济"自幼乖滑伶俐，风流博浪牢成"，而且他有个致命的秉性"见了佳人是命"。吴月娘招待陈经济，并没有把所有的小老婆都召唤来，其中就不包括潘金莲，但在她们打牌期间，潘金莲不请自来了。只听帘子一响，一个美人从帘子后面走进来了，笑嘻嘻地说："我说是谁，原来是陈姐夫在这里。"说这话的美人就是潘金莲。一见潘金莲，陈经济不觉心荡目摇，精魂已失，正好比"五百年冤家相遇，三十年恩爱一旦遭逢"。书里写潘金莲和陈经济第一次见面，两人就擦出了火花，都想勾搭对方。

吴月娘万万没有想到，她看错了陈经济，把他从前院引到了后院，就是引狼入室。自从陈经济进入后院以后，西门府里面就越来越混乱，但是一开始吴月娘都没有觉察到。书里有大量篇幅描写西门庆在世的时候，潘金莲就和陈经济互相勾搭，比如第二十四回"经济元夜戏娇姿"，第二十八回"陈经济侥幸得金莲"，第三十三回"陈经济失钥罚唱"，第三十九回"散生日经济拜冤家"，第四十八回"弄私情戏赠一枝桃"，第五十一回"斗叶子经济输金"，第五十二回"潘金莲花园调爱婿"，第五十三回"潘金莲惊散幽欢"，第五十七回"戏雕栏一笑回嗔"。这么多回里面都写到了潘金莲和陈经济互相调笑、偷情的事情。所以，不是说在西门庆死之后，潘金莲、春梅才跟陈经济勾搭，在这之前陈经济和潘金莲就有很多这种事情。

吴月娘的确是引狼入室，如果她一直规范陈经济的行为，陈经济作为一个年轻男子，就在前院活动，前院也是一大进院子，他跟西门大姐这样过日子不挺好的吗？可是后来吴月娘被陈经济的表现所蒙蔽，准许陈经济随意进入后院，一旦陈经济可以随意从前院进入后院，他人性当中恶劣的一面就开始展露无遗。

可惜吴月娘始终没有发觉陈经济的真面目，西门庆活着的时候也没有发觉。所以，西门庆在他临终的时候，甚至还把陈经济当作自己的儿子一样，在经济事务方面，给他留下了详细的遗嘱。某种程度上，西门庆已经把陈经济当作家族经济事务的继承人了。西门庆万万没有想到，其实在他死前，这个女婿就跟他的第五房小老婆潘金莲不干不净，他死了以后，陈经济就更加肆无忌惮地和潘金莲通奸，而且春梅也参与其中，使得西门府成了淫窝。

书中写了一种封建大家庭的规范，就是年轻男眷不能随意进入府主妻妾的活动空间。本来这种规范在那个时代还是有一定意义的。书里的吴月娘，虽然她是一个恪守封建礼教的女性，但是在防备陈经济方面，她放松了。西门庆在世的时候，吴月娘竟然主动地约请陈经济进入后院。若仅仅是在后院备一桌酒席，款待他、表扬他一下，说他给岳父在店铺算账，算得很好，很勤谨；后来他作为花园改造的监工，工作也很认真；花园盖好了以后，他工作也很负责。一次性表扬完了，请陈经济回到前院不就完了吗？吴月娘千不该万不该觉得陈经济真是一个至诚的好女婿，就心疼起他来了。吃完饭、喝完酒以后要留下他一块儿打牌，开头陈经济还只是一个旁观者，是西门大姐上桌。后来陈经济看有机可乘，就替代了西门大姐，因为西门大姐不是很喜欢打牌，这样陈经济就和他岳父的妻妾平起平坐，一桌打牌了。所以，吴月娘在与陈经济的相处上失察、失度。

清代康熙朝的张竹坡酷爱《金瓶梅》，二十九岁去世，他生前不做别的事，就评点《金瓶梅》。他对吴月娘做了很苛刻的评价，认为吴月娘治家是失败的，她不能够很好地规劝西门庆，导致西门庆后来的生活越来越荒唐，乃至纵欲而亡。当然他也批评吴月娘不该一开始就失察，竟然引狼入室，让陈经济从前院很轻易地进入了后院。这个头开了以后，陈经济后来就随随便便地在后院活动了，北京话叫作"平趟"，有事没事，他都可以进入他岳父的妻妾生活和活动的空间。

陈经济在西门庆临死的时候，还在床榻前聆听了西门庆对他的一大篇遗嘱。

西门庆未死之前，大面上陈经济还是照着西门庆的这些指示一一进行了处理，但是西门庆死了以后，陈经济就越来越荒唐，除了和潘金莲、春梅偷情，他还开始蚕食鲸吞西门庆的财产。后来陈经济被告发了，吴月娘开头不信，后来她亲自考察，证明这个女婿确实已经不成样子了，必须把他轰走。

在吴月娘发现陈经济不对头以后，轰出去之前，吴月娘重新宣布陈经济只能在前院活动，不许他再进后院，西门大姐也不再跟陈经济住一块了，吴月娘把西门大姐调到后院厢房居住。这说明吴月娘还是后悔当年引狼入室，居然让陈经济从前院进入后院，甚至后来发展到随便出入，但这个时候后悔已晚。最后吴月娘接受了孙雪娥拟定的方案，等于是搞了一次群众运动，孙雪娥带头，仆妇、丫头齐动手，拿着棍棒和棒槌，把陈经济一顿乱打，打得他无可奈何，只好靠脱裤子逃脱。陈经济很狼狈地从后院走到前院，干脆走出了西门府。

陈经济离开西门府以后到哪儿安身呢？陈经济的父亲陈洪在清河县是有旧宅的。当时他的父母都在东京，家里住的是他的舅舅张团练（团练是一个官名）。张团练一看陈经济回来了，当然得接纳他，因为这房子本来就是陈家的。所以，陈经济不是离开西门府以后无处落脚，他还可以到他父亲的旧宅去。

## 第50讲　不成器的败家子
### 陈经济气母打妻

**【导读】**

上一讲告诉你陈经济的身世，他的父亲陈洪原是清河县一个卖松槁的商人，后来迁往东京并和权臣杨戬结为亲家。不料朝廷起了政治风波，杨戬被治罪，牵连到陈洪，陈经济就和西门大姐从东京返回清河避难。西门庆安排陈经济在铺子里算账并监管花园工程，开始陈经济表现得不错，吴月娘以为他是个至诚的女婿，在后院设宴犒劳他，从此陈经济得以在后院自由出入。但陈经济生性风流，在西门庆生前就和潘金莲、春梅有私情，西门庆死后更是肆无忌惮地与她们通奸。吴月娘联合府里的仆妇和丫头将他赶出了西门府。陈经济离开了西门府，到他舅舅张团练那儿居住，在这以后又做了好几件荒唐事，是哪几件荒唐事呢？请看本讲内容。

陈经济离开西门府以后又做了好几件荒唐事。第一件就是他听说，他离开西门府不久，吴月娘就让王婆把潘金莲领走了，他就想迎娶潘金莲。于是他去找王婆，没想到王婆狮子大开口，问他要一百两银子，他当时下定决心非把潘金莲娶过来不可，但他在清河县筹不到一百两银子，他就打算到东京去找他的父母，想方设法要一百两银子把潘金莲买下。

有的读者就会问了，陈经济的父亲受杨戬一案的牵连，上了黑名单，是不是都已经被抓起来下狱了？是的。但是故事发展到这个阶段的时候，朝廷大赦，

## 第50讲 不成器的败家子：陈经济气母打妻

陈洪被放出来了。陈经济为了娶一个娼妇问父母索要银子，这在当时是很不孝顺的行为，而且非常不像话，毕竟他的父亲刚从监狱回家，家里的经济情况可能比较拮据。但陈经济不管，他打定了主意。没想到陈经济刚一到家，他的父亲就死掉了。因为陈经济的父亲被关进监狱的时候身体就垮掉了，精神也垮掉了，于是回家以后就死掉了。这时陈经济就面临给父亲安葬的问题。陈经济的母亲说："咱们是清河县的人，还有祖业，你得把你父亲的灵柩运回清河，好好给他安葬。"陈经济不得不答应。但是，他对父亲一点感情都没有，不想真正尽孝道。陈经济就对他的母亲说："现在路上不太平，我先把一些家里的细软箱笼运回清河，做好准备，下一步我再到这儿来把父亲的灵柩运回清河安葬。"

陈经济的母亲开头不同意，后来被他说服了，说："那样也好。但是你要尽快地把这些事情都做妥当。"于是陈经济就没有及时地把他父亲的灵柩运回清河，而是先带着家里的一些细软箱笼回清河县的陈家旧宅。他舅舅张团练还很识趣，一听说陈洪去世了，而且灵柩要运回来，陈经济以后要在这儿长住，就搬走了，把清河县的陈家旧宅完整地交给了陈经济。陈经济回到清河县后把他带来的那些细软箱笼变卖了一部分，筹了一百两银子，然后拿着这一百两银子去找王婆和潘金莲。谁料陈经济刚走到王婆所住那条街的街口就吓了一跳，只见街口贴了捉拿犯人的告示，捉拿的就是武松。这时陈经济才知道武松已经把潘金莲和王婆都杀了，而且两个人的尸体被草草地掩埋在街边。陈经济迎娶潘金莲的计划当然就落空了。后来他打听到潘金莲被人从街边挖出来，重新装殓，埋在了永福寺后院的空心白杨树下，于是他找到那个地方祭奠了潘金莲，这证明他对潘金莲还是有点感情的。

陈经济觉得他必须报复吴月娘，就准备向官府递状子，说吴月娘把他赶了出来，还霸占了他当年从东京带来的大量财富，得还给他。这种情况下，吴月娘就做出一个决定，让人把西门大姐送过去，同时把他们在前院那些细软箱笼也都一块儿送过去。这样的话，陈经济就告不成了。因为在陈经济递状子之前，人和财吴月娘都给他送到了。陈经济仍然要告，他说吴月娘现在送来的这些细软箱笼，只不过是他和西门大姐的那部分财产，当时他投奔西门府时从东京带来了很多财产，都是他父母让他带过来寄存的，这部分财产吴月娘也得还给他。吴月娘坚称，该给陈经济的都给了，东西就是这些。陈经济坚持说吴月娘藏匿了另外很大一部分，得还给他。所以，陈经济和吴月娘之间的纠纷一直存在，一直延续着。

西门大姐被送到陈经济那儿以后，两个人没法过，三日一场嚷，五日一场闹。西门大姐是一个很可怜的女子，遇人不淑，没有嫁给一个好丈夫。但是，当时从名义上来说，西门大姐确实还是陈经济的媳妇，陈经济想用一纸休书休了她也不是件简单的事。何况那个时候他母亲带着他父亲的灵柩回到了清河，他还得在附近安葬他父亲，还得赡养他的母亲。陈经济的母亲在，陈经济要把西门大姐休掉，难度就更大一些。

陈经济下一步怎么生活？他说他要做生意，逼着他母亲给他银子，还有他舅舅张团练也得给他银子，最后一共凑了五百两银子。陈经济自己又不会做生意，就和一个叫杨大郎的狐朋狗友合伙做生意，这个杨大郎大名叫杨光彦，绰号叫铁指甲。陈经济和杨大郎就到清河县的临清码头贩布。可是陈经济没有把心思用在认真做生意上，他吃喝嫖赌，四处鬼混，还和一个叫冯金宝的妓女好上了。如果陈经济只是和冯金宝保持嫖客和妓女的关系倒也罢了，他后来竟然花了一百两银子把冯金宝买下来带回了清河，跟自己住在一起。陈经济的母亲一看陈经济做生意不但没挣着钱，还大把地花钱，甚至带回了一个妓女，就被活活地气死了。所以，陈经济真是一个很古怪的生命，他人性当中的恶真是太深重了，自己的亲生母亲都能被他活活气死。表面上好像陈经济还是挺孝顺的，三间正屋的中间那间用来安放父母的灵牌。但是其余两间他都让妓女冯金宝住，而明媒正娶的西门大姐被他轰到了耳房居住。陈经济就荒唐到这种地步。他继续和杨大郎合伙做生意，在院门外开了家布店，但他依然没有认真经营，整天和冯金宝鬼混。

后来他又做了一件荒唐事，这件事在前面讲孟玉楼的时候已经讲过了，这

## 第50讲 不成器的败家子：陈经济气母打妻

里简略地说一说。陈经济和杨大郎合伙贩布，后来就搞了半船丝绵绸绢，沿着运河往南运行，停在湖州码头附近。在那个地方陈经济心生一计，就跟杨大郎说，他有个亲戚在离这儿不远的浙江严州府，他去找这个亲戚一趟，船就停在码头等他，他去去就来，于是陈经济就到严州府找孟玉楼去了。当时孟玉楼和她的丈夫李衙内跟随她的公公和婆婆到了严州府，陈经济到了严州府就对孟玉楼实行讹诈，但讹诈不成反被孟玉楼和李衙内设计拿捕。在审查的时候主审官员对陈经济一顿胡乱地审问，竟然相信了陈经济的话，把他放了。后来陈经济只好再回到码头找那只船，可是到了码头一看，船不见了，原来他的生意合伙人杨大郎趁着陈经济不在的空当就把半船货自己运走去贩卖了，私自侵吞了这只船上的货物。所以，陈经济的这个生意彻底失败，他非常狼狈，连回清河的盘缠都没有了，最后衣衫褴褛，挣扎着回到了清河的家里面。

回家以后他四处寻找杨大郎，可杨大郎躲起来了，他找不着杨大郎就和冯金宝闹气。陈经济跟冯金宝闹气倒也罢了，他不在家时，冯金宝跟西门大姐也闹气，两人对骂。冯金宝并没有正式成为陈经济的小老婆，就是陈经济包养的一个妓女。但是，在冯金宝和西门大姐争吵的时候，陈经济选择偏向冯金宝。陈经济居然对西门大姐说，她还不如冯金宝一个脚趾头。陈经济把他卖货被人骗这种生意上失利的恶气全都爆发出来，对西门大姐实行家暴。他一把拽过西门大姐的头发，对她拳打脚踢，打到西门大姐鼻口流血。当天晚上，西门大姐就在耳房上吊自杀了，年仅二十四岁。

西门大姐在书里面出场的次数挺多的，但是兰陵笑笑生对她的刻画不够丰满，作为艺术形象比较苍白。我们现在想一想，西门大姐和书里面写到的另外一个小生命迎儿很类似，她们始终处在一种被冷落、被歧视、被侮辱、被损害的状态当中，她们的生命没有人尊重。西门大姐表面上好像比迎儿要幸福一些，因为在她父亲活着的时候，她的继母吴月娘对她似乎也还过得去，西门府里的吃喝玩乐她都有份，好像她的生活质量还可以。但是，你仔细想一想，她从来没有得到过真正的情爱，陈经济从来不爱她，她没体验过真正的幸福的夫妻生活，她也没有作为一个小姐的尊严。最后，竟然被她的继母一赌气送回到陈经济身边。其实如果吴月娘庇护她到底的话，陈经济也无可奈何，但吴月娘为了保护自己，明知道陈经济不会对西门大姐好，还非把她送到陈经济身边。最后陈经济生意失败，被人坑骗，回到家以后暴怒，对西门大姐实行家暴，导致了西门大姐的死亡。虽然陈经济没有直接打死西门大姐，但西门大姐的死亡确实是他严重的家暴所导致的。所以，说西门大姐死于她丈夫陈经济的暴打，我们做出这个结论并不过分。

# 第51讲 富贵只如黄粱梦
## 陈经济的沦落

## 【导读】

　　上一讲告诉你陈经济离开西门府以后做的一些荒唐事，一开始他想娶潘金莲，银子不够就去东京问他的父母要。当时他的父亲已经去世，他先不考虑将父亲的灵柩运回清河，而是拿了银子去找王婆和潘金莲，但那时她们已被武松所杀。陈经济决定报复吴月娘，状告她侵吞了自己从东京带回来的大量财富。他又向他的母亲要钱做生意，但钱被他用来吃喝玩乐，他还买了一个妓女回家，把他的母亲气死了。后来他和人合伙到南方贩布，还专门去严州府讹诈孟玉楼。他的合伙人趁他不在把货卷跑了，他衣衫褴褛地回到清河。他把怒气发泄到西门大姐身上，对西门大姐拳打脚踢，西门大姐自尽身亡。作者对陈经济的故事苦心经营，他的恶劣，作者写到这个程度还不甘心，还要继续往下写，他还有越来越离奇，越来越荒唐，越来越让人觉得可气可恨的表现。请看本讲内容。

　　陈经济气死了母亲，逼死了妻子，说明他是一个非常残忍的人。前面讲到庞春梅也是一个非常残忍的人，她的所作所为导致三个人被乱棒打死。第一个是张胜。张胜听见庞春梅和陈经济在屋里面说私房话，他们居然不念他为他们所做的许多好事，反倒轻松地说，等守备回来，就让守备把张胜杀掉。张胜后来就提刀去杀他们。那个时候丫头来报告说孩子病了，好像在抽风，庞春梅就赶紧去看孩子。张胜冲进书房把陈经济杀了。府里面的李安带领其他的仆人来追查，发现了张胜手里拿着还滴着血的刀，知道他杀了人，于是就乱棍把张胜打死了。虽然不是庞春梅直接下命令打死张胜，但是张胜被乱棍打死的根源就是庞春梅。第二个是刘二。张胜的妻弟刘二在临清，张胜被打死后，周守备就派人去抓他，他也被乱棍打死。第三个是周义。庞春梅淫乱无度，那个时候她的丈夫周守备又出征了，庞春梅就和府里面比她小十岁的男仆周义勾搭上了。最后，庞春梅纵欲过度而死。据书里描写，周守备后来为国捐躯了。但是周守备他们家的势力很大，他的一个堂弟就出面抓住这个逃跑的周义，把他也乱棍打死了。所以，书里庞春梅的手里最起码有这三条人命，还不算孙雪娥。陈经济跟庞春梅在人性这方面有得一比，他居然很残忍地气死了他的亲生母亲，逼死了他的妻子。

有年轻人也跟我讨论这个问题，说兰陵笑笑生怎么写人性写到这种程度，他读过的其他古典长篇小说，没有任何一个作者写人性恶能够写到这种地步，他认为《金瓶梅》在这方面是空前的。那是不是绝后的呢？很难说。因为文学艺术还在发展当中，但是起码到目前为止，这样冷静地写人性恶的作者和作品还真不多。

兰陵笑笑生的一支笔继续往下写陈经济的生命轨迹。他对西门大姐实行家暴，导致西门大姐上吊而亡，为了不让自己受到连累，陈经济的仆人就跑去报告吴月娘这个消息。吴月娘听到西门大姐居然被陈经济暴打以后上吊了，就带了一群仆妇、丫头，还有小厮，一窝蜂地到了陈经济的住所，冲进去一看，果然西门大姐悬梁自尽，而陈经济连尸体都没处理。不光吴月娘大怒，跟去的人也都义愤填膺，他们就把陈经济院落里面的桌椅、板凳、窗户等一切可以砸烂、砸碎的东西都给砸了，然后一窝蜂把原来吴月娘送西门大姐过去时一块儿送过去的箱笼等东西都搬回了西门府。当时陈经济被他们一顿乱打，他包养的妓女冯金宝躲在床底下，也被揪出来打了一顿。

吴月娘领着众人打砸抢了陈经济的住所以后，还往官府递了状子，状告陈

## 第51讲　富贵只如黄粱梦：陈经济的沦落

经济打死了西门大姐。后来官府就把陈经济和冯金宝都拿来审问，当然陈经济就为自己辩解，可是辩解了半天也无效，最后官府就做出处置。冯金宝也被上了刑，对她的发落是让她重回妓院，让妓院把她领走。陈经济因为杀了人，判了死罪绞刑。在这种情况下，陈经济就想尽办法让仆人把他家里还剩下的一些财产变卖了，凑了一百两银子，连夜送给审判官。审判官得了银子以后第二天就改判了，原来说他是杀了西门大姐的死罪，现在说他是打了西门大姐，但西门大姐是上吊自杀而亡的，陈经济有罪，但不是死罪了，改为罚役五年。对于改判的结果，吴月娘当然不答应，说为什么原来判了死刑，现在要轻判呢。审判官收了陈经济的银子，就对吴月娘说，根据西门大姐的验尸情况，她的脖子上分明有上吊的绳子勒的痕迹，说明她不是直接被殴打致死，而是她自己想不开，上吊而亡。所以，陈经济还算不上死罪。吴月娘无奈，只好认了。

按说陈经济应该去服役，但在那个时候这种判决再使银子贿赂官员的话，就都可以马马虎虎地执行，甚至可以逃脱，可以不去真正地做苦工。陈经济就没有去服役，他回到了自己的住宅，可是住宅已经被吴月娘带着西门家的人砸得稀烂，为了贿赂官员，他把家里剩下的能够变卖换成银子的东西基本上都卖光了，这样除了这所大房子，他就一无所有了。他一个人，大房子没法住，就把大房子卖掉，换了一个小房子住。原来他有两个丫头，一个是他自己买的重喜儿，一个是他强行问吴月娘索要的元宵儿，现在重喜儿被他卖掉了，元宵儿死掉了。陈经济的仆人看到是这种情况，也离开了，他就孑然一身了。但他也还得吃喝，还得有银子花，最后连小房子也卖了，卖的银子很快就被他花光了，他就居无定所、一贫如洗了。

冬天到了，寒风阵阵，后来又下了雪，他连个栖身的地方都没有。怎么办呢？那个时代，县城里面有一种叫作冷房的破房子，由于种种原因没有人居住，可能屋顶都塌了，一部分墙也塌了，根本挡不住风寒雨雪，但是，在里面待着总比露天待着略好一些。一些乞丐，一些社会上无家可归的人，晚上就会到冷房里面居住。陈经济最后也成了冷房当中的一员，和一些叫花子，还有一些社会上莫名其妙的人混在一起。那些人为了得到一点钱买吃的，就给官府兼做打更的人，晚上在县城的街道上敲梆子，报时间，这样可以从官府得到很少的一点钱，勉强买些吃的。陈经济住进冷房以后，人家也就分点这种差事给他，让他挣点小钱，勉强糊口。

有天他做了个梦，梦中又回到了西门府，回到了那种富贵的、繁华的，对他来说可以称之为幸福的生活场景中，包括他如何从前院进入后院，如何吃餐、饮酒、弹唱、听曲儿，如何和女眷们一块儿打牌，一块儿游戏，可能也梦到了前面讲到的过灯节，他骑着马在前头引路，后面一群妇女跟着他"走百病"，在县城里面招摇而过。当然他也会梦到和潘金莲的种种幽会，他们一起诉衷情，一起做那种事。但是，当他梦醒以后这一切都消失了，他发现自己完全离开那样一种生活，那样一个世界了，沦落到这种地步，他就流泪了。这时候有一些叫花子问他怎么回事，为什么哭。这个时候词话本就利用它的文本特点，写陈经济唱了一大段曲儿来诉心声，来回答那些一块儿在冷房里面躲避风寒的叫花子的问题。我一再跟读者强调，词话本的文本特点是有说书人在茶楼酒肆说书的底本的风格，为了调剂听众的情绪，会在故事叙述当中穿插一些词曲，活跃气氛，同时也使得叙述别有意趣。书里写陈经济用唱曲的形式向周围这些穷哥们讲述他的身世。陈经济的这套曲子很长，我选择当中几段，以补足原来叙述文本里面所欠缺的、没有叙述清楚的那些内容。陈经济唱的曲子每一段都是有曲牌的，其中有一段是陈经济说他自己的来历，他的唱词是这样的：

  花子说你哭怎的？我从头儿诉始终。我家积祖根基儿重，说声卖松槁陈家谁不怕？名姓多居住仕宦中，我祖耶耶曾把淮盐种，我父亲专结交势耀，生下我吃酒行凶。

这个地方就交代出来陈经济的父亲陈洪是卖松槁的，这种生意可能比西门庆开生药铺挣的钱还要多。你想，把松树砍伐下来，再把枯的松树树干发卖，首先要有足够大的堆积场。松槁卖出去以后不论是作为建筑材料，还是作为反复使用的搭棚子的材料，都应该比卖生药赚得多。陈经济说他父亲是卖松槁的，

## 第51讲 富贵只如黄粱梦：陈经济的沦落

而且因为卖松槁得以结识很多权贵。所以，陈经济的父亲后来和杨戬这样的朝廷重臣成为亲家，这就说明陈经济的出身不一般，不仅出生在一个富商家庭，而且这个富商还能够和大官僚攀附关系。

然后陈经济又唱道：

> 我也曾在西门家做女婿，调风月把丈母淫。钱场里信着人，钻狗洞，也曾黄金美玉当场赌，也曾驮米担柴往院里供。欧打妻儿病死了，死了时他家告状，使了许多钱，方得头轻。

陈经济说，他也曾"在西门庆家做女婿，调风月把丈母淫"，这个丈母指的是潘金莲，因为潘金莲虽然只是西门庆的一个小老婆，但是名义上也是陈经济的丈母。

他又唱自己后来的命运：

> 卖大房，买小房。赎小房，又倒腾。不思久远含余剩，饥寒苦恼妾成病，死在房檐不许停。所有都干净。嘴头馋不离酒肉，没搅计拆卖坟茔。

陈经济的唱词还有好几段，在这儿就不一一讲述了。陈经济就是这样从一个原来在温柔富贵乡里面醉心享乐的公子哥儿般的人物，最后沦落到一贫如洗，沿街乞讨。

# 第52讲　社会万象光怪陆离
## 陈经济的八次奇遇

# 【导读】

上一讲告诉你西门大姐死后,吴月娘将陈经济告官,官府本来判处他死刑,但陈经济变卖家产贿赂了官员,改判为罚役五年,他又花银子摆脱了服役。他回到家里,冯金宝归院了,家中财物丧尽,家人也散了,没有生计来源,就变卖房产,大房换小房,直到小房也没了,有点钱就被他花了,很快他一贫如洗,流落街头,和叫花子一起住冷房、睡冷铺,白天街头乞食,晚上有时打梆子摇铃。陈经济离开西门府后非常落魄,他的生命如何延续?他的故事还很曲折。请看本讲内容。

陈经济荡尽家产,最后沦落到一贫如洗,成为一个清河县沿街乞讨的叫花子。这以后陈经济居然有八次奇遇,下面我们先讲他的**第一次奇遇**。陈经济向人乞讨,但施舍的人不多。有一天他遇见一个老头,老头叫王杏斋,是一个专门做慈善的人。陈经济见到王杏斋,王杏斋对他很慈祥,他就跪在地上跟王杏斋乞求索食。王杏斋问他是谁。他说他是卖松槁的陈洪的儿子。王杏斋想了想,就问是不是陈大宽的儿子。大宽应该是陈洪的字。陈经济说是的。王杏斋见他衣衫褴褛,形容憔悴,非常感慨。陈经济说了他的情况,王杏斋可怜他,给他吃的穿的,又给了他一两银子和五百文钱,让陈经济别再满街流浪了,去租半间屋子住。他给陈经济的那些银钱,不但够租房,而且陈经济还可以提篮小卖,做点小生意，自己养活自己。陈经济趴在地上给王杏斋磕头，感恩不尽，然后就离开了。

陈经济有了这点银子和铜钱，并没有去租住处，更没有去拿一部分本钱进点小东西提篮叫卖。他立刻到酒馆、面馆去喝酒、吃面，很快就把这点钱花光了。后来因为他很不像样子，被巡街的兵当作土贼抓了，打了一顿，落了一屁股的棒疮。这样他绕来绕去又到了王杏斋的家门口，遇见了王杏斋这个慈祥的老头。陈经济跪下，乞求施舍。王杏斋问他怎么成这个样子了，比上次还糟糕，好像还被打过，屁股上长疮了。陈经济就苦苦哀求。这样王杏斋又一次施舍了，说这次陈经济可得好好地去租房做小生意。陈经济满口答应，但他好吃懒做惯了，很快又把王杏斋给他的一点钱吃光了，喝光了。他居然第三次来到王杏斋的跟前，趴在地上磕头，祈求王杏斋资助他。

王杏斋就说："咽喉深似海，日月快如梭，无底坑如何填得起？"意思是陈经济这么贪吃贪喝，喉咙就跟通向一个无底大坑一样，如果再给陈经济银子，他也会把它浪费掉，很快地吃掉喝掉。岁月如梭，日子一天一天很快过去了，陈经济这样怎么得了呢？王杏斋跟陈经济说，这次不给他银钱了，会指定他去一个地方，那个地方能够免费供应陈经济吃喝，连住的问题都解决了。在离临清码头不远的地方有一个晏公庙，王杏斋说他跟住持很熟，他跟住持一说，住持就会收留陈经济。按说道士主持的宗教活动空间应该叫作道观，但是那个时代佛道基本上是混为一体的。所以道士主持的宗教空间也叫庙，叫晏公庙。

**陈经济的第二次奇遇**就是他听从王杏斋老人的指示，去了晏公庙，晏公庙里面有一个任道士，他手下有两个弟子，一个叫作金宗明，一个叫作徐宗顺。王杏斋是一个慈善家，对晏公庙也多有布施，任道士听说陈经济是王杏斋老人介绍来的，就收容了他，并给陈经济取了一个法名叫作陈宗美。任道士的弟子都要排序，这一波弟子都是"宗"字辈。

陈经济晚上就和金师兄在一个炕上睡，没想到金宗明是个酒色之徒，把陈经济灌醉了以后就把他奸污了。由此可见，陈经济后来的命运轨迹变得非常古怪，他不但一度沦落到一贫如洗，到了晏公庙以后还被男子玩弄，很不堪。陈经济被金宗明玩弄以后就提出来，既然金宗明占了他的便宜，就得帮他跟师傅说一下，也给他一个度牒。度牒就是那个时候寺庙里面发放的一种通行证，有了正规寺院或者道观所发的通行证，作为和尚或者道士，到外面去活动，就能得到一些方便。后来金宗明就在任道士面前给他说了好话，任道士就给了陈经济一个银钱度牒，拿着这个度牒不但可以到处通行，还可以募捐化缘。这样陈经济就一身道士打扮，拿了度牒跑到临清码头去了。到了临清码头，他和他原来包养的妓女冯金宝又相遇了。

那个时候冯金宝已经被转卖了，卖到郑五妈家，改名叫郑金宝了。这说明当时妓女的命运是很凄惨的，谁买了她，她就得跟谁姓。陈经济与她重叙旧情。前面讲过了，临清地区有一个地头蛇刘二，刘二和守备府的张胜有姻亲关系，刘二是张胜的妻弟。有一天，陈经济正和现在叫作郑金宝的妓女鬼混，刘二就冲进来要房钱。郑五妈操纵了好几个妓女，在这儿租了好几间房，但是一直欠房钱。刘二来收房钱，郑金宝就说她的妈妈会给他房钱的。因为房钱已经拖欠三个月了，所以刘二根本不听她的话，把郑金宝抓过来，劈头就打，把她打得血流满地。陈经济在旁边，也没帮郑金宝。刘二一看陈经济是个嫖客，很生气，顺带把陈经济也打了一顿。事情闹大了，临清码头这个地方的保甲就过来了，把陈经济和郑金宝两个人用一条绳子拴了，押到守备府去审问。这是陈经济的第二次奇遇，这次奇遇比第一次的结果更糟糕。陈经济在临清码头犯了事由守备府来审问，可能是因为守备府当时也监管地方治安。

**第三次奇遇**其实前面讲过了，就是陈经济被押到守备府以后发生一个小插曲，守备的亲随张胜抱着守备夫人庞春梅的儿子金哥儿看热闹，金哥儿哭着要被审问的陈经济抱他，这就引出春梅去跟守备说，现在被审的这个人是她的兄弟，守备就跟春梅说他已经打过陈经济了。当时可能判了二十棍，只打了十棍，因为陈经济是守备夫人的亲戚，当然剩下的棍子就不再打了，守备也不再审了，就把他放了。郑金宝当然又再次被遣送了。

## 第52讲 社会万象光怪陆离：陈经济的八次奇遇

陈经济从守备府释放后不好再回到晏公庙了，他就破衣烂衫地又回到了清河县，"白日里到处打油飞，夜晚间还钻入冷铺中存身"，又过着不堪的生活。打油飞就是到处鬼混，找点喝的吃的。可是陈经济有**第四次奇遇**。一天，当他沿街乞讨的时候忽然发现杨大郎骑着匹驴儿，穿戴很体面，小厮跟着他得意扬扬地从街心走过。陈经济一直在找杨大郎，却找不到他。陈经济曾经去过杨大郎的家，杨大郎不出来见他，最后是杨大郎的兄弟杨二风出来应付他。书上说杨二风是个"刁徒泼皮，耍钱捣子，胳膊上紫肉横生，胸前上黄毛乱长，是一条直率光棍"。杨二风一出来就把陈经济吓坏了，当时他就跑掉了。杨大郎后来可能觉得陈经济家破人亡，也可能模模糊糊听说陈经济已经离开县城，到临清码头去了，所以就出来活动。没想到当天就被陈经济遇到了。陈经济看见了杨大郎就立刻冲上去拦住了他，追问杨大郎当年偷拐自己半船货的事情。杨大郎满嘴否认，而且和小厮一块儿推打陈经济。这回的回目叫作"杨光彦作当面豺狼"，从回目可以看出杨光彦（杨大郎）真是豺狼般的人，独占财产，拒不交还，而且遇见丢失财产的人还一顿暴打。其实我们想一想，陈经济虽然不如杨大郎强壮，当时就是破衣烂衫的一个讨饭的花子，但平心来说，他何尝不是气死亲生母亲，逼死自己妻子的一个豺狼般的生命存在？

接着就是陈经济的**第五次奇遇**。因为当时陈经济在街上和杨大郎发生纠纷，杨大郎和小厮一块儿打他，他没法应付。这时候斜刺里冲出一个人来救了他，这个人当年陈经济睡冷铺的时候就认识了，叫侯林儿。侯林儿的形象，书里的描写也是很奇特，说他"生的阿兜眼，扫帚眉，料绰口，三须胡子，面上紫肉横生，手腕横筋竞起"，是一个市井的粗壮汉子。侯林儿对陈经济说他现在也不在冷屋睡冷铺了，是一个包工头，承包了城南水月寺里面一个大殿的修造工程。陈经济跟他一块去的话，有酒喝，有饭吃，有地方睡觉，还有工钱，也不让陈经济做重活，就抬几筐土就行了，也算一工，一天四分银子。陈经济觉得这样总比沿街乞讨好，就跟着侯林儿去了。陈经济到了侯林儿安排的那个地方，确实有吃有喝，有地方睡觉，活也确实不重，还给工钱。但是，侯林儿也把陈经济占有了。陈经济自己很荒唐，他又被更荒唐的人所玩弄。

紧接着就有了陈经济的**第六次奇遇**，这次奇遇其实前面我详细讲过。陈经济跟着侯林儿打工，在水月寺修殿堂，歇工的时候就到寺外的墙根底下晒太阳，捉身上的虱子，这就说明当时他已经非常不堪了。他当年在西门府时过着何等荣华富贵的生活，那个时候身上不长虱子，衣服都是用很好的料子制作的，锦衣玉食，现在却沦落到在墙底下晒太阳、捉虱子就算是他生命当中愉快的一个时间段了。这时候陈经济就看见一个人骑着马走过来了。他头戴万字头巾，身穿青窄衫，紫裹肚，腰系缠带，脚穿鞴靴，骑着一匹黄马，手里还提着一篮子鲜花。想起我前面讲到的画面了吧，来的就是守备府里的张胜。庞春梅让张胜在清河县满世界寻找陈经济，张胜就找到了他。张胜等于解救了陈经济，让他也骑到马上去，一起到了守备府，交给了庞春梅。陈经济洗了澡，换了衣服，重新梳了头发，又恢复到过去那种状态，在守备府里面过上了物质上相当优裕的生活。庞春梅为了掩人耳目，说陈经济是她的一个兄弟，失散多年现在寻到了，还给他娶了葛员外的女儿葛翠屏。

后来就有了陈经济的**第七次奇遇**。陈经济在守备府里待着也挺无聊，有时候就到街上闲逛，结果遇到了一个过去的老朋友，陆二哥陆秉义。陈经济就把他在临清用船贩布被杨光彦坑的事跟陆秉义说了。陆秉义告诉陈经济，杨光彦已经发财了，他把半船的货物卖掉后，用赚来的银子在临清码头开了一家大酒楼。陆秉义给陈经济出主意，让他状告杨光彦，追回杨光彦侵占他的银子，而且把杨光彦现在开的大酒楼夺过来。如果陈经济不会经营，他会给陈经济介绍一个叫谢三哥的搭档。这样的话，陈经济每个月不用做什么事，也能稳稳地有百十两利息。原来陈经济是一个街上的叫花子，他要去告杨光彦那简直就是开玩笑，现在陈经济有靠山了，他住在守备府里面，是周守备的小舅子，这样去告杨光彦，当然一告一个准。后来在周守备的干预下，杨光彦和他的兄弟杨二风就都被告倒了，被拷打了，最后不得不吐出私吞的银子。陈经济成功地和谢三哥合作，经营杨光彦原来所经营的酒楼。杨家两兄弟被告倒以后，这家酒楼等于是赔偿陈经济的一部分，归陈经济了。陈经济在临清码头有自己的生意了。

最后就是陈经济的**第八次奇遇**。陈经济在临清码头经营大酒楼，一天酒楼里来了一对夫妇和他们的女儿，就是前面讲到过的韩道国、王六儿和他们的女儿韩爱姐。韩道国和王六儿在西门庆生前，就以王六儿出卖身体来赚取西门庆的银子。韩道国替西门庆贩布，后来听说西门庆死掉了，夫妻俩就把从西门庆那儿搞到的银子以及贩布所获得的一千两银子都卷跑了。韩道国夫妇担心官府追究，就离开了清河县，跑到东京投靠给蔡京的大管家翟谦当小老婆的女儿韩爱姐。故事发展到这个阶段，皇帝对蔡京、蔡攸两父子动怒，治了他们的罪。这样翟谦当然也难脱干系，被皇帝给办了。韩爱姐就从翟谦府里逃出来了。她的父母带着她一路逃难，最后回到了清河县，到了临清码头，住进了陈经济的酒楼。

后来的故事就更加离奇了，我放在后面再讲。这里先简单地交代一下，陈经济发现王六儿是一个暗娼，而且她的女儿韩爱姐也成了一个暗娼，最后陈经济和韩爱姐成了一对恋人。因为他的大酒楼妨碍了地头蛇刘二的生意，两人发生了争斗。后来的事情前头讲了，陈经济从临清码头回到清河县城，在守备府里面又和庞春梅偷情，说私房话时提到要杀了张胜。陈经济和庞春梅的私房话被张胜听见了，张胜想杀春梅没杀成但把陈经济杀死了，陈经济的一生就结束了。

## 第四辑
# 西门府外的大社会

## 第53讲　依附性生存
### 西门庆的把兄弟们

### 【导读】

上一讲告诉你陈经济的八次奇遇，作者用很大的篇幅刻画了这么一个几乎一无是处的男子形象。为什么要这么写？作者并未说明，只能我们自己领会。对比一下，陈经济远不如西门庆。西门庆的人性当中还有一些闪光点，他的心里面还有柔软的一部分，而陈经济确实是一个不断喷发人性里的恶，令人厌恶和痛恨的男子形象。讲到这儿，有的读者可能会问了，前面讲了不少《金瓶梅》里面的女性形象，也讲了男二号陈经济，那么是不是该讲一讲"西门庆热结十弟兄"的事情了呢？请看本讲内容。

《金瓶梅》这部书里面描写了西门庆方方面面的生活。他首先是一个商人，在生意场上很精明，赚了很多钱，变得很富有。后来又写西门庆不满足于白衣的身份，通过贿赂京城的大官僚获得了官帽，成了清河县的一个提刑官。又写到西门庆的私生活，他住在一个大宅院，有好几房妻妾。然后写到他在清河县的地面上，在市井当中结识的一些人，和他们之间发生的故事。西门庆在没当官以前，在做生意的过程当中结交了市井上的另外九个朋友，后来他们干脆举行了拜把子仪式，结为异姓兄弟。拜把子指的是原来没有血缘、宗族关系的人，通过举行一定的仪式结为兄弟。在中国，这种社会上人与人之间的关系通过拜把子来增进的传说，是源远流长的，不但男子之间可以这样，妇女之间也可以，当然妇女之间不叫拜把子了，而是结为异姓姊妹。

拜把子原来应该是社会当中一种民间互助的特殊形式，到了明代，这种文化就格外流行，在这部书里有所反映。早期的万历词话本没有把西门庆拜把子专门作为一回来写，它是在故事发展的过程当中交代出来的。并且早期的词话本里面关于西门庆拜把子，他的结拜兄弟都有哪些，第十回和第十一回都有交代。但是，即便在同一个本子里面，在前一回、后一回的交代里面，这个名单都不完全吻合。也就是说，在词话本里面，关于西门庆和另外几个人结拜兄弟的事情写得较为含混。按早期词话本的交代，比如我们以第十一回为准，这十弟兄的排序是这样的：西门庆排第一位，然后是应伯爵、谢希大、吴典恩、孙天化、云理守、花子虚、祝实念、常时节、白来创。到了崇祯时期，又有文人整理了早期的词话本，改动最厉害的就是第一回，被彻底改造。第一回的回目的前半句就变成了"西门庆热结十弟兄"，然后有一大段文字讲西门庆和这些人结拜兄弟的具体情况。在崇祯本里面和西门庆结拜兄弟的这些人，名字以及他们的排序，和万历本有些出入。

崇祯本写西门庆，其实在他的生活里面，老早就有这样一些市井人物。然后某一天，西门庆忽然觉得与其泛泛地交往，不如干脆举行一个拜把子仪式，正式结为弟兄。他们决定在清河县的玉皇庙举行这个仪式。根据书里的描写，玉皇庙应该是清河县最大的一个宗教场所。我们前面已经讲到了一些宗教场所，比如永福寺是一个佛教的僧院；还讲到了晏公庙，它的名字叫庙，但里面的住持是任道士。当时明朝的皇帝重视道教，所以道观遍布全国各地，清河县也不例外。根据书里的描写，清河县玉皇庙道观的建筑十分堂皇富丽，里面有瑶草、琪花、苍松、翠竹，住持吴道官也非常神气。所以，他们选择了清河县一个最重要的宗教场所，请吴道官主持他们正式拜把子的仪式。根据崇祯本的交代，一开头他们还对十个人的排序进行了讨论，西门庆在里面并不是岁数最大的，排在第二位的应伯爵年龄比他还大，但是当时大家都推荐西门庆排第一。

按照过去的封建伦理道德，人们聚在一起的时候要叙齿，就是按年龄排序，因为牙齿是随着年龄的增长逐步长全的，所以叫作叙齿。异姓兄弟虽然姓氏不同，也应该按年龄顺序往下排。但应伯爵就把话说破，"如今年时，只好叙些财势，那里好叙齿"，意思是说现在这个年月哪里还讲究叙齿，谁财大气粗，谁在清河地面有势力，就应该往前排。这样一比较的话，西门庆最厉害，生意做得最大，在清河地面上最有威势。何况举行这个仪式，份子钱出得最多的也是西门庆，虽然他不是年龄最大的，但拜把子他排第一当之无愧。

举办这个拜把子仪式会有所花费，比如有香火钱，再加上在人家的道观搞仪式，有场地租用费，吴道官亲自出场主持，还有主持费，所以需要凑份子。书里写得很有趣，说是凑份子，这些人就把凑好的份子包好交给西门庆，西门庆也不仔细问，就把银子都交给了吴月娘让她来清点。吴月娘打开一看，没有一个人真正按标准出份子钱，按说每个人怎么也得半两银子，有的就出一钱多，有的就出几分。这些人有的是穷，有的也不一定那么穷，但是他们在拜把子的时候想的却是付出的越少越好。当然西门庆很豪爽，后来他拿了四两银子交给玉皇庙，完成了拜把子的仪式。

西门庆因为最有钱，排第一，当大哥了。排第二位的是应伯爵，排第三位的叫谢希大。排第四位的原本是卜志道，书里交代卜志道在举行正式的结拜仪式之前就死掉了，要凑成十个人的话，必须再补入一个。这样西门庆就想起来隔壁的花子虚是一个有钱太监的侄子，应该把他请来入伙，于是就招呼花子虚参与了拜把子活动，排在第四位。排第五位的叫孙天化，排第六位的叫祝实念，排第七位的叫云理守，排第八位的叫吴典恩，排第九位的叫常时节，排第十位的叫白赉光。

鲁迅先生早就指出来，中国人有一种病态心理，什么事总得凑满了十心里才踏实，所谓十全十美。比如一个地方的景物，总是要想尽方法找出十个景，凑成十，比如西湖十景、泰山十景、某某地方的十景。八景、九景就不行，总得凑满十个。所以，鲁迅先生指出中国人有"十景病"。在拜把子这件事情上，实际上西门庆他们也有十全十美的心理，虽然有个兄弟在仪式之前死了，九个人拜把子也挺好的，毕竟大家都挺熟的，但西门庆他们想来想去，觉得还得凑一个，还得是十弟兄，最后就把花子虚拉来凑上去。

这十弟兄的名字在词话本里面和崇祯本里面还有一些出入，一些名字的具体用字上有出入，我就不跟读者仔细比较了，那是专家们要去做的事。我现在要告诉大家的是这些名字都有谐音寓意。除了西门庆外，其他每个人的名字都是谐音，都含有一种特殊的意义。这些名字的谐音所含的意义都是带有讥讽性的。

比如应伯爵，看字面好像是一个贵族，像公爵、伯爵、侯爵、子爵、男爵一样，实际上不是，"伯爵"谐音"白嚼"。因为古代这些字音和我们今天的字音不完全一致，南方、北方语音上也还存在差别，所以，不要用今天的普通话语音规范来衡量古典小说里面的这些谐音寓意，知道这个字音大概能够谐某音，就可以了。应伯爵，谐音"应白嚼"。在明朝，"爵"和"嚼"是可以相通的两个音，所以应伯爵就是一个到处吃白饭的人，从后面的描写来看，此人也确实如此。谢希大，谐音"谢喜大"，这个人总希望能够多占便宜。花子虚这个人通过前面我跟你讲的就知道了，他很荒唐，他有一个非常美丽、性感的媳妇，但是他不跟媳妇过，一天到晚到妓院里面去胡闹，最后引发了家族的财产纠纷，打官司打输了，被活活地气死了。所以，他的一生可以说没有享受到什么实在的幸福，是子虚乌有一场。孙天化呢？从书中知道他有一个绰号叫孙寡嘴。天化，谐音"天话"，就是他能把谎话、瞎话说到天上去，贫嘴寡舌。还有一位叫作祝实念，实念，就是"着实想念"，他老想着占别人的好处，占别人的便宜。还有一位叫作云理守，谐音"云里手"，他的手伸得很长，都伸到云里面去了，可见也是一个很贪心的人。还有一位叫吴典恩，谐音"无点恩"，就是他一点恩情都不懂得报，是一个忘恩负义的人。还有一位叫作常时节，谐音"常时借"，意思是他手头拮据，老跟人借钱。还有一位叫作白赉光，谐音"白借光"，他老想白白地借人家的光，在词话本里面他叫白来创，就更传神，谐音"白来闯"，比如他总是往西门庆家里闯，去混吃混喝，得点好处。所以，从书里面所使用

## 第53讲 依附性生存：西门庆的把兄弟们

的这些谐音寓意来看，这是一群不成样子的人。西门庆居然和这样一群人交往，而且郑重其事地跟他们到玉皇庙举行正式的拜把子仪式，在我看来，兰陵笑笑生这样写，实际上含有大大的讽刺意味。

现在读者就会联想，清朝的小说《红楼梦》在给人取名字上也常常采用谐音寓意。比如《红楼梦》写贾政养了清客詹光，谐音"沾光"。比如贾芸的舅舅非常吝啬，叫作卜世仁，谐音"不是人"。甚至《红楼梦》一开篇的甄士隐谐音"真事隐"，贾雨村谐音"假语存"，这些也都是谐音寓意。《红楼梦》里这种例子太多了，我就不多说了。《红楼梦》这种给人取名采用谐音寓意的技巧就是从《金瓶梅》学来的。

那些跟西门庆结拜的人，除了花子虚稍微例外一点，另外八个都希望从西门庆这儿捞些油水。西门庆跟这些人结交能得到什么好处？从书里的描写来看，这些人在他的生意上起不到任何添砖加瓦的作用，反而西门庆到妓院去，就好几个人围着他转，跟他一块儿到妓院去帮嫖。帮嫖不但不出钱，还跟着吃喝玩乐，西门庆为此就得撒更多的银子。而且这些人在妓院里面帮嫖很不像样子。比如有一回他们在丽春院大吃大喝不说，还把那儿的椅子弄坏了两把。临出门时，孙天化把李家明间里供养的镀金铜佛塞在裤腰里。因为西门庆花钱包养了李桂姐，应伯爵就借着他们老大花了银子，强迫性地去亲李桂姐，还顺手把李桂姐头上的一个金首饰拔下来顺走了。谢希大就更恶劣了，妓院的东西可能不好顺，他就打西门庆的主意。西门庆有一把洒金扇儿，是四川出产的一种挺贵重的扇子，谢希大就把西门庆的扇子顺走了。当时妓院李桂姐房里的镜子比较高级，不是一般的铜镜，是水银镜子，祝实念趁去李桂姐房中照镜子，就把水银镜子顺走了。常时节借了西门庆一钱银子凑份子请客，在结账的时候写到了西门庆负责的嫖账里头了。

西门庆跟这群社会混混交往，究竟乐趣在哪呢？西门庆就享受他们的阿谀奉承，溜须拍马，这些人在他面前丑态百出，他感到很愉快。西门庆就通过他们的这些行为满足了自己有钱有势、被人奉承的虚荣心。而且跟他们在一起玩，西门庆觉得如鱼得水。西门庆是一个暴发户，他和那个时代的主流高雅文化是一点不沾边的。当时官方有道貌岸然的文化，有一个文化圈，有较为高雅的文化，像后来我们在《红楼梦》里面看到，贾府里面那些公子、小姐组织诗社写诗，就是一种高雅文化。明代就有了这种高雅文化，有写诗对对联那种氛围，但那种道貌岸然的封建社会上层文化西门庆够不着，所以他就充分享受这种低级的下流文化。那些拜把子的弟兄在他眼前丑态百出，满嘴黄段子，满嘴粗话，而且神态、表情、肢体语言都非常粗鄙下作，西门庆就喜欢和享受这种文化形态。所以，西门庆热结十弟兄，他是为了让自己的生活在经商之余、在当官之余、在应付自己的几房妻妾之余、在自己找女人偷情之余，增加一些别的乐趣。

# 第54讲　有钱便是哥
## 应伯爵的生存之道

【导读】

　　西门庆在还没那么发达的时候和清河地面上的另外九个人在玉皇庙结拜为异姓弟兄。因为他最有钱，虽然他年纪不是最大的，但还是被推举为大哥。过去人们拜把子，大都是希望通过这种民间结盟的方式，互相扶助，维护既得利益，谋求更多的好处。但是西门庆的这些结拜弟兄，对他的升官发财真是没起到什么作用，他们大都寄生于他，揩他的油水，能为他提供的就是溜须拍马、插科打诨、自我作践、丑态百出，为他的生活提供一些有趣的点缀。这些弟兄有的跟他走得很近，有的他根本不爱搭理。那么和西门庆关系最近的是谁呢？他和西门庆之间有什么故事？请看本讲内容。

在西门庆的结拜兄弟里面，应伯爵是书里写得最多的一个角色。应伯爵的父亲还是挺有身份的，是一个员外，在清河县开绸缎铺，他在家里排行第二，所以人们都叫他应二爷。后来应伯爵的父亲死了，店铺关张了，家里就衰落了，应伯爵并没有想办法振兴旧家业，而是爽性在社会上混吃混喝，成为清河县里一个有名的社会混混。应伯爵专在本司三院帮嫖贴食，清河县的人都知道他是这么个人，他生活的主要内容就是专门跟着嫖客到妓院去鬼混，所以人们干脆给他取了一个绰号叫作应花子。花子就是讨饭的乞丐，当然他比那种住冷房的，以及妓院里面最低档的拿点花生换点小钱的人略强一点，是高级乞丐、高级花子。后来他就发现清河县里有一个人特别值得攀附和依附，他觉得自己得像虱子一样贴到这个人身上。他看重的这个人就是有钱有势的西门庆。所以他跟西门庆走得特别近，三天两头要么跟着西门庆到妓院去帮嫖，要么跑到西门庆的宅子里面去混吃混喝，左一声"哥"，右一声"哥"，叫得亲热极了。

应伯爵除了跟着西门庆到妓院去帮嫖和混到西门府去白吃白喝以外，他还帮闲。什么叫帮闲？就是西门庆有时候生意做得差不多了，当官也过了瘾了，家里面几房妻妾有点厌倦了，甚至性生活也充分满足了之后，无聊得浑身发痒，那么应伯爵就在他身边，一会儿做件事逗他笑，一会儿说个黄段子，一会儿自我作践，当西门庆的开心果。

别以为应伯爵光是这样来混吃混喝，他很会利用西门庆来发财，他仗着和西门庆的关系特别近、特别铁，经常从中渔利。举一个例子，十兄弟里面吴典恩曾经被西门庆派到东京做事，和另外一个得力的家仆来保一起，事情办得很成功。东京的大官蔡京一高兴，就拿出空白的任命书，给西门庆填了一个比较大的官，就是副提刑；同时也给办事的吴典恩和来保填了委任书，当然填的职务就比较低，那也不错，不管咋样总是个官，比白丁好，给吴典恩填的职位是驿丞。当时官场有一个不成文的规定，获得一个官职，就职上任得上下打点：贿赂上司，还要跟平级的人意思一下，打点自己所管辖的底下的人。吴典恩很愿意去当这个驿丞，但是他没有上下打点的银子，因为平时跟西门庆走得不那么近，不好意思跟西门庆开口，他就去求应伯爵。应伯爵就像西门庆身上的一个虱子，而且西门庆还喜欢这个虱子，应伯爵给西门庆点痒痒，西门庆还不把他给揪出来掐掉。吴典恩求应伯爵去跟西门庆说，应伯爵写了一个借条，上面写着西门庆借给吴典恩一百两银子，每个月利息五分。应伯爵就把这个借条给西门庆看，西门庆一看是吴典恩借钱，当时就把借条上每个月利息五分这些字给抹了，让吴典恩以后有了银子，还银子就行了，他不要利息。这说明西门庆对朋友还真讲点义气，对朋友比较大方。应伯爵当即就让吴典恩拿出十两作为他从中撮合的中间费，可见应伯爵还通过西门庆来赚钱，而他这样做西门庆并不知道。

前面也讲过，清河县韩道国的兄弟韩二和嫂子王六儿通奸被社会上的一群混混捉住，捆起来送官，轰动了街坊，人们就去围观，看热闹。当时韩道国正跟别人吹牛，说西门庆对他特别好，西门庆吃饭也让他同桌，要不西门庆吃不下，吃不香，晚上西门庆留他喝茶聊天聊到半夜。有人通知他，他媳妇跟他兄弟通奸，被人捉奸，绑到街上了。这时候韩道国就慌了，他只能去求西门庆来化解这个事情。他吹牛吹上天，但他自己并不能够真正地接近西门庆。怎么办？找应伯爵。韩道国满清河找他，最后还真找到了应伯爵。应伯爵刚刚从妓院的巷子里面走出来，他不光是跟着西门庆帮嫖，有机会的话，任何嫖客去嫖妓，他都可以帮嫖，当时他是跟着一个湖州的商人在妓院里面帮嫖。他走出来以后什么样子？书里写得非常生动，"伯爵吃的脸红红的，帽檐上插着剔牙杖儿"。说他吃得脸红红的，说明他喝了好多酒。帽檐上插着剔牙杖，就是帽檐上插了一个吃鸡鸭鱼肉吃多了以后用来剔牙的工具，这种剔牙杖可能是比较高级的，比如是用象牙做的，不是一次性的牙签，所以他剔完牙以后把它插在帽檐上。一看应伯爵走出来，韩道国立刻求他，说有个事请他赶紧找西门大官人帮忙化解一下。最后应伯爵去跟西门庆一说，西门庆不但把被抓的王六儿当即给放了，还把捉奸的四个街头混混给抓走了，反倒认为他们扰乱了社会治安，要治罪。这四个混混本来觉得自己捉奸，应该是有功的，而且把韩道国整一整也挺爽的，没想到倒吃了官司，还被拷打了。这四个人的家人都慌了，得把他们救出来，怎么办呢？一家出十两银子，凑了四十两，然后找应伯爵，让他好歹收下银子，帮他们去跟西门大官人说一声，把四个人放出来。应伯爵只拿出十五两给了书童，说那些人凑了这些银子不容易，让他把银子交给西门庆，请西门庆高抬贵手，把那四个人放了。他就这样从中吞了二十五两银子。

后来这种事情他就做得越来越大。当时西门庆派李三、黄四两个伙计做钱粮。什么叫做钱粮？这是当时一种官家的买卖，可以承包给私人，得到承包权所获的利益就很大。李三、黄四当时就由西门庆派出去做钱粮，去拿相关的文件。当时李三、黄四想把这个事做大、做足点，多挣点银子，于是就想向西门庆多要一些本钱。应伯爵帮李三、黄四去跟西门庆说，西门庆又补足了一千两银子。应伯爵把银子交给他们，说："常言道，秀才无假漆无真。进钱粮之时，香里头多放些木头，蜡里头多掺些柏油，哪里查帐去？"意思是秀才可能都是真的，但是事实上哪有真的油漆？你们现在做香烛的官方生意，在香里头多放些木头，在蜡里头多放些柏油，现在本钱很大，做香烛的量也很大，作假的话，最后获利就非常丰厚了。应伯爵就是这么个人，让李三、黄四为官方做香烛生意的时候搞假冒伪劣，他公开宣扬"不图打鱼，只图浑水"，这世道就应该是这样子。这两个人当时就给了应伯爵五两银子的好处费。

所以应伯爵在西门庆面前自我作践，做出各种下作的、自嘲的不堪模样，他是有所图的。西门庆哈哈一笑，增加了对他的信任，在西门庆心情好的时候他提要求，西门庆就点头，他就瞒着西门庆多挣银子。

西门庆一开头是副提刑，后来他就成了正提刑了。原来的提刑是夏提刑，夏提刑后来是明升暗降，而且留在东京了，成为卤簿，官职不错，负责高官出行时的仪仗，但是有时候就远没有做一个地方提刑官赚钱。

西门庆死了以后，应伯爵走进西门府，礼仪性地哭了一回，跟众人说："可伤，做梦不知哥没了。"哪想到，西门庆的尸骨未寒，灵柩还未下土，他就立刻背叛了西门庆。当时李三拿到了做官方香烛生意的批文，一进城就听说西门大官人死掉了，李三心想，既然西门庆死了，这批文何必交给吴月娘他们呢？另外找一个主子来做这件事，收益会更大，于是他就决定投靠张二官。张二官前面也提到了，也是县城里面一个大户，长得极其难看，满脸黑麻子，眼睛两条缝，长得很砢碜，非常矮小，身材也远比不了西门庆。但张二官在县里面发达了，他还花银子把西门庆空下来的官职买到手，成了县里面炙手可热的人物。李三决定投靠张二官，见面礼就是官府批准承包香烛生意的批文，批文本身就是钱，张二官当然会很高兴。李三没有去西门府，直奔张二官那儿了。但是另外两个小厮就回到了西门府，当时吴月娘的兄弟，她的哥哥吴大舅正好在门口迎送来吊丧的人。其中一个小厮就跟吴大舅说实话，批文拿到了，但是现在李三、黄四投奔张二官了。吴大舅听了很生气，他对应伯爵说，当时李三、黄四去做这个事，本钱还是西门庆给的，后来还补足了一千两银子，根据当时立的契约连本带利还欠西门庆六百五十两银子，他们怎么全吞了呢。

这个时候应伯爵在西门府参与丧事活动，按说他应该完全站在他拜把子的大哥西门庆这边，要维护他的利益，维护他们家的利益，要不在玉皇庙拜把子图什么？不就是图所谓的不求同年同月同日生，但求同年同月同时死，有难同当，有福共享吗？福你是享过了，现在西门庆死了，家里有难了，你应该帮他化解灾难。而应伯爵的行为恰恰相反，他听到小厮跟吴大舅的报告以后，立刻跑到了李三家，跟李三、黄四一起计议。他埋怨李三"狐狸打不成，倒惹了一屁股臊"，意思是李三他们这么做太露骨了，相当于公然抢西门府的银子。他就给李三、张四出主意，他说吴大舅要去告官，现在吴月娘是管不了西门府的，一切事情都靠吴大舅，赶紧把吴大舅给贿赂了，不让他告官。所以他们悄悄地给吴大舅送了二十两银子，然后又凑了二百两银子，备了一张祭桌，送到西门府去，同时告诉吴大舅，他们以后会把欠的那些借银补足，反正西门府也不做这门生意了，就让张二官他们家去做吧。因为前一晚吴大舅得了他们的二十两银子，第二天吴大舅的态度就变得非常柔和了，吴月娘却被蒙在鼓中，不知道她哥哥出卖她了，出卖了西门府的利益，眼睁睁看着李三、黄四把这么一个大好生意交给张二官去做了。于是，李三、黄四又成了张二官手下的买办，帮着张二官挣钱，当然他们从中也能够得到很多的利益。

由此可见应伯爵的表现非常惊人，冷血到这种地步。当年在西门庆那儿骗钱，左一声"哥"，右一声"哥"，在地上打滚，让西门庆高兴。现在西门庆一死，他立刻忘恩负义，投靠了张二官，甚至还把李娇儿推荐给张二官。李娇儿其实已经人老色衰了，但是应伯爵鼓动张二官拿五百两银子给丽春院，大张旗鼓迎娶李娇儿做二房。为什么？李娇儿虽然人老色衰，但她有一个符码价值。原来西门庆把丽春院的院花给娶走了，显示其当时的权势到了一个什么地步，或者说财富到了一个什么地步。现在张二官的二房是李娇儿，就等于给张二官府第贴了一个标签，他现在的富裕程度、权势程度跟当年西门庆在世时候一个水平。

后来应伯爵觉得李三、黄四不能独得好处，他又从一个叫徐内相的官那儿借了五千两银子，张二官出五千两银子，凑成一万两的本钱，利用西门庆当年申请到的批文做起了东平府的香蜡、古玩这批钱粮，成为官方的大买办。应伯爵依附了张二官以后，比依附西门庆的时候还要春风得意，整天宝鞍大马，而且到妓院去招摇。过去有句俗话"有奶便是娘"，应伯爵可谓"有钱便是哥"，原来应伯爵一天里不知要叫西门庆多少声"哥"，攀附上了张二官以后，想必对张二官又"哥"不离口。

张二官当时用了上千的金银在东京打点，把西门庆死后的官位给补过来了。张二官家里面收拾花园，盖房子，应伯爵就没有一天不在那儿，应伯爵把当年让西门庆高兴的一些本事，比如自我作践，做怪相，全都奉献给了张二官。而且他还把西门庆家里大大小小的事情，包括他所知道的西门府的私密一桩桩都告诉张二官，甚至怂恿张二官把潘金莲娶来。但张二官后来听说潘金莲毒死了亲夫，就犹豫了。当然后来武松回清河县，把潘金莲杀死了，这事也就作罢了。

应伯爵最后的结局怎么样呢？书里没有直接写，但是通过侧面的描述，我们能知道大概的情况。前面讲到庞春梅豢养陈经济，当时春梅为了掩人耳目，要给陈经济娶一个妻子，开头有人说媒说的就是应伯爵的第二个女儿。春梅当时听说应伯爵已经死掉了，这二女儿如果出嫁的话，是由应伯爵的哥哥应大爷来聘嫁，没什么陪送，春梅觉得没有什么意思，后来选择了葛员外家的葛翠屏。

应伯爵的形象，在兰陵笑笑生的笔下非常真实，也非常生动。应伯爵是四百多年前一部古典长篇小说里面所写的一个人物，可现在我们读了《金瓶梅》以后，这个人物的一举一动、他的行为轨迹呈现到面前，我们就觉得这种人不陌生，是我们熟悉的陌生人。在文学理论当中，它正式的名字叫作典型人物。

# 第55讲 贫贱夫妻的辛酸泪
## 常时节得银傲妻

## 【导读】

上一讲我把西门庆热结十弟兄当中戏份最足、最重要的一个弟兄，也是西门庆结拜弟兄中排在第二位的应伯爵讲了一下。他是西门庆生活中最大的寄生虫，不仅混吃混喝，还利用他和西门庆的关系充当中间人来获利。作者充分地揭示了他的人性，西门庆尸骨未寒，他立刻转身背叛。这个形象很可怕，但是让我们觉得很真实。在西门庆的这些狐朋狗友里面，应伯爵和谢希大进出西门府最频繁，谢希大的故事我们后面跟其他的一些所谓的兄弟合在一起讲。本讲我要告诉你常时节的故事。

常时节这个名字谐音"常时借"，意思是他很穷，老靠借钱负债维持自己的生活。书里没有详细交代西门庆怎么会和这九个人结拜兄弟，但是我们可以估计出来，这都是他在生意没做大，可能还没有买下大宅院，在社会上鬼混的时候，结交的一些所谓的朋友。常时节是其中的一个。

但是后来西门庆发达了，常时节仍然处在一个很落魄的状态，他连像样的房子都没得住，生活得很窘迫。常时节看到西门庆哗啦哗啦地花钱，在妓院里面他们去帮嫖，跟着西门庆撒钱，十分痛快。所以他有一个心思，就是能不能哪天跟西门庆开口，问他要点银子，买个小房子，改善一下自己的居住条件。他虽然也列在西门庆的十兄弟当中，但是他并没有机会直接见到西门庆，他还得通过应伯爵，这个和西门庆走得最近的应二哥，去给他创造条件。

有一天，常时节就很卑微地找到了应伯爵，请他在一个河边的小酒馆喝酒吃饭。常时节是一个经常靠借钱维持生活的人，没有什么闲钱可使，但为了托付应伯爵帮他见到西门庆，他不得不忍痛下点本钱，先请应伯爵喝酒吃饭。应伯爵也满不在乎。按说常时节是他的一个穷兄弟，不管怎么说，他的经济状况比常时节要好一些，到一个小酒馆喝酒吃饭，他付账不就行了吗？应伯爵可不是这样，他认为谁请客就该谁买单，最后应伯爵吃得酒足饭饱，常时节忍痛付了账，这样应伯爵就答应找个机会把常时节带进西门府，他们一块儿见见西门庆。

有一天，两人去了西门府，在前厅坐着，小厮奉上茶。西门庆听到了通报，但他根本不出来。应伯爵问小厮西门庆在家不在家。小厮就如实地说西门庆在后头花园玩，只能等西门庆玩够了才有机会见到他。两人就耐心地等。在等的过程当中出现了一个有趣的细节。只见书童和画童气喘吁吁地从外头进来，两个人合抬一个大箱子，箱子实在太重了，他们抬得很吃力，到了前厅就搁地上歇会儿。这个时候应伯爵和常时节就问他们搬的什么。他们说这是给大娘房里做的衣服，因为要换季了，这些主子又得一个个地做新衣服。他们抱怨说，重死了，这还只是一半，还有一半要抬。应伯爵和常时节大吃一惊，原来他们的结拜哥哥西门庆已经富贵到这种地步，一到换季就要给妻妾重新做衣服。像吴月娘的衣服，这一季一箱都装不下，书童和画童费力地抬回一半，一会儿还要抬另外一半。

西门府过的就是这样一种富贵生活。应伯爵和常时节很羡慕，尤其常时节，他很穷，他就说："六房嫂子，就六箱了，好不费事！小户人家，一匹布也难得。哥果是财主哩。"但是大财主会不会对他伸出援手，解决他的生活困难呢？常时节还在那儿傻等。等了很久，终于见到西门庆走了出来，两人连忙行礼。这个时候应伯爵就替常时节说出他的请求，就说："哥，常时节想跟你说他想有点银子买一个像样的房子住，但没得到机会说。他现在连像样的房子都住不上。哥，你看能不能帮他一帮呢？"大意是这样。

西门庆刚从东京回来,他在东京见到了很多大官,甚至连皇帝都见到了,很神气。当时西门庆是高高在上地俯瞰他们,他说,这次去东京花费很大,眼下真不可能拿出一大笔银子给兄弟买房子。但是,西门庆还是认这个结拜兄弟的,他的灵魂深处还有一些柔软的东西,不是那么冷、那么硬。他就问常时节想买一个什么样的房子。应伯爵就替常时节说,他们夫妻二人怎么也得一间门面、一间客坐、一间床房、一间厨灶,一共四间房子,估计得花三四十两银子。这个要求很低,是一个居住空间最简省、最起码的配置标准,是一个很卑微的要求。关于价格,应伯爵提供了一个参考。

应伯爵帮常时节求西门庆:"哥只早晚凑些,教他成就了这桩事罢。"西门庆就说目前他还不能一下子拿出很多银子,但是他有碎银子,让常时节先拿去,房子买不了的话,先买件衣服,办些家活,过一段时间常时节把房子寻好了,再到他这儿来,他会兑银子给常时节买房,买了新房就搬去住。因为那种小门面的房子,不是拿着银子就能马上买到,得先在县城里把房子找好。常时节听了西门庆的话特别高兴,西门庆不愧为一个大哥,还真帮助小弟,他没有白和西门庆结拜。西门庆当时就跟小厮说:"去对你大娘说,皮匣内一包碎银取了出来。"小厮果然把碎银子取来了。西门庆说,这是他去东京为了进太师府,打点太师府那些开门的人剩下的赏银十二两。常时节接过以后就忍不住打开看,包里都是三五钱一块的碎银子。这些碎银子对西门庆来说,算不上什么财富,这只是他花大钱剩下的,但是对常时节来说,就是很大一笔财富。

当时他们几个人之间有一段关于财富的对话,书里有很重要的一笔,希望读者特别注意西门庆的一番言论。西门庆跟他们讲:"兀那东西,是好动不喜静的,怎肯埋没在一处!也是天生应人用的,一个人堆积,就有一个人缺少了。因此积下财宝,极有罪的。"西门庆无意中说出这样的话,实际上是很重要的话,说明市场经济、商品经济发展到明代时期,已经出现了西门庆这种新兴的人物,他和过去那些官僚和穷书生都不一样。他决不积攒他的银子,他的银子应该是喜动,不喜静,要流通,要用银子去生银子,财富是用来滚动的,而不是用来积攒的。他甚至干脆说"积下财宝,极有罪的"。他从他自己的经济生活当中得出了一个道理:如果你把你所得到的财富只是一味地攒起来,不但不得体,甚至是有罪的。因为这个社会如果没有通过商品流通,让银子滚动,银子生银子,就会停止不前。西门庆就是一个某方面能顺应社会前进的富翁,通过不断地做生意,不断地放债,不断用银子去滚动生出新的银子,让自己一天天地富起来,而整个社会的财富也一天天地增加起来。这一段写西门庆写得非常好,他的人性当中还有接济、帮助别人的柔软的部分,同时体现了他的经济观。

常时节接受了西门庆的款待,在西门府吃了饭,然后回家了。刚进门,他的妻子就骂出来了,骂得很难听,说:"梧桐叶落——满身光棍的行货子!出去一日,把老婆饿在家里,尚兀自千欢万喜到家来,可不害羞哩!房子没的住,受别人许多酸呕气,只教老婆耳朵里受用。"以前他和老婆还会互相抢白,这次他先不开口,等妻子骂完了,他才轻轻地把袖子里面的银子摸出来了。明代男人穿的衣服,外头大袍的袖子都很宽大,里面可以藏东西。他把那包银子摸出来放在桌上,然后打开,瞧着那银子,口中还念念有词:"孔方兄,孔方兄!我瞧你光闪闪、响当当无价之宝,满身通麻了,恨没口水咽你下去。你早些来时,不受这淫妇几场气了。"常时节的妻子一看桌上摊开的是十二三两银子,她原来哪见过这么多银子,就要将它们从桌上都搂到自己的怀里面。常时节就跟妻子说:"你生世要骂汉子,见了银子,就来亲近哩。我明日把银子买些衣服穿,自去别处过活,再不和你鬼混了。"这时候常时节的妻子立刻赔着笑脸问这些银子是哪里来的。常时节故意又不作声了。妻子一看丈夫又不作声了,就软下来说:"我的哥,难道你便怨了我?我也只是要你成家。今番有了银子,和你商量停当,买房子安身却不好?倒恁地乔张致!我做老婆的,不曾有失花儿,凭你怨我,也是枉了。"常时节还是不理不睬的,他就闷闷地坐着。

大家想象这个画面,一间破屋子,经常交不上房租的两个人,破桌子上头摊开一个布包,里面居然有好多的碎银子,虽然不是银锭子,但是这么多碎银子对他们这个家庭来说是从来没有过的。这个时候两个人面对闪闪发光的银子,一时都没话了。妻子原来经常骂常时节，现在也无话了。常时节也故意不说话，两人就闷闷地坐在两边。一个贫寒的家庭，一对贫贱夫妻，他们现在就这样漠然相处。最后，常时节重重地叹出一口气，说养家糊口还是靠他，作为妻子，她不耕不织的，整天跟他吵闹。这种情况下，常时节的妻子不但不吵不闹了，一时间没话了，还掉下眼泪了。常时节看到妻子掉眼泪了，自己的心里头也酸酸的。

有一句古诗叫作"贫贱夫妻百事哀"，常时节夫妻一直很穷，现在有朋友接济了，桌上有好多银子，本来应该欢乐，反倒乐极生悲。想到原来的日子便辛酸，看到眼前这些银子便快乐，悲喜交集，两人竟然无话可说了。兰陵笑笑生描写人物、刻画人性非常到位，常时节和他的妻子又体现了另一种人性。在他们贫贱的生活当中，他们的灵魂都生了锈。所以，常时节经常在别人面前低声下气地借钱，他的妻子一天到晚跟他吵嚷。现在有朋友接济，两人安静下来了，反倒觉得心里头酸酸的。当然过了一阵，夫妻二人又高兴了，常时节就说这些银子买不了房，但是西门庆说了，让他先去看房子，找到了合适的谈好价，西门庆会给他们出银子帮他们买房。这对贫贱夫妇先用这些银子买了一大块羊肉烧来吃，后来又买了很多衣裳，常时节自己买的衣裳不多，给妻子买的比较多，这样他们高高兴兴地继续过日子。当天他的妻子就欢天喜地过了一日，骂他的话都掉到东洋大海去了。

这一段就写了常时节有了银子，腰杆硬了，仰起头来，在妻子面前一副骄傲的样子。但是，他们归根到底还是贫贱夫妻，还是很心酸的，日子还得过下去，他们就继续期待西门庆最后能够赞助他们一套房子。书里后来写了，西门庆兑现了他的诺言，帮常时节买了一套小房子，常时节跟妻子就住进去了。但常时节并没有改掉他的老毛病，还是一天到晚靠借钱过日子。

## 第56讲　死皮赖脸混口饭

### 白来创硬闯西门府

【导读】

上一讲讲到西门庆的结拜弟兄之一常时节期望西门庆能给他银子买所小房子居住，应伯爵替常时节求西门庆周济，西门庆表示上东京花费多了，以后再帮他解决房子问题，取出一包十二两的碎银子给常时节，让他先买些衣服，办些家活。常时节拿了那包银子，回到家中，在妻子面前扬扬得意。后来夫妻二人用这些银子买了羊肉，又买了新衣服，欢天喜地过了一日。西门庆助人为乐，常时节夫妇知足常乐，这是热结十弟兄后难得的温馨画面。后来西门庆兑现诺言，出资为他们置办了一套住宅。西门庆的结拜弟兄当中还有另外一个人物有一段故事。请看本讲内容。

西门庆所结交的这些市井朋友里面有一个人叫白来创，谐音"白来闯"，就是他总是甩着手闯进来谋取好处。在有的版本里面叫作白赉光，谐音"白借光"，就是他总是要白白地借有钱人之光，揩一点油水。白来创应该是西门庆在生意还没做大、最寒微的时候认识的市井朋友。实际上西门庆最不待见的就是他。如果说西门庆不太欢迎其他人常到西门府来，那么对于白来创，他就干脆不希望他来。

但是白来创就要硬闯西门府。有一天，他又到了西门府，小厮都知道西门庆不待见他，就跟他说，大官人不在家，出去办事去了。他并没有因为小厮说西门庆不在家就转身走了，而是摇摇摆摆地走进客厅，找把椅子坐下来，二郎腿跷起。小厮说，有什么话可以告诉他，等西门大官人回来以后，他来转达。白来创说没事，他就是要等着西门庆。小厮就不好办了，都知道他是西门庆热结十弟兄当中的一位，不能直接把他拉出去，只好让他坐在那儿，心想反正不理他，他在那儿枯坐无聊，也许百无聊赖就走了。没想到白来创硬闯西门府以后屁股还很沉，他就长坐不起。左等右等，他终于看到西门庆和一个丫头出现了，丫头抱着一匹布，从里面走到厅里。他喜出望外，立刻迎上去，"哥、哥"地一直叫。丫头一看是个陌生男人，赶快转身往里头跑了。书里写这些女性大体还是遵照封建礼教规范，她们认为男女授受不亲，而且应该不同屋、不同席。所以书里面也经常写到吴大妗子本来在吴月娘正房的炕上坐着，西门庆进来了，她就立刻跳下床躲到里面的屋里去。由此可见白来创很不像样子，居然把丫头吓得赶紧跑了。

西门庆只好敷衍他，当然也是为了炫耀自己现在有了社会地位，跟他们这些结拜弟兄不是一个阶层的人了，就说他今天跟官场的某某有什么应酬，明天跟更高级的官员有什么应酬，后天又有什么公务要办，每天都很忙。西门庆以为这么一番话就能让白来创知难而退，但他还是赖着不走，说让西门庆先忙，忙完了再招呼他。书里写西门庆当时拿眼睛打量他这个兄弟白来创，只见他"头带着一顶出洗覆盔过的，恰如太山游到岭的旧罗帽儿"，就是说他戴了一顶非常破旧的帽子。"身穿一件坏领磨襟救火的硬浆白布衫"，指的是他的白布衫的领子都磨坏了，胸前都破烂了，衣服非常破烂。"脚下靸着一双乍板唱曲儿，前后弯绝户绽的古铜木耳儿皂靴"，"乍板唱曲儿"的意思是鞋子很破，都已经裂开口了，好像在唱曲似的。"里边揣着一双一碌子绳子打不到黄丝转香马凳袜子"，说明他靴子里面的袜子也是破破烂烂的。西门庆觉得白来创穿得太不像样子了，非常嫌弃他，估计他的身上还散发着恶臭，所以西门庆也不让小厮给他倒茶，想让他自讨没趣，然后离开。可是白来创还坐定了，不走了。西门庆无奈，只好让小厮拿一碗茶给他喝。

白来创正喝茶的时候，小厮汇报夏提刑来访。有大官来了，叫花子般打扮的白来创是不是应该自觉地离开呢？可他还不走。西门庆平常在家穿的是休闲装，现在他要见官而且要谈公事，他就到后边换官服去了。西门庆和夏提刑两个人见面后就关起门进行对话。白来创走到西边的厢房躲着，隔着帘子不仅偷看，还偷听他们的对话。夏提刑和西门庆果然有要事相商，说有大官要到清河县来了，他们应该如何如何招待。两个人商量了半天，夏提刑才起身走了。西门庆送客回来以后也不理白来创，进屋换回休闲装了。西门庆以为他换衣服的时候白来创自知无趣，已经走了，谁知道小厮报告他还在，西门庆只能硬着头皮再出来。

白来创已经从厢房又回到了厅里面，自己就坐下了，没话找话，说大哥这两个月也没往会里去，他最近倒是去了，可去的几个人都没钱，聚会的质量就很低。大家都很想念大哥，希望大哥得工夫还是要去跟大家聚会。按照他们这些结拜弟兄的约定，应该经常到玉皇庙聚会。白来创让西门庆参加聚会，无非是希望他出银子，把聚会办得热闹一些。西门庆十分冷淡，甚至说什么会不会的干脆散了算了，他哪有工夫，他们愿意聚他们自己聚去，用不着跑来跟他说。白来创就被西门庆给怼回去了。按说这不是很没面子吗？白来创早告辞不就完了吗？可他还是不走。

西门庆实在是无奈，毕竟是结拜兄弟，只好命令小厮在厢房里面放桌，上了四碟小菜，连荤带素，一碟是咸面筋，一碟是烧肉，西门庆就陪他吃了饭，还筛酒请他喝，把他招待得酒足饭饱，这样白来创终于挪动脚步，告辞走了。西门庆把白来创送到二门口说，不要怪他不送，他现在没戴官帽，戴的是小帽，出去不好看，这样白来创才摇摇摆摆地走了。

西门庆送走白来创以后就满腔怒火，回到厅上就拉了把椅子坐下来，一片声地叫平安，当天看门的是他。西门庆就骂他："贼奴才！还站着！"平安只好跪下。西门庆就说："你怎么回事，让你把门，你怎么什么人都往里放？把他放进来了后怎么你就不想方设法让他走？"平安很委屈，说："我跟他说爹不在家，我让他留下话，有什么事我替他转达，他还不走，那我怎么办呢？"西门庆怒火中烧，可见他对他所谓的拜把子兄弟白来创算是厌恶透顶了，陪他吃饭就像吞苍蝇一样。于是西门庆就拿平安出气，最后居然让别的小厮给平安上刑。一种刑罚是拶刑。书里多次写到拶刑，无论是对西门府里的丫头和小厮，还是衙门里面拘的犯人，都会上这种刑。拶刑就是在很多竹片上烫上孔，用很结实的绳子穿过去，把受刑的人的手指头分别放在竹片的空隙当中，然后两边使劲拉紧绳子，使劲夹受刑者的手指头。十指连心，这么一拉，手指头就跟要断了一样。所以一般的受刑者都会乱叫。还有一种刑罚，就是让受刑的人脱了裤子，拿棍子打他屁股。平安真是倒霉，因为白来创硬闯西门府，府主西门庆认为他没有尽到看门的责任，给他动刑，让他受了这么大的委屈。书里后面写平安在西门庆死后，盗取别人搁在西门庆当铺的金子做什么东西，他被拘捕以后诬陷吴月娘，那都是事出有因的。因为他恨西门庆，恨这家人。你想他多无辜，白来创硬闯西门府，就是赖着不走，他作为一个小厮能怎么办呢？但是主子发怒，没的说，上了拶刑，又把他打得皮开肉绽的。

　　由此可见，西门庆所谓的把兄弟白来创，硬闯西门府，不仅丑态百出，而且导致了西门府主奴之间矛盾的激化。后面的故事还比较复杂，就是平安和另外的一些男仆之间还有矛盾，比如他和书童、玳安都有矛盾，而且还写这些仆人分别利用主子来打击对方，像潘金莲就经常为这些仆人当中的一方去对付另一方，书童也曾经找李瓶儿去为一些人求情。所以兰陵笑笑生他很会写，他不是单纯地写白来创硬闯西门府，揭示白来创和西门庆之间的矛盾，他还由此一环一环地牵出了其他矛盾，比如主奴之间、主子之间、奴才之间的种种矛盾。兰陵笑笑生写世态人心，写得非常细致，非常生动。

## 第57讲　乌合之众无悌可言

### 水秀才讥讽众混混

# 【导读】

上一讲讲了白来创硬闯西门府的情节，刻画出那个社会有一种社会混混，实在是无耻到极点，混吃混喝，仗着和有钱人当年拜过把兄弟，明明不欢迎他，他也硬闯，进去以后雷打不动，不管怎么着他就赖着不走，直到最后给他摆出一桌子酒菜，吃饱喝足后才走。西门庆结拜的这些兄弟都是一群混混，前面讲了应伯爵、常时节、白来创，那么其他的人情况怎么样？请看本讲内容。

当时在玉皇庙拜把子，其他人都推举西门庆排第一位，并不是他年龄最大，只是因为他当时最有钱，所以排在第一位。第二位是应伯爵。第三位是谢希大，这个人老是希望能够大大地占便宜，书里面他的篇幅也不少，只要应伯爵混到西门府去，他总是跟随，他们俩经常一块儿出动。谢希大虽然跟着西门庆帮嫖，但实际上他也没占到太大的便宜。他跟着西门庆在妓院鬼混，或者到西门庆的家里面赴宴，可以吃各种美食，可以得到极大满足，但实际上这种帮嫖或者进府的机会并不是很多，他经常是饥一顿饱一顿地混日子。谢希大有一个特长就是琵琶弹得好，可以弹琵琶给西门庆解闷，而应伯爵嘴特别甜，会插科打诨，会捧场，所以西门庆对其他的混混不怎么欢迎，但接待他们两个的次数比较多。西门庆招待他们，不会下很多本钱。一次，他们又跑到西门府里面混吃混喝，到早饭点了，西门庆就让小厮上茶点和面条，不过是浇卤的，然后配点醋蒜，很一般的面食。西门庆陪他们吃，连两碗都吃不了，可是谢希大和应伯爵三扒两咽就是一碗，一共吃了七碗，而且还想再吃，就是这样一个丑态。他们平时过着饥一顿饱一顿的生活，等到有吃的时候，当然就放开了吃。

第四位是花子虚，花子虚虽然列在当中，实际上他是补缺的。因为西门庆他们原先要结拜的一位叫作卜志道（谐音"不知道"），这个人书里没说他的具体情况，一开场就死掉了。他死后，为了保持原来十弟兄的结拜初衷，就要再补一个人，后来就把西门庆隔壁的花子虚，一个太监的侄子，补进去了。花子虚的故事我就不重复了，大家回想一下，他是一个很荒唐的人，家里放了一个年轻貌美的妻子他不喜欢，整天到妓院去鬼混，一大群帮嫖的围着他，他就大把地花银子。花子虚的靠山花太监不止他一个侄子，还有别的侄子，有的跟花子虚打官司争财产，花子虚输了官司，最后就气病而死。这个人和西门庆的交往并不多。

第五个兄弟叫作祝实念，第六个兄弟叫作孙天化，这些名字都有谐音寓意。祝实念，他成天念叨要去贴靠富人，捞点什么。孙天化绰号叫孙寡嘴，油嘴滑舌，说大话，能把话说到天上去。这两个人在书里面主要的故事是，他们在西门庆到丽春院鬼混的时候帮嫖，不过他们也意识到西门庆家里还有几房妻妾，他们不可能一直有帮嫖狂欢的机会，所以他们就另外找可以依附的人选。后来他们就引诱了招宣府王招宣的儿子王三官，也就是林太太的儿子。招宣府林太太前面讲过了，这里不多重复。祝孙二人后来在西门庆和丽春院的关系疏远以后，就跟着王三官在丽春院里面鬼混、帮嫖。最后由于妓院之间的利益之争，加上西门庆答应林太太要挽救王三官，导致西门庆动用官方力量，摧毁了在丽春院胡闹的一群团伙，抓了帮嫖的人，其中就有祝实念、孙天化。

当然后来西门庆在审案的时候，还是放了妓院的李三妈、李桂姐她们一马，因为他并不想真正把这个妓院弄垮，他有时间还要去享乐。后来王三官干脆拜西门庆为干爹。《金瓶梅》不同的版本写法不完全一样。有一种写法就说西门庆让祝实念和孙天化当替罪羊，说王三官到妓院去，是他们勾引的，就把他们锁起来流放了。下面这种写法比较合理，就是说西门庆看在他们还是结拜兄弟的份上，把他们从缉拿的名单里面画掉了，拿一些妓院里面最下流的小混混去顶罪。这样既打击了丽春院，让他们知道西门庆的厉害，又使得丽春院得感激他，因为他打击之后又放人。西门庆把祝实念、孙天化的名字从缉拿名单里画掉，也体现出他对这两个结拜的混混多少还留点面子。这二位在西门庆死后也跟应伯爵、谢希大一样，投靠张二官去了。

在这些结拜的把兄弟里面，再往后排，有一位叫作吴典恩。关于吴典恩这个角色，书里面的叙述有些混乱，特别是拿词话本和崇祯本对比，有矛盾之处。吴典恩曾经和西门庆府里另外一个得力的小厮来保一块到东京帮西门庆贿赂高官。这个高官看西门庆奉献的寿礼特别丰厚，很高兴，就拿出三张委任状，给西门庆填了一张，西门庆从此就戴上了官帽，成了清河县提刑所的副提刑。另外两张空白的委任状，一张给西门庆的得力男仆来保填了一个职务，另一张给吴典恩填了一个驿丞的职务。吴典恩在见高官时，自称是西门庆的小舅子，从后面的描写来看，他并不是吴月娘的兄弟。书里面出现了吴月娘的两个兄弟，吴大舅和吴二舅，有的版本里面写得比较混乱，好像吴典恩就是吴二舅。但是从后面的描写来看，吴典恩应该是另外一个姓吴的人，他自称是西门庆的小舅子，可能是为了面子上光彩一些，因为他知道西门庆的正房姓吴，他也姓吴。书里最后写吴典恩忘恩负义，他这个名字本身有寓意，就是他没有一点报答恩情的想法。西门庆给了他很多的好处和实惠，他还得到了一个官职。前面讲他去上任的时候要上下打点，他没钱，应伯爵还帮他在西门庆面前求情，写了一张借据，说先借给他一百两银子去打点，月利五钱。西门庆就把月利给画掉了，西门庆对他多少还有一点结拜兄弟的情谊，就让他什么时候有了银子再还就是了，不要利息。其实吴典恩拿了银子打点以后，很快就会有人来贿赂他，也就是他先投入，然后会有很多的回报。他最后还西门庆一百两银子是不困难的，自己还能捞更多。吴典恩当了驿丞，后来升为巡简，他能够审案子了。一次抓获了西门府偷盗东西的小厮平安。平安为了摆脱困境,就诬告吴月娘和府里另一个小厮玳安通奸。在那个时代,一个寡妇和一个仆人通奸,是有罪的,要被判刑。吴典恩审案的时候,因为受了贿赂,居然要判吴月娘有罪。吴月娘最后求了已经出府、嫁给了守备的庞春梅,在守备的亲自干预下,才脱离了险境。而吴典恩因为这件事做得不妥,被守备训斥了一番。所以,在结拜兄弟里面还有这么一个人物和故事。越到后面我们就越发现吴典恩应该不是吴月娘的一个兄弟,如果是亲兄弟的话,怎么会下狠手要给自己的姐姐判罪?更何况书里最后写吴月娘他们逃难,当时她的身边除了仆人,还有吴二舅,吴二舅显然不是吴典恩。

书里还写到一个西门庆的把兄弟云理守,这个名字的谐音就是说手伸得很长,都伸到云里面去了。云理守的哥哥是一个武官,叫云参将。他的哥哥死了以后,朝廷也给了他一个跟他哥哥差不多的官职,这个官职不在清河县,而是在济南,他就到济南上任去了。书里有一笔交代,因为他跟西门庆是结拜兄弟,两家人是来往的。一天,怀着孕的吴月娘到云理守家拜年,回来之后就跟西门庆说,云二嫂也怀孕了,日子跟她差不多,她们商量今后两家的孩子如果都是女孩,就结为姊妹;如果都是男孩,就结为兄弟;如果一男一女,就结为夫妻。西门庆对云理守显然还是比较满意的,当时听了吴月娘的话,他就笑了。那么云理守家又为什么愿意跟西门庆家攀亲,甚至在西门庆死了以后,云理守家好像还表示愿意维持这桩婚事,兑现这个诺言?书里交代,他们是有私心的,他们认为虽然西门庆死了,吴月娘守寡,可她手里还有西门庆留下的大笔遗产,他们就想图谋这些东西。如果生的是一男一女的话,通过婚姻就可以从吴月娘手里谋取到一些西门庆的财产。云理守在前面没有正式出场,但在全书最后,这个人物以一个很特别的方式出场了,后面我再讲。

再往下排才是前面讲过的常时节和白来创。后来花子虚死了,又需要补进一位,不同版本的写法也不太一样。有一种写法就说补进去的是西门庆的一个伙计叫作贲地传,他的媳妇贲四嫂跟西门庆的小厮玳安有染,也跟西门庆有染。

但有的版本里面补进去的是花子虚的兄弟花子繇。

书里有一笔写得很有趣,就是西门庆死了以后,这群混混觉得毕竟还得有一个集体表态。因为当年他们是在玉皇庙正式拜的把子,所以应伯爵他们就发起一个活动,每个人出一钱银子,请水秀才写一篇祭文,然后在报恩寺搞一个祭奠活动,念完祭文以后把它烧了,以哀悼大哥西门庆。当年他们跟着西门庆帮嫖,好吃好喝,好玩好闹,也占了妓女不少便宜,西门庆为他们花的银子真是太多了。可是现在要求每人出一钱银子,好像都有点勉强。应伯爵为了动员大家掏出一钱银子,就跟大家说,西门庆家因为白喜事还要摆宴席,他们都带着家眷去吃,吃完还可以往家拿,起码够吃个两三天。现在每个人拿出一钱银子搞这个活动不亏,还能赚。你说这些社会混混占了西门庆那么多的好处,到最后居然这样集合起来去祭奠西门庆。当时只凑了七钱银子,因为云理守已经到济南上任去了,只有七个人能凑拢,就是应伯爵、谢希大,然后是花子繇,再加上祝实念、孙天化、常时节、白来创。

水秀才完全了解这些情况。这群混混、无赖请他写祭文,好,他写,反正他们都没文化,有的只识几个字,有的根本就是文盲,压根读不懂文章。水秀才就在祭文里面对这群每人只出一钱银子参与祭奠的混混大加讥刺:

受恩小子,常在胯下随帮。也曾在章台而宿柳,也曾在谢馆而猖狂。正宜撑头活脑,久战熬场;胡何一疾,不起之殃?见今你便长伸着脚子去了,丢下小子,如班鸠跌弹,倚靠何方?难上他烟花之寨,难靠他八字红墙;再不得同席而偎软玉,再不得并马而傍温香。撇的人垂头跌脚,闪得人囊温郎当。

这些都是讥讽的话。他们如果真感谢大哥西门庆,哪能说这么一些可笑的话。这意思是西门庆死了,他们没有办法帮嫖了,没有办法享受那些下流生活了,因为失去了这些好处,所以他们怀念西门庆。这些人也听不懂水秀才念的是什么,就胡乱地把祭文烧了,就算祭奠了。所以,兰陵笑笑生通过这样的描写,讥讽了一帮西门庆结交的所谓的弟兄。

清代的张竹坡评点《金瓶梅》，对它的评价极高，认为它是天下"第一奇书"。他对《金瓶梅》的艺术性有很多独特的评点，值得参考。但是张竹坡过度地信奉儒家礼教的正宗观念，非说这部书是孝悌史，是以"悌"始以"孝"终。什么叫以"悌"始？张竹坡赞赏的版本是崇祯本，第一回就是"西门庆热结十弟兄"，他认为这回的回目有瑕疵，把它改成"西门庆热结十兄弟"。什么叫作"悌"？在封建礼教里面，弟弟一定要服从哥哥，这叫"悌"，而且弟弟服从哥哥跟孝养父母一样重要。他认为这部书一开头就弘扬悌道，写十个人结拜兄弟。我们先不说这部书里面的一些详细描写了，实际上仅从水秀才的祭文来看，他所写到的是十兄弟也好，十兄兄也好，说句老实话，西门庆虽然有很多的人性恶，做了很多恶事，如果比较的话，稍有人味的还是西门庆，其他九位真是一个不如一个，一蟹不如一蟹，都在横行，档次却越来越低。

所以，张竹坡非说兰陵笑笑生写作《金瓶梅》是为了提倡悌道，全书以"悌"始，是很牵强的，这是我的一个看法。他认为全书是以"孝"终，因为全书最后有关于孝哥儿的一些事情，我后面要讲，以后再讨论。总之，"西门庆热结十弟兄"是贯穿全书的内容。我个人认为兰陵笑笑生写出了一种市井文化，但对这种市井人际关系进行了一种特殊的解构，作者对这种"热结"是饱含讥讽的，并没有真正肯定。

## 第58讲　机灵鬼有晚来福

### 玳安成了西门安

【导读】

上一讲告诉你西门庆死后，应伯爵、谢希大、花子繇、祝实念、孙天化、常时节、白来创等七个弟兄各出一钱银子，请水秀才作一篇祭文，在报恩寺祭奠西门庆。那水秀才平日知道，应伯爵这些结拜弟兄与西门庆乃小人之朋，于是暗含讥讽，作成一篇祭文。以应伯爵为首，人人都粗俗，哪里晓得祭文中讥讽的滋味。西门庆后来发了财，又做了官，西门府有许多的仆役、丫头，他们的事情也应该讲一讲。本讲先告诉你男仆的故事。

西门庆发财后就住进一个大宅院。词话本的写法是大宅院七间门面，前后五进。崇祯本又说是五间门面，前后七进。这种文本上的小差异，说明前后有很多人加进了自己的修整。这两个说法其实也差不多，因为七间门面，就说明它正面的宽度相当可观，它侧面的长度为五进，面积和五间门面七进院落那样的一样大。所以，这两个说法我们综合起来考查，应该认为这是一个很大的院落，里面生活着好多主子，除了西门庆，还有他的几房妻妾，这些妻妾也都是主子阶层，因此需要许多仆役和丫头来服侍他们。现在先说男仆，男仆基本分为几类，一类是小厮，一类是年龄较大的结了婚的男仆，还有一些是小童（比小厮的年龄可能还要再小一点）。

我们先说小厮。小厮中最重要的一位叫玳安，前面多次提到这个小伙子，他是西门庆最信得过的一个随身小厮，他的最大特点就是乖巧，很懂得保护主子的利益，也保护自己的利益。比如书里写他有一次骑着马夹着毡包去为西门庆办事情，路过一处地方的时候被潘金莲叫住了。潘金莲那个时候还没有嫁给西门庆，问他西门府最近发生什么事了，她等着西门庆来娶她，怎么老不来娶她。玳安把西门庆娶孟玉楼的事情详细地跟她说了一下。潘金莲就让玳安帮她传信。潘金莲会写字，而且还会一点诗词曲赋，她就写了一封情书，折成一个方胜儿（由两个斜方形重叠一角形成的样式），让玳安送给西门庆。玳安就领了这个任务。他为什么领了这个任务呢？因为在这之前，西门庆和潘金莲就勾搭上了，这事情别人不知道，玳安是知道的，西门庆的所有隐私他差不多都知道，他就看准了寡妇潘金莲早晚会被西门庆娶进府里去，成为一房小老婆。所以，与其那个时候再去讨好她，不如现在就跟她形成一个比较好的关系，于是他就愿意为潘金莲做这件事。玳安已经扭头要走了，潘金莲又把他叫回来问他，如果西门庆问玳安怎么见着她的，怎么得到这封情书的，他怎么回答。玳安就非常乖巧，他说他不会告诉西门庆是潘金莲招手把他叫过去的，他会说他当时在街上饮马，王婆看见他了，跟他说潘金莲有件事托付于他。这当然是一个很好的处理方式，潘金莲听了也很满意，因为西门庆不太愿意潘金莲直接和一个年轻的小伙子来往，说成是王婆替潘金莲办事，西门庆听了就会比较舒服。而且西门庆跟潘金莲勾搭，中间人就是王婆，西门庆听说是王婆出来招呼也会觉得很自然。更何况那个时候他们已经把武大郎害死了，名义上潘金莲就是王婆的干女儿，这就比一个女子自己说要嫁人好听一些。潘金莲没进府时就知道玳安是非常乖巧的。所以，潘金莲进西门府以后和很多人发生矛盾，和一些小厮有冲突，但是和玳安的关系一直比较好。

在西门府里面，玳安实际上是一仆事二主，他既要伺候好西门庆，也要应付好吴月娘。吴月娘也知道，他是府里的首席小厮，好多要紧的事都托付他办，就对他管得比较严。书里写玳安总是能够非常乖巧、非常妥善地处理这两个主子之间的事情。因为这两个主子虽然有共同利益，但是也会有矛盾，特别是西门庆到处寻花问柳，猎艳，找女人通奸，损害了吴月娘的利益。虽然西门庆从来没有表示过他要休了吴月娘，另外再娶一个正妻（他虽然一度和吴月娘闹别扭，两个人都不说话了，互相冷战，他仍然没有休妻的想法），但是他不愿意吴月娘掌握他在外面活动的情况。所以，每当吴月娘询问玳安西门庆又到哪儿去了，他就得为西门庆服务，帮西门庆掩饰。但是他不能得罪吴月娘，还得让主家婆对他始终有一个好印象。所以，他对吴月娘得把握好说话的尺寸，有的时候玳安也会把西门庆的一些行踪告诉吴月娘，使得吴月娘觉得这小厮还不错，对她挺忠心的。

玳安一仆侍二主一直应付得还不错，这是其他小厮很难做到的。但有时候也有危机出现。比如有一次吴月娘忽然就问他了，怎么老爷现在还不回来，他在做什么。都知道玳安是跟西门庆一起出去的。玳安就说西门庆在狮子街那边的店铺里头算账。那个店铺是由李瓶儿原来住的那间宅子改成的，当时是韩道国帮着经营。玳安说西门庆在铺子里算账，这么说吴月娘还信得过，因为她知道她丈夫虽然很荒唐，但是在金钱上，在做生意上，在管账上，还是很严谨的，光是伙计算账还不行，西门庆自己有时候也直接参与。吴月娘又追问了，算账能算一整天吗？吴月娘也知道西门庆算账一般都很麻利，几个时辰就算完了，算一整天，大晚上不回来就不正常了。玳安说："爹在那儿喝酒。"这样吴月娘就觉得不对头了，问他喝酒谁陪他喝。玳安赶紧撒谎说没人陪着他喝。因为那个时候韩道国作为店铺的掌柜，经营着铺子，但是晚上还是回自己家过夜的。吴月娘一听就更觉得不对头了，西门庆从来不会一个人喝闷酒的，要么狐朋狗友一大群，要么在妓院喝花酒，要么就一定有女人了。吴月娘就说："你这就不对头了，你瞒着我什么，你给我说清楚。你爹究竟在干吗？"

玳安说的分明是两面话，吴月娘有时候听得出来他是在为西门庆掩饰。这一次追问就使得玳安相当狼狈。当然，玳安毕竟是非常乖巧的一个人，再怎么他也不会透露西门庆和韩道国的媳妇王六儿的那种特殊关系。另外，再怎么他也不能够顶撞吴月娘，让主家婆生气。这次他算是勉勉强强地混过去了。但是，最后不但吴月娘知道，玳安见她说一种话，见西门庆说另一种话；西门庆后来也发现了，玳安有时候在他面前说一种话，面对主家婆又说另一种话。虽然两个主子都发现他不是百分之百忠实，可是又感觉到大体上而言，玳安已经难能可贵了。你把这部书读完就会发现，好多仆人都是通过各种方法来挖西门府的墙脚，来肥自己，损害西门府的利益。玳安也很贪心，他不是一个不爱银子的人，帮西门庆办事也好，替吴月娘办事也好，他都会从中谋利。但玳安都是从别人那里取利，他基本上不会损害西门庆和吴月娘的利益，所以他是跟随他们时间最久的一个小厮。虽然他经常被两个主子训斥，但到头来两个主子都离不开他。

玳安也是注重自己利益的，他也很会索贿受贿。比如说有一次，有一个人把主人杀了，要判死罪了，就愿意用大笔银子来化解这个事情，求到了王六儿，王六儿满口答应。其实王六儿虽然是西门庆的一个情妇，可是真要她跟西门庆提官司的事情，她很难开口。特别是西门庆跟她就为了干那个事，这种事情她插一嘴，他根本不会听她的。所以她就转求玳安。玳安去跟西门庆说与她说的分量就不一样了，西门庆的感觉就不一样。对方愿意出一大笔银子请西门庆化解这个事情。王六儿希望玳安从中帮忙。当然，这个时候玳安就显示出本身的一个特色，他既伶俐乖巧，又是一个为谋取自己的利益立场很坚定的人。玳安就跟王六儿说："这是你要让我帮你办，你要拿出二十两银子给我。"王六儿就说："要饭吃休要恶了火头。事成了，你的事什么打紧？"就是说你要想吃饭的话，就不要得罪做饭的人。现在人家准备好银子还没给我，事成了，从中给你二十两有什么难的。这个地方把玳安的性格写得非常生动，也非常准确。因为玳安年龄小，他把韩道国的老婆王六儿叫韩大婶。玳安就说了："韩大婶，不是这等说。常言：君子不羞当面。先断过，后商量。"这反映了玳安一种很有趣的原则，要么不贪财，要贪财的话，我就"不羞当面"，当面把它说清，不遮不掩。你给二十两银子就办事，你不给银子，就免谈。而且这个是要"先断过，后商量"，先确定下来，底下咱们怎么去落实再细细地商量。后来王六儿不得不同意，因为玳安不好对付，王六儿不通过他又办不成事。

当然，玳安也经常替西门庆做一些机密的事情，比如说前面讲了西门庆想尝一尝贵妇人的滋味，想进招宣府勾搭林太太。那么就需要找到一个中间人，就是文嫂。这个任务就是由玳安去完成的，他完成得很出色。玳安后来也问文嫂要银子，这样做他并没有损害西门庆和西门府的利益，但从中他是获利的。后来文嫂完成了任务，使得西门庆得以从后门进入招宣府勾搭林太太。玳安是跟着西门庆进入后门的，但他没有再往深处走，留在后门段妈妈的屋子里等着西门庆。这充分说明西门庆对他的信任程度和他为了西门庆的利益能够保密的品质。最后果然这个事情一点都没有泄露。吴月娘是到很久以后，才知道这件事情的。

另外，西门庆勾搭很多女子时，玳安都是在现场的，当然不是在两个人做事的小空间，他一般总在隔壁。玳安要是想窥视西门庆的这种最隐秘的私人行为，很容易就能做到。那个时代的房屋结构、门窗什么的，都有缝隙，有窥视的窥视口，但是不管西门庆跟哪一个女子去做这种事，玳安都不窥视，他对自己有这样的约束。这表示他对西门庆确实很忠诚，因为这个主子对他不错，他没有必要去偷听、偷看。另外书里写了，玳安他有自己的私生活，有自己的乐趣，其中有一节就写"玳安嬉游蝴蝶巷"。当西门庆跟王六儿在狮子街互相勾搭的时候，一起去的琴童就很好奇，跑到卧房的窗下，偷看不了就偷听。玳安发现了以后就把琴童给拉开了，跟他说："平白听他怎的？趁他未起来，咱们去来！"他就把琴童带到了一个更狭窄的叫蝴蝶巷的小胡同，去了一家低级妓院。他搂着妓女赛儿，琴童就拥着妓女金儿，让她们唱曲伴酒。西门庆作为主子阶层有他的乐趣，玳安就带着琴童到一个比较低档的地方，花银子比较少的地方，找他们自己的乐趣。

书里就写出玳安很会把握分寸。这样玳安便比较安稳地在西门府里面生存下来。西门庆死了以后，他的选择是与西门宅院共存亡。他也不是愚忠，你替他想想，他离开西门府投靠谁去？所以，他就死心塌地地留在了西门府，但是他也并不压抑自己的七情六欲。当时吴月娘身边只剩下一个叫小玉的丫头。有一天吴月娘叫小玉给她办事，叫她不见影儿，吴月娘就去找，找到一间屋子，

## 第58讲 机灵鬼有晚来福：玳安成了西门安

看见小玉跟玳安两人在一张床上做那种事。这种情况下吴月娘怎么办？要是西门庆还活着，她可能是另外一种反应。现在西门庆死了，她身边只剩小玉一个丫头，小厮里面也就玳安还比较可靠。所以，吴月娘做出一个非常睿智的应变办法。她就装作好像没看见他们俩在干吗，只是说："贼臭肉，不在后边看茶去，且在这里做什么哩。"当时玳安、小玉应该比较紧张，因为虽然西门庆死掉了，府里最威严的家长不在了，但吴月娘毕竟是一府之主，她会怎么处置自己呢？没想到吴月娘立刻收拾了一间屋子作为新房，两天以后，新房的所有东西都布置好了，让他们两个结为夫妻，玳安等于明媒正娶了小玉。吴月娘这个做法也体现了她在后西门庆时代的睿智。一方面把玳安和小玉两个人的关系合法化了，另一方面也保证了吴月娘自己今后的生活。因为这两个人今后对她的饮食起居、外出活动，在照顾和保护方面作用太大了。

全书最后写到金兵南下，北宋灭亡，清河县也沦陷了，吴月娘、孝哥儿、吴二舅、小玉和玳安一起逃亡。逃亡的具体经历和结果我以后再讲，先把玳安最后的结果告诉你。到头来吴月娘发现她的余生靠谁？靠孝哥儿吗？吴月娘在十五年前答应了雪洞洞的普静法师为了西门庆的亡灵，她要把孝哥儿献给佛祖，孝哥儿跟随普静法师学法为生，为了履行这个诺言，再次碰到普静法师的时候，就只好舍去孝哥儿。那么她身边就没有儿子了，只能让玳安成为她和西门庆共同的儿子，小玉就成了儿媳妇。最后金兵退走了，清河县又恢复了平静，西门府又热闹起来了。这个时候西门府的府主当然还是吴月娘，她没有了孝哥儿，但她有了一个新的儿子，等于是抱养来的，这个儿子其实老早就在他们家了。玳安从此改名为西门安，小玉就成了西门夫人，他们两个共同侍奉吴月娘，给她养老送终。书里写出了玳安这么一个小厮形象，应该说写得很出色。他好不好？亦好亦坏。善不善？亦善亦恶。他是一个典型的中间人物，凡事取中，伶俐乖巧，八面玲珑，四面应付，多方讨好，最后偏偏是他有一个比较完满的结局。

## 第59讲　恩怨纠缠理不清

### 汤来保的精明

【导读】

上一讲讲到了西门庆最重要的一个小厮，也是整个西门府最得力的一个小厮玳安。他乖巧伶俐，在西门庆和吴月娘两个主子之间左右逢源；他为自己谋取利益，但从不侵害主子的利益，也从不偷窥西门庆的隐私。西门庆死后，在吴月娘的安排下，他娶了小玉。后来孝哥儿出家，他改名为西门安，继承了西门庆的家业，清河县的人都叫他西门小员外，最后他跟小玉一起给吴月娘养老送终。西门府的小厮还有谁呢？男仆又有哪些故事？请看本讲内容。

西门府里面，名字里面有一个安字的小厮，除了玳安，还有平安。前面多次讲到他，他比玳安的年龄要大一点，他本来就不太被西门庆和吴月娘待见。还记得前面我讲白来创跑到西门府，西门庆不愿意见他，他赖着不走，最后西门庆硬着头皮留他吃了顿饭，他才走人。事后西门庆大怒，得知是平安开的门，西门庆就问他为什么放白来创进来。平安怎么解释也没用，被西门庆暴打一顿。所以，平安对西门庆不会有什么感情，可能只有怨恨。后来西门庆死了，平安留在府里，吴月娘对他怎么样呢？他的年龄比玳安大，可是吴月娘让玳安娶了小玉，很明显重视玳安，善待玳安。平安心中愤愤不平，他早该娶媳妇了，主子却不管他。后来平安就偷了西门庆当铺别人当的东西，出去赌博嫖娼，被巡街的抓了。这时候他要为自己开脱，就把一腔怨恨化为对吴月娘的诬陷，说她和玳安通奸。当然最

## 第59讲　恩怨纠缠理不清：汤来保的精明

后吴月娘得救了，平安被拷打一顿，反倒被官府给办了。

还有一个小厮叫作钺安，文中出现了几次，但是没有什么单独的故事。小厮就是年龄稍微小一些的男仆，年龄大一些的就直接叫男仆了。男仆这一组，都是给他们取个带"来"字的名儿，像来保、来旺、来新、来昭、来安、来爵。来字辈要比安字辈的年龄大一些，而且基本上都娶妻生子了。他们当中值得讲一讲的，就是来保。当然你还记得前面不断讲到一个来字辈的男仆，就是来旺，他原来的老婆是宋惠莲，后来他又和孙雪娥私奔。来旺的故事讲过了，这儿我也不再讲了。现在重点讲一讲来保。

一开始讲来旺的时候就说他叫来旺，后来交代出来他姓郑，叫郑来旺。来保前面也没有交代姓什么，到后来写了他姓汤，叫汤来保。汤来保不简单，他为西门庆办了大事。西门庆把他的女儿西门大姐嫁到了东京陈洪家，女婿是陈经济。后来陈洪的亲家杨戬出事了，连累到陈洪，进而连累到西门庆。所以，在一片慌乱当中，陈经济就带着西门大姐从东京回到清河县，投奔他的岳父岳母。前面讲在这个时期西门庆闭门不出，不见任何人。西门庆很惶恐，但不能坐以待毙，后来就派了两个人进京找门路，想办法化解这场政治危机。西门庆派的就是来保和来旺。但从书里的描写来看，来旺只会干力气活，路上挑着礼物担子。真到了东京的大官僚府第前，来旺就只能远远地在屋檐底下站着、等着，由来保去想办法进入官僚府第。书里写来保确实不简单，他是一个从小地方到京城来的商人家的男仆，身份很低微，如果不会说话，人家不但不会搭理他，搞不好会给他两鞭子，再踹上两脚。

《红楼梦》里面写刘姥姥一进荣国府时是很艰难的，想从前门进，前门倒是开了，可没人搭理她。刘姥姥采取了走后门的办法，从后门找到了府主王夫人的陪房，最后算是混进了荣国府，见到了王熙凤。《红楼梦》里写刘姥姥想进一个贵族宅院的大门很难，这种场景描写应该也受到了《金瓶梅》的影响。早于《红楼梦》二百多年的《金瓶梅》就写到了侯门是很难迈进去的，而且侯门一入深似海，里面一层一层的，不是普通人所能想象的。

但来保很会说话，很会来事，也很会在关键时刻往对方手里塞银子，这样他就过了一关又一关，终于见到了真佛，也就是见到了当时的父子宠臣蔡京、蔡攸当中的儿子蔡攸。来保把西门庆提供的贿赂物品清单递给蔡攸以后，又进行了详细汇报。蔡攸觉得这个来贿赂求办事的人给的东西多、质量好，就让来保再去找另外一个朝中管事的大官李邦彦。后来来保又成功地抵达了李府，见到了李丞相并获得了重要情报。皇帝对开头治罪的杨戬又改主意了，给予了宽免。但是当时受杨戬牵连的那些上了黑名单的人，有的已经抓起来了，有的还在黑名单上，其中就有西门庆。来保赶紧献上五百两银子，李丞相将黑名单上西门庆的名字改作贾廉，解除了西门庆的危机。

后来为蔡京祝寿送生辰担，西门庆派的又是来保，那次跟着去的是吴典恩。吴典恩在整个贿赂过程当中起的作用不大，真起作用的还是来保。一方面当然是因为西门庆所备的寿礼实在是骇人听闻，包括四个用银子打造的祝寿仙人；另一方面也是因为来保会说话，该说的一定要说，不该说的一句不说，把事情办得很圆满，还获得了三张任命状，来保自己也得了一张。

所以，在书里来保是一个非常重要的角色，他在西门府起的作用非常大，比玳安大得多，当然来保是不会跟着西门庆跑前跑后伺候的。不夸张地说，来保甚至是西门庆的救命恩人。后来西门庆渡过了难关，又开始花大把的银子做生意。西门庆拿出四千两银子让韩道国和来保两个人雇船去购买布匹。来保和韩道国购买完布匹以后就沿着运河往回走。在运河行船的过程当中，对面来了船，船上是清河县的街坊严四郎，他在那边船上喊话，说西门庆死了。当时韩道国在船板上听得很清楚，来保没听见，因为运河当中船只来往繁忙，隔船喊话，声音再大，这边如果来保正在船舱底下，他也是听不见的。他们回到临清码头，船靠岸以后，韩道国就让来保先在船上等着，他拿上卖布得的一千两银子走旱路先给西门庆送去，再取来西门庆写给钞官的信，让对方少纳税钱，放他们的货回清河。因为西门庆在清河县也当官了，有面子，有这个信的话，就可以省去很多税金。来保当时留在船上，韩道国就带着一千两银子回到清河县。

韩道国在运河上听到对面船上严四郎喊话，听得很明白，就是西门庆已经不在了，所以他就没有去西门府，而是拿着一千两银子回了自己家。韩道国跟他的媳妇王六儿商量，两人的结论是一致的，就是他们要趁早带着这一千两银子一走了之。最后他们连夜收拾好行李连同一千两银子，去东京投奔他们给蔡京管家翟谦当小老婆的闺女韩爱姐去了。直到韩道国卷走银子之后，来保才得到确实的消息，西门庆已经死了，他就来见吴月娘。来保心想，韩道国真不地道，卷走了一千两银子，我怎么办呢？来保想出一个办法，他就跟吴月娘说，韩道国卷走了两千两银子。因为吴月娘一个妇道人家，搞不清楚船上有多少货，可以卖出多少银子。来保多说一倍，就等于船上留的那些货，他再卖出以后可以多得银子。果然吴月娘一个妇道人家，当时刚死了亲夫，又刚生了一个儿子，正在坐月子，就信了他的话。其实来保剩下的货还可以卖出三千两银子，他告诉吴月娘韩道国已经卷走了两千两，那么他把剩下的一千两还给吴月娘，他就是忠心耿耿的家仆。他拿了两千多两银子交给吴月娘，吴月娘就喜出望外，觉得仆人太忠心了，当时就拿出二三十两银子来奖励来保。来保就表现得非常大度，故意不收，还扬着头表示不在乎，说大官人都已经走了，他做这些事都是应该的，这样就让吴月娘觉得他更忠心了。

　　实际上来保没安好心。有一天晚上，他在外边喝醉了就走到吴月娘的屋子里面。吴月娘的屋子有炕，两边都有半高的板壁，叫护炕。来保就搭伏着护炕，挑逗吴月娘，说："你老人家青春少小，没了爹，你自家守着这点孩子儿，不害孤另么？"吴月娘当时就愣了，一声不言语，因为没法言语。你刚表扬过他，人家给你送回两千两银子来，还要怎么着？你答应他，那更不可能，就只能不言语。

　　正好这个时候出了一个状况，就是京城翟谦知道西门庆死了，想趁机刮些好处。他就寄书给吴月娘，说他家老太太想听弹唱，听说西门府有几个丫头经过训练，会弹唱，希望西门府能够转给他几个丫头。表面上说他会付银子，其实就是让吴月娘白送，他什么时候会给银子？当年他问西门庆要年轻女子当小老婆，现在又乘人之危要西门府的丫头。翟谦言外之意是，西门庆都死了，吴月娘现在留那么多丫头干什么？吴月娘实在没有办法，就只能把自己身边的一个丫头玉箫，还有李瓶儿原来的丫头迎春，送给翟谦。既然这个汤来保大晚上到吴月娘屋子里倚着护炕挑逗她，吴月娘觉得这也是个把来保支走的机会，她就让来保去完成护送这个任务。来保带着玉箫和迎春往东京去，在路上就把这两个丫头都占有了。翟谦家老太太一见两个丫头十七八岁，长得漂亮，一个丫头会弹筝，一个丫头会弹弦子，当然很满意。翟谦本来都不想给钱，他家老太太倒还比较慷慨，当时就将两锭元宝交给来保。来保回来以后，他只上交了一锭银子，自己留下了一锭。

后来吴月娘觉得来保实在不能再留在府里住了，因为他时不时喝醉了酒就来挑逗自己，就让来保和他的媳妇惠祥搬出去，他们俩就很高兴地搬出去了。这个时候来保已经从西门府贪污了很多银子，包括最后得到的两锭元宝当中的一锭。他也不避讳，明目张胆地跟他的小舅子开了个布铺，贩卖各色细布，自己快活地过日子了。

书里面有一回的回目叫作"汤来保欺主背恩"，就写这些事。汤来保贪污固然不对，可是谁对谁有恩呢？作为主子给仆人一点小恩小惠叫作施恩，汤来保冒着风险上东京去给主子跑路、干事，帮西门府摆脱了政治危机，甚至西门庆获得的委任状都是汤来保带回来的，难道奴才为主子做事都是应该的吗？就不叫恩惠吗？

所以，汤来保后来贪污西门庆家的银子固然不对，但实际上西门庆和吴月娘心里应该明白，汤来保对他们家是有恩的。最后通过情节流动、人物对话就交代出来，汤来保跟李三、黄四一块去为官府做买办，就是做钱粮。后来因为他们在采买的过程当中贪污，事情被人揭发后被抓，在监狱里关了一年多，家产尽绝，房子也卖了。来保和他的妻子有一个儿子叫作僧宝儿，这僧宝儿最后沦落成了跟马的仆役，主子在前头骑马，他在马旁边跑，为主子效力。

汤来保也是书里写到的一个很重要的仆人角色，从他的故事里面我们可以去思考刚才我提出的那个问题，所谓报恩的问题：究竟谁对谁有恩？怎么才叫作负恩？

## 第60讲　被压迫者的呐喊
### 一丈青骂声响彻西门府

【导读】

　　上一讲我主要讲了西门府男仆中汤来保的故事，西门庆多次派他到东京办事，他在西门庆摆脱政治危机和得到副提刑的委任状方面起到了非常重要的作用。后来西门庆又派他和韩道国一起，拿着四千两银子购货。回程江路上，韩道国得知西门庆死了，携带一千两银子跑路，来保回到清河，见到吴月娘，也一派谎话。吴月娘派他去东京给翟谦送丫头，他在路上就把两个丫头奸污了。后来他还多次调戏吴月娘，吴月娘无奈，就让他和他的妻子搬了出去，来保也就明目张胆地和他舅子刘仓开起布铺，发卖各色细布，过起自己的快活日子，当然他最后也沦落了。那么西门府里面别的仆人还有什么故事呢？请看本讲内容。

　　西门庆的男仆里面，还有一个是来兴儿，是西门庆的父亲西门达到甘肃贩绒时捡到的，后带回西门府，书里有时也唤他甘兴儿，因为他是从甘肃带过来的，当年还是个小男孩，后成为西门家的男仆。来兴儿也有些故事。原来西门庆搞采买的事情都是交给他的，后来西门庆为了刮剌来旺的老婆宋惠莲，支走来旺，就把到外地采买的事情交给了来旺。来兴儿很生气，找到潘金莲告发来旺，由此导致一系列的矛盾，这段故事前面讲过，这里就不再重复了。总而言之，来兴儿是一个和来旺有矛盾的男仆。西门庆死后，来兴儿的媳妇也死了，为了稳定整个府里面的局势，吴月娘就做主，把奶妈如意儿许配给了来兴儿，这两人本来就刮刺上了，吴月娘也看到了，于是顺水推舟，让他们两个成为一对。

除了来兴儿以外，还有一个男仆叫来昭。来昭稍微有点故事，一会儿要讲。还有两个来字打头的男仆，一个是来安，一个是来爵。这两个男仆的形象都比较模糊。来安书里面主要是说他有点多嘴多舌，来爵后来书里交代他是应伯爵的儿子，居然在西门府里面做男仆，而且西门庆后来和来爵媳妇又不干不净。作为艺术形象，来安、来爵都比较模糊，不值得细讲。下面就再来讲一讲来昭。

其实前面我已经讲到过，还记得来旺和孙雪娥是怎么私奔的吧？当时西门府派来昭夫妇看门，他们俩不愿意打开大门让来旺和孙雪娥从大门潜逃，免得他们承担责任。最后就想出一个办法，让来旺和孙雪娥从屋顶上踩着屋瓦，再顺着墙到街上去。来昭本身的故事并不多，他的妻子叫作惠庆。当时西门府给这些男仆的媳妇取名字也尽量地让她们形成一个系列，比如来旺的媳妇姓宋名惠莲，来昭的媳妇就叫惠庆，来保的媳妇就叫惠祥，来爵的媳妇叫惠元，来兴儿之前死去的媳妇叫惠秀，形成一个惠字打头的系列。现在主要讲来昭的媳妇，她的大名叫惠庆，但很少有人这么称呼她，都叫她的绰号一丈青。《水浒传》一百单八将里有一名女将扈三娘，绰号就叫一丈青，来昭的媳妇居然也叫一丈青，可见她是一个很泼辣的女性。

来昭和一丈青有一个儿子叫小铁棍。小铁棍在西门府里面渐渐长大，小男孩很淘气，到处乱窜，有一天他在花园里捡到了一只绣花鞋，上面绣着各种花卉禽鸟，很好看。小铁棍还小，还不懂得欣赏绣鞋，捡到以后就提在手里面玩，结果正好遇到了陈经济。陈经济当时帮西门庆管理当铺，手里拿了一副银网巾圈儿。什么叫网巾？明代男子留胎发，其实从宋代开始就这样，甚至在宋朝以前，汉族的男子都是要留胎发的。少年时头发多了，就把头发在头顶卷束起来，叫作总角。成年了，头发再多了，就用网巾把它网住。网巾一般是用丝线或者是马鬃编制的，讲究的话，下边就会有一些金子、银子打制的圆形的装饰，起到一个固定的作用。网巾网住后，再戴上帽子，戴上冠，这样就显得很高。讲究的网巾圈一般是金银打造的。有人来赎当,陈经济手里正好拿着一副银网巾圈要送去当铺。小铁棍看见陈经济手里的银网巾圈就想要,说他有东西来换。小铁棍就拿出了那只红绣鞋,陈经济一眼认出那只红绣鞋是潘金莲的,就让小铁棍把鞋给他,说改天他给小铁棍一副更好的银网巾圈。小铁棍就同意了。但实际上陈经济拿到绣鞋以后并没有给小铁棍一副银网巾圈,陈经济骗了小铁棍。陈经济拿着红绣鞋去挑逗潘金莲,潘金莲一看很生气,因为红绣鞋已经脏了,当时潘金莲就说狠话:"我饶了小奴才,除非我饶了蝎子。"陈经济挑逗完潘金莲就赶紧走了,因为西门庆回府以后随时可能到潘金莲这儿来。果然西门庆就来了。潘金莲就把绣鞋给西门庆看,抱怨小铁棍把绣鞋捡了,拿到外头。潘金莲告状一告一个准,西门庆听了以后一下子冲到院子里面。那个时候小铁棍正在石台基玩耍,蹦上蹦下的,西门庆也不问罪,上去揪着他的顶角就拳打脚踢。小铁棍疼坏了,杀猪般尖叫。西门庆越打越狠,最后就把小猴子一样的小铁棍打倒在地上,晕死过去了。来昭两口子听到了以后赶紧跑过来,救了半天才让小铁棍苏醒过来。

西门庆把仆人的生命完全不当回事,因为他宠爱的第五房小老婆潘金莲的几句恶言恶语,他就不分青红皂白,冲出来把仆人、仆妇的儿子小铁棍几乎活活打死。书里面的这类情形我们不要忽略,像我前面讲的武大郎前妻生下的那个女孩子迎儿,还有潘金莲屋里备受虐待的丫头秋菊,以及现在我们讲到的仆人来昭和妻子一丈青的儿子小铁棍,在书里都是一些很脆弱的小生命,他们经常受到主人的侮辱和损害。小铁棍就更惨了,府主西门庆几乎活活把他打死,并不把他当作一个生命。哪里有压迫,哪里就有反抗,当然这种反抗是很艰难的,是要冒很大风险的,可是书里就写来昭的妻子、小铁棍的母亲一丈青,面对这件事情,她奋起发出呐喊,高声叫骂。

前面我们讲到来旺儿,他在得知西门庆勾引、霸占了他的妻子宋惠莲之后,趁着酒醉发出了反抗的声音,"破着一命剐,便把皇帝打",他表示跟西门庆势不两立,要白刀子进,红刀子出,宣告他和西门庆的仇恨比天还大。对于来旺儿而言，第一，他是个男子；第二，他趁着酒劲；第三，他骂完以后西门庆给他点甜头他就很快收敛了。可是一丈青作为一个孩子的母亲，她并不是借着酒劲，她以她充沛的母爱发出了反抗的声音。她先走到后边厨房指东骂西，一段海骂："贼不逢好死的淫妇，王八羔子！我的孩子和你有甚冤仇？他才十一二岁，晓的甚么？……平白地调唆打他恁一顿，打的鼻口中流血。假若死了，淫妇、王八儿也不好！"

一丈青"指东骂西"，骂潘金莲。骂潘金莲已经很勇敢了，潘金莲毕竟是府主之一，是西门庆的第五房小老婆，也具有主子的名义。一丈青骂潘金莲淫妇，她知道这事情是潘金莲调唆的，但是一丈青也没有放过西门庆，她把潘金莲骂作淫妇，她还骂西门庆王八。那个时代，一个男人的老婆被别人搞了，戴绿帽子了，就叫王八。一丈青揭示出潘金莲的淫乱。西门庆的第五房小老婆潘金莲不是好东西，早跟别的男人勾搭了，西门庆你戴绿帽子了，你就是王八。一丈青在厨房里骂，孙雪娥听到了，这不消说，吴月娘应该能听到，因为吴月娘正房离厨房是最近的。后来一丈青觉得骂得还不过瘾，她的怒气还没有发散完，到前面又骂。她连续骂了一两天，她的骂声响彻全府，说明一丈青是豁出去了。

一丈青的高声叫骂居然没有让西门庆知道，这是为什么？没有人去告密。比如厨房那些做粗活的人在厨房听到了，她们对这件事自有是非判断：西门庆你怎么去打一个小孩？打两下倒也罢了，居然活活地打到口鼻流血，倒在地上半天没活过来。主子太欺负人了，作为受害者的母亲骂几句也没什么。孙雪娥知道这个事跟潘金莲有关，她跟潘金莲是死对头，听到一丈青的怒骂可能还觉得痛快了，她怎么可能找西门庆揭发一丈青？吴月娘即使听见了也只装作听不见，因为吴月娘无论如何还是一个内心隐忍多一点的人物，她的丈夫很荒唐，被潘金莲、春梅霸拦住。她很清楚丈夫做出这样的荒唐事，把小铁棍打得几乎死去，一定是潘金莲教唆的，她有什么必要去斥责一丈青，去跟丈夫告发一丈青？她隐忍了。一丈青还没有骂到潘金莲花园那边去，潘金莲在房中陪西门庆吃酒，还不知道。所以，当天没有任何人向西门庆告密。一丈青最后把所有的气都撒完了，小铁棍命大，活了过来，而且很快就康复了。

这段情节在书里面也是很重要的，说明府里的下人也是敢于积极斗争的，虽然压迫人的地主阶级很强大，那个时代正是行凶人得势的时候，被压迫、被侮辱、被损害的劳动者、奴仆阶层不大可能颠覆整个社会。但是，不要以为他们就只能忍气吞声了。一丈青就是一个榜样，她就在必要的时候发出了强烈的抗议之声，她的骂声一度响彻全府，她都把西门庆骂成王八了。读者阅读这段文字应该觉得大快人心，在那样黑暗的王国里面，曾经有过来旺儿的抗议之声，有过宋惠莲临死前的血泪控诉，现在又增添了一丈青的护子心声。她直接骂潘金莲是淫妇，西门庆是王八，这是很勇敢的行为。

后来来旺儿和孙雪娥重新相会，决定私奔的时候再次写到小铁棍。那个时候他已经十五岁了，来昭夫妇请来旺儿和孙雪娥一块吃饭、喝酒，小铁棍去打的酒。书里后来交代来昭死了，一丈青就带着小铁棍另外嫁人了。作者有意把她的绰号和《水浒传》一百单八将中的女将扈三娘的绰号写成一样，这也是"借树开花"的笔法，说明那个时代，对朝廷、对剥削者的反抗也渗透到了社会的毛细血管里面，甚至渗透到了西门府。西门府里面有这样的妇女，她的绰号也叫一丈青，因为自己儿子小铁棍被打，高声叫骂，响彻全府。这是书里面很精彩的一个场景。

## 第61讲　忍辱含垢终有尽
### 书童挂帆远遁

【导读】

　　上一讲讲了西门府的仆人来昭和一丈青的儿子小铁棍在花园里捡到了一只红绣鞋，被陈经济认出来是潘金莲的，他从小铁棍手里骗走了这只鞋去挑逗潘金莲。潘金莲看见她的红绣鞋被弄脏了非常生气，就跟西门庆告状，西门庆狠狠地揍了小铁棍一顿，差点把他打死。小铁棍的父亲来昭比较软弱，没有发声，但他的母亲一丈青以母亲的本能，奋起詈骂。虽然一丈青的反抗只是大声詈骂，但在那个时代，在西门府那样一个空间里，还是很了不起的，可谓空谷足音，绕梁三日，大快人心。其实西门府里的男仆还有一些也有故事。请看本讲内容。

　　西门庆七间门面、五进大院的豪宅里，其中主子全加起来也无非是九个人：西门庆一个，然后他的六房妻妾，这样加起来就七个，后来他的女儿、女婿从东京投奔他，一直住在宅院里，那就是九个主子。但是伺候他们的人从书里面细细检索的话，应该有三四十个，平均一个主子大约有四个人来伺候。男仆前面讲到了小厮，还有就是一些已经结婚的年纪比较大的男仆，此外西门庆还有自己的小童。西门庆附庸风雅，特别是当官以后，他为了自己出去够神气，和一般熟人拉开差距，就养了琴棋书画四个小童。其实西门庆根本不读书，他对社会主流的价值观，就是通过寒窗苦读，通过科举考试取得功名这一套，嗤之以鼻。他就是用银子开路，相信财富的力量，根本不相信什么知识的力量、读书的力量。西门庆不读书，可是当官以后觉得要装出一副有文化的样子，所以后来有了琴棋书画四个小童。

书童是清河县的李知县当作一个礼物赠送给西门庆的，他当时其实不是小男童了，已经十八岁了，原名叫张松，原籍苏州，相当于一个"北漂"。苏州在清河的南边，虽然都在运河边上，但是苏州比较靠南。他流落到清河以后就在衙门里面当一个门子，就是衙门里面地位最低的办事人员。李知县挺喜欢他，但是并不把他当作一个值得尊重的生命，而是当作一个玩物。后来李知县跟西门庆交好，就把书童当作一件礼物赠送给了西门庆。西门庆一看书童生得清俊，齿白唇红，识字会写，并且因为他是从南方来的，还会唱南曲，就觉得不错。到了西门府，西门庆就给他改名叫书童，而且西门庆那个时候改造了花园，给自己布置出了一个书房，西门庆就让书童在书房里面，负责管花园的门钥匙。另外，西门庆当官以后多少有一些公文、私信的往来，就让书童给他收发，书童看了以后跟西门庆汇报，需要回复的时候，西门庆让书童操笔，相当于为自己添了一个文秘。

从书里的叙述看，琴童前后有两个：一个是孟玉楼嫁过来的时候带来的叫琴童的小厮。西门庆一度跑到丽春院鬼混，不着家，潘金莲性苦闷，就跟他发生了关系，引出了风波，这个琴童就被撵出去了。后来西门庆娶了李瓶儿，李瓶儿也带了一个小厮，本来叫天福儿，为了凑齐琴棋书画四童，西门庆就把李瓶儿带过来的天福儿改名为琴童。书里第十五回交代，西门庆有个小厮叫画童，后来西门庆又花银子买了个小童，改名为棋童，这样琴棋书画四童就都有了。

书里面书童的故事比较多。他到了西门府以后，身体发育，心理发育，都达到了成熟期，私下和吴月娘房里的丫头玉箫产生了感情。有一天，玉箫在宴请时偷拿了一把装满酒的银壶和一些吃的藏到书房，准备晚些时候和书童一起分享，结果被琴童看见了，琴童趁玉箫走了，书童也没在意的时候，就把这把银壶拿走了。琴童跟李瓶儿房里的丫头迎春比较好，他就把这把银壶交给迎春让她藏起来。宴席结束以后，丫头们整理东西，发现少了一把银壶，追究责任时，丫头们就互相推诿，都认为是他人弄丢的。事情闹得沸沸扬扬，后来西门庆从外面回来，迎春就把这把银壶拿出来了，这样就算是找到了。

潘金莲嫉妒李瓶儿，见了西门庆就想说点闲话，她说这把银壶是李瓶儿的小厮琴童拿到她房里去的，想必是要私藏这把壶。西门庆听了就很不高兴，对潘金莲说："依着你怎说起来，莫不李大姐他爱这把壶？"潘金莲听了以后羞得满脸绯红，就说："谁说姐姐手里没钱！"潘金莲自讨没趣。因为在几房小老婆里面，孟玉楼和李瓶儿是自带财产过来的，李瓶儿尤其富有，她除了一般的银子、拔步床，还有一些特殊的财富，前面说过，这里不再赘述。而潘金莲很穷，除了她美丽的身体可以奉献给西门庆，她对西门庆财富的增长和积累毫无贡献。书里通过这样一把银壶写出了不同人物的不同心理。当然后来这个事情又牵扯到书童，因为琴童是从书房把那把银壶拿走的，这样一来仆人之间也产生了矛盾。

书童自己也想赚取银子，后来有社会上的混混被抓到衙门里去了，想花点银子求得解脱，辗转求到了书童那里。书童当时觉得最能够让西门庆接受有关请求、把事办了的应该是李瓶儿，因为当时西门庆最宠的就是李瓶儿，所以书童就备了一些礼物献给李瓶儿，他还在李瓶儿的屋里喝了酒，希望通过李瓶儿向西门庆转达这个请求，把那几个混混放了。书童跑到六房李瓶儿住处去求情被别的小厮看见了，其中就有平安。前面讲到平安跟玳安过不去，其实他跟另外一些小厮也过不去，其中包括书童。平安就把书童私自跑到李瓶儿房里去的事情告诉潘金莲了，希望潘金莲发话，让西门庆责打书童。没想到平安这次又触霉头了。虽然潘金莲把事情告诉了西门庆，她还不断地拿一些话来影射，意思是书童和李瓶儿之间似乎关系不太正当，可西门庆不为所动，这样书童就和平安结下了梁子。前面讲过西门庆的一个混混朋友白来创跑到西门府赖着不走，闹得西门庆非常烦，后来西门庆就责备平安没有把住门，导致白来创进来了，府主西门庆不得不硬着头皮安排白来创吃了顿饭，他才走的。为此，西门庆发火把平安打了一顿，当然他也是借题发挥为书童报仇。

书里通过这样一些细致的生活流,既写了主子阶层之间的矛盾,也写了奴仆之间的矛盾,写到了人与人之间的一些摩擦。这些描写真实而细腻,对揭示人性、启发读者起到了相当重要的作用。

书童和玉箫越来越好,就从一般的眉来眼去,发展到身体的亲密接触,最后他们干脆睡到一起了。一天,书童和玉箫在花园的书房偷情,被潘金莲撞到了,书童和玉箫都很紧张,当即给潘金莲跪下。因为他们公然地在西门庆的书房里面做这种事,如果被告发出去,不知道西门庆会是什么样的反应,极大的可能是会大发雷霆。所以,他们都求潘金莲。潘金莲就跟玉箫说,要饶过他们的话,玉箫要答应她三件事。第一件,今后凡是在正房发生的事情玉箫都要告诉她。第二件,大房里面有好多东西,潘金莲想要什么就跟玉箫说,玉箫就偷偷地给她拿过来。虽然潘金莲也是一房小老婆,也很受西门庆的宠爱,可是大房的东西,比如银子、首饰等,潘金莲是没有资格拿取的,她也不愿意低三下四地开口问吴月娘要,即便要了,吴月娘也未必给她。这一条就相当于潘金莲教唆玉箫帮她偷东西。第三件,就是潘金莲要玉箫如实招来,吴月娘究竟是用了什么办法怀孕的。玉箫就告诉潘金莲,吴月娘是吃了薛姑子给的衣胞和符药怀孕的。符药前面提到过,就是在纸上画的那种符,衣胞就是婴儿的胎盘。玉箫说把这两样都烧成灰,然后兑着水喝,就能怀孕。后来潘金莲照做了,但是潘金莲和西门庆之间始终没有孩子。

书童虽然犯了事,潘金莲思来想去,并没有向西门庆揭发这件事情。因为潘金莲发现西门庆很喜欢书童,而且西门庆和书童之间有不正当关系,也就是说,书童成了西门庆的男宠。书童他本身是喜欢女性的,他主动追求了玉箫,而且他们两个最后都在一起了。可是西门庆除了和一些女性做爱以外,有时候还喜欢和清俊的男性发生关系。有时候西门庆在书房过夜,他睡在榻上,就让书童睡在床前的脚踏板上。西门庆一时性起,就把书童占有了。书童并不情愿,但是身不由己。书童利用西门庆跟他亲近的机会,告那些跟他不对付的小厮的状,其中就包括平安。前面提到了,西门庆痛打平安不光是因为他没有拦住白来创，也是替书童报仇。所以，书童在西门府里面实际上过的还是一种很尴尬的生活。在宴客的时候他还要男扮女装唱南曲。书里有段文字写书童对镜梳妆，体现出他的自爱。

虽然潘金莲没有马上告发书童，可是书童知道在这府里再待下去是很危险的，只怕哪天潘金莲一不高兴，还是会把他跟玉箫的事跟西门庆说，况且西门庆现在好像挺喜欢他，但是这种主子喜怒无常，说不定哪天就厌弃他了。所以，书童打点好行装，又到前边柜上跟伙计撒了个谎，说西门庆让他买孝绢，诓了二十两银子，然后跑到码头，乘坐帆船，沿着运河往南回苏州去了。书童在忍辱含垢的境遇中终于破釜沉舟冲出牢笼，体现了与命运抗争的精神，是值得肯定的。

书里还写了画童。书童挂帆远遁以后，西门庆没有文秘了，他就又雇了一个姓温的秀才来接替原来书童的工作，帮他处理文书。温秀才平时也在书房里面活动，西门庆很信任他，也很尊重他。可是没想到温秀才把画童给侵犯了，而且还把西门庆让他起草的一个机密信函，拿到官场上给西门庆的竞争对手看。事情败露之后，西门庆没有和他当面撕破脸，而是找个碴儿把他给辞退了。书里写画童的遭遇，也反映出那个时代这种府第里面的少年被喜欢童子的恶人侵犯的悲惨处境。

其实书里写到的小童不仅有琴棋书画四童，还有王显、王经、春鸿、春燕以及其他一些人，这些人的故事不多，就不在这儿一一讲述了。

# 第62讲　命运悲惨的丫头们

## 夏花儿偷金受刑

【导读】

上一讲讲了西门庆为了附庸风雅，养了琴棋书画四个小童，其中书童的故事最为生动，作者刻画出了一个很独特的生命。他在"北漂"的过程当中，为了谋生当了门子，没想到被知县当作一件礼物赠送给了西门庆，还遭到西门庆的玩弄。他追求自己的爱情，有了喜欢的女子，最后被五房潘金莲撞破，他没有办法在西门府得到自己的幸福，于是就三十六计走为上计，挂帆远遁。兰陵笑笑生写出这样一个生命也是难能可贵的，揭示所有的生命都是平等的，都是有尊严的。书童虽然出身低微，处境很尴尬，可是他还是保持自我的尊严。后来他勇敢地逃离了西门府，去追求自己的幸福。除了男性仆役（小厮、男仆、小童）伺候西门府的主子，还有一群仆妇，年轻的就是一些丫头。前面讲了不少丫头的故事了，本讲再把其他的故事给你补全。

西门庆六房妻妾，每房都有丫头。大房吴月娘有两个丫头，一个是玉箫，一个是小玉。玉箫上一讲讲到了，她一度和西门府书房里面为西门庆当文秘的书童产生感情，两人后来发生了关系。但是玉箫的命运很凄惨，她没能追求到个人幸福。西门庆死后，东京蔡京府的大管家翟谦公然给西门府写信，信的大意是他听说西门府有的丫头能弹唱，他的老母亲年纪大了，想听弹唱，让西门府选几个丫头给他送过来。信的表面意思好像是翟谦要花银子买丫头，实际上就是强要。当时吴月娘非常无奈，只好忍痛把大丫头玉箫献出去，然后再把李瓶儿那房剩下的一个叫迎春的丫头挑出来，让来保送到京城翟谦府上。而在前往京城的途中，来保就把玉箫和迎春都占有了。玉箫是很苦的，她忠心耿耿地为吴月娘服务，从书里的诸多描写可以看出她是很尽职的，吴月娘对她也应该是满意的，可她的结局却非常不堪。后来金兵犯边，打进了东京，宋朝的皇帝、太上皇都被金兵俘虏了，在这之前权臣蔡京和他的儿子蔡攸已经被皇帝处置了，翟谦的权势也随之垮塌了。玉箫和迎春的命运可想而知，一定非常悲惨。

  吴月娘的另外一个丫头是小玉，这个角色比较幸运，书里面她的戏份不少，她比玉箫更能保护自己，更能应付变局。书里写吴月娘后来处置潘金莲那房的丫头春梅。当时吴月娘作为主家婆权势很大，容不得春梅，就让春梅罄身出府。这个情况下，小玉还是偷偷地拿了一些东西给春梅，还把自己头上的两根簪子拔下来送给春梅。这说明小玉人性当中善的成分还是比较多的。她明明是吴月娘的丫头，但是在这件事情上她不站在吴月娘的立场，她还议论吴月娘"倒三颠四"，对其不满，她本能地把感情往同一个阶层的春梅身上倾斜，同情春梅。不光同情，小玉还理解春梅。春梅出府前潘金莲还让她去跟吴月娘告个别，跟孟玉楼打个招呼。这个时候春梅当然理都不理，昂起头往外走，小玉就跟潘金莲摇手，她懂得春梅就是这种个性，而且她也觉得没有必要再去跟主家婆低声下气地道别，也没有必要再去见孟玉楼。兰陵笑笑生这些地方写得很细致，写出了小玉不但有同情心，而且是明白人，善解人意，实际上小玉以她的行动支持了春梅的无声抗议和对西门府主家婆权威的蔑视。小玉一直尽心尽力地服侍吴月娘，在春梅出府的时候，她的表现更是可圈可点。

  西门庆死后，西门府越来越衰败，小玉和小厮玳安也无处可去，于是在患难当中他们就走到了一起。前面讲过，小玉和玳安私会的时候被吴月娘发现了。吴月娘当时一愣，后来她就很睿智地装傻，只是斥责小玉："贼臭肉，不在后边看茶去，且在这里做什么哩。"实际上吴月娘心里明白，她身边只剩这么一个丫头了，只能靠她，小厮当中也只有玳安可以依靠与信任。于是吴月娘干脆给他们收拾了一间新房，安排他们两个正式结婚。最后玳安成了西门府的新主人，改名西门安，人称西门小员外，小玉也就成为西门小员外夫人。小玉和玳安两个人共同侍奉吴月娘，给她养老送终。所以，小玉这个丫头最后的结局还是比较好的。

二房李娇儿有两个丫头，一个叫作元宵儿，另一个叫作夏花儿。这两个丫头都不是她从丽春院带过来的，而是后来西门府花银子买的。李瓶儿死后，她那房还剩下两个丫头，一个迎春，一个绣春。迎春前面已经讲了，后来是跟玉箫一起被送往东京翟谦家了。绣春一度服侍李娇儿，李娇儿当时就想把绣春和元宵儿都带去丽春院，遭到了吴月娘的拒绝。吴月娘就跟李娇儿说："你倒好，买良为娼。"在那个时代，妓院的很多女孩子其实是一些穷人家走投无路了卖进去的。但是当时法律有严格规定，正经人家的女子不可以直接买进妓院，不能强迫。李娇儿怕惹官司，就放弃了带走这两个丫头的想法，吴月娘算是把元宵儿和绣春留下来了。西门庆死后，吴月娘得知陈经济和潘金莲有私情就把陈经济轰出西门府了。后来吴月娘把西门大姐给陈经济送去了，又把元宵儿也给陈经济送过去。陈经济后来极不像话，气死了他的母亲，逼死了妻子西门大姐，搞得一贫如洗，元宵儿后来病死了。

下面重点讲李娇儿的另外一个丫头夏花儿。李瓶儿给西门庆生了一个男孩官哥儿，西门庆对这对母子视若珍宝。有一天，西门庆派出去给官方当买办的李三、黄四来跟他汇报交账。这次挣了很多银子，如果把银子全带着的话太多太重，他们就把一部分银子变成了金子，打造了四个金锭子。一般的锭子都是元宝形，但是这四个锭子打造得比较别致，都是手镯形，每一个都很重。得到四个手镯形状的金锭子，西门庆很高兴，他把这四个锭子捧在手里，到了花园。潘金莲在门口看见西门庆了，就问他捧着什么，要看一看。西门庆都没让潘金莲看一眼，直接走到李瓶儿的屋子里头，拿出金锭子给官哥儿玩。李瓶儿是个富婆，对金锭子并不在乎，她只是担心金子会把官哥儿的小手给冰了，所以她就拿了一块锦帕把金子包起来再给他玩。这时有小厮向西门庆报告，大门口来了云参将派来的人，还骑来两匹马，想让西门庆买下这两匹马，于是西门庆就出去看马了。当时看热闹的人也挺多的，情况比较混乱。过了一会儿，奶妈如意儿发现官哥儿手里的金锭子少了，本来一共四锭，现在只剩三锭了。

金锭子丢了，大家就都很惊讶，然后开始四处寻找，丫头们开始辩白，都说自己没拿。没人拿怎么会丢？这不是一般的金锭子，是手镯形状的金锭子，而且每一锭都相当于好几十两的银子，很贵重。这事就闹大了。西门庆回来以后，得知金锭子少了一锭，他当然也觉得这是个事儿，不过因为他的财富太多了，也没有太在意。但是这个事情在府里面就掀起了轩然大波。潘金莲和孟玉楼聚在一起就有闲话，说西门庆宠孩子宠到这个地步，让他玩金锭子，他才多大？正房吴月娘为这个事很着急。西门庆说这事好办，让小厮去买狼筋，然后他一个个拷问，一定会有人经不住拷问招供出来。

西门庆一发威，整个西门府就抖三抖。丫头们聚在厨房，有的帮厨，有的做点别的事。夏花儿就在厨房里面问别的丫头，什么叫狼筋。有人就告诉她，狼筋就是从狼身上抽下来的筋，如果哪个人偷了东西，拿狼筋抽他，狼筋就会缠在他身上，把他的手脚箍得紧紧的，把人疼死。后来趁大家都不注意，夏花儿离开了厨房。正在乱哄哄的时候，就有小厮来报告，在马槽底下发现了夏花儿。小厮把夏花儿揪到西门庆的面前跪下，西门庆问夏花儿，她跑到马槽底下干什么，夏花儿不言语。李娇儿说她没让夏花儿到马房里做什么事。见夏花儿慌了，西门庆就让小厮搜她的身。咣当一声，从夏花儿腰里掉出一样东西，就是那锭金子。这下就水落石出了。原来，夏花儿混到花园李瓶儿那屋里，表面上是看热闹，实际上是顺手牵羊。可能官哥儿还是个婴儿，手太小也捧不住四个金镯子，其中一个滑落在地上，她就捡走藏起来了。

这下事情闹大了，西门庆发现是夏花儿偷了金子，就给她上了拶刑，还拿棍子打了她二十棍。一个小姑娘，一个丫头，受了这么残酷的刑罚，还不得晕死过去。夏花儿开头是杀猪般地尖叫，后来就叫不出来了。

## 第62讲 命运悲惨的丫头们：夏花儿偷金受刑

夏花儿显然是偷了金锭子以后想藏匿起来躲避一时，可是听说府主让人去买狼筋，打听到狼筋是什么，被吓坏了，就想逃出府去。但是门口有把门的，慌张当中夏花儿打算先藏到马槽底下，趁天黑再偷偷溜出去，没想到被人发现，揪出来了。

这段情节看完以后我们是不是有联想？《红楼梦》里面也有一个偷金的丫头，是怡红院丫头坠儿，她偷了王熙凤那房的大丫头平儿的一个虾须镯，后来也引起了一场风波。这两个情节是很相似的。所以，再次说明《金瓶梅》确实是《红楼梦》的祖宗。《红楼梦》的作者从《金瓶梅》里面受到很多启发。有些《金瓶梅》里面使用的语言，《红楼梦》里面再现或者是略加变化后出现；有的情节，像丫头偷金，《金瓶梅》里有，《红楼梦》里也有。

夏花儿偷了金子，受了重刑之后，西门庆就下命令把她卖掉。当时丽春院的妓女李桂姐住在西门府，就去跟西门庆说情把她留下，西门庆就答应了。李桂姐这么做并不是因为她内心慈悲，而是因为她觉得李娇儿是她姑妈，夏花儿是她姑妈这一房的丫头，丫头偷了金子，丢了二房的面子。如果再把夏花儿卖出去，那么就等于家丑外扬了，外面的人就会知道，原来西门府二房的丫头偷金子，这样的话，会让她的姑妈李娇儿更丢脸。李桂姐是为了维护李娇儿的面子，才去跟西门庆这么说的。吴月娘知道这个事情以后就非常不高兴，因为夏花儿如何发落应该是由她这个当家主母来跟西门庆商量的，而不是由妓女李桂姐去跟西门庆求情。李桂姐认了吴月娘当干妈，这种事情干女儿不能插嘴，就算是亲女儿也不能插嘴。吴月娘心中不悦，所以有一段情节就写吴月娘不好直接跟李桂姐发作，就去斥责玳安来发泄心中的郁闷。

夏花儿虽暂时留在了西门府，但最后的结局还是被卖掉。西门庆死了以后，李娇儿盗银归院，她的偷盗行为远比夏花儿的严重，但她是一个主子，最后就算怀疑到她，也无可奈何，可夏花儿偷金却付出了非常惨重的代价。

三房孟玉楼的丫头，一个叫兰香，一个叫小鸾，她们始终跟着孟玉楼。孟玉楼嫁进西门府，她们跟过来；孟玉楼后来嫁给了李衙内，她们又跟过去。

四房孙雪娥有两个丫头，一个叫翠儿，一个叫中秋儿。书里写她们的笔墨比较少，后来应该也是被卖掉了。

五房潘金莲的丫头有两个，一个是庞春梅，这是一个很特别的丫头，受到西门庆的宠爱，她的人生轨迹十分离奇，结局也令人十分震惊，其他丫头都无法跟她相提并论；另外一个丫头就是秋菊，潘金莲动不动让她举石头跪着，还经常用手指甲把她的脸掐得稀烂。书里面的玉箫、元宵儿、夏花儿、秋菊都是被侮辱、被损害的最底层的女性，值得我们同情。

六房李瓶儿的两个丫头，一个叫作绣春，书中交代她后来是随着王姑子出家当尼姑了。另外一个丫头迎春跟玉箫一起被送往东京的翟谦府，后来东京陷落，社会大乱，不知所终。

另外还有一个特殊的女仆就是奶妈如意儿，她由吴月娘安排嫁给了来兴儿，后来他们离开西门府自己过日子去了。

所以，书里写西门府的男女仆役，男仆、小厮、小童，以及仆妇、丫头，整体是一个群像，当中有的有自己的故事，作者都描写得很好。

# 第63讲　对奸臣昏君旁敲侧击

## 《金瓶梅》里的高官与皇帝

## 【导读】

上一讲告诉你西门庆六房妻妾的丫头们的故事，这些生命的生存状态、喜怒哀乐、生死歌哭，也是《金瓶梅》文本中的重要组成部分。其中重点讲了李娇儿房里的丫头夏花儿的故事。一天西门庆拿了四个镯子形状的金锭子给官哥儿玩，其中一个在混乱中丢失了。小厮发现了躲在马槽下面的夏花儿，觉得很可疑，后来在她身上发现了丢失的金锭子，西门庆对她上了拶刑，并打算将她发卖。后来妓女李桂姐求情，她才得以留在西门府中。《金瓶梅》是一部《清明上河图》般的长篇小说，所描绘的社会生活画面十分广阔斑斓，书里还写到社会上的其他人，我还会一一讲来。本讲先讲高官与皇帝。

《金瓶梅》中的故事发生在清河县，而且在清河县里面，又集中表现了七间门面、五进院落的西门府里面的种种事情，人物以西门府的府主以及相关的奴仆为主体，再辐射到社会上的其他地方。有人觉得《金瓶梅》描写的空间格局比较小，再过二百多年到了清代的《红楼梦》，它的空间集中在京城，集中在贾氏宗族的宁国府和荣国府，规模就远远超过了西门庆的西门府了，里面的主子也好，奴才也好，人非常多，达到几百人。但是不要以为《金瓶梅》的作者仅仅拘泥于写清河县西门府这样一个比较窄小的空间里面的事情，也不要以为他所写的人物是局限于这个空间里的各种市井人物。兰陵笑笑生的写作能力是很强的,他从清河县西门府把他的笔触辐射出去,一直写到京城,写的人物很多,而且他直接写到了高官,写到了皇帝。这是《金瓶梅》文本的一个很大的特点。反观《红楼梦》,里面的皇帝形象是非常模糊的,基本上没有正式出场,只是在叙述当中提及罢了,高官只写了一个地位很高的王爷北静王,真正在朝廷主事的大官僚直接写到的也不多,甚至可以说没有写到。

《金瓶梅》把高官、皇帝写得很生动,很有趣。书里是这么写的:西门庆在清河县一直担任提刑所的副提刑,很有权力,也很有威势。后来从东京下来了邸报(供官员参阅的一种内部公告汇编),把西门庆提升为清河县提刑所的正提刑,原来担任正提刑的夏龙溪上调到东京京城区,担任卤簿指挥。其实这种人事安排就是一种明升暗降,夏提刑一看上面下发的通知,脸色都变了,嘴里却说不出什么来,毕竟名义上是升官了。

什么叫卤簿指挥?京城高官出行的时候都有仪仗队,根据官位的高低,有不同等级的安排,如果是皇帝出行,仪仗队的规格就更不得了了。卤簿指挥就是管这个事的。官品、官阶听起来很体面,但是想一想,谁会去求一个指挥仪仗队的官员,拿银子贿赂他去解决什么事情呢?所以,这种官位表面看起来很光鲜,挺不错,实际上没有什么油水。除非有人想到仪仗队里面去当一个仪仗人员,贿赂你点银子,给他安排一下。但你想有多少人会有这种愿望?这个职位不像提刑,多少案件从你手里过,就有多少人过来求你。所以,夏提刑只能把自己的不痛快掩藏起来,而西门庆就不必掩饰了,他很高兴。

紧接着,西门庆和夏龙溪就得到通知,让他们都到京城去。京城有一个高官朱勔,那个时候很得皇帝的信任与宠爱,他是全国各地提刑所的总指挥。朱勔在历史上实有其人。这部书写的是明朝故事,但是它假托故事都发生在宋朝宋徽宗当政时期,宋徽宗很昏庸,在政治统治方面很糊涂,后来他作为太上皇,和他的儿子宋钦宗都被金兵俘虏了。他宠信的一些高官都很腐败,历史上对北宋时期的六位高官有一个称呼叫作"六贼",朱勔就是其中一贼,连史书后来都

## 第63讲 对奸臣昏君旁敲侧击：《金瓶梅》里的高官与皇帝

给他这样定论，你想他能是什么好东西？老百姓对这些官员更是恨之入骨，只不过往往是敢怒不敢言罢了。《水浒传》写梁山泊农民起义，为什么起义？书里面所写的以宋江为首的农民起义者，他们不反皇帝，但是他们对这些乱臣贼子恨之入骨，他们聚义造反就是为了清除这些鱼肉百姓的贪官。朱勔就是其中的一位。

书里写西门庆和夏提刑应诏到京城去了。当然夏龙溪后来就留在京城了，他要把他在清河县的宅子处理掉，在京城另外买宅子，过他的京官生活。西门庆当然是正式出任为清河县正提刑以后还回到清河县。但是两人也算清河县的同僚，表面上关系也不错，所以就一起进京参与相关的政治活动。

书里对朱勔有很详尽、细致的描写，全是高规格、大排场。那个时候朱勔的权力大得不得了，各地的提刑官都归他总管。当时各地的提刑官都集中到京城了，并且都给他带来各种各样的礼物，像西门庆就准备了二十杠的礼物。二十杠是多少？这个东西如果是两人抬，可以叫作一杠。一个人挑，一头一个箱子的话也可以叫一杠。各地提刑官送给朱勔的礼物非常丰厚。你想全国有多少提刑官，有正提刑，还有副提刑，全部汇集到京城，大家都带着礼物在他的府第门口等候他上朝回来。书里形容是什么样的情景呢？"黑压压在门首等的铁桶相似"，把朱勔家门口围得密不透风，就等他回家。一直等到午后时分，忽然就看见有一个人飞马而来，传报道："老爷视牲回来，进南薰门了。"南薰门，这是宫廷里面的一道门。然后大家就再等通报。一会儿又有一个骑马的回来传报："老爷过天汉桥了。"大多数人都仰着脖子等着他们的总头领能够来接见他们。又过了半天，才远远地看见一群人骑着马走来了，都穿着非常高级的、讲究的盔甲、官衣，这些人人如猛虎，这些马马赛飞龙，好大的阵仗。然后又见了一对蓝旗过来，夹着一对青衣节级，这些人"一个个长长大大，搠搠搜搜"，穿得也非常有特色，都是"威风凛凛，相貌堂堂"，这是一组牌儿马。朱勔还没到，但他前头的仪仗是非常大的排场，一队队过来，让人觉得不得了。底下该他来了吧？还不是，又一组仪仗，再一组仪仗。后来又听见一片喝声传来，传道者都是金吾卫士、直场排军，个个都身长七尺，腰阔三停，好神气。那么朱勔这最大的官该露面了吧？还没有。然后又过二十名青衣缉捕（武功很强的武士），他们都排队过来了。这些不消说了，都是身腰长大、宽腰大肚之辈，金眼黄须之徒，个个贪残类虎，人人哪有慈悲，这些人都是朱勔最厉害的爪牙。好容易最后这十对青衣走过去之后，朱勔才渐渐现身，他坐着一个八抬八簇肩舆明轿。过去官员坐的轿子有两抬的，有四抬的，有六抬的，最高规格就是八抬。但是请注意，很多官员的轿子好像是一个小亭子，或者是一个方盒子，这是暗轿，就是里面的官员是不露面的，可能轿子的两边会有小窗户，他可以朝外看你，但是你看不见他。可是朱勔喜欢露面，所以他坐的轿子虽然是八抬，有八组人簇拥着，但他的轿子是明轿，他不让一个罩子把自己罩住，他有意让大家看一看他有多么威风。

兰陵笑笑生就这么描写，说朱勔"头戴乌纱，身穿猩红斗牛绒袍，腰横荆山白玉"，他的腰带都是白玉打造的，不但很神气，而且富贵外露。兰陵笑笑生还详细写了他的靴子和头上的一些装饰。轿子抬得离地有三尺高，轿子后面还有"一斑儿六面牌儿马、六面令字旗"，后面还有一些仪仗，骑着宝鞍骏马紧紧地尾随着。这样算起来的话，前后有好几十个人。这么多人终于来到了朱勔府第的门口，虽然迎候他的地方官员很多，黑压压地跪在街上，围得铁桶一般，但这个时候非常安静，没有人敢咳嗽一声，因为他的权势实在是太大了。朱太尉的轿子到了府跟前了，他的下属左右喝声："起来伺候！"等候的众人一起应诺，那个声音响彻云霄。

其他很细致的描写，我就不一一细说了。作者不仅写清河县的市井人物，他也写到了京城高官。两相对比，西门庆的地位就很低了，只不过是山东清河县来的一个提刑所的正提刑，刚刚升上去，在迎候的人群当中应该是地位最低的，他就被总头领的气势给镇住了，觉得好厉害。那是不是西门庆能够马上拜见朱勔，给他送礼呢？送礼还轮不到西门庆，朝廷里面的一群高官会一个接一个地到朱勔的府第来拜见，这些人还要排队。

## 第63讲　对奸臣昏君旁敲侧击：《金瓶梅》里的高官与皇帝

兰陵笑笑生有一笔写得很好，写有一个人飞马跑过来报告，拿着个红色的拜帖，他说："王爷、高爷来了。"就是两个另外的高官来拜见朱勔。这个时候就听见军牢喝道，就是一些来的大官的卫队当时吆喝回避肃静。接下来谁来了？一个是总督京营八十万禁军陇西公王烨，还有一位是提督神策御林军总兵官太尉，他的名字你一听就会觉得很熟悉——高俅。还记得《水浒传》里面写高俅的儿子高衙内调戏林冲的妻子，后来设计陷害林冲，林冲最后被发配了，妻离子散、家破人亡吗？《金瓶梅》这样一些描写也是有意地"借树开花"，再一次把它的文本和《水浒传》的文本加以照应。

所以《金瓶梅》写得非常有意思，不但写了清河县小地方的市井生活，写了西门庆这样的人物，而且也写到了京城和京城的高官。西门庆进京以后不断地包装自己，他说自己还有一个号叫作四泉，西门四泉，后来他就经常自称四泉。西门庆原先是跟应伯爵这些人一块儿鬼混的，是一个地痞，他哪懂什么名号文化？但现在他进入官场了，他说他号四泉。朱勔当时被宋徽宗信任和宠爱，封他的官位很长，如果把全称说出来的话，叫作光禄寺大夫掌金吾卫事、太尉太保兼太子太保，后面一大堆头衔，但其中最关键的是金吾卫，就是皇帝授他全国警察、警务的指挥权。

西门庆虽然是一个官场的小萝卜头，可是他进了这个圈子了，也有机会入朝参见皇帝，当然他跪在一个离皇帝很远的地方，远远地望见皇帝。兰陵笑笑生对皇帝有正面描写——"这帝皇果生得尧眉舜目，禹背汤肩"，尧、舜、禹、汤都是中国古代的明君。底下的文字兰陵笑笑生称赞皇帝"才俊过人，口工诗韵，善写墨君竹，能挥薛稷书，通三教之书，晓九流之典"。再往下写，兰陵笑笑生就不客气了，反正他托言写宋朝，宋朝离明朝有好几百年，他就笔锋一转，说皇帝"朝欢暮乐，依稀似剑阁孟昶王；爱色贪花，仿佛如金陵陈后主。从十八岁登基即位，二十五年倒改了五遭年号，先改建中靖国，后改崇宁，改大观，改政和"。又假说这个人从十八岁登基即位，二十五年就改了五遭年号。兰陵笑笑生表面上是写宋徽宗，但是明朝的人读这个文本，都会微微一笑，都知道他是在影射嘉靖皇帝。宋朝宋徽宗嗜好道教，明朝嘉靖皇帝也嗜好道教，他们有很多相通之处。兰陵笑笑生借讥讽宋朝皇帝的文笔，实际上也讥讽明朝的皇帝，说他们都是亡国之君，先说他"依稀似剑阁孟商王"。剑阁孟商王即五代后蜀国君孟昶，后来亡国了。又说他"仿佛如金陵陈后主"，陈后主也是个亡国之君。兰陵笑笑生公开地通过他的文本骂了皇帝，不过好在那个时候嘉靖皇帝已经过世很久了，已经到了万历朝了，到后来就到了崇祯朝了，他托言宋朝的事情倒也没有人去深究了。何况兰陵笑笑生只是笔名，这也是作者在当时自我保护的一种手段。《金瓶梅》的作者究竟是谁，到现在金学界还争论不已。

# 第64讲  贪赃枉法的黑暗官场
## 苗天秀谋杀案

# 【导读】

《金瓶梅》的文本很有意思,它写各种人物,里面有很多文字是写官场、官员的,上一讲连高官和皇帝的排场都写到了。不过它写朱勔这样的高官,或者写皇帝,线条还是比较粗的,但是它写下面的官员,线条就很细。书里有一桩苗天秀谋杀案牵扯到很多官员,本讲你将了解这个案件的内容以及下面官员的具体形象。

话说扬州地区有一个苗员外,名唤苗天秀,家财万贯,四十岁了,有一个患病的正妻,还有一个小老婆刁氏把持这个家。苗员外心肠很好,爱做善事。有一天,一个和尚到他的宅院门口来化缘,他一听就很高兴,立刻施舍和尚很大一笔钱。和尚看他的面相,就说苗员外现在左眼眶底下有一道白光,这是凶兆,搞不好有血光之灾,劝苗员外最近不要出远门。苗员外听了和尚的话一笑而过,没有放在心上。后来他在花园里面看到仆人苗青跟他的小老婆刁氏一块儿说笑,就很生气,责打了苗青,但是没有把他撵出去,还继续使唤他。

苗员外有一个表兄在东京给他寄来书信,信里说苗员外有才,别窝在家里了,到东京来施展他的才能,而且他也可以在去东京的路上贩卖一些货物赚点钱。看完信,苗员外就动心了,决定去东京。苗员外卧病的妻子就劝他,说那个大和尚说最近他不宜外出。但苗员外不听,他说男子汉就应该顶天立地,无所畏惧，他坚持要去。

于是苗员外雇了船，带了一千两银子和价值约两千两银子的布匹，还有两个侍从苗青和安童，一同前往东京。船上有两个船夫，一个叫陈三，一个叫翁八，他们名义上是载客、载货的船夫，实际上他们是经常谋财害命的强盗。陈三和翁八一看这次的客人带了一个很重的箱子，估计里面都是银子，又看到很多值钱的货物，就起了歹心。苗青趁着主人和安童都不在，就找陈三、翁八说悄悄话，说箱子里是一千两银子，布匹大约值两千两银子，他恨主人，干脆他们联手把苗员外干掉，然后均分这些银子和布匹。陈三就笑着说："你不开口，我们其实也是这个主意。"他们商量好了以后，晚上趁苗天秀和安童都在船舱里睡觉，故意在船板上大声喊："不好，有贼！"这样就把苗天秀和安童都惊醒了。苗天秀从船舱里面往外伸头，想看看究竟是怎么回事，被陈三一刀子就给杀掉了，尸体被扔到了运河里。安童一看大事不好，就想跳水逃跑，没等他跳水，就被翁八打了一闷棍，然后也被扔到运河里。苗青和两个强盗分完赃后，就各干各的了。苗青分到的赃物主要是布匹，他就到码头上找地方来卖这些布匹。强盗分到的主要是银子，分完赃后，他们就想快活一阵，便买肉，买酒，大吃大喝。

苗天秀死了，但是安童并没有死，翁八的一闷棍把他打得晕死过去了，他被推到运河里面以后就醒过来了，挣扎到了岸上就大哭，然后被一个老渔翁发现了。老渔翁发善心把他给救了，带他回家，给他换衣服，给他吃，给他喝。安童就跟老渔翁哭诉事情的经过。老渔翁说这个事安童得上告。安童说都不知道要告的人在哪里。有一天，老渔翁带着安童去逛集市，在集市码头的船上，看见两个船夫正在乐呵呵地喝酒。安童一眼认出他们身上穿的衣服正是他主人苗天秀的，那是苗员外搁在箱子里备用的，强盗把这些衣服占为己有，干脆就穿上了。这个老渔翁就对安童说，现在有证据了就去告他们。安童就告到了清河县提刑所。当时接这个案子的是正提刑夏龙溪。安童递上状子，夏提刑一看，这个案子不难审，因为安童是苗天秀的随身侍从，在扬州苗府生活了很久，对主人的衣服很熟悉。这两个船夫陈三、翁八公然穿着他主人的衣服，可见来路不正。夏提刑下命令让捕快去把陈三、翁八抓来，抓来以后就让安童当场指认。这两个强盗一看安童没被他们打死，而且他们千不该万不该把苗天秀的衣服穿在自己身上，导致事情败露。加上夏提刑又动了刑，他们俩就招了，当然也牵扯出苗青。他们就说苗青跟他们一块儿做的这个事，而且苗青也分了很多赃物。于是，夏提刑又下命令去缉捕苗青。巧的是，审完这案子以后官府放假三天，就没有人去抓捕苗青了。

没有不透风的墙，提刑所里面发生了这个情况，就有人想办法通知了藏匿在清河县的苗青，说他的事现在败露了，两个强盗都招了，现在要下公文抓他了，但是现在衙门放假，三天之后即便苗青赶紧想办法逃，恐怕也逃不掉，还是会被逮着。苗青就急了，怎么办呢？有一个买办，也叫经纪人，就是经常跟这些贩货的商人有来往的人，叫作乐三，他的邻居叫韩道国，是提刑所副提刑西门庆绒线铺的掌柜。于是苗青赶紧去找乐三，给他五十两银子和两套衣服，看能不能通过韩道国见到西门大官人。乐三的妻子乐三嫂和韩道国的妻子王六儿交好，乐三嫂找到了王六儿，王六儿就想办法联系玳安。王六儿跟西门庆关系虽然到那个程度了，但她比较被动，西门庆上门，她就奉献自己的身体，自己是没有办法去找上门的，所以还得通过玳安找西门庆。前面我讲过了，王六儿就把这个事跟玳安说了，说人家现在拿了五十两银子要求西门庆帮忙，把这事化解了。玳安就说给他二十两银子他再办这事，他强调：" 君子不羞当面。先断过，后商量。" 这个情况下，玳安和王六儿互相斗嘴，玳安要从中取利。

最后玳安找到一个机会就把这个事跟西门庆说了。西门庆一听就觉得不对头，这个案子虽然不是他审的，但事情明摆着，苗青跟两个船夫陈三、翁八合伙谋财害命，现在他吞了很大一部分钱财，藏匿在一个地方。但既然托关系找到了自己，西门庆还是打算干涉一下。苗青想用区区五十两银子来化解这个事情，西门庆觉得太好笑。苗青一共吞了苗天秀价值两千两的布匹，现在他要命，就别要银子，他得把银子全部吐出来。西门庆就通过王六儿去跟乐三嫂说，乐三嫂又把这话传给苗青。苗青这时候知道为了保命就别保银子了，他把货物变卖后拿一千两银子装在食盒里头送到了西门府的门口，要求见西门庆。最后他们达成了肮脏的协议，就是苗青把他谋财害命得到的所有钱财吐出来，西门庆再想办法帮他摆平这件事。

但是这个案子是他的同僚、比他高一级的正提刑夏龙溪审的，所以西门庆必须要跟夏提刑商议，两人共同贪赃枉法，这事情才能做通。那天提刑所下班了，西门庆跟夏提刑骑着马，本来应该各自回家，结果西门庆把夏提刑请到他家里去了，坐下来好吃好喝地款待。然后西门庆就跟夏提刑把这事挑明了，说可以不追究苗青，就治这两个船夫的罪，这案子就能了结。因为让陈三、翁八承担全部罪责是很容易的事，这个案子这样了结起来挺方便的。夏提刑一听，话都挑明了，就说按西门庆说的办。西门庆又说，苗青孝敬了他们一千两银子，他们一家一半。夏提刑表示他不要。西门庆一再地表示要把一半银子分给夏提刑，夏提刑最后也就同意了。这两个提刑所的正副提刑就是这样办的案，放走真凶，侵吞赃银。所以，兰陵笑笑生是用很细致的笔触写官场的黑暗，一个苗天秀的谋杀案牵涉很多的官员，还不止夏提刑和西门庆。苗青最后逃脱了，但是他只剩下来一百来两银子。这次虽然逃脱了，但不知道哪天这事还可能被追究，苗青也就惶惶不可终日。

安童是这件案子的原告，作为一个人证，很长时间也处于被拘留的状态。最后这个案子了结了，安童也被放出来了，但是他越想越不服，因为那两个强盗已经交代苗青是和他们共同作案的，而且他还分了很大一部分的赃物和赃款，可他居然逍遥法外。所以，在一些主持正义的人士的支持下，安童要到上一级机构去告发夏提刑和西门庆，争取把他们告倒，还他的主人一个公道。安童果然这么做了，他就找到上一级机构，向曾御史递了状子。

这个消息传到了清河县，传到了夏提刑和西门庆耳中。因为官场也是错综复杂的，并不风平浪静，况且官场本身有很多派别，内部有很多矛盾，现在安童告到上一级了，上一级如果真追究，有可能因为这个事他们就翻船了。这一次他们贪污的赃银数量比较大，每个人有五百两银子，而且人家原来没有给出这么多银子来行贿，是西门庆强行榨取出来的赃银，这种做法当然是很恶劣的。

西门庆所获得的这些银子，最后都会送到大房吴月娘那儿去，她的正房里有好几个箱子，都是用来装金银财宝的。李娇儿盗银归院怎么盗的银？吴月娘要生孩子了，她的丫头玉箫帮她打开箱盖找东西。箱子里面不但有一些备产的东西，还有很多的元宝，李娇儿趁乱从打开了盖的箱子里面顺手牵羊，拿走了好几锭大元宝。清代的张竹坡评点《金瓶梅》，就有一段话指责吴月娘，他认为吴月娘是一个很糟糕的正妻，像这样的一个苗天秀谋杀案，一下子获得这么多的银子，都拿到吴月娘那儿存起来，她居然不闻不问。作为一个贤内助，本来吴月娘应该劝阻西门庆不要贪赃枉法，不要往家里头拿来路不正的银子，可是吴月娘不但没有这样做，还积极地配合西门庆。张竹坡对吴月娘提出了很严厉的批判，他的批判可供参考。但是通过全书的描写，我们可以知道，西门庆是一个强人，吴月娘也多次直截了当地把他称作强人，他不可能听从她的劝告和劝阻。这点我们就不多做讨论了。

总之，西门庆在提刑所可以说没干过几件正经事，但贪赃枉法的事情一扫一簸箕。再举一例，前面讲过一个叫何九的人，他是衙门里面的仵作，武大郎被潘金莲毒死以后，他负责验尸。《水浒传》里面写他还有良心，迫于西门庆的威势，他当时写的验尸报告，说武大郎是自然死亡。但后来他把留下来的一块骨头交给了武松，这块颜色不同的骨头能证明武大郎是被下毒害死的。在《金瓶梅》里面，何九被写成一个很糟糕、没良心的人。他得了西门庆的贿银以后，就完全昧着良心证明武大郎是得心痛病死的，帮潘金莲掩饰了武大郎被毒死的事实。所以武松回来后，就没有一个有良心的何九来跟他说明真实情况，他凭借自己的直觉，判断是潘金莲把他的哥哥给杀了。后来武松自己想办法杀死了潘金莲和王婆，给武大郎报了仇。

《金瓶梅》写到何九有个兄弟叫何十，跟强盗一块儿干坏事被抓了。何九就求王婆，王婆求了潘金莲，潘金莲当时就跟西门庆说了。西门庆在衙门里一顿乱判，把别的强盗都拷打了，之后就想着怎么释放何十。因为案子里被判刑的人数是固定的，如果把何十放了，人就少一个，最后西门庆释放了何十，把一个弘化寺的和尚硬拿来顶缺，硬说这个和尚跟那些强盗是一伙的，证据就是被杀害的那个人在这个寺里宿了一夜。

　　兰陵笑笑生在写这段故事的时候，叙述语言里面有这样的话，那正是"张公吃酒李公醉，桑树上脱枝柳树上报"。西门庆为了报答何九当年帮助隐瞒武大郎被毒死的真相，不但放了何九的兄弟何十，还冤死一个和尚。这就是西门庆衙门理事的日常行为。我们可以举一反三，知道那个时代有多么黑暗，官场有多么腐败。

## 第65讲　见不得人的官场交易
### 西门庆贿赂御史

【导读】

　　上一讲讲到了苗天秀谋杀案，苗天秀的仆人苗青和两个船夫串通，杀害了他的主人苗天秀，并将主人的财产进行分赃。苗天秀的随从安童告到清河县提刑所，官府抓捕了两个船夫。但正提刑夏龙溪和副提刑西门庆贪赃枉法，胡乱判案，放走了真凶苗青，他们收的贿银各有五百两。安童不服，上告到曾御史那里。曾御史的故事我们后面再讲，本讲先告诉你西门庆如何化解危局。

　　西门庆听说安童告到上一级曾御史那儿了，心里还是比较紧张的。眼下正好有一个化解危机的大好机会。有两个从京城来的地位很高的御史要路过清河县，一个是宋御史，还有一个是蔡御史，这两个御史都是皇帝外派到地方管大事的。蔡御史当时的头衔叫作巡盐御史，他被皇帝派到各地巡视盐务。当时盐生产完以后要验收、运输、发售，这都是由官方直接控制的，蔡御史作为巡盐御史，他的权力很大。另外一个宋御史，他原来也当过巡盐御史，后来又做了巡按御史。巡按御史负责视察各地司法的执行情况，权力也很大。蔡御史是西门庆的旧相识，西门庆虽然不认识宋御史，但希望通过这次机会能和他建立关系。既然这两个御史都带了很大的船队路过清河，西门庆就想把他们都请到西门府，拉拉关系。

蔡御史当然很愿意到西门府做客，因为他和西门庆老早就有联系。可宋御史比较桀骜，蔡御史后来专门拜见了宋御史，跟他说："清河县有一相识西门千兵，乃本处巨族。为人清慎，富而好礼。亦是蔡老先生门下，与学生有一面之交。蒙他远接，学生正要到他府上拜他拜。"蔡御史把西门庆说成也是蔡京门下的一个有关系的人。宋御史表示："学生初到此处，只怕不好去得。"宋御史开始还摆点架子，经不住蔡御史的一再动员，最后也同意了，两人就带着人马去西门庆家了。

西门庆在府第门口搭了照山彩棚，而且请乐队在门口奏乐，还叫海盐戏的戏班子在府里面给他们演戏。宋御史在官场很会作秀，为了表示他是一个很清廉的官员，他是勉强去一个地方官家里做客，不能够讲排场，就把本来跟随他的人马都散去了，只用几对蓝旗清道，一些普通官吏跟随。蔡御史的排场还比较大，"坐两顶大轿，打着双檐伞"。当时清河县的人在街上围观，场面十分轰动。西门庆作为清河县提刑所的副提刑和御史的级别还是差很多的。所以街边的人就围观说，巡按老爷也认得西门大官人，还到他家吃酒。当时宋御史、蔡御史穿着正式的官服进入西门府，只见五间厅上湘帘高卷，锦屏罗列。到了宴会厅，正面摆两张吃看桌席。吃看桌席是当时富人家的一种讲究，就是宴会桌上的东西是用来看的，不是用来真吃的。吃看桌席上面有高顶方糖，就是把一些方糖垒起来，垒得高高的；还有定胜簇盘，就是一些搁着各种点心的盘子，摆成花样。蔡御史、宋御史被引进去后，蔡御史还给西门庆送了一些礼物，宋御史继续做官场秀，表示他很清廉，来拜望西门庆不备礼物，只给拜帖（相当于现在的名片）。西门庆诚惶诚恐地招待他们，垂手相陪，"茶汤献罢，阶下箫韶盈耳，鼓乐喧阗，动起乐来。西门庆递酒安席已毕，下边呈献割道。说不尽肴列珍羞，汤陈桃浪，酒泛金波，端的歌舞声容，食前方丈"。

西门庆知道他们两个来时带了很多的随从，虽然宋御史为了表示他跟蔡御史是不一样的，过来的时候把很多随从都清退了，但实际上来的人也不少。西门庆从抬轿的人算起，所有跟从人员，每人都给五十瓶酒、五百份点心、一百斤熟肉。注意不是一共这么多，是每个人都赏这么多，所以，这些下人也得了很多的好处。

当时西门庆为了接待两位御史差不多花费了千两银子，下了血本。这里写得很有趣，当时苗青为了活命，把自己获得的赃银基本都吐出来了，西门庆从中分得五百两。西门庆知道安童上告后，为了保护自己，也是为了活命，又把从苗青那儿获得的赃银全吐出来了，还赔本倒贴了一倍有余，献给两位御史。这就是官场的黑暗，一层黑暗，另一层更黑暗。

这两个御史到了西门府以后，宋御史一再地作秀，后来只听了一折戏文就站起来了，说衙门还有公事，他得回去办公，宋御史作秀到这种程度。这种人其实也是大贪官，但是他既要做婊子，又要立牌坊。西门庆知道留不住他，就说把整张桌席都打包给他带走。宋御史的那张大桌席有好多东西，包括两坛酒、两牵羊、两封金丝花、两匹缎红、一副金台盘、两把银执壶、十个银酒杯、两个银折盂、一双牙箸。西门庆命令手下把这些东西都装在食盒内，一共装了二十抬。因为是两个御史，两个客人，既然宋御史要走，给他打包了，蔡御史虽然现在不走，也同等地要给他打包。宋御史假惺惺地推辞："这个，我学生怎么敢领？"边说话边看着蔡御史。蔡御史就知道，宋御史看着他是让他表态，给他一个下台阶儿的方法，蔡御史就说："年兄贵治所临，自然之道。"意思是你既然到了这儿了，人家这样款待你也是自然而然的事情，就收下吧。西门庆马上表示："些须微仪，不过乎侑觞而已，何为见外？"宋御史正在口头推让时候，桌面已经抬出门外了，宋御史就致谢离开了。所以，你看兰陵笑笑生写两个御史的嘴脸还有区别，宋御史是一种官场上常见的会作秀的官员，表面上他要守规矩，要廉洁奉公，实际上人家贿赂他，他照收不误。

蔡御史就完全不要脸了。西门庆请蔡御史留下来继续接受款待，他就留下来了。西门庆让下人重新安放一桌珍馐美味，陪蔡御史喝酒，两个人还套近乎。最后西门庆想方设法把别的人支走了，只留下最亲近的小厮，其中当然有玳安。西门庆对玳安交代了一番，玳安立刻去落实，到妓院叫了两个妓女，一个是董娇儿，一个是韩金钏儿，用轿子抬来，从后门进入西门府。

西门庆陪着蔡御史继续吃喝玩乐，海盐子弟在旁边唱曲给他们听，蔡御史就尽情享受。后来玳安上席到西门庆耳边报告，说两个妓女都到了，她们从后门进来以后先在吴月娘的正房休息。难怪张竹坡在他的评点里面对吴月娘有很多微词，他认为吴月娘明知道她丈夫西门庆做一些荒唐事，不但不劝阻，还配合，这是不好的。两个妓女来了以后，先在吴月娘正房待着，后来趁蔡御史喝得醉醺醺的，西门庆自己还离席跑到吴月娘那儿去，亲自嘱咐两个妓女，让她们好好伺候蔡御史，不可怠慢。两个妓女就笑嘻嘻地说，不用嘱咐，她们懂，没问题的。

西门庆回到席上，趁蔡御史酒醉，就跟他说，有一件事想请教他，其实就是要蔡御史帮他办事。一方花大本钱行贿，另一方给他办事，就是一种权力寻租。当时盐的贸易都是由官方来控制的，当然可以承包给一些个人，有了官方派发的盐引文书以后，作为承包商就可以贩售盐。盐是一种非常重要的生活用品，很多东西的制作都会用到盐，很多作坊也需要，所以贩售盐的利润非常高。西门庆以他现有的权势，获得盐引并不是很困难，他在揭帖上写明需求"商人来保、崔本，旧派淮盐三万引，乞到日早掣"，就是要求蔡御史在扬州发放盐引的时候给他派去的来保、崔本承包三万两银子的贩卖量，而且让他们提前拿到盐引。因为等官府集中发放盐引的时候，很多承包商都能贩卖盐，竞争就很激烈了。如果给西门庆这边的人提前拿到盐引，他们就可以提前做生意，可以抬很高的价，获得很丰厚的利润。

西门庆让他派去承包盐引的来保跪到蔡御史面前。因为西门庆好吃好喝款待他，蔡御史很高兴，在席上就答应了："我到扬州，你等径来察院见我。我比别的商人早掣取你盐一个月。"西门庆道："老先生下顾，早放十日就勾了。"西门庆要求提前十天发放盐引，蔡御史提前一个月给他，那就更不得了了，到处都没有新鲜到货的盐，西门庆手下的人就能够提前一个月得到新发放的盐，运来贩卖的话，肯定一抢而空。西门庆通过不惜血本地招待蔡御史，把他招待得特别周到，能够提前获得盐引，而且获得的贩卖量很大。那时官场上就是这样黑暗。

吃完酒席以后，到掌灯时分，蔡御史声称要告辞，其实他仍恋恋不舍。西门庆就带着蔡御史在花园里面游玩了一回，来到了翡翠轩。那边早就湘帘低簌，银烛荧煌，又设下酒席，有海盐戏子在那儿表演。终于酒足饭饱了，书童就把卷棚里的其他东西都收了，关上角门，只见两个妓女盛装打扮站在蔡御史面前，花枝招展地磕头。蔡御史一看就明白了，不过还是有点犹豫，因为这就不是一般的贿赂了，这是情色贿赂了。但蔡御史一看两个美女，心里还是痒痒，就跟西门庆说："四泉，你如何这等爱厚，恐使不得！"西门庆说："与昔日东山之游，又何别乎？"可能有秀才早给西门庆做了功课，所以他也说一点文绉绉的话。蔡御史又说了很肉麻的话："恐我不如安石之才，而君有王右军之高致矣。"这里的安石不是宋朝的王安石，是谢安石，是晋代的一个文人，以清谈知名，经常带着妓女在东山游玩。西门庆把蔡御史捧成谢安石，蔡御史就谦虚一下，说自己恐怕不如他，但是西门庆却有"王右军之高致矣"，王右军就是大书法家王羲之。他们两人互相胡乱吹捧。于是在月下，蔡御史牵着两个妓女的手到了翡翠轩，里面早就什么都布置好了。后来蔡御史留下了其中的一个妓女跟他过夜，另一个妓女就打发走，让她回吴月娘的屋子。

蔡御史在西门庆府里面真是享受到了极致，天亮了才离开。离开的时候西门庆好像忽然想起来，捎带脚提到了苗天秀谋杀案，说有人已经告到曾御史那里去了，还是要缉拿苗青，追究提刑所审案不力。西门庆说把苗青放了算了，案子就那样来个了结，希望蔡御史和曾御史说一下。蔡御史一听，觉得这个不算事，他跟宋御史说一下就行。因为宋御史是巡按御史，管司法事务，都不用去跟曾御史打招呼，他就可以把这事化解。所以宋御史、蔡御史拿走那么多东西，一句话就把西门庆他们的事办了。西门庆终于摆脱了苗天秀谋杀案所留下的阴影，很愉快地继续他的官场生活。

## 第66讲　令人啼笑皆非的清官
### 狄斯彬与陈文昭

【导读】

从前面讲的苗天秀谋杀案中官员们的种种表现可以看出，《金瓶梅》的作者写官场黑暗，他是有感受、有素材的，写的笔法也很好。夏提刑和西门庆沆瀣一气，贪赃枉法，安童上告，西门庆又下血本，在家里盛情招待蔡御史和宋御史，和他们进行了钱权交易和色权交易，并大获成功。西门庆不仅可以摆脱苗天秀谋杀案的阴影，还能提前一个月获得盐引，获得高额回报。这部书里面除了贪官形象，有清官形象吗？请看本讲内容。

安童为了给他的主人苗天秀讨回公道，投靠了东京的黄通判，在黄通判家他把所经历的事情跟黄通判讲了，黄通判就写了一封介绍信，让安童带着介绍信到东昌府找曾御史。曾御史看了信以后又细问了安童种种情况，然后决定向东京的朝廷举报夏提刑和西门庆。因为曾御史作为一个巡按御史，他查处地方官员的贪腐行为，不是直接处置，还是要往上面总的机构作文件备案，求得解决。前面讲了，各地提刑所的官员在朝廷里面的最高总管就是朱勔。所以，曾御史要把弹劾的文书送达朱勔所管辖的都察院。为什么西门庆后来接待蔡御史，送礼的时候不那么慌了？因为在那之前，夏提刑和他得知曾御史查出他们的问题，往上报了，就采取了紧急措施。当时夏提刑拿出了二百两银子和两把银壶，西门庆拿出了一条金镶玉宝石闹妆和三百两银子，这样加起来就有五百两银子，礼物打包好，还是拿到东京走翟谦的路子。夏家派的是家人夏寿，西门庆派的还是来保。

夏寿和来保到了东京见了翟谦，献上这五百两银子和所带去的贵重物品。翟谦收了以后就跟他们说，曾御史参劾夏老爷和西门庆的文书根本就还没有送到都察院，所以这事很好化解，让夏提刑和西门庆放心。这两人回来跟夏提刑和西门庆汇报完，他们基本上心里就踏实了。后来又听说朝廷派出了宋御史作为新的巡按御史，就更不怕曾御史了。

宋御史在西门庆家里扭捏作秀，好像很清廉，实际上他也吃尽了西门庆的贿赂。后来西门庆把蔡御史伺候得非常周到，跟他成功地进行了钱权交易和色权交易，顺利了结了苗天秀谋杀案。不过，不要以为兰陵笑笑生写官场只一味地刻画形形色色的贪官污吏，他笔下也有清官出现。

比如他写到了一个名叫狄斯彬的清官。曾御史当时看了安童递上去的状子，很生气，说怎么可以这样判案呢，随便就把苗青放掉了，这事还得查。但是这个案子有一个关键的问题得解决，就是苗天秀被杀以后，尸体一直没有找到，如此结案还是有瑕疵的。所以，他决定想方设法找到苗天秀的尸体。当然，曾御史作为一个巡按御史，日理万机，很多案件会集中到他这儿来，他不可能一一亲自处理，所以曾御史就把查找苗天秀尸体的事情往下交代，最后就落实到阳谷县的县丞身上。这个人就是狄斯彬，据说是一个有名的清官，"为人刚方不要钱"，你要去贿赂他，他是不收的。但是阳谷县的百姓给他起了个绰号叫"狄混"，这就有点奇怪了。狄斯彬既然是个清官，想必能够为受冤的人平反昭雪，使得罪犯法网恢恢，难以逃脱，可是他却得了一个"狄混"的绰号，因为满县城人都知道这个官员虽然办事不要钱，可是经常把事情办得糊里糊涂，不得要领。

这次狄斯彬得到的任务是寻找苗天秀的尸体。苗天秀是被船上的两个强盗先砍死，后来扔到水里去的。所以，要沿着河流来找尸体的下落。既然苗天秀是死在运河里面，那么沿着运河的岸边细细寻找，这个思路应该不算糊涂。就这一条，说他是"狄混"有点冤枉。狄斯彬骑着马带着一群人在运河边寻访，寻访到清河县城西河边的时候，忽然马头前面起了一阵旋风，团团不散，风就随着狄斯彬的马走。狄斯彬就说怪哉，然后把马勒住了，命令左右的公差，让他们看旋风往哪吹，跟着旋风走，务必要寻一个下落。这个狄斯彬，你说他很糊涂吗？好像也不算太糊涂，因为确实出现异象了，有旋风，他命令公差跟随旋风看旋风最后在哪儿终止。这思路也还算及格。几个公差跟着旋风往前走，果然走到河口那儿，旋风就消失了，就来跟狄斯彬汇报，说旋风在河口就没有了。狄斯彬很高兴，说对了，这说明苗天秀的尸体就在这个地方。

他让公差到村里面找了一些村民，让他们带着铁锹沿着河岸挖，果然挖出了一具死尸，再一看，脖子上果然有刀痕。是不是先用刀杀了？狄斯彬让仵作验尸，结果仵作得出结论，害他的人应该是先把他砍死再投入河中的。

狄斯彬就觉得有门路了，破这个案子全靠他了。他是清官破案，秉公执法，不收银子。他很严厉地问公差，这附近都有什么人。公差回答说，附近没有太多的住户，但是有座庙叫慈惠寺。这时候狄斯彬就体现出他"狄混"的特点了，刚愎自用，轻率判断。他觉得这里的村民没必要做这种事，想必就是慈惠寺的僧人、和尚图财害命，就下令把这些僧人、和尚抓了。于是慈惠寺这些僧人，人在庙中坐，祸从天上来，从长老到小和尚全被抓了。

狄斯彬就审问他们，苗天秀的死是怎么回事，跟他们有没有关系。僧人就回复说，去年冬天十月，本寺在河里面放水灯（在某些特定的日子，在河里面放一种随水漂流的灯是一种宗教仪式），就看见有一个死尸从上流漂过来，长老是一个很慈悲的大法师，一看死尸不落忍，不能让他继续地往下漂，就收了尸体掩埋在这儿了。狄斯彬并不相信僧人的说法。他们为什么无缘无故去埋一具死尸？一定是僧人做了什么杀人谋财的事，才把他埋起来。想必这个人是带了很多财物，僧人见财起意，谋杀了他。

从长老到小和尚都一再跟他说没做这样的事，但狄斯彬不相信，就把长老和小和尚一个一个都上了刑。长老最惨，他不但被两次拶手指，而且一次就打了一百棍，其余的和尚每人都各打二十棍，然后押在监狱里。狄斯彬很得意，他觉得水落石出了。

你现在觉得怎么样？这清官好吗？亏兰陵笑笑生写得出来，这其实是很辛辣的讽刺。当时官场选拔官吏的机制有问题，贪官固然可怕，昏官也很可怕。狄斯彬不收银子，不受贿赂，秉公执法，刚愎自用，判案可能连逻辑推理都是不通的。他把报告写给曾御史以后，曾御史一看就觉得狄斯彬做得并不妥当。因为判案得有一个基本逻辑，如果一些僧人看有船过来了，上面有人，有银子，有布匹，他们杀了人，抢了银子和布匹，他们还把这个人埋在寺院附近，不是自己找事吗？他们一定会把尸体扔在水里，让它往下漂。所以，曾御史认为狄斯彬办案虽然努力，可是结果并不令他满意。后来又审问陈三、翁八这两个强盗，他们这个时候就一再坚持主谋是苗青，他们觉得自己虽然也做了错事，可他们只是帮手。曾御史就下文书让人去抓苗青，后面的事情大家就都知道了。后来曾御史没有能够继续当御史，他的职务由宋御史替代了，他往上奏报夏提刑和西门庆贪赃枉法的文书还没有来得及送到都察院，夏提刑和西门庆就提前紧急联系了东京蔡京府的管家翟谦，翟谦不用去跟蔡京汇报就把正式的文书扣下了。更何况后来宋御史被西门庆贿赂了，蔡御史又受到了更多的贿赂，甚至还享受了西门庆准备的美色。所以当时蔡御史就很卖力地游说宋御史，宋御史刚上任又得了西门庆的好处，最后就没有再去追查苗天秀谋杀案。这个案子的终结还是一个很令人气愤的结局。

书里只写了一个狄斯彬这样的清官吗？不是。前面就提到了一个清官。前面情节你应该还记得，武松做都头后第一次外出是出差，回来以后发现哥哥不明不白地死了。听说是西门庆在背后捣的鬼，他就到狮子楼找西门庆报仇，西门庆当时躲过去了，他就把酒楼上和西门庆喝酒的李皂隶从二楼的窗户扔出去，摔死了。他一看自己一怒之下误杀了人，就去自首了，被抓到东平府（应该是清河县上一级的一个行政区域）。

书里写得也很有意思，说东平府府尹叫陈文昭，他看了有关案件的文书，又亲自审问了武松，得出一个结论，认为武松杀死李皂隶不对，但他是为兄报仇，还是一个义士，所以应该从轻发落。本来杀人应该判很重的罪，但武松为兄报仇，是一个有义的烈汉，陈文昭就把他原来戴的一个很长很重的枷锁换成一个轻的，而且要求清河县重审这个案件，并且把潘金莲、王婆、验尸官何九、西门庆等与案子有关的人都重新召唤拘留，进行审问，务必把事情搞清楚。

那个时候西门庆还没有当官，听到这个消息以后很紧张。原来西门庆也不太怕这种事，因为"火到猪头烂，钱到公事办"，他有的是银子，很多事情都可以靠银子摆平。可是陈文昭有一个清官的名声，他是不受贿的。怎么化解这个事情呢？当时西门庆不是把他的闺女嫁给东京陈洪的儿子陈经济了吗？陈洪又是权臣杨戬的亲家，所以他就紧急派人到东京求援，最后还是找到了蔡太师蔡京，一桩发生在清河县的命案居然惊动了行政最高层。那么蔡京怎么处理这件事呢？蔡京也听说陈文昭是一个有名的清官，是一个很不好对付的官员，但是当时一个人怎么当的官都是有来历可循的，一般都是由一些权臣、权贵提携的，都可以找到根源。就算他想当清官，想效忠一个至高无上的原则，可是往回追溯的话，他一定会是某个人的门生，毕竟他身处某个官员选拔输送系统里面的一环。蔡太师并不想去责备和触动陈文昭这样的清官，他的存在不但对朝廷无害，而且能够粉饰太平。所以，他就没有通过排斥、惩治陈文昭来替西门庆他们解决问题，而是写了封信给陈文昭。陈文昭接到信以后很激动，居然是蔡太师写给他的。他自己怎么当的这个官？就是从蔡京把持的大理寺，一个提拔和落实官员职务的机构出来的，算起来他还是蔡京的门生，但这种所谓的老师平时他是够不着的，现在居然给自己写信，所以陈文昭还没拆信就很激动了。信的内容就是在武松这个案件当中，别人都可以提审，但是西门庆和潘金莲要放掉，武松可以免死，但不能轻判。于是陈文昭立刻改变他原来的态度，在整个案件的审理当中免除了潘金莲和西门庆的责任，只提审其他人。他认为武松是一个很仗义的为兄报仇的好汉，原本想轻判，但现在不得不重判，最后是脊杖四十，刺配两千里充军。

# 第67讲　独特的丑态
## 书中的宦官形象

【导读】

兰陵笑笑生的《金瓶梅》写得非常好，对我们认知那个社会特别有帮助，特别是他还写到了清官的故事，很有趣。狄斯彬好像很刚正，秉公执法，但实际上胡乱判案。陈文昭好像也想秉公执法，也不糊涂，但是受制于官僚体系的官员选拔制度，到头来也只能枉法。那么书里还有没有其他的官员形象呢？请看本讲内容。

朝廷里还有一种官员——宦官，就是太监。有的年轻人知道太监就是阉过的男人，为什么古代宫廷里面会出现这么一种人，他们还不是很清楚。因为在古代宫廷里面，除了使用宫女这种女性奴隶，还需要使用一些男性的奴才。这些男性奴才进了宫以后，必须防备他们和皇帝三宫六院的妃嫔发生关系，因为过去封建社会特别讲究血统纯正，尤其是皇家，皇帝死了以后要传位给皇族的后代。宫里面的皇帝会使用太监，但是更多的太监是在三宫六院服侍皇帝的妃嫔。最早的太监制度是很严格的。想进宫做奴才，只有证实被阉过了才可以。

太监制度是一种残忍的制度，也是一种很荒谬的制度。即便这样，宫廷里面还是有太监和妃嫔、宫女发生关系的事情。个别太监可能是混过了相关的检查，说是阉过了，实际上并没有真正被阉，所以会乱了皇家血统。历史上这样的记载和传说都有，这里不细说。在《金瓶梅》里面也描写到了不少的太监，他们如果是为地位很高的娘娘服务，也会得到一些头衔。他们被叫作宦官，是一种特殊的官员，即使没有被给予别的权力，有时候也会给他们一些头衔。后来这些宦官渐渐地向权力中心挺进。因为表面上看起来他们的地位很低下，是阉过的男人，伺候宫廷里面的妃嫔，被呼来唤去，是卑贱的奴仆。大多数妃嫔见到皇帝的机会不多，她们中的很多人被冷落，甚至被打入冷宫，一连几年都见不着皇帝，所以跟她们来往最密切的除了宫女就是宦官。

即便是被皇帝所宠爱的妃嫔，她们和皇帝待在一起的时间也没有和身边的宦官待在一起的时间久，所以她们和宦官就结成了很亲密的关系。皇帝如果宠爱哪个妃嫔，那么这个妃嫔吹吹枕边风，就可以替宦官说话，推荐他们当官。皇帝本人在使用宦官的过程中，也会宠幸一些宦官，这样就陆续有一些宦官从宫里伺候人的地位转变为在皇帝面前得到任命、有正式官衔的一种特殊的官员，像我前面不断讲到的杨戬。当然书里开始说皇帝发怒把他惩治了，但是他之前得到皇帝宠幸的时候做了很大的官。这种脱颖而出成为朝廷要员的宦官，人们多半回避他宦官的出身，回避他被阉过的事实，用他获得的官位来称呼他，来表示对他的尊重。有的宦官虽然没做到杨戬这么高的官位，也被皇帝给予一定的官职，有一定的权力。还有的宦官被外派到地方任职。

在《金瓶梅》这部书里面就有很多很有权势的宦官，有的获得了正式的官位，有的就被外派到了地方。书里面首先写了一个在朝廷里面很有权势的宦官何沂，他是很得宠的皇妃延宁第四宫端妃马娘娘的首席太监，马娘娘当时正得皇帝的宠爱，所以他的地位也很高。书里写当时清河县的夏提刑和西门庆都得到通知，要求到京城参加盛大的典礼，他们结伴前往东京。一开始西门庆跟着夏提刑住在夏提刑的一个亲戚家里，但很快西门庆就被何太监接走了，住到何太监家里去了。你仔细读这个文本就能够明白，为什么西门庆接替夏龙溪被提升为正提刑。其实就是这个何太监勾结相关部门的人士，暗箱操作。他让夏提刑离开清河，让西门庆顶替了夏龙溪空出的正提刑的位置，就是为了腾出一个清河县的副提刑的位子给他自己的侄子何永寿，为侄子的前程铺路。另外，像李瓶儿嫁的花子虚，也是一个太监的侄子。这些太监要么就是收养一个男孩作为自己的儿子，要么就是把侄子当中最优秀的挑选出来，收在自己身边尽心培养，今后把自己的财产以及谋取到的权势传给侄子。何永寿就到了清河县，顶替了西门庆副提刑的位子。西门庆顶替了夏龙溪正提刑的位子，夏龙溪则离开了清河县，到京城赴任。夏龙溪把自己的宅子托付给西门庆，西门庆做中间人，让何永寿买下来了。

何永寿有一个妻子姓蓝，书里写她美丽风流，后来成了西门庆追逐的一个对象，但是还没追求到她西门庆就暴病而亡了。西门庆在占有蓝氏的愿望没有实现之前，在和别的女性做爱的时候，就多次把蓝氏作为性幻想对象。书里写道，何太监要安排他的侄子到清河县任职，所以就做些手脚，将夏龙溪明升暗降了，夏龙溪直到接到通知才知道自己被暗算了。何太监把西门庆接到自己家里以后就盛情款待，表示要把自己的侄子托付给西门庆。为了讨好西门庆，让西门庆死心塌地、细致入微地照顾他的侄子，何太监让仆役把自己的飞鱼绿绒氅衣披到西门庆身上。西门庆当然就推辞了，笑着说："先生职事之服，学生何以穿得？"因为这件豪华的披风是皇帝赐给何太监的，何太监居然把它送给西门庆穿，西门庆当然表示不敢当。何太监就告诉西门庆："大人只顾穿，怕怎的？昨日万岁赐了我蟒衣，我也不穿他了，就送了大人遮衣服儿罢。"何太监这样做，既是讨好西门庆，也是显示自己在皇帝面前多么有面子，多得皇帝的宠爱。

西门庆和夏龙溪到了京城以后，都在等他们的最高上司朱太尉领他们入朝参见皇帝。西门庆毕竟是第一次参加这样高规格的京城政治活动，所以就请教何太监，明天什么时候皇帝能够接见他们。何太监非常愿意回答这个问题，如数家珍般地指导他："子时驾出到坛，三更鼓祭了，寅正一刻就回官，摆了膳，就出来设朝，升大殿，朝贺天下，诸司都上表拜冬。次日，文武百官吃庆成宴。你每是外任官，大朝引奏过就没事了。"他详细地指导西门庆如何按部就班地参与朝廷的大典，显示自己对朝廷是多么熟悉，西门庆听了这话以后对他更仰慕了。何太监炙手可热，在朝廷里面很得马娘娘和皇帝的宠爱，皇帝今天送他一件高级的披风，明天送他一件华贵的蟒衣，可是他毕竟没有能够被外派，得到一些外派的权势，尝到一些外派的甜头。

书里写了两个外派的太监，写得非常生动，一个是刘公公，一个是薛公公。太监被安上一个头衔，外派到外地，那么人们就尊称他们为公公。因为皇家建造宫室需要大量的高级砖瓦，就需要在有好原料的地方设官窑，来为宫廷烧制高级的砖瓦和一些建筑部件，包括琉璃瓦。刘公公就是外派来管皇家砖厂的。薛公公是外派管理皇庄的。皇帝在全国各地有很多庄园，种植各种农作物，或者是饲养各种牲畜，直接供应皇宫，这些皇庄要派太监来经营管理。薛公公就是一个在外面管皇庄的太监。这两个人都被派到了清河，西门庆就特别巴结他们，因为西门庆懂得不能小看这些宦官，他们虽然是阉人，在宫廷中只是皇帝和妃嫔们的近身奴才，但实际上他们接近权力中枢，有机会接近皇帝本人，权势非常大，可不能得罪，只能巴结。

那个时候，李瓶儿给西门庆生的儿子官哥儿满月，西门庆要大宴宾客，就专门请了刘公公和薛公公，他们也应邀而来，坐四人轿，穿着官服，喝道而至。他们都是外派的官员，是有官职的，因此他们的衣服还不是一般太监穿的衣服，而是官服。听说刘公公、薛公公到了，西门庆慌忙到仪门迎接。迎入厅内以后，邀请他们坐首席，虽然两位公公嘴上谦让，但是他们最后还是坐在了首席。当时一共开了十二张桌席，首席有两张席位，就由他们两个占了。来宾们也都很理解，因为当时社会上有一句俗话，叫作"常言三岁内宫，居冠王公之上"，只要太监在宫里面做满三年，积累了一定的政治资本，一些王公大臣对他们都得谦让三分，何况席上的一些地方小官。

这两位公公被盛情招待，可是他们在宴席上丑态百出。比如宴席当中除了吃喝，还有唱曲儿，他们是最尊贵的客人，当然先请他们点曲。刘公公点了《叹浮生有如一梦里》，旁边的人凑在耳边提醒他，这是人家孩子的满月宴，在席上唱这个不合适。于是刘公公又点了《陈琳抱妆盒》里面的段子，又叫《狸猫换太子》，这是一段发生在宋真宗时宫廷里的故事，就说刘妃嫉妒为皇帝生下儿子的李妃，指使下人拿了一只剥了皮的狸猫，趁李妃不注意把她生下的那个男婴给换了，让皇帝觉得李妃生下的是一个妖孽，把李妃打入冷宫。当时有一个叫陈琳的太监，救了真的太子，因为当时用狸猫换了男婴以后，要把男婴扔到河里淹死，陈琳救了男婴把他装在一个妆盒里面，偷运出宫。最后真相大白，男婴长大成人，当了皇帝，给母亲报了仇。这个故事在宋代后期就被改成戏曲上演，而且有成套的曲子来演唱这个故事。现在西门庆的孩子满月，唱《狸猫换太子》合适吗？明显不合适，但刘公公也不知道该点什么了。那么请薛公公点，薛公公点的套曲总名是《普天乐》。官哥儿满月，本来《普天乐》是很应景的，但是《普天乐》里面包括好多小曲，薛公公要求唱其中的一阙，叫作《想人生最苦是离别》。也不合适。席上其他的人看刘公公、薛公公他们点的曲不合适，还都忍着，后来一错再错，他们憋不住就都笑了。这个时候薛公公就说了："俺每内官的营生，只晓的答应万岁爷，不晓的词曲中滋味，凭他每唱罢。"内官指的就是他们这种宫廷里面的宦官。

后来就有官员点了一套《三十腔》，用这套喜庆的曲子来庆贺西门大人的弄璋之喜。薛公公就茫然了："怎的是弄璋之喜？"古代生男孩，叫作弄璋之喜。生女孩，叫作弄瓦之喜。璋是一种美玉，是一种非常好的玉块。瓦，不是盖房子屋顶上用的瓦，而是纺车上的一种部件，过去是用陶器来制作的。弄璋之喜就是说你这男孩子像美玉一般，今后一定有非常好的前程。弄瓦之喜就是说你这个女孩子今后就像纺车上的重要部件瓦一样，会是一个很会做女红的贤惠的女子。在那个时代这是很平常的话，可是薛公公就听不懂。书里这样写就是讥讽他们是阉人，他们不可能有夫妻生活，因此也不可能有男孩或者女孩这样的后代，所以根本不懂得什么叫作弄璋之喜，什么叫作弄瓦之喜。

这两个公公虽然坐在首席，可是丑态百出，在席上就对陪酒的妓女动手动脚。后来李桂姐抱怨说："刘公公还好，那薛公公惯顽，把人掐拧的魂也没了！"他们通过抚摸掐拧玩弄女子的身体，获得快感。这是一种变态的性行为。书里写这些宦官，写得很生动。

## 第68讲　假信仰与真忽悠
### 三姑六婆之三姑

【导读】

在《金瓶梅》里面，你可以看到官场里官员的系列画像，他既写了大小贪官，也写了所谓的清官，还写了宦官，包括在宫廷里面的宦官，以及像刘公公、薛公公这样外派的宦官。上一讲着重讲了宦官，他们利用手中的职权谋利，甚至还有一些变态行为。由此我们也就懂得《金瓶梅》是一部明代社会生活的长幅画卷，里面呈现出社会上各种各样的人物。书里还写了一些其他现在也不太见得着的特殊人物。请看本讲内容。

《金瓶梅》这部书描写了广阔的社会生活，从西门庆一家辐射到社会上，写了社会上形形色色的人物，包括各种官员、各种买卖人以及三姑六婆。那个时代把这样几种女性人物概括为三姑六婆：三姑是指尼姑、道姑、卦姑，六婆是指牙婆、媒婆、师婆、虔婆、药婆、稳婆。她们往往是一些在社会上披着宗教外衣，或者以提篮叫卖以及其他的行业为掩护，在中产及中产以上人家，特别是富贵人家和达官贵人的府第里面，骗吃骗喝、骗钱骗财的人。她们中不少人好像墙壁缝隙里面的那些虫子，在社会上到处游动，寻找生活资源。我们现在先来说一说《金瓶梅》所写到的三姑。

《金瓶梅》里面写了两个尼姑，她们出场的次数还不少，一个是观音庵的王姑子，一个是莲花庵的薛姑子，她们得到了吴月娘的青睐，吴月娘经常把她们请到家里面来。吴月娘作为西门府的主家婆，不像另外几房各有各的想法，各有各的乐趣。她恪守封建礼教的主流观念，不能经常得到丈夫的亲近和宠爱，就非常空虚。为了填补精神上这种空虚，吴月娘就经常请姑子到她的上房来念经说法，获得一点心灵的慰藉。吴月娘起初只认识王姑子，后来王姑子向她介绍了薛姑子。根据书里的描写，薛姑子生得肥头大耳，嘴很大，是一个长相丑陋、身材臃肿的尼姑。为了得到银子，两个姑子在上房讲经说法，煞有介事，特别是薛姑子，宣扬起佛法来滔滔不绝。其实吴月娘也未必能听明白她说的是什么，但是眼前有姑子在自己正房里面弘扬佛法，她觉得获得了很大的精神安慰。她不但自己听经，还要求另外几房小老婆到上房陪她听经，还邀请一些亲戚来听经，像她自己的亲戚吴大妗子，还有孟玉楼原来杨家的姑妈杨姑娘。吴月娘喜欢一屋子人陪她听经，吴大妗子、杨姑娘，反正有大把的时间没法消磨，陪吴月娘听听，听完以后还有好吃好喝的招待，所以还坐得住。孟玉楼的脾气比较好，陪着吴月娘听经也还坐得住。可是潘金莲和李瓶儿实在是坐不住。因为两个姑子宣扬佛法，满嘴的佛教专业术语，而且说来说去无非是因果报应一类的道理，听着挺烦的，潘金莲尤其不能接受。有一次吴月娘也看出来，潘金莲如坐针毡，就想约李瓶儿抽签，吴月娘爽性让她们离开。她们走了以后，吴月娘就跟其他人说了："拔了萝卜地皮宽，交他去了，省的他在这里跑兔子一般。原不是听佛法的人。"

潘金莲、李瓶儿没有耐心陪着吴月娘听姑子弘扬佛法，是完全可以理解的。但吴月娘越听越上瘾，听一次不够，还要再听。有一次正听的时候，西门庆到上房来了，急匆匆地来拿东西。他一走进来，当然吴大妗子、杨姑娘赶紧就往旁边屋子里躲，两个姑子也赶紧躲。西门庆就问吴月娘，说："那个是薛姑子？贼胖秃淫妇，来我这里做甚么！"吴月娘说："你好恁枉口拔舌，不当家化化的，骂他怎的？他惹着你来？你怎的知道他姓薛？"西门庆告诉吴月娘，薛姑子是一个很糟糕的尼姑，她在庵里头拉皮条，上次把一个小姐弄到庵里来了，然后又找了一个小伙子进去，因为两个人做那事，最后那个小伙子就死在这个小姐身上了，惹出一桩官司，官府把她拘到提刑所，褪了衣服，打了二十大板，令她还俗。就这么个人，吴月娘怎么还请她来。可是吴月娘就反驳："你就休汗邪！又讨我那没好口的骂你。"虽然西门庆跟吴月娘说了薛姑子很糟糕，她曾经被西门庆责罚过，西门庆勒令她还俗，可她根本就没有还俗，现在居然骗到西门庆的宅子里来了，坐到上房吴月娘的炕上了。但是吴月娘执迷不悟，她觉得薛姑子弘扬佛法挺好，就跟吸鸦片一样，吴月娘上瘾了，她离不了这个东西了。

后来有一次，西门庆给永福寺的长老捐了一大笔银子，他又到上房来。当时西门庆因为得了官，他的第六房小老婆李瓶儿又给他生了儿子官哥儿，一切顺遂，他的心情很舒畅。这次进了屋见到薛姑子又在吴月娘的屋里头，他就没说什么。薛姑子看西门庆对自己容忍了，又听说他给永福寺的长老一下子捐了五百两银子，于是就当着吴月娘的面说，应该出钱印《陀罗经》，印了经普施十方就能够消灾消祸，永保幸福。这其实是说给西门庆听的，西门庆当时心情好，也舍得花钱。但是他是个商人，所以他就问得很细，一卷《陀罗经》纸张要多少，装订费是多少钱，印刷要多少钱，薛姑子就告诉西门庆说："老爹，你那里去细细算它，止消先付九两银子，教经坊里印造几千万卷，装钉完满，以后一搅果算还他就是了。"薛姑子的意思是，西门庆是大财主，随便算算就行了，九两银子就够。九两银子对西门庆来说当然不算个数，西门庆此时也善心大发，想刻经积德，最后给了三十两银子，让薛姑子去刻《陀罗经》，刻了以后到处分发。

书里交代薛姑子其实就是一个骗钱的人，她哪里是什么真正的尼姑？她被人告过进了提刑所，还被西门庆审过，揭开了她的老底儿：薛姑子原来是有丈夫的，她的丈夫在广成寺前头摆了个小吃摊，卖蒸饼，经常有和尚来买，薛姑子见她丈夫不在，就刮上了很多和尚。后来她丈夫死了，卖蒸饼利薄，挣不着什么钱，她就干脆去当了尼姑，走街串巷，出入各种有钱人家的厅堂，而且直入后室。一般来说，都是一些府第主家婆比较喜欢听姑子说法念经，薛姑子就这样到了西门府，骗取了吴月娘的信任。所以，薛姑子就是一个出身不洁的妇人，她当尼姑根本不是因为她真正信奉佛教，真懂什么佛经，按照佛经的指示去做善事，而是为了挣钱、刮银子，薛姑子到西门府吴月娘的上房念经也好，问西门庆要银子印经书也好，都是为了这个目的。实际上薛姑子印出来的《陀罗经》粗制滥造，根本用不了三十两银子，最后薛姑子跟王姑子因为分赃不匀，还闹矛盾。王姑子说薛姑子到西门府是她介绍的，现在拿着银子，薛姑子多占不成。后来有一次王姑子单独到西门府来见李瓶儿，王姑子还在李瓶儿面前骂薛姑子是"老淫妇"。由此可见，这些尼姑都不是真正的佛教信徒。三姑里面的尼姑，在兰陵笑笑生的笔下，就是这样一些货色，一种恶劣的社会填充物。

书里除了写尼姑，也写到了道姑和卦姑。道姑，就是道教的女性出家人。卦姑就是专门给人算卦的姑子。一般来说，卦姑也属于道教系统，在书里道姑和卦姑是合二为一的。有一天，吴月娘、孟玉楼和李瓶儿三个人送客回来，在大门口忽然发现一个妇女路过，一看就是从乡下来的老婆子，穿着水合袄，蓝布裙子，勒黑包头，背着褡裢。这个老婆子就不是尼姑，尼姑是要把头发剃光的，而道教，无论是道士还是道姑，都可以留发。老婆子穿着水合袄，就是一种道姑的服装，但这道姑同时又是一个卦姑，因为她背着褡裢，一看就是能给人算卦的，所以吴月娘她们就把她叫住了，让她进府，问她是不是会算卦。对方说她会用乌龟算卦。吴月娘就让她给她们三个算卦。其实在这之前已经有一个吴神仙给她们算过卦了，但是对于迷信的人，他们算卦总不愿意只算一次，总要一算再算，目的就是：第一，希望把上一次算卦算过的，说的那些好话、吉利话，巩固下来；第二，希望新的一次算卦能把上一次算卦说的那些不好的话，那些报凶的话去掉。所以，算卦都是这种心理，算一次他不甘心，就想一算再算。道姑卜卦，拿着一个乌龟壳，还带着一沓子卦贴，根据乌龟壳掷下来的状态就可以找到相应的卦贴，然后说这就是妇人的命运。

吴月娘首先就让她算了，说有一个妇人属龙的，卦姑问是什么时候生的。那个时候算卦都要报自己的生辰八字，卦姑根据生辰八字算卦。卦姑听吴月娘报完生辰八字以后就掷乌龟壳，然后拿出卦贴儿。卦贴就是固定的对各种不同命运的解释的画。根据卦贴的指示，卦姑说吴月娘的命相是："为人一生有仁义，性格宽洪，心慈好善，看经布施，广行方便。一生操持，把家做活。"卦姑又说，吴月娘的命总体都挺好的，不过经常会沾染一些是非，主要是因为她的心太好了，所以就会有些不快活的事情，但吴月娘往后的命很好，能活到七十岁。吴月娘听了，当时心里还挺满意的。孟玉楼就搭话了："你看这位奶奶，命中有子没有？"其实吴月娘也想问这个，但是她没有直接问，她怕卦姑说出的话让她伤心。因为一般算卦人既想对方说自己好运，又怕对方道出自己的厄运，想多知道一些，有时候却不愿意直接问。孟玉楼就帮她问了。卦姑就说："休怪婆子说，儿女宫有些不实。"这是一句很含混的话，但随后卦姑又挑明了："往后只好招个出家的儿子送老罢了。随你多少也存不的。"这就印证了吴月娘的结局，后来吴月娘虽然生了一个儿子孝哥儿，但没有能够把他留在自己身边，吴月娘招了玳安做干儿子，由玳安和小玉夫妇给她送终。

　　吴月娘又指着孟玉楼，让卦姑给孟玉楼也算一算。孟玉楼是属鼠的，卦姑给她算了很多好话，说："你为人温柔和气，好个性儿。你恼那个人也不知，喜欢那个人也不知，显不出来。一生上人见喜下钦敬，为夫主宠爱。只一件，你饶与人为了美，多不得人心。命中一生替人顶缸受气，小人驳杂，饶吃了还不道你是。你心地好了，虽有小人也拱不动你。"前面讲孟玉楼的命运就讲到了，她基本上都挺好，但是曾经遭到陈经济的敲诈，后来她和她的丈夫设计把陈经济抓住，但是审案子的官员最后却放了陈经济，她的丈夫被他的父亲责打一顿，还是吃了亏的。

　　紧跟着吴月娘又让卦姑给李瓶儿算命。李瓶儿是属羊的，卦姑就说她："一生荣华富贵，吃也有，穿也有，所招的夫主都是贵人。为人心地有仁义，金银财帛不计较。"最后卦姑说李瓶儿会招一些气恼，要防生气，还要注意当年七八月不要听见哭声才好。卦姑很含糊地算了一下，李瓶儿听着还行，就从袖子里面掏出了一块五分的银子，赏了卦姑。吴月娘和孟玉楼每个人给了卦姑五十文铜钱，卦姑就离开了。虽然书里写卦姑算命有暗示人物后来命运轨迹的用意，但对卦姑的具体描绘，还是把其善于忽悠雇主的特点写出来了。

这时候潘金莲从后边出来了,笑着说:"我说后边不见,原来你每都往前头来了。"吴月娘说她要是早来一步,也让卦姑给她算一算。潘金莲不信算命,不愿意算命,她说:"常言,算的着命,算不着行。想前日道士说我短命哩,怎的哩,说的人心里影影的。随他!明日街死街埋,路死路埋,倒在洋沟里就是棺材!"潘金莲的生死观倒是挺豁达的,后来她被武松杀了以后果然就路死路埋了。

## 第69讲 市井社会的女性填充物
### 三姑六婆之六婆

## 【导读】

《金瓶梅》的内容是很丰富的，写了社会上三姑六婆这种用巧妙手段挣钱的妇女。上一讲讲了三姑（尼姑、道姑和卦姑），当然，后面它是把道姑、卦姑合二为一来描绘的，告诉你社会上三姑的存在状态，揭示了她们骗钱挣钱的方式，很有趣。讲完了三姑，那么六婆又是怎么回事？请看本讲内容。

三姑六婆是一个流传很久的概念，后来就把它作为市井妇女的一种泛称。其实在明代三姑六婆是有具体所指的，其中六婆指的是牙婆、媒婆、师婆、虔婆、药婆、稳婆这六种妇女，她们是市井社会的女性填充物。

牙婆是一种什么妇女呢？有人一看字面意思，就觉得牙婆一定是夸夸其谈，通过动嘴去谋取自身利益的妇女。这样的理解也不能完全算错。但是"牙"和"互"是相通的，就是说，牙婆实际上是利用中介服务来换取银子谋生的妇女。书里面最符合牙婆概念的是冯妈妈。早年李瓶儿在梁中书府里面做侍妾。梁中书府是一个很豪华的贵族府第，所以它的人员配置也相当丰富，侍妾不仅有丫头伺候，而且还有养娘。养娘就是年纪比侍妾大的妇女，对侍妾的生活进行全面照顾和教养。当年李瓶儿在梁中书府第里面的养娘就是冯妈妈。后来梁中书这一家都被李逵杀掉了。冯妈妈就跟着李瓶儿逃亡了，逃亡的时候，她们偷了梁中书家里很多宝贵的财产，也可以不算偷，她们只是顺手牵羊，因为梁中书府第已经崩溃了，不拿白不拿。李瓶儿后来嫁给了花太监的侄子花子虚，冯妈妈也就跟着李瓶儿在花子虚的住宅里面生活。后来花子虚招上官司，整个住宅都赔进去了，他们就搬到了狮子街的院落去居住，花子虚在那儿就气死了。花子虚死后，李瓶儿招赘了蒋竹山，最后形成一场闹剧，李瓶儿又把蒋竹山给撵出去了，而且她让冯妈妈拿一盆水朝蒋竹山身后泼过去，李瓶儿泼水休夫的这个行为是冯妈妈帮她完成的。然后冯妈妈基本上一直住在狮子街的住宅里面。后来李瓶儿嫁给西门庆，西门庆用狮子街的门面开了店铺，聘请韩道国经营店铺，根据书里的描写可以得知，冯妈妈基本上还是住在狮子街的住宅里面，而且李瓶儿临死的时候留下了遗言，就是冯妈妈可以住在狮子街住宅里面终老。

为什么说冯妈妈又是一个牙婆？从书里很多描写可以知道，冯妈妈在给李瓶儿当养娘的同时，她也贩卖人口，买卖小姑娘。一些穷人的生活难以为继，只能把女孩子卖掉，他们一时找不到买主，就会把女孩子托付给冯妈妈，她带着女孩子在自己家里住，找到了适当的买家以后就把女孩子卖出去，自己因此会得到一笔银子。这是一种恶劣的行为。冯妈妈虽然一开始不是牙婆，但是从书里的描写可以知道，她到了清河县以后，特别是到了狮子街以后，她就变成了地道的牙婆，她的牙婆行为也被西门庆所用。西门庆因为东京蔡太师府的大管家翟谦让他物色一个年轻女子送去做二房，就把这件事情托付给了冯妈妈，她就近取材，推荐了韩道国和王六儿的女儿韩爱姐。虽然这不是人口买卖，但实际上是一种牙婆行为。冯妈妈通过动嘴，从中牵线，促成西门庆把韩爱姐认成自己的干女儿，还为她准备了丰厚的嫁妆，派人把她送到东京去，献给翟谦当小老婆。最后西门庆和翟谦相当于结为亲戚，这当中就是冯妈妈牵线，所以书里的冯妈妈就是一个牙婆。

六婆中还有一种婆就是媒婆，给人说媒、做媒。书里写得最多的是薛嫂。一开始薛嫂就给西门庆拉纤，说有一个寡妇很富有，想出嫁，让西门庆看一看，看中以后薛嫂帮西门庆张罗把她娶过去，这个寡妇就是孟玉楼，前面讲过很多，不重复了。薛嫂就是一个媒婆，民间的媒婆。西门庆娶孟玉楼的时候还没有当官，薛嫂完成了一次拉纤说媒，从中得到很多好处。

西门庆死后孟玉楼动心了，觉得应该改嫁，吴月娘看破她的心思以后知道拦不住她，就同意孟玉楼改嫁。孟玉楼再嫁嫁给李知县的公子李衙内。当时的媒婆有两种，一种是民间的媒婆，一种是官媒婆。官媒婆是一种有特色的媒婆，这种媒婆专为官员的子女拉纤说媒，到西门府替李衙内求娶孟玉楼的官媒婆是陶妈妈。陶妈妈上门说媒，孟玉楼便动了心，因为在清明节给西门庆上坟时她见过李衙内，很满意，愿意嫁。最后吴月娘就说孟玉楼再嫁，光是一个陶妈妈还不够，孟玉楼当年嫁到西门府的时候是薛嫂说的媒，干脆把薛嫂也请来，这样的话就是两个媒婆一块儿说媒，这桩婚事就显得更加风光隆重。于是又请来了薛嫂。所以，孟玉楼的最后一次出嫁，是官媒婆和民间媒婆联合说媒。

说成这桩婚事的话，薛嫂和陶妈妈都能从西门府和李衙内那里得到好处，所以这两个媒婆密切合作，很乐意做这个事。她们俩一碰头，觉得有一个问题，孟玉楼当时已经三十七岁了，而李衙内当时才三十一岁，两个人差六岁，这可怎么办呢？因为说媒要交换双方的生辰八字帖，如果如实地把孟玉楼的生辰八字写出来的话，年龄实在显得有点太大，很可能对方一看年龄，觉得这女子太大了，就放弃了，这个媒就说不成了。于是薛嫂说，既然有卦肆（专门算卦的铺子），那就去算一卦，看看能不能把生辰八字调整一下，只要年命不妨碍，把她的岁数改小一点也不算说谎。算卦的人有这种技巧，最后就给她们设计了一个方案，生辰八字基本还是那样，但是把孟玉楼的年龄改成三十四岁，只比李衙内大三岁。这两个媒婆就很会来事，到了李衙内家，报出孟玉楼的年纪就是三十四岁。媒婆说软话都说顺嘴了，薛嫂张口就来："老爹见的多，自古道，妻大两，黄金长，妻大三，黄金山。"就是说妻子比丈夫大是好事，大两岁，黄金会不断地增长，大三岁，黄金能堆成山。直到今天，民间都还有一句俗话，"女大三，抱金砖"，这都是从过去媒婆的嘴里面说出来的，后来在社会上流传开来。当然这桩婚事就说成功了，薛嫂可以说是媒婆当中的佼佼者，很会说媒。

前面讲过了，像薛嫂这种媒婆不可能一天到晚都在说媒，因为没有那么多的媒好做。所以她为了糊口，平常也会提着一个花箱走街串户，专门串到富贵人家去。花箱里面就是一些妇女的头饰和身上的装饰品，靠卖这些东西她也能挣点小钱。有一次薛嫂提着花箱又到了西门府，到了潘金莲屋里就说："西房三娘……留了我两对翠花，一对大翠围发，好快性，就称了八钱银子与我。"西房三娘就是孟玉楼，薛嫂言下之意是她有钱，不赊账，她挑了薛嫂花箱里面这些装饰品以后，很痛快地就给薛嫂称银子。薛嫂又埋怨："后边雪姑娘，从八月里要了我两对绒花儿，该二钱银子，白不与我。"这里的雪姑娘指的是孙雪娥，她比较穷，不但欠账，还赖账，其实绒花是很便宜的，但孙雪娥就是不给钱。

薛嫂兜售头面装饰品的营生是其次，说媒拉纤、拉皮条是她的主要赚钱方式。当时潘金莲没买薛嫂的东西，可是她给了薛嫂五钱银子，托薛嫂给陈经济传递情书，薛嫂很乐意。虽然潘金莲跟陈经济之间的辈分不一样，而且不可能形成一桩婚事，但是薛嫂乐于通过传递情书牟取利益。这次潘金莲比较下本，她本来很穷的，没什么银子，但是为了这个事给了薛嫂五钱银子，薛嫂很满意。

西门庆死后吴月娘打发春梅，让她罄身出府，吴月娘就把春梅交给了薛嫂，让薛嫂把她卖了，但不许多卖，春梅是十六两银子买来的，还是十六两银子卖出去。其实后来守备府给了薛嫂五十两银子买春梅，但薛嫂在吴月娘面前说春梅连十六两银子都卖不出去，只卖了十三两，她只给了吴月娘十三两银子，薛嫂通过做这样一个媒赚大发了。

前面讲过，春梅是一个复仇女神，她复仇的方式很巧妙，有时候她用"橡皮钢丝鞭"抽人，软刀子剜心。薛嫂后来也到守备府去见春梅，春梅就故意热情地招待她，让丫头给她烫酒、拿点心。薛嫂一开始还撑面子，说她吃过了，后来丫头真把酒端来了，她就说不能空口喝酒，要吃点点心打底儿。春梅就嘲笑她说谎，刚才说吃过，现在又说没打底儿，就让丫头轮番给她灌酒，然后拿出大盘顶皮酥的玫瑰饼让她吃。最后薛嫂喝得"心头小鹿儿劈劈跳起来"，那些玫瑰饼也实在吃不下去了，就想带回家。春梅看出来了，就让薛嫂都捎回去，说："到家稍与你家老王八吃。"春梅公然地把薛嫂的丈夫骂成"老王八"。薛嫂硬着头皮把那些顶皮酥的玫瑰饼儿都搁在袖子里，趁酒盖住了脸，又把一盘子火熏肉、腌腊鹅，都用草纸包裹了，塞在袖子里。春梅还让丫头给薛嫂灌酒，直到她呕吐了才罢休。所以春梅报复薛嫂，不像报复孙雪娥那样正面侮辱，或者打骂，而是用这种我热心招待你，你给我喝够，你停下来不行，再接着给你灌，直到折磨得你呕吐才罢休。这也说明媒婆赚钱的方式，看上去很巧妙，实际上也很辛酸，饥一顿饱一顿，有时候还会遭到春梅这种形式的折磨。

六婆里面还有师婆和药婆。师婆（巫婆）给人作法，她跳出一些古怪的动作，声称能帮人除病驱魔，药婆是能给人开药方，药婆跟师婆往往合二为一。书里写到的刘婆子就是师婆兼药婆，她曾经在官哥儿重病的时候，熬了一种所谓的灯芯薄荷金银汤，灌给官哥儿；她还表示会针灸，用针来扎官哥儿，最后把这孩子弄得昏昏沉沉。刘婆子知道西门庆要回家了，自己没法交代，就拿了吴月娘给她的五钱银子，一溜烟从夹道逃跑了。过去这种富人的住宅，在几进院落的两边或者至少一边都有一条夹道，可以从最前头直接到最后头，这是一个备用的通道。刘婆子不但没把官哥儿治好，倒把官哥儿给治坏了，可是吴月娘还迷信她，后来还把她请来给官哥儿跳大神，但跳大神也没什么用，官哥儿最后还是死掉了。

还有一种婆子叫作虔婆，就是妓院的老鸨。前面讲过了，过去把妓院管事的妇女叫作鸨母、老鸨，因为过去人们认为"鸨"这种鸟都是雌的，因此不能生育，所以这么来称呼妓院的管事妈妈。其实从动物学角度来看，鸨是有雌雄的，只是外貌的区别不大，所以说鸨都是雌鸟是古人的误解。虔婆就是鸨母，书里写到的李三妈、吴四妈，都是妓院的女老板。

还有一种婆子叫作稳婆，就是接生婆。书里写到蔡老娘就是一个稳婆，当年李瓶儿生官哥儿，就是她来接的生。后来吴月娘生产，还是她来接的生。从书里面来看，蔡老娘的接生技术还不错，两次接生都很成功，母子平安。但是她来接生也是为了挣钱。当年她接生完官哥儿以后，西门庆给了她五两银子，还答应她给官哥儿洗三（婴儿出生第三天要举行洗澡仪式）的时候再给她一匹缎子。但是到吴月娘生孝哥儿的时候，西门府只给了她三两银子，蔡老娘就很不满意，吴月娘的理由是现在家里比不得过去了。蔡老娘的不满意是可以理解的，那时候嫡庶有别，李瓶儿虽然生了一个儿子，但她是偏房，这叫作庶出，大房吴月娘生了儿子，叫作嫡出，嫡出比庶出尊贵。蔡老娘接生庶出的孩子都给了五两银子，接生嫡出的只给她三两，蔡老娘就不满意。吴月娘坚持说，现在不比过去，给不了那么多，但是吴月娘答应过些天再给蔡老娘一套衣裳，蔡老娘很不高兴地走了。

书里还写了一个王婆，其实严格来说，她不属于三姑六婆中的六婆。王婆先是开茶坊，后开磨坊，但是书里有交代，"原来这开茶坊的王婆，也不是守本分的，便是积年通殷勤，做媒婆，做卖婆，做牙婆，又会收小的，也会抱腰，又善放刁"。就是王婆先开了茶馆，后来又开磨坊，业余时间里好几婆她都兼了，她做媒婆，做卖婆，也做牙婆，甚至去接生的时候，她充当抱腰的，也能得点小钱。什么叫抱腰？过去妇女生产，比如蔡老娘来接生，需要有人协助抱住产妇的腰，然后由接生婆把孩子顺利地接生出来。抱腰等于助产，这不是一般的婆子、丫头能够做的，有点专业性。当然王婆是一个很恶劣的妇女，书里写她后来被武松杀掉，很多人拍手称快。

## 第70讲　江湖行骗的男人们

### 僧道巫卜

【导读】

作为一部反映明代市井生活的长篇小说,兰陵笑笑生不但把三姑写全了,而且把六婆写全了。上一讲讲了六婆(牙婆、媒婆、师婆、虔婆、药婆、稳婆),使得我们知道古代社会有这样一些生命的存在,丰富了我们的认知。所以《金瓶梅》这部书最起码有认知价值,让我们对当时那个社会有一些具体的、形象的和生动的印象。除了女性的三姑六婆,《金瓶梅》这部书里面也写到了很多男性的僧道巫卜。请看本讲内容。

僧就是和尚,道就是道士,巫就是搞巫术的巫汉,卜就是专门给人算命的。按说在那个时代,僧道巫卜属于社会主流,不能说是社会填充物,但是就《金瓶梅》所写的和尚、道士而言,把他们叫作一种恶劣的社会填充物并不冤枉。

书里面写了很多的宗教场所,其中有两个出现的次数比较多,也最重要。一个是玉皇庙,这是西门庆和其他九位兄弟结拜的地方,这里面有个吴道官。对玉皇庙的描写,从字面上看还是比较堂皇的,吴道官气概非凡,还是比较像样的。另外一个重要场所就是永福寺,是一个佛教的寺院。据书里交代,永福寺原来是周守备家花钱盖的,是周守备府的香火庙。但后来周家对这个寺院也不是很珍惜,殿堂都被破坏了,寺庙破败了,还是西门庆发现以后捐了银子,才重新整修了。

书里面出现的和尚和道士，很多都描写得很不堪。我们知道这部书里的故事表面上发生在宋徽宗的后期，实际上发生在明朝，成书可能在万历朝前后，它所描写的应该是万历之前，明朝嘉靖皇帝那个时候的一些事情。宋朝当时的皇帝崇尚道教，宋徽宗给自己加了一个很堂皇的道教教主的名称"教主道君皇帝"。明代晚期，皇帝也崇尚道教，所以道教在当时应该是一个主流的宗教。但是，在《金瓶梅》这部书里面，它写道教写得很不堪。前面讲到陈经济后来非常荒唐，搞得家破人亡，沦为乞丐，最后被一个好心的老人介绍到临清码头附近的一个道观晏公庙去当道士。当时佛道合流，有的时候道观也可以叫作庙，有的时候和尚和道士在同一个宗教场所里面同时出现。晏公庙的住持任道士"年老赤鼻，身体魁伟，声音洪亮，一部髭髯，能谈善饮"，这种长相和做派，当然是一种讽刺性的笔墨，其实是说任道士实际上是酒色之徒。任道士的两个徒弟，一个是金宗明，一个是徐宗顺，陈经济去了以后就取名为陈宗美，金宗明后来占有了陈经济，这就说明道观里面是乌七八糟的。作者并不因为当时的皇帝崇尚道教，就在他的书里面把道观、道士都写得很好，他如实地写出当时的社会有这种恶劣道士的存在。那么和尚又怎么样呢？书里几次写到了永福寺。永福寺当然是一个和尚庙，有长老（方丈），长老在书里面出现了几次，说"那和尚光溜溜一双贼眼，单睃趁施主娇娘；这秃厮美甘甘满口甜言，专说诱丧家少妇"，干脆通过顺口溜，把一个寺庙住持的虚伪面目撕破，他就是一个好色之徒。所以，从类似的文字可以看出来：兰陵笑笑生在书里面有时候也引用一些佛教方面劝诫性的言辞，似乎进行一点说教，应该如何戒贪、戒色，如何警惕天道轮回，最后恶有恶报，等等；但是，其实这些都是敷衍之词，他很冷峻地写出这个社会生活当中的实际存在。

书里面还写到了一些兼有道士与和尚身份的宗教人员。比如吴月娘在西门庆生前就发过愿，要到泰山岱岳庙去拜娘娘。西门庆死了以后，她就去还愿，由吴大舅陪同到泰山岱岳庙。这个岱岳庙有一个庙祝道士，本名石伯才，他像个和尚，又像个道士，实际上他所住持的岱岳庙娘娘是一种风俗神，严格意义上说，既不属于道教的正宗，也不属于佛教的正宗，反正他就是利用这种迷信的事物来迷惑人，来骗钱骗色，并且他还和地方上的一些恶势力勾结在一起。这个地方有一个殷太岁，本名殷天锡，他本身并没有官位，但是他是本州知州高廉的妻弟，经常勾结山上像石伯才这样的神职人员来诱奸妇女。石伯才看见来山上烧香、拜娘娘的吴月娘长得很漂亮，就觉得应该去通知一下殷天锡。而吴月娘、吴大舅他们认为这里很神圣，并不清楚实际上这里隐藏着非常龌龊的东西。吴月娘他们拜完了娘娘以后，石伯才让自己的两个弟子上来服侍他们，递茶递水，斟酒下菜。到了晚上就说这个时候下山比较艰难，山上可以留宿，就把吴月娘他们劝留了。吴月娘觉得身子困乏，他们就提供一间屋子让她休息。她正在床上侧着身子休息，忽然就听见床边咣一响。原来床背后有一个纸门，本来以为床背后是一堵墙糊着装饰纸，没想到是假墙，纸门开了以后就跳出一个人来，"淡红面貌，三柳髭须，约三十年纪，头戴渗青巾，身穿紫锦袄衫"。这个人出来后就把吴月娘双手抱住了，说道："小生殷天锡，乃高太守妻弟。久闻娘子乃官豪宅眷，天然国色，思慕如渴。今既接英标，乃三生有幸，倘蒙见怜，死生难忘也。"接着把吴月娘按在床上就要求欢。吴月娘这个时候就慌作一团，高声大叫："清平世界，朗朗乾坤，没事把良人妻室，强霸拦在此做甚！"

吴月娘高声喊叫，在另外房间休息的两个小厮玳安、来安听见了，赶紧冲过来，同时又叫吴大舅。吴大舅从他住的屋里头两步并作一步，跑过去推门，他哪里知道其实石伯才是后台，他故意安排的，这门哪推得开？吴大舅听吴月娘还在高声叫："清平世界，拦烧香妇女在此做甚？"这才拿块石头，把门砸开了。殷天锡很扫兴，看有人来了以后，就打床背后一溜烟走了。后来吴月娘他们拼死拼活地冲出了碧霞宫，在荒山野岭一路奔逃，才下了山。

通过这些描写就可以知道，在兰陵笑笑生笔下，道士也好，和尚也好，或者又像道士又像和尚的宗教人士也好，多数都不是好东西，都是劫财劫色的。兰陵笑笑生笔下的这种男性的社会存在，除了僧道，还有巫卜，他们通过种种奇奇怪怪的方式来骗钱，比如跳大神和开药治病等都属于巫。兰陵笑笑生基本上把医生都写成了行巫术的人，他们并不能够真正治病救命，都是打着给人治病、救命的旗号骗钱的家伙。

官哥儿死了以后，李瓶儿的身心备受打击，病得很严重，西门庆就请了好多人来医治。首先来了一个任医官，他到了西门府以后，在每一个门洞、每一个台阶、每一个拐弯的地方都要停下来，每走几步都要向空中的某一个神佛行礼作揖，貌似厉害得不得了，其实他就是装腔作势。任医官给李瓶儿看病的流程，中医叫作望、闻、问、切，好像还中规中矩。他态度十分谦和，但言谈话语当中就吹嘘自己，说自己给王吏部夫人看病，不消三四剂药病就好了，高官就给他送了一块大匾，上面写着"儒衣神术"。他又一再地表示，他给人看病是一分谢礼也不要的。其实西门庆给了他一匹杭绢和二两白金，他都收了，但他并没有把李瓶儿的病治好。所以，任医官在兰陵笑笑生的笔下，是一个行巫术的人，并没有什么正经的本事，他只是靠奇怪的做派来糊弄人。

任医官没能医治好李瓶儿，"病笃乱投医"，西门庆又请了好多人给她治病。一个是大街口的胡太医，胡太医胡乱地医治一番，李瓶儿也不好，吃了药"如石沉大海一般"；又请乔大户推荐的住在县门前的何老人，这个人听他讲话好像靠谱，实际上这个人也就是耍嘴皮子，吃了他开的药，李瓶儿"并不见分毫动静"。

还有一个是韩道国推荐的赵龙岗赵太医，这人来了以后才听说其实他的绰号叫"赵捣鬼"，平时就在街上卖杖摇铃，就是说他常常在街上拄着一个很高的杖，上面挂个写着"悬壶济世"的那种葫芦，同时摇铃铛，引人注意。谁家有病人，听见铃声，一看他的装扮，就会把他请去看病。赵太医到了李瓶儿跟前，先跟李瓶儿问询一番，然后跟西门庆交谈。赵太医一开口就满嘴跑火车，开头说这个病非伤寒则为杂症，不是产后，定然胎前。又说可能是黄病，比如肝脾不好，黄疸不好，导致脸色发黄。他越说越不像话，到最后才说，要不就是月经不调，是血山崩。李瓶儿的病很明显是血山崩，这个"赵捣鬼"绕了一圈才落到这个点上。西门庆见他满口胡说，气坏了，因为是韩道国保举来的，不好骂他，称了二钱银子，也不送，就打发他去了。

　　由此可见，书中写的这些医生进屋基本都说能治病，基本都搞了些巫术。西门庆也请法师（真正的巫师）来给李瓶儿行法，书里写潘道士就是一个专门行法的巫师，书里有很详尽的迷信作法的描写，其中主要的一项就是潘道士听说李瓶儿是属羊的，二十七岁，就点了二十七盏灯，布置出一个有很多名堂的现场，结果这二十七盏灯都灭了，于是他得出结论李瓶儿只能活二十七岁。西门庆花了很大的价钱，请这些人来搞各种名堂，但最终李瓶儿还是医治无效而亡。

# 第71讲　各有其命
## 西门府上下的幸福指数

## 【导读】

　　上一讲讲了僧道巫卜，当时的社会，宗教成为统治阶级的工具，因此寺庙道观、和尚道士，以及相关的种种宗教仪式，流布全境，也渗透到了西门府那样的大宅院的深处。在作者的笔下，他们大都是骗人钱财的，是恶劣的社会填充物。书里面第二十九回专门写到西门庆请一个人给他自己和家人算命，这就是占卜，这场戏很重要，而且它显然对后来曹雪芹写《红楼梦》有很多的启发与影响。请看本讲内容。

　　前面讲到这部书里面写了很多女性的和男性的社会填充物，三姑六婆也好，僧道巫卜也好，他们都是依附于当时社会的皇权、官僚体制，依附于当时社会的富商，他们在社会政治经济架构的缝隙里面，捞油水，求生存。当然僧道表面上地位要高一些，因为为了巩固自己的统治，皇权要利用宗教，这就不细说了。书里写到的形形色色的填充物当中，作者特意写了一个算命的吴神仙，他与其他的僧道巫卜有点区别，他被刻画得比较正面，而且他给人算命都比较准。作者实际上通过吴神仙把书里面主要人物的命运做了一个预示。据书里说，吴神仙是由周守备家介绍到西门府来的，那时候西门庆还没有当官，只是一个富商而已。守备府觉得吴神仙不错，算命算得挺准，就推荐给其他的官僚以及像西门庆这样的有钱人。吴神仙由周守备推荐，来到了西门府。这个人什么样子呢？"头戴青布道巾，身穿布袍草履，腰系黄丝双穗绦"，打扮还比较朴素，不是一个很夸张的道卜。他手执一把龟壳扇子（用大乌龟壳做的扇子），飘然进来，"年约四十之上，生的神清如长江皓月，貌古似太华乔松，威仪凛凛，道貌堂堂"。文中还说他"身如松，声如钟，坐如弓，走如风"。兰陵笑笑生把吴神仙的外貌、风度都写得比较好。

吴神仙来了以后就准备给西门庆以及其他人算命。当然算命之前先进茶，西门庆还陪着吴神仙吃了斋饭，然后才开始算命。书里就写出当时这种卜者怎么给人算命。吴神仙是一个正儿八经的卜者、算命先生，他先问生辰八字，然后要看整个的外貌。问完生辰八字，他就说了长篇大套的专业话语："官人贵造，依贫道所讲，元命贵旺，八字清奇，非贵则荣之造。"西门庆有富贵命，可他的命中也有不良的因素，总体来说，他"一生盛旺，快乐安然，发福迁官，主生贵子。为人一生耿直，干事无二，喜则和气春风，怒则迅雷烈火。一生多得妻财，不少纱帽戴。临死有二子送老"。但是，"不出六六之年，主有呕血流脓之灾，骨瘦形衰之病"。吴神仙如实地把吉凶两个方面都讲出来了。西门庆是一个很重现实利益的人，他不信鬼神，算命也只是出于好奇。他主要关心自己眼下如何，就问："目下如何？"吴神仙说："目今流年，日逢破败五鬼在家炒闹，些小气恼，不足为灾，都被喜气神临门冲散了。"西门庆还追问："命中还有败否？"吴神仙就说："年赶着月，月赶着日，实难矣。"这话虽然含混，但实际上也是提醒西门庆，他所说的是眼下的情况，以后一切都很难说。西门庆对吴神仙的掐算还是很满意的。

吴神仙解完生辰八字以后，他就开始相面。他仔细地看西门庆的面相，说："头圆项短，定为享福之人；体健筋强，决是英豪之辈；天庭高耸，一生衣禄无亏；地阁方圆，晚岁荣华定取。此几桩儿好处。"西门庆的面相很好，看了面相以后，他还看全身、看手相。直到现在，一些卜者、算命的都是这么几个步骤。第一，问生辰八字；第二，看全身；第三，看面相；第四，看手相。西门庆就伸出手让他看了，结果吴神仙又说了长篇大论的一番话。总之，西门庆的命运

## 第71讲　各有其命：西门府上下的幸福指数

基本是不错的。吴神仙看完以后就吟了一首诗："承浆地阁要丰隆，准乃财星居正中。生平造化皆由命，相法玄机定不容。"

吴神仙每算完一个人后都会吟一首诗。回想一下《红楼梦》中贾宝玉在太虚幻境，由警幻仙姑引领，在薄命司的橱柜里面翻看册页，这里面记载的就是金陵十二钗的命运，里面有画，也有诗，或者叫作判词。《红楼梦》这些写法应该是受到了《金瓶梅》吴神仙算命写法的启发。

西门庆算完以后，觉得吴神仙算命还挺有意思，他就要求家里人都出来，于是吴月娘、李娇儿、孟玉楼、潘金莲、李瓶儿、孙雪娥就都出来了。她们一开始是在一个软屏，也就是可以折叠的大屏风后面站着潜听，一个人出来算，其他人可以在屏风后面听。当然首先要给吴月娘算。吴神仙看了吴月娘的整体形象和面容以后，说："娘子面如满月，家道兴隆；唇若红莲，衣食丰足，必得贵而生子；声响神清，必益夫而发福。"然后也是让她伸出手来看手相。月娘从袖中露出十指春葱来。吴神仙看着手相说："干姜之手，女人必善持家，照人之鬓，坤道定须秀气。"这都是好处，但是最后吴神仙也说坏处："泪堂黑痣，若无宿疾，必刑夫；眼下皱纹，亦主六亲若冰炭。"什么叫刑夫？就是由于女子面相上的缺点，最后会伤害她的丈夫，即克夫。最后也有四句诗说："女人端正好容仪，缓步轻如出水龟。行不动尘言有节，无肩定作贵人妻。"西门庆并不是很信这一套，但是吴月娘是非常信的，从之后的种种反应可以知道。

然后就轮到李娇儿来算命了。吴神仙看了良久，说："此位娘子，额尖鼻小，非侧室，必三嫁其夫；肉重身肥，广有衣食而荣华安享；肩耸声泣，不贱则孤；鼻梁若低，非贫即夭。"然后吴神仙让李娇儿走几步，他除了看整体形象，看面相，还得让人家走几步，他要看动态。吴神仙最先给西门庆看，也让西门庆走了几步的。李娇儿走了几步，最后吴神仙也念了四句诗："额尖露背并蛇行，早年必定落风尘。假饶不是娼门女，也是屏风后立人。"

对西门庆、吴月娘和李娇儿这些人算命的结果，包括后面的诗，我没有展开解释。但是很多人物的命运，在前面我都已经把他最后的结局告诉你了。所以，读者可以做出一个判断，就是吴神仙算得挺准的。

下一个就是孟玉楼了。吴神仙一看孟玉楼就说了："这位娘子，三停平等，一生衣禄无亏；六府丰隆，晚岁荣华定取。平生少疾，皆因月孛光辉；到老无灾，大抵年官润秀。"然后吴神仙也让孟玉楼走两步，他要看动态。孟玉楼面相也好，走几步她的整个体态吴神仙觉得也很好。最后吴神仙念四句诗："口如四字神清彻，温厚堪同掌上珠。威命兼全财禄有，终主刑夫两有余。"

后来吴神仙就没有给李娇儿和孟玉楼看手相，因为他觉得看一看整体形象、面相和动态形象，他就可以出判断了，也算得挺准的。说孟玉楼"终主刑夫两有余"是什么意思？就是她既"刑夫"，也"终主"。孟玉楼人不错，她先嫁给了一个姓杨的布贩，把姓杨的给克死了，再嫁西门庆，西门庆也死在她的前头了，这都是"刑夫"。但后来她嫁给李衙内，和他一直终老，这就是"终主"。根据书里后面所写的孟玉楼的结局，吴神仙算得还挺准的。

然后让潘金莲出来算命，潘金莲只顾嬉笑，不肯过去。吴月娘再三催促，她才走出屏风。潘金莲不信鬼神，前面讲过一个拿乌龟壳算命的道姑给吴月娘等人算命，那时候潘金莲拒绝道姑给她算命，她就说："明日街死街埋，路死路埋，倒在洋沟里就是棺材！"潘金莲想开了，她是一个享乐主义者，只要眼前快活就好，以后爱怎么死就怎么死。道姑算命在吴神仙之后。吴神仙先看潘金莲，沉吟半日，一下就看破了，也没让她再走几步，就说："此位娘子，发浓鬓重，光斜视以多淫；脸媚眉弯，身不摇而自颤。面上黑痣，必主刑夫；唇中短促，终须寿夭。"说潘金莲会克夫，而且她会短命，基本都是坏话。最后四句诗是："举止轻浮惟好淫，眼如点漆坏人伦。月下星前长不足，虽居大厦少安心。"吴神仙算得还是很准的，他讲潘金莲的全是坏话，不像其他人还说好话，但是很准确，潘金莲就是一个享乐主义者，最后她等于是克死了西门庆，自己又被仇人杀掉，命短。

看完潘金莲以后，西门庆就特别让吴神仙给李瓶儿看相。吴神仙一看李瓶儿："皮肤香细，乃富室之女娘；容貌端庄，乃素门之德妇。只是多了眼光如醉，主桑中之约；眉厣渐生，月下之期难定。观卧蚕明润而紫色，必产贵儿；体白肩圆，必受夫之宠爱。常遭疾厄，只因根上昏沉；频遇喜祥，盖谓福星明润。此几桩好处。还有几桩不足处，娘子可当戒之：山根青黑，三九前后定见哭声；法令细缠，鸡犬之年焉可过？慎之！慎之！"李瓶儿的命虽然好，但是埋伏着很多不祥之兆，有四句诗："花月仪容惜羽翰，平生良友凤和鸾。朱门财禄堪依倚，莫把凡禽一样看。"

李瓶儿看完以后轮到孙雪娥，在收房的顺序上孙雪娥排在潘金莲和李瓶儿前头，但是在众小老婆当中，她实际上地位最低，所以，最后才轮到她来看。吴神仙一看，就说："这位娘子，体矮声高，额尖鼻小，虽然出谷迁乔，但一生冷笑无情，作事机深内重。只是吃了这四反的亏，后来必主凶亡。夫四反者：唇反无棱，耳反无轮，眼反无神，鼻反不正故也。""夫四反者"是什么意思？就是说孙雪娥的长相上有四反：一是唇反无棱，嘴唇翻着没有边棱；二是耳反无轮，耳朵有点翻着，没有明确的耳轮；三是眼反无神，眼睛老吊着，没有神采；四是鼻反不正，有点翻鼻孔，鼻子不正。吴神仙对孙雪娥的面相描绘，我们看了会觉得奇怪：西门庆怎么会看中这样一个女子，还把她纳为一房小老婆？西门庆可能是重口味，这就像美食吃多了，有时要吃点臭豆腐，居然把这样一个女子也收了当小老婆。吴神仙对她也吟了四句诗："燕体蜂腰是贱人，眼如流水不廉真。常时斜倚门儿立，不为婢妾必风尘。"

几个小老婆都看完了，西门大姐也来到吴神仙面前算一算。吴神仙又说了："这位女娘，鼻梁低露，破祖刑家；声若破锣，家私消散。面皮太急，虽沟洫长而寿亦夭；行如雀跃，处家室而衣食缺乏。不过三九，当受折磨。"然后他又念了四句诗："惟夫反目性通灵，父母衣食仅养身。状貌有拘难显达，不遭恶死也艰辛。"吴神仙把西门大姐悲惨的结局都预言出来了。当时西门大姐住在她父亲家里面还是衣食无忧的，和大娘吴月娘，还有几个小妈一块儿在花园里玩耍，荡秋千，还是很不错的一种光景。但是吴神仙算出来她的命以后比孙雪娥、潘金莲的还不好。

按说吴神仙到西门府一趟，把众主子的命都算完了。可是西门庆宠爱庞春梅，他让吴神仙也给春梅算一下。吴神仙睁眼看见春梅，年约不上二九，穿得非常华美，观看良久，就说："此位小姐五官端正，骨骼清奇。发细眉浓，禀性要强；神急眼圆，为人急燥。山根不断，必得贵夫而生子；两额朝拱，主早年必戴珠冠。行步若飞仙，声响神清，必益夫而得禄，三九定然封赠。但吃了这左眼大，早年克父；右眼小，周岁克娘。左口角下这一点黑痣，主常沾啾唧之灾；右腮一点黑痣，一生受夫敬爱。"然后他又念一首诗，概括春梅的命运："天庭端正五官平，口若涂朱行步轻。仓库丰盈财禄厚，一生常得贵人怜。"

就这样，吴神仙把这些人的命都算了一遍。从书里前后的描写来看，吴神仙是书里唯一一个被肯定的穿道服的算命先生，他算得都很准。他算命当中道出的那些吉凶，以及他所念出的每个人的四句诗，都被书中前后的一些描写所印证了。当然他算完以后，像潘金莲根本就无所谓，不信他那一套。可是吴月娘心里犯嘀咕，她有三个疑问。第一个疑问就是吴神仙算出来李瓶儿会给西门庆生子，真能吗？这倒也罢了。第二个疑问让吴月娘心里不踏实，就是西门大姐算的结果预示她后来的命很不好，要受很多苦，甚至会惨死。吴月娘觉得怎么会这样，这不是瞎算吗？最让吴月娘耿耿于怀的是第三条，吴神仙说春梅会生贵子，而且最让她想不通的是最后春梅还要戴珠冠。什么叫戴珠冠？就是丈夫封了官以后，妻随夫荣，也能戴一种朝廷准许官夫人戴的特殊的珠冠。西门庆宠幸了春梅，春梅生出一个孩子这倒有可能，但春梅怎么会以后成了官太太戴珠冠呢？就算西门庆当了官，最后戴珠冠的是她吴月娘，怎么会落到庞春梅的身上呢？所以，后来她在西门府门口见了一个穿道姑服的卦姑，能拿乌龟壳算命，吴月娘又重算了一遍。

吴月娘把她对吴神仙算出的命相的三大疑惑跟西门庆说了。西门庆说，让吴神仙来算命是因为他是周守备推荐的，周守备面子大，不好推辞。所以，吴神仙既然来了，就让他算一算，除一除疑惑罢了。意思就是说，吴神仙算的都仅供参考，别放在心上。但是，吴月娘就一直放在心上。

根据书里后面的描写，吴神仙算出的结果一一应验。全书对僧道巫卜的描写，多数情况下是否定性的、讥讽性的、丑化的。但是，对这个卜者吴神仙是正面描写，通过他给人算命，最后念出四句诗来概括这个人的命运轨迹和最后结局，还是把他当作一个真正的神仙般的人物来呈现的。这对后来《红楼梦》通过一些手法来暗示人物命运，显然有很大影响。

## 第72讲 乱世中的小人物
### 逃难的韩道国一家

【导读】

上一讲讲了周守备介绍来一位算命先生,名唤吴神仙,他道士打扮,手执龟壳扇子,飘然而进后,从西门庆开始,一口气为府里几乎所有主子都相了面,预示了未来,最后给春梅也算了命,预言她以后会生贵子、戴珠冠,引出吴月娘的疑惑与不满。从故事的结局来看,吴神仙还是算得挺准的,并且这种写法还影响了《红楼梦》。下面几讲我就要给你讲兰陵笑笑生是怎么结束全书的。因为《金瓶梅》这部书一共一百回,作者从九十八回开始,用了三回来讲完这部书的故事。这三回交叉讲了三家的情况,一个是韩家,一个是周家,还有一个就是西门家。怎么回事?听我细细道来。

前面说了,离清河县城不远,有一个临清码头,靠着运河,形成商品的汇聚和发送地,因此这里是一个商业极其发达,市井十分繁荣的场所。这个地方号称有三十二条花柳巷、七十二座管弦楼,说明通过商品经济的发展,社会流通性的加强,它的服务性、娱乐性行业,乃至色情行业,都被带动起来了,都非常发达。在临清码头边上有一座很大的酒楼,叫作谢家大酒楼。因为南来北往的很多商人和游客都知道谢家大酒楼,所以,虽然谢家大酒楼的老板变了好几次,酒楼的名字一直没变。

大酒楼后面靠着山,前面靠着码头。话说这天有一个人在楼上,倚着窗户

## 第72讲 乱世中的小人物：逃难的韩道国一家

往外看，就看见有两只船靠近酒楼前面的码头。仔细往下看，就觉得这两只船好像跟别的船有点不同，别的船只往往都是载运货物，这两只船好像是一家人在搬家，一对中年夫妻和一个年轻的女子从船上下来，两只船上有好多箱笼、桌凳。楼上那个人就仔细看怎么回事。只见这对中年夫妻和年轻女子朝谢家大酒楼走来了，后面有很多人帮他们搬这些箱笼、桌凳。他就有点不高兴，因为他是酒楼的大老板，酒楼主要是经营餐饮，也留客住，虽然有很多房间，不过像他们这样不经老板同意，就把家当往酒店里搬的，是没有过的。他很生气，就下楼干预。那么这个人是谁呢？其实你很熟悉，前面讲了很多了，就是陈经济。前面交代过陈经济的下场，他后来被杀了，但现在我们要介绍兰陵笑笑生对全书收尾是怎么写的，还要把他的故事重新讲一讲，补充一些前面没有讲过的细节和人物。

陈经济一度非常落魄，后来守备府的守备夫人庞春梅派人寻找他。守备的亲信张胜在一个寺庙的墙根底下找到了他。当时他正蹲着晒太阳，捉身上的虱子。张胜当时手提一个芍药花篮，把陈经济扶上马，两人回到了守备府。庞春梅跟守备说陈经济是她的兄弟，守备就收留了他。其实庞春梅跟陈经济私通，为了掩人耳目，还给他娶了一个媳妇葛翠屏。这样跟守备有所交代，就是自己的弟弟无依无靠的，现在住在咱们这儿了，给他娶一房媳妇，这样他就在咱们这儿好好过日子了。守备府很大，守备对庞春梅又百依百顺，所以这当然都不是问题。陈经济成了守备府里面一个享福的小舅子以后，他决定报仇。他的仇人很多，其中一个就是当年跟他合伙贩布的，叫杨光彦，私吞了他的布。杨光彦有个弟弟叫杨二风，后来陈经济找上门问这些布的事，杨光彦躲避，让杨二风出来应付，而杨二风是个混混，陈经济怎么对付得了？现在有了守备做后台，他就到衙门去告杨氏兄弟。守备写了一封信，交给审案子的提刑官。当时西门庆已经死了，一个长得很丑、脸上有黑麻子的张二官顶了西门庆的位子，副提刑还是何永寿。一看周守备的信，提刑官当然就饶不了杨氏兄弟。杨氏兄弟确实也不冤枉，因为他们的确吞掉了陈经济大量的布匹。提刑官就把两个兄弟治了罪，并从他们那儿追出了银子还给陈经济，杨光彦开的谢家大酒楼抵了五十两银子。后来陈经济和谢胖子合伙开酒楼，委任陆秉义做主管。

陈经济有时候就从守备府跑到谢家大酒楼，在布置得很好的房间里享受。这天他从窗口往外望，本来是望江上的景色，最后就看到了两只靠近码头的船，船上有人下来，还搬下了很多东西直奔他这个酒楼来了。他很不高兴，不是说这酒楼不可以住人，问题是你这么拖家带口，大摇大摆，搬家似的进来，得给他打招呼才行。所以他就下楼来干预这件事情。陈经济就跟陆秉义和谢胖子说，谁让他们进来的，让他们出去。这个时候陆秉义就跟他求情说，这是个邻居介绍的，他们从东京过来，现在没地儿落脚，就在这儿住几天，也给房钱，完了他们还会搬走。陈经济很不高兴。他们带了箱笼和家具，乱哄哄地就跑进来了，算怎么回事？他仔细一看，来的这对夫妻有点面熟，这对夫妻仔细看他，也觉得面熟。最后中间那个年纪大的妇女说道："这不是姐夫吗？"原来来的这一对夫妻就是韩道国和王六儿。

还记得前面讲过他们的故事，韩道国被西门庆请去做绒线铺的掌柜，后来西门庆占有了王六儿，韩道国就跟妻子合伙，把他妻子跟西门庆私通当作一桩买卖来做，不断地从西门庆那儿榨取钱财。而且韩道国每次都主动回避，任由西门庆蹂躏他的妻子。这个时候陈经济看韩道国的头发都花白了，王六儿也比原来显得老了一些。但是王六儿一招呼他，他也就认出了对方。因为当年他们还是打过照面的。虽然这样，陈经济心里头还是不乐意。他们是熟人，可是现在这样住在这儿算怎么回事？这个时候陈经济发现除了韩道国和王六儿，还站着一个年轻美丽的女子。陈经济是一个色鬼，一看到年轻女子就心动，觉得那女子不错。那女子看了陈经济以后也目不转睛，他们一见钟情了。这个女子就是韩道国和王六儿的女儿韩爱姐。

韩爱姐当年不是被送到东京，给朝廷重臣蔡太师蔡京的管家翟谦做二房了吗，怎么现在出现在这儿？所有小人物的命运都被镶嵌在一个大的历史格局当中。当时金兵不断地犯边，北宋不断地去跟金朝讲和，赔银子给他们。当时朝

## 第72讲 乱世中的小人物：逃难的韩道国一家

廷里面也发生了政治震荡，蔡京这些权臣终于被很多官员联合告倒了，就说他们误国。当时的皇帝宋徽宗不得不抛弃原来这些一直信任的权臣，其中包括蔡京。兰陵笑笑生写得很有趣，他托言故事发生在宋朝，他写宋徽宗晚年的事情，一些朝廷的臣子联合弹劾蔡京这些奸臣，后来宋徽宗不得不把蔡京以及蔡京的儿子蔡攸给惩治了。在宋朝的历史上，简单来说是蔡京死在蔡攸的前面。可是他现在来叙述这段历史，故意写成蔡攸先死，蔡京后来才死。他为什么这样颠倒了写？因为他是影射明朝的事情，他所写的实际上就是嘉靖朝的事情。嘉靖朝到后期也是权臣严嵩、严世蕃父子把持朝政，他们实在不像话，犯了众怒，遭到弹劾，后来皇帝也惩治了他们，先收拾了严世蕃，再惩治老子严嵩。

宋徽宗一惩治蔡京，那么他的大管家翟谦首先被牵连，就倒台了。这种情况下，韩爱姐当然失去了依靠。本来韩道国和王六儿去投靠他们女儿，在翟谦的宅子里面过着一种很舒服的生活，现在这种生活一去不复返了，两口子带着韩爱姐从东京逃难到了运河边，打算先到临清码头，再回清河县想办法继续生活。朝廷里面有了很强烈的政治动荡，这些名不见经传的小人物，被历史上记载的那些皇帝臣子之间的权斗所牵连，只得在历史的洪流中挣扎前进。他们来到谢家大酒楼，没想到陈经济很生气，差点不让他们住，想把他们轰出去。后来陈经济跟韩爱姐一对眼，两人擦出火花了，他就改主意，让他们住下来了。这样韩道国、王六儿和韩爱姐就都在临清码头的谢家大酒楼住下来了。

虽然前面已经交代了其中一些人物的结局，但是没有专门讲到韩爱姐。前面只是提了一下她，她是一个影子般的人物，但是兰陵笑笑生让韩爱姐在全书最后三回成了一个非常重要的角色，几乎是用她来结束全书，这个写法很特别。韩爱姐早年应该是作为处女被送到翟谦府的，本来西门庆要把府里的丫头绣春拿去搪塞，吴月娘就跟西门庆说，绣春已经被他占有，是不可以送的，得送处女去。所以，当时韩爱姐被送到东京去了，翟谦应该还挺满意。但是，韩爱姐还没有给翟谦生孩子，翟谦就受到蔡京倒台的影响也倒台了。所以韩爱姐就从东京流散出来了。书里兰陵笑笑生没有具体分析，他就是写这个人怎么往下活。

我们可以分析一下，翟谦娶韩爱姐的时候年纪已经很大了，韩爱姐不可能去爱这个半老头子。现在到了临清码头，忽然遇见了陈经济，他虽然是一个很糟糕的人，但是韩爱姐哪知道陈经济以往的经历，她就觉得陈经济看上去还不错，她就爱上陈经济了。实际上韩爱姐因为从东京往外逃难，跟父母亲一路上只能花费随身带的金银，但坐吃山空不是个办法，王六儿本来就毫无廉耻，所以她在路上就接客挣钱，后来她诱导女儿韩爱姐跟她一样也接客挣钱。

书里就写陈经济把他们一家安置在谢家大酒楼以后，就发生了他和韩爱姐之间所谓的爱情故事。韩爱姐比陈经济还主动，主动靠近陈经济，主动跟他寻欢。王六儿看出他们两个有情况就自动回避。韩道国向来是吃软饭的，所以他的妻子和女儿做这些事，他都是回避的。就这样，陈经济和韩爱姐居然在谢家大酒楼里面像夫妻一样生活，这是兰陵笑笑生写出的社会怪象。当然，陈经济只是每隔一段时间以查账、结账，然后把利息银子带回去为理由，到临清码头谢家大酒楼一趟，但他还得回守备府，不能说完全就不着家了。回去以后他就把利息银子交给庞春梅。他的媳妇葛翠屏埋怨他怎么好多天都不回家，他就打马虎眼，拿一些话搪塞过去。

## 第73讲　礼崩乐坏的怪现象
### 韩爱姐为陈经济守节

【导读】

　　上一讲讲到朝政发生巨变，煊赫一时的权臣蔡京、蔡攸倒台后，蔡府管家翟谦也跟着完蛋了。韩道国、王六儿和韩爱姐乘船回到临清码头，他们想在谢家大酒楼暂住，恰巧与陈经济相遇。那时陈经济以周守备府为靠山，与谢胖子在临清合作经营这座酒楼，陈经济与韩爱姐竟擦出火花，成为一对恋人，两个人就在酒楼安了家。在全书的最后三回韩爱姐成了一个很重要的角色，需要细细地讲给大家听。作者为什么用她的生命经历来作为全书最后的结局？这值得研究。她下面又有哪些奇怪的表现？请看本讲内容。

　　韩爱姐原来在书里面只是一个影子似的人物，前面我也提到过她，可是没有她什么具体的故事。没想到兰陵笑笑生在全书的最后三回用很多篇幅描写这个女子，而且这个女子的一系列表现都很古怪。韩爱姐到了临清码头，遇见了陈经济，居然就爱上了他。其实陈经济是一个极其糟糕的人，他两头敷衍，到了临清码头就跟韩爱姐在一起，回到守备府他对妻子葛翠屏倒没有什么兴趣，但会跟庞春梅一起厮混。有时候陈经济在守备府里面待的时间比较久，很多天不去临清码头，韩爱姐就很思念他。实际上韩道国一家在谢家大酒楼住久了以后，很多人都知道王六儿是个私娼，他的女儿韩爱姐应该也是一个私娼。私娼就是没有在官府登记注册的，不是正式妓院的妓女，她们私下接客挣钱。王六儿虽然年纪比较大了，但是徐娘半老，风韵犹存，对某些男子还有一定的吸引力。后来就来了一个何官人，他的生意做得比较大，也比较有钱。何官人在大酒楼听说有两个女子，特别是那个叫韩爱姐的，长得挺美丽的，就想嫖韩爱姐。王六儿也动员她的闺女韩爱姐，说既然陈经济老不来，让她将就一下，下楼接一接客。但韩爱姐坚决不下楼，她觉得把身子给了陈经济以后，就再也不能给别的男人了。没有办法，王六儿只好亲自上场卖弄风情。何官人一看王六儿虽然年纪大了一些，但是紫膛色面皮，长长的水髩，眼睛里面有那种勾引人的光，最后就不强求韩爱姐伺候他，接受了王六儿。韩道国照例知趣地躲到另外的房间里面去。何官人和王六儿建立了一种比较稳定的嫖客和娼妓的关系。

有一天何官人和王六儿正在亲热，就听见酒楼里面有人在大声喧哗，是坐地虎刘二，他是临清码头的一个地痞流氓，占有码头上的一些客店酒楼的房间，要收房租。何官人住了他另外地方的几间房子，拖欠他房租了，刘二就到处找何官人，追索房租，终于在谢家大酒楼找到他了。刘二就让何官人交房租，何官人赖皮，虽然他有钱，但不想马上交，刘二就开始动粗，掀桌子，砸板凳，何官人就逃跑了。刘二就把王六儿痛打了一顿。这个事情发生以后，陈经济从守备府来到了临清码头的谢家大酒楼，当然王六儿他们就要跟陈经济说这个事，说刘二太可恶了，欺负人，把她都打了。陈经济一听就非常生气，他知道刘二是守备亲随张胜的小舅子，在码头上到处索钱横行，他的姐夫张胜还包养娼妓，而且所包养的不是别人，就是后来被卖到临清码头当妓女的孙雪娥。

后来陈经济回到了守备府，那个时候守备又出征去了，他和庞春梅在花园的书房里偷情。陈经济说起在临清码头被地头蛇刘二欺负的事，而且他告诉庞春梅，张胜包养孙雪娥。光说刘二骂人、打人的事，庞春梅可能也不完全放在心上，但是一说张胜包养了孙雪娥，庞春梅就怒从心头起。前面已经讲过，在西门府里面，庞春梅和孙雪娥就结下了死仇。后来春梅成为守备夫人以后，孙雪娥因为和来旺儿私奔，被官府捉拿，官府要把孙雪娥退给吴月娘，吴月娘拒收，就把孙雪娥官卖了。春梅让周守备买了她，让她做厨娘，后来春梅为了豢养陈经济，找个借口又把孙雪娥发卖了。最后孙雪娥被卖给一个水客，水客就把她转卖到临清码头的妓院了，她便成了一个娼妓。这个消息传到庞春梅那儿，她是高兴的，她解恨。可是没想到这么一个女子，居然还有人包她，而且这个人不是别人，居然就是守备的亲随张胜，春梅气不打一处来。陈经济说一定要想办法把刘二给办了，张胜是刘二的保护伞，所以也得把张胜给办了。庞春梅就说等守备回来就跟他说，先把张胜结果了。他们两个万万没有想到，这时候张胜正在府里夜巡，在窗外听到了他们的谈话。张胜听到他们要让守备把自己杀了，怒火中烧，马上折回值班的房间取刀。这时有个丫头跑来找庞春梅，说小公子抽风了，春梅很着急，立刻赶去看孩子了，剩下陈经济一个人在书房被窝里面。张胜进去就把陈经济杀死了，甚至把头都割下来了，非常血腥。

这些情节前面虽然跟读者讲过，可是韩爱姐对其事态的反应与表现没有讲，现在就讲给大家听。兰陵笑笑生重点写了这么一个奇奇怪怪的女性韩爱姐。陈经济死了以后也被葬在守备家的家庙永福寺。韩爱姐就去给陈经济上坟，哭得哀痛欲绝，简直像失去了最心爱的人，她也活不下去了。其实陈经济算她什么人，丈夫？他连情人都算不上，就是一个嫖客而已。可是一个私娼却对嫖客的死亡悲痛到这种地步，兰陵笑笑生真是写出了一个怪女子，写出了一种怪现象。而且后面的描写更古怪。韩爱姐后来又去为陈经济哭坟，正好碰到庞春梅和陈经济的妻子葛翠屏也去上坟，韩爱姐有王六儿、韩道国陪着，当时庞春梅和王六儿之间就互相认出来了，春梅就知道了在那儿哭得死去活来，而且还穿一身白孝衣的女子是韩爱姐。

韩爱姐哭疯、哭累也就罢了，可当她搞清楚了所来的是守备夫人和陈经济的妻子时，她居然提出来，她不跟父母一块儿住了，她希望庞春梅和葛翠屏收容她，她要到守备府跟葛翠屏一起为陈经济守节。兰陵笑笑生这里写得好古怪，在那个时代，所谓的妇女守节指的是明媒正娶的妻子或者正式的小老婆为死去的丈夫守节。按这个标准，韩爱姐根本够不上守节的身份。但是，兰陵笑笑生就这么写，韩爱姐这么要求，庞春梅居然就同意了，葛翠屏也接受了。韩爱姐就辞别了父母，到守备府和葛翠屏住在一起，共同为陈经济守节。这真是令读者目瞪口呆的一种情景。

从书里面描写来看，陈经济一点都不喜欢葛翠屏，她就是一个名义上的妻子，拿来应付万人口舌的幌子，书里写他们两个没有什么夫妻生活，当然葛翠屏就没有生育了。葛翠屏如果说愿意为陈经济守节，根据当时封建礼教的主流规范，还说得通。那么韩爱姐算什么呢？她连小老婆都不是，她连陈经济在临清码头包养的二奶都不是，她就是一个私娼。但是韩爱姐就理直气壮，觉得她有资格为这个男子守节，葛翠屏心平气和地接受了她，两人就以姊妹相称，一起为陈经济守节。庞春梅也接纳了韩爱姐，当时庞春梅所生的儿子金哥儿已经比较大了，原来守备的二房孙二娘生的女儿更大一些，他们居然共同在守备府里面生活。庞春梅心里头当然是想念陈经济的，但她不好做出一个守节的姿态，她守什么节，她的丈夫还在。她看着葛翠屏和韩爱姐一起为陈经济守节。

书里这样写就反映明代社会到了晚期礼崩乐坏，原来的封建伦理道德，不仅有的人公然地抵制反对，不放在眼里、心里，居然还有人利用礼教的外壳来容纳自己的私心与私欲。韩爱姐就是一例。她没有资格守节，可她偏要守节，这实际上是对封建礼教无情的解构。这个情节的设置本身就说明兰陵笑笑生很厉害。他写这些故事并没有什么评价，他就是很冷静、很客观地告诉你，这个女子就这样了。但是，它的客观效果是对封建礼教所提倡的女子守节这样一个规范进行了极大的讽刺。

书里写到北宋崩溃了，周守备一开头是为朝廷剿灭了梁山泊宋江他们的起义，后来他又为朝廷去抵抗金兵。周守备后来升为统制了。作为武官系列的话，统制的级别、军权比守备高很多，大很多。周守备当时在济南府，升为统制以后他得前往东昌府驻扎。为了到新的地方去赴任，他让亲随张胜（那个时候，张胜杀陈经济的事情还没有发生）、李安押两车行李细软器物回家去。书里就简单交代一句，说周守备在济南做了一年官职，也赚得巨万金银。在作者笔下，周守备不但是个清官，而且后来为国捐躯，是一个烈士。他不用专门去贪腐，他只要在这么一个官位上，一年就能很轻易地赚得巨万金银。这一句交代使我们醍醐灌顶，就懂得那个社会、那种制度下官场的黑暗，不要说贪官了，清官一年的俸禄也多得吓人。

## 第74讲　国破家亡的卑微生存
### 韩道国一家的结局

【导读】

上一讲讲了书里有很奇怪的一笔，陈经济死后，韩爱姐痛不欲生，不仅去哭坟，还哀求春梅收留，要和葛翠屏一起为陈经济守节。韩爱姐并不是一个洁身自爱的女子，从东京逃出以后，一路上为了生计，她母亲王六儿和她卖身赚钱，到了临清谢家大酒楼，也是她先勾引陈经济，陈经济并未收她为妾，她不过是一个被包养的私娼，按照那个时代的主流意识形态和社会标尺，她没有资格为陈经济守节。但书里写她十二万分真诚地想为陈经济守节，春梅也就允许她到守备府和陈经济的正牌遗孀葛翠屏姊妹相称，同室守节。韩爱姐的表现用千奇百怪来形容一点不过分，她后来的表现越加荒谬。请看本讲内容。

《金瓶梅》的故事托言发生在宋朝，北宋末期和南宋初年。当时宋徽宗非常昏庸，他开头重用一些很糟糕的像蔡京、蔡攸这样的臣子。后来发现不对头了，惩治了他们。但是，国家的颓势已经无法扭转了。金兵大举南下，宋徽宗退位当了太上皇，让他的儿子做皇帝，即宋钦宗，年号靖康，然后就发生了历史上有名的"靖康之变"。北宋最后惨到什么地步呢？金兵后来攻打东京，就把太上皇宋徽宗、皇帝宋钦宗俘虏了，还俘虏了皇后、很多妃嫔以及皇族成员，一些达官贵人，乃至无数的宫女，一共有三千多人，金国就派他们的官兵押着这三千多人到北边去做俘虏，北宋灭亡了。但是有一个皇室成员康王赵构，在南边建立了一个政权，就是南宋。金国开始还在北方扶持了一个傀儡政权。这里就不详细去讲北宋、南宋的历史了，你大概知道兰陵笑笑生所写的《金瓶梅》的故事发生在这样一个大的背景下就可以了。后来南宋在江南偏安一隅，也存在了很久，整个宋朝加起来有三百多年。我们所讲述的这个故事、这些人物就被托言是生活在宋徽宗晚期、宋钦宗登基以后又被俘，以及南宋王朝的建立，这么一个历史的转换点上，书里写得很概括，可是也描绘出国破以后的那种恐怖的景象。

金兵由北向南，先打到了东昌府，周守备后来升为统制，他英勇抵抗，可是最后被金兵一箭封喉，死在马背上。在周统制死掉前后，兰陵笑笑生还交代了一些情况。周统制死之前年纪越来越大，而且他要为国家征战，性欲很淡薄。可是庞春梅是一个跟西门庆类似的，拼命追求性快乐的女子，因此她性苦闷。她在李安制服了张胜以后，看上了李安。有一天晚上，庞春梅就让她的养娘去找李安，给了李安一大锭银子，好几件女人穿的衣服，说这是统制夫人的意思，让李安把银子收好，把衣服献给他的母亲。李安回到家见了他的母亲，他的母亲一看这个情况，明白庞春梅不怀好意，就跟李安说，不要再待在这个地方给他们帮忙了，干脆投靠他的叔叔山东夜叉李贵。于是李安不辞而别投奔他的叔叔去了。庞春梅一看李安几天不见人影，心中就有数了，知道他不受她诱惑，潜逃了。

周统制在东昌府的时候还把庞春梅、孙二娘、金哥、玉姐等人接到东昌府。周统制问春梅怎么没见李安，庞春梅就编造谎言，说李安盗窃了府中的银两，畏罪潜逃了。周统制比较惊讶，就说这厮平常看来还好，没想到忘恩负义。周统制千好万好，但有一样不好，就是始终没有识破他身边这个妻子庞春梅的真面目。正是这个女人，使得周统制前后失去了张胜、李安两个亲随，两个他原来最可信赖、最可托付的、能够帮他办事的人。

后来庞春梅为周统制发丧，载灵柩从东昌府回到清河县。她发现老仆人周忠有一个儿子周义生得眉清目秀，就把他勾引了，后来庞春梅纵欲过度死在周义身上。周义看庞春梅死在他身上了，当然赶紧逃跑，周统制的族弟周宣发现这个事，就追

## 第74讲 国破家亡的卑微生存：韩道国一家的结局

拿周义，把周义抓到后乱棍打死。前面就给你总结过，庞春梅是一个很可怕的女子，有三个人因为她被乱棍打死：一个是张胜，一个是刘二，还有一个就是周义。

在周统制府第里面发生这些事情的时候，国家就被金兵摧毁了，北宋灭亡了。书里就写金兵进一步南下，攻到清河县了，只见"官吏逃亡，城门昼闭，人民逃窜，父子流亡"。这里就用一段唱词来形容当时的惨象：

> 烟生四野，日蔽黄沙。封豕长蛇，互相吞噬。龙争虎斗，各自争强。皂帜红旗，布满郊野。男啼女哭，万户惊惶。番军虏将，一似蚁聚蜂屯；短剑长枪，好似森森密竹。一处处死尸朽骨，横三竖四；一攒攒折刀断剑，七断八截。个个携男抱女，家家闭门关户。十室九空，不显乡村城郭；獐奔鼠窜，那存礼乐衣冠。正是：得多少官人红袖哭，王子白衣行。

我在讲述当中，有时候引用书里面的一些诗词、唱曲、顺口溜。因为完全不引用书里面这些原词、原话也不恰当，把它完全说成白话又太啰唆，所以你看了以后在脑海里能形成一个大概的场景或者氛围就可以了。总之，金兵南下，国破家亡，周统制最后战死沙场，他扶正的妻子庞春梅纵欲而亡，统制府已经土崩瓦解了，再加上金兵进攻，就完全破败了。韩爱姐本来在府里面和葛翠屏一起为陈经济守节，现在守不成了，国破家亡了，很快统制府里面的人都四散奔逃了，陈经济的妻子葛翠屏被娘家接走了，韩爱姐只好带点细软，离开已经破败的府第。韩爱姐先到临清码头谢家大酒楼去找她的父母，等她到了一看，临清码头一片狼藉，酒楼早关了，听说她的父母跟何官人到南方的湖州去了。原来何官人跟韩道国说，货物他贩卖得差不多了，他要回老家湖州，打算把他们两口子都带去湖州。这个时候就写到韩道国的反应。按说他的媳妇跟着何官人走已经说不通了，毕竟韩道国和王六儿是夫妻，王六儿做暗娼的生意，何官人只是一个常来的嫖客，嫖客现在不但要长包王六儿，干脆还要把王六儿带回老家去，这算怎么回事？王六儿应该拒绝。可是王六儿还没开口说话，韩道国先表态了，说："官人下顾，可知好哩！"韩道国很愿意，于是又出现了非常古怪的一幕，嫖客带着他喜欢的暗娼一块儿回老家，暗娼的丈夫屁颠屁颠地也跟着去了。

韩爱姐得到信息以后，就决定到湖州去寻找她的父母。因为缠了小脚，她走路十分艰难，而且带的细软很快都被花掉了。好在她会弹唱，就一路卖唱攒点路费，书里形容她"随路饥餐渴饮，夜住晓行，忙忙如丧家之犬，急急如漏网之鱼"。

后来金人一度跟南宋的皇帝媾和了，南宋献出很多的金银珠宝，阻止了金兵的进一步南下，双方就以黄河、淮河为界，暂时休战。韩爱姐往南走，走到了徐州地界，应该属于南宋的疆域，投在一个孤村。她看到一个年纪已经在七旬之上的老婆婆正在做饭，韩爱姐就跟老婆婆道了声万福，说她是清河县人氏，因为战乱，前往江南投亲，没想到走到这儿天就黑了，希望借婆婆这里投宿一晚，明天早上再走，她会提供房钱。老婆婆看她举止典雅，容貌不俗，觉得不像是出身贫苦人家的婢女，就收留了她。老婆婆说，既然是投宿，就炕上坐，她去做饭，一会儿会有几个挑河泥的汉子来吃。因为当时黄河也好，淮河也好，都淤积了大量的泥沙，河床越变越高，所以经常要请一些挖河泥的力夫把河里面的泥沙挖出来，使得河水不至于轻易泛滥。老婆婆做的是一大锅稗稻插豆子干饭，就是把一些稗子、野草的种子搁在稻米里，再添加杂豆一块煮。还有两盘生菜，没有过油，也没有煮，就是把生的菜切了，再撒点盐，就当下饭菜了。书里写了这样一餐国破家亡饭。

老婆婆把饭做好后，叫几个挑河泥的力夫过来吃饭。几个汉子蓬头精腿，裤裤兜裆，脚上黄泥，进来放下锹镢，就来取饭菜。挑夫里面有一个人四十四五岁，紫面黄发，问老婆婆："炕上坐的是什么人？"老婆婆就告诉他："这位娘子是清河县人，她要前往江南寻她的父母，现在天黑了，在这儿投宿。"听完老婆婆的回答，那人就直接跟韩爱姐对话了。汉子问她姓什么，韩爱姐说她姓韩，父亲叫韩道国。汉子一听就很激动，上前拉住衣服问："姐姐，你不是我侄女韩爱姐吗？"爱姐道："你倒好似我叔叔韩二。"在这样一种国破家亡、离乱伤痛之中，韩爱姐和他的叔叔韩二在荒村野店重逢了，两人抱头痛哭。其实韩二是一个有毛病的人，他和他的嫂子王六儿，也就是韩爱姐的母亲，曾经偷情，被捉奸后送到衙门，韩道国求了西门庆才放了王六儿。按说这是一个很糟糕的叔叔，很不像样子的亲戚。但是在那种情况下，说不得许多，毕竟是有一定血缘关系的两人于离乱之际重逢了。

相认之后，韩二问韩爱姐怎么从东京到这里了，韩爱姐就从头说起，跟韩二讲了她的情况。她说她后来嫁到守备府里去了。这是撒谎了，韩爱姐哪里是嫁到守备府，她是莫名其妙地跑到守备府为一个并没有娶她的男子守节。韩爱姐说成是嫁到了守备府，既为了省事，也为了掩饰自己的不堪。韩爱姐说最后她的丈夫没了，守寡至今。她的父母听说跟了一个何官人往湖州去了，她就想到湖州去寻找父母，万万没想到在这儿碰见叔叔了。韩二也跟韩爱姐讲自己的经历。他说自从韩爱姐的父母上东京投靠她去了，他留在清河，日子越过越艰难，最后就只好把房子卖掉了，后来国破家亡就流落到这个地方做挑夫了，每天就是混碗饭吃。韩二表示，干脆他跟韩爱姐一块儿去湖州寻找她的父母。韩爱姐当时很高兴，因为有一个男子跟她一块行走的话安全得多。第二天，韩二就给了老婆婆一些房钱，他们就一块儿去湖州，最后居然在湖州找到了王六儿。那个时候何官人已经死掉了，他家里面没有妻小，把家产留给王六儿了，何官人家里还有几顷水稻田地。韩二和韩爱姐找到了王六儿，自然就找到了韩道国。但是不到一年韩道国也死了。王六儿原来跟韩二有过感情，有过身体关系，因此就爽性嫁给了小叔子，种田度日。

兰陵笑笑生以韩家一家人最后的情况作为全书的结尾故事之一，是意味深长的。这些人都是市井小人，一身的毛病，人性当中有很多黑暗之处，但是毕竟他们也是生命，他们顽强地求生，在国破之后融入南方，抱困生活，过着生命当中残余的日子。确实，这样的描写充满了人世沧桑的感觉。

书里韩爱姐最后的结局怎么样？既然何官人死了，韩道国也死了，王六儿和韩爱姐的叔叔韩二正式结为夫妻了，这种情况下，韩爱姐就应该择一门好的亲事出嫁，对不对？湖州有的富家子弟听说韩爱姐聪明、标致，都来求亲，韩二就再三劝她嫁人，可是韩爱姐就是不嫁人，要为陈经济守节到底。她居然自己把眼睛给扎瞎，剃光头发做尼姑了。后来她活到三十二岁，染疾而终。

## 第75讲　魂归何处

### 普静法师荐拔亡灵

【导读】

　　上一讲告诉你全书的大结局，作者的写法出乎一般读者的意料，他把三家人最后的情况作为大结局的中心内容，韩家的命运作为结尾的故事之一。这家人前面的故事就让人觉得很荒唐、离奇了，越到后来越离奇，最后结束在湖州地区，包养王六儿的何官人死掉了，韩二和韩爱姐终于找到了韩道国夫妇，不久韩道国也死了，韩二和王六儿结为夫妻。韩爱姐坚决不出嫁，自己弄瞎眼睛，剃了头发做尼姑，去为人渣陈经济守节终生。对韩家命运的描写，让我们在觉得奇怪和惊诧之余，又生出无限的沧桑之感，看到这个世界变化之大，人生之诡谲，人性之深奥。大结局也写了周家的故事，其中牵扯到周守备、庞春梅、葛翠屏，还有周家的两个亲随张胜和李安，老仆人周忠和他的儿子周义。周家的故事和韩家的故事是穿插在一起的。西门家是贯穿全书的一个家族，在大结局当中当然是重中之重，在第一百回就浓墨重彩地写了西门家的最后结局。请看本讲内容。

　　靖康之变后，北宋的太上皇宋徽宗、皇帝宋钦宗都被金兵俘虏了，一同被俘的还有皇后，以及大批的官员、宫女、皇族成员，共三千多人，被押往北方金国。后来皇族当中的一个成员康王赵构在黄河、淮河之间建立了南宋，宋朝的政权又坚持了一百多年。当时，金兵大举南下，最后到了清河县，清河县一片混乱，

## 第75讲　魂归何处：普静法师荐拔亡灵

官员带头逃跑，民众不知道该怎么生存，大多数就跟着一块儿逃跑。当时西门府的人丁已经非常寥落了，吴月娘的一个兄弟吴大舅已经死掉了，还有一个吴二舅帮她维持家计，她的儿子葬生子孝哥儿已经十五岁了，还有一对仆人就是玳安和小玉。玳安是他们最信任的一个小厮，小玉一直是吴月娘的贴身丫头，后来吴月娘让他们成婚了，最后他们把西门府的大门锁起来，跟着逃亡大军挤出城门，互相照顾着算是逃出了城。

当时吴月娘的想法就是去济南投奔云理守，因为云理守是西门庆的结拜兄弟之一，两家来往密切，双方约定如果生的孩子是一个男孩和一个女孩就让他们结为夫妻。后来吴月娘生了儿子孝哥儿，云理守那边是一个女儿，双方结为亲家。再后来云理守离开清河县到济南任武官参将，家人也一起到了济南。当时金兵还没有打到济南，所以吴月娘他们就想逃离清河奔济南而去。一来作为西门庆结拜兄弟，吴月娘相信云理守会伸出援手，帮助他们。另外孝哥儿也十五岁了，云姑娘也比较大了，干脆到那儿去成亲。这样也能给西门庆的在天之灵一个很大的安慰，如果孝哥儿和云理守的女儿成亲以后还能够生个儿子，那么西门家就有后了。

所以，他们就随着逃亡大军慌慌忙忙地离开了清河县，直奔济南，没想到路上迎面就来了一个和尚。他身披紫褐袈裟，手执九环锡杖（用锡打造的很高的拐杖，上头是花式的造型，有九个环互相套着，在佛教里面是地位的象征），脚上靸了芒鞋，肩上背着条布袋，袋内裹着经典，大踏步迎将来。双方接近的时候，他给吴月娘打了个问讯（佛教和尚向师长行礼，双手在胸前合掌，然后稍微地弯腰点头）。这个和尚认出了吴月娘，大声说："吴氏娘子，你到哪里去？还与我徒弟来！"吴月娘大惊失色，她也认出了对方，原来他就是当年在泰山碧霞宫摆脱殷天锡的袭击后，在雪涧洞见到的普静法师。当时普静法师对吴月娘说，十五年以后要把孝哥儿送给他当徒弟。因为那个时候孝哥儿还很小，吴月娘觉得先答应再说。跟这种大法师是开不得玩笑的，他提出了要求，你答应了就要兑现。现在逃亡当中又碰上了，普静法师就说现在已经十五年了，要把孝哥交给他做徒弟，吴月娘答应过了，不能变卦。这个时候吴二舅就上前求普静法师，他说吴月娘他们孤儿寡母的，今后就靠着儿子供养，孝哥儿怎么能跟他走呢？普静法师不松口，就说允诺的事情必须要兑现。吴月娘在慌乱当中就没主意了，倒是普静法师说，先找个地儿歇脚，再考虑考虑。他们就到了一座寺庙，这座寺庙不是别的寺庙，正是永福寺。永福寺是书里多次出现的一座佛教寺庙，潘金莲死了以后，开头是埋在街上，后来庞春梅想办法把她移葬到了永福寺的一棵空心白杨树底下。后来陈经济被杀了，也被埋葬在永福寺。

　　普静法师带着吴月娘一行人到了永福寺以后天就黑了，当时永福寺的长老已经逃难去了，寺里面只有几个外方和尚在那儿打禅。普静法师找了一间房进去盘腿坐在蒲团上，敲着木鱼，在那儿打禅。吴月娘和小玉在一间屋子里歇息，吴二舅、玳安带着孝哥儿在另外一间屋子里面歇息。当时吴月娘在惊恐当中，精神状态应该很不好，她昏昏沉沉地睡过去了，后来她做了个梦，这个梦以后讲给大家听。但是小玉睡不着，就起来走动，走到了普静法师坐禅的房间，并透过门缝往里面偷看，看见普静法师在那儿念经。当时是斜月朦胧，人烟寂静，万籁无声，佛前海灯半明不暗，小玉发现普静法师在做一件非常重要的事情，就是为死去的亡灵超度，也叫作荐拔。具体来说，他把一些死于非命的鬼魂一个个招呼到面前，然后安排他们转世投生。这是书里很重要的一幕。开头普静法师超度了一些小玉不认识的人，但后面一群人她就都认识了。

　　第一个飘进来的鬼魂是一个大汉，身高七尺，形容魁伟，身穿盔甲，可是身上插着一支箭。他跟普静法师说，他是统制周秀，因为与番将对敌阵亡。现在师傅荐拔他，投生到东京沈镜家做沈镜的次子。拔荐跟荐拔一个意思，就是普静法师很有法力，他选拔出一个亡灵向佛祖加以推荐，让他去转世投生。周统制战死以后，现在由普静法师安排投生，而且连名字都预言出来了，今后他叫沈守善。为什么兰陵笑笑生写转世投生要把周守备周秀放在第一位？因为他是一个战死沙场的武将，为国捐躯，一生还比较光彩。

## 第75讲　魂归何处：普静法师荐拔亡灵

小玉隔着门缝看见来了第二个鬼魂，素体荣身，自称是清河县富户西门庆，不幸溺血而死，今天蒙师荐拔，转世投生到东京城的一个有钱人家沈通家，做他的次子，今后的名字叫作沈越。

小玉看到西门庆，因为是格外熟悉的一个人死了以后形成的亡灵，吓得全身发冷，但是好奇，就再往下看。第三个鬼魂就吓死人了，前两个亡灵来的时候，头都在肩膀上，这个鬼魂却提着自己的头，浑身是血，到了普静法师面前说，他是陈经济，被张胜杀了，现在承蒙大师荐拔，他往东京城内一个姓王的人家去做儿子。陈经济是很糟糕的一个人，死后亡灵转世投生却还不错。

接着第四个是一个女鬼，头也不在肩膀上，她自己提着头，胸前都是血，她自称是武大的妻子、西门庆的小妾潘氏，不幸被仇人武松所杀，蒙师荐拔，今天托生到东京城内一个姓黎的人家为女。

然后又来了第五个鬼魂，身躯矮小，面背都是青色。他自称武植（武大郎），被王婆唆使潘氏下药，吃毒而死，现在蒙师荐拔，今天托生到徐州一个姓范的农民家庭，成为他家的儿子。

从小玉所看到的以上五个亡魂的转世投生，我们得出个规律，一般来说，男性的鬼魂最后转世投生以后还是男性，女性鬼魂转世投生还是女性。但是他们转世投生的人家贫富不一样：有的投生在东京，而且是富户；有的投生的地方就偏僻一些，比如武大郎就没有投生在东京，而是投身于徐州一个农民的家里。

然后小玉又看到第六个鬼魂，是一个女鬼，面皮黄瘦，血水淋漓，走到法师面前，自称李氏，是花子虚的妻子，西门庆的妾，因为害血山崩而死。承蒙师傅荐拔，现在她要往东京城内的袁指挥家，投生到他们家，成为他们家的小姐。书里在前面有伏笔，写西门庆当时应召进东京参加朝廷的大典，被何太监请到何家去住了。在何家居住的时候，西门庆晚上就梦到了李瓶儿跟他相会，两人还做爱。那个时候李瓶儿就告诉西门庆说她以后会投生在东京造釜巷的袁指挥家，第二天西门庆在东京应酬，路过梦里面李瓶儿告诉西门庆她所托生的袁指挥家，果然有两扇白色的门掩着，便让玳安问隔壁卖豆腐老婆子那是谁家。

老婆子答道:"此袁指挥家也。"现在小玉偷看普静法师荐拔亡灵转世投生,看到李瓶儿的鬼魂,果然是投生到东京的袁指挥家。

小玉再往下看,第七个鬼魂是一个男子,说自己是花子虚,不幸被他的妻子气死了,承蒙师傅荐拔,今往东京郑千户家投生为男孩。

第八个鬼魂是一个女子,颈缠脚带,她是用三寸金莲裹脚布上吊而亡的。她说她是西门家仆人来旺的妻子宋惠莲。前面讲了很多她的故事。那女鬼魂说,她是上吊死的,现在承蒙师傅荐拔,她到东京朱家投生去做女儿。

第九个鬼魂是一个妇人,面黄肌瘦,她自称是周统治的妻子庞春梅,因为色痨死掉了,现在也蒙师傅荐拔,转世投生到东京孔家为女。

第十个鬼魂是个男性,裸形披发,浑身杖痕,自曝身份是被乱棍打死的张胜,现在承蒙师傅荐拔,往东京大兴卫贫人高家,到他们家做男孩去了。张胜虽然转世到东京,可是投生的这家是一个穷人家。

第十一个鬼魂是个女性,项上缠了索子,自称是西门庆的妾孙雪娥,不幸自缢身亡,也承蒙师傅荐拔,今天往东京城外贫民姚家为女。孙雪娥转世投生地点要稍差一些,是一个姓姚的穷人家。

第十二个鬼魂是个女性,年纪小,项缠脚带,自称是西门庆之女,陈经济之妻西门大姐,也是不幸自缢身亡,承蒙师傅荐拔,今天她往东京城外,与番役钟贵为女。西门大姐的投生地点也不好,不是东京城内,而是城外,到一个地位比较低的役夫家去做女儿。

第十三个鬼魂是个男性,自称周义,是被乱棍打死的,承蒙师傅荐拔,今往东京城外高家为男,而且还说他今后的名字叫高留住儿。

最后,这些鬼魂就一个接一个地恍然不见了。小玉看完以后吓得浑身发抖,原来法师有这么大的法力,这些鬼魂转世投生都要经过他。

小玉偷看鬼魂转世投生当中有一些交代,应该引起我们的讨论。为什么一些被损害的、死于非命的生命,他们转世投生的地点和人家并不好,比如武大郎是一个最无辜的、最善良的、最应该得到好报的生命,但是他的亡灵只能投到徐州，而且是给一个农民做儿子。像西门大姐也是一个无辜的女性，她最后投到东京城外役夫家，是一个地位比较低的家庭，到那儿去做女儿。而一些很糟糕的人转世投生的地点和家庭都还不错。这是值得我们去想一想的。兰陵笑笑生为什么要这么写？兰陵笑笑生自己没有交代为什么要这么写，我们可以思考一下。

# 第76讲　善之信念的幻灭

## 吴月娘之梦

【导读】

上一讲讲到吴月娘一行五人在战乱当中逃亡，路遇普静法师，普静法师提醒吴月娘，十五年前她答应过把孝哥儿献出来做他的徒弟，现在时候到了，要吴月娘兑现诺言。当时天色已黑，大家就都暂时到永福寺过夜。当夜小玉隔着门缝偷看到普静法师一个人坐在禅房里面超度亡灵，这些被超度的亡灵小玉知道或认识，包括周秀、西门庆、陈经济、潘金莲、武大郎、李瓶儿、花子虚、宋惠莲、庞春梅、张胜、孙雪娥、西门大姐、周义，看得小玉是浑身发凉，战栗不已。小玉睡不着觉，那么吴月娘是什么情况呢？请看本讲内容。

吴月娘一路逃亡实在太劳累了，就昏昏沉沉睡去。她做了一个梦，梦见自己跟吴二舅带着玳安、小玉、孝哥儿往济南逃亡。当时她身上带着一百颗胡珠，一柄宝石绦环，这些都是很值钱的东西。他们匆匆忙忙地往济南府投奔云理守，因为两家曾经约定孩子长大以后就成婚。他们一路上饥餐渴饮，夜住晓行，终于抵达了济南府。路遇一个老人，就问他云参将住在什么地方，老人就说从这里往前二里多地，有个地方叫作灵壁寨，一边临河，一边是山，那里屯聚有一千人马，云参将在那儿统率他们，指挥他们。吴月娘听了就很高兴，紧赶到灵壁寨的寨门口，让守门的兵往里通报，说云理守的亲家来了。

云理守热情地接待了他们，吴月娘觉得终于有依靠了。想当初西门庆热结

## 第76讲 善之信念的幻灭：吴月娘之梦

十弟兄，这些弟兄里面一大堆人渣，像应伯爵，西门庆尸骨未寒，他就立刻转身背叛，投靠了张二官，其他人也都令人寒心。现在唯一的希望就是云理守，希望他作为西门庆的一个结拜弟兄，而且作为亲家能够很好地帮助他们，救济他们。如果能够马上举办孝哥儿和云小姐的婚事，那不就更圆满了吗？后来说起来才知道，云参将的原配去世了，所以就没有一个夫人出来迎接他们，陪伴吴月娘。丰盛的晚餐之后，他们各自歇息。当然吴二舅和玳安被安排在另一处。吴月娘就由云参将派来的一个婆子来陪伴，这个婆子姓王，也叫王婆。当时小玉可能是住在另外安排的一个房间。王婆和吴月娘在一起的时候，就出现了一个情况，让吴月娘大吃一惊，就是王婆跟吴月娘提亲，说："云理守虽武官，乃读书君子，从割衫襟之时，就留心娘子。不期夫人没了，鳏居至今。今据此山城，虽是任小，上马管军，下马管民，生杀在于掌握。娘子若不弃，愿成伉俪之欢，一双两好，令郎亦得谐秦晋之配。等待太平之日，再回家去不迟。"意思就是云理守虽是武官，可也是个读书君子，从两家攀儿女亲家开始，就留意娘子了。现在正好，他夫人没了，吴月娘是一个寡妇，他们两个一个鳏夫，一个寡妇，不是正好可以结为一对吗？虽然山城不是一个很好的地方，参将也不是一个大官，可是他上马管军，下马管民，生杀大权还是有的。所以，吴月娘要是不嫌弃的话，干脆和云理守结成伉俪之欢。何况她的儿子和这边的小姐，也可以配成一对。等到天下太平以后还可以回到清河县去。这是吴月娘万万没有想到的，王婆一说完，她就大惊失色，不知道该说什么好。

第二天晚上云理守又在后堂置酒，邀请吴月娘出席。吴月娘心想这恐怕是跟她商量孝哥儿和云家小姐的亲事，于是来到席前就座。孰料云理守说："嫂嫂不知，下官在此虽是山城，管着许多人马，有的是财帛衣服，金银宝物，缺少一个主家娘子。下官一向思想娘子，如渴思浆，如热思凉。不想今日娘子到我这里与令郎完亲，天赐姻缘，一双两好，成其夫妇，在此快活一世，有何不可？"吴月娘听后心中大怒，因为这和她心中的理念是冲突的，她是一个恪守封建礼教核心价值的妇女，确实从想法上、做法上都要为西门庆守节到底。吴月娘骂道："云理守,谁知你人皮包着狗骨!我过世丈夫不曾把你轻待,如何一旦出此犬马之言?"云理守干脆不说什么了,直接上去把吴月娘搂住了,笑嘻嘻地跟她求告说:"娘子,你自家中,如何走来我这里做甚?自古上门买卖好做,不知怎的,一见你,魂灵都被你摄在身上。没奈何,好歹完成了罢。"云理守就一面拿过酒来往吴月娘嘴里灌,一面跟她求欢。这时候吴月娘只能说:"你前边叫我兄弟来,等我与他说句话。"云理守笑着说,她的兄弟还有小厮玳安都被他杀了,并命令左右把东西提来,让吴月娘看看。这个时候他的手下就提了两颗血沥沥的人头,灯光底下一看,吴月娘就吓得面如土色,哭倒在地了。云理守就把她抱起来,说:"娘子不须烦恼,你兄弟已死,你就与我为妻。我一个总兵官,也不玷辱了你。"吴月娘思道:"这贼汉将我兄弟家人害了命,我若不从,连我命也丧了。"于是吴月娘假装回心转意,说:"你须依我,奴方与你做夫妻。"云理守说,不管什么事都依吴月娘。吴月娘就说,那先让孝哥儿和云小姐成婚,然后她再跟云理守成婚。云理守答应了,一面叫出云小姐来,和孝哥儿推在一处,饮合卺杯,绾同心结,让他们两个成婚了。然后云理守就拉着吴月娘要跟她云雨,吴月娘坚决不肯,云理守愤然大怒,骂道:"贱妇!你哄的我与你儿子成了婚姻,敢笑我杀不得你的孩儿?"说完就取刀向床头砍去,随手而落,血溅数步之远。

眼看孝哥儿和云小姐已经结婚入洞房了,都睡在一张床上了,结果云理守却把婚床上的孝哥儿给砍死了。吴月娘大叫一声,就惊醒了,原来是做了一个梦,吓得浑身是汗,遍体生津。吴月娘说:"怪哉,怪哉。"小玉当时在她身边,就问她怎么了,哭什么,吴月娘跟小玉说,她刚才做了一个梦,太可怕了,于是把这个梦跟小玉讲了一遍。

小玉就跟吴月娘说,她刚才睡不着觉,悄悄打开门缝往禅房里看,就看那和尚普静法师和鬼魂说了一夜的话,过世的爹、五娘、六娘、陈姐夫、周守备、孙雪娥、来旺儿媳妇子、西门大姐都出现了,各自散去了。小玉偷看了这些亡灵整个投生的情况,把她看见的情况也跟吴月娘说了。吴月娘梳洗了一下,走到禅堂,礼佛烧香,只见普静法师在禅床上高叫:"那吴氏娘子,你如何可省悟

## 第76讲 善之信念的幻灭：吴月娘之梦

得了么？"吴月娘就跪下参拜，她说："上告尊师，弟子吴氏，肉眼凡胎，不知师父是一尊古佛。适间一梦中都已省悟了。"

全书最后就通过吴月娘的一个梦来结束西门庆一家的故事。吴月娘的这个梦我认为写得非常好，是兰陵笑笑生全书当中很精彩的一段。吴月娘原来赌人性当中还有善，所以她去寻善，在国破家亡的情况下，在逃亡的过程当中，她就觉得到了济南找到了云理守，她就可以得到友情的温暖、人情的温暖、家庭的温暖。结果虽然它只是一个梦，但是大家想一想，如果吴月娘真到济南去，很可能就是这么个情况。人心险恶，人性当中的黑暗太可怕了。所以，吴月娘的醒悟，就是对人性的醒悟，也是作者兰陵笑笑生让我们读者有所醒悟的。当然有人可能会觉得，这部书写得太冷了，写得太残酷了，怎么对人性一点信心都没有，怎么把人性写到这种程度？对比二百年后的《红楼梦》，《红楼梦》也写人性，但是它对人性当中的善还寄予希望，它通过贾宝玉和林黛玉这样的形象告诉读者，人间还是有希望的，真正的情感在人间还是存在的，你去争取是可以获得的。但是《金瓶梅》给我们泼了一大盆冷水。吴月娘以为逃到济南就能得到人性善，就能够享受友情、亲情，但这是不可能的，这个梦犹如当头一棒，让吴月娘醒悟。佛教有一个用语叫作棒喝，就是给你一棒，然后大喝一声，你一下就醒悟了。后来吴月娘主动到普静法师面前去表态，她跪下来参拜普静法师，普静法师说："既已省悟，也不消前去。你就去，也无过只是如此，倒没的丧了五口儿性命。合你这儿子，有分有缘遇着我，都是你平日一点善根所种。不然，定然难免骨肉分离。"意思就是，你既然已经醒悟了，也就不需要再往济南去了，你就是去了，所遇到的情况，应该和你梦中情况是一样的，搞不好最后连你们的命都赔在里面了。好在你这儿子还有善缘遇着我了，都是你平日一点善根积累所致。不然的话，定然骨肉分离。梦中云理守不但杀了吴二舅和玳安，最后一刀砍向洞房婚床，把孝哥儿也砍死了。人性就是那么黑暗，那么狠毒。

普静法师跟吴月娘说："当初，你去世夫主西门庆造恶非善，此子转身托化你家，本要荡散其财本，倾覆其产业，临死还当身首异处。今我度脱了他去，做了徒弟，常言'一子出家，九祖升天'，你那夫主冤愆解释，亦得超生去了。你不信，跟我来，与你看一看。"于是就叉步来到方丈内，只见孝哥儿还睡在床上，普静法师就把手中的禅杖往孝哥儿头上点了一点。吴月娘和小玉就都看见了，孝哥儿忽然翻身了，翻过身来，是西门庆，项戴沉枷，腰系铁索。然后普静法师再用禅杖一点，西门庆又变成了孝哥儿，还睡在床上。吴月娘看到这个就完全明白了，原来孝哥儿就是西门庆托生，她放声大哭。读到这里有的读者可能会有疑问了，前面小玉看普静法师安排亡魂投生，西门庆不是投生到一个东京有钱的沈通家做老二，后来取名叫沈越吗，怎么孝哥儿又是西门庆的转世呢？兰陵笑笑生的逻辑是这样的，就是西门庆当时一死，孝哥儿就出了娘胎，那个时候孝哥儿就是西门庆托生的。西门庆一生作恶，所以他的亡魂都是佩戴着枷锁的，是一个罪人的状态。直到现在，过了十五年了，吴月娘决定把孝哥儿舍给普静法师，做普静法师的徒弟，这样西门庆的亡魂才能够解掉枷锁，然后被普静法师荐拔到东京的沈通家，投生为沈家老二沈越。后来孝哥儿睡醒了，吴月娘问他："如今你跟了师父出家？"孝哥儿就答应了。普静法师在佛前给孝哥儿剃头，摩顶受记。可怜吴月娘扯住恸哭了一场，她把孝哥儿抚养到十五岁，原来还指望他承接家私，不想到头来被老法师给幻化去了。当时吴二舅和玳安也都醒了，都到了现场，也悲伤不胜。普静法师正式领了孝哥儿做徒弟，给他起了个法名叫作明悟。

天亮以后，普静法师带着明悟离开了，吴月娘他们也就不再往济南府去了。后来番兵退去，南北分为两朝，当时北方一度还出现了金国所建立的一个伪政权。后来南方就成了南宋，南宋和金国做了正式交易，暂时休兵，清河县逐渐地恢复了常态。吴月娘他们就回到了清河县，把大门的锁打开。很幸运，整个西门府虽然里面已经相当破败了，可是没有遭到金兵的劫掠，也没有强盗、小偷进去劫财。他们把西门府收拾出来，吴月娘把玳安收为养子，改名为西门安，后来清河县人都把玳安叫作西门小员外。这样玳安、小玉夫妻承继家业，他们对吴月娘很孝顺，养活她到老，吴月娘活到七十岁善终而亡。

# 第77讲 一言难尽的人物形象
## 末回的两首诗

【导读】

上一讲讲了吴月娘做了噩梦,梦到准亲家云理守要霸占她,她不从,云理守杀了孝哥儿。永福寺中普静法师作法,让吴月娘看见睡在床上的孝哥儿翻身便是披枷戴锁的西门庆,于是吴月娘顿悟,原来孝哥儿即是西门庆托生,遂让孝哥儿跟随普静法师出家,法名明悟。南宋建立,吴月娘归家,玳安改名西门安,承继家业,人称西门小员外,养活月娘到七十岁善终而亡。整部《金瓶梅》以西门家的情况作为最后的结尾,虽然已经把全书的结尾讲了,但本讲还有一些需要补充和讨论的内容。

在第一百回的开头和结尾有两首诗,开头这首诗,词话本和崇祯本不一样,词话本第一百回开头的诗是这样的:

人生切莫恃英雄,术业精粗自不同。
猛虎尚然遭恶兽,毒蛇犹自怕蜈蚣。
七擒孟获奇诸葛,两困云长羡吕蒙。
珍重李安真智士,高飞逃出是非门。

这首诗应该说写得不好,李安压不住全书的大结局。这几句诗说的什么意思呢?意思就是说,一个人不要恃自为英雄,因为有人可能在专业方面比你还强,猛虎有时候还怕恶兽,毒蛇有时还怕蜈蚣。然后举了历史上的两个例子:

一个是当年孟获作为少数民族的部落首领，非常强悍，但是被诸葛亮所指挥的蜀军七擒七放，到头来不得不对诸葛亮心服口服，俯首称臣；另外一个是关云长，他武艺高强，好像没有人能够敌得过他，可是他却在和吕蒙对阵的时候失利了。这样就归结到一百回开头的一个情节，就是庞春梅引诱李安，李安回到家里以后，得到母亲的指示，拒绝了庞春梅的引诱，不辞而别，离开周府去山东投奔他的叔叔夜叉李贵去了。所以这首诗的最后两句是肯定李安，"珍重李安真智士，高飞逃出是非门"。

实际上读者关心的应该还是西门这一家最后的结局，因为构成全书故事主体的既不是周家，也不是韩家，而是西门家。但词话本第一百回开头的一首诗落在一个极小的配角李安身上，这不合适。李安的形象还不如张胜给读者的印象深刻，李安是一个比较模糊的艺术形象。所以，到了崇祯朝，有文人整理词话本，做了很多修订，改动最大的就是第一回。崇祯本第一回就从"西门庆热结十弟兄"写起了，到第一百回整理者觉得原来词话本第一百回开头的这首诗不妥，就另写了一首，诗是这样的：

旧日豪华事已空，银屏金屋梦魂中。

黄芦晚日空残垒，碧草寒烟锁故宫。

隧道鱼灯油欲尽，妆台鸾镜匣长封。

凭谁话尽兴亡事，一衲闲云两袖风。

这首诗就写得很不错。虽然我对崇祯本有一些个人意见，觉得有的地方对词话本的改动不高明，多余，但是我觉得崇祯本的第一百回的第一首诗是挺不错的，不像词话本前面的这首诗，有点不伦不类。

崇祯本第一百回开头的诗是什么意思呢？

"旧日豪华事已空"，全书写清河县西门家这个家族的兴衰，西门府虽然不如二百年后曹雪芹在《红楼梦》里所写贾氏宗族的宁国府、荣国府那么富贵、那么奢华，但是就小说本身所写的运河边上的清河县来说，西门府里面的景象已经很豪华了。但是全书结尾很苍凉，西门庆死了，家里面的其他人都失散了，

## 第77讲 一言难尽的人物形象：末回的两首诗

剩下的无非就是吴月娘，还有改名为西门安的玳安以及他的媳妇小玉，等于这三个人空守着这样一个宅子生活。吴月娘有一个兄弟吴二舅，就算吴二舅也住进去一起生活，人丁也很寥落。吴月娘原来有一个儿子孝哥儿，都养到十五岁了，上回讲了，最后吴月娘经过一个梦，醒悟了，就把孝哥儿献给了普静法师，让孝哥儿做了普静法师的弟子，为西门庆赎罪，使作为鬼魂的西门庆能够卸掉枷锁，投生到东京一个富人家去做儿子。所以，第一百回崇祯本的诗，第一句就很贴切，使我们对西门府的兴衰生出无限的感慨。

诗的第二句，"银屏"，原来西门府里面像翡翠轩这种地方都有镶嵌银饰的屏风。"金屋"，屋子里面不一定藏的是金子，可以是金屋藏娇，酒气财色都占全了。"银屏金屋梦魂中"，现在这一切都是在梦魂中了。

接下来两句写国破家亡的风景。"黄芦晚日空残垒"，很多地方都已经荒芜了，当时会筑一些墙来阻挡敌兵，这些墙就叫作垒，现在这些堡垒都残破了，旁边长满了黄芦，夕阳下，黄芦摇晃，破败的墙垣显得格外凄惨。原来美丽的宫殿，现在已经人去屋空，长满了荒草，笼罩着雾霭，叫作"碧草寒烟锁故宫"。

下面两句也是形容繁华不再，好景不再。地下是"隧道鱼灯油欲尽"。过去帝王的陵寝，在地底下有地宫，地宫当中有很大一个空间是放棺椁的，有一个隧道通进去，当时在隧道里面会准备很多的大缸，大缸里面装满了鱼油来点灯，时人以为这个灯能够很长久地燃亮下去，实际上地宫一封，里面的氧气不足，甚至氧气耗尽，这些用鱼油做的大灯就都熄灭了。北京有明十三陵，其中的定陵被开掘了，参观的时候就可以在隧道里面看到很大的点鱼油灯的缸。这句诗就是形容隧道再长，里面的地宫再大，储备的鱼油再多，但是到头来油灯也是会渐渐熄灭的。地下如此，地上是"妆台鸾镜匣长封"，女性梳妆的化妆台叫"妆台"，妆台上有梳妆用的镜子，叫作"鸾镜"，靖康之变之后，连皇后都被金兵掠走了，梳妆匣当然是长时间封着的了。

最后是两句感叹，叫作"凭谁话尽兴亡事，一衲闲云两袖风"，意思是还有道不尽的世道兴衰，道不尽的国家兴亡，如果你是一个和尚，想起这些事情以后，你的两只大袖子里面都灌满了清风，也就是到头来一切皆空，再豪华的生活，这些酒气财色最后都会烟消云散。所以，第一百回一开头这首诗值得读者去读，去咀嚼它的滋味。

词话本和崇祯本第一百回的第一首诗不一样，最后一首基本是一样的。只是其中一个人物，词话本叫作陈经济，崇祯本把这个名字改成了陈敬济，引用这个名字的时候有一字之别。其他每句都一样。第一百回最后一首诗是这样的：

闲阅遗书思惘然，谁知天道有循环。
西门豪横难存嗣，经济癫狂定被歼。
楼月善良终有寿，瓶梅淫佚早归泉。
可怜金莲遭恶报，遗臭千年作话传！

这首诗的头两句的意思是，前人给我们留下这部书，现在你读完了，应该思绪惘然，就是说你心头有千头万绪，不知从何说起。作者认为书中的故事证明了所谓的天理循环之说，也就是佛家所说的"善有善报，恶有恶报"，生命是轮回的。第一百回写小玉偷看普静法师超度亡灵，那些亡灵纷纷地转世投生，就说明生命是一个循环式的存在。这首诗的第二句就告诉你，全书体现了这么一个道理。

然后下面就为西门庆、陈经济、孟玉楼、吴月娘、李瓶儿、庞春梅、潘金莲做了盖棺论定。书中人物很多，作者最后通过他的结尾诗对这七个主要人物盖棺论定，做出他的判断。

西门庆怎么样呢？"西门豪横难存嗣"，就是说西门庆很富有，而且他有很多横行霸道、贪赃枉法的表现，这样的人就难以有他自己的子孙来继承家业。作者用这句诗来概括书里面的故事，虽然李瓶儿曾经给西门庆生过一个儿子官哥儿，但官哥儿没活多久就死了。后来西门庆的正妻吴月娘给他生了孝哥儿，倒是养到了十五岁，最后也不能够留在吴月娘的身边，给吴月娘养老送终，使西门的血脉绵延不绝。因为孝哥儿后来被普静法师收为徒弟，法名明悟。吴月娘无奈，只好把原来的小厮玳安收为养子，改名西门安。虽然西门小员外西门安和他的妻子小玉对吴月娘也不错，给她养老送终，但毕竟他们不是西门庆的血脉，他们如果生下孩子，跟西门庆的血脉没有丝毫关系。所以，这句诗就是说西门庆活该，虽然你一生追求财富，而且横行霸道，但到头来你西门家族的香火都没有了。这一句对西门庆的评价有正确的一面，但是总体而言，应该是不全面的。

以下我说的是一个真实情况，一个知识分子，一个人文科学的学者，在家里面接待他的一个朋友，两人在客厅里面聊天，他的妻子那段时间正在阅读《金瓶梅》，他们俩聊天，他的妻子就在书房里面继续阅读《金瓶梅》。后来他的妻子忽然走到客厅了，他们俩一看，大吃一惊，妻子的眼睛里泛着泪光。他就问他妻子怎么回事，他的妻子回答"西门庆死了"。这个妻子本身也是一个高级知识分子，她读《金瓶梅》读到西门庆死了，居然眼里泛起了泪光，就说明西门庆的艺术形象不能够简单地进行评价。

书里确实写了西门庆横行霸道、贪赃枉法，但是兰陵笑笑生写得非常好，他写出了一个有血有肉、有体温的，能够真实还原、呈现在我们眼前的艺术形象。西门庆有些地方超出了他日常的贪赃枉法、酒气财色的状态。比如他对朋友，有的他真帮助，吴典恩想上任，需要打点上下，应伯爵帮着吴典恩来借钱，写借条说借一百两银子，有利息，西门庆把利息抹掉了。西门庆的结拜兄弟常时节连一间像样的房子都没有，西门庆后来就为他解决了居住问题，在这之前还给了他一包碎银子，给常时节这样贫穷的夫妻带来了很多的欢乐。

更重要的是，虽然作者写西门庆是一个性欲超强的男性，最后也因为纵欲而亡，但是他和李瓶儿之间最后产生了超出肉体关系的，可以称之为爱情的那种很真挚的情感。李瓶儿死了以后他跳起离地有三尺高，他大哭，他抱着李瓶儿的遗体亲吻不止，高声说出了很多内心的情感语言，后来又请画师为李瓶儿画像，他要永远挂起来，时不时地要通过画像来缅怀李瓶儿，他还两次梦到李瓶儿。

作者笔下，西门庆不完全是一个色狼、色鬼，也有柔情的一面，他对有的妻子，比如李瓶儿，有超出肉体关系的爱情。而且回想书里西门庆的形象，应该不是"张生般庞儿，潘安的貌儿"，他是一个魁伟的男子，健壮，有魄力，敢爱敢恨，敢说敢笑，是一个好像闭眼就能想出来的，活在眼前的人。所以，我上面讲那个场面，一个高级知识分子，一个女性，她读到西门庆死了，产生了复杂的心理反应，甚至眼含泪光，你就应该懂得她绝不是欣赏书里面的一些色情描写和情色描写，她是觉得作者写出了一个有血有肉的生命存在。她相信在那个时代，清河县的那个宅院里面，就活过这么一个生命，他的一生值得玩味。

一百回最后一首诗说陈经济"经济癫狂定被歼"，陈经济就是一个很癫狂的人，注定他最后不得好死，这个评价是比较准确的。我想读完这本书的人对陈经济都会留下很深的印象，但是应该没什么人会喜欢他，他确实是一个人渣，没有什么值得我们去为他眼泛泪光的。

对书中五个女性的评价，通过结尾的四句诗表现出来。"楼月善良终有寿"，作者把孟玉楼排在了吴月娘前头，说这两个女性善良，所以最后她们寿终正寝，不像书里有的角色不得好死，这个评价大体还是公允的。因为从整部书描写来看，孟玉楼既善良平和，又不受封建礼教核心价值观的束缚，她不愿意辜负自己的青春岁月，她三十多岁了，还要再嫁人，嫁一个可心可意的人，去追求自己的个人幸福。虽然她的生活当中有些波折，但是最后的结局挺好。作者把吴月娘刻画成了一个恪守封建礼教核心价值观的为丈夫守节的妇女，在普静法师点化下大彻大悟，献出自己的亲生儿子，最后回到战乱后的西门家，和养子、养子媳妇一起度过余生。

下一句就对李瓶儿和庞春梅有一个判断和评价，说她们"瓶梅淫佚早归泉"，就说这两个女人都是荡妇，因为淫荡，所以都活不长，都短命，这个评价对庞春梅还是合适的。正像陈经济一样，我想读过全书以后对庞春梅感兴趣，而且觉得她很可爱的读者可能非常少，这是一个很可怕的女性。但是，简单地说李瓶儿是一个荡妇，因为淫逸所以活不长，不够公道。书里写李瓶儿进西门府以后，被西门庆接纳以后，性格变得越来越温柔，人性当中善良的光点越来

## 第77讲 一言难尽的人物形象：末回的两首诗

越强烈地闪烁，她和西门庆最后超越肉体关系，有了真正的爱情。所以，把她简单地说成是一个淫妇，不够公允。

最后两句是说"可怜金莲遭恶报，遗臭千年作话传"，这两句诗把潘金莲骂死了，说她遗臭万年。潘金莲本来是《水浒传》里面的一个角色，《金瓶梅》"借树开花"，把她挪到这部书里面来了。《金瓶梅》写潘金莲嫁到西门府以后的所有情节都是独创的。简单地说，潘金莲是一个遗臭万年的角色未必准确。大家知道《金瓶梅》有不同的版本，最早的词话本是没有批语的，但是到了后来崇祯本就有批语了，崇祯本写到潘金莲被武松杀害时有批语，批语是这样的："读至此不敢生悲，不忍称快，然而心实恻恻难言哉。"

就是说批书者读到武松残暴地杀死了潘金莲"不敢生悲"，因为潘金莲确实害死了武大郎，她当年杀死武大郎，先下毒药，后来又跳上炕，拿被子捂着他，把他闷死，是很残暴的，潘金莲的确是一个有罪的人。但是"不忍称快"，按说如果她是一个杀人犯，一个刑事犯罪分子，现在有人来报仇，把她杀了，应该拍手称快，但是批书者觉得"不忍称快"，兰陵笑笑生在第一百回的最后这首诗虽然说潘金莲遗臭万年，但是句子开头的两个字还是"可怜"，表达了一种忍不住的怜惜。崇祯本的批书者说，读着武松杀死潘金莲那段文字的时候"不敢生悲，不忍称快"，可是"心实恻恻难言哉"。恻就是恻隐之心，同情、怜悯的意思。既"不敢生悲"，又"不忍生快"，心里头产生怜悯的情绪，但是又很难把它一一道出，叫作"心实恻恻难言哉"。崇祯本里面批语很多，但这句批语最有名。很多读者都对这句批语产生共鸣，也就是对潘金莲这个角色最后都产生了这样的情绪。你说喜欢她，不能喜欢她；痛恨她，又不忍痛恨她。最后潘金莲被武松很残暴地把心挖出来，把头割下来，这么暴力地杀死，场面实在血腥。

潘金莲这个形象在《水浒传》当中就已经脍炙人口了，延伸到《金瓶梅》当中，人物更丰满，更真实，更可信，更如在眼前了。所以，引发出读者的心理反应也就更复杂了。直到今天，说到潘金莲，人们的观感大都是：第一，把她作为一个荡妇的符码；第二，情不自禁想到她的美丽多情。所以，潘金莲应该说还是《金瓶梅》里塑造得非常成功的一个艺术形象。简单地说她遗臭万年，未必恰当，现在当然不到一万年，但是也四百多年了，提起这个艺术形象，读者在心理上的感受还是很复杂的。

第五辑
# 深刻影响《红楼梦》

# 第78讲　阶级矛盾暂息的共享繁华
## 西门府过节

【导读】

上一讲讲了《金瓶梅》这部书第一百回的首尾三首诗，词话本的开场诗前四句大意是生命各有其能，第五、六句用典故描补这个意思，最后两句就夸赞李安的明智。这样一首诗显然压不住卷。崇祯本的开场诗比较贴切，表达出了繁华落尽盛宴不再，人间兴亡随风而去，这样悠长而蕴藉的意味。全书的收场诗，词话本和崇祯本是一样的，对书中二男五女做出评价，只肯定孟玉楼和吴月娘，其他二男三女都被否定，尤其对潘金莲，说她"遗臭千年"。《金瓶梅》写社会腐败，写人的沉沦，写人性邪恶，难道书里就没有亮点吗？对于清河县的世俗生活，作者也刻意描绘了其中明亮的东西，就是共享繁华。请看本讲内容。

前面已经基本把《金瓶梅》这部书里面的故事讲完了，你应该感受到这是一部很特殊的长篇小说，作者写社会上的事情、人物的生活状态，他的笔触相当冷静，甚至可以说是相当冷酷。他写生者自生，活者自活，死者自死，他写社会的阴暗面，写官吏的贪腐，写市井小民之间的恶斗，写社会上的低级趣味，特别写到了人性当中很强烈的恶。这部书没有向读者提供什么理想，它没有浪漫情怀。

书里通过三个婴儿的命名，概括出当时社会上一般人的价值观。三个婴儿，一个叫官哥儿，一个叫孝哥儿，这两个婴儿都是西门庆和他的妻妾生的，还有一个叫金哥儿，是周守备和庞春梅生的。这三个婴儿的命名，就体现出当时整个社会的普遍的价值观：第一，希望当官；第二，希望传宗接代；第三，希望拥有财富。这个价值观概括得很准确，也符合当时那个时代的真实情况。二百年后的《红楼梦》给我们提供了浪漫情怀，提供了理想的人物和理想的生活模式，强调了真实情感的重要性。

《金瓶梅》里面写到了西门庆和李瓶儿之间曾经拥有超越肉体关系的情爱，但只不过是书中一片市井的阴暗面和人性恶的描写当中偶然浮现的人性善和美好情感，整部书的色调是比较灰暗的。那么是不是可以把《金瓶梅》完全视为一本没有亮色的书呢？也不是这样的。因为在描写清河县的市井生活的时候，几次节日活动是有亮色的，它写出了一种共享繁华。

书中所写的社会当中有那么多的阴暗面，这些人的人性当中也都有阴暗面，可是那个社会为什么没有马上崩溃？到全书结尾才写到金兵南下，在外部侵略势力的冲击下，北宋王朝结束，南宋王朝开始，如果没有外部侵略力量的冲击，北宋也许还能摇摇晃晃地持续下去。为什么这个社会还能维系？就是因为这个社会当中有一种叫作共享繁华的社会景象存在。书里写灯节的情况就体现出了共享繁华，在这个节日里面，富人和穷人一度呈现出一种比较和谐的状态，阶级斗争似乎在这个时间节点上暂停了、缓和了。

本部书第十五回第一次写到灯节。那一年灯节的时候，李瓶儿还没有嫁到西门府，她的生日恰好是灯节，由于她在这之前就和西门府里的那些妇女有所来往，所以那天就邀请西门庆的妻妾们到她狮子街的住宅去看灯。因为狮子街处在灯节活动的繁华区里面，所以尽管她狮子街的宅院很小，但是可以在楼上观看灯节的繁华景象。当时吴月娘留下孙雪娥看家，和李娇儿、孟玉楼、潘金莲坐着四顶轿子，前往李瓶儿狮子街的宅子。李瓶儿热情地招待吴月娘她们，于是她们就登楼搭伏着楼窗观看灯节的繁华景象。

只见灯市中，人烟凑集，十分热闹，当街搭了数十座灯架，四下围列诸般买卖。这个时候小商小贩也很活跃，平时街上可能没有那么多的摊贩，灯节的时候应该是排满了。只见街上玩灯的男女花红柳绿，车马轰雷。灯节要制作各种灯笼，高高低低、上上下下地挂起来。当时这些妇女在狮子街的二楼上倚窗观看，看到什么灯呢？书里就罗列出来，有金屏灯、玉楼灯、荷花灯、芙蓉灯、绣球灯、雪花灯、秀才灯、媳妇灯、和尚灯、判官灯、师婆灯、刘海灯、骆驼灯、青狮灯、猿猴灯、白象灯、螃蟹灯、鲇鱼灯……种类很多，题材也很丰富，有以花卉为题材的，有以人物为题材的，有以动物为题材的。这些灯或仰或垂。观灯的有王孙仕女，有站在高坡打谈的，有游脚僧演说三藏，卖元宵的高堆果馅，粘梅花的齐插枯枝。什么叫粘梅花？那个时候冬季真正的花还没开，包括梅花也都还没有开放，于是就有一些商贩拿一些枯树枝，然后用一些白的、粉的纸卷成花瓣，粘在枯树枝上做成梅花，人们买去以后可以拿在手里，回家再插在瓶子里面玩赏。所以作者总结到，"虽然览不尽鳌山景，也应丰登快活年"。

当时潘金莲和孟玉楼两个人最活跃，趴在楼窗上往下看，口中还嗑瓜子，把瓜子皮都吐在楼下的人身上。她们在楼上看挨肩擦背的人，楼下有人仰观她们，大发议论。灯市的活动使得县城里面平时不相干的人互相亲近了，互相观望了，这就是一种共享繁华的景象。有钱人享受，没钱的人也会出来观灯，买点便宜东西，甚至对于叫花子来说，这也是一个最佳的乞讨时间。

第二十四回又写了灯节，前面给你稍微讲过一点，现在加以展开。西门府先在自己的府第里面设宴，大家喝酒吃餐，欢度灯节。到夜里了，但见银河清浅，珠斗斑斓，一轮团圆皎月从东而出，于是潘金莲就发起了到街上去"走百媚"，又叫"走百病"的活动。这是明代很流行的一种民俗活动，平时这些妇女由于封建礼教的束缚，二门都难得出，大门更不许迈，没有特别的事情是不能出门的。但灯节这一天就例外了，她们蜂拥而出，到街上排了队行走。不光西门府一家了，很多家的妇女都是这样。这种活动，时兴有桥过桥，遇城门摸门钉。城门上有鼓起来的很大的门钉，到了城边上要把手伸高了，摸高处的门钉。实际上这是一种体育锻炼活动，行走本身就是一种有氧运动，摸门钉相当于舒展肢体和手脚,都有利于健康。这次"走百媚"活动,西门府的吴月娘、李娇儿、孙雪娥、西门大姐没去,但潘金莲、孟玉楼、李瓶儿,还有仆妇宋惠莲,丫头春梅、玉箫、小玉、兰香、迎春都去了,她们排成队伍在街上走。当时还有来安、画童两个小厮打着一对纱吊灯跟随。陈经济骑着马引领妇女队伍前行,当然他骑在马上是缓行了,一路上就放烟花爆竹给众人看。当时所放的品种很多,有慢吐莲、金丝菊、一丈兰、赛明月等。这一群人转了一大圈以后,再回到西门府,陈经济又在府门外放了两个一丈菊、一筒大烟兰和一个金盏银台儿。

那天大街上香尘不断,游人如蚁,花炮轰雷,灯光杂彩,箫鼓声喧,十分热闹。西门府"走百病"的队伍引起了轰动,很多人来围观,潘金莲她们这一群人穿过灯市,到访了狮子街,再转到西门府。一路欢声笑语,兴奋不已。平时他们之间是有矛盾的,有冲突的,这个时候都搁到了一边。那一天,那个时候,穷人和富人,以及穷人之间、富人之间那些人际摩擦都休兵停战,西门府的妇女也不例外。当时宋惠莲偷穿了潘金莲的绣鞋,还从绣鞋里褪出自己的三寸金莲让大家看,炫耀自己的脚裹得最好、最小。如果在平时潘金莲一定不会容忍,但在灯节的气氛下也就一笑了之。

通过书里面的描写我们了解到,这种灯节的共享繁华并不是官方出钱营造出来的,也不是民众凑份子来搞这种繁华景象,它的资金来源是富商的贡献。在灯节这一天,整个社会就形成一种公序良俗,像西门庆这样发了财的富人,他们得拿出钱来,让世面呈现一派璀璨的景象。他们平时捞了很多钱,这个时候也得拿出一部分来,一个是炫富,一个是通过这个办法来笼络人心,有利于他们今后进一步地盘剥穷人,把生意做得更红火。更重要的是,那个时候已经礼崩乐坏,像通过科举考试去获得功名,在当时社会当然还是有一些人追求,可是也出现了一部分像西门庆这样的新兴商人,甚至可以说是资本主义的萌芽,他们根本不把读圣贤书、寒窗苦读、科举考试放在心上,他们就拼命地赚钱,相信用钱能买到一切。你寒窗苦读,参加科举考试,经过很多的努力才一举成名天下知,获得一个功名,朝廷给你一个官位。他们认为这太辛苦了,太没必要了。他们就是挣钱，相信用银子铺路什么都可以买到，包括官位和权力。从书里的描写可以看到，西门庆就是一个不读圣贤书，不信圣贤书，不按圣贤的教导做事，就知道经商积财的一个人，结果他什么都得到了，包括官位和权力。因此在灯节期间他们也得拿出一些钱来，营造出一种灿烂喧嚣的景观，让普通人、穷人，包括叫花子，也能免费地享受一番人间的繁华。

书里第四十二回再写灯节，回目就是"逞豪华门前放烟火，赏元宵楼上醉花灯"，写西门庆出资在西门府的门前和狮子街的宅子大放烟火，和街上的人同乐。狮子街的宅子原本是李瓶儿的，后来因为李瓶儿嫁给西门庆了，也就属于他了，他在那儿开了买卖。西门庆当时主要是在狮子街玩耍，可是他对西门府门前的烟火效果也非常关心。吴月娘从西门府派小厮和排军（就是由提刑所随时支派的一种准武装人员）往狮子街给西门庆送装满了美味糖食、细巧果品的攒盒。当时吃食经常搁在一种很大的捧盒里，又叫攒盒。攒盒是有盖子的，这样可以保温、防尘。送到以后西门庆就问棋童，咱们府门口烟火，除了家里人在门口看，街上有没有人看。西门庆希望这是共享繁华的一天，花了钱，不光是让家里人高兴，他要让满街人都高兴，要让穷人也高兴，要让叫花子也高兴。棋童就跟他禀报了："挤围着满街人看。"西门庆就很得意地跟周围的那些食客说："我吩咐留下四名青衣排军，拿杆栏拦人伺候，休放闲杂人挨挤。"西门庆派排军维持秩序，不是说轰散人群，而是让围观人群不要乱挤。当时在狮子街，西门庆就命小厮把楼下两间门面彻底打开，吊挂上帘子，楼檐下一边一盏羊角玲灯，然后就让他们把烟火抬到街上去，西门庆和朋友们就到楼上去观看。小厮就把烟火放在街心，都点燃了。

于是清河县这些市井人物不分贫富，都在两边围着观看，挨肩擦背，不知其数，都纷纷说西门大官人在此放烟火，快来看。词话本就用弹词的形式来形容烟火的状态。烟火的制作是非常精美的，而且设计得非常巧妙，分层次绽放，最高处是一只仙鹤，口衔丹书闪寒光，正当中一个西瓜炮迸开，四下里人物皆活，八仙捧寿，楼台殿阁，火树银花，灿烂辉煌，欢闹之声，直上云霄，变幻出无限花样，赏心悦目，如临仙境。这种形式的高级烟火叫作鳌山，在宋代特别流行，到明代、清代都还有。鳌山整体就像巨鳌背上起楼，形成一座烟火之山，制作费用极其昂贵，但是西门庆舍得出钱。西门庆如此，清河县的其他富人也纷纷如此，而且他们之间还要攀比，你弄一个鳌山这么大，我比你弄得还要大，你舍得这几天花钱，我更舍得这几天施舍。由此，富商们共同营造整个县城的一种辉煌的梦幻景象，形成一种共享繁华的璀璨景观。

但是书里说了"总然费却万般心，只落得火灭烟消成煨烬"。繁华落尽，共享只在瞬间，第二天人们要逐步恢复平日的生活状态，富者自富有，贫者自贫困，死者自死，活者自活。于是，有的人就渴望再过一个元宵节，希望下一个元宵节早早到来。所以，这种共享繁华虽然只存在于短暂的时间，但是它确实起到了社会润滑剂的作用，在这些时间段里面缓和了阶级矛盾，富者、贫者互相包容，平常有利害冲突、有恩怨的人，也都暂时休兵，共同"走百病"，共同观灯、看烟火。

西门庆当时特别热衷于在灯节拿出钱来搞这种活动，参与共享繁华。所以到第四十六回再写元宵节，这次就别开生面了。西门庆采取了将对众伙计的慰劳宴公开化的做法，不在他的宅子里面搞活动，而是在大门首用一架围屏安放两张桌席，悬挂两盏羊角灯，摆放酒宴，堆集许多春檠果盒，各样肴馔；大门首两边，一边十二盏金莲灯，还有一座小烟火，六个乐工，抬铜锣铜鼓在大门首吹打，吹打一回，又让清吹细乐上来，再让两个小优携乐器伴奏弹唱灯词。西门庆在大门外搞活动，就是故意让街上的人来看的。很多人围过来看，两个小厮一递一筒放花儿；还有两名排军执拦杆拦人，不是不许他们看，是不许他们往前，一来为了安全，二来为了防止踩踏。当时什么情景呢？不一时，碧天云静，一轮皓月东升之时，街上游人十分热闹。吹打弹唱，笙歌喧哗，而且宴席在外，围观者又看灯，又看烟火，又看富人家的宴席，过足了眼瘾。

书里写共享繁华，不仅灯节如此，清明节也是。西门庆死后一年多，到了清明节，吴月娘带着众人给西门庆上坟烧纸。他们出了城门，到了郊原野旷，景物芳菲，花红柳绿，仕女游人不断。祭奠完了西门庆以后，他们又往杏花村酒楼而去，一路踏青游玩，三里桃花店，十里杏花村，一路上游人无数，闹闹喧喧。后来他们顺着大树长堤前来，小厮早为他们在高阜上设下酒馔，吴月娘他们就居高临下观看下方的热闹场景。下面有人表演走马耍解（一种马术杂技表演），围观者人山人海。当时李衙内李拱璧与民同乐，带领二三十个好汉，骑着马表演各种把戏。也正是在这种情景下，孟玉楼和李衙内一度四目相对，擦出火花，后来他们结为夫妻。当时守备府的守备亲随李安的叔叔山东夜叉李贵，也到清河清明节的集市上来卖艺，表演种种惊心动魄的杂技。

你看《金瓶梅》各种节日都写到了共享繁华，所以不要以为《金瓶梅》只是一部写一般的家庭生活的书，它也写社会；它写宅院内，它也写宅院外；写市井，写了很多人间惨象，也写了人间的共享繁华。一般来说，如果没有大规模的外敌入侵，社会矛盾也没有发展到爆发大规模农民起义，冲击中央政权这种程度。整个社会虽然贫富不公，阶级斗争、阶级压迫都存在，但是通过共享繁华的营造，给社会的矛盾注入些润滑剂，还是可以延缓社会崩溃的。

## 第79讲　一餐一饮见世道兴衰
### 舌尖上的《金瓶梅》

【导读】

　　上一讲讲了几次清河县中的灯节盛况，还有清明节游人扫墓、踏青的情景，那种世俗生活的"共享繁华"，显示出一种超越个人悲欢恩怨的人间乐趣。因此《金瓶梅》给我们提供的认知是很丰富的，它写共享繁华，这些文字也可以给我们带来很多的审美愉悦。这部托言宋朝故事其实表现明代社会生活的小说还描写了生活的哪些方面呢？请看本讲内容。

　　《金瓶梅》全方位地描写市井生活，写吃喝玩乐。它不像《三国演义》写帝王将相，在三足鼎立的情况下，他们胸怀天下，想办法一统中国；也不像《水浒传》写一百零八位英雄好汉，他们要替天行道；也不像《西游记》写唐僧到西方取经，孙悟空等徒弟三人保护他一路前行，战胜妖魔鬼怪，把西方的经书取回大唐。上面三部小说是写英雄人物，帝王将相、英雄豪杰、僧人和神仙如何做大事，完成大业。《金瓶梅》不一样，它写普通人的吃喝玩乐，写市井人的小生活。所以，书里面写到很多美食，提供了非常丰富的社会生活的认知资料，从中我们可以知道明朝人当时怎么吃、怎么喝。这很重要，因为饮食也是一种文化，这种文化要一代一代地承传。有一部电视专题片《舌尖上的中国》一度非常火，其实《金瓶梅》中描写了种种美食，我们也可以专门来讲舌尖上的《金瓶梅》。

## 第79讲 一餐一饮见世道兴衰：舌尖上的《金瓶梅》

《金瓶梅》在描写饮食的时候非常细致，其中有一个饮食现象特别值得研究。根据《金瓶梅》的描写，明朝人吃东西、吃宴席，认为哪一种食材最好？哪一种食材做出来的食物最高大上？估计你猜不准。根据书里描写，那个时候吃东西是鹅为上、鹅为先，鹅肉以及用鹅肉制作出来的食物被认为是最好的最重要的食物。一个宴席没有鹅就是低档的，有鹅才上档次，而且往往一开始就要上鹅肉，以此体现宴席的豪华程度，这是我们当代人感到比较奇怪的。因为现在鹅虽然也是一种食材，用鹅烹制的食物，比如烧鹅也还存在，但是鹅在宴席上不可能是主菜了，更不可能有一种以鹅为上、以鹅为先的饮食观念了。现在在广东、香港等地还时兴吃烧鹅，但鹅也不是主菜，一般是作为一道下酒菜。然而，在《金瓶梅》里面，鹅非常重要，而且人们送礼如果送吃的，往往要送鹅，以体现所馈赠的礼物的高档次。

《金瓶梅》里面写吃东西、开宴席往往有"三汤五割"的提法，指的是上三次汤，有五道用刀割出的荤菜。从书里的描写来看，那个时候不太时兴吃海鲜，书里写到海鲜的时候不多，只有一次提到在东京豪华的宴席上有鱼翅。还有一次提到的珍奇食物有驼蹄、熊掌，这就是比较豪华的宴会上的高级菜肴了。当时宴请是很讲究的，书里面写有一次吴月娘宴请乔五太太，那个时候李瓶儿生下儿子官哥儿，和乔大户家的小女儿结为了娃娃亲，乔家当时虽然没有官位，可是乔五太太有皇亲，所以西门庆家也巴结着乔五太太。这次宴请排场很大，是四张桌席，每桌光是各样茶果甜食、可口菜蔬、蒸酥点心、细巧油酥、饼馓就有四十碟之多。席面上甚至有"煮猩唇""烧豹胎""烹龙肝""炮凤髓"，菜名很夸张，不代表真的有大猩猩的嘴唇、豹子的胎、龙的肝、凤的髓，只是起了一个夸张的名字而已，就像现在咱们宴席上还有狮子头，但这道菜真跟狮子没有关系，只是一种用猪肉做成的肉丸子。

那个时候宴请还有一个讲究，就是"吃看大桌面"。前面讲西门庆宴请宋御史、蔡御史，为了奉迎他们，也是摆的大桌面。这种桌上面的东西是拿来看的，不是拿来吃的，最起码不是马上要吃的。这种吃看桌面上放的是"高顶方糖,定胜簇盘",这些东西不是平面状态地摆放,而是立体化地呈现。"高顶方糖"就是把一盘又一盘的糖食重叠垒起来形成高塔状,"定胜簇盘"就是把"定胜"图案的糕点集中摆放形成美丽的花样,这样形成一种"吃看桌席"。席面上除了真可以吃的东西,还有一些是为了营造喜庆氛围的装饰品,比如有红缎子,可能会扎成大朵的牡丹花形状,还有用金丝编成的金丝花,显得非常富贵,这两样就是纯粹的"看物"。这是宴请的排场,非常辉煌。

当然书里写宴席,写得很堂皇,可是那些东西是不是真的好吃呢?倒未必。在宴席上主人也好,客人也好,都不会失掉自己优雅的吃相,都是装模作样地在那儿吃,真正要把饭吃饱,靠那种豪华的桌面宴请是不行的。所以书里就写了家常吃法。家常吃的就不一样了,宴席上的东西往往是中看不中吃,家常菜可能不中看,可是吃起来非常香。书里写有一次西门庆认识了一个胡僧,他的长相很古怪,还能把脖子缩到腔子里面去,西门庆为了让胡僧给他提供春药,就巴结胡僧,把他请到家里面来吃饭。胡僧特别能吃,吃掉了四碟果子、四碟小菜、四碟下酒菜(头鱼、糟鸭、乌皮鸡、舞鲈公)、四样下饭菜(羊角葱炒核桃肉、细切鲭酥样子肉、肥肥的羊贯肠、光溜溜的滑鳅),然后是汤饭(两个肉丸子加了一条花肠滚子肉,叫作"一龙戏二珠汤"),还有一大盘裂破头高装肉包子。胡僧可不遵守普通僧人的戒律,他是"酒肉穿肠过,佛祖留心中",所以,他不但吃肉,还喝酒。喝白酒时再上一碟寸扎的骑马肠儿、一碟腌腊鹅脖子、一碟癞葡萄、一碟流心红李子。这些都吃完了,胡僧还没饱,就给他又上了一大碗鳝鱼面与菜卷儿。胡僧的吃法当然很夸张,但是这些家常食物也确实具有特殊的美味,可能比宴席上的一些非常堂皇的菜肴更可口。

书里写到一些食物的特殊烹制方法。比如宋惠莲能用一根柴火把一个大猪头烧得又烂又香。宋惠莲当时烧了一个猪头,献给孟玉楼、潘金莲她们吃。还写李瓶儿有一个绝招,她会拣一种叫作酥油泡螺儿的食品,后来有个妓女郑爱月儿也会这一招,这是一种很特殊的食物。书里写西门庆拿银子救济了他的一个朋友常时节,常时节和他的妻子决定报答西门庆,可是西门庆什么都不缺,于是常时节的妻子特别烹制了非常美味的螃蟹和鸭子献给西门庆。书里写了螃蟹的制作方法：把四十只大螃蟹剔剥净了，里面酿着肉，外头用椒料、姜、蒜、米儿团粉裹就，香油炸了，再用酱油、醋造过。经过特殊的制作工艺，螃蟹的壳和钳子非常酥脆，都可以下酒。当时西门庆非常高兴，叫上朋友一起品尝，并取了菊花酒来配螃蟹。打开坛子以后，碧靛青，喷鼻香，未曾筛，先上一瓶凉水，去掉它的蓼辣之性。为什么要筛酒？在《水浒传》里面也经常写到"筛一碗酒来"，因为那个时候酒的酿造工艺没有现在这么先进，粮食酒都会残存一些酒糟、渣滓，就必须要用纱布蒙在器皿上，然后倒酒的时候，澄一下，筛一遍，筛出来的酒就没有渣滓了，喝起来就比较舒服。

书里除了写主菜以外，也写到很多美味的糕点小吃，那些糕点小吃光听名称就让人垂涎欲滴。比如有黄米面枣糕、艾窝窝、粉团、果馅椒盐金饼、葱花羊肉一寸的扁食儿、黄芽韭菜肉包一寸大水饺儿、蒸酥果馅饼儿、玫瑰菊花饼儿、扭孤儿糖、黄韭乳饼、春不老蒸乳饼，还有花糕、响糖、粽子、元宵、玉米面鹅油蒸饼儿、顶皮饼、松花饼、菊花饼、糖薄脆、白糖万寿糕、玫瑰搽穰卷子、果焙寿字雪花糕、酥油松饼、牛皮糖、芝麻象眼、柳叶糖、纯蜜盖柿、蜜润绦环、玫瑰元宵饼、果馅团圆饼、桃花烧卖、裹馅凉糕、檀香糕、冰糖霜梅、牛乳茶酪、梅苏丸、衣梅、酥油白糖熬的牛奶子、玫瑰八仙糕、冰糖橙丁、裹馅凉糕、五老定胜方糖、凤香蜜饼、馓子、麻花……你看多少品种，各种风味、形态、颜色的都有，有的制作得非常精致，比如衣梅，它是将各样药料和蜜炼制过，再滚在杨梅上，外用薄荷、橘叶包裹制成的。

当时喝汤也很讲究，写到各种汤，比如和合汤、银丝鲊汤、韭菜酸笋蛤蜊汤、酸笋汤、黄芽菜并余的馄饨鸡蛋汤、满池娇并头莲汤、余肉粉汤、肚肺羹、血脏汤、肉圆子馄饨鸡蛋头脑汤、肚肺乳线汤、鸡尖汤、合汁汤、百宝攒汤等。其中鸡尖汤是庞春梅把孙雪娥恶意地买到府里以后，打入厨房，出难题让孙雪娥做的。鸡尖汤的做法很讲究，需要宰两只小鸡，打理干净，剔选翅尖肉，用快刀碎切成丝，加上椒料、葱花、芫荽、酸笋、油酱等，揭成清汤。

值得注意的是，明朝喝的酒跟我们现在的不一样。书里写的酒，烧酒比较少，黄酒比较多，其中最重要的是金华酒。当时认为金华酒是最好的酒，所以席面上要放金华酒。送礼除了送鹅肉，还要送金华酒。金华酒在明朝是很流行的一种酒，人们认为金华酒比绍兴酒还要适口。书里还写了很多种酒，比如羊羔酒、葡萄酒、茉莉酒、药五香酒、艾酒、河清酒、木樨荷花酒、菊花酒、竹叶青酒、豆酒、黄米酒、麻姑酒、头脑酒等。《金瓶梅》写的酒种类很多，但是和我们时下流行的酒有区别。

那个时代的人也要饮茶，像书里写的王婆，开头就开一个茶馆。当时茶馆在清河县是流行的，一般家庭喝茶也很普遍，所以，书里写饮茶写了很多。但是有一点值得注意，现在我们很熟悉的那些茶的品类，像龙井、乌龙、碧螺春、毛尖、普洱、香片，《金瓶梅》里面都没提到。单纯的茶名，只提到六安茶，还有江南凤团、雀舌芽茶，直接提到茶名的地方并不多。当时喝茶有一种讲究，这种讲究现在已经消失了，就是一定要往茶里面配很多其他的辅料，比如胡桃松子泡茶、福仁泡茶、蜜饯金橙子泡茶、盐笋芝麻木樨泡茶、果仁泡茶、玫瑰泼卤瓜仁泡茶、榛松泡茶、木樨青豆泡茶、土豆泡茶、芫荽芝麻茶等，这些茶我们今天看上去就会觉得有点古怪，现在只有八宝茶还保留了这种风格。的确，我们现在都不这么喝茶了，但是在《金瓶梅》里面，人们是这样喝茶的。

第七十二回写潘金莲为了讨好西门庆，就用她的纤手抹去盏边水渍，亲手为西门庆点了一盏芝麻盐笋栗丝瓜仁核桃仁夹春不老海青拿天鹅木樨玫瑰泼卤六安雀舌芽茶。这一杯茶真正属于茶叶的就是六安雀舌芽茶，可里面添加了差不多十二种东西，这哪里还是茶，这不是一碗汤了吗？词话本里面就是这么写的，但是崇祯本整理者觉得茶名太啰唆，给简化了。其实没必要，应该保留，这可能是作者写书的夸张笔法，在那个时代，也可能就那么沏茶。西门庆呷了一口潘金莲给他点的茶，觉得"美味香甜，满心欣喜"。这是一盏带感情的茶，里面加的东西很多。栗丝，把栗子风干了，切成丝；春不老是腌雪里蕻，核桃仁夹春不老，应该是这两种东西混合在一起；海青是去核的渍橄榄；天鹅就是银杏，海青拿天鹅就是橄榄肉包裹着银杏；木樨就是桂花；玫瑰泼卤是把玫瑰制成卤酱状。如果所有的东西都只放一点点，那么用滚水沏出一杯这样的茶来，也不是不可想象。

书里到最后，写国破家亡。我前面讲到的韩爱姐原来住在统制府里面，后来周统制战死沙场，府主婆庞春梅纵欲而亡，原来陈经济的媳妇葛翠屏被娘家接走了，兵荒马乱当中，统制府府空人散。韩爱姐抱着琵琶一路卖唱逃生，她想去南方湖州投靠她的父母，半路上在荒村野店碰见了她的叔叔韩二，当时一个老太婆给做苦工的人烧饭，韩二就是苦工之一。老太婆烧了一大锅稗稻插豆子干饭，那时候已经没有净精米了，要配杂豆，配杂豆都不够分量了，就把一些稗草的稗籽也混在里头。下饭的菜，就是把生菜切了以后，撒上一把盐。这就是一碗国破家亡饭、乱离饭。

书里这样写意味深长，原来清河县的一般人家有时候吃的也都是色香味俱全的餐饮，但到最后却是这样粗劣的饭，书里写韩二因为干了力气活，饿了还能吃下几碗，韩爱姐根本就难以下咽。这样对比着写也很有意思。所以，《金瓶梅》也是明代社会生活的一部百科全书，它写到了人们的饮食，写得很具体，很细致，很有参考价值。

## 第80讲　先声独创后继有人
### 《金瓶梅》影响了《红楼梦》

【导读】

　　上一讲介绍了《金瓶梅》中的饮食，当时的饮食习惯与现在大不相同，那时以鹅为贵，以金华酒为好酒，讲究"吃看大桌面"，另外，主菜、糕点、汤、酒、茶也与现在有所区别。"《金瓶梅》是《红楼梦》的祖宗"，这个论断为很多人认同。那么，究竟《红楼梦》是否受到《金瓶梅》的影响呢？请看本讲内容。

　　在中国的古典长篇小说当中，明代的《金瓶梅》和清代的《红楼梦》，二者之间有一种明显的继承关系。毛泽东曾经说过，《金瓶梅》是《红楼梦》的祖宗，他这个判断是非常准确的。在《金瓶梅》之前，中国的古典长篇小说基本上都是为帝王将相、英雄豪杰、神仙妖魔树碑立传的，真正把描写的对象确定为历史上没有记载的普通人，写普通人的生活、命运、情感和他们之间的关系，《金瓶梅》是具有开创性的。清代的《红楼梦》深受《金瓶梅》这种写法的影响，基本上不去写那些历史上记载过的帝王将相、英雄豪杰的故事，而是写一群历史上没有记载的人，也可以说是平常生命的故事。今天我们觉得好像不稀奇了，因为今天大量的文学作品都不再去写帝王将相、英雄豪杰了，即便有写，所占的比例也不会大到一个令人吃惊的地步，大多数作品还是写普通人，写一般的生活。但是在明代那个时期，像《金瓶梅》这样的长篇小说是空前的，具有开创性。

这个传统一度中断，过了二百年，到了清代《红楼梦》，又接续上了这样一个宝贵的写法，开始写普通人的悲欢离合，生死歌哭。如果你把《金瓶梅》和《红楼梦》对比来阅读，就会深深地体会到《红楼梦》受到《金瓶梅》很深刻的影响。

**第一，这两部书都是写历史上没有记载的家族的兴衰过程。**《金瓶梅》写了一个西门家族，它的故事空间放大了是清河县，缩小了看，当中写得最多的空间是西门府——一个门面七间、前后五进、带花园的大宅院。《红楼梦》把《金瓶梅》的写法继承以后加以放大，它也是写一个家族的兴衰史，写的是贾氏家族。虽然《红楼梦》也写到贾氏家族所居住的府第之外的一些情况，但是故事主要发生在贾氏家族所居住的府第里面。贾氏家族书里所写的有宁国府、荣国府，而又偏重于写荣国府。荣国府里面后来又建造了一个大观园，有很多的故事发生在大观园里面。《红楼梦》把《金瓶梅》里面的西门府加以放大来写。《金瓶梅》里面的西门府在故事所发生的清河县是一个大户、富户，后来西门庆当了官，西门府又是一个官员的住宅，从主子到奴才好几十个人，规模已经不小了。清代的《红楼梦》就放大来写，因为《红楼梦》写的是京城里面一个贵族家族的故事，就荣国府来说，书里就明确地告诉我们，这一个宅子的人数核算起来，从上至下有三四百丁，它把《金瓶梅》里面的西门府的规模放大了差不多有十倍。

虽然《红楼梦》中贾氏家族的居住空间的规模比《金瓶梅》里面的西门府大许多，但是就写法而言，很明显受到了《金瓶梅》的影响，写一个巨大的宅院，写其空间里面这些人的喜怒哀乐、悲欢离合、生死歌哭，写居住在这个大宅院里面的家族由盛而衰，而且《红楼梦》所写的贾氏宗族的衰落，比《金瓶梅》里面的西门府的衰落更惨烈。最后"落了片白茫茫大地真干净"，《红楼梦》所写的是一个彻底的悲剧。这两部书，前后一看，《红楼梦》继承了《金瓶梅》的这一写法。

**第二，《金瓶梅》里面的重点人物是西门庆**，这种角色在《金瓶梅》之前的中国传统古典小说里面是没出现过的。书中写了在市场经济的发展过程当中，在社会流通性、流动性逐渐加强的过程当中，一个新兴的人物，可以说是一个新生命，**简而言之就是一个新人**。他新在哪里？前面已经说过很多次，现在补充一下。原来的中国古典长篇小说，写帝王将相、英雄豪杰、神仙妖魔，它不写普通人。如果写普通人，一般就男性而言，多半都是开头是穷书生，后来通过寒窗苦读中了状元，最后当了高官，写这样一些人的故事，大多雷同，看多了以后没有新鲜感。

《金瓶梅》写的西门庆，是古典文学里面不曾出现的一个新的人物。这个青年男子不读圣贤书，不遵孔孟之道，不走寒窗苦读、参加科举考试去谋取功名的道路，而是经商致富，通过自己的财富积累，最后用银子铺路，去开辟自己的生活前景。这种角色是很难写的，但是《金瓶梅》的作者兰陵笑笑生就把西门庆写得非常真实，非常生动，非常可信，让我们觉得在那个历史阶段，社会上就有这样一种人。只有在商品经济发展到一定的阶段，社会流通性增大到一定程度的阶段，才能涌现出这样一种人。还记得前面说过，西门庆有个观点，他认为发了财，得到一些钱，把这个钱积攒起来，不让它流动是犯罪，应该让这些钱动起来，要让钱再生出钱。这就是一种很新锐的市场经济、商品经济的观念。

当然那个时候社会发展比较缓慢，这种观念很新，当时的市场、商品都还没有真正发展成为一种资本主义状态，可以说只是一种资本主义的萌芽。西门庆就是那个社会的新兴资产阶级萌芽状态的一个突出代表人物。所以，不要以为《金瓶梅》就是写一些色情故事，它是写了西门庆在色情方面的追求和色情方面的满足，但是总体而言，它塑造了在社会当中算是很新潮的这样一个人物，这样一个角色。

这种写法在二百年后的《红楼梦》里面被延续了。**《红楼梦》也写了一个新人，就是贾宝玉**。《红楼梦》比《金瓶梅》好在哪里？贾宝玉这一角色是作者本身的理想追求的产物。在《红楼梦》产生的那个时代，实际上社会生活当中，应该说只是存在了一些贾宝玉这样的人的影子,并没有真正出现贾宝玉式的人物,贾宝玉是作者理想化的一个角色。《红楼梦》里面的贾宝玉和《金瓶梅》里面的西门庆有相通之处,他们对孔孟之道、对科举考试都保持一种蔑视的态度。《金瓶梅》里的西门庆是以他的实际行动表达了他不信那一套,这方面的言论倒是没有。《红楼梦》里面的贾宝玉就有很多直截了当抨击科举考试的言论。所以,两部书都是写新人,只不过《金瓶梅》所写的新人西门庆是一种新兴的商人,是在资本的流通过程中所出现的一种拜金式的人物,他以金本位压倒了官本位,他用钱买官,而不是通过苦读、科举考试去谋取官职。《红楼梦》里面的贾宝玉完全鄙视科举考试,他既不追求仕途,也不追求经济,就是说他不追求财富,他比西门庆更具先进性,他超越了当时主流的社会价值观。贾宝玉主张以真诚的情感作为人生的终极追求,这是很了不起的。所以,这两个角色在作者所写的具体的社会环境当中,都可以称为新人,只不过性质不太一样。西门庆身上更多地体现出一种没有理想,只注重现实财富、享乐的新兴资产阶级人物的价值观和生活态度。而贾宝玉身上更多地体现出一种理想的色彩,追求一种超越整个社会价值体系的纯真情感的追求。

第三,你再仔细读就会发现,**两部书在人物配置上也有重叠性**,显然《红楼梦》受到了《金瓶梅》在人物配置上的影响。什么叫人物配置?就是书里出现的很多角色,他们如何搭配。在《金瓶梅》里面是以西门庆为中心,然后搭配了一系列的女性,除了他自己的几房妻妾,还有低贱如仆妇宋惠莲,高贵如招宣府的林太太,乃至一些妓女。以西门庆为中心,描绘出一个妇女群像。当然这些妇女每个人都有自己独特的命运和独特的性格,结局都不一样。可是《金瓶梅》在人物配置上是以一个男性为中心,然后围绕他写一系列女性的命运。《红楼梦》也是这样,以贾宝玉为中心,然后围绕贾宝玉写了一系列的女性,有小姐,有丫头,还有一些年轻的媳妇。

虽然《红楼梦》受《金瓶梅》的影响,在人物配置上也是以一个男性为中心,写一群女性的生活状态,她们的命运和归宿,但是二者的区别很大。西门庆是一个男权社会的产物，他以自我为中心，他以男性强人的面目出现，对周围的女性是予以占有，有的甚至予以踩躏。《金瓶梅》写了西门庆的性史，他的色情享受的历史。《红楼梦》不一样，《红楼梦》写贾宝玉虽然和某些女性也有身体关系，但是贾宝玉对男权社会的以男性为中心的价值观是反叛的，他宣称"男人是泥做的骨肉，女儿是水做的骨肉"，对待女性，他把自己比作花王，他作为一个护花的王子去爱护她们，呵护她们。就是说《红楼梦》的作者受了《金瓶梅》的影响，但是他又跳出了《金瓶梅》那样一个相对比较落后的男女关系模式。

《红楼梦》在人物配置上模仿《金瓶梅》，以一个男性角色为中心，写一群女性，可它又肯定了青春女性，歌颂了青春女性的纯洁、美丽。在没有受到社会主流价值观念污染的情况下，这些女性呈现出花朵般的青春的芬芳。所以，我们现在讲《红楼梦》深受《金瓶梅》的影响，你不要误解为《红楼梦》是对《金瓶梅》写法的照搬，《红楼梦》参考了《金瓶梅》，借鉴了它，而又背叛了它，超越了它。

第四，这两部书的一个共同特点就是除了写主要人物的故事，还会特别设置小角色、小人物，提醒读者重视一些社会边缘的小生命。《金瓶梅》就是这样的，比如它写到了武大郎和前妻生的女儿迎儿，武大郎被潘金莲害死以后，西门庆把潘金莲娶走，迎儿就成了王婆的一个粗使丫头。王婆和潘金莲都被武松杀死之后，武松很草率地把迎儿托付给姚二郎，迎儿又成了姚二郎家的一个丫头。武松为他哥哥武大郎报仇很积极，很负责，但他对侄女迎儿应该是丧失了责任心的。等迎儿到了适婚年龄，姚二郎很快地把她嫁出去了。当然，迎儿不可能嫁到一个很好的人家，而且像姚二郎这种市井小民，他之所以收留迎儿，是为了把她嫁出去之后得一笔银子，这跟卖掉没什么太大区别。最后迎儿的结局书里没有交代，但是我们可以想象，不会是一个好的命运。还有来昭和一丈青的儿子小铁棍，前面我讲到一个情节，在潘金莲的挑唆下，小铁棍被西门庆不分青红皂白暴打一顿，几乎打死。书里后来又写到小铁棍了，他长到十五岁了，家里招待客人，他还去打酒，最后他的父亲死了，母亲改嫁了，他跟着母亲。寥寥几笔,写出了一个小生命的辛酸。

《金瓶梅》的这种写法,《红楼梦》是继承了的,《红楼梦》主要是写贵族家庭的公子、小姐、老太太、老爷的生活,但也写到了很多底层的小角色。比如在第六十回末尾和第六十一回开头,两回文字里面写到了一个留桃子盖头的小厮。那个时候,小厮还没有完全成年,他的头发剃成了一个马桶盖的形状。书里把小厮写得活灵活现,他虽然属于最底层,但他有他的自尊和自傲,写得很有趣。这是两部书的继承关系的又一个例子。

第五,《金瓶梅》里面设置了一些情节来预示书里一些人物的生命轨迹和最终结局。前面有吴神仙算命的一大回文字,后来还写了一个乡里卜龟卦的老婆子,在西门府的二门里投掷灵龟,给吴月娘几个妇女算命。这种通过某种情节设置,来暗示或者明点书中人物的生命轨迹和最终结局的写法,《红楼梦》不但继承了,而且发扬光大了,甚至大大地超越了。《红楼梦》用浪漫的笔触,加入了神话色彩,它设置了一个太虚幻境,里面有一个警幻仙姑,通过贾宝玉梦游太虚幻境,警幻仙姑领着他在太虚幻境里面看了薄命司橱柜里面的册页,又美酒、好茶地招待他,让仙姑给他演唱了"红楼梦十二支曲",通过这样一些文字来暗示书中一系列女子的生命轨迹和最终结局。这种写法很显然也受到了《金瓶梅》的启发,只不过《金瓶梅》的这种写法还比较粗糙、直露,缺乏浪漫色彩,而《红楼梦》就把这种写法发扬光大,充满了梦幻、浪漫色彩,充满了诗意。

第六,前面也说过了,《金瓶梅》给一些人物取名字,用了谐音寓意的方式,像西门庆热结十弟兄,他的那些结拜弟兄,在名字上都是用谐音来表达一定的意思,这里就不再一一重复了。这种谐音寓意的写法在《红楼梦》里面被继承了。比如《红楼梦》里面,写贾府的一些管家,管银库的叫吴新登,谐音"无星戥"。过去称银子要用戥子,以准星滑动来确认分量,得有一个准确称量的态度,但他的戥子上的准星永远是不准确的。大管家里面还有一个是管仓库的头目,叫作戴良,谐音"大量",意思是说他对主人家的财富一点也不吝惜,大斗往外量。还有一个买办叫钱华,谐音"钱花",就是说他哗啦哗啦地大把花主子的钱。书里写荣国府的府主贾政由朝廷下班以后，有些清客来陪着他消磨时间，其中一个清客叫詹光，谐音"沾光"，很明显就是要沾主人的光。还有叫单聘仁的，谐音"善骗人"，就是善于骗人。还有叫程日兴的，谐音"成日兴"，就是成日兴风作浪。还有叫胡思来的，谐音"胡肆来"，就是做事胡乱肆意地来。《金瓶梅》里面有一个人叫卜志道，谐音"不知道"。到了《红楼梦》里面就有一个人叫卜世仁，谐音"不是人"。《金瓶梅》里面写西门庆后来配齐了琴棋书画四个小厮，叫作琴童、棋童、书童、画童。《红楼梦》里面写荣国府小姐也有琴棋书画四个丫头，分别是抱琴、司棋、侍书、入画。很明显，《红楼梦》在命名上受了《金瓶梅》的影响。《金瓶梅》里面写西门府的男仆有旺儿、兴儿，《红楼梦》里面写贾琏和王熙凤的男仆里面也有旺儿、兴儿。这都可以看出来《红楼梦》受《金瓶梅》影响非常之深。

第七，我们在读《金瓶梅》的时候会读到很多生动的语言，就语言的生猛鲜活程度而言，《红楼梦》比《金瓶梅》的文本还逊色一些。有的读者读《红楼梦》，读到一些语言很兴奋，觉得真好。比如《红楼梦》里面王熙凤大闹宁国府，喊出了"舍得一身剐，敢把皇帝拉下马"，觉得语言好泼辣，其实是脱胎于《金瓶梅》，来旺儿醉骂西门庆就喊出了"破着一命剐，便把皇帝打"。另外像"千里搭长棚，没个不散的筵（宴）席""扬铃打鼓""不当家花花的""打旋磨儿""杀鸡扯（抹）脖""噙（含）着骨秃（头）露着肉""当家人（是个）恶水缸""洒土也眯了后人眼睛儿"等**很多语言都是先出现在《金瓶梅》里面，然后被《红楼梦》的作者加以变化，甚至不加变化地用在自己的文本里面**。甚至我们读《红楼梦》古本，就是手抄本的《红楼梦》，除了正文，还有很多批语，大多数情况下署名叫脂砚斋，你会发现**很多批语其实也来源于《金瓶梅》**。比如《金瓶梅》里面有个对子"雪隐鹭鸶飞始见，柳藏鹦鹉语方知"，意思就是鹭鸶的羽毛是白的，它停在雪地里面的时候，开头你辨认不出来，结果它一飞，你发现原来这里有鹭鸶。鹦鹉藏在茂密的柳枝里面，你看不见它，但它一说话，你才明白这里面藏了鹦鹉。其中"柳藏鹦鹉语方知"就被脂砚斋借用在他的批语里面了。《金瓶梅》里面有"十日卖一担针卖不得,一日卖三担甲倒卖了",以及"三日卖不得一担真,一日卖了三担假",这些语言脂砚斋在他的批语"一日卖了三千假,三日卖不出一个真"里面也加以变化地使用了。《金瓶梅》第九十六回里面有这样的话"老年色嫩招辛苦,少年色嫩不坚牢",到了古本《红楼梦》里面,居然在写批语时引用了这句话,说"'少年色嫩不坚牢',以及'非夭即贫'之语,余犹在心,今阅至此,放声一哭",可见《红楼梦》的作者曹雪芹以及他的长辈、他的同辈,还有脂砚斋对《金瓶梅》都很熟悉。所以,他们经常在日常谈话当中引用"少年色嫩不坚牢"这样的语句。所以,一想到"少年色嫩不坚牢"这句话,情不自禁,乃至要放声一哭,这都说明《红楼梦》在语言上也深受《金瓶梅》的影响。所以说《金瓶梅》是《红楼梦》的祖宗,没有《金瓶梅》就出不了《红楼梦》,这是千真万确的。

# 第81讲　酷毒冷峻的叙述
## 《金瓶梅》的文本特色

## 【导读】

上一讲告诉你《金瓶梅》在以下几个方面影响了《红楼梦》：第一，两部书都是写一个历史上没有记载的家族的兴衰过程；第二，两部书里面都有一个新人；第三，两部书在人物配置上也有重叠性；第四，两部书除了写主要人物的故事以外，还会特别设置小角色、小人物，提醒读者重视一些社会边缘的小生命；第五，两部书都设置了一些情节来预示书里一些人物的生命轨迹和最终结局；第六，谐音寓意的写法在《红楼梦》里面被继承了；第七，很多语言都是先出现在《金瓶梅》里面，被《红楼梦》的作者加以变化或不加变化地用在自己的文本里面，甚至《红楼梦》手抄本的批语，很多文字都来自《金瓶梅》。那么《金瓶梅》和《红楼梦》之间有什么区别呢？请看本讲内容。

《金瓶梅》和《红楼梦》之间有传承性，有共同点，但它们的区别又是鲜明的、巨大的。《红楼梦》的作者写作的时候很明显有一种焦虑，有一种激情。在古本《红楼梦》的开头就有一首诗，劈头一句就是"浮生着甚苦奔忙"，它有终极追问，它从人生的意义是什么这样的出发点来展开它的全部故事，构成它的文本。而且《红楼梦》的作者是有思想的、有主义的。我们把思想、精神上的东西叫作形而上，把一些事物原始的面貌叫作形而下。《红楼梦》超越了形而下，它有形而上的东西。作者形成了自己的系统思想,有追求。《红楼梦》宣扬的是什么主义?它企图独创出一种主义,就是它强调情的重要性,像"红学家"周汝昌先生就认为曹雪芹是要创立一个新的宗教,就是情教。因为中国传统的宗教,比如道教,发展到明清的时候,基本上没有什么高度的精神追求了,就去讲究养生,追求长生不老,炼丹,以为吞丹以后就可以成仙。道教虽然是中国的本土宗教,可是后来渐渐地就不再能够给中国人提供精神上的滋养,最后甚至沦为讲究房中术。所以,中国传统宗教道教后来的发展轨迹离普通人的精神追求就越来越远,继而衰落了。佛教是从西域传进中国来的,其中一个分支本土化了。它在发展过程当中,虽然保留了一些精神上的东西,比如后来发展出一支叫作禅宗,追求顿悟,可是它又主张禅悟是不能够形之于文字的,就比较虚无缥缈。

所以在《红楼梦》里面,作者对道教和佛教都表达出了一种失望的情绪。主人公贾宝玉有一个性格特色,就是毁僧谤道。他对僧道都抱着一种不信服的态度,而且予以抨击与讥讽。那怎么办?《红楼梦》的作者就很着急,最后,他通过全书的故事,通过对书中主要人物的塑造,形成了一个这样的文本特色,就是它在终极追问"浮生着甚苦奔忙"之后,企图创造出一种新的宗教,来滋养中国人的灵魂。新的宗教就可以叫作情教。《红楼梦》第一回就讲到天上的大石头化为一个通灵宝玉,到人间漫游一番,又回到天界,恢复了大石头的形状,上面写满了文字。后来被一个空空道人抄录下来,形成了一本书,就是《石头记》。空空道人对《石头记》有一个概括,他认为这部书的内容是"因空见色,由色生情,传情入色,自色悟空"。乍一看觉得这个观点不新鲜,这不就是佛教"色即是空,空即是色"的一个展开表达吗?因为佛教有一个基本的教义,就是我们所看到的一切表面现象叫作色,其实它的实指都是空的,这种空的东西呈现在眼前就是色。所以,应该看破,即"色即是空,空即是色"。

但是《红楼梦》的作者借用佛教这样的习惯用语,把色和空的观念加以展开,它在当中嵌入了一个"情"字,这是所有的佛经都不具备的一种表达方式,这是作者独创的。他认为人要真正醒悟的话，要懂得在色与空之间有一个不灭的一个元素，就是情。所以《红楼梦》全书强调少男少女之间纯真的感情是最宝贵的！人生短促，而这种纯真的感情是永恒的。所以，这是《红楼梦》的文本特色，作者有这个理想，他想宣扬一种主义，甚至想创造一种情教，它是一部能给我们提供思想滋养的书。

回过头来看《金瓶梅》，虽然《红楼梦》在写法上受到《金瓶梅》的很多启发，但是《金瓶梅》的文本是冷峻的。如果说《红楼梦》有浪漫情怀，那么《金瓶梅》的文本是反浪漫的，它现实到了逼真的、严酷的地步。有人说《金瓶梅》是一部冷书，《红楼梦》是一部热书。像清代康熙朝的张竹坡，他几乎用一生的时间来阅读和评点《金瓶梅》。他认为这部书是以热起以冷结。说以热起是因为张竹坡用的本子是崇祯本，第一回叫作"西门庆热结十弟兄"，他把回目稍加调整叫作"西门庆热结十兄弟"。他认为这部书一开始是热烘烘地在宣扬孝悌，过去儒家礼教当中所强调的一种很重要的道德观念，就是弟弟一定要服从兄长，要有一个长幼有序的观念，只有这样才能使社会和谐，张竹坡认为《金瓶梅》一开始就写结拜兄弟，就是来强调悌的重要性。他也注意到全书最后写得很冷，以三家最后的命运结局构成一个全书的大结局。韩家最后就是无限苍凉的景象，周家基本都死绝了，西门家的吴月娘虽然得以善终，可是她所获得的只是养子和养子媳妇的奉养，她把亲生儿子孝哥儿奉献给了普静法师。张竹坡认为《金瓶梅》的结尾是冷的，但是宣扬了孝道，所以他认为《金瓶梅》是以"悌"始以"孝"终的一部书。张竹坡关于《金瓶梅》的这种评论，可供参考。其中他提到《金瓶梅》最后是冷的，这一点我是认同的。总体而言，《金瓶梅》是一部冷书，其实从词话本来看的话，一开头根本就没有什么热结十兄弟，也无所谓以"悌"始，全书一开始就是很冷的。为什么《金瓶梅》的作者要这样来写一部书？它没有主义，严格来说它是没有思想的，没有终极追问，作者写了西门庆以及三个重要的女性，潘金莲、李瓶儿、庞春梅，他写这些人物采用的是一种无是无非的冷写法，他只告诉你他们这么活，他们就这样，他们对不对，好不好，作者一般情况下不加以评论。那么人应该怎么生活，"浮生着甚苦奔忙"，《红楼梦》这样的追问，《金瓶梅》是没有的，它既不提出问题，也不负责回答问题，这个文本一冷到底。《红楼梦》虽然受到《金瓶梅》的启发，但它是反《金瓶梅》的，反其道而行之的，它恰恰是一个有热度的文本，有追求，它提供思想。

《金瓶梅》写成这个样子，为什么我们现在还要阅读它，评价它？这确实是一个问题。我跟大家强调，《金瓶梅》这种冷文本，是一个令人惊异的文本，很多读者读了以后会有一种文本震撼，或者叫作文本惊异、文本惊诧。为什么在理想黯淡、政治腐败、特务横行、法制虚设、拜金如狂、人欲横流、道德沦丧、人际疏离、炎凉成俗、背叛成风、雅萎俗胀、寡廉鲜耻、万物标价无不可售的这样一种黑暗的恶劣人文环境里面，《金瓶梅》的作者不是采取拍案而起、义愤填膺、"替天行道"、"复归正宗"的叙述调式，更不是以理想主义、浪漫情怀、升华哲思、魔幻寓言的叙述方略，而是用一种几乎是彻底冷静的"无是无非"，纯粹"作壁上观"的松弛而随意的笔触，来娓娓地展现一幕幕的人间黑暗和世代奇观？这是全世界的《金瓶梅》研究者都在思考，都在力图解答的一个问题。

《金瓶梅》是一门学问。不要以为只有《红楼梦》形成了"红学"，《金瓶梅》也形成了"金学"，不但中国有人研究"金学"，海外也有人研究"金学"，《金瓶梅》的文本特色就是金学研究的一个重要的课题。《金瓶梅》写人，写人性，写人性当中的恶，达到让人叹出冷气、脊背发凉的程度。这是《红楼梦》没有达到的高度。《红楼梦》也写到一些人，写到人性，写到贾赦霸占平民石呆子的二十把古扇，写到帮助他去霸占石呆子古扇的官僚，写到贾雨村贪赃枉法，但是这些人物的人性恶都没有写到让人发抖的地步。另外，《红楼梦》还写了很多正面人物，他们人性当中散发出了美的光芒，真的光芒。但是在《金瓶梅》里面，不说别的角色，男性角色拿陈经济为例，女性角色拿庞春梅为例，这两个角色写他们的人性恶，写得淋漓尽致。所以，**总体而言，《金瓶梅》是以冷笔触写社会黑暗，写人性的恶；《红楼梦》是以热的笔触写社会当中还有美好的东**

**西，写人性当中的暖色。**

所以，你要在《金瓶梅》的文本里面寻找浪漫的因素、诗意的东西是很难找到的，而在《红楼梦》的文本里面就有很多的浪漫因素，有很多的诗意的情境。《金瓶梅》的词话本里面也有很多的诗词，可是都比较俗气，而在《红楼梦》里面，贾宝玉和那些小姐们结成诗社，所赋的诗都相当高雅。

当然这就引出一个问题了，一个人写作要不要有浪漫情怀，有人文理想，要不要有追求真理的勇气？要不要有"浮生着甚苦奔忙"，就是"人生是什么"这样的终极追问？我现在告诉读者们，我个人的心得是应该都要有。但是面对《金瓶梅》这样的特殊文本，我又不得不跟大家说，如果在某一个时代，有一个作家，他就这么来写，他没有浪漫情怀，他不展现生活的诗意，他在揭示人性善方面一般，而在揭示人性恶方面，鞭辟入里，淋漓尽致，令人震惊，那么他所写的这样的文本我们要包容。这是我给大家讲述《金瓶梅》的一个重要原因。

《金瓶梅》是一部怪书、奇书，它产生在我们这个民族历史发展的明代后期，在那时候出现了这样一部书。那么在世界上有没有类似的书呢？说实话，有，但不多。这种写法应该说是一种相当冒险的写法，或者说也是一种为文学而文学的写法，不值得提倡。所以读《金瓶梅》，我们不能指望从中得到什么思想的滋养，获得什么人生的真谛，可是我们仍然可以获得一种文学审美的快感。因为文学应该是多种多样的，写人性善，弘扬真善美，固然是文学的重要追求，但是冷静地面对现实，细致入微地把现实社会当中存在的不同的生命形态、生命的历程、生命的终结写出来，乃至用比较多的笔墨去写社会的阴暗面和人性的恶，这样的文本如果写得特别好，应该包容，应该给它留出位置，应该对它进行客观评价。

有的读者，特别是作家学者型的读者，你问他就文学性而言，究竟是《红楼梦》高一些，还是《金瓶梅》高一些呢，他们的回答往往是惊世骇俗的，令提问者大吃一惊的。他们会说，**单纯从文学性而言，《金瓶梅》甚至还高于《红楼梦》，它在人物形象的塑造上，对人物人性复杂性的揭示上，特别是它写人物**

**之间的对话，它那种世情语言的生动性、鲜活性往往超过了《红楼梦》**。我个人也觉得，就叙述语言和人物对话而言，《金瓶梅》作者的功力超过了《红楼梦》。《红楼梦》在这方面对它有所继承，受其影响很深，但是稍微逊色一点。

因此，我们应该明白中国文学发展的历程当中，明代和清代留下两部写普通人生活的白话长篇小说，一部是明代的《金瓶梅》，一部就是清代的《红楼梦》，这两部书可以合起来读。如果只读一部的话，建议读《红楼梦》，可以不读《金瓶梅》。说句老实话，真正能够吃透《金瓶梅》的文本特色，是能够获得极大的文学审美满足的，这种人不会很多。因为这需要有一个修养的前提，而阅读《红楼梦》也需要修养的前提，可是相比而言，《红楼梦》可以放松一点。一般的人没有很多的修养前提，进入《红楼梦》的文本，也可以获得很好的收获。但是如果没有很高的修养前提，轻易进入《金瓶梅》的文本的话，那么会有两种情况发生：第一，不能领略它的妙处；第二，因为《金瓶梅》里面有些色情描写，甚至还可能产生副作用。

所以，总体而言，我的个人建议是，作为一个中国人，至少要读一遍《红楼梦》。作为一个中国人，你可以不读《金瓶梅》，但是你要知道《金瓶梅》。本书就是要告知你《金瓶梅》究竟是部什么样的书，它是怎样一个情况，包括它的文本特色，希望能够一步一步地加深你对《金瓶梅》这部书的认知。

## 第82讲　不该被忽略的书
### 《金瓶梅》获得的评价

【导读】

　　上一讲介绍了《金瓶梅》的文本特色，它是用非常冷的笔调写人性的恶，不像《红楼梦》用热的笔触写人性中美好的东西。单就文学性而言，《金瓶梅》甚至高于《红楼梦》。《金瓶梅》自产生以后就有人评价它，包括这部书本身的序和跋，以及从古至今众多名人的评价，都不认为它是淫书、坏书，肯定了它的文学价值、社会学价值等。并且《金瓶梅》已经进入了世界文学之林，有很多语种的译本。对《金瓶梅》的研究，不仅是在中国学术界进行，"金学"和"莎（士比亚）学"等学问一样，也已经成为人类学术研究的共同课题。《金瓶梅》具体获得了哪些评价呢？请看本讲内容。

　　最早的万历本前面就有一个人为这部书做了一个序，作序者署名欣欣子。序当中一个很重要的观点认为"富与贵，人之所慕也，鲜有不至于淫者"，就是说人在追求富贵的同时，很少有人放弃对色情的追求。这是一个很坦率、很直露的观点，这个观点在明代出现的时候，就让有的人惊愕不已。到崇祯时期，有人整理《金瓶梅》，为词话本做修订，认为这个话太不合适了，就把它删了。欣欣子自述为《金瓶梅》作序，是因为他和该书的作者兰陵笑笑生是朋友，他们是哥们，所以由他来揭示作者的写作动机，应该是可靠的。

## 第82讲 不该被忽略的书：《金瓶梅》获得的评价

词话本里面除了欣欣子的序，还有一位叫作东吴弄珠客写的序。全书最后还有一个跋，署名叫作廿公。大家都知道，《金瓶梅》的文本里面有很多直露的色情描写，他们要为作者之所以这样写作进行解释，而且他们也希望读者读的时候能够按他们的指引来读。东吴弄珠客就说："然作者亦自有意，盖为世诫，非为世劝也。"作者写男女之事，是想起到劝诫作用，不是想起到宣扬作用，读《金瓶梅》应该端正态度，他用了一大串语言来表达："读《金瓶梅》而生怜悯心者，菩萨也；生畏惧心者，君子也；生欢喜心者，小人也；生效法心者，乃禽兽耳。"这其实主要是针对书里所写的色情文字和人性恶而言，如果你读了以后全部按照书里所写去做，最后就成了禽兽，应该用一种有修养的心态，作为一个君子去读。如果你的修养很高，你读了以后产生了怜悯心，那你就是菩萨了。

早期《金瓶梅》的评论者还都是一些熟识兰陵笑笑生的人，到后来就出现了一些不认识作者的人，比如到了万历时期，文化圈有一个有名的文人叫作袁宏道，他有一封私人信件流传到了今天。他在一封信里面就问他的一个朋友："《金瓶梅》从何得来？伏枕略观，云霞满纸，胜于枚生《七发》多矣。后段在何处抄竟？当于何处倒换？幸一的示。"袁宏道刚开始读了《金瓶梅》的一部分，就认为它比西汉时候辞赋家枚乘的一篇名赋《七发》还要好。他认为《金瓶梅》是"云霞满纸"，这也是早期《金瓶梅》产生不久所引出的社会性评论。

根据"金学"专家王汝梅先生考证，他认为崇祯本的评点者是一个叫作谢肇淛的人，他认为谢肇淛评点了《金瓶梅》，而且崇祯本的整理者也是他，我们现在所看到的崇祯本的面貌，就是由这个人修订而成的。谢肇淛称《金瓶梅》的作者是"炉锤之妙手"，因为他写出了一部"稗官之上乘"。过去把非官方的民间长篇白话小说，叫作稗官。谢肇淛认为《金瓶梅》在稗官当中是最上乘的作品。我前面所引用的书里写潘金莲被武松杀死的那条批语"读至此不敢生悲，不忍称快，然而心实恻恻难言哉"就是谢肇淛评点的，前面我讲过他这段批语的意思，这里不再重复。王汝梅就认为这样的评点非常精确到位。

前面多次提到清代康熙朝的张竹坡呕心沥血地评点《金瓶梅》，以此作为自己一生的事业。张竹坡二十九岁就离世了，他最后几年就是专注评点《金瓶梅》，他认为《金瓶梅》是天下"第一奇书"。"此书纯是一部史公文字"，就是说《金瓶梅》可以入史，而且本身就是一部史书，可以当作一部史书来读。他还告诉我们："此书处处以文章夺化工之巧也夫。""作《金瓶梅》者，必曾于患难穷愁，人情世故，一一经历过，入世最深，方能为众脚色摹神也。"他说这本书"似有一人亲曾执笔，在清河县前，西门家里。大大小小，前前后后，碟儿碗儿，一一记之，似真有其事，不敢谓为操笔伸纸做出来的。"他认为《金瓶梅》真实到这种程度，相当于我们今天的报告文学，而不是一部虚构的小说了。那么也可以由此推断《金瓶梅》里面的人物其实都是有生活原型的。那么生活原型是谁？执笔者相当于书中的哪一个人物？有一种说法，作者兰陵笑笑生应该是听取了书中某一个角色讲述他所经历的种种事情，特别是西门家的种种事情，作者获得了第一手资料，又根据自己的生活经验，最后写成这样一部书。向作者提供大量生活素材的人物可能是小说当中的玳安，他最有可能掌握故事里面这些人物的来龙去脉。这种猜测不无道理，先提出来供大家参考。当然张竹坡有自己的思想局限性，他给《金瓶梅》很高的评价，但他也只能是在孔孟之道这个圈子里面转悠，他说《金瓶梅》是以"悌"始以"孝"终，全书最后是宣扬孝道的。他为此还专门写了一篇《苦孝说》阐释《金瓶梅》劝孝的内涵。张竹坡关于《金瓶梅》主题是孝悌的这种说法，虽然不是很可取，而且从今天看来，这个评价不准确。但是，他应该是清代第一个站出来为《金瓶梅》摘掉"淫书"帽子的了不起的人物。

《金瓶梅》后来在明朝后期和清朝，在传播过程当中多次被官方列为淫书、禁书，被打压销毁。可是它的文本魅力，很高的文学性，使得它屡禁禁不住，屡毁毁不掉，终于流传到今天。到了近代，20世纪有五四运动，我们都知道五四运动有两个健将，一个是陈独秀，他也是中国共产党最早的建党领袖之一，还有一个是胡适。陈独秀就曾经给胡适写信说及《金瓶梅》，这封信是1917年写的，写在1919年的五四运动之前，他说："此书描写社会真如禹鼎铸奸，无

## 第82讲　不该被忽略的书：《金瓶梅》获得的评价

微不至。《红楼梦》全脱胎于《金瓶梅》，而文章清健自然，远不及也。乃以其描写淫态而弃之耶？则《水浒》《红楼梦》又焉能免？""禹鼎铸奸"是比喻，古代大禹治水的时候，用铜制作一个大鼎，把社会上一些发生过的事情铸在上头，以警世人。陈独秀觉得《金瓶梅》的警示效果就达到这个程度。并且他指出，《红楼梦》脱胎于《金瓶梅》，在语言上《红楼梦》远不及《金瓶梅》。他认为不能因为《金瓶梅》里面写了一些淫态，就把它抛弃。其实《水浒传》《红楼梦》里面也有一些情色文字，所以，陈独秀又指出《水浒传》《红楼梦》"又焉能免"。

鲁迅，大家都很熟悉，他写的《中国小说史略》对《金瓶梅》的评价非常之高，他说："诸世情书中，《金瓶梅》最有名……描写世情，尽其情伪……作者之于世情，盖诚极洞达，凡所形容，或条畅，或曲折，或刻露而尽相，或幽伏而含讥，或一时并写两面，使之相形，变幻之情，随在显现，同时说部，无以上之。""说部"是过去对故事书的一个统称。鲁迅认为同一时期这种小说"无以上之"，没有超过《金瓶梅》的，这是很高的评价。

还有一位大文化人郑振铎，他是著名的作家，也是文学史家，还是一个版本收藏家。《新刻金瓶梅词话》，也就是人们常说的词话本，1931年在中国山西被发现。他在1935年开始编的《世界文库》里面收录了《新刻金瓶梅词话》，使一部古代的线装书进入现代印刷方法印制的纸书里面了。郑振铎认为，如果《金瓶梅》删去那些淫秽的章节，它不失为一部第一流的小说。它的伟大更过于《水浒传》《西游记》《三国演义》，使得《水浒传》《西游记》《三国演义》都不能够跟它相提并论了。他还认为："在《金瓶梅》里所反映的是一个真实的中国的社会。这社会到了现在，似还不曾成为过去。要在文学里看出中国社会的潜伏的黑暗面来，《金瓶梅》是一部最可靠的研究资料。""这社会到了现在"中说的"现在"不是今天，是他说这个话时的20世纪30年代，他认为《金瓶梅》所写的那些世道人心，那些社会现象，到了20世纪30年代，都不过时，还不曾成为过去。

毛泽东主席对《红楼梦》和《金瓶梅》有很多独到的见解，曾先后五次在公开场合评价过《金瓶梅》，值得大家参考。

到现在，《金瓶梅》的删节本已经公开出版很多种了。2018年邱华栋、张青松两位合编了一本《金瓶梅版本图鉴》，由北京大学出版社出版。邱华栋是一位著名的作家，张青松是一位明清古典小说的版本收藏家。你翻阅这本《金瓶梅版本图鉴》就可以知道，词话本也好，崇祯本也好，张竹坡的"第一奇书"版本也好，近些年来已经有很多种公开出版的版本，虽然其中多数是删节本，但是并不影响我们去鉴赏这部伟大的小说。在《金瓶梅版本图鉴》这本书的后面，搜集了世界上多种不同文字的《金瓶梅》译本。实际上《金瓶梅》在世界上很早就流传开了，有很多种翻译本出现，而且在外国，一些翻译者、评论家、读者对这本书都有很高的评价。由邱华栋、张青松合编的这本《金瓶梅版本图鉴》，列举有英文译本、德文译本、法文译本、俄文译本、日文译本、意大利文译本、波兰文译本、西班牙文译本、荷兰文译本、匈牙利文译本、罗马尼亚文译本、捷克文译本、芬兰文译本、朝鲜文译本。另外像越南文译本、拉丁文译本、塞尔维亚文译本和瑞典文译本，他们都搜集到了，都把封面拍下来，印在书上了。另外，《金瓶梅》还有满文译本和蒙古文译本。

《金瓶梅》有各种译本，说明很多外国人都很看重这本书，不但知道这本书，他们还翻译这本书。一些外国的读者读到这本书，一些评论者评论到这本书。

作为中国人，我们对自己老祖宗传下来的这部书，如果还处于一种无知的状态、误解的状态，那是说不过去的。因此，我再次强调：作为一个中国人，你一生至少要阅读一次《红楼梦》；作为一个中国人，你在一生当中应该知道在中国文化发展历程中，在中国文学的发展历程中，在明代晚期产生过一部了不起的文学作品——《金瓶梅》。

图书在版编目（CIP）数据

奇书与世相：刘心武细说金瓶梅 / 刘心武著. ——成都：天地出版社, 2021.8
ISBN 978-7-5455-6418-1

Ⅰ.①奇… Ⅱ.①刘… Ⅲ.①《金瓶梅》—小说研究 Ⅳ.①I207.419

中国版本图书馆CIP数据核字（2021）第113627号

QISHU YU SHIXIANG LIU XINWU XISHUO JINPINGMEI

## 奇书与世相：刘心武细说金瓶梅

| 出 品 人 | 陈小雨　杨　政 |
|---|---|
| 作　 者 | 刘心武 |
| 责任编辑 | 王业云 |
| 特约策划 | 焦金木 |
| 封面设计 | 今亮後聲 HOPESOUND 2580590616@qq.com |
| 责任印制 | 董建臣 |

| 出版发行 | 天地出版社 |
|---|---|
| | （成都市槐树街2号　邮政编码：610014） |
| | （北京市方庄芳群园3区3号　邮政编码：100078） |
| 网　　址 | http://www.tiandiph.com |
| 电子邮箱 | tianditg@163.com |
| 经　　销 | 新华文轩出版传媒股份有限公司 |

| 印　　刷 | 北京文昌阁彩色印刷有限责任公司 |
|---|---|
| 版　　次 | 2021年8月第1版 |
| 印　　次 | 2024年12月第13次印刷 |
| 开　　本 | 710mm×1000mm　1/16 |
| 印　　张 | 29.5 |
| 彩　　插 | 16P |
| 字　　数 | 418千字 |
| 定　　价 | 88.00元 |
| 书　　号 | ISBN 978-7-5455-6418-1 |

版权所有◆违者必究

咨询电话：（028）87734639（总编室）
购书热线：（010）67693207（营销中心）

如有印装错误，请与本社联系调换

从声音到文字，分享人类智慧

天喜文化